Gisela Kubon-Gilke und Claus Gilke

Levins Teich

Gisela Kubon-Gilke, geb. 1956, Seniorprofessorin für Ökonomie und Sozialpolitik an der Evangelischen Hochschule Darmstadt, Mitglied der Europäischen Akademie der Wissenschaften und Künste.

Claus Gilke, geb. 1954, Dipl.-Volkswirt, bis 2019 Geschäftsbereichsleiter bei der IHK Darmstadt.

Gisela Kubon-Gilke und
Claus Gilke

Levins Teich

Ein Krimi mit Hindernissen

Lehrreiches über
ökonomische Diskriminierungstheorien

Metropolis-Verlag
Marburg 2025

Bibliografische Information der Deutschen Nationalbibliothek
Die Deutsche Nationalbibliothek verzeichnet diese Publikation in der Deutschen Nationalbibliografie; detaillierte bibliografische Daten sind im Internet über <https://portal.dnb.de> abrufbar.

Metropolis-Verlag für Ökonomie, Gesellschaft und Politik GmbH
https://www.metropolis-verlag.de

ISBN 978-3-7316-1629-0

Hauptakteure

Simon Arndt (*1998), wissenschaftlicher Mitarbeiter am Lehrstuhl Eckel

Matthias Bär (*1955), Redakteur und Herausgeber i.R., Seniorstudent

Prof. Dr. Ingeborg Berenschik (*1957), Professorin für Volkswirtschaftslehre i.R., Seniorstudentin

Prof. Dr. Petra Eckel (*1967), Professorin für angewandte Mikroökonomie und Sozialpolitik

Claus Gilke (*1954), Geschäftsbereichsleiter i.R., Seniorstudent

Prof. Dr. Gisela Kubon-Gilke (*1956), Professorin für Volkswirtschaftslehre i.R., Seniorstudentin

Roswitha Leschkau (*1972), Frührentnerin

Leopold (* unbekannt), Stofflöwe

Lupa (* unbekannt), Stoffwölfin

Prof. Dr. Stefan Neuhaus (*1980), Professor für Makroökonomie, Dekan der volkswirtschaftlichen Fakultät der Universität Göttingen

Akilas Onyango (*2001), VWL-Student, wissenschaftliche Hilfskraft am Lehrstuhl Eckel

Dr. Franz Stikowski (*1967), Staatssekretär im niedersächsischen Kultusministerium

Hannelore Stikowski (*1969), Ehefrau, gelernte Pharmazeutin

Annette Talwer-Kassebaum (*1995), Dekanatssekretärin

Dr. Isabelle Teufel (*1991), wissenschaftliche Assistentin am Lehrstuhl Eckel

Wuschel (*2018), Roswitha Leschkaus Hund

Vorwort

Dieses Buch ist das Ergebnis gemeinschaftlicher Schreibarbeit und der dritte Krimi mit Lehrbuchanhang von uns. Die Geschichte hatten wir schon länger in Grundzügen im Kopf, zu Diskriminierungstheorien sollte es einen ausführlichen Überblick geben. Zwischendurch konnten wir selbst viel lernen, etwa zu diskriminierungssensibler Sprache. So erschienen uns, naiv im umgangssprachlichen Sinn, die Begriffe ‚dunkelhäutig' und ‚hellhäutig' zunächst als vergleichsweise neutral, dann haben wir aber in einem Glossar von Amnesty International erfahren:

> „Der Begriff ‚Dunkelhäutig' ist eine deutsche Fremdbezeichnung für Schwarze Menschen und People of Color (PoC) und wird von den Betroffenen oft abgelehnt (vgl. ‚farbig'). Er ist nicht gleichbedeutend mit der englischen Selbstbezeichnung dark-skinned" (https://www.amnesty.de/glossar-fuer-diskriminierungssensible-sprache, 18.9.2025).

Nun kann Amnesty International die Sprache nicht vorgeben, diese Organisation kann aber Vorschläge unterbreiten und erläutern, warum der Begriff ‚dunkelhäutig' problematisch ist. Deshalb haben wir ihn auch entfernt.

Jede Art der Unterscheidung von Menschen birgt etwas Diskriminierendes in sich. Verschwindet ein Begriff, übernimmt oft ein anderer, auf den ersten Blick neutral klingender die Abwertung. Ein Beispiel ist der Antiziganismus. Wenn heute über Sinti und Roma berichtet wird, dann kommen identische Klischees im Vergleich zu dem zuvor gebräuchlichen, diskriminierenden Begriff. Immer noch wird in den Medien und in der Öffentlichkeit pauschal über umherreisende Bettelbanden und Clan-Kriminalität berichtet, was die Vorbehalte stabil hält, da nichts über sesshafte Sinti und Roma erzählt wird, die einen Beruf ausüben. Das Normale ist nicht ein in den Köpfen entstehender Prototyp einer Gruppe, manchmal eher eine Karikatur. Und dieser Prototyp forciert häufig Diskriminierung.

Das großgeschriebene ‚Schwarz' trifft es als Bezeichnung für etwa afrikanische und asiatische Menschen wörtlich nur ungenau. Über welche Gruppen sagt man etwas aus, wenn man von Schwarzen Menschen spricht? In der Umgangssprache ist es zumindest noch nicht angekommen. People of Color sind wörtlich eigentlich alle Menschen. Weiß oder hellbeige sind beides Farben. Begriffe für andere Menschen sollten besser ganz verschwinden, als dass man nach diskriminierungsfernen Kennzeichnungen sucht. Aber das scheint so gut wie nicht möglich zu sein. Es ist also eine immerhin akzeptable Lösung, danach zu fragen, durch welche Begriffe sich niemand zurückgesetzt oder erniedrigt fühlt. Diese Bezeichnungen sollte man übernehmen. Am einfachsten ist es, Begriffe zu verwenden, mit denen sich Gruppen selbst kennzeichnen. Nur: Wer bestimmt von innen aus der Gruppe heraus, wie sich die Gruppe nennt? Das scheint mir weniger eindeutig, als es die Listen sensibler Begriffe andeuten.

Im Anhang erläutern wir, dass es im gegenwärtigen evolutionären Zustand des Menschen nicht möglich ist, Kategorien, Zuschreibungen und Attribuierungen komplett zu verhindern. Es kann nur darum gehen, solche Narrative zu unterstützen, so dass andere Menschen nicht mit Kategorien belegt werden, die ihnen das Menschsein absprechen oder die sie mit Adjektiven wie ‚gefährlich', ‚hinterhältig' ‚radikal' oder ‚schmarotzend' kennzeichnen.

Die Frage, ob neue Bezeichnungen von als ‚anders' wahrgenommenen Menschen im Vergleich zu einem selbst bzw. zu Menschen der ‚eigenen' Gruppe an der realen Diskriminierung etwas ändern können, ist nicht ganz einfach zu beantworten. Voraussetzung ist eben immer, dass mit dem neuen Namen inklusionsstützende Zuschreibungen von Eigenschaften und Fähigkeiten attribuiert werden. Wenn in einer Mehrheitsgesellschaft durch einen neuen Namen für eine Gruppe von Menschen dieselben Bilder über diese Gruppe wie zuvor hervorgerufen werden, wird der neue Name kaum Konsequenzen haben. Schwarze Menschen werden in vielen Teilen der Welt diskriminiert, ob groß oder klein geschrieben. Sensible Sprache allein ändert in solchen Fällen wenig, sollte aber aus Respekt dennoch beachtet werden. Für reale Konsequenzen braucht es neue Zuschreibungen und Kategorisierungen.

Man kann Diskriminierungen durchaus aufbrechen, läuft aber Gefahr, nur eine diskriminierte Gruppe gegen eine andere zu tauschen. So wie im Nachkriegsdeutschland, als erst die ‚Flüchtlinge' aus den früheren Gebieten des Deutschen Reiches im Osten (nicht etwa geflüchtete Menschen) mit negativen Eigenschaften kategorisiert wurden, dann ‚die Gastarbeiter', dann ‚die Türken'....

Sprachen zeichnen Entwicklungen nach und sind dynamisch. Mitte des 19. bis zur Mitte des 20. Jahrhunderts haben Rassentheorien, der Kolonialismus, die untergeordnete Stellung der Frauen u.a. die deutsche Sprache mit geformt. Das, was in der Sprache davon übrig blieb, verwenden wir ohne großes Nachdenken. Es gibt viele Vorurteile, die sich mit den Bezeichnungen in uns eingebrannt haben und die wir z.T. schwer selbst enttarnen und abstreifen können. Sofern wir mit den Worten andere unabsichtlich abwerten, müssen wir darauf aufmerksam gemacht werden. Gegenseitig nicht abwertende und nicht erniedrigende Begrifflichkeit hilft der Kommunikation von Menschen über Länder- und Kontinentgrenzen hinweg. Das ist das Minimum, was diskriminierungssensible Sprache erreichen sollte.

Sprache ändert sich auch aktuell. Jede politische und wirtschaftliche Entwicklung trägt dazu bei. Sprache ist eine spontane Ordnung, die durch Kommunikation entsteht. Interessengruppen können sie durch ihre ‚Propaganda' in Grenzen beeinflussen. Auch die Politik kann durch Verwaltungsvorschriften Entwicklungen forcieren oder hemmen - so wie das Genderverbot. Neben Amnesty International gibt es viele politische Gruppen, die ebenso Begriffe formen sowie Narrative unterstützen und fördern. Es ist deshalb keineswegs sicher, dass diskriminierungssensible Sprache in den üblichen Sprachgebrauch einsickert.

Solche und viele andere Fragen zur Diskriminierung wie etwa zur Geschlechtergerechtigkeit oder zur Altersdiskriminierung haben wir im Roman aufgegriffen und im Anhang theoretische Überlegungen dazu dargelegt.

Da die Autorin in den letzten Jahren mehrfach längere Zeit im Krankenhaus verbringen musste und seit über zwei Jahren dreimal pro Woche zur Dialyse geht, haben wir zwei Jahre für dieses Buch benötigt. Unser Dank gilt vor allem den Ärzte- und Pflegeteams des städtischen Klinikums Darmstadt und dem Agaplesion Elisabethenstift in Darmstadt sowie in besonderer Weise dem Team des Dialysezentrums Darmstadt/Dieburg/Langen, Standort am Elisabethenstift Darmstadt. Die Autorin dankt sehr herzlich den Ärzten Dr. Arnfried Klingbeil und Dr. Simon Parmentier sowie dem Pflege- und Unterstützungsteam mit Andrea, Anja, Angela, Bianca, Birgit, Christine R., Christine Sch., Elanor, Irina, Malin, Miguel, Pia, Sandra, Stephan, Svenja, Tanja und Vanessa. Die Unterscheidung im Krankenhauswesen, wer üblicherweise mit Nachnamen und wer mit Vornamen genannt wird, erscheint uns übrigens etwas suspekt. Hierarchie kann anders dokumentiert werden, als bei Schwestern, Pflegern und Unterstützungskräften nur den Vornamen zu nennen.

In diesem Buch haben wir im Gegensatz zu früheren Publikationen der Autorin nicht gegendert. Es ist erstaunlich, wie ‚männlich' sich viele Passagen dadurch lesen und bei Berufen u.a. immer die Assoziation bei uns kam, es handle sich um Männer, auch wenn es immer so schön heißt, ‚dass Frauen mit gemeint sind'. Man merkt deutlich, wie männlich orientiert unsere Sprache doch ist.

Vielen Dank gebührt den Freundinnen und Freunden, die den Fortgang des Schreibens mitverfolgten, so manche Tipps gaben und vor allem sehr engagiert und aufwendig Logikfehler aufdeckten sowie die Rechtschreibung in den Blick nahmen. Romy Biertümpfel, Prof. Dr. Marlies Fröse, Regina und Rüdiger Humburg sowie Gabi Schaper: Vielen, vielen Dank. Ihr seid großartig!

Anhänge

Der Roman

1

„Wir teilen alles!“, sagte Gisela lächelnd zu ihrem Mann Claus.

„Spielst Du auf meine Pension an?“

„Selbstverständlich, auf was sonst?“

„Ich dachte dabei eher an die Hausarbeit“, erwiderte Claus, ebenso lächelnd, mit einem ironischen Augenzwinkern.

Das Ehepaar deckte gerade den Tisch für den Rummy-Abend. Ihre Freunde Ingeborg und Matthias wurden erwartet. Matthias kam als Erster ein Stockwerk herunter. Kurz darauf klingelte Ingeborg, ebenso vom Stockwerk darüber.

„Ihr glaubt nicht, was ich heute erlebt habe.“

Als Ingeborg am Esstisch Platz genommen hatte, richtete sie sofort das Wort an ihre drei Freunde. Offensichtlich wollte sie ihnen unbedingt etwas mitteilen. Die drei blickten ohne großes Interesse auf.

„Wir wollen doch jetzt essen.“

„Dann eben beim Essen“ befand Ingeborg beleidigt.

Claus hatte wie immer gekocht und vor einer halben Minute Hühnchen nach Biolek-Art serviert: gebratene Hähnchenbruststücke mit frischem Ingwer und Paprika in einer Soja-Sherry-Tomaten-Sauce, dazu Reis und als Dessert gebackene Ananasringe. Während sie anfingen zu essen, nahm Ingeborg nach einem routinierten Lob für den Koch ihren Faden auf:

„Das war heute fast wie in meinen alten Uni-Zeiten. Ich war nämlich im Oeconomicum und habe nach einer guten Zusammenfassung neuerer Ansätze der ‚stratification economics‘ in der Fachgebietsbibliothek suchen wollen. Vielleicht schreibe ich nämlich doch noch ein Buch zur ökonomischen Theorie der Diskriminierung. Ein Lehrbuch soll es werden. Habe ich Euch das schon erzählt?“

„Schon erzählt ist gut. Davon redest Du seit mehreren Wochen und liegst uns mit Deinen Plänen in den Ohren.“

Gisela war schlecht gelaunt, weil Ingeborg sie bisher nicht gefragt hatte, ob sie dieses Buch nicht gemeinsam schreiben könnten. Sie hielt sich auf diesem Gebiet für eine Koryphäe. Da ihr Selbstlob aber im Freundeskreis peinlich gewesen wäre, äußerte sie ihre Enttäuschung nicht gegenüber ihrer Freundin Ingeborg, sondern bruttelte eher beleidigt vor sich hin.

„Ach, das war doch nur der Grund, ins Oeconomicum zu gehen. Unterbrich mich nicht immer, Gisela. Ich war jedenfalls gerade auf dem Weg in die Bibliothek, da kam mir die Eckel entgegen. Zornig wie ein wütender Tiger, sage ich Euch. Sie schien vor lauter Ärger geradezu zu dampfen. Sie hat weder nach rechts noch links geschaut, ist nur schlecht gelaunt schnellen Schrittes, fast schon rennend, in Richtung ihrer Lehrstuhlbüros gelaufen. Im Vorbeigehen hat sie mich doch tatsächlich richtig heftig angerempelt und sich nicht einmal dafür entschuldigt. Ich habe einen dicken blauen Fleck am linken Oberarm, so stark hat sie mich dabei geschubst. Der tut richtig weh. Ich bin sogar ins Stolpern geraten und fast wäre ich noch gestürzt. Wollt Ihr das Hämatom mal sehen?"

Alle anderen schüttelten den Kopf.

„Na gut, dann nicht. Die Eckel ist jedenfalls dann gleich in ihr Sekretariat abgebogen und ich habe nur noch gehört, dass sie im Selbstgespräch über die größte Unverschämtheit ihrer ganzen Berufslaufbahn geschimpft hat, in ihr Büro weitergegangen ist und wohl mit der Faust heftig auf ihren Schreibtisch geschlagen hat. Es gab jedenfalls so ein dumpfes lautes Geräusch. Ich bin natürlich neugierig ins Sekretariat rein und habe die Sekretärin leise gefragt, was das denn eben gewesen sei. Die Dame dort hat aber nur mit den Schultern gezuckt und gemeint, dass Prof. Eckel von einem Termin mit dem Dekan gekommen sei. Von solchen Terminen käme sie fast immer mit schlechter Laune zurück."

„Und was soll daran aufregend sein? Krach und Ärger sind nirgendwo ungewöhnlich. Bei uns gab es Konflikte und Kämpfe so etwa jede Woche, und Eure Uni war auch nicht besser. Hast Du uns in genügend vielen Anekdötchen berichtet."

„Was bist Du denn heute so gereizt, Gisela? Zankereien kommen immer wieder vor, stimmt. Aber ich habe früher niemanden umgerannt oder angerempelt, und falls versehentlich doch, dann hätte ich mich dafür entschuldigt. Und seit dem letzten Semester kennt uns Petra Eckel immerhin persönlich. Das muss schon etwas sehr Spezielles gewesen sein, was sie derart in Rage gebracht hat. Sie schien mich trotz der Rempelei überhaupt nicht zu bemerken, sie hat sich nicht einmal nach dem Zusammenstoß nach mir umgedreht."

Gisela überlegte laut: „Bestimmt sind ihr irgendwelche Mittel nicht bewilligt worden. Oder sie glaubt, irgendeine Zulage nur deshalb nicht bekommen zu haben, weil sie eine Frau ist. Sie glaubt schließlich fest an Männerverschwörung und sieht sich als permanentes Diskriminierungsopfer."

„Naja, es ist schon auffällig, dass sie und ihre Kollegin Rothärmel die W2-Stellen haben und die männlichen Kollegen alle auf W3-Stellen sitzen und Zulagen bekommen."

„Sicher, Frauen werden oft genug diskriminiert, aber dahinter muss ja nicht immer eine Männerverschwörung stecken. Kann auch ohne explizite Absicht entstehen. Das wirst Du doch hoffentlich in Dein geplantes Buch aufnehmen. Selbst die Theorie der Radicals ist komplexer als auf Verschwörung aller Männer gegen alle Frauen zu setzen. Ich tippe einfach auf einen abgelehnten Antrag zu einem Forschungs- oder Lehrprojekt. Und was heißt in unserem Fall überhaupt Diskriminierung? Die Rothärmel ist erst seit einem Jahr an der Uni, und die Eckel ist nicht gerade eine Spitzenforscherin. Da sehe ich nicht unbedingt was Diskriminierendes. Die Professoren, also die Männer der Fakultät, publizieren schließlich alle wie die Weltmeister."

„Die haben auch Ehefrauen, die sich um alles andere kümmern. Die Männer können sich ganz auf die Karriere konzentrieren, während die Professorinnen ihr ganzes Leben organisieren müssen, teilweise auch noch das ihrer Kinder."

Gisela meinte schnippisch:

„Wir beide haben keine Kinder, die Eckel wohl auch nicht, da redest Du wie eine Blinde von der Farbe."

„Farben kann man hören, wenn man sensibel ist; und selbst ohne eigene Kinder weiß ich um die Organisations- und Betreuungsaufgaben meistens der Frauen, wenn sie Kinder haben und an der Uni arbeiten."

Die beiden Frauen frotzelten sich weiter an. Gisela fühlte sich ausgeschlossen von den Schreibplänen und ärgerte sich. Ingeborg gab nicht klein bei:

„Kann sein mit den Forschungsgeldern", meinte sie noch. „Aber das ist doch Alltag an Unis. Das mag sie ärgern, aber nicht Anlass für einen derartigen Ausraster geben. Ich glaube, dass da mehr dahintersteckt. Würde ich ja gern herausbekommen, was sie so zornig gemacht hat. Denkt mal allein an den Spitznamen des Dekans Neuhaus. Bei den Studis heißt er nur Casanova wegen seiner Anmache und seinen diversen Affären. Vielleicht war er auch gegenüber Frau Eckel übergriffig und sie war deshalb so geladen. Ich werde mich mal umhören."

Matthias war alarmiert:

„Inge, nein und nochmal nein. Du bist einfach zu neugierig. Du wirst nicht herumschnüffeln. Du musst nicht alles wissen. Es geht uns überhaupt nichts an, warum die Eckel so wütend war. Im Übrigen ist Stefan Neuhaus-Casanova viel jünger als Petra Eckel, der wird sie kaum angemacht oder Anzügliches von sich gegeben haben. Ich halte die unsympathische Eckel sowieso für eine eitle Zimtzicke. Du bist viel kompetenter als Frau Eckel, aber sie ist trotz ihrer dünnen wissenschaftlichen Meriten großspurig und eitel, dass es kaum auszuhalten ist. Dabei steckt wahrlich nichts dahinter. Ich weiß echt nicht, warum die überhaupt eine Professur bekommen hat. Bestimmt implizit eine Quotenfrau, offizielle Quote gibt es ja nicht."

Das wollte Ingeborg nicht gelten lassen:

„Ich halte auch nicht viel von ihr und ihren wissenschaftlichen Leistungen. Alles ganz dünn und wenig originell. Aber implizite Quote ist nicht der Grund. Typisch Mann, so etwas zu unterstellen. Das diskriminiert auch schon wieder. Schlechte Professoren gibt es auch jede Menge, da kommt nie eine solch abwertende Begründung."

Matthias brummelte nur noch: „Kein Wunder. Männer brauchen ja keine Quote. Die schaffen es von allein."

Die vier Freunde hatten Prof. Dr. Petra Eckel im letzten Sommersemester kennengelernt. Gisela hatte unentgeltlich für die mittel- und neugeschichtliche Fakultät ein Seminar konzipiert und durchgeführt. Thema war die Rolle von Narrativen zur Rechtfertigung von Ungleichheitsherrschaft im Verlauf der Geschichte. Dieses Seminar stieß auf gutes Interesse. Petra Eckel und einige andere VWL-Professoren waren regelmäßige Besucher des Seminars. Matthias, Claus und Ingeborg waren als Seniorstudierende ebenfalls dabei. Ingeborg hatte sich mit ihrer fachlichen Expertise viel in die Diskussion eingemischt. So kamen sie mit Petra Eckel ins Gespräch, die sich selbst als Fachfrau für angewandte Mikroökonomik bezeichnete und allerhand Verhaltenstheoretisches im Seminar langatmig ergänzte. Neues war bei ihren Diskussionsbeiträgen nicht dabei, dafür viel Selbstdarstellung. Die vier Freunde hatten Petra Eckel sogar einmal zum Kaffee zu sich eingeladen. Der Gast unterhielt sich dabei ausschließlich mit Gisela und Ingeborg. Claus und Matthias ließ Frau Eckel komplett links liegen. Das Gespräch war zäh verlaufen, es gab auch keine Gegeneinladung. Professor Eckel hatte sich als reichlich dünkelhaft erwiesen, indem sie immer wieder auf ihre besondere Bedeutung als Professorin an einer renommierten Fakultät hinwies und sich verbal deutlich abgrenzte von Ingeborgs früherer Professur für VWL an einer kleinen niedersächsischen Universität und noch mehr von Gisela Tätigkeit als Professorin für Ökonomie und Sozialpolitik an einer Hochschule für angewandte Wissenschaften. Die beiden Freundinnen waren reichlich angefressen nach diesen Herabwürdigungen, zumal sie sich selbst eine überragende Kompetenz zuschrieben. Beide zeichnete eine gewisse Eitelkeit aus.

Claus fand die Unterhaltung über Frau Eckel langweilig.

„Können wir vielleicht mal das Thema wechseln? Was geht uns Petra Eckel an? Ich fand die uninteressant und unsympathisch. Dein blauer Fleck wird auch bald verschwinden. So schlimm werden die Folgen der Rempelei schon nicht sein. Einfach vergessen, Ingeborg. Das ist mein Rat. Mal was ganz anderes, Ihr Lieben: Gisela und ich haben in etwas über zwei Wochen, genauer am 1. Oktober, Hochzeitstag. Wir haben uns ganz spontan etwas überlegt. Wir würden gern ein verlängertes Wochenende verbringen, am liebsten in der ‚Rebe' in Tonbach, 5-Sterne-Hotel, sogar 5 Sterne superior, und Sterne-Küche. Und dazu schön gelegen im Schwarzwald. Habe Ihr vielleicht Lust mitzukommen? Bei gutem Essen und etwas Dekadenz seid Ihr doch gern dabei."

Ingeborg, die sich zu ihrer Berufszeit weder für andere Menschen noch für schicke Kleidung oder luxuriöses Übernachten und gutes Essen interessiert hatte, wartete nicht auf die Reaktion ihres Freundes Matthias und rief:

„Aber ja doch. Wir sind natürlich dabei. Von der ‚Rebe' habe ich schon gelesen. Klasse Idee."

Matthias fühlte sich überrumpelt und meinte:

„Inge, Du weißt doch, dass ich es nicht mag, wenn andere Entscheidungen für mich treffen. Könntest Du mich vielleicht zumindest fragen, ob ich das auch möchte? Wir stören bestimmt nur beim Hochzeitstag, das ist doch eher was für die beiden alten Turteltäubchen allein."

„Dann bleib' halt hier. Ich wollte schon immer mal in die ‚Rebe'."

„Hah, schon immer. Dich hat so etwas früher nicht die Bohne interessiert bei Deiner einsamen Halbpension im billigen Hotel. Du hast nur für den Beruf gelebt, sei ehrlich. Das gute Leben hast Du erst durch mich richtig kennengelernt."

„Na gut, stimmt schon. Aber jetzt liebe ich so etwas und habe viel nachzuholen. Durch Dich habe ich etwas Luxus eben schätzen gelernt. Und ich kenne doch Deine Vorlieben inzwischen mehr als gut. Ich weiß ganz genau, dass Dich die ‚Rebe' ebenso reizt. Magst Du nicht vielleicht mitkommen, Matz? So großartige Menüs wirst Du Dir doch bestimmt nicht entgehen lassen. Und Claus hätte uns nicht gefragt, wenn die beiden lieber allein feiern würden."

Ingeborg sah ihren Freund gleichzeitig dankbar und mit treuem, bittendem Augenaufschlag an, dem Matthias nie widerstehen konnte.

„Ach, Du wickelst mich mal wieder um den Finger. Okay, Du kleiner Quälgeist, dann komme ich halt mit. Und stimmt schon, die ‚Rebe' reizt mich, sehr sogar. Wann wollen wir das denn machen?" Bei diesen Worten lächelte er erst seiner Freundin zu und wandte sich dann an Claus.

Letzterer blätterte in seinem elektronischen Kalender des Smartphones. Man einigte sich auf das Wochenende nach dem 1. Oktober. Claus wollte gleich am nächsten Tag nach freien Zimmern fragen. Er wandte sich an Ingeborg und Matthias:

„Für Euch wie immer zwei Einzelzimmer und für uns ein Doppelzimmer?"

Matthias und Ingeborg liefen leicht rot an, was Gisela und Claus verblüfft bemerkten bei den beiden Freunden, die bereits auf die Siebzig zugingen. Na, sie rannten eher auf die Siebzig zu. Matthias' siebzigster Geburtstag war nicht mehr fern.

„Äh, nein. Du kannst für uns auch ein Doppelzimmer buchen. Wir schnarchen nicht."

Gisela und Claus sahen sie mit großen Augen an. Gisela fasste sich als Erste:

„Ja, wie? Wollt Ihr Geld sparen? Bislang habt Ihr immer auf Einzelzimmern bestanden. Haben wir etwa was verpasst bei Euch? Los, raus mit der Sprache."

„Beides, Geld sparen und naja, Ihr wisst schon", kam die zögerliche Antwort Matthias'. „Es hat sich halt so entwickelt. Wir sagen es lieber gleich: Wir werden oben unsere beiden kleinen Drei-Zimmer-Wohnungen zusammenlegen und dabei natürlich umbauen. Wir werden ja nicht jünger und brauchen wahrscheinlich bald mehr gegenseitige Unterstützung. Dann ist eine gemeinsame Wohnung für uns beide besser als zwei nebeneinander."

Ingeborg wurde wieder rot: „Und gemeinsames Kuscheln ist auch schön."

„Das sagst Du so beiläufig? Ingeborg, die Unnahbare, zieht mit einem Mann zusammen. Ich bin platt. Aber warum kauft Ihr nicht die große Wohnung im Erdgeschoss? Könnt Ihr mit dem Erlös der oberen beiden Wohnungen bestimmt locker finanzieren. Nachdem der ältere Herr unten vor ein paar Monaten verstorben ist, hat mir seine Witwe erzählt, dass sie demnächst in ein Seniorenstift umziehen wird."

„Ach, Ihr kennt doch Inge. Sie hat im Erdgeschoss Angst vor Einbrechern und möchte lieber oben bleiben."

„So ein Quatsch. Außerdem ist es gar nicht Erdgeschoss, sondern Hochparterre. Wisst Ihr, was Ihr Euch da antut? Denkt nur an den Handwerkerärger. Und dass Ihr zwischendurch länger in einer großen Baustelle wohnen werdet."

„Haben wir alles bedacht. Lasst uns nur machen."

Claus kam wieder auf die gemeinsame Fahrt zurück: „Nun denn. Ihr müsst wissen, was Ihr tut. Warum habt Ihr uns denn nicht früher von Eurer engeren Liaison erzählt? Naja, ist ja auch egal. Jetzt wissen wir es. Ich freue mich für Euch. Aber zurück zu unserer Schwarzwaldtour nach Tonbach. Ich fühle mich für so lange Strecken zu alt fürs Autofahren. Wir dachten an eine Bahnfahrt. Ab Baden-Baden gibt es vom Hotel einen Abholservice. Das passt."

Matthias hatte auch keine Lust zum Autofahren. Die beiden Frauen sahen zwar einige Unbequemlichkeiten vor sich, aber es gab eine durchgehende ICE-Verbindung von Göttingen nach Baden-Baden. Die beiden Männer würden die gehbeeinträchtigte Gisela sicher in den Zug hieven. Und mit Abholservice schien es allen eine gute Lösung. Außerdem fuhren die beiden Frauen kein Auto, Ingeborg hatte nicht einmal einen Führerschein und Giselas grauer Lappen war inzwischen ungültig.

Claus beruhigte sie zusätzlich:

„Wird alles ganz bequem: Mit dem Taxi zum Bahnhof, bis Baden-Baden durchfahren und uns dort abholen lassen. Zurück genauso, natürlich umgekehrt, mit Bringservice, ICE und Taxi. Und zwischendurch lassen wir uns in Tonbach nach Strich und Faden verwöhnen."

Das wurde also so abgemacht, das Essen wurde beendet und die Karten zum Rummy-Spiel herausgeholt. Zum Spielen kamen sie aber immer noch nicht, weil Claus fragte:

„Habt Ihr schon Ideen zum Seniorenstudium nächstes Semester? Mitte Oktober gehen die Vorlesungen wieder los. Wir müssen uns rechtzeitig einschreiben."

Gisela antwortete, weil sie und Ingeborg sich schon informiert hatten, anders als die beiden Herren:

„Bei den Historikern gibt es was zur Weimarer Republik. Da wollen auch Berthold, Hanna und Heide hingehen. Dann wären die glorreichen Detektive mal wieder zusammen, wenn wir das gemeinsam belegen."

Die anderen waren einverstanden. Zusammen mit den drei jungen Studierenden der Geschichtswissenschaft hatten sie im zurückliegenden Wintersemester den Mord an einem Tutor aufklären können. Matthias hatte sich nach dem anschließenden Kauf der Eigentumswohnung neben Ingeborgs Bleibe entschlossen, sein kleines Reihenhaus günstig an diese drei Studierenden zu vermieten. Alle sieben trafen sich deshalb weiterhin ab und zu und wollten nach Möglichkeit wieder eine gemeinsame Lehrveranstaltung belegen.

Ingeborg sprach weiter:

„Wir haben dann noch gesucht, ob die VWLer was zu Diskriminierung anbieten. War aber Fehlanzeige. Bei den Soziologen gibt es ein für Senioren geöffnetes Seminar zur Intersektionalitätstheorie, aber das kennen Gisela und ich schon alles, ist aus unserer Sicht nur neuer Wein in alten Schläuchen. Da wollen wir nicht hin. Es wird ja gerade vieles neu erfunden. Die viel diskutierte Theorie des sogenannten ‚Othering' ist aus meiner Sicht auch nichts anderes als die alte Kategorisierungs- und Attributionstheorie. Vielleicht ist eine Vorlesung von Josefine Rothärmel ganz interessant: Neue Arbeitsmarkttheorien. Da könnten Diskriminierungsfragen vielleicht vorkommen. Wir könnten zumindest in diese Vorlesung mal hineinschnuppern. Und außerdem könnten wir vielleicht über Frau Rothärmel herausbekommen, was mit Professorin Eckel los ist."

Claus versuchte noch abzuwehren mit dem Argument, die Vorlesung zur Weimarer Republik sei doch genug, aber er konnte sich nicht durchsetzen und stimmte zum Schluss zähneknirschend zu, dass sie sich die Arbeitsmarktvorlesung probeweise anhören und dann entscheiden, ob sich das lohnt. Die beiden Frauen konnten sehr dominant sein. Matthias versuchte noch erfolglos, Ingeborg auszureden, weiter an die Anrempelei zu denken.

Dann endlich begannen sie ernsthaft Rummy zu spielen. Wie fast immer gewann Claus. Ingeborg wurde Letzte und ärgerte sich - auch wie immer. Matthias tröstete sie, als die beiden zwei Stunden später hinauf zu ihren beiden Wohnungen gingen. Das wiederum mochte Ingeborg. Matthias war ein guter Tröster. Seit etwa einem Jahr kannte sie ihn schon. Es hatte sich nach anfänglichen Irritationen zunächst eine Freundschaft entwickelt, dann nahm die Vertrautheit zu. Sie waren bereits einmal gemeinsam in den Urlaub gefahren und wollten nun nicht mehr in getrennten Wohnungen nebeneinander, sondern in einer einzigen geräumigen Wohnung leben, da sie sowieso meistens 24 Stunden am Tag zusammen waren.

Ingeborg war nicht sonderlich attraktiv vom Äußerlichen: klein, etwas schiefe Körperhaltung, verwirbelte, ziemlich struppige Kurzhaarfrisur. Dazu leicht abstehende Ohren. Matthias hatte mit der Zeit ein Faible für ihre verwirbelten Haare entwickelt, er fand sie insgesamt sogar niedlich und er liebte Ingeborgs Belesenheit sowie ihre Hartnäckigkeit, Dingen und Ereignissen auf den Grund zu gehen. Das hätte er sich beim ersten Kennenlernen niemals vorstellen können. Da erschien sie ihm nicht nur klein und hutzelig, sondern auch überheblich und besserwisserisch. Ingeborg hingegen fand Matthias zwar von Anfang an schon attraktiv, hatte ihn aber zunächst als oberflächlichen Luftikus eingeschätzt. Auch sie revidierte alsbald ihre Meinung und freundete sich mit ihm an. Die dramatische Lösung des Kriminalfalls um den toten Tutor brachte die beiden endgültig näher. Seitdem waren sie unzertrennlich. Schon seit langem verfolgte Matthias die Idee einer gemeinsamen Wohnung, aber Ingeborg brauchte einige Zeit, bis sie ihre Bindungsängste überwinden konnte.

Matthias kam mit in Ingeborgs Wohnung. Sie überlegten, was man alles im Schwarzwald unternehmen könnte. Ingeborg wollte unbedingt nach Giengen ins Steiff-Museum. Sie teilte mit Matthias eine ungewöhnliche Leidenschaft. Beide liebten Stofftiere und hatten auch selbst einige. Die hatten eigene Namen und sogar eigene Charaktere. Bei Ingeborg wohnten die Stofflöwen Leopold, Leonhard und Lionel, bei Matthias die Stoffwölfin Lupa und die Stoffbärin Ursula. Leopold, genannt Poldi, war Ingeborgs ständiger Begleiter, er war Ratgeber und Freund. Er hatte sie sogar früher zu allen Sitzungen und Vorlesungen an ihrer alten Uni begleitet. Er war ihr Ein und Alles. Und das trotz der Freundschaft zu Matthias. Ingeborg fand es naheliegend, nun endlich die Steiff-Manufaktur zu besuchen.

„Giengen ist aber nicht gerade um die Ecke. Wir müssten erst von Baden-Baden nach Aalen oder nach Ulm, um nach Giengen zu fahren. Das wird ziemlich lange mit der Fahrerei und den Umstiegen dauern."

„Egal, wenn wir schon mal im Schwarzwald sind, dann muss das sein. Da will ich schon lange hin. Und Poldi möchte unbedingt seinen Geburtsort kennenlernen. Damit liegt er mir schon seit langer Zeit in den Ohren. Wir müssen an dem Wochenende in Tonbach sonst nicht groß herumreisen. Das Hotel wird viel bieten. Das nutzen wir alles aus. Die Verbindung nach Giengen habe ich unten am Handy schon mal nebenher beim Spielen rausgesucht. Nur deshalb habe ich übrigens ein paar Spiele hintereinander verloren. Wenn wir am Freitag um 8.41 Uhr in Baden-Baden losfahren, sind wir knapp drei Stunden unterwegs. Umsteigen müssen wir in Karlsruhe und in Aalen. Zurück können wir gegen 15.30 Uhr fahren. Das ist als Zeit für das Museum genug. Wir sind dann 18.30 Uhr wieder in Baden-Baden. Reicht sogar für das Abendessen, wenn wir uns abholen lassen. Wir müssen zurück nur einen weiteren Umstieg in Kauf nehmen. Von Giengen nach

Ulm, vor dort nach Stuttgart und über Karlsruhe nach Baden-Baden. Das passt."

„Falls die Züge pünktlich sind. Was haben wir denn für Umsteigezeiten?"

„Geht, nur auf der Hinfahrt ist etwas wenig Zeit mit acht Minuten in Karlsruhe. Sonst immer mehr. Das wird schon klappen, denn bei der Bahn sind doch alle Züge zu spät."

„Nur nicht die, die man beim Umsteigen noch erreichen will", bemerkte Matthias.

2

Gisela und Ingeborg hatten die Einschreibe- und Belegungsformalitäten an der Uni erledigt, Claus die Zimmer in der ‚Rebe' in Tonbach gebucht. Zum Glück konnten sie so kurzfristig noch unterkommen, allerdings nicht in normalen Zimmern, sondern nur noch in größeren Suiten. Zu Gisela meinte er:

„Für den Preis der Suite inklusive der drei Essen im Gourmetrestaurant ‚Weinbergstube' hätten wir auch drei Wochen in die Karibik fliegen und eine Kreuzfahrt machen können."

„Ach nee, keine Karibik, keine Langstreckenflüge, keine langweilige Kreuzfahrt. Spaß hätte ich dabei nicht. Drei Wochen Kreuzfahrt, das ist doch öde. Außerdem haben wir im Schwarzwald fünf Sterne superior und ein Spitzenrestaurant. Besser geht es doch gar nicht. In den Zimmern war früher bereits alles vom Feinsten, bei einer Suite bestimmt noch viel feiner. Umsorgt wird man wie Könige, der pure Luxus. Nur schade, dass unser Lieblingskoch, ähh, mir fällt gerade der Name nicht ein, da nicht mehr kocht. Weißt Du noch, wie erstklassig das Essen bei unserer Silberhochzeit dort war? So gut habe ich nie wieder gegessen. Und das, obwohl Du mich immer so großartig bekochst."

Zweieinhalb Wochen später ging es schon los. Claus hatte ein Großraumtaxi bestellt, die vier Freunde verabredeten, sich unten am Hauseingang zu treffen, um mit ihrem Gepäck auf das Taxi zu warten. Gisela kam mit einem kleinen Rollkoffer und einem Rucksack, ihr Mann Claus auch mit einem Rucksack und einem größeren Koffer, auch zum Rollen, in den er alles Schwere auch von Gisela eingepackt hatte, z.B. Kulturbeutel, Schminktasche und ein Paar Schuhe. Matthias fand sich mit seiner großen gelben Sporttasche mit der Aufschrift ‚ASC Bogensport' ein. Und dann hörten sie den Fahrstuhl und kurze Zeit später Ingeborg rufen:

„Kann mal jemand kommen und mir helfen?"

Matthias ahnte, warum der Hilferuf kam und wurde leicht unruhig, ging aber Richtung Fahrstuhl. Beide, Ingeborg und Matthias, kamen bepackt wie die Maulesel bei den beiden Freunden an: Ingeborgs aus dem Fahrstuhl geholtes Gepäck bestand aus zwei Koffern (einem monströs großen Rollkoffer und einem Koffer-Erbstück ihrer Eltern zum Tragen), einer Reisetasche, einem Rucksack, einer kleinen und einer großen Handtasche. Und als Krönung hatte sie noch einen übergroßen Stoffbeutel (mit Löwenmotiv) dabei samt Proviant für alle: acht mit Salami bzw. Käse belegte Scheiben Brot, zwei Tafeln Nougat-Schokolade, eine Doppel-Packung Bio-Haferkekse, vier aufgeschnittene Tomaten, vier Eier und eine große Thermoskanne Kaffee plus Becher. Sogar an ein kleines Salzfässchen hatte sie gedacht.

Gisela kommentierte entgeistert: „Ach, Ingeborg geht auf Weltreise."

Ingeborg überhörte das geflissentlich und wandte sich an Matthias:

„Matz, Du hilfst mir doch auch nachher mit dem Gepäck, oder?"

„Äh, ja. Sicher. Aber was schleppst Du denn alles mit Dir mit, um Gottes Willen? Wir sind doch nur vier Tage von heute bis Sonntag unterwegs."

„Abends muss man sich schick machen, da sind schon mal drei Kombinationen plus passende Schuhe für die Abendessen und den Barbesuch hinterher nötig, dazu Wanderkleidung und -stiefel, falls wir mal einen Spaziergang machen. Dann Badeanzug, Badekappe, Bademantel für den Wellness-Bereich. Normale Kleidung für die Tage natürlich auch. Und was man halt sonst noch so braucht. Das Wetter ist im Schwarzwald unberechenbar. Es kann Anfang Oktober schon ganz schön kalt werden. Drei dicke Pullover muss ich deshalb auf alle Fälle mitnehmen. Und was Luftiges, falls es doch nicht kalt wird. Poldi habe ich in der großen Handtasche dabei. Leonhard und Lionel wollten nicht mit, aber mein Poldi muss mich begleiten. Du hast bestimmt auch Deine Lupa dabei."

„Ja klar, Ursula ist aber daheim geblieben. Aber schau doch mal: Gisela hat neben dem Rucksack nur ein kleines Köfferchen und Claus nur einen Rucksack und einen Koffer für beide."

„Der zieht ja auch immer das Gleiche an", ließ Ingeborg den Einwand nicht gelten. „Ja, überhaupt Gisela: Wandern wird sie wegen ihrer Rückenschmerzen nicht. Schwimmbad interessiert sie nicht, weil sie Wassertemperaturen unter 38 Grad angeblich nicht aushält. Massagen mag sie nicht, weil das knufft. Und abends zieht sie immer dieselbe Bluse zu ihrer schwarzen Hose an. Langweilig. Ich möchte das komplette Luxusprogramm nutzen. Da braucht man eben allerhand zum Anziehen."

„Vielleicht sind wir drei langweilig, haben aber auch leichter zu tragen", meinte Claus beleidigt.

„Ich habe Dich ja!" Ingeborg strahlte Matthias an.

Die Unterhaltung versiegte, denn schon kam das Taxi um die Ecke. Alles wurde eingeladen und los ging es zum Bahnhof.

Dort angekommen achtete Ingeborg aufgeregt darauf, dass auch all ihre Gepäckstücke ausgeladen wurden. Matthias konnte nicht alles tragen, und Ingeborg beschränkte sich darauf, den Rucksack, ihre beiden Handtaschen und den Stoffbeutel mit dem Proviant zu nehmen. Der große Rucksack ließ sie noch kleiner wirken als sie sowieso schon war. Also erbarmte sich Claus, nahm Matthias einen der Koffer ab und half beim Schleppen. Es waren nicht nur viele Gepäckstücke, sie waren überdies auch noch schwer. Claus meinte leicht erbost zu Matthias:

„Da hast Du noch Erziehungsaufgaben. So geht das nicht, dass Ingeborg uns einfach ihre Wackersteinkoffer und -taschen aufhalst."

„Lass mal gut sein. Ich bin so froh, dass sie solche Reisen überhaupt macht. Das hat mich schon viel Überzeugungsarbeit gekostet, bis sie mit mir in den Urlaub gefahren ist. Und da ist es ein kleines Übel, dass sie gefühlt ihren ganzen Hausstand mit sich herumschleppt. Also nicht mit sich selbst schleppt, sondern mit mir. Ich bin ihr Kofferträger. Mit ihrer Osteoporose soll sie ja auch nicht schwer tragen. Das kann ich aushalten, weil der größere Urlaub mit ihr wirklich wunderbar war. Sie ist so interessiert und sie weiß selbst so gut Bescheid über Wirtschaft, Geografie, Kultur und Geschichte vieler Länder. Unsere Reise im Frühjahr war ein einziger Genuss. Ingeborg ist die tollste Frau, die ich je kennengelernt habe."

Claus sah nur seufzend gen Himmel, murmelte etwas von Liebe, die die Augen trübe und offensichtlich Muskelkraft fördere. Dann nahm er den schweren Koffer.

Es wurde ein schwieriges Manöver, erstens Gisela und zweitens alles Gepäck in den ICE zu hieven sowie die Koffer, Rucksäcke und Taschen im Zug zu verstauen. Durch die Fahrt in der geräumigen ersten Klasse gelang es aber schließlich bis zur niedersächsisch-hessischen Landesgrenze vor Kassel, alles unterzubringen und die Sitzplätze einzunehmen. Ingeborg kontrollierte wie bei jeder Fahrt sogleich, ob ihr Löwe Leopold auch in ihrer Tasche saß. Ebenso sah Matthias als erstes nach, ob seine ständige Begleiterin, die Stoffwölfin Lupa, weiterhin in der Innentasche seines Mantels steckte. Erst als alles doppelt und dreifach überprüft war, konnten sich die vier Reisenden entspannen. Ab Fulda wurde gegessen und getrunken, beim Halt in Frankfurt war nichts mehr übrig von den vielen Broten, den Eiern, Tomaten und von der Schokolade, den Keksen und dem Kaffee. Reisen macht hungrig und durstig. Die Fahrt verlief fast reibungslos, durch Baustellen und Wartezeiten bei der Durchfahrt von Gegenzügen in den Baustellenbereichen sammelten sie allerdings fast zwanzig Minuten Verspätung auf.

In Baden-Baden mussten sie trotz der Zugverspätung noch einige Minuten warten, bis das Auto des Hotels zum Abholen eintraf. Leider war der Kleinbus gerade in der Werkstatt, so dass nur eine normale Limousine angefahren kam. Es dauerte noch einmal fast zehn Minuten, bis sie sich selbst und den größten Teil des Gepäcks in dem zu kleinen Kofferraum untergebracht hatten, Tetris des Alltags. Gisela hatte sich vorgedrängelt und den Platz neben dem Fahrer ergattert. Ihre Begründung der körperlichen Einschränkung für die Vorzugsbehandlung zog immer. Die anderen drei Freunde saßen gequetscht auf der Rückbank, Ingeborg als die Kleinste in der Mitte. Ein Teil des Gepäcks mussten sie auf dem Schoß transportieren. Nach einer kurvenreichen Autofahrt von fast einer Stunde für die knapp 45 km kamen sie glücklich, aber leicht zerknautscht in Baiersbronn-Tonbach in der ‚Rebe' an. Gisela beklagte leichte Übelkeit.

Sie vergaßen die Strapazen sofort nach Bezug ihrer Suiten. Eine Flasche Sekt und ein Präsentkorb voller Obst und Süßem sowie Salzigem standen für beide Paare in ihren geräumigen Suiten bereit. Ingeborg und Matthias öffneten sogleich die Sektflasche und prosteten sich zu. Sie inspizierten die Zimmer ihrer Suite und waren überwältigt. Ingeborg bemerkte, dass sie gar keinen Bademantel hätte mitnehmen müssen, da zwei hauseigene Frottee-Bademäntel mit Kapuze und Rebenemblem in ihrem großzügigen Kleiderschrank hingen, sogar zum Mitnehmen. Nach dem Sekt war Ingeborg etwas lustig zumute. Erst wollte sie sich einige Zeit hinlegen, um sich von den Strapazen zu erholen. Aber dann dachte sie an das Badezimmer. Sie war beim Besichtigen sprachlos gewesen: überaus großzügig, dreiseitig gekachelte und barrierefreie Dusche sowie eine große Badewanne mit einem Sprudler. Also alles vom Feinsten und mit einer überaus komfortablen Ausstattung, dazu Badezusätze in allen möglichen verführerischen Düften, ebenso teure Duschgels und Seifen bekannter Luxus-Marken. Ingeborg entschied sich deshalb, ein Entspannungsbad zu nehmen. Glückselig planschte sie im dampfenden, herrlich duftenden Schaumbad. Als sie zurück zu Matthias ins Wohnzimmer der Suite kam, meinte sie:

„Das musst Du erlebt haben. Im Bad ist das ganze Interieur unglaublich elegant, bestimmt sauteuer. Und die Duschgels, Badezusätze, Seifen, Düfte: nur bekannte Luxusmarken. Ich sage nur Chanel, Bulgary, Calvin Klein, Jean Gaultier und noch andere. Für Herren gibt es auch sündhaft teure Düfte. Musst Du unbedingt ausprobieren. Die Reste packen wir ein, denn die sind sicher im Preis mit drin. In dem Badezimmer läuft außerdem im Hintergrund leise klassische Musik. Unglaublich. So ein Luxus-Bad müssen wir uns beim Umbau auch gönnen. Was meinst Du?"

Ich bin nicht sicher, ob unsere Finanzen das hergeben. Alles Marmor, viel Vergoldung, wie ich beim kurzen Blick sehen konnte. Unsere Bankkonten haben leider nur endliche Guthabenbeträge, und der Umbau wird so schon teuer. Schauen wir mal, was geht."

„Aber Musik muss sein! Das kostet bestimmt nicht viel. Und Marmor ist hoffentlich auch drin. Ich könnte jedenfalls das ganze Wochenende in diesem Bad verbringen, so großartig finde ich das."

Am Abend trafen sich die vier Freunde in der Weinbergstube zum 6-Gänge-Menü. Claus trug den einzigen Anzug, den er noch aus seiner früheren Berufstätigkeit besaß: etwas eng um den Bauch und auch schon leicht abgewetzt. Selbst sein graues Hemd hatte schon bessere Bürozeiten gesehen. Auf Krawatte oder Fliege hatte Claus verzichtet. Man sah, dass er sich herzlich wenig aus schicker Kleidung machte. Immerhin kam er nicht in seiner ausgebeulten Jeans und dem geliebten karierten Flanellhemd, sonst seine bevorzugte Kleidung. Matthias sah etwas eleganter aus in seinem neueren anthrazit-grauen Anzug, weißem Hemd und grau-rot gestreifter Krawatte. Gisela hatte ihre einzige bessere Hose an, dazu eine weiße, eher schlecht passende Bluse, die bedenklich in der Oberweite spannte, darüber noch einen glänzenden roten Bolero. Sie hatte was von einem Gartenzwerg. Es fehlte nur die Zipfelmütze, dachte Matthias bei sich. Optischer Star war an diesem Abend eindeutig Ingeborg in ihrer eleganten schwarzen Hose mit goldenen schmalen Längsstreifen und einer golden glänzenden Bluse. Dieses Ensemble hatte sie sich gekauft, als sie mit Matthias im Zuge der Ermittlungen um den toten Tutor einen Polizeiball besuchte. Sie liebte diese Kombination.

Ingeborg reagierte allerdings etwas angefressen, als sie das Reservierungsschild auf ihrem Tisch entdeckte: Herr Gilke und Gattin & Herr Bär und Gattin.

„Typisch. Schaut mal auf die Namen. Erstens bin ich nicht Gattin, zweitens ist das herabwürdigend. Wieso werden die Männer namentlich genannt und wir nicht, Gisela? Ich möchte Berenschik auf dem Schild haben. Und Gisela, Du heißt Kubon-Gilke, nicht nur Gilke. Und unsere akademischen Titel will ich auch sehen. Schaut mal auf den Nebentisch, da sitzt ein Dr. Wenig samt Gattin. Bei Männern wird alles genannt, einschließlich Titel. Hier zählen wohl Frauen nur als Anhängsel."

„Das war vor fast zwanzig Jahren auch schon so. Das hat mich bei unserer Silberhochzeit bereits geärgert, dass ich hier nur Gattin war. Beim Auschecken habe ich damals eine Änderung angemahnt. Scheint nichts genutzt zu haben. Bezeichnend, dass das immer noch so gehandhabt wird. Diskriminierend ist das!"

Der Ärger der beiden Freundinnen legte sich bald durch das exzellente Essen, die passenden Weine zu jedem Gang und die überaus aufmerksame und umsichtige Bedienung. Ingeborg schwärmte wieder von dem Bad ihrer Suite. Claus lächelte amüsiert:

„Das fanden wir 2005 bei unserer Silberhochzeit schon stilvoll, vor allem die Musikuntermalung. Haben wir seitdem bei uns auch. Wir haben ein Internetradio mit Zeitschaltung im Bad, und das spielt morgens immer unseren Lieblingssender Radio Swiss Classic. Das ist ein Sender ohne Werbung und nur mit Titel-, Komponisten- und Interpretenansage, keine längeren Textbeiträge. So fängt unser Tag schon entspannt und mit guter Laune an. Sonst kann unser Bad natürlich mit dem Luxus der ‚Rebe' nicht mithalten. Da reicht allein der Platz bei uns nicht."

„Dann komme ich jetzt immer zum Rasieren runter, bis unser Umbau fertig ist. Wir wollen das dann auch haben", lachte Matthias, „oder ich stelle jetzt schon in unseren beiden Bädern Internetradios auf."

„Bitte ja, lieber so", murmelte Claus.

„Matz, das machen wir auf alle Fälle auch so bei dem Umbau. Bitte. Und eine schicke große Badewanne mit einer ganzen Batterie an schönen Badezusätzen, das ist mein Traum."

„Schauen wir mal. Ich dusche eigentlich nur. Meinst Du wirklich, dass wir eine Badewanne brauchen? Wir sind fast siebzig und kommen vielleicht bald in eine Badewanne nicht mehr rein und schon gar nicht aus ihr raus. Dann ist das nur verschwendeter Platz."

„Ach, Du bist ein Langweiler. Immer kommst Du mit nahender Gebrechlichkeit. Vielleicht sind wir ganz anders als Gisela mit ihren Wehwehchen. Muss ja nicht so werden bei uns. Immer kommst Du mit ihr als Beispiel."

„Und Du bist überoptimistisch, liebe Inge. Denke mal an mein Arthrose-Knie und Deine Osteoporose. So taufrisch sind wir nun wirklich nicht mehr."

Claus sah beide leicht besorgt an: „Nun zankt nicht, bevor Euer Umbau überhaupt beginnt. Das wird noch aufregend genug, glaubt mir."

„Wir zanken doch gar nicht, sondern tauschen nur Argumente aus."

„Ach, dann möchte ich nicht wissen, wie Ihr Euch angiftet, wenn Ihr wirklich einmal zankt."

„Claus, schließe nicht immer von Dir auf andere. Ihr seid doch langweilig in Eurer ewigen Harmonie und ständigem Händchenhalten. Und das seit fast 45 Jahren. Wir sind eben temperamentvoller als Ihr beiden."

Claus und Gisela sahen sich nur tief in die Augen, fassten sich tatsächlich bei den Händen und erwiderten nichts mehr. Matthias und Ingeborg waren nach ihrer Meinung so temperamentvoll wie alte Schildkröten.

Ingeborg kam unvermittelt wieder auf ihre Begegnung mit Frau Eckel zu sprechen:

„Findet Ihr es wirklich normal, wenn eine Professorin so die Beherrschung wie die Eckel verliert? Ich glaube, dass da bestimmt was anderes als das übliche Gezänk an Unis die Ursache war."

„Ach was. Sie ist wahrscheinlich nur einfach unbeherrscht. Sie ist eitel zum Quadrat und bestimmt stocksauer, wenn jemand ihre Qualifikation nicht gebührend anerkennt. Und an Unis erkennt man die Leistungen anderer eben schon grundsätzlich nicht an. Mehr wird das nicht sein. Und höre doch mit Frau Eckel auf. Mit der werden wir zukünftig gar nichts mehr zu tun haben. Einfach abhaken, Ingeborg."

„Nein, da muss was Besonderes passiert sein. Ihr hättet sie in ihrer Rage sehen sollen."

„Ach komm, spekulieren bringt doch nichts."

„Ich will es aber wissen!"

Es hätte gerade noch gefehlt, dass Ingeborg wie Rumpelstilzchen trotzig mit einem Bein fest auf den Boden gestampft hätte. Das tat sie aber natürlich nicht im schicken Restaurant. Obwohl: Ihre Frisur hätte durchaus zu einem Rumpelstilzchen-Auftritt gepasst. Die zuvor beim Friseur in Form gebrachte Kopfbehaarung hatte die lange Zugfahrt nicht gut überstanden. Das Schaumbad erst recht nicht.

Ingeborgs drei Freunde gingen nicht weiter darauf ein, auch wenn Ingeborg noch mehrere Anläufe an diesem Abend unternahm, das Gespräch auf Petra Eckels seltsames Verhalten zu lenken. Nach zweieinhalb Stunden beendeten sie den Abend. Alle waren angenehm gesättigt, träge und weinselig. Beim Aufbruch sah sich Ingeborg im Saal uninteressiert um und bekam plötzlich einen Hustenanfall. Sie flüsterte in Richtung Ihrer Freunde.

„Schaut mal unauffällig nach links. Da hinten sitzt die Eckel. Mit einem Mann, den ich nicht kenne."

„Oh nein, nicht schon wieder Eckel. Wir können es bald nicht mehr hören. Warum sollen wir schauen? Selbst Deine Intimfeindin kann mal ausspannen. Die interessiert doch niemanden."

Ingeborg schlenderte bereits los. Sie wollte das Namensschild unauffällig ausspähen. Ausspähen gelang, unauffällig jedoch nicht. Am Tisch musste sie sich etwas herabbeugen, um das Schild zu entziffern. Dr. Stikowski und Gattin stand darauf. Schon wieder entschlüpfte Ingeborg ein Überraschungshusten und Petra Eckel sah auf. Verblüfft rief sie:

„Frau Berenschik! So ein Zufall. Kann ich was für Sie tun?"

„Meine Güte, Frau Eckel! Sie sind es tatsächlich", flötete Ingeborg geradezu. „Einen schönen Abend wünsche ich. Ich habe hier mit Freunden gegessen und bin auf dem Weg zu meinem Zimmer. Da habe ich Sie zufällig gesehen und wollte Sie nur kurz grüßen. Ich möchte nicht weiter stören, Frau Professor."

„Der Ausgang ist auf der anderen Seite, hier kommen Sie in die Küche."

„Ach ja, danke, so oft komme ich hier nicht her. Dann Ihnen noch einen schönen Abend."

Mit hochrotem Kopf entfernte sich Ingeborg eilig. Den ganzen Weg zu ihrer Suite murmelte sie „Stikowski, Stikowski, Stikowski." Und noch weitere Stikowskis, bis sie endlich ihre Suite erreichte. Dort meinte Matthias, dass ihre Neugierde ganz schön peinlich sei. Das beeindruckte Ingeborg kein bisschen. Sie griff Ihr Handy und googelte ‚Dr. Stikowski'. Es gab nur einen einzigen, Stikowskis ohne Doktortitel noch fünf. Das Internet gab die Information heraus, dass es einen Dr. Franz Stikowski gäbe, der als Ministerialdirigent im niedersächsischen Kultusministerium tätig sei. Ein Bild gab es nicht dazu.

„Hmm, Matthias, schau mal. Die Eckel hat einen Begleiter, der wohl leitend im Hannoverschen Kultusministerium tätig ist. Merkst Du was?"

„Keine Ahnung. Warum soll die Eckel niemanden aus Hannover kennen? Göttingen ist nur 100 km von Hannover entfernt."

„Aber das könnte doch ein Geschmäckle haben, wenn sie sich mit einem aus dem Ministerium trifft. Die will bestimmt was von diesem Kerl."

„Du und Deine Phantasie. Die wird einfach mit einem Bekannten hier sein. Oder die sind verliebt. Sind wir doch auch. Selbst eine ältere Frau kann ein Verhältnis eingehen. Du hast es selbst bemängelt, dass Frauen einfach als ‚und Gattin' auf den Reservierungsschildern stehen, auch wenn sie gar nicht mit dem Mann verheiratet sind, der genannt wird. Genieße doch endlich den Luxus und denke nicht immer an diese unsympathische Person."

„In Göttingen werde ich mich weiter umhören, das kannst Du glauben. Aber Du hast recht, mein Schatz. Es ist zu schön hier, als sich durch Eckels und Stikowskis stören zu lassen."

Sonderlich glaubhaft war das nicht. Aber ihre Gedanken schienen bald zu verfliegen, lag sie doch fünfzehn Minuten später schon im Bett auf dem Rücken und schnarchte kräftig. Matthias musste sie stupsen und schubsen, bis sie endlich auf der Seite lag und Ruhe gab.

Am nächsten Morgen war Ingeborg früh auf den Beinen. Sie wollte noch vor dem Frühstück den hauseigenen Wellnessbereich erkunden und ein paar Bahnen schwimmen. Matthias bekam sie nicht aus dem Bett, der grunzte nur kurz und schlief weiter. Also zog sie den Bademantel mit gesticktem Rebenmotiv über ihren Badeanzug und lief mit Frotteesandalen allein los. Es war fast etwas unheimlich in den menschenleeren Gängen. Das Gebälk des alten Gebäudes knackte und knarzte gelegentlich und sie war froh, als sie endlich ein Fahrstuhl wie gewünscht in den Keller brachte. Im Spa-Bereich war noch nicht viel los; mit nur fünf anderen Gästen teilte sie sich die großzügige Anlage. Im Schwimmbecken kraulte sogar nur ein einziger Schwimmer. Ingeborg stieg ins Wasser, schubberte kurz vor Kälte, gewöhnte sich aber schnell an das Wasser und zog langsam ihre Brustschwimmkreise. Sie hörte bald etwas neben sich. Sie drehte sich leicht erschrocken um und hörte den Kraulschwimmer herankommen. Es war Dr. Franz Stikowski, der sich dem langsamen Tempo Ingeborgs anpasste und dabei den Schwimmstil wechselte.

„Hallo, ich habe Sie erkannt. Sie waren gestern kurz an unserem Tisch, oder?"

Ingeborg strengte das Schwimmen an und so antwortete sie etwas kurzatmig:

„Ja, ich kenne Ihre Begleiterin aus Göttingen. Wir haben gemeinsam ein Seminar an der Uni besucht und sie war auch einmal kurz zu Besuch bei uns. Ich heiße übrigens Ingeborg Berenschik und war früher auch wie Petra Eckel Professorin für VWL, nur nicht in Göttingen."

„Entschuldigen Sie. Ich muss mich noch vorstellen. Ich heiße Franz Stikowski, Dr. Franz Stikowski genauer, und ich kenne Petra schon seit meiner Schulzeit. Wir kommen beide aus Gifhorn und haben beide in Marburg studiert, ich Jura, sie VWL. Die ganze Studienzeit haben wir in einer Zweier-WG zusammengelebt."

„Sind Sie beide verheiratet, wenn ich fragen darf? Man kann ja mittlerweile eigene Namen bei einer Trauung behalten. Uns gegenüber hat Frau Eckel gar nicht erwähnt, dass sie liiert ist."

Obwohl Ingeborg längst genug vom Schwimmen hatte und eigentlich noch ein paar Minuten auf der Liege im Warmbereich verbringen wollte, hielt sie eisern durch, weil sie das Glück gar nicht fassen konnte, ausgerechnet Dr. Stikowski an ihrer Seite zu haben.

„Haha, nein, weder verheiratet noch haben wir eine Affäre. Hatten auch niemals. Wir sind nur gut befreundet. Ich selbst bin seit achtzehn Jahren mit meiner Lore verheiratet und Petra ist solo. Leider. Ihre erste Partnerin Christa ist tragischerweise verstorben. Ihre spätere Frau zum Unglück auch. Ist schon etwas länger her. Meine Frau und ich waren bei Christas Tod sogar dabei. Wir waren bei Petra eingeladen. Sie hat Schweinelende im Blätterteig ‚Wellington' selbst zubereitet. Das Schweinefilet war mit einer Pilzfarce ummantelt. Es roch schon sehr lecker, als wir ankamen. Wir haben alle davon gegessen. Es schmeckte ganz exquisit. Danach haben wir noch länger ‚Jadekönig' gespielt. Plötzlich bekam Christa, ihre Freundin, starke Schmerzen und fasste sich an ihren Unterleib. Übergeben musste sie sich auch. Auch uns wurde übel. Wir haben sofort den Notarzt gerufen und sind auch mit ins Krankenhaus. Dort hat man wohl zu lange nach Ursachen der Erkrankung gesucht. Als man herausgefunden hatte, dass ein Grüner Knollenblätterpilz der Übeltäter war, war es schon zu spät. Unsere Beschwerden waren am nächsten Tag wieder verschwunden, aber Christa ist nach vier Tagen leider verstorben. Es war tatsächlich eine Pilzvergiftung. Entsetzlich. Für Petra ist eine Welt zusammengebrochen. In den ersten zwei Monaten danach hat sie über zehn Kilo abgenommen. Sie hat ganz furchtbar unter dem Verlust gelitten, aber kurze Zeit später hat sie doch geheiratet."

Ingeborg war irritiert und fragte sich, ob Dr. Stikowski immer so eine Plaudertasche war oder ob er womöglich sich irgendwie rechtfertigen wollte, warum er mit Petra Eckel gemeinsam ein paar Tage in dem Luxushotel verbrachte. Hmm, oder die Pilzgeschichte war ein besonders einschneidendes Erlebnis für ihn, das ihn immer noch beschäftigte und er deshalb bei jeder Gelegenheit darüber sprach. Ingeborg war so clever, das Gespräch in Gang zu halten.

„Das ist ja schrecklich. Sie tut mir sehr leid. Und Sie drei hatten nur geringe Vergiftungssymptome? Dann hatten Sie ja unglaubliches Glück. Bei einer Pilzfarce kommen doch kleingeschnittene Pilze hinein. Dass nur eine Person eine größere Portion Giftpilz abbekommen hat, ist ja fast ein Wunder."

„Schicksal. Wir haben alle von der Lende gegessen. Petra hat uns die Scheiben Fleisch mit Blätterteig aufgetan. Ganz zufällig, wer ihr gerade den Teller hinhielt. Es gab sogar eine richtige polizeiliche Untersuchung hinterher, aber es war nicht mehr aufzudecken, wie ein giftiger Pilz in die Pilzfarce gelangen konnte. Petra hatte zusätzlich zu den gekauften Zuchtchampignons ein paar Pfifferlinge gekauft, aber bei denen kann es keine Verwechslung mit dem Knollenblätterpilz geben."

„Hat man das Essen genauer untersucht?"

„Ja, das Gift war definitiv in der Farce, wie sich bei der Obduktion Christas herausstellte. Schlimm, oder? Wir drei anderen sind gerade so davongekommen. Man hat sogar ganz kurz Petra verdächtigt. Sie hat zwar gekocht, aber sie konnte ja nicht wissen, wo was Giftiges steckt und dass ihre Freundin viel vom Gift abbekommen hat. Wir hätten alle Opfer werden können. Die Ermittlungen wurden danach schnell eingestellt, es war ein ungeklärter Unfall."

„Schrecklich. Das werden Sie bestimmt nie wieder vergessen. Das Erlebnis war sicher traumatisch für Frau Eckel. Ist sie deshalb an der Uni so oft schlecht gelaunt? Sorry, wenn ich das sage, aber ich habe sie ab und zu ziemlich verärgert erlebt."

„Ach nein, das hat nichts mit einem Trauma zu tun. Sie hat das überwunden. Sie hat ja sogar kurze Zeit später geheiratet. Aber Ihre Frau ist leider auch früh verstorben, an einem Herzinfarkt. Sogar diesen Schicksalsschlag hat sie letztlich überwinden können. Naja, und Im Beruf? Petra ist einfach sehr impulsiv. Und sie hat wohl ein ausgesprochen schwieriges Kollegium. Und einen nervtötenden Dekan. Sagt sie. Wir verbringen jedes Jahr ein paar Tage in schöner Umgebung. Sie muss mal raus aus dem Uni-Trott. Meine Frau konnte diesmal nur nicht mit, weil sie bei meinem ältesten Sohn als Enkelbeglückerin einspringen musste. Beide Zwillingsenkeltöchter sind krank und weder Sohn noch Schwiegertochter können weitere Kinderkranktage nehmen. Und Urlaubstage opfert man ja nicht. Anrecht hin oder her, sie haben gerade wichtige Projekte. Und meine Frau macht das liebend gern. Jedenfalls lieber als Urlaub mit Petra. So ganz eng ist ihre Freundschaft nicht."

„Herr Stikowski, meine Kondition lässt nach. Ich muss mich leider jetzt verabschieden. Sehen wir uns vielleicht heute Abend wieder?"

„Nein, leider nicht. Wir fahren nach dem Frühstück. In der nächsten Woche geht das Semester mit Sitzungen los und Petra muss sich noch vorbereiten. Und ich habe auch zu tun. Hat mich gefreut, Ihre Bekanntschaft zu machen."

Mit den Worten „Ebenso. Dann gute Fahrt. Grüßen sie bitte Frau Eckel herzlich von mir", drehte Ingeborg ab und erreichte schon leicht zitternd die Leiter zum Ausstieg. Sie hatte gerade noch Kraft, die fünf Stufen nach oben zu steigen, dann setzte sie sich auf den erstbesten Liegestuhl und brauchte fast zwanzig Minuten, um sich von der für sie ungewohnten Anstrengung zu erholen. Und sie war verwirrt. Im leisen Selbstgespräch entschlüpften ihr die Worte: „Warum erzählt er mir das alles? Er kennt mich doch nur kurz vom Sehen."

Eine Stunde später berichtete Ingeborg ihren drei Freunden beim späten Frühstück von ihrem Erlebnis. Die schauten aber nicht sonderlich interessiert und meinten nur: „Na, so was. Was so alles passiert. Tragischer Tod. Aber lass uns doch endlich in Ruhe mit Frau Eckel." Und mit diesen Worten konzentrierten sie sich wieder auf Obst, Bircher Müsli, gekochte Eier, Brötchen, Schinken und weitere Leckereien.

Ingeborg sah ihren Freunden verärgert bei ihrer Frühstücksorgie zu, nahm trotzig nur eine Graubrotscheibe und belegte sie mit einer Scheibe kräftigem Schweizer Käse.

„Also, mir wird Frau Eckel immer dubioser. Wieso stirbt ihre Partnerin an einer Pilzvergiftung und alle anderen haben nur Bauchschmerzen?"

„Hat Dir doch Dein Schwimmpartner erklärt."

„Meine Güte, seid Ihr naiv. Wisst Ihr, wie eine Pilzfarce gemacht wird? Da werden die Pilze kleingehackt. Es kann gar nicht sein, dass die Farce nur an wenigen ausgewählten Stellen Gift enthält."

„Vielleicht nicht ordentlich durchgemischt. Halt endlich den Schnabel, Ingeborg, und iss", entgegnete Claus.

Ingeborg warf Claus einen bösen Blick zu, sagte aber tatsächlich nichts mehr. Sie blickte sich stattdessen nach den Stikowski-Eckels um, aber die hatten entweder schon schnell gegessen oder kamen noch später zum Frühstück. Ingeborg grunzte vor Missvergnügen und schlug mit der Faust auf den Tisch. Sonst war sie gar nicht so biestig, aber sie ärgerte sich:

„Was seid Ihr denn für sture Faulpelze? Es gibt doch was zu tun für uns beim Giftmord. Dr. Stikowski wollte vielleicht den Verdacht aufwärmen."

„Jetzt spinnst Du aber endgültig. Entwickelst Du eine Eckel-Manie? Nur wegen des Anrempelns? Gib doch bitte, bitte endlich Ruhe. Warum soll denn der Herr aus Hannover gerade Dir gegenüber einen Verdacht äußern. Der kennt Dich nicht einmal."

Claus konnte sehr deutlich seinen Ärger spüren lassen. Er wollte das Frühstück genießen und holte zum Beweis einen ersten Nachschlag von den leckeren Pancakes mit Blaubeeren.

Ingeborg gab es auf, aber nur für die Zeit in Tonbach. Sie würde es schon beweisen, dass der Pilztod der Lebensgefährtin der Eckel kein Unfall war. Sie sah sich als würdige Nachfolgerin von Miss Marple und wunderte sich, dass ihre Freunde so demonstrativ desinteressiert waren.

Die Tage im Schwarzwald vergingen wie im Fluge. Ingeborg und Matthias ließen nichts aus: Zeitlich aufwendige Fahrt so nach Giengen mit Besuch des Steiff-Museums und mit tatsächlich geradeso gelungenen Zugwechseln wegen passender Verspätungen. In Tonbach nutzten sie Hallenbad, Massagen, Sauna, Friseur. Und sogar Kosmetikbehandlungen. Beide! Claus und Gisela konnten nur noch den Kopf schütteln. Sie ließen es sich stattdessen auf dem Balkon, in ihrer Suite oder bei kleinen Ausflügen gut gehen. Zwischendurch machten die vier Freunde auch gemeinsame kurze Spaziergänge, nur so weit, wie es Gisela möglich war. Und die Hauptsache waren natürlich die abendlichen Menüs, allesamt von allererster Güte, auch der zunächst kritisch-ängstlich beäugte Gang ‚Wildschweinfilet an Waldpilzragout mit frittierter Petersilie'. Claus bot sich angesichts der offensichtlichen Bedenken als Vorkoster an, er bestand die Prüfung unbeschadet.

3

Am Sonntag, dem Tag der Abreise, hatte Ingeborg Mühe, alle ihre Habseligkeiten wieder in ihre Koffer zu packen, weil sie u.a. sämtliche Cremes, Lotionen und Kosmetika einpackte, mit denen sie behandelt worden war und in größeren Mengen als Vorrat für daheim gekauft hatte. Natürlich wurden auch die kleinen Fläschchen aus dem Bad eingesteckt. Sie hatte sich zudem Lunchpakete für alle Vier vom Hotel vorbereiten lassen, die mussten zusätzlich transportiert werden. Die Bademäntel passten nicht in die Koffer, worüber Matthias froh war. Er hatte bis zum Schluss nicht geglaubt, dass sie mitgenommen werden konnten. Leichter wurde ihr Gepäck im Vergleich zur Hinfahrt jedenfalls nicht. Immerhin stand für den Bringdienst nach Baden-Baden diesmal der Kleinbus zur Verfügung, so dass es weniger logistisches Geschick brauchte, um alles zu verstauen. Der ICE sollte halbwegs pünktlich sein, ca. fünfzehn Minuten Verspätung, wenn auch mit umgekehrter Wagenfolge. So wurden die Fahrgäste auf dem Bahnsteig durch die Anzeigetafel informiert. Da die Umkehrung der Waggonreihenfolge rechtzeitig angekündigt worden war, schafften sie es, die ganze Zuglänge mit ihrem Gepäck von vorne nach hinten zu laufen. Im Zug brachten sie ihr Gepäck gut unter, indem sie es über andere Sitzplätze verteilten, wofür sie missbilligende Blicke der Mitreisenden ernteten. Wie bei der Hinfahrt wurde alles doppelt und dreifach kontrolliert, als erstes wieder, ob Leopold und Lupa auch nicht vergessen worden waren. Alles war in Ordnung.

Alles? Nicht ganz. Kurz vor Karlsruhe kam die Durchsage, dass die Rheinstrecke Mannheim-Frankfurt wegen Böschungsbränden kurzfristig gesperrt werden musste und die Fahrt über Heidelberg und Darmstadt nach Frankfurt gehen würde, was kleinere Verspätungen zur Folge hätte. Das störte unsere vier Freunde nicht, sie mussten ja nicht umsteigen. Claus freute sich sogar, mal wieder seine alte Heimat zu passieren. Den Darmstädter Bahnhof hatte er lange Jahre jeden Tag für die Fahrt zur Arbeit und zurück durchquert.

In Darmstadt war gerade die Rheinstraßenbrücke über den Bahngleisen für den Abriss eingehaust. Der Abriss ging momentan aber nicht voran und deshalb war die wichtige Brücke als Einfallstor der Stadt Richtung Westen gesperrt. Claus Kommentar dazu:

„Planung ist ja Glückssache. In Darmstadt leider ohne Glück."

Gisela setzte ihr ‚Claus-Willy-Schimpfgesicht' auf und raunte leise, dass Claus nicht immer so sarkastisch sein solle. Jeder wisse, dass die Stadt Darmstadt an der Verzögerung nicht schuld war. Claus grinste seine Frau nur noch an und sagte nichts mehr.

Noch waren die vier Bahnfahrer gut gelaunt, als sie den Darmstädter Bahnhof Richtung Norden verließen. In Frankfurt sollte es fünf Minuten Aufenthalt geben. Die fünf Minuten verstrichen sowie zehn weitere. Nach fünfzehn Minuten wurden die Fahrgäste leicht unruhig. Informationen gab es nicht, der Zug stand nur still auf seinem Gleis. Nach über dreißig Minuten endlich eine Durchsage: Am Zug sei eine technische Störung aufgetreten. Da der Zug nicht aus dem Bahnhof fahren könne und ein weiterer Bahnsteig wegen Bauarbeiten gesperrt sei, würden andere Schnellzüge Richtung Norden über Frankfurt Süd umgeleitet. Die Reparatur, so die Schätzung, würde etwa zwei Stunden dauern. Die Fahrgäste hätten die Wahl, entweder mit der S-Bahn oder einem Regionalzug nach Frankfurt Süd zu fahren, um dort einen anderen ICE nach Norden zu nehmen; Nahverkehrszüge Richtung Kassel zu nutzen oder die zwei Stunden zu warten.

Verärgert und unschlüssig sahen sich die vier Freunde an. Den Gedanken an eine Fahrt mit Umstieg in Frankfurt Süd verwarfen sie. Mit dem vielen Gepäck die Bahnsteige entlang, das war ihnen zu lästig. Nahverkehr mit vielen Umstiegen war auch nichts. Ingeborg schlug vor, in die Lounge zu gehen, um sich dort mit Essen und Getränken zu bedienen. Ihre Tickets der ersten Klasse erlaubten das. Nur was mit dem Gepäck machen? Allein im Zug lassen war zu riskant. Also bissen sie in den sauren Apfel, schleppten alles hinaus, liefen dank umgekehrter Wagenreihung den ganzen langen Bahnsteig hinunter und fuhren mit ihrem Gepäck per Aufzug in die Lounge.

Ingeborg schaute gleich nach den Speisen und bestellte für sich und Matthias jeweils ein Szegediner Gulasch. Claus nahm wie immer und überall ein krümeliges Croissant, Gisela entschied sich für ein Tomaten-Mozzarella-Sandwich. Die beiden Männer holten noch Getränke für alle, und sie machten es sich auf vier Plätzen an einem gerade frei gewordenen Tischchen gemütlich. Kaum hatten Ingeborg und Matthias angefangen, ihr Gulasch zu essen, kam die Durchsage, der Zug nach Hamburg sei unerwartet schnell repariert worden, Abfahrt sei in 15 Minuten. Die vier Freunde gerieten in Panik. Ingeborg und Matthias mussten das warme Essen stehen lassen, nur Gisela packte schnell noch ihr restliches Sandwich in eine Serviette und steckte es ein. Claus schlang in drei Bissen sein Croissant hinunter. Dann schnappten sie ihr Gepäck, mussten noch fast zwei Minuten auf den Fahrstuhl warten und liefen so schnell sie konnten den Bahnsteig hinunter. Blöde Umkehr der Wagenreihenfolge. Etwa in der Mitte des Zuges rief Gisela:

„Ich schaffe es nicht rechtzeitig bis dahinten. Unser Waggon steht zu weit weg, fast hinten am Stellwerk. Ich steige hier schon mal ein und gehe durch die Waggons."

„Ich komme mit. Matthias, ich nehme aber nur mein Gepäck mit, um durch die engen Gänge der Wagen zu gehen und Gisela zu unterstützen. Da muss Ingeborg auch mal was tragen."

Und schon waren Gisela und Claus eingestiegen und begannen den Weg über abgestellte Koffer und an verschlossenen Toiletten vorbei. Mit Gepäck dauerte der Slalom um andere Gepäckstücke und platzsuchende Bahngäste ziemlich lange. Ingeborg und Matthias stiegen in den viertletzten Wagen ein, weil auch sie meinten, ihre Plätze sonst nicht rechtzeitig zu erreichen. Mit dem vielen Gepäck war der Weg nach ganz vorn eine schlimme Tortur. Und schon fuhr der Zug ab. Fünf Minuten später erreichten alle vier Freunde schweißgebadet ihre Plätze. Immerhin hatten sie diesmal keine Probleme mit der Unterbringung des vielen Gepäcks.

Sie waren noch nicht ganz aus dem Stadtgebiet Frankfurts herausgefahren, da kam ein Aufschrei Ingeborgs:

„Poldi! Ich habe die Tasche mit Poldi hängengelassen. Wir müssen zurück. Sofort! Matthias, zieh die Notbremse. Schnell, mach schon."

„Einen Teufel werde ich tun. Weißt Du, was es kostet, unnötig die Notbremse zu ziehen?"

„Ich muss aber raus und zurück. Jetzt. Los, beeil Dich. Mein Poldi! Ich muss ihn doch retten. Wer weiß, was ihm passiert. Nun beeile Dich doch endlich. Los, da an der Tür ist die Notbremse."

Ingeborg wurde vollkommen hektisch und war kaum zu beruhigen. Sie schubste Matthias unsanft zur Seite, weil der keinerlei Anstalten machte, der Aufforderung nachzukommen. Sie versuchte, selbst an die Notbremse zu kommen, wurde aber in letzter Sekunde von Matthias unsanft zurückgezogen. Es sah durchaus merkwürdig aus, wie die kleine ältere Frau im Großraumwagen mit dem älteren Herrn zu ringen schien. Matthias weigerte sich beharrlich, ihr zu helfen und sie an die Notbremse zu lassen. Andere Fahrgäste halfen ihr auch nicht. Viele hatten andere Züge ab Frankfurt Süd genommen, die verbliebenen Fahrgäste sahen unbeteiligt aus dem Fenster und dachten sich ihren Teil zu der Rangelei. Es half nichts, Ingeborg musste im Zug bleiben. Matthias verhinderte ihre panische Notbremsenaktion und hielt sie mit beiden Armen umklammert. Leider hielt der Zug nicht einmal in Hanau, sondern erst wieder in Fulda. Ingeborg war ein reines Nervenbündel, beschimpfte Matthias wie nie zuvor. Auch Gisela und Claus bekamen ihr Fett weg, weil auch sie den Zug nicht zum Halten bringen wollten. In Fulda stieg sie, endlich aus der Umklammerung gelöst, aus. Matthias konnte ihr gerade noch die kleinere Handtasche reichen, sonst wäre sie ohne Ausweis und ohne Geld ausgestiegen. Sie hatte Matthias nicht gefragt, ob er mit ihr nach Frankfurt zurückfahren wolle. So enttäuscht war sie von ihrem Freund und so panisch wollte sie zu ihrem Poldi.

Auf dem Bahnsteig gegenüber fuhr gerade ein Zug nach Stuttgart über Frankfurt ein. Schon war Ingeborg drin und die Fahrt ging zurück. Nur hatte sie leider gar keinen Fahrschein, da Claus die Fahrten bezahlt und auf seinem Handy gespeichert hatte. Natürlich kam gleich hinter Fulda ein Kontrolleur und Ingeborg musste mit hochrotem Kopf gestehen, keine Fahrkarte zu haben. Das wurde jetzt ein teurer Spaß. Die Erklärung mit dem vergessenen Stofflöwen zog überhaupt nicht, der Kontrolleur machte nur ein Gesicht, als ob sie nicht alle Tassen im Schrank hätte. Sie musste ein deutlich höheres Fahrgeld entrichten. Einen Sitzplatz fand sie auch nicht. Sie musste also bis Frankfurt stehen. Dort angekommen, stürmte sie aus dem Zug und rannte, so gut sie in ihrem Alter und mit ihrer Unsportlichkeit rennen konnte, in Richtung Lounge. Sie wartete nicht einmal auf den Fahrstuhl, sondern hastete die Treppe nach oben. In die Lounge wollte man sie erst nicht hineinlassen, weil sie kein Ticket für die erste Klasse vorweisen konnte. Sie veranstaltete aber ein derartiges Geschrei und Gezeter am Eingang, dass man sie letztlich doch passieren ließ, damit sie nicht noch randalierte und um sich schlug. Da sie danach Ruhe gab, verzichteten die Bediensteten angesichts des Alters der aufgeregten Bahnkundin und ihrer wirren Begründung hinsichtlich der Suche nach einem ominösen Leopold darauf, die Bahnpolizei zu rufen.

In der Lounge ging Ingeborg zunächst zu den Plätzen, auf denen sie gesessen hatten. Nichts. Ihre Nervosität und Aufregung steigerten sich noch weiter. Sie war keines vernünftigen Gedankens mehr fähig. Nachfrage bei einer Kellnerin: auch nichts. Dann ging sie zur Essensausgabe und erkundigte sich schon ganz verzagt nach der Tasche mit ihrem geliebten Leopold. Und, oh Wunder, sie war tatsächlich abgegeben worden und lag in einer Ecke hinter dem Servicetresen. Später sollte sie ins Fundbüro gebracht werden. Ingeborg konnte durch eine detaillierte Beschreibung des Inhalts glaubhaft machen, dass es ihre Tasche war und bekam sie ohne größeren Aufwand zurück. Dem Personal der Küche spendierte sie zum Dank fünfzig Euro. Sie setzte sich erst einmal, um wieder einen klaren Kopf zu bekommen. Sie gönnte sich einen Kamillentee, zog ihren Stofflöwen aus der Tasche und tätschelte seine Mähne.

„Hast Du Angst gehabt, Poldi? Ich ganz furchtbar. Warum hast Du denn nicht gerufen? Ein Glück, dass ich Dich wiederbekommen habe. Ich passe ab sofort noch besser auf Dich auf, versprochen."

Leopold schien vorwurfsvoll und zugleich dankbar zu gucken.

„Jetzt fahren wir nach Hause und ich halte Dich ganz, ganz fest, mein Liebling. Versprochen."

Ingeborg beruhigte sich langsam. Als sie endlich wieder einen vernünftigen Gedanken fassen konnte, nahm sie ihre beiden Taschen, hielt beide ganz fest und ging zum Fahrkartenautomaten. Sie schimpfte immer noch mit sich selbst und bestrafte sich wegen ihrer Nachlässigkeit, die Tasche mit Poldi vergessen zu haben, indem sie kein ICE-Ticket kaufte, sondern billiger mit Nahverkehrszügen und Umstieg in Kassel nach Göttingen fuhr. Eine gefühlte Ewigkeit war sie unterwegs. In Göttingen ging sie, mittlerweile war es Abend geworden, mit ihren fest unter den Arm geklemmten Taschen zu Fuß zu ihrer Wohnung in Theaternähe. Sie meldete sich weder bei Matthias noch bei Gisela und Claus, weil sie immer noch erbost war, dass die drei ihr nicht geholfen hatten, den Zug zum Stehen zu bringen. Sie wollte sogar noch einmal überlegen, ob sie wirklich mit Matthias in einer Wohnung leben wollte. Sie fühlte sich von ihm im Stich gelassen.

Die anderen drei waren ohne weitere Verspätungen in Göttingen angekommen, hatten arge Mühe mit dem vielen Gepäck aus dem Zug zu kommen, dann aber ging es ohne Probleme mit einem größeren Taxi zurück zu ihren Wohnungen.

Matthias hörte am Abend, dass jemand in der Nachbarwohnung war und ging mit seinem Zweitschlüssel nachschauen, ob es Ingeborg oder ein Spitzbube war.

„Inge, bist Du das?", rief er beim Betreten der Wohnung.

„Wer wohl sonst? Warum klingelst Du nicht und kommst einfach ungebeten herein?"

„Ungebeten? Bist Du immer noch sauer, Inge? Hast Du Poldi denn gefunden?"

„Ja und ja. Hier ist Poldi. Er ist Dir böse und ich bin das auch. Wozu sind denn Notbremsen da, wenn nicht für Notfälle. Und Du hast keinen Finger gerührt." Ingeborg funkelte Matthias zornig an.

„Ach komm' Inge. Es kostet 200 Euro, wenn man ohne Not die Notbremse zieht. Man macht sich mit so etwas strafbar."

„Ich hatte aber Not. Große sogar. Es ging schließlich um Poldi!"

„Sicher. Aber Du bist doch eine kluge und gebildete Frau. Da hast Du jedoch völlig emotional und irrational überreagiert. Geradezu panisch. Vergessenes Stofftier wäre nie als Notfall durchgegangen. Wenn bei der Bremsung jemand verletzt worden wäre, hättest Du neben der Strafe auch noch alle damit verbundenen Kosten tragen müssen. Das konnte ich doch nicht riskieren."

„Du weißt doch, wie wichtig mir Leopold ist. Ohne ihn kann ich nicht leben. Er ist mir das Liebste auf der Welt. Wie konntest Du das nur vergessen!"

„Natürlich weiß ich das, aber Notbremse hätte Dich auch nicht schnell zum Bahnhof zurückgebracht. Der Zug wäre auf freier Strecke zum Halten gekommen. Die Bahnleute hätten erst geschaut, was passiert ist und hätten Dir oder mir die Strafe aufgebrummt. Schnell weggekommen wärst Du bestimmt nicht. Und wie wolltest Du überhaupt aus dem Zug kommen? Aus der Höhe auf das Gleisbett springen? Da hättest Du Dir alle Knochen gebrochen. Das wäre nix geworden mit Deiner Poldi-Rettung."

Ingeborg versuchte erst noch eine Rechtfertigung:

„Wir hätten ja im Bahnhof Offenbach die Notbremse nutzen können, dann wäre ich gut rausgekommen."

„Ach, und dazu hättest Du in Sekundenschnelle den Bremsweg ausgerechnet, damit Du bewirkst, dass der Zug auch wirklich am Bahnsteig zum Halten kommt?"

Nun wurde Ingeborg doch nachdenklich und kleinlaut. Es war eine ihrer großen Stärken, dass sie Fehler einsah:

„Hmm, äh, also vielleicht habe ich doch etwas sehr spontan nur die Notbremsenidee verfolgt. Eigentlich waren wir alle vier doof. Wir hätten ja einfach in der Lounge des Frankfurter Bahnhofs anrufen können. Mit meiner Hektik habe ich Euch wohl auch durcheinandergebracht, weil Ihr auch nicht auf diese Idee gekommen seid."

Matthias umarmte Ingeborg. „Lass mal gut sein. Hauptsache, dass Poldi wieder da ist und Du mir nicht mehr böse bist."

„Meinst Du, dass ich mich bei Gisela und Claus entschuldigen muss?"

„Wäre schon gut. Claus, dem Stoffel, wird es egal sein, aber Gisela war schon ziemlich betroffen, dass Du sie so böse beschimpft hast. Sie wollte es Dir erklären, warum sie Dir nicht hilft, aber Du hast sie einfach nicht zu Wort kommen lassen."

„Oh, stimmt. Das tut mir leid. Ich weiß gut genug, wie leicht sie verzagt und traurig wird. Das ist ganz schön peinlich für mich. Herrjeh! Wie kann ich das nur gutmachen?"

„Ich wüsste da schon was. Du hast es vielleicht noch nicht bemerkt, aber Deine Pläne für ein Lehrbuch über Diskriminierung machen Gisela traurig. Naja, schlecht gelaunt ist sie deshalb auf alle Fälle."

„Wieso ist Gisela sauer, weil ich ein Buch schreibe? Was hat das mit ihrem Gemütszustand zu tun?"

„Ingeborg, sei nicht so begriffsstutzig. Gisela hat doch selbst Vorlesungen über Diskriminierung gehalten und allerhand Arbeiten dazu betreut. Die langweilt sich in ihrem Rentnerinnendasein und würde gern mitschreiben. Seniorenstudium füllt sie einfach nicht aus. Glaube ich jedenfalls. Denke nur daran, wie engagiert sie im letzten Semester das Seminar bei den Historikern angeboten hat, obwohl sie nicht einmal ein Honorar dafür bekommen hat."

„Echt? Warum schreibt sie dann nicht selbst ein Buch? Ach, vielleicht, weil ich das Thema erst ins Gespräch gehabt habe. Aus Rücksicht auf mich. Wie goldig! Daran habe ich mit keiner Silbe gedacht. Dabei ist das eine richtig gute Idee, das Buch zu zweit zu schreiben. Das hatte ich überhaupt nicht auf dem Schirm. Was bin ich nur für ein Dussel, wo Gisela und ich doch so oft über Theorieentwicklungen fachsimpeln. Auch über das Diskriminierungsthema. Du hast völlig recht. Ach Matthias, Du bist so wunderbar sensibel, dass Du das gemerkt hast. Gleich morgen frage ich sie, ob wir das Buch gemeinsam angehen. Danke, vielen, vielen Dank. Wenn ich Dich nicht hätte."

So endete dieser Tag versöhnlich. Matthias und Ingeborg tranken auf den glücklichen Ausgang des Abenteuers noch ein Gläschen Sekt. Poldi und Lupa saßen auf dem Tisch ganz eng beieinander und schienen erleichtert und glücklich zu sein. Ingeborg war nach einer Stunde so erschöpft, dass sie in Matthias' Armen lächelnd einschlief.

4

Am nächsten Morgen gingen Ingeborg und Matthias nach einem gemeinsamen Frühstück ein Stockwerk hinunter zu ihren beiden Freunden. Ingeborg druckste etwas herum. Matthias hielt ihre Hand, das half ihr, die Entschuldigung loszuwerden. Mit einem ‚Schwamm drüber' war die Disharmonie so gut wie beseitigt. Dann ergänzte Ingeborg:

„Gisela, ich war trottelig und völlig unsensibel Dir gegenüber. Tut mir echt leid. Matthias hat mich darauf aufmerksam gemacht, dass ich viel zu sehr auf mich selbst konzentriert war. Du bist schließlich auch Expertin auf dem Gebiet der Diskriminierungstheorie. Da ich früher immer nur allein Bücher und Aufsätze geschrieben habe, bin ich gar nicht auf die Idee gekommen, gemeinsam mit Dir aktiv zu werden. Dabei ergänzen wir uns super. Hast Du trotz meiner Begriffsstutzigkeit Lust, das Buch gemeinsam mit mir zu schreiben? Das ist mir ein echtes Anliegen, nicht nur so daher gesagt."

„Du meinst das wirklich ernst? Natürlich Ingeborg, und wie ich Lust habe. Nichts lieber als das. Wenn Du das wirklich willst, bin ich dabei. Wollen wir gleich heute einen Aufbau des Buches überlegen?"

Gisela war kaum noch zu bremsen. Ingeborg stimmte zu. Beide Frauen zogen sich in Giselas Arbeitszimmer zurück.

Claus meinte anerkennend zu Matthias: „Eine Meisterleistung war das. Wie hast Du Ingeborg denn beruhigen können? Als sie gestern in Fulda ausgestiegen ist, war sie so was von geladen. Ich dachte schon, dass es das mit Eurer Beziehung und den Umbauplänen war. Bei ihrem Poldi kennt Ingeborg kein Pardon. Wenn der nicht wieder aufgetaucht wäre, wärst Du bestimmt bei Ingeborg in ewige Ungnade gefallen."

„Sauer war sie, sehr sogar. Aber Inge ist eine kluge Frau. Sie hat zum Schluss verstanden, was wir mit einer Notbremsung angerichtet hätten. Und zum Glück hat sie ihren Poldi wieder. Alles glimpflich ausgegangen. Und ein Gutes hat es ja: Unsere beiden Frauen sind in der nächsten Zeit beschäftigt, da können wir wieder mal öfter einen Bierabend in der Kneipe machen. Oder sogar einen ganzen Biertag, haha. Wenn die beiden ins Schreiben kommen, geraten sie bestimmt wieder in einen Flow, bei dem sie gar nicht mehr mit der Arbeit aufhören können und überhaupt nicht darauf achten, was wir so anstellen. Wir können also, ohne uns rechtfertigen zu müssen, reine Männersachen unternehmen. Super. In solchen Zeiten muss man unsere beiden Frauen fast mit Zwang zum Essen oder gemeinsamen Aktivitäten holen. Wir werden sie lassen, sofern sie uns nicht zu sehr vernachlässigen."

„Ist Ingeborg auch so? Bei Gisela denke ich manchmal, dass ich in ihren ‚Floh-Phasen', hihi, mit dem Kopf unter dem Arm herumlaufen könnte. Sie würde es nicht bemerken, sondern nur an Ihre Schreiberei denken. Sie ist dann so hibbelig wie ein hüpfender Floh, allerdings nur auf dem Sitz des Schreibtischstuhls. Sie hat mir mal erzählt, dass Arbeit an einem Buch oder Aufsatz richtige Hochgefühle des Glücks, einen Flow, bei ihr hervorruft. Ich gönne ihr das. Naja, etwas vernachlässigt fühle ich mich in solchen Phasen allerdings schon."

Matthias nickte. „Bei Inge ist es genauso. Sie geht völlig auf in ihrer Schreiberei. Ziemlich verrückt, oder? Ich habe sogar mal gegoogelt und gelesen, dass der Glücksforscher Mihály Csíkszentmihályi als Schöpfer der Flow-Theorie gilt. Im deutschsprachigen Raum spricht man manchmal auch von einem Schaffensrausch, der unglaubliche Glücksgefühle hervorrufen soll. Das habe ich an Ingeborg schon feststellen können. Sie sitzt grinsend wie ein Honigkuchenpferd vor dem PC und hämmert auf ihrer Tastatur herum, isst und trinkt nichts. Sie scheint dann ihre Umwelt gar nicht wahrzunehmen. Und ihre Blase muss schon sehr drücken, bis sie sich mal vom Schreibtisch wegbewegt. So glücklich wie beim Schreibflow erlebe ich sie sonst nie, nicht einmal im Urlaub. Ich hatte bei meiner Arbeit nie einen solchen Rausch. Du vielleicht?"

„Nee, Arbeit war immer Pflicht. Von wegen Glücksgefühl. Höchstens bei der Gehaltsabrechnung, haha. Gisela hat mir auch einiges über diesen unaussprechlichen Glücksforscher erzählt. Ich glaube, der ist kürzlich gestorben. Er war angeblich der Meinung, dass so gut wie jede Tätigkeit zu einem Flow führen kann. Braucht aber bestimmte Bedingungen. Dann soll es selbst beim Schraubenzählen passieren können. Bei mir klappt es nicht mal beim Kochen, obwohl ich das schon ganz gern mache. Hat vielleicht was mit Pflicht und Freiwilligkeit zu tun. Oder mit Anreizen. Ich weiß es aber nicht genau. Gisela meinte nur, dass der Publikationsdruck an den Unis mit dem jetzigen Lohn-, Evaluierungs- und Zulagensystem dazu führt, dass viele junge Wissenschaftler diesen Flow nicht mehr erleben würden und das Publizieren nur mit Druck und Zwang in Verbindung bringen. Dann scheint das kaum zu funktionieren mit einem Flow. Bei unseren beiden Rentnerinnen brauchen wir da keine Angst zu haben. Sie schreiben ohne finanzielle Hintergedanken. Ihre Karrieren haben sie hinter sich."

Claus holte zwei Bier aus dem Kühlschrank und die beiden Männer tratschten weiter über Gott und die Welt, vor allem aber über Ingeborg und Gisela.

Derweil saßen die beiden Letztgenannten an Giselas Schreibtisch, einige Zettel Papier und Stifte vor sich.

„Also, wie gehen wir das Buch an? Erstmal eine grundsätzliche Frage. Soll es bei Diskriminierung nur um das Frauen-Männer-Thema gehen oder auch um andere Kategorien wie Körpergewicht, Ethnie oder Religionszugehörigkeit?"

Gisela dachte etwas nach und entgegnete: „Schwierig. Erstens kann es sich überlappende oder überkreuzende Diskriminierungen geben: Geschlecht plus Ethnie plus Religion plus Hautfarbe zum Beispiel. Und dann gibt es ja auch zweitens noch nichtbinäre Geschlechtsidentitäten. Diese Menschen werden anscheinend noch viel stärker als Frauen diskriminiert. Als ein Beispiel für die traditionellen Diskriminierungstheorien kann man das Mann-Frau-Beispiel aber sicher gut verwenden. Auf Intersektionalität mit den verschiedenen, sich eventuell überkreuzenden Diskriminierungen sollten wir dennoch auf alle Fälle eingehen. Denk mal an das früher gern zitierte Beispiel mit den katholischen Mädchen vom Lande. Und zur sexuellen Orientierung kenne ich sogar ein CESifo-Arbeitspapier aus dem Jahr 2022. Cevat Giray Aksoy und andere haben untersucht, ob es zur Reduzierung von Diskriminierung hilft, den Menschen Informationen darüber zu geben, wie sehr die Diskriminierung von Menschen abseits hetero-sexueller Orientierung die Ökonomie belastet oder darüber, dass die WHO andere als hetero-sexuelle Orientierungen nicht etwa als Krankheit klassifiziert. Warum auch? Die Eckel hat eben beispielsweise eine Frau bevorzugt. Nebenbei: vielleicht auch vergiftet. Sexuelle Orientierung und das Nichtbinäre können wir im Buch zumindest ergänzen."

„Okay, einverstanden, aber bitte lass' mich mit der Eckel in Ruhe. Also, wie gehen wir vor? Am Anfang vielleicht zur Motivation ein paar Impressionen mit persönlichen Erlebnissen? Unsere Hochschulerfahrungen bei Beförderungen, Forschungsanträgen und Einreichungen von Aufsätzen bei renommierten Zeitschriften geben da viel her. Und ich habe auch allerhand Privates beizusteuern. Ich denke gerade daran, dass ich mit Claus vor vielen Jahren mal in einem Möbelhaus war. Wir wollten ein neues Schlafzimmer kaufen. Mit raumhohen

Schränken und einem Schranküberbau hinter dem Bett. Ausgesucht hatten wir was ziemlich Teures in guter Qualität. Kennst Du bestimmt noch aus unserem alten Reihenhaus. Claus und ich hatten beim Einkauf unsere übliche Freizeitkleidung mit Jeans, Pullover und Anorak an. Erst musterte uns der Verkäufer und fragte uns, ob wir denn gesehen hätten, dass das Ausgesuchte ziemlich teuer sei. Nachdem wir das beleidigt bejaht hatten und der Verkäufer seine sehr offensichtlichen Zweifel über unsere Zahlungsfähigkeit mit deutlicher Überwindung zur Seite geschoben hatte, sah er nur noch Claus an, als er über Preise, Rabatte und zusätzliche Aufbaukosten für die Möbel redete. Dann wandte er sich an mich und sagte: ‚Wenn zwischen Schrank und Wand noch etwas Platz ist, dann können Sie ja das Bügelbrett in die Lücke stellen.'"

Ingeborg lachte los. „Und das bei Euch, wo Claus sich ganz allein um Eure Wäsche kümmert. Ist aber typisch. Beim Geld und Handwerklichen werden Männer angeschaut und gefragt, beim Bügeln und Kochen die Frauen. Unsere Schwarzwälder Erfahrungen mit den Reservierungsschildern passen auch ins Bild."

„Wenn ich zusammen mit Claus zur Finanzanlagenberatung gegangen bin, wurde ich ebenso keines Blickes gewürdigt. Manchmal habe ich meine Visitenkarte überreicht. Selbst der Professorentitel hat nichts genutzt. Die Kategorie ‚Frau' war stärker und hat die Kategorien ‚Bildungsabschluss' und ‚Beruf' geschlagen."

„Schon schlimm. Ich kann Beispiele aus meiner Schulzeit beitragen. Uns Mädchen wurde nicht zugetraut, dass uns Mathe Spaß macht und wir das sogar können. Oder noch ärger: Die Berufsberatung bei mir kurz vor dem Abitur. Mir wurden sprachliche Studienfächer fürs Lehramt vorgeschlagen. Mir! Ich bin so was von sprachunbegabt. Nur Englisch war und ist okay. Spaß an Sprachen habe ich auch nicht. Und Schule? Furchtbare Vorstellung, als Lehrerin arbeiten zu müssen. Ich habe es mehr mit Erwachsenen, da kann ich mich besser eindenken. Von VWL haben sie mir damals abgeraten, da müsste man nämlich Mathe können. Dabei war Mathe immer mein Lieblingsfach und ich hatte sogar sehr gute Noten darin. Hat die Beraterin überhaupt nicht interessiert. Vielleicht ist es jetzt besser, aber in den 1970er Jahren wurde noch sehr nach Geschlechterstereotypen beraten."

„Also, da haben wir allerhand Anekdotisches. Ist schon mal gut für den Einstieg. Danach könnten wir auf Diskriminierungsbegriffe und die vielen Probleme bei der Messung von Diskriminierung eingehen, also z.B. den Gender-Pay-Gap, bereinigt und unbereinigt, ansprechen oder die gläserne Decke bei Beförderungen (Anhang ‚Vorbemerkungen'). Vielleicht gibt es neue Konzepte, die müssen wir recherchieren."

„Ja, auch sehr gut. Und dann kommen die ökonomischen oder ökonomienahen Theorien. Da können wir die Arbeit gut aufteilen. Aber alles, was es gibt, beschreiben wir nicht, also nicht alle soziologischen Theorien oder Ansätze der *post colonial studies.*"

„Okay, wir müssen auswählen, sonst wird das Buch zu lang. Da machen wir höchstens einen Hinweis."

Die beiden Frauen waren sich bei der Arbeitsteilung schnell einig und erstellten eine kleine Liste:

Ingeborg schreibt über	**Gisela schreibt über**
Theorien Gary Beckers (s. Anhang 1)	Statistische Diskriminierung (s. Anhang 7)
Overcrowdingtheorie (s. Anhang 2)	Effizienzlohndiskriminierung (s. Anhang 8)
Chancengleichheitstheorien und kompensierende Diskriminierung (s. Anhang 3)	Insider-Outsider-Ansätze (s. Anhang 9)
Monopsonmodell der Diskriminierung (s. Anhang 4)	Theorie der Radicals (s. Anhang 10)
Intersektionalitätstheorie (s. Anhang 5)	Komplementarität und focal points (s. Anhang 11)
Stratification economics (s. Anhang 6)	Kategorisierungs- und Attributionstheorie / Othering (s. Anhang 12)

Der letzte Punkt in Giselas Liste passte nicht so ganz in die Logik, weil diese psychologischen und soziologischen Fragen zu Gruppenbildungen einschließlich der Zuschreibung von Fähigkeiten und Iteressen eigentlich alle Theorien berührten, aber das war dennoch sinnvoll im großen Theoriekapitel und tatsächlich eine innovative Erweiterung, Vorurteile nicht einfach als ‚Präferenzen' für oder gegen bestimmte Menschen oder Gruppen zu unterstellen. Iris Bohnet, die Harvard-Professorin aus der Schweiz, betont immer weder die Wirkmächtigkeit von Stereotypen. Ob diese Inhalte an den Anfang oder das Ende des Theoriekapitels kommen, wollten die beiden später entscheiden. Definitorisches wollten sie in der Einleitung abhandeln.

Ingeborg fiel noch etwas ein:

„Eine neuere Sache im Zusammenhang mit Othering oder ‚Veranderung' sollten wir bei der Attributionstheorie erwähnen. Veranderung ist ein komisches Wort. Typisch Soziologen. Die sind super im Erfinden neuer Begriffe. Die alten Meister wie Wertheimer oder Lewin haben das allerdings alles schon beschrieben, sind aber so gut wie vergessen. Obwohl deren Arbeiten in unserer politischen Lage eigentlich hochaktuell sind. In den letzten ‚Perspektiven der Wirtschaftspolitik' habe ich ein Interview mit Philipp Strack gelesen. Der erklärt Vorurteile und daraus ableitbare Diskriminierungen aus der Selbstüberschätzung der Menschen. Ist eigentlich ebenso keine neue Idee, er hat es aber sehr elegant in einem mathematischen Modell dargelegt. Dem sollten wir ein kleines Unterkapitelchen widmen, aber wir nehmen nur die verbale Erklärung mit einem Hinweis auf seinen bekanntesten Aufsatz (Anhang 13)."

Gisela hatte einen weiteren Vorschlag:

„Wir sollten mit den Theorien aber nicht aufhören im Buch. Man könnte zum Schluss noch zwei Punkte ansprechen. Erstens, wie sich aktuelle sozial- und steuerpolitische Setzungen auf die Diskriminierung bestimmter Gruppen auswirken, etwa die Regeln zum Elterngeld, zum Ehegattensplitting, zum Mindestlohn oder auch die Sonderschutzregeln für beeinträchtigte Menschen bei Beschäftigungsverhältnissen. Und zweitens andersherum überlegen, welche Maßnahmen sinnvoll wären, um Diskriminierungsprobleme zu überwinden, und zwar Maßnahmen vom Kindergarten über das Erwerbs- und Familienleben bzw. ehrenamtlichen Engagements bis hin zum Ruhestand. Ich denke da an die Kita-Arbeit, Schul- und Lehrreformen, Quoten, Transparenzzwänge bei Gehältern, soziale Sicherung bei nicht mit Geld entlohnten Tätigkeiten, Renteneintrittsalter. Da gibt es noch viel mehr und wir werden uns auf Exemplarisches beschränken müssen, und wir müssen in jedem Fall begründen, ob bzw. unter welchen Umständen und in welcher Kombination Maßnahmen empfohlen werden können. Und natürlich auch, wovon man wegen unerwarteter Wirkungszusammenhänge von auf den ersten Blick plausiblen Maßnahmen die Finger lassen sollte (s. Anhang 14). Da können wir in dem Dreischritt Erik Olin Wrights vorgehen: Erstens die Wünschbarkeit eines Zustandes ohne oder mit unerheblicher Diskriminierung begründen, zweitens eine Wirkungsanalyse durchführen, um zu entscheiden, was helfen könnte, dorthin zu gelangen und drittens die Frage beantworten, wie man das politisch überhaupt durchsetzen könnte."

„Dieser Part ist ganz schön anspruchsvoll. Aber auch wichtig und weiterführend. Wird allerhand Arbeit machen, weil wir schauen müssen, was die Sozial- und Steuerpolitik wie aktuell regelt und welche Beiträge es zu Familien- und Arbeitsmarktpolitik aus den letzten Jahren gibt. Und wie die Theorien weiterentwickelt wurden. Da hat sich in der letzten Zeit sehr viel getan. Ich möchte am liebsten sofort anfangen, weil das alles genau unsere Kompetenz ist. Das ist ein erstklassiges Projekt, Gisela. Ein paar zuckerfreie Nougatpralinen auf das Gelingen? Du hast doch sicher welche im Vorrat."

„Belgische Pralinen? Aber ja und immer gern. Ich hole welche aus der Küche. Claus hat gerade wieder mehrere Packungen der ‚Meeresfrüchte' für mich bestellt."

Ingeborg freute sich, denn Nougatschokolade und -pralinen waren fast schon eine Sucht bei ihr. Bei Gisela schnorrte sie gern diese Süßigkeiten. Zuckerfrei nahm sie in Kauf.

Bei der schnellen Leerung der Schachtel mit den teuren Leckereien machten Gisela und Ingeborg noch einen Zeitplan. Ein Jahr hatten sie für das Projekt vorgesehen. Auch wenn sie vieles von den Inhalten kannten und selbst schon in der Lehre vermittelt hatten, mussten sie sich doch um vertiefende Literatur kümmern, neue Ansätze und neue politische Setzungen aufnehmen, Zitate vormerken etc. Früher hatten sie ihre Bücher und Aufsätze immer manuell mit ihren vielen Unterlagen und aus dem Gedächtnis geschrieben, mussten dabei oft zeitaufwendig nachrecherchieren, um die verwendete Literatur korrekt in das Verzeichnis aufzunehmen. Diesmal wollten sie es systematisch mit Citavi, dem Literaturverwaltungsprogramm, angehen. Oder mit

Zotero, davon hatten sie auch schon viel Positives gehört. Da gaben sie gleich noch zwei Monate drauf auf ihr Projekt, weil sie sich mit vielen Tutorials zunächst in eines der Programme einarbeiten wollten und natürlich alle Quellen erst einmal systematisch erfassen mussten. Außerdem hatten sie von einer neuen Recherchemöglichkeit gehört, dem sogenannten ResearchRabbit.

Dieses Suchkaninchen wollten sie auf alle Fälle ausprobieren und einige Artikel zur Diskriminierungstheorie als Suchgrundlage hochladen. Gisela wollte sich bei diesem kostenlosen Programm anmelden. Weil die beiden das Programm noch nicht so recht in seiner Güte einschätzen konnten, wollten sie dennoch am Anfang konventionell suchen, dann das Rabbit nur schauen lassen, ob sie was übersehen hatten. Zum Schluss ihrer langen Planungssitzung wandte sich Ingeborg beim Herausgehen noch einmal an Gisela:

„Was meinst Du, haben wir Chancen, etwas über den Tod der Freundin Petra Eckels herauszubekommen? Und den ihrer Frau?"

„Nein, Ingeborg, gib bitte Ruhe. Der Pilztod war bestimmt ein Unglück, letztlich einfach ein Unfall. Wir kennen doch gar nicht das Umfeld der Eckel, wissen nichts über ihre Beziehung zu dieser verstorbenen Christa. Da können wir an nichts ansetzen. Und ihre Frau ist später wohl an einem Herzinfarkt gestorben. Hast Du jedenfalls erzählt. Das gibt es. Noch ein Unglück für die Eckel. Komm, wir konzentrieren uns lieber auf das Buch."

„Und der Stikowski?"

„Was soll mit dem sein?"

„Na, vielleicht doch eine Beziehung, auch wenn er das abstreitet. Vielleicht gleichzeitig Liaison und Ehe. Und er war merkwürdig geschwätzig."

„Ausschließen kann man nichts, aber ich halte das für sehr unwahrscheinlich. Der mittelalte Herr schien mir kein Charmebolzen zu sein."

„Ha, Charmebolzen. Was ist denn Dein Claus für einer? Und den liebst Du doch auch."

„Schluss jetzt, Ingeborg. Kümmere Dich lieber um Deine eigene Beziehung."

5

„Unsere beiden Damen brauchen wir wohl gar nicht in das Umbauprojekt der Wohnungen einbeziehen, die haben sich gestern ganz in ihr Buchprojekt verbissen", bemerkte Matthias am nächsten Morgen, als er und Claus die Mülltonnen der Woche zur Leerung bereitstellten.

„Dann gibt es aber hinterher auch nichts an der neuen gemeinsamen Wohnung zu meckern, das mache Ingeborg aber am besten gleich klar", stimmte Claus zu. „Wir sollten uns auch einen Plan für das Vorhaben machen, das ich für genau so komplex halte, wie ein Buch zu schreiben."

In den nächsten beiden Wochen gingen Ingeborg und Gisela an die Vorbereitungen. Erst einmal besorgten sie sich einige Bücher und Aufsätze, in denen grundlegende Theorien, Beschreibungen und Empirisches zum Thema dargelegt wurden. Ebenso stellten sie erste politische Felder und Regelungen zusammen, die für ihr Buch wichtig sein würden. Gisela war besonders aktiv. Sie bestellte Buch um Buch, kopierte zunächst unsystematisch unzählige Seiten aus wissenschaftlichen Zeitschriften. Ihr Arbeitszimmer platzte bald aus allen Nähten. Sogar auf dem Fußboden stapelten sich, sortiert nach Stichworten, die Unterlagen. Claus sah es mit wachsender Unruhe.

„Reicht es denn nicht, wenn Du diese ganzen Sachen aus Bibliotheken ausleihst, liest, Notizen machst und zurückgibst? Musst Du denn alles selbst kaufen oder kopieren? Deine Papierberge erschlagen Dich noch mal."

„Du verstehst davon nichts. Ich muss alles um mich herumhaben, um Sachen nachzulesen und Querverbindungen herzustellen. Irgendwann räume ich schon auf und werfe die Kopien weg."

„Am St. Nimmerleinstag vielleicht. Schau mal da drüben. Da liegen noch die Stapel des Genossenschaftsbuches und daneben die vom Buch über Utopien. Für Dich ist Aufräumen immer noch ein Fremdwort. Diese Vokabel ‚Aufräumen' hast Du nie gelernt."

„Lass mich einfach machen."

„Und Du könntest auch mal an unsere Finanzen denken. Die meisten Deiner vielen Bücher kosten über 100 Euro, und Du bist nicht mehr an der Hochschule, sondern bekommst jetzt nur noch Deine magere Rente. Kaufe doch wenigstens E-Book-Varianten. Die sind billiger und zudem nicht so platzfressend."

„Habe ich ja bei fünf Büchern gemacht, aber damit arbeitet es sich nicht so gut."

„Fünf von über zwanzig Büchern!" Claus seufzte, diskutierte aber nicht weiter. In der Organisation ihrer wissenschaftlichen Arbeit ließ sich Gisela nicht hineinreden, da konnte er argumentieren, wie er wollte. Außerdem konnte sie Fachliteratur steuerlich geltend machen, auch als Rentnerin, sofern sie Bücher publizierte.

Nachdem auch Matthias Ingeborg wegen der teuren Literaturbeschaffung ins Gewissen geredet hatte, besuchten sie und Gisela doch vermehrt die Fachgebietsbibliothek der Volkswirte, liehen sich Zeitschriftenbände aus und kopierten alles Mögliche zu den Themen Diskriminierung und Sozialpolitik. Allerdings bemerkten sie, dass noch ein weiterer Nutzer in gleicher Sache unterwegs sein musste. Gerade die Zeitschriften waren oft schon ausgeliehen, die sie meinten zu brauchten. Über die Zeit bekamen sie heraus, dass ein junger Mann, wohl ein Student, die vielen Kopien anfertigte. Sie sprachen ihn an. Ingeborg preschte vor.

„Hallo, junger Mann. Wir scheinen ähnliche Interessen zu haben. Sie scheinen am Diskriminierungsthema zu arbeiten. Wir machen das auch. Deshalb suchen wir wohl oft dieselben Aufsätze in denselben Journals."

Der junge Mann reagierte erstaunt, von zwei älteren Frauen angesprochen zu werden, die er schon ab und zu in der Bibliothek gesehen hatte. Er antwortete höflich:

„Ich selbst nicht. Ich bin wissenschaftliche Hilfskraft am Lehrstuhl Eckel. Frau Professor möchte einen Beitrag schreiben zu verhaltensökonomischen Grundlagen der Diskriminierungstheorie. Sie hat mich mit der Recherche und den Kopieraufgaben beauftragt."

Gisela sah ihn leicht erschrocken an, denn dieses Thema sollte in ihrem Part des Buches auch eine größere Rolle spielen. Als Ingeborg den Namen Eckel hörte, wurde sie neugierig, war da etwa ein Türöffner? Sie luden den jungen Mann in die Cafeteria ein. Zu dritt schlenderten sie dorthin, bestellten drei Kaffee und kauften dazu sechs kleine Zimtschnecken. Für Gisela war es eine Zuckersünde. Ihre Insulinspritze hatte sie zum Glück dabei.

Ingeborg stellte sich erst einmal selbst und Gisela vor:

„Also, ich bin Ingeborg Berenschik. Ich habe lange Jahre VWL unterrichtet und schreibe immer noch ab und zu Aufsätze oder Bücher. Das ist meine Freundin Gisela Kubon-Gilke, auch mal in der VWL-Lehre aktiv. Wir wollen gemeinsam ein Lehrbuch über Diskriminierung schreiben."

„Interessant. Aber in Göttingen haben Sie nicht gelehrt, oder? Ich hätte ihren Namen sonst bestimmt schon mal gehört."

Ingeborg bestätigte, dass sie an anderen Hochschulen gearbeitet hatten und dass sie nun aber in Göttingen wohnten und deshalb die hiesigen Bibliotheken nutzten, zudem ein Seniorenstudium absolvierten.

„Freut mich, Sie kennenzulernen. Vielleicht darf ich Sie ab und zu nach Literatur fragen? Sie wissen bestimmt viel mehr über relevante Literatur als ich mit meiner mühsamen Suche in Katalogen, Fachdatenbanken und in Google scholar. Frau Eckel ist auch nicht gerade hilfreich. Ich möchte mich aber auch erst einmal vorstellen. Ich heiße Akilas Onyango und bin mit einem Stipendium für mein Studium in Deutschland. Ich komme aus Nigeria, und dahin möchte ich nach meinem Studium auch wieder zurück. Es sei denn, ich finde für eine Promotion in Göttingen jemanden, der oder die so eine Arbeit betreut und begutachtet. Für den Fall habe ich ein Anschlussstipendium in Aussicht."

Gisela fragte nach: „Mit dem jetzigen Hiwi-Job sind doch bestimmt die ersten Voraussetzungen für eine Doktorandenstelle oder zumindest für eine Betreuung einer Arbeit schon erfüllt?"

„Ach, ich weiß nicht. Frau Eckel hat so hohe Ansprüche. Ich muss viel arbeiten für den Hiwi-Job und kann mich manchmal nicht mal richtig auf Klausuren vorbereiten, weil sie kurz vorher oft mit ganz dringenden, zeitraubenden Aufträgen kommt. Ob ich den erforderlichen Notendurchschnitt schaffe, weiß ich noch nicht. Ich versuche es auf alle Fälle."

„Sorry, wenn ich das frage. Es ist wirklich nicht abwertend gemeint, und ich weiß, dass manche sagen, das sei alltagsrassistisch, aber ich bewundere Sie im Gegenteil. Wo haben Sie denn so gut Deutsch gelernt? Sie sprechen ein exzellentes Deutsch, sogar fast ohne

Akzent. Ich habe erst gedacht, Sie seien in Deutschland aufgewachsen, so geschliffen reden Sie."

„Nettes Kompliment, vielen Dank. Das haben Sie, denke ich, nicht nur gesagt, weil ich schwarz bin und man Schwarzen per se eigentlich wenig zutraut. Ich war tatsächlich vor meinem Studium noch nie in Deutschland. Meine Eltern haben zum Glück beide gute Jobs im Wirtschaftsministerium in Abuja und haben mich immer sehr unterstützt. Ich konnte deshalb eine Privatschule mit einem vorzüglichen Deutschunterricht besuchen."

„Bewundernswert. Ich beherrsche keine Fremdsprache auch nur annähernd so gut. Und natürlich helfen wir bei Ihrer Recherche. Also nee, nicht wir helfen, sondern eher können wir uns gegenseitig unterstützen. Sie haben bestimmt selbst schon viel gefunden, was auch für uns interessant wäre. Wir können gern gemeinsam auf die Suche gehen. Kennen Sie übrigens schon das Tool ResearchRabbit? Das könnten wir uns mal gemeinsam anschauen. Soll Recherchen enorm beschleunigen."

Beide Frauen lächelten den höflichen jungen Mann an. Ingeborg dachte immer noch an das Anrempeln durch Frau Eckel und die Begegnungen in der ‚Rebe'.

„Sagen Sie, wie ist denn Prof. Eckel so? Ich habe sie mal sehr schlecht gelaunt erlebt. Kommt das öfter vor? Und ist sie eigentlich verheiratet?"

Akilas Onyango schien etwas misstrauisch zu werden bei dieser Frage. Entsprechend vorsichtig begann er seine Antwort:

„Dazu kann ich wenig sagen. Sie gibt mir Aufträge und ich erledige sie. Ansonsten habe ich kaum persönlichen Kontakt zu ihr. Privates bereden wir nicht. Ich glaube, sie lebt allein. Aber genau weiß ich das nicht. Sie ist ja nur meine Chefin. Sie ist allgemein als streng bekannt. Man muss schon viel wissen, um bei ihr eine gute Note zu ergattern. Ich hatte das Glück, in der Erstsemesterklausur sehr gut abzuschneiden. Deshalb habe ich den Job bekommen. Private Gespräche hatte ich aber wirklich noch nie mit ihr, deshalb kann ich mir kein Urteil erlauben."

Akilas Onyango schien im Verlauf der weiteren Plauderei etwas Vertrauen zu gewinnen bei den beiden aufmunternd lächelnden kleinen älteren Damen und nahm zur Überraschung von Ingeborg und Gisela das Eckel-Thema noch einmal auf:

„Sehr nett geht Professorin Eckel wirklich nicht mit ihren Hiwis um. Darf ich Ihnen was sagen, was Sie bitte für sich behalten? Sie sind nett und erzählen es bestimmt nicht weiter. Also ganz unter uns, wissen Sie, wie Frau Eckel von den Studenten genannt wird, hihi?"

„Nein, wie denn?"

„Sie werden das bestimmt sowieso mal in Gesprächen an der Uni heraushören. Man nennt sie Professor Ekel. Aber wirklich nicht sagen, dass Sie das von mir wissen."

„Ach was, wir sind verschwiegen. Sie weiß auch wahrscheinlich selbst, wie sie genannt wird. Wieso nennt man sie denn Ekel? Ist ja nicht gerade ein Kompliment. Nur weil sie hohe Ansprüche hat und streng benotet?"

„Nein, man munkelt, dass sie nicht nur streng, sondern auch unfair benotet. Ich habe das jedoch noch nicht bei mir selbst erlebt. Aber sie beschimpft in den Vorlesungen ihre Studenten und stellt sie bloß. Sie stellt z.B. irgendeine Frage in einer Vorlesung. Wenn sich keiner meldet, nimmt sie irgendjemanden heraus und fragt noch einmal. Wenn diese Person nichts antworten kann, kommen so Sprüche wie ‚Na, wieder nicht vorbereitet? Haben Sie im Abitur betrogen?' Und schlimmere Kommentare. Ich kenne Studenten, die haben fast Angst, in Ekels Vorlesungen zu gehen. Die Männer beschimpft sie noch viel schlimmer als die Frauen. Sogar ihren Assistenten und die Professoren. Nichtsnutze, Testosteron-Machos, hirnlose Muskelberge oder patriarchalische Blindgänger. Alles schon von ihr gehört. Meine sehr gute Note habe ich vielleicht auch nur bekommen, weil sie von meinem Vornamen nicht auf das Geschlecht schließen konnte."

„Also, glaubt man das? Das ist ja unerhört! Empörend! Habt Ihr Euch nicht beschwert? Das geht doch gar nicht, die eigene schlechte Laune an Studenten und Studentinnen auszulassen."

„Doch, die studentischen Mitglieder des Fakultätsrates waren beim Dekan. Er hat versprochen, sich darum zu kümmern und mit meiner Chefin ein Gespräch zu führen. Ich habe aber keine Ahnung, ob er das auch gemacht hat. Ich bekomme es beispielsweise immer noch ab, wenn ich mal meine Kopien zehn Minuten zu spät abliefere. Schön sind die Sprüche nicht. Ich wiederhole sie lieber nicht alle. Sie sind ziemlich rassistisch. Notorisch unzuverlässige Schwarze beispielsweise. Das ist furchtbar verletzend. Und das ist noch einer ihrer eher harmlosen Sprüche. Ich hatte mal die Aufgabe, was über Armutsmessungskonzepte zu suchen und zusammenstellen. Ich bekam nur vierzehn Tage Zeit dafür. Daneben musste ich eine Hausarbeit schreiben und habe es nicht ganz geschafft, meinen Job für Prof. Eckel pünktlich zu erledigen. Als ich meine Vorarbeiten zum Thema Prof. Eckel drei Stunden zu spät gab, meinte sie, sie würde mich bei einem weiteren Anlass fristlos kündigen. Und dann kam: ‚Blöder N…'. Dafür hat sie sich dann aber gleich darauf entschuldigt."

Die beiden Frauen waren sichtlich entsetzt. Ingeborg kam zudem ein Verdacht, warum sie angerempelt worden war, blieb noch skeptisch, ob das der einzige Grund für Eckels Wutausbruch sein konnte. Oder doch ein Indiz, weil die eklige Eckel gerade vom Dekan kam, als sie so wütend den Gang entlang dampfte. Vielleicht hatte er die Beschwerde der Studierenden mit ihr besprochen. Jedenfalls war die Dame offensichtlich unbeherrscht und jähzornig. Später vermutete Ingeborg, dass die Eckel seit dem Ableben erst ihrer Lebenspartnerin und dann ihrer Frau allein lebte und möglicherweise ihre Trauer in Wut umgesetzt hatte.

Nach dem ersten längeren Geplauder mit Akilas Onyango trafen sich Ingeborg und Gisela fast jeden Tag mit ihm. Sie halfen ihrem jungen Bekannten noch bei der weiteren Recherche bzw. gaben ihm selbst viele Literaturhinweise. Umgekehrt konnte aber auch Akilas den beiden in vielerlei Hinsicht helfen. Oft luden sie ihn noch zu einem Kaffee und einen Snack in die Cafeteria ein. Die beiden Frauen hielten ihn gern mal für ein Stündchen von der Arbeit ab. Außerdem fachsimpelten sie über ihre Arbeit. Ingeborg fragte bei einer Gelegenheit sehr direkt, weil sie die Beleidigungen durch Petra Eckel so sehr beschäftigte:

„Herr Onyango, warum tun Sie sich das an? Würde ich rassistisch beleidigt oder überhaupt beleidigt, würde ich mir einen anderen Job suchen. Und mich offiziell beschweren."

„Sagen Sie gern Akilas zu mir, wir kennen uns jetzt ja schon länger. Ja, was soll ich sagen. Anderswo ist es nicht viel besser. Dunkle Hautfarbe in Deutschland, da muss man allerhand aushalten. Allein, was ich bei der Wohnungssuche erlebt habe, das kann man gar nicht erzählen. Ich zahle jetzt für meine winzige Bude auch viel mehr als andere Studenten für vergleichbare Zimmer. Und mein Stipendium ist nicht so üppig, da muss ich was dazuverdienen. Meine Eltern schicken mir zwar auch noch Geld, aber das reicht zusammen mit dem Stipendium einfach nicht. Die Miete ist zu hoch. Ich muss also froh sein, den Hiwi-Job überhaupt zu haben. Wie sagt man im Deutschen so schön: Ohren auf Durchzug stellen. Ich versuche, bei Frau Eckels Schimpftiraden gar nicht mehr hinzuhören.

Ingeborg und Gisela wussten vor Entsetzen nicht, was sie darauf noch sagen sollten. Ihre Abneigung gegenüber Petra Eckel wurde immer größer. Natürlich distanzierten sie sich von den rassistischen Ausfällen der Professorin. Auf dem Rückweg zu ihren Wohnungen meinte Gisela:

„Der arme Kerl. Er ist so ein netter und fleißiger junger Mann und wird von der Eckel so unglaublich schlecht behandelt. Können wir ihn vielleicht irgendwie unterstützen?"

„Mal schauen. Mit einem Geldgeschenk sicher nicht, das wirkt herablassend und überheblich. Kritiker würden da vielleicht selbst wieder Rassismus entdecken können, dabei wollen wir ja nur einen intelligenten und interessierten jungen Mann unterstützen. Aber ich habe eine Idee. Der sammelt für Frau Eckel dieselbe Literatur wie wir. Inzwischen kennt er sich sogar schon ganz gut mit den Theorien aus. Und mit Citavi kann er auch umgehen. Wir könnten ihm einen Job anbieten, uns das Programm beizubringen und die Literatur zu erfassen. Wenn er das für die Ekel-Eckel auch machen muss, hat er bestimmt schon viele relevante Quellen in Citavi. Die kann er vielleicht einfach aus ihrer Citavi-Datenbank kopieren. Ergänzen und kommentieren können wir dann immer noch. Ach, da fällt mir noch etwas ein: Wir müssen bei unseren Beispielen neben allgemeinen Zusammenhängen und den Arbeitsmarkt unbedingt den Wohnungsmarkt als Diskriminierungstummelplatz mit einbauen. Da kann uns Akilas bestimmt Beispiele geben."

„Super Idee mit dem Job für Akilas. Das ist ein Netter. Nur Claus und Matthias müssen wir unseren Plan schonend beibringen. Die runzeln jetzt schon die Stirn wegen unserer vielen Bücherkäufe. Claus brummt ständig was von zu teurer Wissenschaft. Ich solle lieber Romane aus der Stadtbibliothek ausleihen und lesen. Käme billiger als ein eigenes Buch zu schreiben, davon gäbe es genug. Ich habe ihm gesagt, dass ich das Wenige, was ich lese, lieber selbst schreibe. Da musste er dann auch lachen."

Am Abend saßen die vier Freunde mal wieder zusammen. Diesmal in Matthias' Wohnung, weil der den Freunden die Umbaupläne der beiden Wohnungen im zweiten Stock erläutern wollte.

„Wir haben ja den Grundriss Eurer Wohnung. Der sieht genauso aus wie früher unsere Etage, nehme ich an. Das stellen wir größtenteils wieder her. Wir werden allerdings ein größeres Bad einbauen, natürlich barrierefrei. Die Küche wird etwas versetzt. Ich plädiere für eine offene Variante, aber Ingeborg kann sich mit der Idee noch nicht anfreunden. Dabei bekämen wir dann mehr Platz im Wohnzimmer. Wir haben nämlich vor, den Balkon und einen Teil des Wohnzimmers in eine Loggia umzubauen. Diese Idee gefällt Ingeborg besonders gut. Das Schlafzimmer wird etwas größer, dafür der daneben liegende Raum kleiner. Er soll als Büro und bei Bedarf auch als Gästezimmer dienen. Matthias schob den von ihm skizzierten Grundriss zur Ansicht über den Tisch. Claus und Gisela waren vor allem von der Idee der Loggia begeistert. In ihrem früheren Haus hatten sie einen Wintergarten; der war der meistgenutzte Wohnraum im ganzen Haus gewesen. Gisela fragte sofort an Claus gewandt:

„Können wir das nicht auch machen?"

„Da braucht es aber eine Baugenehmigung", sah er zunächst Matthias an. „Außerdem, liebe Gattin, kostet das eine Stange Geld, dann gibt es weniger Bücher."

Gisela warf Ingeborg einen vielsagenden Blick zu, sagte aber nichts.

Ingeborg hatte in ihrer kleinen Wohnung bisher nur wenig Platz und sah im Umbau auch die Gelegenheit, ihre Bücher wieder aus dem Keller zu holen. Eine offene Küche mochte sie wegen der freien Sicht auf die häufige Unordnung nicht und weil sie auch Kochdünste im Wohnzimmer fürchtete.

Nach weiterem Studium der Bauskizze bemerkte Claus großmütig:

„Sehr durchdacht. Schweinerei mit dem Umbau habt Ihr eigentlich nur mit Bad und Küche sowie dem Rausreißen der jetzigen Küchenzeilen. Und mit der Entfernung der einen Eingangstür und dem Abbau der jetzigen Leichtbauwand, die die Flure trennt."

Ingeborg nickte zustimmend: „Und in den schönen breiten Flur kommen dann die Bücherregale."

Matthias verdrehte die Augen:

„Ihr mit euren Büchern, Bedenke bitte, dass es sich um einen Altbau handelt und die Decken keine Schwerlasten tragen können."

„Ja, wir werden allerdings auch noch die Türen in der Wohnung verbreitern lassen. Man weiß schließlich nie, ob hier nicht mal ein Rollstuhl durch die Wohnung fahren muss. Die Dusche im Bad soll ja richtig barrierefrei werden, nicht nur so halb mit dem niedrigen Einstieg wie jetzt."

„Hmm, Ihr solltet das alles aber prüfen und genauer ausarbeiten lassen. Ihr wollt einige Wände versetzen lassen. Wie steht es denn mit tragenden Wänden und wie verlaufen genau die Leitungen? Wisst Ihr denn schon, ob sich das so überhaupt realisieren lässt, wie Ihr es geplant habt? Und wie habt Ihr es Euch mit dem Zugang zum Aufzug gedacht? Dazu sehe ich gar nichts. Ich an Eurer Stelle würde einen Architekten damit beauftragen, der den Plan überarbeitet, dann auch den Umbau koordiniert und kontrolliert. Die Nerven dafür, das alles mit den Handwerkern selbst zu organisieren, hast Du nicht mehr, Matthias. Und Ingeborg kann das gar nicht. Die kann nicht einmal eine Zange von einem Hammer unterscheiden. Außerdem hat sie mit dem Buch zu tun."

„Das haben wir uns auch schon überlegt. Notfalls machen wir einen einfachen Rückbau und stellen die ursprüngliche Etage wieder her. Da kann ja nichts schiefgehen. Bislang haben wir allerdings noch keinen Architekten gefunden. Die bisher Angefragten haben alle abgewinkt, denen ist der Auftrag wohl nicht lukrativ genug. Habt Ihr einen Tipp, wer dafür in Frage kommt?"

„Leider nicht. Wir kennen keine Architekten hier in Göttingen. Habt Ihr schon mal in umliegenden Orten wie Northeim gesucht?" Matthias schüttelte nur den Kopf.

Die Vierer-Runde kam bald darauf auf ein neues Thema zu sprechen: Gisela und Ingeborg berichteten von ihren Recherchefortschritten und den weiteren Schreibplänen. Sie drucksten merkwürdig herum, bis Gisela endlich auf den Punkt kam.

„Wir haben bei den Besuchen in der Bibliothek im Oeconomicum einen netten Hiwi von Frau Eckel kennengelernt. Der recherchiert gerade auch zum Diskriminierungsthema, weil seine Chefin ihn damit beauftragt hat. Kann bei ihr zu nichts Besonderem führen, aber egal. Ihr Hiwi recherchiert und kopiert. Vieles, was auch wir suchen. Wir arbeiten deshalb mit diesem Hiwi inzwischen ein bisschen zusammen. Er kommt aus Nigeria und lebt hier von einem nicht sehr üppigen Stipendium. Der Job bei Petra Eckel ist für ihn nur Geldquelle. Er hält sogar Schimpf- und Beleidigungstiraden von ihr aus. Es ist unsäglich, selbst wenn nur die Hälfte seiner Erzählungen stimmen sollte. Dabei ist er ein wirklich sehr netter, interessierter Student und auch fleißig. Wir, äh, äh, würden ihm gern einen weiteren Job geben. Er könnte uns nämlich Citavi beibringen und unsere Quellen alle erfassen. Macht er bestimmt schon für wenig Geld in der Stunde, wir würden aber gern 15 Euro zahlen. Qualität soll ihren Preis haben. Ihr seid doch einverstanden? 15 Euro ist mehr als der Mindestlohn pro Stunde in Deutschland. Das sollte er auf alle Fälle bekommen."

Claus blickte irritiert: „Wie viele Stunden werden denn da zusammenkommen? Ich wüsste gern, welche Gesamtkosten das mit sich bringen würde. Fünf Stunden und 75 Euro sind doch hoffentlich genug. Das ist schon okay."

Ingeborg hüstelte und antwortete leise: „Wir dachten eher so 100 bis 200 Stunden. Die Bücher und Aufsätze, die wir verwenden, sind nicht an zwei Händen abzuzählen. Es sind zum Schluss wahrscheinlich über 700 Quellen, vielleicht sogar an die tausend Quellen, die teilweise noch gesucht und kopiert, dann in Citavi erfasst werden müssen. Und wir müssen Citavi zudem erst noch lernen. Die Schulungen werden allein allerhand Stunden in Anspruch nehmen."

„200 Stunden? 3.000 Euro? Ist das Euer Ernst? Gerade jetzt, wo der teure Umbau bei Euch ansteht? Und müsst Ihr keinen Arbeitsvertrag schließen und Sozialabgaben leisten? Das macht es noch einmal viel teurer."

Auch Matthias mischte sich ein:

„Inge, überlege Dir das bitte noch einmal. Wir wissen doch noch gar nicht genau, welche Kosten jetzt auf uns zukommen. Du gehst mir etwas sehr nonchalant mit unseren Finanzen um."

„Habe ich schon bedacht. Gisela hat versprochen, notfalls die gesamten Kosten zu tragen, wenn es bei uns eng werden sollte mit der

Liquidität. Wir werden ihm übrigens einen Übungsleitervertrag geben. Das ist er ja, und da wird er keine Steuern zahlen müssen bei den jetzigen Plänen. Sozialabgaben auch nicht. Da müssen wir, äh, vielleicht etwas mogeln wegen der Freigrenzen."

Claus bekam einen Hustenanfall bei diesen Worten und warf seiner Frau einen fassungslosen Blick zu. Mit großer Beherrschung sagte er in fast freundlichem Ton:

„Das wird jetzt aber echt zu teuer. Die vielen Bücher und jetzt noch ein Privat-Hiwi. Und dann noch eine Loggia."

Dann kam ihm ein Geistesblitz:

„Warum macht Ihr es Euch nicht einfacher und arbeitet mit einem guten Chatbot? KI ist das Stichwort der Stunde. Die verschiedenen Chatbots, die ganze Texte schreiben und nicht nur Fragen beantworten, sind deutlich billiger als Eure Vorgehensweisen. Und schneller."

„Was soll das sein? Den Begriff Tschadboot habe ich noch nie gehört."

„Nicht -boot, Gisela, es heißt bot. Du hast davon wirklich noch nichts gehört? Die Zeitungen sind doch voll davon. Hast Du das alles überblättert? Nur weil es öfter im Technikteil steht? Stichwort KI hast Du doch hoffentlich wenigstens schon mal gelesen. Vor allem über die Möglichkeiten der Manipulation und Verfälschung. Ich erkläre es Dir kurz. Ein Chatbot oder kurz Bot ist ein textbasiertes Dialogsystem, das Chatten mit einem technischen System erlaubt. Er hat je einen Bereich zur Ein- und Ausgabe von Texten, über die sich in natürlicher Sprache kommunizieren lässt. Viel besser für Suchen als Google in meiner Einschätzung. So ein System der künstlichen Intelligenz sucht ruckzuck das Internet oder eigene Datenbanken durch und kann notfalls ganze Bücher schreiben, vielleicht gestückelt in mehrere Aufgaben bzw. Kapitel. Selbst die kostenlosen Programme können schon viel, einige auch größere Texte schreiben. Ich habe probeweise mal Gedichte verfassen lassen. Die waren gar nicht schlecht. Was meint Ihr, in welchem Tempo Ihr Euer Buch fertig hättet, wenn Ihr einen solchen Bot zur Hilfe nähmt."

Gisela staunte:

„Was es nicht alles gibt. Aber das wäre ja gar nicht unser Buch, das hätte dieser Bot geschrieben. Das ist doch unredlich. Und ich kann mir nicht vorstellen, dass was Innovatives in einem solchen Buch steht. Etwa zu den Kategorisierungsgrundlagen bei Diskriminierungen. Der Bot kann doch nur im Internet Bekanntes aufschreiben."

„Du musst nur gut die Aufgabe formulieren, dann können bestimmt auch Verbindungen und Neues herauskommen."

„Das glaubst Du vielleicht. Ich kann mir das nicht vorstellen. Und überhaupt: Internet absuchen. Da steht doch auch viel Quark drin. Wie soll denn ein Bot unterscheiden können, was Quatsch ist und was ernsthafte und gut begründete Wissenschaft?"

„Ich sehe schon, dass Ihr nicht innovativ sein wollt und Euch sperrt."

Gisela und Ingeborg nickten, Claus fuhr fort:

„Chatbots können lernen und bestimmt jetzt oder bald ernsthafte Wissenshaft von ideologischem Kram unterscheiden. Dann schlage ich Euch mal eine Wette vor. Ich wette mit Euch, dass Matthias und ich das Buch mit Chatbots in einem Monat fertig hätten und dass das Buch qualitativ mit Eurem Geschreibsel locker mithalten kann. Und das, obwohl Matthias und ich von all den Definitionen, Theorien und der Empirie fast gar nichts wissen. Ihr müsst uns nur die Gliederung Eures Buches geben, damit wir die richtigen Stichworte für die Aufgaben des Bots verwenden."

Ingeborgs Sportsgeist war geweckt.

„Okay, prima Vorschlag. Abgemacht. Wir haben uns 14 Monate für das Buch gegeben. Nach 13 Monaten bekommt Ihr unsere Gliederung und könnt loslegen. Bis dahin muss aber der Umbau fertig sein. Wir versprechen auch eine neutrale Prüfung Eures Buches. Wir selbst gehen aber weiter unseren Weg mit vielen Büchern, Aufsätzen und dem Hiwi. Wir sind schließlich redliche Wissenschaftlerinnen."

„Einverstanden, und ihr übernehmt dann die eventuellen Arbeiten der Umbaufertigstellung, Ihr seid schließlich auch intelligente Lebewesen mit viel natürlicher Intelligenz", stimmte Matthias zu.

So wurde es also verabredet, wenngleich mit einem etwas verkniffenen Gesichtern von Claus und den beiden Damen angesichts der erwarteten Aufgaben und Ausgaben. Am Abend schaute Gisela noch in ihr Handy, um zu prüfen, ob E-Mails für sie eingegangen waren. Überrascht sah sie, dass ihr eigener Mann ihr geschrieben hatte. Sie öffnete die Mail und stutzte schon bei der Anrede ‚Geliebte Gattin'.

Gisela war sofort klar, dass etwas Sarkastisches oder Ironisches kommen musste. Sie las also weiter:

> Geliebte Gattin,
>
> unkommentiert ein Zitat aus einem illustrierten Hausbuch für christliche Familien aus dem Jahr 1913. Beherzige es bitte: ‚Die Lesesucht, die im Lesen weder Maß noch Ziel kennt, ist eine traurige Krankheit unserer Zeit und zieht bei vielen Menschen, namentlich bei der Jugend, die schlimmsten Folgen nach sich. (...) verhindert auch die wahre Geistesbildung. Wie allzu vieles und gieriges Essen den Magen, so beschwert das zu viele Lesen den Geist, verwirrt den Kopf, verwildert das Herz und die Phantasie, fördert die Oberflächlichkeit und macht den Menschen untauglich zu ersprießlicher Tätigkeit.' (Tischler, P. Franz (1913): Illustriertes Hausbuch für christliche Familien. München: Verlag Theodor Triebenbacher, S. 80.)
>
> Dein
> Dich liebender Gatte

Gisela ärgerte sich darüber nicht, sondern schmunzelte nur. Solche Sachen waren typisch für ihren Mann. Sie dachte laut und murmelte:

„Hauptsache, Claus hat genug Zeit für ersprießliche Arbeiten wie Kochen, Waschen, Bügeln und Putzen, dann kann mich das viele Lesen ja unbedenklich untauglich dafür machen. Ist außerdem schon längst passiert, da meine Jugend schon über 50 Jahre zurückliegt."

Dann schnappte sie sich die nächsten kopierten Artikel und begann sich einzuarbeiten.

6

Fünf Tage später ging die Vorlesungszeit in der dritten Oktoberwoche wieder los, und die vier Freunde hatten sich für zwei Vorlesungen angemeldet, bei den Historikern zur Weimarer Republik und bei den Volkswirten zu neuerer Arbeitsmarkttheorie. Die Veranstaltungen lagen günstig, beide am Dienstag mit nur zwanzig Minuten Pause dazwischen und beide im Zentralen Hörsaalgebäude. Perfekt! Ingeborg und Gisela haderten etwas, weil sie sowohl an ihrem Buchprojekt als auch dem Seniorenstudium Interesse hatten und sich schwer taten bei der Entscheidung, tatsächlich am Dienstag Vorlesungen zu hören. Sie gingen aber doch zu viert am ersten Vorlesungstag los in Richtung Campus. Gerade von der Arbeitsmarkttheorie versprachen sich Ingeborg und Gisela schließlich einige Impulse für ihr Buch.

Gleich morgens war die Vorlesung zur Weimarer Republik angesetzt. Zu ihrer großen Enttäuschung saßen sie gemeinsam mit ihren drei befreundeten Studierenden der Geschichtswissenschaft und einem ihnen unbekannten jungen Mann völlig allein im kleinen Hörsaal. Die Lehrbeauftragte und momentan ansonsten beschäftigungslose Dr. Hermine Vierbrückner sah es mit resigniertem Gesichtsausdruck und erklärte ihrer kleinen Zuhörerschar:

„Mit acht Studierenden darf ich die Veranstaltung leider nicht durchführen, die Mindestzahl für Lehraufträge sind 12 Teilnehmende. Es tut mir sehr leid, aber ich muss diese Vorlesung bereits jetzt am Anfang abbrechen. Meine ganze Vorbereitung bekomme ich schon nicht bezahlt und ganz ohne Honorar kann ich die Vorlesung leider nicht anbieten. Das kann ich mir nicht leisten. Tut mir sehr leid."

Das war eine Pleite. Die glorreichen sieben Zuhörer und Zuhörerinnen sahen sich ratlos an. Die drei jungen Studierenden wollten sich als Ersatz eine andere Veranstaltung über Lenin, die Bolschewiki und die Oktoberevolution anhören. Die lag aber zeitlich ungünstig für das Seniorenquartett und traf auch nicht auf überragendes Interesse bei den vier älteren Herrschaften. Claus, Gisela, Ingeborg und Matthias entschieden sich deshalb dafür, keinen Ersatz bei den Historikern zu suchen. Stattdessen wollten sie ihre drei jungen Freunde ab und zu zum Essen einladen. Den freundschaftlichen Kontakt zu den Dreien wollten sie nicht verlieren.

In der Folgevorlesung war mehr los. Sie schätzten, dass an die fünfzig Studierende schon im Hörsaal saßen, als sie eintrafen. Die ersten Reihen waren aber noch komplett frei, die knapp fünfzig Personen saßen alle eng an eng gequetscht in den letzten fünf Reihen. Claus sah seine Freunde an:

„Komisch. So war das bei uns früher im Studium auch immer, in den hinteren Reihen war jeder Platz besetzt, vorne wollte niemand sitzen."

Die Senioren scherten aus dieser impliziten Sitzordnungsnorm aus und besetzten die Mittelplätze der ersten Reihe.

Mit knapp fünf Minuten Verspätung erschien Prof. Dr. Josefine Rothärmel. Die vier Seniorstudierenden waren überrascht, dass eine fast noch jugendlich wirkende Frau das Pult des Hörsaals ansteuerte. Gisela flüsterte in Richtung Ingeborg:

„Die sieht eher wie dreißig als vierzig aus. Offensichtlich jemand von der schnellen Sorte bis zur Habilitation und der Professorenstelle. Respekt!"

Frau Rothärmel war mit ihren etwa 1,72m von mittlerer Größe. Sie hatte ein fast ebenmäßiges, ungeschminktes Gesicht mit rosigem Teint. Ihre Nase war allerdings etwas nach oben gebogen, also eine typische Stupsnase. Ihr dichtes, rostrot gefärbtes Haar trug sie halblang und sorgfältig mit Innenwelle geföhnt. Ihre Kleidung war konventionell: anthrazitfarbener Hosenanzug und hellgrauer Rollkragenpullover sowie ein rot-schwarzes Halstuch. An ihrem Blazer prangte eine dicke silberne Brosche. In der ersten Reihe konnte man das Motiv der Brosche besonders gut erkennen. Ingeborg war leicht amüsiert, als sie sah, dass es ein silberner Karl-Marx-Kopf war.

Bevor Frau Rothärmel anfing zu sprechen, ging sie mit ihrem Blick die Reihen entlang und musterte ihre Zuhörerschar. Sie schien zufrieden mit dem Interesse an ihrem Vorlesungsthema. Frau Rothärmel stellte sich vor und machte die Vorbemerkung, dass sie die Inhalte der Mikroökonomik-Veranstaltung von Frau Prof. Eckel als bekannt voraussetze, insbesondere die einfachen neoklassischen Modelle eines perfekten Marktes sowie Monopol- und Oligopolmodelle. Einige Gesichter der Studierendenschar sahen aus wie lebendige Fragezeichen. Frau Rothärmel entschlüpfte bei diesen Gesichtern ein:

„Ja, die Eckel. Kein Wunder."

Dann aber setzte sie wieder ihr neutrales Gesicht ohne Lächeln oder sichtbarer Verärgerung auf und verteilte einen Zettel mit zu behandelnden Themen und mit grundlegender Literatur. Die Themen interessierten Gisela und Ingeborg besonders, weil sie wissen wollten, ob diese relevant und weiterbringend für ihr Diskriminierungsbuch sein könnten.

Ingeborg runzelte die Stirn und flüsterte in Richtung Gisela:

„Ist aber alles ziemlich konventionell. Das kennen wir alles. Neue Arbeitsmarkttheorie; das ‚neu' ist wohl ziemlich relativ. Und es fehlt einiges. Zum Beispiel vermisse ich die Radicals. Müsste doch dem

Marxkopf da vorne am Pult eigentlich gefallen. Außerdem trennt sie nicht sauber mikro- und makroökonomische Ansätze und unterschlägt alle methodologischen Grundlagen."

„Schon. Aber vielleicht verhandelt sie die Radicals beispielsweise bei den Effizienzlohnmodellen. Müssen wir mal abwarten. Einiges könnte für unser Buch schon interessant sein, wenn sie auf Diskriminierungsmöglichkeiten eingeht, die sich als Folgen der Theorien offenbaren. Ich hoffe auf solche Exkurse."

„Abwarten. Ein paar Vorlesungen sollten wir mindestens hören, um herauszubekommen, ob die Inhalte bei ihr wissenschaftliche Substanz haben und ob es uns bei unserem Buch weiterbringen kann. Ich tippe schon jetzt, dass wir beiden die Veranstaltung besser gestalten würden als Frau Rothärmel, aber wir sind ja sowieso die Größten, gell Ingeborg?" Gisela lachte ihre Freundin an.

Claus und Matthias saßen hingegen ziemlich gelangweilt auf ihren Plätzen. Erst spielten sie nebenbei einige Runden ‚Schiffe versenken'. Dann nahmen sie ihre Handys und spielten ‚spelling bee' und ‚wordle', dann noch die deutsche Version der buchstabierenden Biene namens ‚Wortify'. Sie hörten höchstens mit halbem Ohr, was Frau Rothärmel erzählte, die sie mehrfach kopfschüttelnd ansah. Die beiden Männer fanden ihre Rhetorik grauenvoll. Das lag zum einen an ihrer hohen und leisen Stimme, aber auch an der extrem eintönigen Sprachmelodie. Keine Betonungen, keine Pausen, überhaupt kein Sendungsbewusstsein. Alle vier Freunde horchten erst auf, als Josefine Rothärmel zum Schluss doch kurz emotional wurde:

„Ich werde all diese Arbeitsmarktansätze nicht nur darstellen, sondern auch kritisch beleuchten. Vor allem die Indoktrination der Arbeiter und Arbeiterinnen muss angesprochen werden, die völlig verblendet auf einem Recht auf Arbeit beharren. Das entspringt allein kapitalistischer Verwertungslogik und wird den Menschen eingeredet. Eben reine Indoktrination. Genau wie eine Ethik der Arbeit. So ein Blödsinn. Arbeit ist nur Leid und Entfremdung. Wir müssen in Wirklichkeit zum Ende der Arbeit kommen, zumindest zu einer laboristisch orientierten Ökonomie. Arbeiterinteressen müssen endlich zentral werden und den Kapitalismus ablösen. Deshalb steht bei mir eine Kritik aller Theorien aus einer marxistisch-leninistischen Perspektive im Vordergrund."

Claus flüsterte in Richtung Gisela:

„Das tue ich mir nicht weiter an. Ist langweilig und scheint mir eher eine ideologiegetränkte Veranstaltung zu werden."

Gisela versuchte zu beschwichtigen:

„Warten wir es ab. Mal schauen, wie sie ab nächster Woche die einzelnen Theorien darstellt und wie sie ihre Kritik anbringt. Vielleicht hast Du recht mit der reinen Ideologie, aber eine Chance sollten wir ihr geben und zumindest noch ein oder zwei Vorlesungen hören."

Claus schaute skeptisch und auch Matthias sah nicht gerade sehr begeistert aus. Claus' einziger Kommentar dazu:

„Ideologie oder Idiotie, das ist hier die Frage."

Gisela ließ das einfach so stehen. Claus neigte zu vorschnellen und oft voreingenommenen Urteilen.

Nach der Vorlesung gingen sie ins Oeconomicum in die Cafeteria zu ihrem obligatorischen Käsebrötchen. Ingeborg und Gisela entdeckten Akilas Onyango, der mit einem anderen Studenten an einem 6er-Tisch saß. Ingeborg und Gisela steuerten auf diesen Tisch zu und fragten, ob sie sich dazusetzen dürften. Sie durften. Das war eine gute Gelegenheit, Akilas mit Claus und Matthias bekannt zu machen. Akilas wiederum stellte seinen Kommilitonen vor: Anastasios Papadaki, ebenso wie er selbst im dritten Semester VWL. Sie kamen ins Plaudern und die Älteren hörten zu ihrem Erstaunen, dass die Göttinger VWL-Studierenden offensichtlich kreative Namensveränderer waren. Dass Frau Eckel Ekel genannt wurde, wussten sie ja schon, auch dass Dekan Neuhaus als Casanova bekannt war. Neu war, dass Prof. Liebernickel im Studierendenjargon Bösernickel genannt wurde. Dabei hatte das gar keinen besonderen Grund. Dieser Professor für Außenwirtschaftstheorie wurde als zwar anspruchsvoll, aber auch als zuvorkommend und didaktisch bemüht beschrieben. Er hatte sich nur im ersten Semester mit den Worten vorgestellt:

„Guten Morgen. Wir werden uns in dieser Vorlesung mit Grundzügen der Außenwirtschaftstheorie befassen. Mein Name ist Bernd Liebernickel. Ein solcher bin ich auch, kein Bösernickel, haha."

Seitdem nannten ihn seine Zuhörer nur noch Bösernickel. Prof. Lukas Spitz wurde Köter genannt. Das passte zu seiner lauten, kläffenden Stimme, mit der er seine Vorlesungen zu empirischer Wirtschaftsforschung hielt. Matthias, Ingeborg, Claus und Gisela waren keineswegs überrascht, dass Prof. Rothärmel als rote Socke beschrieben wurde. So wurde sie auch gern genannt: rote Socke oder Rothsocke statt Rothärmel. Die beiden Studenten hatten, wie sie erzählten, bereits im zweiten Semester ein mikroökonomisches Seminar am Lehrstuhl Eckel belegt, erzählten von den verbalen Ausfällen Frau Eckels gegenüber ihrem Auditorium und den Assistenten am Lehrstuhl, die ihre Referate betreut hatten: die wissenschaftliche Assistentin Dr. Isabelle Teufel, wegen ihrer unterstützenden, wohlwollenden und mitfühlenden Art auch Engelchen genannt und der wissenschaftliche Mitarbeiter Simon Arndt, mehrfach von Frau Eckel selbst abfällig mit ‚Herr Bierfreund' angeredet.

Die vier Seniorstudenten machten sich eifrig Notizen, denn wie schnell sind Spitznamen mit wahren Namen verwechselt und man ist mit Anlauf ins Fettnäpfchen gesprungen. Ingeborg war besonders neugierig und fragte zu Prof. Eckel weiter: „Wie geht denn die Ekel mit ihren Mitarbeitern um? Auch so übergriffig und unbeherrscht? Ich bin der mal auf dem Flur begegnet, wo man ihr den Ärger über irgendwas deutlich anmerkte. Ihre Launen scheint sie völlig ungeniert auszuleben."

Anastasios Papadaki antwortete:

„Die Ekel ist immer so, sie hat sich überhaupt nicht im Griff und keift schnell drauf los. Unserem Engelchen, also Isabelle Teufel, hat sie schon mehrfach öffentlich gedroht, ihre Habilitationsschrift nicht anzunehmen und der Arndt wird öfter mal von ihr mit einer Kündigungsdrohung beglückt. Und das ganz öffentlich in einem Seminar. Sie spricht es sogar vor dem Auditorium an, dass er seine Master-Noten wohl gewonnen hätte, dass er zu blöd für die Uni sei und öfter wohl schon morgens trinkt und mit einer Alkoholfahne am Lehrstuhl erscheint, was sogar stimmt. Ich habe das schon gerochen. Und die Beschimpfungen passieren immer in seinem Beisein. Ist schon ganz schön hart, wie sie mit beiden umgeht."

Ingeborg konnte nur noch mit dem Kopf schütteln: „Das sind ja Abgründe, die sich da auftun. Macht denn niemand was gegen Frau Eckel? Das scheint mir doch eigentlich alles abmahnungs- oder kündigungswürdig, was die Dame da so veranstaltet."

„Noch haben wir von so etwas nicht gehört, naja, wird man als Student wohl gar nicht mitbekommen. Verbale Entgleisungen reichen bislang offensichtlich nicht für einen Rauswurf. Mit ihren Professorenkollegen kommt sie übrigens auch nicht klar, mit Männern sowieso nicht. Den Dekan kann sie gar nicht leiden, über den schimpft sie in jeder Lehrveranstaltung."

Auf dem Heimweg meinte Claus zu Ingeborg:

„Na also. Frau Eckel ist immer so ein unbeherrschtes Ekel. Da kannst Du die Anrempelei einfach vergessen. Wenn die bei jeder Kleinigkeit ausrastet, muss wirklich nichts Besonderes vorgefallen sein. War aber interessant und lustig eben in der Cafeteria. Wir hatten früher keine Spitznamen für unsere Profs. Sehr kreativ, die neuen Studentengenerationen. Weniger kreativ scheint mir Frau Rothärmel. Einmal noch am nächsten Dienstag, dann schlage ich vor, uns diese Vorlesung zu schenken. Ihr Mädels wollt doch sowieso lieber Euer Buch schreiben. Wir werden uns um einen Architekten kümmern und versuchen, was man bei allen verbalen Entbürokratisierungsversprechen zum Trotz für Anträge stellen muss."

7

Am übernächsten Tag, einem Donnerstag, hatte die erwerbsunfähige und sehbeeinträchtigte Frührentnerin Roswitha Leschkau in aller Herrgottsfrühe bereits gefrühstückt und wartete auf erste Zeichen der Morgendämmerung. Als es immer noch ziemlich dunkel war, brach sie wie jeden frühen Morgen mit ihrem Pudelmischling Wuschel zu einer Verdauungsrunde um den Schwänchenteich im nahe gelegenen Levinschen Park auf. Sie ging mit ihren schwerfälligen Schritten und trotz des schlechten Sehvermögens am liebsten bei der ersten Dämmerung. Sie war immer so früh unterwegs, weil dann außer ihr noch kein Mensch im Park war. Dann sah erstens niemand, dass sie Wuschels Häufchen stets einfach liegen ließ, statt sie zu beseitigen und in die extra dafür aufgehängten Behälter zu werfen. Sie machte es nicht, weil sie beim Bücken Rückenschmerzen bekam. Zweitens befürchtete Frau Leschkau, dass später am Tag Wuschels fehlende Hundemarke bemerkt werden könnte. Sie hatte wegen ihrer kleinen Rente mit schlechtem Gewissen ihren Hund nicht zur Hundesteuer angemeldet und hatte vor dem Bußgeld Angst. Dabei waren Personen mit einem

Schwerbehindertenausweis, der bestimmte Merkmale aufweist, in Göttingen davon freigestellt. Auf Frau Leschkau trafen die Merkmale zu, sie hätte also gar keine Steuer zahlen müssen, aber das wusste sie nicht.

Sie war schon fast komplett um den mitten im Park gelegenen Schwänchenteich gelaufen, als sie stutzig wurde. Es war zwar immer noch recht dunkel, aber sie erkannte undeutlich am Ufer etwas größeres Rotes. Frau Leschkau wollte es genauer wissen, ging über den Rasen und bekam beim Näherkommen einen gehörigen Schrecken. Das Rote war nämlich eine Hose. Die lag aber nicht einfach so am Ufer, sondern gehörte zu einer Person, einer Frau, die leblos halb im See und halb am Ufer lag. Frau Leschkes Puls schoss in die Höhe. Langsam näherte sie sich dem Körper, in doppelter Angst. Sie befürchtete, dass die Frau entweder tot oder dass es ein Trick sein könnte, um sie anzulocken und anschließend zu berauben. Tapfer näherte sie sich und stellte nach einigen Anstupsern fest, dass die Frau wohl nicht bei Besinnung oder, noch wahrscheinlicher, dass sie tot war. So kalt fühlte sie sich zumindest an. Frau Leschkau spürte beim oberflächlichen Betrachten kein Lebenszeichen. Die Frau lag kopfüber halb im Teich, der Kopf komplett im Wasser. Neben ihr am Ufer entdeckte die Rentnerin einen mitteldicken Ast, offensichtlich abgebrochen, und sah unscharf ein halbvolles Tütchen mit Brotstücken. Sie schloss messerscharf, dass die Frau wohl direkt an den Teich zum Enten- und Schwänefüttern herangetreten und wohl unglücklich von einem herabfallenden Ast getroffen worden war. Unklar war in ihrer schnellen Einschätzung nur, ob die Frau in der roten Hose direkt durch den Ast ums Leben gekommen war oder nur ohnmächtig wurde, unglücklich mit dem Kopf voran mit halbem Körper in den Teich stützte und dann vielleicht ertrank.

Erst einmal hob sie den Kopf der Frau in Rot an. Vielleicht konnte sie doch noch reanimiert werden. Frau Leschkau wusste jedoch nicht, wie man das anstellen könnte und senkte den Kopf wieder ab. Sie war völlig schockiert und ihr Blutdruck erreichte neue ungeahnte Höhen. Neben dem erschreckenden Fund sorgte sie sich zudem um Wuschel, dem wohl die Reste des gestrigen Abendessens (Linsen in Mehlschwitze mit Schweinebauch), die sie ihm gegeben hatte, nicht bekommen waren und der neben dem Leichnam hockte und unter heftigem Durchfall litt. Als es Wuschel etwas besser ging, lief sie mit ihrem Hund so schnell sie konnte nach Hause. Ein Handy hatte sie nicht, wollte aber unverzüglich Polizei und die Rettung alarmieren. Nach nur sechs Minuten erreichte sie ihre Wohnung, zog nicht einmal ihren Mantel aus, sondern wählte auf ihrem Großtastentelefon sofort den Notruf. Sie gab dabei ihre genaue Adresse an, weil sie nicht mehr am Ort des Fundes war und den Körper bewegt hatte. So richtig glauben konnte sie nicht, dass der Frau in roter Hose noch geholfen werden könnte.

Als die zwei losgeschickten Polizisten im Park ankamen, trat Kommissar Justin Vogel als erstes in eine Hinterlassenschaft Wuschels. „Scheiße!", rief er. Sein Kollege Johann Schilder, Schilderhannes genannt, lachte.

„Genau. Schöne Sauerei. Ich wünsche mir, dass wir endlich eine DNA-Datenbank aller Hunde kriegen, mit der wir solche Hinterlassenschaften Hund und Halter zuordnen können. 500€ Strafe sollten es mindestens sein. Ich glaube, eine Gemeinde in der Schweiz oder in Frankreich hat das schon eingeführt. In Deutschland hadert noch der Datenschutz. Was für eine Schweinerei da an Deinem Schuh."

Die kurz danach eintreffende Besatzung des Rettungswagens konnte nichts mehr für die Frau in der roten Hose tun. Sie war definitiv tot. In ihrer Handtasche fehlte nichts. Geldbörse, Handy: alles noch vorhanden. Allerdings fanden sie keinen Ausweis. Die beiden Polizisten versuchten das Handy zu entsperren. Erst probierten sie den Code 1234, danach 1111. Damit hatten sie keinen Erfolg, fanden nach einigem Wühlen in der Tasche aber eine Visitenkarte. Die beiden Polizisten hatten es also doch einfach, die Identität der Toten festzustellen. Sie unterstellten, dass die Tote ihre eigene Visitenkarte eingesteckt hatte. Es war nur eine Annahme. Am Schwänchenteich und im ganzen Park waren fast den ganzen Tag über Spaziergänger unterwegs, nachmittags auf alle Fälle. Bis es dunkel wurde. Also Todeszeitzeit zwischen dem Abend zuvor und dem frühen Morgen. Die Gerichtsmedizin konnte vielleicht Näheres sagen, so die Hoffnung der Polizisten. Raubüberfall oder irgendeine Beziehungstat schlossen die Polizisten wegen der prall gefüllten Geldbörse aus. Es sah alles sehr nach einem tragischen Unfall beim Entenfüttern aus. Nur eines war merkwürdig. Wer füttert nachts Enten?

Am selben Mittag gegen 12.00 Uhr suchten die beiden Polizisten Vogel und Schilder Frau Leschkau in ihrer Wohnung auf, um mehr über die Entdeckung der Leiche in Erfahrung zu bringen. Als sie vor dem älteren Mehrfamilienhaus im Königsstieg ankamen, sagte Vogel:

„Hier war ich vor einiger Zeit schon mal. Da lag der Hausmeister mehrere Tage unbemerkt tot in seiner Wohnung. Als ich die Bewohner fragte, warum das niemand bemerkt hatte, hieß es nur ‚Der kam doch nie, wenn man ihn angerufen hat, um etwas in Ordnung zu bringen. Wir haben ihm immer auf den Anrufbeantworter gesprochen. Außerdem roch er sowieso schon immer so komisch'."

In der Wohnung von Frau Leschkau roch es zwar nicht nach einem faulen Hausmeister, aber nach nassem Hund. Als Vogel danach fragte, schwindelte die Frührentnerin verlegen, ein Hund wäre nur ab und zu Besuch. Er gehöre ihr nicht, sondern einer Nachbarin. Wenn die arbeiten müsse, kümmere sie ich manchmal tagsüber um ihn, heute aber nicht. Tatsächlich hatte sie Wuschel mit allerhand Leckerli gleich nach ihrem Anruf bei der Polizei im Keller eingesperrt. Wegen der Hundesteuer und wegen Wuschels Durchfall, dessen Folgen sie nicht beseitigt hatte. Vogel verzichtete auf weitere Nachfragen. Frau Leschkau erzählte lang und breit über ihre schreckliche Entdeckung, konnte aber ansonsten wenig beitragen zur Klärung. Sie vermochte auch zur Toten am Schwänchenteich nichts sagen, gekannt hatte sie sie nicht. Die Polizei rekonstruierte später, dass die unglückliche Frau in Rot mit hoher Wahrscheinlichkeit von einem abgebrochenen Ast am Kopf getroffen wurde und dann so unglücklich, vielleicht ohnmächtig, in den Teich stürzte, so dass sie ertrank. Pech, dass gerade so spät oder so früh keine anderen Spaziergänger am Teich unterwegs gewesen sein konnten, sonst hätten sie ihr vielleicht noch helfen können.

Als die Polizisten gegangen waren, eilte Frau Leschkau in den Keller, befreite ihren Wuschel, um ihn in ihrer Wohnung zu trösten, ausgiebig zu knuddeln und mit noch mehr Leckerli zu verwöhnen. Falls es Sorgen um den Hund gibt: Bis auf den morgendlichen Durchfall verkraftete Wuschel die ungesunde Ernährung und die Vermenschlichung durch sein Frauchen bis auf einige Gewichtsprobleme erstaunlich gut.

8

Am Samstag dieser Woche saßen Claus und Gisela wie immer gegen 7.00 Uhr am Frühstückstisch, die Tageszeitung vor sich. Gisela startete immer die Lesezeit mit dem Hauptteil der Zeitung, Claus mit dem Lokalteil. Claus las erst ausgiebig die beiden Hauptartikel auf der ersten Lokalseite über neue verkehrsberuhigte Straßenzüge und über ein gescheitertes Bürgerbegehren. Außerdem interessierte ihn ein Kommentar zur Sperrung der Sparkassenarena wegen eines Bombenfundes in der Nähe und dem erzwungenen Umzug des Basketballteams der BG Göttingen in die Lokhalle in Bahnhofsnähe, gar nicht sehr viel weiter weg vom Bombenfund.

Dann sah er noch folgende Kurzmeldung unten links auf der Seite mit der Überschrift: Tragischer Unfall im Levinschen Park. Da stand: ‚Beim Entenfüttern am Schwänchenteich erlitt eine Professorin der Göttinger Universität einen tragischen tödlichen Unfall. Die Professorin (57) für Volkswirtschaftslehre war von einem herabgebrochenen Ast getroffen worden, wurde ohnmächtig, fiel mit dem Oberkörper in den Teich und ertrank.

Claus wandte sich an seine Frau:

„Das ist ja ein Ding. Schau mal diese Meldung an."

Mit diesen Worten reichte er ihr die Zeitung. Gisela hasste die regelmäßigen ‚schau mal' während sie selbst las, trotzdem nahm sie die Zeitungsseiten und konnte es gar nicht glauben:

„Das muss die Eckel sein. Das Alter passt, es gibt ja nur zwei Professorinnen an dem Fachbereich. Da hätten sie gleich den Namen hineinschreiben können. Was dazu wohl der Datenschutz sagt? Mannomann, das ist ja was. Hat die da in der Nähe gewohnt vielleicht? Herrjemine, was wird denn jetzt aus Akilas' Job? Und aus den Assistenten und ihren Arbeiten? Ich mochte die Eckel zwar nicht, aber so einen Tod wünscht man weiß Gott niemanden. So ein Pech aber auch, erst der Ast und dann noch so unglücklich ins Wasser gestürzt. Das müssen wir sofort Ingeborg und Matthias erzählen."

Sie versuchten es erst bei Matthias. Da erreichten sie niemanden. Dann riefen sie bei Ingeborg an. Matthias nahm den Hörer ab. Sie berichteten von der Zeitungsmeldung und hörten, wie Matthias sogleich laut rief, um auch Ingeborg zu informieren. Die kam ans Telefon und wollte alles doppelt und dreifach erzählt bekommen. Aber mehr als in der Zeitungsmeldung wussten Claus und Gisela natürlich auch nicht. Nach dem Telefongespräch meinte Gisela zu ihrem Mann:

„Matthias war die Nacht bei Ingeborg. Diese beiden! Glaubt man es? Dabei ist Ingeborgs Bett in ihrem winzigen Schlafzimmer nur einen Meter breit. Mir wäre das zu eng. Ich würde bestimmt aus dem Bett fallen, wenn noch jemand darin schlafen würde und ich nahe an der Kante liegen müsste."

„Vielleicht hat Matthias ja das Sofa im Wohnzimmer für die Nacht genommen."

„Das glaubst Du doch selbst nicht."

„Na gut, Ist unwahrscheinlich. Die kuscheln halt gern eng. Gönne es ihnen doch."

„Mache ich ja. Aber hättest Du vor einem Jahr geglaubt, dass Ingeborg einen Mann so nah an sich heranlässt?"

„Matthias ist eben der passende Deckel auf den Topf Ingeborg."

„Immer diese Klischees", dachte Gisela noch, da klingelte es schon. an der Wohnungstür. Die beiden Freunde vom Stockwerk darüber standen davor.

Ingeborg fragte direkt: „Wo ist denn die Zeitung von heute? In der Küche? Das muss ich selbst lesen, was Ihr da gerade erzählt habt. Ich bin so perplex, dass ich es gar nicht glauben kann."

Sie ging, ohne die Antwort oder eine Begrüßung abzuwarten, Richtung Küche, dann an den Küchentisch und blätterte. „Wo steht das? Ah, da. Ich hab's gefunden." Nach nur zehn Sekunden redete sie weiter: „Stimmt, das kann wirklich nur Petra Eckel sein. Das ist ein Ding. Von einer Sekunde auf die andere ist man hin. Grauenhafte Vorstellung. Das muss ich mir vor Ort angucken."

Claus sah wie ein lebendiges Fragezeichen aus. „Was willst Du denn da sehen? Der Leichnam liegt da bestimmt nicht mehr herum, der Ast wahrscheinlich auch nicht. Die Enten und Schwäne werden Dir auch nichts erzählen. Das bringt doch gar nichts, sich den Unglücksort anzusehen."

„Ich gehe einfach mal nachschauen. Kommt Ihr mit?"

Gisela und Claus wollten nicht, aber Matthias stimmte zu. Ungefrühstückt gingen die beiden Neugierigen also zur Bushaltestelle und fuhren Richtung Industriegebiet. Von der Königsallee aus, nahe dem Königsstieg, war ein Eingang zu dem kleinen Levinschen Park mit dem größeren Schwänchenteich und zwei weiteren, kleinen Teichen. Gegenüber dem Eingang zum Park war bis in die 1970er Jahre hinein ein recht großes Kino in Betrieb. Das wussten sie von Gisela und Claus. Das Gebäude stand in Teilen noch, also fanden sie den Weg zum Teich ganz schnell. Sie entdeckten auch alsbald die Stelle, wo das Unglück passiert sein musste. Zwei Meter Flatterband von der zwischenzeitlichen Absperrung lagen noch herum, aber sonst war nichts mehr zu sehen: Keine Leiche, kein Ast, nicht einmal die restlichen Brotkrumen. Auffällig war nur, das am matschigen Ufer jede Menge Leute herumgetrampelt sein mussten: massenweise Fußspuren und plattgedrücktes Gras. Ingeborg sah sich um, schaute sich auch den Übeltäter-Baum genauer an. Sie lief hin und her, ihre Schuhe und die unteren Hosenbeine waren schnell von Dreck und Matsch überzogen. Dann wandte sich Ingeborg an ihren Freund:

„Matz, siehst Du das auch?"

„Was soll ich sehen? Deine dreckigen Hosen, Matsch bis fast zum Knie?"

„Das war kein Unfall."

„Ach komm, Du schaust kurz hin und die routinierte, genauer und länger untersuchende Polizei bemerkt nichts? Das ist doch Unsinn. Ich sehe nur einen Baum, vom dem da oben offensichtlich ein Ast abgebrochen ist. Passt doch alles zur Beschreibung im Tageblatt."

„Matthias, schau doch mal richtig hin. Fällt Dir an der Bruchstelle nichts auf?"

„Nein, gar nichts. Was soll mir da auffallen?"

„Na, siehst Du was Morsches? Und war in den letzten Tagen Sturm? Die Äste drumherum sind nicht sonderlich dick und lang. Das ist ein Feldahorn unter den vielen anderen Baumsorten drumherum. Alle sind älter und größer. Ein Feldahorn bleibt sowieso relativ klein und älter als vierzig Jahre ist unser hier bestimmt nicht. Und schau doch mal, wie relativ niedrig dieser Ast hing. Das sind höchstens 2,20 Meter. Und fällt so ein kurzer, nur halbdicker Ast einfach so vom Baum? Die Bruchstelle sieht unauffällig aus, höchstens etwas grau. Ich gehe jede Wette ein, dass der Ast nicht einfach abgebrochen ist, sondern mit roher Gewalt abgebrochen wurde. Er kommt ja wahrlich aus keiner sonderlichen Höhe. Ich wäre nicht drangekommen, aber jemand, der 1,80 m oder größer und dazu noch ziemlich stark und kräftig ist, bekommt das bestimmt hin. Also mit hoher Wahrscheinlichkeit ein Mann. Vielleicht noch einer mit Kraft aus dem Fitness-Studio. Solche Äste brechen nicht ab. Und außerdem: schau mal die recht niedrige Fallhöhe an. Ich glaube nicht einmal, dass man überhaupt ohnmächtig werden kann, wenn so ein Stück Holz auf einen fällt. So furchtbar schwer kann der Ast eigentlich nicht gewesen sein, wenn Du Dir die Nachbarschaft der Äste anschaust. 'Ne Beule vielleicht, aber gleich ohnmächtig zusammenbrechen? Unwahrscheinlich. Aber selbst wenn das möglich ist: so bricht kein Ast ab. Im Leben nicht."

„Hmm, wenn Du das so sagst, fällt es mir auch auf. Du scheinst nicht nur Volkswirtschaft zu beherrschen, sondern auch Dendrologie. Ob ein Ast einfach so abbrechen kann? Sieht zumindest nicht so aus. Aber mit Baumkrankheiten kenne ich mich nicht aus. Vielleicht sieht man die gar nicht und dann fallen bei solchen Sachen wie mit irgendwelchen grässlichen Käfern oder Maden Äste einfach so ab."

„Nee, ich wette, den Ast hat jemand abgebrochen und ihn mit Schwung und Kraft der Eckel auf den Kopf geschlagen."

„Mord? Ernsthaft?"

„Nehme ich stark an. Oder Totschlag."

„Ich ahne Schlimmes. Du willst doch nicht etwa die glorreichen Sieben reaktivieren, um Detektivin zu spielen? Du denkst an so was Schlimmes bestimmt nur, weil Du die Eckel nicht mochtest."

„Nee, unsere drei Geschichtsstudis brauchen wir dafür nicht. Die kennen die Fakultät ja gar nicht so genau, zumindest keine Interna. Bei Akilas und Anastasios bin ich mir nicht so sicher. Die wissen zumindest vage Bescheid und kennen die Ausfälle und Schimpftiraden Eckels gegenüber allen möglichen Leuten. Es sollte aber reichen, wenn wir als Vierergespann das Detektivspielen übernehmen."

„Hmm, Eckels Jähzorn scheint mir aber doch ein sehr schwaches Motiv zu sein. Ich glaube eher doch weiter an einen Unfall. Die Polizei ist doch nicht doof, aber hat vielleicht was übersehen. Geh' doch mal hin und teile Deine baumkundlichen Erkenntnisse mit."

„Ach, Du. Die Polizei will auch gern Fälle abschließen. Manchmal jedenfalls. Ich werfe es den Ermittlern gar nicht vor. Die haben eine aus ihrer Sicht plausible Geschichte und fertig. Die sind wie Volkswirte, die aus dem allereinfachsten Modell eines perfekten Marktes politische Vorschläge z.B. gegen Arbeitslosigkeit unterbreiten. Die Welt ist komplizierter, andere, besser passende Modelle kommen unter Umständen zu ganz anderen Schlüssen und zu alternativen Empfehlungen einer wirksamen Politik. So scheint es mir hier auch zu sein. Eine erste halbwegs plausible Erklärung, und schon setzt weiteres Nachdenken der Polizei aus. Gisela und ich sind jedenfalls keine Einfach-Volkswirte. Wir kennen nicht nur Erstsemester-Theorien. Wir wollen immer wissen, wie es wirklich ist. Oder war, wer also für Frau Eckels Tod verantwortlich war. Die Motive liegen nicht auf der Straße. Die müssen wir natürlich erst aufdecken. Ich glaube fest daran, dass bei Frau Eckel jemand nachgeholfen hat, sie ins Jenseits zu befördern. Denk allein an die vergiftete Freundin. Erst die Freundin, dann die Frau, dann die Eckel selbst. Ich wittere Verbrechen. Vielleicht eine Reihe von Femiziden. Wollen wir das gleich mit Gisela und Claus besprechen?"

„Du willst doch mit Gisela ein Buch schreiben. Das kannst Du vergessen, wenn wir wieder schnüffeln. Und Claus interessiert das sowieso nicht. Wenn ich nur daran denke, was wir alles beim toten Tutor unternehmen mussten, um dem Übeltäter auf die Spur zu kommen. Allein die Fahrten nach Berlin zu den Eltern des Ermordeten waren zeitraubend. Und teuer."

„Da mache Dir mal keine Sorgen. Das Buch vergessen wir nicht. Die Struktur steht ja, es muss nur geschrieben werden. Na ja, und natürlich vorab noch allerhand gelesen werden. Das klappt bestimmt."

„Und unser Wohnungsumbau?"

„Du machst das schon. Wird bestimmt alles halb so wild. Matthias, kommst Du an den Ast links unterhalb des angeblich Abgebrochenen? Ja, genau den."

Matthias gehorchte. Er war nur etwa 1,75 m groß und musste sich ziemlich strecken, sogar in die Höhe springen, um den Ast im unteren Baumbereich zu erreichen."

„Und jetzt versuche ihn mal abzubrechen."

Matthias hangelte sich an den Ast und musste sich richtig an ihn hängen und auf- und abwippen, bevor ein kleines Stück abbrach. Er meinte:

„Deine Theorie hakt. Wenn sich jemand derart abmühen muss, um so einen Ast oder ein Stück davon abzubrechen, dann fällt das doch auf. Frau Eckel wäre doch nicht einfach stehengeblieben und hätte sich erschlagen lassen. Außerdem macht es Krach, wenn so ein Ast bricht bzw. gebrochen wird. Das hätte die Eckel gehört."

„Naja, Du bist recht klein und schon alt. Da hast Du nicht mehr so viel Kraft."

„Na, danke für die Blumen."

„Ich meine doch nur, mein Liebster, dass ein größerer und vielleicht auch kräftiger Mensch das uno actu hinbekommen könnte."

„Uno actu?"

„Ja, in einer einzigen Handlung. Ast schnappen, brechen und mit dem Schwung gleich auf den Kopf der Eckel schlagen."

„Unmöglich ist das vielleicht nicht, aber mir scheint es doch sehr unwahrscheinlich zu sein. Der Krach ist zu groß. Da hätte sie sich zumindest umgedreht. Aber trotzdem glaube ich auch, dass hier irgendwas nicht stimmt."

Daheim in Theaternähe angekommen, klingelten Matthias und Ingeborg gleich bei Gisela und Claus, gingen trotz ihrer völlig verdreckten Schuhe gar nicht erst in eine ihrer eigenen Wohnungen. Claus öffnete und Ingeborg legte gleich los, als sie, ohne die Schuhe auszuziehen, im Wohnzimmer der beiden Freunde angekommen war:

„Also, wir haben uns das mal angesehen. Nie und nimmer war das ein Unfall. Ich fresse einen Besen, wenn tatsächlich ein Ast einfach abgebrochen und der Eckel auf den Kopf gefallen sein soll. Ich tippe, dass den jemand abgebrochen hat und sie damit niedergeschlagen hat. Ob sie dadurch direkt mit dem Kopf im Wasser gelandet ist oder sie erst nach dem Niederschlag in den Teich gezerrt wurde, das ist allerdings nicht klar. Bei den vielen Fußspuren am Tatort konnte man dazu nichts entdecken."

Claus wandte sich an Matthias. „Prima, dass ihr da seid und offenbar viel Zeit mitbringt: Ich hole dann mal die Putzsachen, damit ihr den Dreck, den ihr gerade hereingeschleppt habt, wieder wegmachen könnt. Wie Putzen geht, wisst Ihr ja. Und außerdem sind das wilde Krimi-Phantasien bei Ingeborg oder ist da was dran, was sie erzählt? Bei Ingeborg weiß man ja nie. Allein diese Geschichte mit der Anrempelei im Oeconomicum war heillos übertrieben aus meiner Sicht. Ingeborg kann gut aus einer Mücke zwei Elefanten machen."

Ingeborg war empört über diese Worte, sagte aber nichts. Dafür antwortete Matthias:

„Naja, mit aller Vorsicht: Ich habe auch erst nichts gesehen, aber ich muss Inge schon recht geben. Ich kann eigentlich auch nicht mehr glauben, dass das ein reiner Unfall war. So kurze, weit unten sitzende Äste scheinen mir auch nicht einfach so vom Baum geweht zu werden. Es war ja auch fast windstill an den letzten Abenden."

„Okay. Dann solltet Ihr Euch an die Polizei wenden und Euren Verdacht äußern. Vielleicht reagieren sie und ermitteln. Und wenn nicht, dann wird halt nichts dran sein an Eurer Vermutung."

Ingeborg rutschte unruhig auf ihrem Sessel hin und her. Sie entgegnete:

„Ach, die Polizei. Die haben ihre stimmige Geschichte. Die werden keinen Finger mehr krumm machen. Wir wissen schon allerhand über die Eckel, ihren Jähzorn und ihre Unbeherrschtheit. Auch, dass sie offensichtlich wenig Freunde im Kollegium hatte und sich selbst trotz ihrer dünnen Publikationsliste für eine großartige Wissenschaftlerin hielt. Und dass ihre Lebensgefährtin an einer Pilzvergiftung gestorben ist. Wir könnten uns doch selbst mal umhören. Ein paar Kontakte haben wir schon. Gisela, Du kannst bestimmt etwas über die Professorenschaft herausbekommen. Einige von denen waren schließlich ab und zu in Deinem Seminar im letzten Semester. Sogar der Dekan war zweimal zu Gast und hat mit Dir über den Nutzen dieser Erkenntnisse für makroökonomische Wachstums- und Verteilungsmodelle diskutiert. Da kannst Du bestimmt Kontakt aufnehmen. Vielleicht kannst Du wieder ein kostenloses Seminar anbieten. Oder wir beide. Am besten zu ökonomischen Diskriminierungstheorien. Dann hätten wir einen Zusatznutzen, nämlich unsere Buchideen vorab in einem Seminar diskutieren zu können."

Ingeborg redete und redete. Sie fand immer neue Argumente, warum sie als Gruppe selbst und nicht nur die Zuständigen der Polizei aktiv werden sollten. Die anderen drei blickten weiterhin skeptisch. Gisela äußerte ihre Bedenken:

„Ich weiß nicht so recht. Wir wollen doch das Buch schreiben. In etwa 14 Monaten wollen wir fertig sein. Wieder ein Seminar konzipieren und mit den Profs reden? Das kostet sehr viel Zeit, die uns fürs Schreiben verlorengeht. Wir kommen dann immer wieder raus aus unseren Gedanken. Ich würde lieber am Stück schreiben. Ich plädiere dafür, uns da rauszuhalten. Frau Eckels Tod ist bedauerlich, aber eigentlich interessiert sie mich überhaupt nicht. Außerdem wollt ihr umbauen. Das wird auch Zeit und Nerven kosten. Vielleicht steckt ja, wenn es kein Unfall war, auch was Privates bei Petra Eckel dahinter, und die Uni hat gar nichts an Erkenntnissen zu bieten. Und letztlich interessiert mich nur unser Buch. Ich bedauere ihren Tod, mehr aber auch nicht."

Ingeborg konterte:

„Ich habe aber keine Ruhe, bis ich weiß, was da genau passiert ist. Ich kann mich dann gar nicht auf das Buch konzentrieren. Und denk mal an den armen Akilas und die unklare Zukunft der Assistenten. Besser wäre es, wir kümmerten uns erst einmal um den Tod von Frau Eckel, und wenn wir alles wissen, geht es mit aller Kraft ans Buch. Ein paar Tage Aufschub machen nichts. Uns hetzt ja niemand. Und Dein Seminar ist nur ein Vorwand, musst Du nicht wirklich machen. Vielleicht wollen die VWLer das nicht einmal."

„Ungern, Ingeborg. Aber Du hast ja recht damit, dass Du unkonzentriert wärst. So gut kenne ich Dich. Das ist auch nicht gut für unser Projekt. Also gut: einen Monat Aufschub. In der Zeit kann Akilas vielleicht Citavi mit Daten füttern. Dann verlieren wir nicht sonderlich viel an Zeit. Wie fangen wir es also an?"

Claus und Matthias staunten nur noch, da beide Frauen nicht einmal im Entferntesten daran dachten, sie zu fragen, ob sie bei der Aufklärung des Falles mitmachen möchten. Sie wurden einfach vereinnahmt. Erstaunlicherweise protestierten die beiden aber nicht, sondern ließen es einfach zu, dass Ingeborg und Gisela über sie verfügten.

Ingeborg schlug vor, zunächst einmal über Frau Eckel im Internet zu recherchieren, erst dann irgendwelche Kontakte zu weiteren potenziellen Informationsgebern herzustellen. Diese Recherche bot sie an, selbst zu übernehmen. Niemand hatte einen Einwand. Ingeborg schlug ergänzend nur noch vor, dass Gisela doch schon alsbald Kontakt zum Dekan der Neugeschichtler, Prof. Auskamp, aufnehmen sollte. Inzwischen, so Ingeborgs Einschätzung müssten die Evaluierungsergebnisse von Giselas Seminar des Sommersemesters vorliegen. Die sollte Gisela mal erfragen, um damit bei guten Ergebnissen bei den Volkswirten zu versuchen, Interesse für ein anderes Seminar - am besten zu Diskriminierungsfragen - zu wecken.

Dann holte Claus die Putzutensilien, um beide Schmutzfinken den Dreck beseitigen zu lassen. Ingeborg wollte aber schnell nach oben und ihre Vermutungen bestätigen. So blieb die Arbeit wieder einmal an Matthias hängen. Nachdem er alles zu Claus' Zufriedenheit erledigt hatte, bot dieser ihm ein Bier an. Angebot angenommen, aus eins mach zwei.

9

Ingeborg suchte das Internet rauf und runter zu Prof. Eckel. Google gab an, es gäbe ca. 17.300 Einträge über Prof. Dr. Petra Eckel. Das war also der Anfang einer überaus aufwendigen Suche. Es verirrten sich immerhin diverse Einträge über Horst Eckel, Mitglied der deutschen Fußballnationalmannschaft, die 1954 Weltmeister wurde, zwischen relevante Einträge. Die konnten gleich übersprungen werden. Auch viele Hinweise auf Petra Eckels einziges Buch erübrigten sich, da dieses über Amazon, Thalia und diverse Antiquariatsanbieter immer wieder kam. Vieles wiederholte sich dutzende Male. In der Zwischenzeit war auch Matthias wieder aufgetaucht, er zog sich aber gleich in seine eigene Wohnung zurück. Nach drei Stunden konnte Ingeborg den Lebenslauf Eckels und ihre Publikationsliste bereits auswendig. Die drei Arbeitspapiere zur Verhaltensökonomik kamen auch mehrfach vor, auch wenn sie keinerlei neue Erkenntnis enthielten.

Erst auf der 17. Google-Seite fand Ingeborg wieder etwas Neues. Es stand in einer kleinen Pressemeldung der Uni im Göttinger Tageblatt, in der vom Erfolg bei der Drittmitteleinwerbung der Göttinger Uni die Rede war. Ein Link zu deren Auflistung wurde genannt. Den klickte Ingeborg an und las darin, nach Überwindung der Bezahlschranke, dass Petra Eckel vor knapp zweieinhalb Jahren vom niedersächsischen Kultusministerium mit einem Gutachten über die Größenordnung und Konsequenzen der Armut in Niedersachsen betraut worden war. 80.000 Euro für ein Jahr hatte Frau Eckel dafür einwerben können. Das meiste Geld war für eine 50%-Mitarbeiterstelle mit einer Laufzeit von einem Jahr vorgesehen.

Ingeborg suchte nach diesem Gutachten, wurde aber nicht fündig. Das fand sie bezeichnend für die wenig produktive Arbeit der Petra Eckel, weil der Beginn des Projekts bereits vor knapp zwei Jahren hätte gewesen sein sollen und nach einem Jahr das Projekt eigentlich beendet sein sollte. Ingeborg notierte sich, dazu weiter Erkundigungen einzuholen. Das Thema des Gutachtens fand sie auch inhaltlich interessant und war etwas verwundert, dass es nicht öffentlich zugänglich war. Wenn es überhaupt existierte. Außerdem gab es dazu doch Zahlen auf Bundes- und Landesebene durch die Bundes- und Landesämter für Statistik. Vielleicht hatte die Eckel nur abkassiert, das war aber mit den Bedingungen und nötigen Nachweisen für Drittmittelprojekte unwahrscheinlich. Irgendwo musste dieses Gutachten stecken. Vielleicht vom Ministerium nicht freigegeben?

Auf der 29. Google-Seite war noch ein Hinweis auf ein Interview mit Frau Eckel in den Eichsfelder Nachrichten vor etwas über einem Jahr. Sie klickte darauf, zahlte wieder und bekam die Zeitungsseite zu sehen. Das kurze Interview war im unteren Drittel der Seite 11 abgedruckt, oben ein Bericht, dass aufgrund der weiterhin sehr stürmischen Witterung die Harzer Schmalspurbahnen (HSB) den Zugbetrieb auf dem Streckenabschnitt Schierke - Brocken noch nicht wieder aufnehmen könnten. In dem kurzen Interview wurde Frau Eckel unter anderem zum Armutsthema befragt. Sie behauptete darin, dass die Berichte, wonach die Armutsrisikoquote in Deutschland mehr als 16% betrage, heillos übertrieben seien. In ihren eigenen Berechnungen zeige sich eindeutig, dass die Armut in Deutschland vernachlässigbar klein sei. Sie habe mit aufwändigen empirischen Methoden und einem großen Datensatz eine Quote von etwa 3% errechnet. Ein reiches Land fast ohne Armut. Niedersachsen läge auch in diesem Bereich. Höhere Werte entsprängen allein ideologisch motivierten Berechnungen. Ingeborg konnte nur konsterniert mit dem Kopf schütteln. 3%? Ingeborg notierte sich: ‚Arbeiten zu Armut von Frau Eckel checken. Kann so nicht stimmen, offizielle Armutsberichte sind solide'.

Parallel zu Ingeborgs Recherchen schrieb Gisela eine E-Mail an Dekan Auskamp. Sie fragte darin an, ob es bereits Evaluationsergebnisse ihres Seminars gäbe und ob sie eine Rückmeldung erhalten könne. Keine fünf Minuten später ging die Antwort ein. Die Evaluationsergebnisse lägen vor, insgesamt sehr erfreulich. Der Dekan bot Gisela ein persönliches Gespräch in der Folgewoche an, unter anderem um zu besprechen, ob die Kooperation unter Umständen eine Fortsetzung erfahren könnte.

Claus fuhr Gisela einige Tage später in den Heinrich-Düker-Weg zum geschichtlichen Institut der Universität. Gisela kannte den Weg zum Dekan durch ihr Engagement für die Fakultät bereits gut, hatte aber Mühe, den langen Weg des Flures zu bewältigen. Sie musste sich sehr auf ihren Stock stützen und war froh, es geschafft zu haben. Sie wurde von Prof. Dr. Volker Auskamp leicht mitleidig, aber freundlich begrüßt.

„Verehrte Kollegin, schön, dass Sie trotz Ihrer Beschwerden vorbeischauen und nochmals danke für Ihr interessantes Seminar im letzten Semester. Die Evaluationsergebnisse Ihres Seminars lassen sich sehen. Hier, das ist für Sie."

Mit diesen Worten reichte er Gisela eine Kopie des Auswertungsbogens. Die Ergebnisse ließen sich nicht nur sehen, sondern waren ganz ausgezeichnet. Nur ‚sehr gut' in allen Kategorien.

Das Lob fiel dem Dekan offensichtlich etwas schwer, weil seine eigenen Veranstaltungen erheblich schlechter beurteilt worden waren.

„Da haben Sie wirklich gut abgeschnitten. Da merkt man gleich die viele Lehrerfahrung Ihrer Tätigkeit an einer Hochschule für angewandte Wissenschaften. Achtzehn Semesterwochenstunden Lehre gegen unsere neun, nicht wahr? Wenn die Forschung nicht so im Vordergrund steht, hat man bestimmt auch mehr Zeit, das Niveau der Studierenden mit dem des Lehrstoffes in Einklang zu bringen."

Gisela schäumte innerlich wegen dieser herablassenden Kommentierung, bewahrte aber Haltung. Ihre eigene Publikationsliste war mindestens doppelt so lang und thematisch deutlich vielfältiger im Vergleich zu der Auskamps, der sich immer wieder Metternich in allen Facetten gewidmet hatte. Ähnlich wie ein bekannter Fernseh-Historiker bei Adolf Hitler: Metternichs Hunde, Metternichs Frauen, Metternichs Krankheiten. Sie sagte aber nichts, denn für das nächste Sommersemester kündigte Auskamp an, die Zusammenarbeit mit ihr sehr gern fortsetzen zu wollen. Statt diese Aussage zur Lehre an Fachhochschulen zu kommentieren, verabschiedete sich Gisela mit der

Zusage eines weiteren Seminars schnell, um dem Dekan nicht doch noch ihren Unmut spüren zu lassen. Sie nahm ihre Kopie des Evaluationsergebnisses, stopfte sie knitternd in ihre zu kleine Handtasche und war auch schon wieder humpelnd draußen. Claus holte sie vor dem Gebäude ab und schon im Auto schimpfte sie wie ein Rohrspatz über die Überheblichkeit des Dekans.

„Was sich die Uni-Leute so einbilden. Halten sich selbst für die Größten und Schlausten, halten die FH-Leute wohl für eine Art von Grundschullehrern. Selbst Ingeborg neigt manchmal dazu, aber bei ihr haben solche Sprüche nachgelassen."

„Ach, nicht ärgern. Freue Dich lieber, dass Du das Seminar so gut hinbekommen hast. Mit diesem Ergebnis hast Du vielleicht auch bei den VWLern Chancen auf einen Lehrauftrag. Bezahlen werden sie allerdings wohl auch nichts."

„Ich nehme einfach die Gliederung unseres geplanten Buches und biete was zu Diskriminierung an. Das macht dann keine Zusatzarbeit, und in dem Thema kenne ich mich sowieso gut aus. Wenn es klappt, müsste ich es aber online in der Lehre machen, mein Rücken und meine Beine tun zu weh. Irgendwie wird es immer schlimmer. Bevor ich das Seminar anbiete, sollten wir aber erst noch schauen, ob Frau Rothärmels Vorlesung nun was für uns ist oder nicht."

Wieder daheim berichteten sich Gisela und Ingeborg gegenseitig von den Ergebnissen ihrer Aktivitäten. Ingeborg empörte sich dabei insbesondere über die Inhalte des Zeitungsinterviews zum Armutsthema und darüber, dass für jeden kleinen Artikel bezahlt werden musste. Internet war auch nicht mehr, was es einmal gewesen war.

„Was will die zur Armut herausbekommen haben? Das ist doch Unsinn. Egal wer rechnet, ob das Bundesamt für Statistik oder die Wohlfahrtsverbände: alle kommen auf ähnliche Ergebnisse. Der Paritätische Wohlfahrtsverband hat beispielsweise für 2022 eine Quote von 16,6% ausgewiesen. Die verrechnen sich doch nicht. Und die nehmen das übliche Maß für relative Armut, dass diejenigen als armutsgefährdet zählen, die weniger als 60% des Medians der haushaltsgewichteten verfügbaren Einkommen haben. Das rechnen alle in der EU so und auch in vielen weiteren Staaten. Vielleicht hat die eklige Eckel eine andere Definition genommen und damit die Armut runtergerechnet. Das hätte sie dann aber offenlegen müssen. Solide ist das nicht. Nicht einmal in einem Interview."

„Das ist auch mein Verdacht. Mal schauen, ob ich vielleicht ein Arbeitspapier dazu von ihr finde. Dann können wir das prüfen. Vielleicht haben die Redakteure Erläuterungen auch einfach nur aus Platzgründen weggelassen. Ich finde es jedenfalls bemerkenswert, dass das Ministerium gerade Frau Eckel mit dem Gutachten beauftragt hat. Und wieso macht das überhaupt das Kultus- und nicht das Sozialministerium? Denkt mal an Stikowski. Wenn ich mich richtig erinnere, ist der hochrangig im Kultusministerium. Das hat doch ein Geschmäckle."

10

Alle Schreib- und Rechercheplläne platzten. Giselas Rückenschmerzen wurden immer schlimmer. So unaushaltbar sogar, dass sie ins Krankenhaus musste. Diagnose: Spinalkanalstenose. Gisela nannte das scherzhaft stets -spinose, weil sie meinte, dass ihr Spinalkanal ja wohl spinne. Aber so richtig zu Scherzen aufgelegt war sie eigentlich gar nicht. Ingeborg beschwerte sich bei Matthias:

„Damit hätte Gisela auch warten können, bis wir fertig sind mit unseren Projekten. Das ist doch Mist, dass ich jetzt allein anfangen muss mit dem Buch. Und über Gisela hätte ich für die Recherche zum Tod der Eckel Kontakte zur Fakultät der Volkswirte bekommen. Mist, Mist, Mist."

„Nun aber halblang, Inge. Das meinst Du doch nicht im Ernst. Gisela hat sich ihre Schmerzen schließlich nicht ausgesucht. Hast Du nicht gesehen, wie krumm sie schon gelaufen ist?"

„Doch, natürlich habe ich das gesehen. Ich bin nur so enttäuscht. Die Zusammenarbeit lief geradezu hervorragend an."

„Enttäuscht sind wir doch alle, Inge. Hoffentlich wird das überhaupt schnell wieder was bei Gisela. Bei ihren schlimmen Schmerzen. Und sie ist ja wie wir selbst nicht mehr die Jüngste. Sogar ein Jahr älter als Du, mein Liebes. Und viel stärker mit Krankheiten vorbelastet."

Ingeborg war alarmiert:

„Glaubst Du, dass das länger dauert im Krankenhaus oder gar, dass ich alles allein machen muss beim Buch? Und dass sie beim Schnüffeln ausfällt? Grundgütiger, daran habe ich noch gar nicht gedacht. Gisela ist doch zäh, die schafft es bestimmt, bald wieder entlassen zu werden."

„Sei mal nicht zu optimistisch. Claus plant schon Umbaumaßnahmen an der gemeinsamen Wohnung. In der Dusche zum Beispiel. Er hat mir schon gesagt, dass er in nächster Zeit nichts machen kann, um Frau Eckels Tod zu untersuchen. Er will, dass alles perfekt ist, wenn Gisela zurückkehrt und will sich deshalb in nächster Zeit nur seinen eigenen Umbauten widmen, um die Wohnung weitestmöglich barrierefrei zu machen."

„Achgottachgott. Beide fallen aus? Und Du willst Dich um unseren Umbau kümmern? Dann bleibe ich ja fast ganz allein zum Recherchieren. Nur mein Poldi hilft mir? Claus sucht bestimmt nur eine Ausrede. Unsere Wohnungen sind doch bereits barrierefrei."

„Im Prinzip schon, aber es fehlen noch Haltegriffe an einigen Stellen und zum Beispiel ein klappbarer Duschsitz. Er muss auch schauen, ob Gisela später mit einem Rollator überall hinkommt. Da muss er sicher allerhand Möbel rücken."

„Also höchstens Zubehör kaufen und etwas Umräumerei: Zubehör gibt's alles im Internet und ist ruckzuck montiert. Was soll daran zeitraubend sein?"

„Claus ist zwar kein Perfektionist, aber er will alles funktional haben. Für seine Frau tut er alles. Weißt Du doch. Würde ich bei Dir natürlich genauso machen."

Ingeborg seufzte und nahm sich vor, gleich in den nächsten Tagen die Freundin zu besuchen.

Ingeborg zählte Claus im Hinblick auf die Ermittlungen im Fall Eckel inzwischen als Totalausfall. Gisela ja sowieso. Und ihr Matthias begann sich so langsam ernsthaft um den Umbau der Wohnungen zu kümmern. Er hatte endlich ein Architekturbüro in Moringen gefunden, genauer einen 43-jährigen Solo-Selbständigen ohne weiteres Personal namens Jürgen Eckstein, der in Moringen ein 9-Quadratmeter-Büro mit leeren Aktenordnern vollgestellt hatte. Eckstein war der erste und einzige, der Interesse an dem Umbau-Auftrag zeigte. Das

Büro irritierte Matthias zwar ein wenig, aber er war der Meinung, dass eigentlich Grundkenntnisse in Statik für sein Anliegen ausreichen müssten. Und die sollte jeder Architekt beherrschen, so Matthias' optimistische Annahme. Es ging ihm mehr um die Prüfung seiner eigenen, sehr gut erarbeiteten Pläne. Also nur so zur Sicherheit die Expertise eines Architekten sowie Bauaufsicht.

Zu Claus' Beruhigung erholte sich Gisela von einer anfänglichen Fieberschwächung, aber das längere Liegen hatte ihre Muskeln sehr in Mitleidenschaft gezogen, ihre Stenose zwackte und zwickte ebenso weiterhin heftig. Sie selbst war recht verzagt. Ingeborg wollte bei ihren sporadischen Krankenbesuchen das Gespräch gern auf die Recherchen oder auf ihr Buchprojekt lenken, aber Gisela war gefangen in den Gedanken rund um ihre Krankheit und in den Routinen des Krankenhauses. Bitter beklagte sie sich über das von ihr ansonsten zu Hause so geliebte Frühstück, am grausigsten die ‚Tageswurst': billige Gelbwurst ohne jeden Geschmack oder sehnenknackiger Bierschinken. Und das Brot irgendwas zwischen Zwieback und Gummi, eine trocken-elastische Ungenießbarkeit. Also eher was für strenge Diät, weil nur der kleine Joghurt essbar war. Sie bezeichnete das, was mittags freundlich ans Bett geliefert wurde, als ‚Traurige Nudeln', erstens weil es tatsächlich oft Spirelli oder Penne gab, die zweitens aber stets völlig zerkocht serviert wurden. Bereits um 17.00 Uhr wurde das Abendessen gebracht, wieder mit dem Gummibrot und der Wahl zwischen Fenchel-, Hagebutten-, Kamillen- oder Pfefferminztee. Brr! Und dann war der Tag schon beendet. Ihre wechselnden Zimmergenossinnen im Zwei-Bett-Zimmer hatten allesamt eine sehr eigene Fernsehleidenschaft für Volksmusiksendungen, die Gisela so gar nicht teilte.

Eines Tages bekam sie nach den älteren Damen zur Abwechslung eine jüngere Bettnachbarin. Schnell kamen beide ins Gespräch. Und so ein Zufall: Die neue Nachbarin stellte sich als Sekretärin des volkswirtschaftlichen Dekans heraus, Annette mit Vornamen und Talwer-Kassebaum mit Nachnamen. Sie hatte sich beim Joggen durch einen mit hohem Tempo kreuzenden Mountain-Biker derart erschreckt, dass sie stark abbremste und vornüber auf die Nase fiel. Die Nase war glücklicherweise nicht gebrochen, aber bei der abrupten Bewegung waren die Bänder im rechten Knie gerissen. Es war ballonartig geschwollen. Die Ärzte wollten abwarten, bis sich das Knie etwas beruhigt hatte, um zu entscheiden, ob sie es operieren müssten oder eine konservative Methode ausreicht, die bei Sportverletzungen in Mode gekommen war. Also lag Annette mit hochgelagertem Knie im Bett neben Gisela. Diese witterte Interessantes.

„Ach, Sie Ärmste. Hmm, ich habe fürchterliche Rückenschmerzen. Bei mir wollen sie auch ohne OP behandeln. Ich glaube jedoch nicht so recht an den Erfolg. Aber ich bin natürlich nur Laie. Und ich vertraue letztlich auf die ärztliche Expertise. Sie sollten auch nicht zu ungeduldig sein. Und die Uni wird auf Sie warten. Ich habe lange Zeit genug an einer Hochschule gearbeitet, da weiß ich, wie oft wir Vakanzen überbrücken mussten. Meistens haben es die Assistenten ausbaden müssen. Naja, jetzt bin ich im Ruhestand und arbeite nicht mehr so viel. Mein Mann und ich machen immerhin nebenher ein Seniorenstudium. Und ich habe letztes Jahr bei den Historikern ein interdisziplinäres Seminar über Ungleichheit angeboten, wo ich auch einige VWL-Profs kennenlernen durfte. Eine, Prof. Eckel, haben wir, also mein Mann und ich, sogar persönlich kennengelernt. Ich habe sie mal zum Kaffee eingeladen. Der Kontakt ist aber leider abgebrochen. Ich war übrigens auch mal Professorin für VWL, allerdings an einer Fachhochschule. Die nehmen zum Glück auch Habilitierte, haha. Dekanatssekretärin ist bestimmt ein toller Job."

„Naja, wie man es nimmt. Die meisten Dekane sind nett, aber alle vier Jahre wird gewählt und da wechseln oft die Chefs. Selten geht jemand in die zweite Amtszeit. Obwohl ich erst sieben Jahre dabei bin, hatte ich schon drei verschiedene Chefs."

„Ach, und da muss man sich immer neu einstellen, nicht wahr? Der jetzige Dekan heißt Casa-, äh, Neuhaus, soweit ich weiß."

„Stimmt. Ein netter Chef. Sehr zuvorkommend. Mit dem komme ich sehr gut aus. Er lässt mir weitgehend freie Hand, weil er weiß, dass ich mich im Dekanat am besten auskenne."

„Und wie sind die anderen Profs so? Mit Frau Eckel sind wir nicht so recht warm geworden."

„Prof. Eckel ist leider kürzlich verstorben."

„Ach du liebe Güte. War sie schon länger krank?"

„Nein, sie hatte einen Unfall. Haben Sie das nicht gelesen?"

„Doch wohl schon, wenn Sie das so sagen. Da war ein Artikel über eine Professorin, die im Schwänchenteich ertrunken ist. Aber ohne

Namen, wenn ich es richtig erinnere. Das war Petra Eckel? Ist ja schrecklich."

„Ja. So ähnlich ist es wohl passiert. Ihr Kopf lag im Wasser, aber vielleicht wurde sie auch von einem Ast erschlagen, der von einem Baum abbrach. Näheres wissen wir nicht. Nur das, was die Polizei veröffentlicht hat."

„Sehr tragisch, so ein Unfall. Bestimmt ein furchtbarer Verlust für die Fakultät."

„Ja, schon. Jetzt muss die Stelle neu ausgeschrieben werden und Sie wissen bestimmt, wie sich so etwas heute hinzieht. Neubesetzungen sieht das Wissenschaftsministerium nicht gern, da geht es eher um Stellenabbau. Aber für mich ist es schon Routine. Und ehrlich gesagt; Ich freue mich auf eine neue Besetzung. Der Unfall war natürlich schrecklich, aber Frau Eckel war, vorsichtig ausgedrückt, etwas schwierig."

Gisela beließ es dabei, um nicht zu neugierig zu wirken. Die beiden schwatzten den ganzen Tag, bald duzten sie sich. Meistens klatschten sie über ihre Männer. Gisela hatte von Ingeborg übernommen, manchmal etwas zu viele Fremdwörter zu benutzen. So sagte an einem der Tage zu Annette lachend:

„Ich bin eine typische Prokrastiniererin, mein Mann dagegen präkrastiniert. Das macht mich ganz nervös."

Bei Annettes fragendem Blick erklärte sie es:

„Sorry. Also ich schiebe gern alles auf, bis es gar nicht mehr geht. Und mein Mann muss immer alles sofort erledigen. Damit macht er sich unnötig Stress."

„Bei langem Aufschieben wird es aber auch stressig, oder?"

„Mein Mann kann gut drängeln. Dann passt es schon."

Da Annette bald ohne OP entlassen werden sollte, nahm Gisela an den Folgetagen das Eckel-Thema wieder auf.

„Annette, darf ich mal neugierig sein. Ich habe Dir erzählt, dass wir Frau Eckel bei dem Besuch bei uns, etwas, na sagen wir, steif fanden. Ihr fandet Sie auch schwierig?"

„Was ich gar nicht leiden kann, sind cholerische Ausfälle."

„Ach, war Frau Eckel tatsächlich cholerisch?"

„Ich habe es oft genug mit anhören müssen, wie sie beim Dekan herumgebrüllt hat. Sogar die Studenten haben sich beschwert. Das hat mir Herr Neuhaus erzählt. Er hat sie wirklich ganz ruhig gebeten, den Studenten höflich zu begegnen. Und schon schrie sie los, dass er sich um seine eigenen Sachen kümmern solle. Der Assistent und die Assistentin haben sich nicht beschwert, aber ich habe gehört, dass die auch unter ihr zu leiden hatten. Die trauen sich bestimmt nichts zu sagen.

„Das ist schlimm. Eine Freundin von mir hat mal gehört, dass sie in ihrem eigenen Büro einen Wutanfall hatte."

„Das kam öfter vor. Die Eckel war schon sehr speziell. Das Letzte war ein Streit über ein Arbeitspapier der Eckel. Mein Chef hat sich geweigert, den Aufsatz von ihr in die Reihe der wissenschaftlichen Beiträge der Fakultät aufzunehmen. Diesen Tobsuchtsanfall der Eckel werde ich mein Lebtag nicht vergessen. Sie hat nicht nur gebrüllt, sondern auch ihr Manuskript dabei zerrissen, na, eher zerfetzt."

„Ach, um was ging es denn in dem Aufsatz."

„Das hat Ste…, äh, Herr Neuhaus, mir nicht gesagt."

Annette lief rot an. Gisela tat so, als ob sie es nicht bemerkt hätte.

Einen Tag später wurde Annette entlassen. Gisela war darüber traurig, denn sie war angenehm als Zimmergenossin, auch wenn sie ebenso wie die anderen Damen im Zimmer die Leidenschaft für Volksmusik teilte. Annette überraschte Gisela mit einem Geschenk: selbstgestrickte warme Socken in bunten, fröhlichen Farben. Gisela freute sich wie eine Schneekönigin. Annette und sie tauschten noch Adressen aus und versprachen sich, in Kontakt zu bleiben.

Langsam, sehr langsam nahm Gisela wieder die Welt sich herum besser wahr. Sie setzte sich wieder an ihren Schreibtisch und lernte kleinere Hilfen im Alltag daheim zu nutzen und ungewöhnliche Wege einzuschlagen. Vieles ging nur noch mit Gehhilfe.

Nach einiger Zeit nahm Gisela sogar wieder Anfragen zu kleineren Publikationen an, ein gutes Zeichen. Schmerzen blieben ihr. Nur am Schreibtisch spürte sie sie kaum. Das Diskriminierungsbuch traute sie sich noch nicht zu und vermied jedes Gespräch mit der immer ungeduldiger werdenden Ingeborg. Sie wimmelte ihre Freundin mit allerhand Ausreden regelmäßig ab. Aber Ingeborg war hartnäckig und versuchte es jeden Tag. Über vier Wochen lang vergeblich. Ingeborg hatte die ganze Zeit auch kaum etwas geschafft. Das Internet gab über Frau Eckel nichts mehr her, die polizeilichen Ermittlungen, so hatte es Matthias erfahren, waren endgültig abgeschlossen, und sie wollte Giselas Part in der volkswirtschaftlichen Fakultät nicht übernehmen, das erschien ihr übergriffig. Matthias war ansonsten auch keine Hilfe, er wälzte Umbaupläne und führte erste Telefongespräche mit Herrn Eckstein.

Immerhin traf sich Ingeborg während der langen Leidenszeit ihrer Freundin mit Akilas, weil sie ihn schon mal Citavi mit Literaturquellen füttern lassen wollte.

„Eine gute Literaturbasis ist die halbe Miete für das Buch", war der Standardspruch Ingeborgs.

Akilas konnte das Geld gut gebrauchen, denn die Fakultät hatte seinen Vertrag gekündigt, da Frau Eckel den Etat für Hilfskräfte überbeansprucht hatte. Das war ein schwerer Schlag für Akilas. Er hatte deshalb keine große Hemmung, Frau Eckels Citavi-Eintragungen komplett zu übernehmen. Er bedauerte ihren frühen Tod, aber erinnerte sich auch an ihre rüde Behandlung aller Hilfskräfte und Angestellten. Akilas arbeitete neben dieser ‚Übernahme' zielstrebig, er nahm alles an Literatur auf, was sich Ingeborg und Gisela handschriftlich notiert hatten und recherchierte zu einzelnen Themen zusätzliche Quellen. Ingeborg war so zufrieden mit ihm, dass sie seinen Stundensatz eigenständig auf 20 Euro erhöhte, als Anerkennung und als Inflationsausgleich. Das sagte sie erst einmal weder Gisela noch Matthias und Claus. Der Versuch, Akilas über die Fakultät auszufragen, war hingegen zunächst wenig ertragreich.

Bei einem ihrer Cafeteria-Besuche fiel sie bei zwei Tassen Kakao und zwei Croissants dann doch mit der Tür ins Haus:

„Sagen Sie Akilas, weiß man denn mehr über den Tod Frau Eckels?"

„Nee, eigentlich nicht. Was sollen wir schon wissen? Wir haben auch nur Zeitung gelesen. Der Dekan hatte ein Gespräch beim Polizeidirektor und hat dann ein Rundschreiben verfasst, wonach Frau Eckel einen unglücklichen Unfall hatte. Nach dem ersten Schock normalisierte sich alles recht schnell am Fachbereich. Nur reichlich unverschämt und wenig sensibel, dass sie uns Hiwis sogleich gekündigt haben. Zwei Veranstaltungen der Eckel haben sie einfach abgesagt, eine hat Frau Rothärmel übernommen. Dabei hätte Isabell Teufel bestimmt gut die Vorlesungen Eckels halten können, die weiß echt viel. Aber das hat die Fakultät nicht erlaubt. Nur Übungen dürfen die

Mitarbeiter eigenständig anbieten. Ich weiß jetzt gar nicht, was ich machen soll. Ich wollte eigentlich die Vertiefungsfächer bei Frau Eckel belegen. Am ehesten interessiert mich alternativ die Außenhandelstheorie. Die ist aber ganz schön kompliziert. Professor Liebernickel kann gut erklären. Nur seine Prüfungen sind alle superschwer."

„Schnickschnack, kompliziert und schwer. Ich habe die traditionelle und neue Außenhandelstheorie im letzten Semester drei Geschichtsstudis erklärt. Selbst die haben es auf die Schnelle recht gut verstanden. Sie schaffen das bestimmt noch viel besser. Sie haben Vorkenntnisse und schrecken nicht vor formalen Modellen zurück. Notfalls kann ich gern einspringen, falls Bösernickel etwas blöd erklärt hat. Können Sie sich denn nicht bei ihm gleich um den nächsten Hiwi-Job bewerben?"

„Es ist tatsächlich was ausgeschrieben. Ich weiß nur nicht, ob ich die Anforderungen jetzt schon erfüllen kann. Ich muss wohl erst einmal seine Vorlesungen hören, bevor ich eine Bewerbung wagen kann. Das dauert dann erst noch ein Jahr.

„Ach was, Sie sind clever. Bewerbung kann nicht schaden, die anderen Studis kochen auch nur mit Wasser. Und ich bin ja auch noch da. Wie wäre es denn, wen ich Ihnen einige theoretische Grundlagen der Außenhandelstheorie vorab erkläre. Dann sehen Sie ja, ob sie gut mit den Argumenten klarkommen."

Es war mehr die Lehrleidenschaft Ingeborgs als ein Misstrauen gegenüber Akilas' Fähigkeiten, die Ingeborg zu diesem Angebot veranlasste. Akilas sprang wegen seines nicht sehr ausgeprägten Zutrauens in eigene Kompetenzen dennoch darauf an. Er war skeptisch, sich die erforderlichen Vorkenntnisse für eine Bewerbung bei Liebernickel auf die Schnelle selbst aneignen zu können:

„Echt? Das wollen Sie tun? Was kostet denn eine Stunde bei Ihnen?"

„Na, aber nun. Ich will doch kein Geld dafür."

„Dann nehme ich auch nichts für die Citavi-Einträge und die kurze Einführung in das Programm, wenn Professor Kubon-Gilke gesund ist."

„Quatsch hoch drei. Mir macht das Unterrichten Spaß, Citavi-Einträge anzulegen und zu bearbeiten und vor allem uns beiden alten Begriffsstutzigen Citavi beizubringen, ist dagegen absolut spaßfrei. Also wird Ihre Arbeit bezahlt, meine nicht. Ist doch ganz klar."

Völlig überzeugt war Akilas nicht, aber das Angebot war einfach zu verlockend, weil er mit Vorkenntnissen vielleicht tatsächlich den Hiwi-Job ergattern konnte. Und so entwickelte sich bei Ingeborg und Akilas ein Verhältnis der beiden zwischen Freundschaft und Respekt. Es dauerte nicht lange, da bot Ingeborg Akilas das ‚Du' an, was dieser nach einigem Zieren annahm. Es dauerte eine weitere Zeit und viele Erinnerungen, bevor Akilas Ingeborg regelmäßig mit ihrem Vornamen ansprach. Er begründete das damit, dass er von seinen Eltern Respekt vor der älteren Generation beigebracht bekommen hätte.

„Na und? Respekt kann man ebenso beim Duzen zeigen. Und wenn Du mich duzt, fühle ich mich nicht ganz so uralt. Hier in Deutschland ist Altsein ein Makel, in Deiner Kultur vielleicht eine Auszeichnung, bei Dir zumindest."

„Kann schon sein, dass es eher eine familiäre Sache ist. Falls es was Kulturelles war, dann verschwindet sie bei uns genauso wie hier. Vielleicht hat es was mit der Globalisierung zu tun.

„Apropos Globalisierung. Wollen wir gleich diese Woche nach den Grundmodellen mit der weitergehenden Theorie anfangen? Ich habe gut Zeit, weil ich auf Giselas endgültige Genesung warten muss."

„Wenn Du mir dann bei der Vorbereitung auf die Bewerbung wirklich helfen möchtest, dann gern."

Sie verabredeten sich daraufhin für das nächste Wochenende bei Ingeborg, um Globalisierungstheorien anzuschauen. Ingeborg wollte sich sogar ausnahmsweise an einem einfachen Gericht wie Zitronennudeln probieren. Und das, obwohl ihre sonstigen Kochkünste sich eher auf das Öffnen von Dosen oder Packungen mit Fertiggerichten beschränkten. Sie hoffte nur, dass die Handwerker nicht schon irgendeinen Unsinn angerichtet hatten. Sie wusste zu ihrer Schande gar nicht, wie es gerade um den geplanten Umbau stand, ob überhaupt schon angefangen wurde, in Matthias' Wohnung etwas zu verändern und heute vielleicht bei ihr selbst. Das Schlimmste wäre, keinen Strom zu haben oder in einem halben Zimmer mit herausgerissener Wand zu sitzen. Aber so schnell ging das alles nicht. Wenn sie gewusst hätte, was noch alles passieren sollte…

Am Ende eines der Treffen wandte sich Ingeborg nach all der Theorie noch einmal an Akilas:

„Aber da fällt mir noch eine andere Frage ein. Weißt Du, wo die Eckel gewohnt hat? Wieso ist sie gerade am Schwänchenteich unterwegs gewesen, als sie den Unfall hatte?"

„Das weiß ich tatsächlich, weil ich ihr manchmal Kopien oder anderes in ihre Wohnung bringen musste. Sie wohnte im Asternweg, hatte eines der älteren, großen Reihenhäuser mit den schmalen, langen Gärten. Ob es gemietet war oder ihr Eigentum, das weiß ich nicht. Von dort ist es jedenfalls nicht weit zum Levinschen Park (s. Anhang 16), eigentlich das für sie am schnellsten erreichbare Erholungsgebiet mit drei Teichen, darunter eben dem Schwänchenteich. Sie hat uns mal in einer ihrer wenigen freundlichen Momente erzählt, der ganze Park sei Hinterlassenschaft einer Wollweberei. Diesen Park mit seiner Teilwildnis hat sie wohl gemocht. Der Park liegt direkt am Bach Grone. Die Wasserkraft wurde früher einmal für den Antrieb der Webstühle der Tuchfabrik genutzt. Muss mal lukrativ gewesen sein, zumindest deutet das die immer noch existierende protzige Villa der früheren Fabrikbesitzer an. Wie es den Webern erging, möchte ich lieber nicht wissen. Wir haben in der Schule Hauptmanns ‚Die Weber' gelesen. Daran muss ich immer denken.

„Toll. Nicht das Schicksal der Weber, aber dass Ihr so etwas gelesen habt. Gerhart Hauptmann stand auch bei mir in der Mittelstufe auf der Leseliste."

„Weißt Du, Ingeborg, als ich Professor Eckel zum letzten Mal Unterlagen brachte, war es komisch. Im Flur hing ein langer Regenmantel noch voller Tropfen, der muss von einem Mann oder einer sehr großen Frau gewesen sein. Für die Eckel wäre der viel zu lang gewesen. Ich war dann lange im Wohnzimmer der Eckel, bis sie die Kopien auf Vollständigkeit durchgeschaut hatte. Da war sonst niemand. Es muss aber kurz zuvor jemand gekommen sein, so patschnass, wie der Mantel war. Ganz kurz habe ich jemanden ins Bad huschen sehen, aber ich konnte nichts weiter erkennen. Ich denke aber, es war ein Mann. Zumindest hatte er oder sie nur noch ziemlich wenige Haare. Der Besucher sollte bestimmt keinen Schwarzen bei ihr sehen und musste deshalb in einem anderen Zimmer bleiben. So war sie."

„Na, vielleicht auch umgekehrt. Vielleicht solltest Du die andere Person nicht sehen."

„Kann ich mir nicht vorstellen. Das ist mir doch egal, wenn jemand Besuch hat, den oder die ich nicht kenne."

„Und wenn es ein pikanter Besuch gewesen wäre? Vielleicht jemand aus der Hochschule?"

„Im Leben nicht. Mit Frau Eckel hatte niemand eine Affäre. Wenn doch, fresse ich einen Besen."

„Na, Akilas. Hat sie Dir vielleicht Avancen gemacht?"

Akilas machte ein angewidertes Gesicht und beide prusteten los. Sie konnten lange Zeit gar nicht aufhören zu lachen.

11

Bei der Frage, wie und warum Petra Eckel ums Leben kam, konnten aktuell tatsächlich weder Gisela noch die beiden Männer zur Recherche etwas beitragen. Auch die Pilzvergiftung der Freundin oder der Tod der Ehefrau der Eckel blieben im Dunkeln. Besonders Matthias war rund um die Uhr mit anderen Sachen beschäftigt und Claus kümmerte sich und pflegte seine Frau. Er nahm das mit stoischer Gelassenheit.

Matthias war einige Zeit zuvor ungeduldig geworden. Der Architekt Eckstein vertröstete ihn mehrfach mit der Begründung, er müsse sich um seine Scheidung kümmern, damit ihn seine jetzige dritte Frau nicht ruiniere. Seine Worte waren:

„Frauen sind so. Glauben Sie mir. Bevor ich damit nicht durch bin, kann ich nichts für Sie tun."

Matthias ließ sich bei dem Thema lieber auf keine Diskussion ein. Er wollte, dass Eckstein möglichst anfängt zu arbeiten und bloß nicht noch völlig abspringt. Seine Ungeduld brachte Matthias dazu, doch schon mal bei einem Trockenbauer und einem Elektriker anzufragen. Das konnte ja nicht falsch sein, wenn die sich alles schon mal anschauen und eine Kostenschätzung abgeben.

Da sich die Handwerker aber auch Zeit ließen, drängelte Matthias beim Architekten, so gut er es vermochte. So erbarmte sich Eckstein tatsächlich und war zu einer ersten schnellen Begehung bereit. Dabei stellte er fest, dass eine Veränderung der Grundrisse, so wie es Matthias vorschwebte, sehr schwierig werden würde.

„Wie wollen Sie das mit dem Fahrstuhl machen? In der Wohnung soll der enden? Was ist das für ein Quatsch? Nun ja, Bauherren haben bizarre Ideen. Setzen Sie sich lieber, Herr Bär. Ich habe leider eine Kröte für Sie zu schlucken. Sie irren sich nämlich in einer fundamentalen Hinsicht, Herr Bär. Ihre beiden Wohnungen sind nicht, wie Sie vermuten, erst durch Aufteilung einer größeren Wohnung entstanden, das lässt sich aus dem Verlauf der Wasserleitungen und der Abwasserrohre leicht sehen. Das waren schon immer zwei kleine Wohnungen, vielleicht für Bedienstete, rechts die Frauen, links die Männer. Halt irgendwie so. Um daraus eine große Wohnung zu machen, müssten zusätzliche Stützbalken eingezogen werden, sonst kommt das Dach runter. Aber natürlich muss ich alles genauer prüfen, damit kann ich schätzungsweise in einem Monat anfangen."

Matthias war fast schon entmutigt. Es verzögerte sich schon alles, bevor der Umbau überhaupt richtig geplant war. Er ahnte, wie Ingeborg das aufnehmen würde. Trotzig wie ein Kind antwortete er Eckstein:

„Es muss aber irgendwie gehen, und zwar ohne viele Stützbalken und Durchgangsbögen. Schauen Sie zu, dass Sie eine umsetzbare Planung hinbekommen."

„Ist ja gut. Bauen braucht Geduld. Das ist das oberste Gebot. Ich werde es natürlich intensiv prüfen. Aber ich sage gleich, dass ich skeptisch bei dem Schnitt dieser beiden Wohnungen bin. Wie gesagt, in etwa vier bis fünf Wochen kann ich voraussichtlich anfangen. Ich muss erst noch mit meiner Frau über meinen Anwalt, notfalls vor Gericht, klären, wie wir das mit den Kindern machen. Meine Frau will mir die Kinder vorenthalten, aber das lasse ich nicht mit mir machen. Ich will das gemeinsame Sorgerecht. Ohne meine Kinder bin ich nur ein halber Mensch."

„Wie viele Kinder haben Sie denn?"

„Sechs, vier Mädchen und zwei Jungs, zwischen eineinhalb und dreizehn Jahren. Drei Kinder von meiner jetzigen Noch-Ehefrau.

Oh, da müssen Sie sich mit Ihren Frauen früher aber wohl ganz gut verstanden haben!"

Dazu sagte der Architekt nichts mehr und verabschiedete sich.

Gisela und vor allem Claus hielten sich auffällig zurück, wenn Matthias über den Planungsstand berichtete.

Claus kommentierte nur:

„Ein schwieriges Projekt. Vielleicht hat Euer Architekt recht, dass sich die beiden Wohnungen gar nicht gut zu einer großen umbauen lassen."

„Fängst Du auch noch damit an. Das wird schon. Morgen kommt schon mal ein Trockenbauer, um sich alles anzuschauen."

Dieser kam am nächsten Tag, drei Stunden zu spät, zur Besichtigung und meinte als erstes gleich:

„Den Fahrstuhl können wir aber nicht benutzen, der ist zu eng."

„Hat ihre Firma sonst immer nur in Häusern mit Lastenaufzug zu tun?", fragte Matthias gereizt.

Der Trockenbauer drehte sich um und sah Matthias an.

„Warum bleibt der Flur nicht, wie er ist und die Verbindung der beiden Wohnungen geschieht mittels einfachen Durchbruchs? Dann brauchten sie uns gar nicht."

Er klopfte demonstrativ an die Wand, die Matthias' Wohnzimmer von dem der Nachbarwohnung trennte.

„Dann könnten wir es gleich so lassen, wie es ist. Kommt nicht in Frage. Der Architekt wird unseren Plan nur noch modifizieren."

Der Handwerksmeister schüttelte den Kopf, sagte aber nichts. Dann schaute er zum Wohnzimmerfenster.

„Hier fahren wir das Material mit unserem Aufzug hoch. In die Wand schlagen wir ein Loch und verkleiden dieses dann, wie die Herrschaften das wünschen."

„Sie wollen die Wand für einen Lastenaufzug kaputt machen? Was ist das denn für ein Unsinn? Finden Sie bitte eine Lösung für den kleineren vorhandenen Aufzug!"

„Gehen tut alles, aber das wird dann natürlich teurer. Das dauert viel länger, muss auch genauer geplant werden. Aber wenn Ihnen das Geld so locker sitzt, nehmen wir halt den kleinen Aufzug. Ganz, wie Sie wünschen."

Zwei Wochen später, der Trockenbauer war inzwischen wieder abgesprungen, weil er einen Großauftrag der Uni Göttingen ergattert hatte, kam Elektromeister Peter Faulbaum zur Besichtigung.

„Ach herrjeh, ogottogott. Hier liegen ja Uraltleitungen. Die müssen alle raus. Das kann ich so schnell nicht rechnen. Und alle unter Putz legen. Meine Güte, sind das viele Meter in den beiden Wohnungen. Und die vielen Anschlüsse, eijeijei. Das ist heftig, einen hohen fünfstelligen Betrag müssen Sie dafür schon einkalkulieren, wenn nicht sogar was Sechsstelliges dabei rauskommt. Vor allem ihre vielen Steckdosen- und Anschlusswünsche für die Datenverbindungen hauen rein. Und einen neuen Verteilerkasten brauchen Sie auch. Ihrer ist ja museumsreif. Den können Sie vielleicht als Antiquität verhökern. Das wird teuer, richtig teuer. Mit treuem Augenaufschlag sah er Matthias an, dem es die Sprache verschlagen hatte.

„Meinen Sie das ernst mit den knapp 100.000 Euro nur für die Elektroarbeiten?"

„Was heißt ernst? Denken Sie daran, dass sämtliche Leitungen erneuert werden müssen. Aber wenn Sie jemanden finden, der es billiger macht, dann bitte."

„Dann mache ich das halt selbst."

„Das dürfen Sie gar nicht."

„Ich werde doch wohl noch die paar Steckdosen legen können."

„Das ist nicht erlaubt, glauben Sie mir. Da muss ein Fachmann dran. Was meinen Sie, was es Ihre Haftpflichtversicherung im Schadensfall bei den Uraltleitungen freuen würde. Keinen Cent würden Sie sehen mit Ihrem laienhaften Gestümpere."

Matthias seufzte und erbat sich Bedenkzeit:

„Das ist schon eine heftige Überraschung. Ich muss das mit meiner Partnerin besprechen. Ich gebe Ihnen nächsten Mittwoch Bescheid, ob wir Ihr Angebot annehmen."

„Auf ein besseres Angebot können Sie lange warten. Bei uns stehen die Kunden Schlange. Entweder Sie nehmen an oder wir ziehen uns als Anbieter zurück."

„Das ist ja Erpressung."

„Ach was, das ist Wettbewerb. Also was ist? Hopp oder top?"

„Was ist hopp und was ist top?"

Matthias verhandelte zäh, bis ihm immerhin eine Nacht Bedenkzeit gewährt wurde. Am Nachmittag beichtete Matthias Ingeborg die Kostenentwicklung und vor allem, was alles aufgeklopft werden sollte.

„Inge, wir werden einige Zeit in einer richtigen Baustelle leben müssen. Der Elektriker hat festgestellt, dass wir völlig veraltete Leitungen haben, die alle ausgetauscht werden müssen. Dazu müssen fast alle Wände aufgeklopft werden."

„Sag' jetzt nicht, dass Du Dir das hast aufschwatzen lassen. Ein paar neue Steckdosen und Unterputzleitungen in den paar neuen Wänden war doch alles, was wir wollten. Frage doch Claus, der kann als Hobby-Elektriker bestimmt einiges für uns erledigen. Sein Vater war Elektriker. Das ist genetisch."

„Nun, die alten Leitungen gehen halt nicht mehr. Nicht mehr zulässig. Da ist nichts zu machen. Claus lasse ich nicht meine und Deine Wände aufklopfen. Er ist kein Hase Klopfer."

„Hase Klopfer?"

„Ach, Du kennst wieder nichts. Ist aus einem Comic, ach nein, aus einem Film."

„Und wie teuer wird das jetzt mit der kompletten Neuverlegung?"

„Sagte ich doch. Etwa 100.000. Ich rechne, ehrlich gesagt, mit noch mehr. Du magst doch gern bunte Schalter. Die kosten sicher extra."

„Du liebe Güte. Das ist ja…, ja das ist echt schockierend. Sollen wir alles abblasen? Es geht doch ganz gut mit den zwei Wohnungen. Wände versetzen, ganze Elektrik neu. Wer weiß, was noch so zu Tage tritt in dem Altbau. Zum Schluss kostet der Umbau so viel wie Gisela und Claus für ihre ganze Wohnung bezahlt haben. Oder noch mehr. Das können wir uns kaum leisten."

„Naja, überleg' mal: Die alten Leitungen sind sowieso irgendwann mal dran. Gisela und Claus werden es auch bald einmal angehen müssen. Die angeblich renovierten Wohnungen sind damals wohl nur oberflächlich aufgehübscht worden. Also ich bin dafür, dass wir jetzt reparieren und modernisieren. Selbst wenn das mit dem Umbau nichts wird, müssen wir die Elektroarbeiten auf alle Fälle machen lassen. Aber eine große Wohnung für uns beide, das wäre mir schon viel lieber. Im schlimmsten Fall müssen wir umziehen. Umbau wäre aber mein Traum. Ich möchte bei Dir nicht immer nur Gast sein, sondern richtig mit Dir zusammenwohnen."

„Du bist süß, Matz. Wie Du das gesagt hast. Lass es uns heute Abend noch einmal in Ruhe durchgehen, welche Optionen wir haben und was die beste Variante ist. Mit Dir gemeinsam leben, das möchte ich wirklich auch sehr gern."

Am Abend wurde es dennoch leicht konflikthaft zwischen den beiden. Ingeborg war immer noch geschockt von dem Kostenvoranschlag und der Aussicht auf aufgeklopfte Wände in ihren Wohnungen. Zum Schluss einigten sie sich aber doch darauf, das Angebot des Elektrikers anzunehmen. Matthias' Argument gab den Ausschlag, dass irgendwann sowieso neue Leitungen fällig wären. Der alte Kram, der jetzt noch in den Wänden läge, wäre sogar brandgefährlich im wahrsten Sinn des Wortes. Und wenn was passiert, dann würde keine Versicherung zahlen. Das Wort ‚gefährlich' wirkte bei Ingeborg wie ein Trigger, d.h. sie erklärte sich nach diesen Worten ihres Freundes sofort bereit, das teure Angebot anzunehmen und sich damit abzufinden, dass sich ihre beiden Wohnungen in Baustellen verwandeln.

So begannen gemächlich und mit vielen längeren Unterbrechungen die Arbeiten des Elektrikers und seiner beiden der deutschen Sprache kaum mächtigen Hilfskräfte. Das machte es schwierig in der Kommunikation, da der Chef wochenlang nicht greifbar war. Matthias hatte seine liebe Müh und Not, klare Anweisungen zu geben, obwohl erst einmal nur die alten Leitungen zu entfernen waren. Abends war er fast immer fix und fertig, zumal die Elektriker an vielen Tagen unangekündigt gar nicht auftauchten und er stundenlang gewartet hatte. Er reagierte nicht immer gelassen, wenn Ingeborg abends zufrieden von der Uni zurückkam und ihn fragte: „Na Matz, was hast Du den ganzen Tag lang eigentlich gemacht?"

Matthias kochte innerlich vor Wut und zweifelte sogar manchmal an der Beziehung. Meistens war Ingeborg so entspannt, dass sie Matthias trösten konnte. Dann konnten beide von der Zeit nach der Renovierung träumen. Wenn Ingeborg auch angespannt war, dann endete die abendliche Diskussion allerdings öfter in Zankerei.

12

Eine neue Verzögerung: Gisela musste schon wieder ins Krankenhaus. Bis auf die ersten Tage, in denen es ihr nach ihrem Nierenversagen sehr schlecht ging, folgten wieder einige Wochen im Krankenhaus und auf einer Reha-Station, aber die taten ihr gut, so dass Ingeborgs Besuche bei ihr schon wieder mit Diskussionen und Verabredungen zum Buch gefüllt waren. Beide fassten wieder neuen Mut, Ihr geplantes Werk mit nur längerer Verspätung beenden zu können. Lästig nur, dass Gisela nun dreimal pro Woche je vier Stunden zur

Dialyse musste und nach der Dialyse immer ziemlich müde und schlapp war. Dafür ging es ihr ansonsten nach und nach besser. Sie freute sich darauf, bald wieder nach Hause zu können. Etwas Kraft musste sie noch tanken. Es reichte nicht für den häuslichen Alltag, deshalb schloss sich wieder eine Reha für sie an.

Nach einer Dialyse rief Gisela aufgeregt bei Ingeborg an:

„Ingeborg, komm' doch mal zu mir oder hör mir wenigstens zu. Ich habe was Interessantes im Fernsehen gesehen. Während der Dialyse."

„Und deshalb soll ich Dich in der Reha besuchen?"

„Ja, es geht um diesen Stikowski, der ist im NDR, also im dritten Programm, interviewt worden."

„Was? Ich bin sofort bei Dir. Das bespricht man nicht am Telefon."

Das ‚sofort' dauerte zwanzig Minuten, dann war Ingeborg bei Gisela. Letztere fing gleich an zu erzählen.

„Es geht um einen kleinen oder auch größeren Skandal. Es muss bei dem Fest ‚Herrenhäuser Gärten in Flammen' etwas fulminant schiefgegangen sein. Die Opposition im Landtag spricht jedenfalls von einem Skandal ungeahnten Ausmaßes. Das Fest wurde als diesjähriger Teil einer Kulturfestreihe vom Kultusministerium finanziert und die Kosten sind wohl explodiert und völlig aus dem Ruder gelaufen. Ziel der ganzen Reihe von alle zwei bis drei Jahre stattfindenden Festivitäten soll das Zusammentreffen von Menschen und Kulturen sein. Naja, das muss man nicht kommentieren. Und jetzt kommt's. Interviewt wurde ein Dr. Stikowski, inzwischen sogar Staatssekretär. Der erzählte, man habe bei dem letzten Fest die Organisation der Events einer Agentur überlassen, die aber entgegen den Absprachen nur Inhalte im Blick hatte, die Kosten aber völlig aus den Augen verlor. Die Qualität der Künstler und das gigantische Feuerwerk seien ja auch unbestritten exzellent gewesen. Das Finanzielle werde beim nächsten Fest besser kontrolliert, da man Konsequenzen gezogen habe. Um schon einmal die Niedersachsen einzuladen, so Stikowski, dürfe er schon jetzt den Titel der nächsten Festtage benennen. Man könne sich schon freuen auf ‚Griechische Nächte am Maschsee' in anderthalb Jahren. Diesmal würde die Veranstaltung vom Ministerium selbst organisiert und er persönlich sei mit der Planung und Abrechnung beauftragt worden. Deshalb führe er im Herbst selbst nach

Griechenland, um qualitativ erstklassige Künstler zu engagieren, ohne dass das Budget gesprengt würde. Und die Kostenentwicklung des letzten Festes? Da sei niemand eigentlich schuld, es wäre eben passiert. Alles werde teurer. Inhaltlich könne er gar nichts kritisieren. Die Opposition würde die Budgetüberschreitung nur instrumentalisieren, um die tatsächlich erstklassige Arbeit der Regierung zu diskreditieren. Er jedenfalls werde dafür sorgen, dass die Kosten nicht wieder aus dem Ruder laufen. Da er sowieso eine Kreuzfahrt ins östliche Mittelmeer plane, wolle er die Gelegenheit nutzen, das Fest vor Ort vorzubereiten. Das wäre der Anfang der Kostenersparnis, da sich das Ministerium nur an den Kosten der Fahrt beteilige und er einen erheblichen Eigenbeitrag leiste."

„Ach, Staatssekretär ist der jetzt? Und macht auf Kosten des Ministeriums Griechenlandurlaub. Naja. Das hat doch wieder ein Geschmäckle. Um den muss man sich kümmern. Vielleicht fahre ich mal nach Hannover und recherchiere ein wenig. Nee, noch besser. Ich werde mal jemand aus dem Landtag kontaktieren. Natürlich von der Opposition. Vielleicht wissen die mehr. Oder können was aufdecken. Werde ich übernehmen, Gisela. Gut, dass Du mich gleich informiert hast. Hätte aber doch gereicht, wenn Du mir die Sendung genannt hättest, dann hätte ich das in der Mediathek anschauen können."

„Das kannst Du immer noch. Es ist einfach auch schön, dass Du mich besuchst. Kannst Du nicht bitte mal in die Kantine gehen und schauen, ob die was zu essen haben, was schmeckt? Kann Kuchen sein oder eine Brezel. Und vielleicht ein Eis."

„Na klar, da werde ich zur Retterin der armen Kranken."

Zu dieser Zeit ging es bei der Renovierung der Wohnungen von Matthias und Ingeborg kaum voran. Die Elektrikergehilfen kamen weiterhin nur sporadisch, klopften weiter auf, manchmal auch an falschen Stellen und verlegten erste neue Leitungen an Stellen, die keinesfalls bei einem Umbau angetastet werden konnten. Der Architekt war immer noch mit seiner Scheidung beschäftigt und vertröstete Woche um Woche. Beim fortgeschrittenen Zustand beider Wohnungen als Baustelle wurde irgendwann in beiden Wohnungen der Strom abgeschaltet, zuvor nur wechselweise in je einer Wohnung. Da wandte sich Ingeborg an Claus:

„Sag mal Claus: In den nächsten zwei, drei Wochen kommt Gisela doch nicht zurück, oder?"

„Stimmt. Warum fragst Du? Weißt Du doch."

„Na, ich habe mir überlegt, dass ich momentan beim Umbau oben nur störe. Wir haben keinen Strom, können uns nicht einmal morgens einen Kaffee kochen. Einen Feldkocher haben wir gestern erst bestellt. Außerdem nervt es mich, dass oben alles eingestaubt ist, sogar in den Schränken. Matthias konnte nicht so schnell abdecken, wie die Handwerker gebohrt und gemeißelt haben."

Claus verstand nicht, auf was Ingeborg hinauswollte. Als sie konkret wurde, war er derart irritiert, dass ihm erst fast die Worte fehlten.

„Naja, Claus, könnte ich nicht während der Arbeiten oben bei Dir wohnen?"

„Äh, was meinst Du mit ‚wohnen'?"

„Was wohl? Ich ziehe für ein paar Wochen bei Dir ein."

„Äh, äh, und wo willst Du bei uns schlafen?"

„Na, in Giselas Bett natürlich. Sie ist ja nicht da und euer Gästezimmer ist nicht benutzbar, das ist ja auch Giselas Büro. Dort sieht es auf wie auf einem Schlachtfeld, dass Du bestimmt nicht aufräumen willst."

„Nee, also Ingeborg, wirklich nicht. Sorry, aber das geht nicht. Du kannst gern, wenn Du Ruhe brauchst, mal runterkommen. Aber komplett hier einziehen? Was soll denn Gisela davon denken, dass Du im Schlafzimmer neben mir liegen willst?"

„Ach, das wird Gisela egal sein. Du bist schließlich ein Langweiler."

„Also hör mal! Mir ist das aber nicht egal. Gisela liegt neben mir und sonst niemand. Du hast vielleicht Ideen. Ich hoffe, Du hast Matthias davon noch nichts erzählt. Was soll der denn denken, dass Du bei mir einziehen willst?"

„Ist ja schon gut. War ja nur eine Idee. Wenn Du nicht willst, dann halt nicht. Vielleicht aufs Sofa im Wohnzimmer?"

„Nein und nochmal nein! Ingeborg, mal im Ernst. Es ist doch Euer gemeinsames Projekt. Tagsüber lässt Du Matthias schon fast immer allein mit den Handwerkern und flüchtest Dich in Bibliotheken. Wenn Du zu Beginn der Elektroarbeiten daheim gewesen wärst, hättest Du

Matthias beim Abdecken von Schränken und anderen Möbeln helfen können. Dann hättet Ihr jetzt nicht eine Staubwüste in Euren vier Wänden. Da musst Du durch. Und Du musst bei Matthias bleiben. Der braucht Dich doch. Und ich warte, dass Gisela wieder nach Hause kommt. Ihren Platz nimmt niemand zwischendurch ein. Ich käme mir vor, als sei ich ihr untreu geworden."

„Ich habe das viel pragmatischer gesehen: Ich brauche meine Ruhe, und hier ist mehr Ruhe als oben und hier ist Platz. Aber ich sehe schon, das geht bei Eurer romantischen Beziehung nicht. Also denn. Mach's gut. Dann wohne ich halt weiter auf der Baustelle. Wie geht es Gisela denn?"

„Besser, die Dialysen tun ihr gut und die Schmerzmittel helfen ihr auch besser als zuvor."

„Fein. Den Eindruck hatte ich bei meinem letzten Besuch bei ihr auch. Da hatte sie sogar wieder Appetit. Meinst Du, sie kann schon mal Kontakt zum VWL-Dekan aufnehmen? Habe ich nicht gemacht, um ihr nichts wegzunehmen."

„Das ist nett von Dir. Überaus rücksichtsvoll. Ich glaube schon, dass sie munter genug ist. Besuche sie doch morgen gleich wieder. Du kannst bei Bedarf auch Akilas mitnehmen. Dann könnt Ihr auch über Euer Buch sprechen."

„Okay, mache ich. Aber vor dem Buch kommt Frau Eckel."

„Gibst Du immer noch keine Ruhe? Deren Tod liegt doch schon Monate zurück und der Alltag ist an der Uni zurück."

„Ich glaube nicht an die Unfallstory. Und da ist ja immer noch der Giftmord. Das muss irgendwie zusammenhängen. Ich will die Wahrheit wissen. Ich bin halt Wissenschaftlerin. Da kann man nicht anders."

„Aber warum? Und dann gleich einen Massenmörder suchen?"

„Zwei oder vielleicht drei Morde sind noch keine Masse, Blödsinn. Vielleicht hat es was mit meinem Gerechtigkeitssinn zu tun? Oder weil die Erklärung der Polizei einfach nicht überzeugend ist. Matz vermutet platte Neugierde. Ich kann nicht anders, es ist kognitive Dissonanz. Die Unfallerklärung passt einfach nicht zu meinen Beobachtungen und Erfahrungen mit der Eckel."

„Na, dann ist es so. Aber eins musst Du mir versprechen: Überfordere bitte Gisela nicht."

„Versprochen. Na, dann gehe ich mal wieder. Nee, nicht an die Uni. Ich gehe mal zu Matz und unterstütze ihn moralisch."

„Brave Ingeborg."

Als Ingeborg oben ankam, saß Matthias ermattet im Chaos der Elektroarbeiten in einem eingestaubten Lehnsessel. Als er Ingeborg erblickte, meinte er müde:

„Kannst Du nicht mal mit Herrn Eckstein reden? Er macht mich noch wahnsinnig. Jetzt, wo er sich endlich erbarmt, ab und zu kurz vorbeizuschauen, hat er noch einmal gesagt, dass das alles nicht geht. Tragende Wände und überall Stützpfeiler. Wir hätten lauter Pfeiler oder Bogendurchgänge in der Wohnung. Das ist scheußlich und raubt Platz. Alles, was ginge, wären zwei Durchbrüche mit der Raumaufteilung wie bisher. So ist das aber völlig unpraktisch. Ich fürchte, das wird alles nichts, meine Liebste."

„Klar kann ich mit Eckstein reden. Aber was nutzt es? Ich verstehe ja nichts von diesen Dingen. Zu schade, dass unsere ursprüngliche einfache Umbauidee nicht funktioniert. Vor allem um die Loggia tut es mir leid. Ach, mein Matz, das ist alles so furchtbar. Der Umbau wird nichts! Nur die Elektroleitungen werden ausgetauscht. Und das dauert ewig und kostet ein Vermögen. Was machen wir nur?"

Ingeborg umarmte ihren Freund und sah sich unglücklich um. Matthias meinte:

„Vielleicht müssen wir doch eine andere Wohnung für uns beide suchen und unsere Wohnungen hier wieder verkaufen. Oder vermieten. Mein Reihenhaus möchte ich auf alle Fälle gern weiterhin vermieten, das ist ja auch nicht barrierefrei. Da können wir nicht hin."

„Meine schöne Wohnung aufgeben? Wirklich? Von Gisela und Claus wegziehen? Die brauchen uns doch. Und wir die beiden."

„Muss wohl sein, wenn wir zusammenleben wollen. Unsere Wohnungen nur mit zwei Durchbrüchen zu verbinden, das ist indiskutabel. Was wollen wir mit zwei Wohnzimmern inklusive Küchenzeilen?"

Ingeborg kamen die Tränen.

„Und wenn wir noch einen anderen Architekten anheuern?"

„Ach, Schatz, das bringt doch nichts. Der wird uns die gleichen Stützpfeilergeschichten erzählen. Es geht halt nicht so, wie wir es möchten."

Die beiden Unglücklichen saßen engumschlungen im Dreck und trauerten der Umbauidee hinterher. Fast eine Stunde saßen sie da, Ingeborg vergoss ab und zu ein paar Tränen, bis sie eine gute Idee hatte:

„Wir müssen auf andere Gedanken kommen, Matz. Wie wäre es, einfach ein paar Tage zu verreisen und zu überlegen, was wir nun machen. Was meinst Du?"

„Andere Gedanken wären sehr gut. Ich finde es so schade, dass unser Umbau nichts wird. Ich hatte es mir schon so schön mit Dir und der neuen Wohnung ausgemalt. Also okay. Ein Kurzurlaub. Und wohin fahren wir?"

„Noch einmal in die ‚Rebe' vielleicht?"

„Ach Inge, hast Du mal einen Blick auf unser Konto geworfen?"

„Wollte ich lieber gar nicht sehen, aber wir haben ja noch Ersparnisse."

„Die werden wir auch noch brauchen, vielleicht müssen wir uns eine neue Wohnung kaufen und schlimmstenfalls noch eine Hypothek aufnehmen. Also besser Zelturlaub."

„Mit mir nicht. Nun übertreibe nicht gleich. Nie und niemals zwänge ich mich in ein enges Zelt. Kompromiss: Ferienwohnung im Odenwald. Da gibt es bestimmt was halbwegs Günstiges. Und von da aus besuchen wir Erbach, Michelstadt und vielleicht sogar Eberbach am Neckar. Claus hat mal erzählt, dass die Odenwaldbahn bis dorthin fährt und der Ort sehr hübsch sein soll. In die andere Richtung fährt die Bahn direkt zum Frankfurter Hauptbahnhof. Da könnten wir unsere kulturellen Interessen bedienen. Obwohl: an den Frankfurter Hauptbahnhof habe ich schlechte Erfahrungen. Mein armer Poldi musste stundenlang in der Lounge ausharren. Du erinnerst Dich sicher."

„Knapp drei Stunden hat Poldi allerhöchstens warten müssen. Dann hast Du ihn aus der Lounge gerettet."

„Schlimm genug. Was hältst Du vom Odenwald."

„Ja, das ginge. Ist auch nicht so weit weg. Harz wäre eine andere Möglichkeit. Bestimmt noch billiger, vor allem näher. Allerdings kenne ich im Harz jeden einzelnen Stein, so oft war ich dort schon unterwegs. Also okay: Ferienwohnung im Odenwald mit guter Verbindung zur Bahn."

„Gisela und Claus erzählen wir natürlich auch nichts von unserer Reise, zumindest nichts vom Reiseziel, dann können sie bei Faulbaum nicht petzen, wo wir sind. Niemand darf etwas wissen, damit wir in Ruhe gelassen werden und abschalten können."

Matthias und Ingeborg sahen sich verschwörerisch an.

„Genauso machen wir es: alle Zelte hinter uns abbrechen und für ein paar Tage nicht mal per Handy erreichbar sein. Claus weihen wir nur ein, dass wir kurz unterwegs sind. Am besten lassen wir die Handys hier. Faulbaum hat meine Nummer, Gisela sicher auch. Ohne Handy kann uns niemand erreichen."

Dann wälzten sie noch Internetkataloge und Seiten mit Ferienwohnungsangeboten. Sie entschieden sich für Hetschbach bei Höchst im Odenwald. Erstens hielt dort die Bahn, zweitens lockte sie ein Bericht über die ‚Krone', fast ein Sterne-Restaurant mit einem vorzüglichen Ruf. Der Gedanke an das inzwischen magere Bankkonto wurde von der Aussicht auf gemeinsame Schlemmereien verscheucht. Ganz rational war das nicht, weil eigentlich ein Sparurlaub geplant war. Motto war dann doch bei der Entscheidung: wenn schon, denn schon.

Und so wurde es gemacht. Nach einem längeren Gespräch mit dem erleichterten Architekten, der froh war, seinen unerfüllbaren Auftrag wieder los zu sein, packten Ingeborg und Matthias ihre Sachen. Matthias schaffte es sogar, dass Ingeborg nur ihren monströsen Rollkoffer mitnahm und auf weitere Gepäckstücke verzichtete. Bevor es losging, hatte Ingeborg noch ein Gespräch mit der Göttinger Landtagsabgeordneten Ricarda Grühn von der Fraktion der Linken vereinbart. Sie trafen sich per Zoom und Ingeborg erfuhr mehr über die skandalösen Umstände von ‚Herrenhäuser Gärten in Flammen', auch Details zur Finanzierung der Reise des Dr. Stikowski nach Griechenland Mitte Oktober. Noch in der Nacht suchte sie im Internet, welche Veranstalter solche Reisen zu dieser Zeit im Angebot hatten und zu welchen Preisen. So, so, ein Schiff der Costa-Reihe bot eine solche Fahrt an. Und, ui, da gab es sogar Dialysemöglichkeiten während der Kreuzfahrt. Angesichts der Preise für Balkon- oder zumindest Außenkabinen erschien ihr die Eigenbeteiligung Herrn Stikowskis durchaus angemessen, das sah nicht nach dem nächsten Skandal aus.

Am Tag darauf startete die Trostreise ohne Handy. Mit der Bahn ging es über Kassel und Marburg mit einem IC mit nur einmaligem

Umstieg in Frankfurt nach Hetschbach. Dort wurden sie netterweise von ihren Vermietern abgeholt und bezogen eine urig-kleine Ferienwohnung in einem alten Fachwerkhaus. Buchprojekt über Diskriminierung und Petra Eckels Tod: alles in weiter Ferne. Matthias und Ingeborg genossen die unbeschwerte Zeit ohne Handy. Nicht, dass ihnen die Zukunft keine Sorgen machte. Aber sie versuchten sich immer wieder erfolgreich zu beruhigen:

„Wird schon werden. Die Elektriker hätten wir sowieso gebraucht wegen der alten Leitungen. Suchen wir uns halt was Neues und verkaufen unsere beiden Wohnungen."

Bei einem Schaufensterbummel in der Innenstadt Erbachs hielten sie erst vor einem Reisebüro an. Fernweh stellte sich sofort ein. Ingeborg meinte träumerisch:

„Wenn dieser Renovierungsmist endlich fertig ist und wir hoffentlich schnell eine Wohnung gefunden haben, dann würde ich ja zu gern mal richtig verreisen, so etwas weiter weg. Meinst Du, wir können uns das leisten?"

„Mal schauen, wir müssen halt einen Kassensturz machen. Ich hoffe, dass wir es uns leisten können. So richtig schön urlauben mit Sonne und Wärme, ach ja, das wäre was."

„Genau, Hauptsache Sonne, viel Sonne. Irgendwas am Mittelmeer vielleicht, ach ja, davon kann man träumen."

Ingeborg ließ sich nicht lange bitten. Sie betrat das Reisebüro und nahm gleich einen ganzen Stapel Prospekte mit: Rundreisen, Kreuzfahrten, Pauschalreisen, Badeferien: alles hatte sie in Prospektform eingesteckt, um es die nächsten Tage schon mal anzuschauen und zu träumen. Beide vereinbarten, ihre persönlichen Traumreisen anzukreuzen und dann später gemeinsam zu überlegen, wohin er gehen soll, wenn die Finanzen grünes Licht gegeben hatten.

Beim weiteren Bummel entdeckten sie neben einem Spezialladen für Elfenbeinkunst einen Juwelier mit besonders imposanter Auslage über vier große Schaufenster hinweg. Uhren, Ketten, Broschen, Ohr- und Brillantringe schauten sie sich intensiv an, aber bekamen keine Kauflust. Zum Schluss entdeckten sie ein halbes Schaufenster allein für eine Auslage mit Eheringen.

Matthias wandte sich an seine Freundin:

„Denkst Du noch an unsere billigen Eheringe, als wir uns beim Detektivspielen als Ehepaar ausgegeben haben? Hast Du Deinen Ring übrigens noch? Ich habe meinen aufgehoben als Andenken an dieses Abenteuer."

Ingeborg hüstelte leicht: „Ja, äh, den habe ich auch noch. Damals fand ich Dich schon ziemlich sympathisch."

„Ich mochte Dich auch schon. Was meinst Du, sollen wir die billigen Ringe nicht austauschen? Ich finde das Paar in der zweiten Reihe von oben, ganz links, sehr schön. Einfache schmale Goldreifen ohne großen Schnickschnack."

„Eheringe? Die willst Du tauschen gegen die aus dem Kaugummiautomaten? Warum denn?"

„Sei nicht so schwer von Begriff. Ich - mache Dir gerade einen Heiratsantrag."

Ingeborg stand wie angewurzelt vor Matthias.

„Heiraten? Du willst mich wirklich heiraten? Aber wieso? Wir sind doch auch so glücklich miteinander."

„Einfache Antwort: Ich liebe Dich."

„Ich Dich auch, Matz, Ich Dich auch. Aber heiraten? Meinst Du wirklich? Es geht doch auch ohne Trauschein."

„Schon. Ich wollte nach meiner Scheidung auch eigentlich nie wieder heiraten, aber wir beide sind doch geistig und, äh, körperlich eine Einheit. Ich möchte diese Einheit gern mit einem formalen Schritt für alle sichtbar machen."

„Das hast Du wundervoll gesagt. Aber lass uns bitte noch etwas nachdenken. An Heirat habe ich noch nie einen Gedanken verschwendet. Das geht mir alles etwas schnell."

„Was Du alles früher nie gemacht hattest: Du hast Dir keinerlei Luxus geleistet, bist nie ausgegangen, hast nie Urlaub gemacht, hattest keinerlei Freunde, hast nur an Deinen Beruf und die Wissenschaft gedacht. Und jetzt? Du ziehst Dich schick an, gehst mit mir aus und vor allem hast Du eine ganz, ganz enge Beziehung zu mir. Alles machen wir gemeinsam. Das ist doch auch alles neu in Deinem Leben. Dann kannst Du jetzt auch noch das Single-Dasein beenden. Vielleicht heiraten Poldi und Lupa auch. Lupa stichelt schon länger, dass ich mir Hochzeitsringe aussuchen soll. Und ich habe sogar noch ein rationales Argument, das Dich bestimmt überzeugt: Die Ehe ist eine

Art Mustervertrag für zwei Leute, die dauerhaft zusammenleben wollen. Mit der Ehe gibt es auch Regeln der gegenseitigen Absicherung, falls einem von uns was passiert. Wir müssten sonst alles vertraglich kompliziert vereinbaren. Schließlich werden wir bald eine gemeinsame Immobilie haben und seit einem Monat haben wir sogar schon ein gemeinsames Konto, damit wir keine Probleme mit den Renovierungsrechnungen haben. Und denke auch an die Steuer."

„Na, so kompliziert wäre ein Vertrag über Finanzen, Vollmachten bei Gesundheitsproblemen und anderem Kram nun auch nicht. Und das Ehegattensplitting bringt auch nicht mehr viel. Aber das Argument verstehe ich schon, denn alles genau zu regeln, kostet schon Kraft und Nerven. Und ich bin natürlich gerührt und glücklich über Deinen Antrag. Ich möchte ihn auch nicht gleich ablehnen, aber gib mir doch bitte eine kleine Bedenkzeit. Bis zum Ende des Urlaubs. Poldi muss ich sowieso erst fragen, ob er das gut findet."

Matthias legte einen Arm um Ingeborgs Schulter:

„Na gut, Bedenkzeit. Aber dann bitte ein Ja von Dir. Was meinst Du, Verlobung könnten wir doch heute schon feiern. Ist ja noch unverbindlich."

„Nee, es ist ein Eheversprechen. Wenn Du mich danach verlässt, müsstest Du mir, glaube ich, Schadensersatz leisten, wenn ich z.B. schon Ausgaben für die Eheschließung auf mich genommen hätte."

„Ich verlasse Dich nie."

„Nie soll man nie sagen. Den Spruch kenne ich noch von meiner Mutter."

Matthias sah trotzig aus.

„Bei Dir bin ich aber sicher. Wir bleiben bis zum Ende des Lebens zusammen. Ich möchte gemeinsam mit Dir alt werden und das auch mit der Ehe dokumentieren."

Ingeborg murmelte nur noch: „Aber alt sind wir doch schon." Dabei lächelte sie jedoch und schmiegte sich noch enger an ihren Freund. „Dass ich mal einen Heiratsantrag bekomme! Unglaublich."

„Du bist der wundervollste Mensch, den ich je kennengelernt habe. Okay, dann also Verlobung heute. Wir fragen mal, ob in der ‚Krone' noch zwei Plätze im Gourmetrestaurant frei sind. Welche Ringe nehmen wir denn?"

Keine zwei Minuten später war es entschieden, weil Matthias' erster Vorschlag Ingeborg auch gefiel. Im Laden zeigten sie auf das Paar Ringe und teilten der jungen Verkäuferin mit, dass sie Trauringe kaufen möchten.

Die unerfahrene Aushilfsverkäuferin sah die beiden leicht ratlos an und meinte dann etwas zögerlich:

„Also ja, schöne Ringe haben sie ausgesucht. Meinen Sie aber nicht auch, dass Ihre Enkel sich die Ringe besser selbst aussuchen sollten?"

„Welche Enkel? Was meinen Sie?"

„Ja, kaufen Sie die Ringe denn nicht für ein jüngeres Paar, also Ihre Kinder oder Enkel?"

Matthias und Ingeborg waren nicht verärgert, sondern fanden die Frage amüsant und klärten die irritierte Verkäuferin auf.

„Irrtum, junge Dame. Die Ringe sind für uns. Wir wollen uns heute noch am Abend in der ‚Krone' in Hetschbach verloben."

„Echt? Sie wollen heiraten? In Ihrem Alter? Ist ja krass."

Immerhin begleitete ein strahlendes ehrliches Lächeln diese Aussage. Ingeborg und Matthias bekamen die Ringe gezeigt, passten sie an. Die Weitung der Ringe konnte die Aushilfe erledigen, aber Gravuren waren an diesem Tag nicht möglich.

„Macht gar nichts, den Hochzeitstermin wissen wir noch nicht genau."

Das ältere verliebte Paar bezahlte und bekam die Ringe ausgehändigt. Matthias drückte seine Inge ganz fest an sich.

Der Nachmittag verlief etwas steif und zurückhaltend zwischen den beiden, als ob ihnen jetzt erst die Tragweite ihrer Entscheidung bewusst wurde. Nachdem sie in der ‚Krone' einen Tisch für zwei Personen reservieren konnten, war für sie psychologisch die Entscheidung unumkehrbar. Beide zogen sich elegant an und liefen den kurzen Weg zum Restaurant zu Fuß. Dort wurden sie wie alte Bekannte sehr freundlich begrüßt und zum Tisch geleitet. Allein das Studium der Speisekarte war ein Genuss. Sie schwankten zwischen dem ‚Menü der Jahreszeit, und der ‚Symphonie der Region'.

Beide entschieden sich für das ‚Menü der Jahreszeit' für 150 Euro und für die Weinempfehlung, bei der zu den Gängen ein jeweils passender Wein incl. Erläuterung geboten wird. Die Umzugspläne und die ‚Töpfchen-Koch-Kostenentwicklung' bei den elektrischen Leitungen stopften sie in die hinterste Gedächtniskammer. Heute wollten sie genießen und feiern. Und dann ging es nach kurzer Wartezeit los. Der Gruß des Hauses und das siebengängige Menü hätten nicht üppiger und besser sein können:

Jakobsmuschel/Gurkenkimchi/Soja/Bergamotte

Zander/Spanferkel/Morchel/Karotte

Hummer/grüner Spargel/Purple Curry/Ziegenkäse

Lammrücken/Auberginen/Safranpüree

Langres/Schokolade/Fenchel

Himbeer-Gin Tonic/Waldmeister

Nougat/Rhabarber/Erdbeere/Basilikum

In der Pause zwischen dem vierten und fünften Gang holte Matthias die Ringe aus seiner Jackettasche. Etwas unsicher, aber auch erwartungsvoll wandte er sich an Ingeborg. Er versuchte, nicht zu pathetisch zu sprechen.

„Ingeborg! Also Du und ich, also wir beide, äh, hmm. Also wir beide gehören zusammen und mögen uns. Nein, nicht nur mögen. Wir lieben uns, also jedenfalls liebe ich Dich. Erst war es Freundschaft und jetzt möchte ich nichts anderes, als Tag und Nacht mit Dir zusammen zu sein. Ich möchte Dich also hiermit fragen, äh, ob Du meine Frau werden willst. Bitte, bitte sag ja."

Direkt antworten konnte Ingeborg nicht. Auch sie war unsicher, griff aber nach Matthias' Hand. Mit der anderen Hand hielt sie ihren kleinen Stofflöwen Leopold.

„Poldi, hast Du das gehört? Matz möchte mich heiraten. Nun guck' nicht so ungläubig. Was hältst Du davon? Wärst Du damit einverstanden?"

Matthias wartete ein paar Sekunden und fragte dann leicht nervös nach:

„Was hat Poldi gesagt? Ich habe es nicht so genau verstanden. Er hat genickt, oder?"

Ingeborg ließ seine Hand los, umarmte und küsste ihren Freund zärtlich und lange.

„Ja, er hat ‚ja' gesagt. Dazu hat er noch frech gemeint, dass ich mir so jemanden wie Dich ja nicht durch die Lappen gehen lassen soll.

Ach Matz, ich mag Dich so gern. Du bist immer rücksichtsvoll, humorvoll und so wunderbar zärtlich, selbst wenn Du eingestaubt bist. Wie könnte man da so einen Antrag ablehnen? Also Matz, ganz offiziell: Ich möchte Dich heiraten und damit aller Welt zeigen, dass wir beide zusammengehören."

Es gab einen kleinen stillen, feierlichen Moment, als Matthias ihr den Ring an die linke Hand steckte und Ingeborg aufforderte, auch ihm den Ring anzustecken. Ein langer, inniger Kuss folgte.

An den Nachbartischen verfolgte man das für ältere Leute vermeintlich ungewöhnliche Gebaren. Sie schauten neugierig, wie Ringe getauscht wurden und ein zärtlicher Kuss folgte. Die Nachbarschaft interpretierte es richtig und reagierte, indem laut geklatscht wurde. Verdutzt sahen Ingeborg und Matthias auf. Dann lachten sie und ließen gern die Glückwünsche über sich ergehen.

Später, gegen Ende des Menüs, drängten sich die Renovierungsalbträume auf der hintersten Gedächtnisecke wieder nach vorn.

„Inge, wann wollen wir heiraten? So schnell wie möglich?"

„Ich möchte so richtig unbeschwert feiern. Eine Hochzeitsreise möchte ich auch gern machen, und zwar nicht nur drei Tage nach Herzberg im Harz so wie Gisela und Claus vor über vierzig Jahren. Und eine längere Reise mit etwas Luxus geht bei unserer unvollendeten Umzugsplanung nicht so richtig. Was hältst Du davon, wenn wir nach dem Ende der Elektroarbeiten das Aufgebot bestellen? Und nach Lösung beim Eckel-Fall."

„Heißt das noch so? Aufgebot? Aber egal wie, das ist eine gute Idee. Aber vergiss Eckel, Ende der Renovierung ist der Termin, die Hochzeit vorzubereiten. Ich werde mich noch energischer darum kümmern, dass wir bald fertig werden. Dann können wir doppelt feiern. Wollen wir unsere Fluchtreise abkürzen und gleich morgen wieder nach Göttingen zurückkehren?"

„Bitte erst übermorgen. Ich möchte zu gern noch in die Glücksfabrik der Firma Koziol in Erbach. Die stellen so witzige Haushaltshelfer vor, vom Eierbecher über Kochlöffel bis zur kleinen und großen Haushaltsdose, natürlich auch Geschirr, Badezimmeraccessoires etc. Du kennst bestimmt auch allerhand lustige Haushaltsutensilien von denen. Vielleicht finden wir noch was Nettes für den gemeinsamen Haushalt oder auch als Mitbringsel für Gisela und Claus. Außerdem Glücksfabrik! Wir können Glück doch allerbestens gebrauchen. Wenn sie dort Glück produzieren, dann sollten wir eine größere Portion davon nehmen."

13

In Göttingen waren einige Leute schon wenige Tage zuvor dabei, leicht panisch zu werden. In erster Linie betraf es die Hilfsarbeiter des Elektrikers, die nicht wussten, wohin die Steckdosen sollten und es einfach in Ingeborgs Arbeitszimmer selbst entschieden. Sie zitterten vor der Rückkehr der Auftraggeber:innen. Vor lauter Bange genderten sie unbewusst.

Gisela bereitete sich so langsam auf die Rückkehr nach Hause aus der Reha vor. Bei einem Besuch ihres Mannes fragte sie:

„Weißt Du, wo Ingeborg ist? Letzte Woche wollte sie eigentlich am Donnerstag bei mir vorbeischauen. Wir wollten noch einmal meine Kontaktaufnahme mit dem Dekan der Volkswirte durchsprechen, aber sie ist nicht gekommen. Telefonisch habe ich auch immer nur die Mobilbox erreicht. Ist sie krank? Oder habe ich sie aus Versehen beleidigt?"

„Weder noch. Also, wie soll ich es sagen? Ich wollte Dich nicht aufregen."

„Jetzt bin ich aber mehr als aufgeregt. Mein Blutdruck schießt gerade hoch. Was ist denn los? Ist was passiert?"

„Passiert ist nichts, aber seit letzter Woche sind Matthias und Ingeborg in einen Kurzurlaub verschwunden. Sie haben dem Elektriker mitgeteilt, dass sie gemäß der Expertise des Architekten endgültig auf den Umbau verzichten. Mir haben sie nur gesagt, dass sie unterwegs sein werden. Dann waren beide nicht mehr erreichbar. Mehr weiß ich auch nicht, etwa, ob sie weiter wegfahren wollten oder nur in ein Hotel gezogen sind."

„Oh Gott, haben sie sich was angetan? Wir müssen eine Vermisstenanzeige aufgeben."

„Blödsinn. Warum sollten sie sich denn was antun? Und gleich alle beide? Nee, Du alte Unke. Bestimmt was ganz Harmloses."

„Oder sind sie auf der Flucht? Haben Sie was ausgefressen? Steuerhinterziehung vielleicht?"

„Du und Deine Phantasie. Phänomenal. Ist doch auch Blödsinn. Du glaubst sofort an das Schlimmste. Denke doch mal vernünftig nach! Ich tippe, Sie wollten sich eine kleine Auszeit vom Elektrikerstress gönnen."

„Aber warum haben sie Dir nichts Genaues gesagt? Und warum hast du mich nicht eingeweiht?"

„Werde Du erstmal wieder gesund. Irgendwann werden sie schon wieder auftauchen."

Gisela blieb nervös, Claus ließ sich nicht anstecken. Gisela kam aus ihrer Reha zurück und freute sich wie ein kleines Kind, wieder daheim zu sein. Zwei Tage später hörten sie abends gegen 18.30 Uhr Geräusche von oben, als die Handwerker schon die Arbeit beendet hatten. Claus meinte, er müsse mal nachschauen gehen, wer dort oben einen solchen Krach macht. Als er oben Ingeborg und Matthias entdeckte, umarmte er freudig seine beiden Freunde, die ihn jedoch etwas unglücklich ansahen.

„Wo wart Ihr denn? Gisela hat sich solche Sorgen gemacht. Ich habe aber nichts verraten, damit sie mich nicht gleich beauftragt, die Elektroarbeiten stündlich zu überwachen. Ihr wolltet doch Eure Ruhe vor all dem Durcheinander haben und länger wegbleiben. Warum seid ihr denn schon wieder da?"

Claus sah nun, dass Ingeborgs Wohnung ziemlich chaotisch aussah.

„Aber wie sieht es denn hier aus?"

Die Elektroarbeiten schienen in vollem Gange, nur nicht im richtigen. Die Pläne lagen gestapelt auf einem Tapeziertisch.

„Wir sind so frustriert. Kannst Du Dir gar nicht vorstellen. Entweder machen sie nichts, oder sie machen es falsch. Schau Dir das mal an. Die verlegen hier Leitungen kreuz und quer, halten die Standards nicht einmal ein. Ich werde das ab jetzt überwachen und steuern. Eckstein habe ich abgeschrieben. Wir haben uns gütlich getrennt. Der kümmert sich nicht um einfache Renovierungen. Und er wird mit seinen vielen Kindern gut zu tun haben."

Ingeborg stand wie ein Häuflein Elend im Durcheinander und im Dreck der Renovierungsarbeiten. Claus fragte mitleidig:

„Wieso habt Ihr mich nicht gefragt, ob ich mal nach dem Rechten sehen kann? Gisela ist aus ihrer Reha zurück und bewegt sich recht selbständig in der Wohnung. Ich hätte doch ein Auge auf die Handwerker haben können. Wenn Du willst, Matthias, helfe ich Dir ab jetzt für ein paar Wochen bei Planung und klaren Vorgaben für die Handwerker. Dieser Mist hier muss jedenfalls rückgebaut werden. Und dann müssen die Leitungen gefälligst endlich ordentlich verlegt werden, und zwar auf Kosten Faulbaums. Die bisherige Arbeitszeit zahlst Du höchstens anteilig, Matthias. Faulbaum ist der Meister und er muss das überwachen, was hier gemacht wird. Gisela und Ingeborg werden sich sowieso ihrem Buch widmen, da muss ich meiner Frau nur kurz abends was kochen. Das ist auch so, wenn sie zur Dialyse muss. Alle Umbauten und Räumereien bei uns unten sind erledigt. Gisela kommt jetzt wirklich gut klar, auch mit den Dialysen montags, mittwochs und freitags. Aber, hmm, Matthias, darf ich ehrlich sein?"

Matthias nickte resigniert.

„Also mein Lieber, Du bist viel zu nett und unerfahren. Ihr lasst Euch beide von dem Elektriker ganz schön über den Tisch ziehen. Ich war ja leider mit meiner Frau, den fast täglichen Besuchen bei ihr und den kleinen Anpassungen in unserer Wohnung beschäftigt, aber jetzt könnte ich Euch beiden wirklich gern helfen. Als erstes würde ich mir diesen Elektrikermeister Faulbaum vorknöpfen. Der ist schließlich Chef dieser Leute, die hier nicht wissen, was sie tun. Mein Vater war selbst Elektriker. Mir kann da niemand etwas vormachen, unten mache ich alles selbst."

Matthias schaute skeptisch, sagte aber: „Naja, natürlich gern. Wir haben nur noch Dreck bei uns und unsere Nerven liegen blank. So wie jetzt geplant und zu einem kleinen Teil schon umgesetzt, wollen wir es gar nicht. Nur zwei Steckdosen pro Zimmer und drei für die Küchenzeile. Das reicht doch nie. Und dürften wir bei Euch vielleicht für einige Tage auf die Toilette gehen und duschen? Strom und Wasser gehen bei uns wohl erstmal nicht. Weiß der Himmel, warum auch das Wasser abgestellt wurde."

Claus schaute Matthias mitleidig an:

„Toilette könnt Ihr natürlich benutzen, aber bitte nicht jeden Tag eine halbe Stunde duschen. Wir versuchen, Energie und Wasser zu sparen."

„Ja, natürlich sind wir sparsam. Danke für Eure Großzügigkeit! Und wie lange ist denn Duschen erlaubt? Bleibt Ihr dreckig aus Sparzwecken?"

„Quatsch, Gisela musste in der Klinik und der Reha wochenlang beim Waschen mit Schüssel oder Waschbecken zufrieden sein. Das fand sie eklig. Aber zurück zum Thema. Schauen wir noch einmal Eure Leitungs- und Anschlusspläne durch."

„Ja, bitte. Ich bin Dir echt dankbar. Wenn wir bei Euch das Bad benutzen dürfen, dann könnte ich morgen früh Brötchen und alles andere für ein schönes Frühstück besorgen und wir essen gemeinsam. Wäre das was? Wir können momentan nur Kaffee mit gekauftem stillem Wasser vom Supermarkt kochen. Auf einem Feldkocher. Und das Wasser war alle, als wir vorhin nach Hause kamen. Haben die Elektriker ausgetrunken."

„Frühstück mit Brötchen ist gut. Dann können unsere Frauen gleich danach in Giselas Arbeitszimmer verschwinden und am Buch weitermachen, naja endlich mal überhaupt anfangen zu schreiben. Entweder den ganzen Tag oder bis Gisela zur Dialyse abgeholt wird. Und wir beide schauen den Elektrikern zu."

Ingeborg hatte die ganz Zeit geschwiegen. Jetzt sah sie Claus zaghaft dankbar an und sagte:

„Auch von mir herzlichen Dank. Meinst Du, dass wir beide ohne finanziellen Ruin noch irgendwo schön gemeinsam wohnen können?"

Claus antwortete nicht, schaute nur skeptisch. Er ging mit Ingeborg und Matthias nach unten, damit die beiden sich im Bad frisch machen und die Toilette nutzen konnten.

Als sie ankamen, kam gerade Gisela mit ihrem Rollator aus dem Wohnzimmer geschoben. Mit einem Aufschrei der Freude ließ sie ihren Rollator los und lief zu ihren beiden Freunden. Und das, obwohl sie ohne Gehhilfe sonst keinen Schritt tat. Sie umarmte erst Ingeborg und dann Matthias.

„Wo wart Ihr denn nur? Ich habe mir so große Sorgen gemacht. Ich wollte Claus sogar dazu bringen, eine Vermisstenanzeige aufzugeben. Das dürft Ihr bitte, bitte nie wieder machen, einfach so, ohne uns was zu Eurem Ziel zu sagen, wegzufahren. Mein Blutdruck ist vor Angst ins Unermessliche gestiegen."

Gisela hatte sogar ein paar Tränen in den Augen, die sie hastig abwischte.

„Tut uns leid, Gisela. Wir mussten einfach mal raus. Claus haben wir gebeten, Stillschweigen zu bewahren. Wir hatten mit dem Elektriker Faulbaum alles beredet, als der damit herauskam, dass sie sehr viel länger brauchen, als wir es uns gedacht haben: Unsere angeblich vielen Extra-Wünsche könnten nicht so schnell abgearbeitet werden. Wir waren recht verzweifelt als wir losgefahren sind und waren dann eben nicht mehr erreichbar. Aber sag' mal, brauchst Du Deinen Rollator gar nicht mehr?"

„Huch, wo ist er denn? Du liebe Güte, ich bin ohne ihn losgegangen. Dabei habe ich immer gedacht, dass ich das gar nicht kann. Vielleicht hat Claus doch recht, wenn er meint, dass alles nur im Kopf stattfindet. Mein Nierenversagen aber bestimmt nicht. Heute war ich bei der Dialyse und bin etwas geschafft."

„Ah, können wir das alles gleich besprechen? Erst einmal müssten wir bitte mal ganz dringend zur Toilette."

„Ja, klar. Geht nur. Einer zur Toilette im Bad und eine zur Gästetoilette bitte. Oder umgekehrt."

Gisela fragte nicht nach, warum die beiden das nicht oben schon erledigt hatten.

Später, bei einem Kaffee und einer geöffneten Prinzenrolle, die ruckzuck aufgegessen wurde, erzählte vor allem Matthias vom Leitungsdesaster und warum Ingeborg und er das Bad hier unten mitbenutzen wollten. Gisela war pragmatisch.

„Wenn Ihr sowieso viel bei uns seid, dann wohnt doch bis zum Ende der Elektroarbeiten bei uns. Im Wohnzimmer. Wir überlassen Euch das Zimmer gern. Claus braucht tagsüber sowieso nicht rein, weil er sich um die Handwerker oben kümmern wird."

„Dann zieh ich ins Hotel. Ein anderes Zimmer könnt Ihr von mir aus haben, aber ich brauche abends meine Entspannung."

Gisela sah ihn leicht konsterniert an, plante nach kurzer Überlegung aber einfach um.

„Na gut, dann anders. Ihr beiden bekommt unser Schlafzimmer. Claus schläft im Wohnzimmer auf der Couch und ich im Arbeitszimmer. Oder auch auf der Couch."

„Nein, Du gehst in Dein Arbeitszimmer."

Claus konnte ein richtiger Sturkopf sein. Aber auch ein netter Sturkopf. Er ließ sich deshalb nach längerer Brummerei auf den Kompromiss ein. Er überwand sich sogar, die beiden Freunde am nächsten Abend zum Essen einzuladen.

„Was gibt's denn?" Ingeborg war neugierig.

„Irgendwas Scharfes. Ich werde mich morgen entweder im Laufe des Tages zum zornig brodelnden Vulkan bei den Handwerkern entwickeln oder ohne Brodeln gleich früh am Morgen meinen ganz scharfen Ton auspacken. Hot and spicy also. Aber abends nur was Schnelles, denn wer weiß, wann ich von oben herunterkomme. Seid Ihr mit Penne all'arrabbiata einverstanden?"

Ingeborg und Matthias nickten nur ergeben und dankbar. Sie wirkten irgendwie körperlich geschrumpft.

Matthias holte später am Abend von oben Poldi und Lupa sowie die anderen Stofftiere, auch etwas Wäsche und Oberbekleidung für sich und seine Verlobte sowie all die zwischenzeitlich erstellten älteren Umbauideen sowie Leitungs- und Anschlusspläne der Elektriker aus dem Durcheinander der früheren Wohnungen im zweiten Stock.

Die beiden Gäste richteten sich im Schlafzimmer ein, Poldi durfte wie immer in Ingeborgs Bett. Claus studierte im Wohnzimmer derweil intensiv die Leitungspläne und Gisela saß rum und guckte in die Luft. Nach etwa einer halben Stunde trafen sich alle wieder im Wohnzimmer zu einem Schlummertrunk. Claus holte dafür seinen besten Portwein hervor. Die Paare prosteten sich zu. Ingeborg und Matthias sahen einen Lichtblick am baulichen Horizont.

Plötzlich blickte Gisela irritiert auf Matthias und Ingeborg. „Ihr tragt Ringe? Sind das Freundschaftsringe? Wo habt Ihr die gekauft? Sehen superschick aus."

„Also ja, ähm, gekauft haben wir sie in Erbach. Und, äh, ja, wisst Ihr, äh, ja, wie sollen wir es sagen?"

„Was denn, um Gottes Willen?"

Matthias fasste Mut: „Naja, das ist so, hmm. Also wir, also wir, wir haben uns im Urlaub verlobt. Jetzt ist es raus."

Gisela klatschte vor Freude in die Hände.

„Aber das ist doch wunderbar. Wann wollt Ihr heiraten? Ich wollte immer schon mal mit Rollator Blumen streuen."

„Datum wissen wir noch nicht. Die Renovierung oben soll fertig sein. Möchtet Ihr dann Trauzeugen sein?"

Claus hatte geschwiegen und meldete sich wie immer mit einem wenig romantischen Argument.

„Trauzeugen braucht man schon seit fünfundzwanzig Jahren nicht mehr."

„Du alter Stimmungstöter. Man kann aber welche mitbringen. Und wir hätten gern Euch beide dabei. Volljährig seid Ihr ja wohl. Übrigens brauchen wir Euch auch bei der kirchlichen Hochzeit. Da sollt Ihr unbedingt dabei sein."

„Echt, Ihr wollt auch kirchlich heiraten? Du willst aber nicht mit einem weißen Spitzenkleid mit gewagtem Dekolleté und Schleier in die Kirche gehen, Ingeborg? Oder etwa doch?"

„Nein, das nicht. Ich dachte eher an einen dezenten naturweißen Hosenanzug. Oder ein helles langes Kleid, ganz schlicht gehalten."

Claus dachte rational weiter: „Also Standesamt verstehe ich. Ihr habt bald eine gemeinsame Doppel-Immobilie, wenn Ihr jeweils für die andere Wohnung auch als Eigentümer eingetragen seid. Und das wollt ihr bestimmt, oder? Ehepaar in getrennten Wohnungen. Lustig. Aber warum denn Kirche?"

„Du wieder! Verstehst Du denn nicht, dass die Heirat nicht nur ein formaler Vertrag ist, sondern auch ein gegenseitiges Versprechen? Es ist eine Frage der Zuneigung und des festen Wunsches, für den Rest des Lebens gemeinsam zu leben. Hat was mit Liebe und Glauben zu tun. Kennst Du diese Wörter? Und ja, beide Wohnungen sollen mal uns beiden gehören. Wir teilen nämlich auch alles, nicht nur Ihr."

„Na hör mal, ich bin seit fast 45 Jahren verheiratet und immer noch verliebt. Da macht mir niemand was vor. Aber in Eurem Alter wollt Ihr kirchlich heiraten? Das kommt mir halt komisch vor."

„Wir sind beide evangelisch und nehmen das ernst."

„Naja, wir Ihr meint. Dann werde ich mal zusehen, dass ich den Handwerkern Dampf mache."

Gisela gähnte und wollte zu Bett gehen angesichts ihrer anstrengenden Dialyse des Nachmittags. Auch Ingeborg und Matthias waren müde und zogen sich zurück. Kurze Zeit später hörte Claus langanhaltendes Wasserrauschen.

„Die werden doch jetzt wohl nicht noch duschen? Das muss wirklich nicht sein", dachte er bei sich. Vorsichtig klopfte er an sein eigenes Schlafzimmer. Matthias war schon im Schlafanzug und öffnete. Ingeborg lag schon im Doppelbett, ihren Poldi eng an sich gedrückt.

„Wieso rauscht es denn noch so im Bad? Ihr wart doch eben noch drin."

„Ach ja, die Toilettenspülung lief durch und hörte gar nicht mehr auf."

„Also, meine Lieben: Entweder müsst Ihr mir Bescheid sagen oder einfach selbst das Hebelchen im Spülkasten zurechtrücken."

„Hebelchen, welches Hebelchen? Ich dachte, Du gehst gleich nach uns ins Bad und regelst das schon."

„Matthias, Du bist und bleibst eine handwerkliche Niete. Gut, wenn ich morgen Eure Renovierung dirigiere. Naja, dann schlaft mal gut. Träumt süß. Aber nicht von Eurer Scheidung. Das, was man in der ersten Nacht in einem neuen Bett träumt, geht schließlich in Erfüllung."

Claus fand erst spät auf der Wohnzimmercouch Schlaf, wachte mehrfach auf und wälzte sich unruhig auf der ungewohnten Unterlage. Morgens war er schlecht gelaunt. Gisela merkte es sofort und vermied jedes unnötige Wort. „Nicht, dass der Vulkan schon vor der Handwerkerschelte Magma spuckt", war ihr Gedanke.

Als Matthias nach kurzgehaltener Dusche und seinem Weg zum Bäcker zurückkehrte, wurde Claus so langsam umgänglicher. Matthias hatte extra für ihn ein zusätzliches Buttercroissant mitgebracht. Dann futterte Claus wie ein Scheunendrescher: Croissant plus zwei Dinkelbrötchen, eins mit Mohn und eines mit Sesam.

Noch kauend, meinte er zu Matthias.

„Schade, dass Dein Umbauplan nicht geht. Aber Eckstein hat recht, wenn ich das so sehe. Es geht auch nicht so wie bei uns aufzuteilen, weil das Dach über Euch ist. Nur Durchbrüche würde ich auch nicht machen. Dann geht es halt nicht. Nur der Elektriker soll endlich fertig werden. Kommst Du mit, Matthias? Nur halte bitte Deinen Mund und lass' mich reden."

Gemeinsam räumten sie noch die die Küche auf und fegten unter dem Tisch die vielen Brötchen- und Croissant-Krümel weg. Naja, gemeinsam. Claus und Matthias räumten und fegten, Ingeborg und Gisela dirigierten.

Danach verschwanden die beiden Frauen in Giselas Arbeitszimmer voller Tatendrang.

14

„Ach, Ingeborg, ich bin so froh, wieder daheim zu sein. Ich habe sowieso mit dem Bedeutungsverlust nach meinem Renteneintritt zu tun. Aber in Kliniken gibst Du an der Tür auch noch Deine Würde ab. Früher wurde ich manchmal mit Professor Doktor angesprochen, dann noch mit meinem Namen, also Kubon-Gilke, und jetzt verliere ich sogar noch Teile meines Namens, ich bin im Gesundheitssystem nur noch Frau Kubon. Und vorgestern einmal: die Kubon! Oder noch schlimmer ‚die Niere', das habe ich im Krankenhaus mehrfach erlebt, wenn ich nicht gerade in der Nephrologie lag. Da gibt es ausschließlich Nieren. Wie ich es sage: Bedeutungsverlust. Bei Männern passiert das übrigens weniger oft, bei denen bleiben die Titel häufiger. Aber ich kenne jemanden, der Firmen zur Blüte geführt und mehrere Häuser gebaut hat, sportlich aktiv und regelrecht draufgängerisch war, durch die ganze Welt gereist ist. Und jetzt mit über achtzig? Er ist geistig fit und wird doch nur noch als alter Opa behandelt. Ich sage, das hat auch mit Altersdiskriminierung zu tun. Aber genug gejammert. Ich bin wieder fast fit, Ingeborg. Allerdings weiß ich nicht, ob ich meine Buchteile so schnell wie geplant schreiben kann. Ich muss schließlich wöchentlich drei Tage zur Dialyse."

„Weiß ich. Ich habe da eine Idee, Gisela. Bitte erstmal zuhören, bevor Du mit mir schimpfst."

„Wann habe ich Dich je beschimpft?"

„Naja, das möchte ich mal nicht vertiefen. Aber jetzt meine Idee, okay?"

Gisela nickte leicht unsicher.

„Du weißt, dass Akilas fast alle Vorbereitungen erledigt hat. Er hat für die Eckel sogar einige Zusammenfassungen geschrieben, z.B. die Theorie Kaushik Basus über Fokalpunkte. Das ist aus meiner Sicht sehr gelungen, geradezu erstaunlich gut für ein so junges Semester wie Akilas eines ist. Ich habe mir überlegt, dass wir ihn ins Buchprojekt mit aufnehmen könnten. Er kann uns zwei oder drei von den Standardtheorien abnehmen zu schreiben. Korrigieren können wir notfalls immer noch."

„Aber nur, wenn wir Akilas weiter finanzieren. Er braucht einen Zusatzjob."

„Ja, schon. Aber ich möchte ihn auch als dritten Autoren nennen, wenn er tatsächlich Teile schreibt. Und Citavi müssen wir dann auch nicht lernen, die meisten Quellen sind bereits erfasst, auch relevante Zitate hat Akilas dazu notiert. Ich habe in einer Stichprobe überprüft, was er geschrieben hat. Kompliment, kann ich nur sagen. Ich hätte die Zitate nicht besser zusammenstellen können. Er ist talentiert, unser Akilas. Wir müssen nur Autor, Jahr und Seite nennen, dann wird die richtige Quelle automatisch im Literaturverzeichnis auftauchen. Sehr komfortabel, kann ich nur sagen. Sollten wir noch was Neues finden, kann Akilas das in Sekundenschnelle ergänzen."

„Welche Teile kann er denn Deiner Meinung nach scheiben?"

„Erstens kann er seine persönlichen Erlebnisse bei der Wohnungssuche und im gesellschaftlichen Umgang miteinander zu unseren eigenen Erfahrungen hinzufügen. Bei uns klingt es ja ziemlich harmlos bis auf das Frauending, bei ihm wird es teilweise regelrecht dramatisch und in schlimmer Form diskriminierend. Das ist wichtig für den Anfang, damit wir eben nicht nur die Frauenschiene benutzen, auch wenn die eingängig ist in unseren Modellen. Dann könnte er die Becker-Theorie ausführlich darstellen, gerade weil die amerikanische Literatur anfangs die Problematik *Whites vs. Blac*ks viel intensiver als die von *Men vs. Women* aufgegriffen hat. Und dazu könnte er aus meiner Sicht noch die Overcrowding-Theorie beschreiben, die ist noch nah an der Neoklassik. Und diese einfachen Modelle hatte Akilas schon im Grundstudium. Vielleicht kann er auch die Theorie der Fokalpunkttheorie übernehmen. Dazu hat er ja bereits vorgearbeitet. Alles andere verteilen wir beide neu, damit Du etwas weniger belastet wirst. Was hältst Du davon? Wir können uns dann mehr mit den sozialpolitischen Konsequenzen widmen. Das ist sowieso der schwierigere Part."

„Und wieso sollte ich dafür mit Dir schimpfen? Das ist eine sehr gute Idee. Ich hatte sowieso ein schlechtes Gewissen, weil Akilas so viel mehr für uns macht, als er eigentlich im Job für uns müsste. Schwierig stelle ich mir nur vor, ihm den Vorschlag schmackhaft zu machen."

„Wieso soll es da Probleme machen?"

„Er scheint mir ein junger Mann mit Prinzipen zu sein. Ich kann mir nicht vorstellen, dass er als Mitautor von uns Geld für seine Buchteile annimmt."

„Stimmt. Da hast Du recht. Er wollte mich sogar für meinen Unterricht bezahlen. Goldig, was?"

„Eben. Und deshalb müssen wir klar definieren, was er als Buchautor macht und was als unsere studentische Hilfskraft. Also eigene Kapitel schreibt er als Buchautor. Korrekturen, die ganzen Verzeichnisse, Erstellen von Grafiken und Layoutgestaltung, das bekommt er bezahlt. Müssten wir sonst auch alles extern machen lassen, wenn wir uns nicht heillos verzanken wollen. Bist Du einverstanden?"

„Aber ja, Gisela. Prima. Nur noch eine kleine Beichte. Ich habe Akilas Stundenlohn in der Zwischenzeit auf 20 Euro erhöht."

„Oh, das sage ich Claus lieber nicht. Was hast Du da übrigens schon vorgelegt, Ingeborg? Ich will ja zumindest die Hälfte des üppigen Hiwi-Lohns übernehmen."

Ingeborg druckste ziemlich herum, bis sie damit herauskam, bereits 6.000 Euro Hiwi-Lohn mit Akilas abgerechnet zu haben. Gisela musste schlucken.

„Das ist ein Haufen Geld. Aber ich habe es versprochen, die Hälfte kommt von mir. Mal schauen, wann Claus die Buchung auf dem Konto entdeckt. Sagen werde ich ihm erst einmal nichts, auch nichts von der weiteren Beschäftigung von Akilas. Aber Ingeborg. Also, eines sorgt mich, ehrlich gesagt etwas. Liebe Ingeborg. Pass' nur auf, dass Du keine späten Muttergefühle für Akilas entwickelst. Du sprichst immer so voller Zuneigung von ihm. Du magst ihn, nicht wahr?"

„Ja, sehr sogar. Aber nicht mütterlich. Und ich bin auch nicht verliebt, falls das Dein nächster Argwohn sein sollte. Wirklich nicht, beides absolut nicht. Akilas befürchtet das wohl auch etwas. Er ist sehr zurückhaltend. Er gibt mir nicht einmal die Hand. Ich habe ein ganz anderes Interesse, das sich mit Sympathie verbindet. Ich sehe mich eher als Mentorin. Er ist begabt und engagiert. Ich möchte, dass er trotz aller schlimmen diskriminierenden Erfahrungen in Deutschland zumindest im akademischen Bereich Erfolg hat. Dass er wirklich begabt ist, sehe ich in meinen Stunden, in denen wir die Außenhandelstheorie besprechen. Er versteht alles ziemlich schnell und hat sogar schon als junges Semester einen systematisch kritischen Blick auf Modelle ohne plumpe Ablehnung aus ideologischen Gründen. Seine Kritiken haben immer Hand und Fuß. Wenn ich ein Modell erklärt habe, können wir schnell auf Augenhöhe diskutieren. Das macht richtig Spaß. Ich bin absolut überzeugt, dass er mit etwas Förderung ein exzellenter Volkswirt wird. Dabei möchte ich ihn gern unterstützen."

„Das möchte ich auch gern. Wir müssen ihm das aber vorsichtig vorschlagen, er darf sich auf keinen Fall ausgebeutet vorkommen oder umgekehrt uns beide als Gönnerinnen aus einem vermeintlichen Überlegenheitsgefühl heraus ansehen. Weder wollen wir Wiedergutmachung gegenüber früherem Unrecht in den afrikanischen Kolonien leisten, als die Europäer weite Teile Afrika unter sich aufteilten und die Menschen dort unterjochten; noch wollen wir uns auf seine Kosten profilieren. Deshalb muss er mit uns klar auf Augenhöhe vereinbaren, was Hiwi-Job und was sein eigenständiger Beitrag zum Buch ist. Da müssen wir aufpassen, dass wir ihn nicht versehentlich verletzen. Es ist echt blöd, dass wir immer noch solche Sachen überlegen müssen und ihm nicht einfach völlig unbefangen begegnen können. Wir sind halt leider auch nur Kinder der europäischen Geschichte. Und dann noch etwas …"

Der Satz konnte nicht zu Ende gesprochen werden, weil es an der Wohnung Sturm klingelte. Akilas stand vor der Tür. Matthias hatte ihn zur unteren Wohnung begleitet, weil er erst oben bei Ingeborgs Wohnung geläutet hatte. Matthias trug etwa zehn Bücher in seinen Armen, die er dem verletzten Akilas abgenommen hatte und die er bei Gisela im Eingang abstellte. Als die beiden Frauen Akilas sahen, konnten sie vor Schreck wenige Sekunden gar nichts sagen. Gisela fasste sich als erste:

„Um Gottes Willen, was ist denn passiert? Du blutest ja. Und Dein rechtes Auge ist schon ganz zugeschwollen. Bist Du etwa verprügelt worden?"

Akilas war so blutdruckschwach und so schmerzgepeinigt, dass er kaum reden konnte. Ingeborg und Gisela hörten aus dem ersten Gestammel heraus, dass er auf dem Weg zur Uni in der Weender Straße vor dem Kaufhaus C&A gestolpert war. In den Händen hatte er den Stapel Bücher getragen. Statt die Bücher loszulassen, hatte er sie krampfhaft festgehalten und war mitten aufs Gesicht gestürzt. Klang so ähnlich wie bei der Krankenhausfreundin Annette, nur dass kein Mountainbiker Akilas in die Quere kam und die Folgen des Sturzes deutlicher sichtbar waren. Geholfen hätte ihm niemand, es gab nur eine Menge neugierige und auch schadenfrohe Blicke. Er konnte sich glücklicherweise allein aufrappeln und die dreckigen und teilweise angeschlagenen Bücher aufsammeln. Und weil Ingeborgs Wohnung am nächsten zu allen möglichen Anlaufstellen lag, war er blutend und mit Kopfschmerzen Richtung Theater gelaufen. Passanten hätten ihn nur angestarrt.

„Wir verarzten Dich erst einmal. Du Armer blutest aus der Nase und auch an der Lippe. Vielleicht müssen wir mit Dir noch in die Uni-Klinik. Kann sein, dass die Lippe genäht werden muss. Die sieht gar nicht gut aus, Dein Auge auch nicht."

„Nein, nur nicht. Dann heißt es wieder, dass die Ausländer den Deutschen die Arzttermine wegnehmen."

„Na, hör mal. Erzähle keinen Blödsinn. Das meinst Du doch jetzt hoffentlich nicht ernst. Du bist erheblich verletzt. Natürlich musst Du Dich ärztlich versorgen lassen. Ich komme auch mit, wenn Du möchtest, und kläre notfalls alles Organisatorische. Du solltest Dich allein auf den Heilungsprozess konzentrieren. Gisela ist ja leider noch nicht mobil genug, da kann nur ich Dich begleiten."

„Nein, auf keinen Fall. Ich will kein Aufhebens um mich. Etwas Eis auf mein Auge und meine Lippe reicht doch aus."

„Akilas, komm. Das muss professionell angeschaut werden. Wer weiß, was Du Dir alles getan hast. Dein Kopf muss auf alle Fälle näher untersucht werden."

„Nein, nein. Bitte nur ein Pflaster. Und Eisbeutel."

„Nein, jetzt bin ich mal Chefin meines Hiwis. Wir gehen sofort in die Klinik in die Notaufnahme."

Akilas schaute Ingeborg ungläubig an.

„Versuchst Du mir das zu befehlen? Das geht nun aber echt zu weit. Das lasse ich nicht mit mir machen."

„Du liebe Güte. So habe ich das doch nicht gemeint. Entschuldige bitte. Aber ich bin gerade aufgeregt. Du hattest gerade einen heftigen Unfall und brauchst ärztliche Hilfe."

„Ich weiß, was ich mache. Ich will auf keinen Fall meine Klausuren in der nächsten Woche verpassen. Verpflastern reicht völlig. Schließlich bin ich noch allein zu Dir gelaufen."

„Aber an der Uni gibt es doch Nachholtermine für alle, die durchgefallen waren oder die Klausur wegen Erkrankung nicht mitschreiben konnten."

„Ja, meistens schon. Trotzdem kommt mein Zeitplan im Studium durcheinander. Ich möchte möglichst schnell meinen Bachelor machen."

„Denkst Du denn aber nicht, dass Du besser zumindest absichern solltest, dass mit Deinem Kopf nicht Schlimmeres passiert ist?"

„Schlimmeres?"

„Also frage ich selbst mal ab: Warst Du bewusstlos, hast Du jetzt Kopfschmerzen, hast Du Gedächtnisstörungen und Erinnerungslücken? Ist Dir vielleicht übel? Du blutest wohl nur an der Lippe und an der Stirn, aber nicht aus Nase oder Ohr. Die Nase hat nur eine kleine Schramme, die geblutet hat. Das ist schon mal ganz gut. Sprachstörungen stelle ich auch nicht fest. Siehst Du alles ganz normal? Hast Du vielleicht Fieber?"

„Viele Fragen auf einmal. Nichts von alledem. Ich bin nur blöd auf das Gesicht gefallen."

„Deine Lippe muss aber vielleicht genäht werden. Die eine Wunde an Deiner Augenbraue könnte dafür auch ein Kandidat sein."

„Keine Diskussion mehr. Eis aufs Auge, Pflaster auf die blutenden Stellen. Die Lippe heilt von allein. Ihr wisst doch bestimmt, dass es an Augenbrauen und Lippen selbst bei kleinen Wunden immer heftig blutet, so dass es schlimmer aussieht als es ist."

„Na gut, aber überzeugt bin ich nicht. Gisela ist mit ihrem Rollator schon Richtung Bad unterwegs und holt Verbandszeug."

Nach der Verarztung sah Akilas schon etwas besser aus,

„Wir haben noch was mit Dir zu besprechen, Akilas. Musst Du Dich hinlegen oder geht noch ein kurzes Gespräch mit uns? Na, leg Dich besser hin."

Akilas war einsichtig und legte die Beine hoch. Gisela begann das Gespräch.

„Du, Akilas, wir haben uns da mal was überlegt."

„Oh, oh, soll es jetzt schon losgehen mit der Citavi-Schulung? Das ist leider gerade etwas ungünstig, weil ich noch eine Hausarbeit schreiben muss und die Klausuren anstehen. Können wir damit nicht noch drei bis vier Wochen warten?"

„Hausarbeit? Kannst Du doch von ChatGPT schreiben lassen, oder nicht?"

„Und Ihr wollt Professorinnen sein? Glaubt man ja nicht, gerade von Euch so einen Vorschlag zu hören. Nutzt auch nichts. Wir müssen dann noch ein Referat zum Thema halten. Da kann man schlecht schummeln."

„Ah, clever, so eine Prüfung. Der Vorschlag war natürlich nicht ernst gemeint. Wenn man sich eine Arbeit schreiben lässt, lernt man ja nichts dabei. Aber es geht uns auch gar nicht um einen Citavi-Kurs. Du hast das meiste sowieso bereits erfasst. Wozu sollen wir beiden alten Schrullen das noch lernen? Nein, wir haben einen anderen Vorschlag. Ich kann, wie Du weißt, nicht so viel schreiben wegen der Dialysen und da hatten wir die Idee, ob Du nicht dritter Autor des Lehrbuchs sein magst. Dein Part wären drei oder vier Theorien plus im Anfangskapitel einige persönliche Erfahrungen."

Akilas blickte von Ingeborg zu Gisela und zurück, konnte erst nichts sagen. Ingeborg beeilte sich zu ergänzen:

„Hiwi-Arbeiten gibt es immer noch: Korrekturen, Layout, Verzeichnisse, Literatur ergänzen und noch mehr."

„Ich bin dann gleichzeitig Euer Hiwi und Euer Kollege. Das geht doch nicht."

„Warum denn nicht. Wir müssen die Aufgabenbereiche nur klar trennen."

„Nein, das möchte ich nicht. Ich bin doch nur ein Hiwi. Neben meinem Studium wird mir das bestimmt zu viel Arbeit."

„Höre doch erstmal zu. Also neben den Hiwi-Arbeiten schlagen wir vor, dass Du persönliche Erfahrungen mit Diskriminierungen berichtest und dann drei Theorien übernimmst, eine hast Du davon schon für Frau Eckel zusammengefasst. Das kannst Du direkt übernehmen. Das schaffst Du doch bestimmt neben dem Studium. Und dann hast Du schon als junger Student eine Publikation, wenn es auch nur ein Lehrbuch ist. Ist das wirklich nichts für Dich?"

„Also, attraktiv ist die Aussicht auf ein eigenes Buch natürlich. Aber reichen wirklich drei Theoriezusammenfassungen plus eigene Erfahrungen? Aber ich möchte dabei die nigerianischen Berichte über Repressionen gegen die LBGTQ oder die Gewalt von und gegen Boko Haram weglassen. Ich will mal in meine Heimat zurück. Ein Held oder Widerstandskämpfer bin ich nun mal nicht, also möchte ich mit Kritik nicht auffällig werden. Ihr findest das bestimmt feige, denn ich lese durchaus die Berichte von Amnesty International. Ich möchte mich gern auf mein Leben in Deutschland beschränken. Könnte ich das so machen, dann wäre ich tatsächlich ganz gern dabei. Ich hoffe nur, dass ich das zeitlich schaffe."

Ingeborg dachte kurz nach, bevor sie aus Akilas antwortete:

„Feige finde ich das nicht, aber ehrlich. Über Deine Heimat musst Du natürlich nichts erzählen, wenn Du das nicht möchtest. Einen Hinweis könnte man aber schon setzen, dass Diskriminierungen so gut wie überall auf der Welt stattfinden. Obwohl: das weiß man ja sowieso. Naja, wir schreiben es dennoch. Erzählst Du uns beiden zumindest mal ein bisschen mehr über Nigeria? Ich habe mal gelesen, dass vor allem die Situation von Frauen sehr bedenklich in Deiner Heimat ist."

„Stimmt leider. Erzählen werde ich es gern. Wir können auch mal darüber sprechen, wie man sich dazu am besten kritisch verhält, ohne ins Gefängnis zu kommen. Schwieriges Thema. Wir haben in Nigeria eine demokratische Entwicklung hinter uns - trotz aller Probleme. Wie hättet Ihr euch denn z.B. zu Zeiten des Nationalsozialismus verhalten, auch wenn man das jetzt nicht vergleichen kann?"

„Heldentum gab es in meiner Familie nicht. Meine Großeltern waren angepasst, einige andere aus der Familie sogar überzeugte Nazis. Ich habe ihnen das als Jugendliche oft vorgeworfen. Sie haben nur zurückgefragt, ob ich mutig in den Widerstand gegangen wäre. Ich weiß es, ehrlich gesagt, nicht."

Gisela kam wieder auf das ursprüngliche Thema zurück:

„Das ist ein verdammt ernstes Thema. Dabei wollten wir Dich doch nur fragen, ob Du mit uns gemeinsam das Lehrbuch schreiben möchtest."

„Ich möchte sehr, sehr gern. Aber seid mir bitte nicht böse, wenn mir die Zeit fehlt und ich nicht richtig viel beitragen kann."

„Rede doch mal mit einem Deiner Profs, ob Du nicht Teile als Hausarbeit verwenden oder schon für die Bachelorarbeit aufheben kannst. Aber Schluss jetzt für mich, ich muss mich fertig machen für die Dialyse. Gleich kommt mein Fahrer mich abholen."

Ingeborg meinte:

„Oh, ich muss auch weg. Ich habe noch einen weiteren Termin mit der Landtagsabgeordneten Ricarda Grühn, nein, nicht von den Grünen, Akilas. Von den Linken. Gisela, Du weißt schon weshalb. Ich sage nur Stikowski."

15

Gisela schlurfte am übernächsten Tag kurz nach 11.00 Uhr mit ihrem Rollator zur Garderobe, um sich Jacke und Schuhe anzuziehen und in ihre Tasche etwas Geld, ihr Handy und vor allem ihren Kindle einzustecken. Kurz darauf klingelte es an der Haustür und sie wurde wieder einmal abgeholt und ins nahegelegene Dialysezentrum gefahren. Dort wog sie sich und kletterte in ihr Bett. Kurz darauf kam entweder eine der weiblichen Dialysefachkräfte oder der derzeit einzige Pfleger, alle nett und zugewandt. Man kann raten, wer die Pflegedienstleitung hatte. Klar doch, der Mann. Diesmal kam der Chefpfleger selbst, punktierte Gisela am rechten Arm und schloss sie an die Maschine an. In diesem Durchgang mussten zwei Pfund Wasser aus ihr raus. Nach dem Anschließen machte sie es sich in ihrem Bett richtig gemütlich, las etwas (die linke Hand konnte bereits virtuos den Kindle bedienen) oder zappte sich kreuz und quer durch das Fernsehprogramm. Gern schaute sie Arztserien – unabsichtliche Satiren auf das wirkliche Krankenhausleben. Stets kam in den Serien unverzüglich ein Arzt geeilt, wenn jemand mit schmerzverzerrtem Gesicht zur Eingangstür des Krankenhauses hereinkam. Wurde jemand zur Notaufnahme gebracht, dann rannte das Personal sogar, um zu helfen. Und fast alle stationär Aufgenommenen bekamen ein Einzelzimmer und wurden mit den köstlichsten Leckereien verwöhnt. All das Essen in edelstem Porzellan, die Getränke in stilvollen Gläsern oder in ebenso schönem Porzellan.. Der Chefarzt schien gleichzeitig ein Sterne-Koch zu sein. Lustig. So gingen die vier Stunden gut herum, zumal Mitpatientinnen oder Mitpatienten gern zu einem Schwätzchen bereit waren und jedes Mal ein Arzt vorbeischaute, der durch eine gewisse Nonchalance den Patienten jede Aufregung nahm.

Zur gleichen Zeit vereinbarten Ingeborg und Akilas endgültig die Aufteilung seiner Aufgaben zwischen der Autorentätigkeit und der bezahlten Unterstützung. Das heißt, Vereinbarung deutet Verhandlung und Austausch an. Verhandelt wurde aber nichts. Ingeborg hatte es gut überlegt, schlug eine Regelung vor und Akilas nickte zögerlich zu allen Details.

Während Ingeborg und Akilas alles besprachen, waren Claus und Matthias mal wieder nach oben gegangen. Dort trafen sie tatsächlich den Elektriker Faulbaum an, der sie mehrfach vertröstet hatte und endlich mal zugegen war. Er hatte den neuen Schaltschrank dabei.

„Wo soll der denn jetzt hin?“

„Kommando zurück“, sagte Matthias gleich, obwohl der Umzug innerhalb Göttingens oder ganz woanders noch gar nicht endgültig feststand. Matthias verkündete, dass die beiden Wohnungen so bleiben sollten, wie sie waren, wie er es vor seinem Urlaub bereits angedeutet hätte.

„Aber sie wissen doch, dass die Elektrik trotzdem ausgetauscht werden muss. Wir sind ja schon mittendrin. Jetzt aufhören macht ja gar keinen Sinn. Sie wollen die Mieter doch nicht abfackeln.“

Claus mischte sich ein:

„Ein bisschen was von Elektrik verstehe ich auch. Ich habe mir ihren Kostenvoranschlag angesehen und dass scheint eine Luxussanierung werden zu sollen. Ich stelle mir vor, dass ihre Firma die alten Leitungen entfernt und die neuen Strippen zu den Steckdosen, Schaltern und Deckenauslässen zieht. Da haben Sie die Hälfte etwa bis jetzt geschafft. Aber: Verlegt wird waagerecht und senkrecht, nicht schräg, wie Ihre Mitarbeiter das teilweise gemacht haben. Das muss alles geändert werden. Und wir bezahlen das natürlich nicht! Haben Sie Schnecken oder Schildkröten eingestellt für diese Arbeiten? Jede Wohnung bekommt natürlich auch einen neuen Zählerschrank. Alles weitere Material und die Installation machen wir dann selbst."

Matthias war ebenso sprachlos wie der Elektriker.

„Wissen Sie denn, wie man eine Steckdose anschließt oder einen Lichtschalter montiert? Da liegen Sie ganz schnell mit einen Stromschlag auf dem Boden oder auch im Grab."

„Danke für den Hinweis. Aber wenn Sie die neuen Sicherungsschränke ordentlich installieren und die Sicherungen darin richtig beschriften, wird es mir ein Kinderspiel sein, jeweils den Strom zu unterbrechen, wenn ich einen Schalter oder eine Steckdose montiere. Sie sollten Ihren Ehrgeiz darauf verwenden, die Steckdosen- und Schalterplätze nach unseren Wünschen vorzubereiten."

Claus kümmerte sich auch in der Folgezeit um die Elektriker samt Gehilfen mit Können und Durchsetzungsvermögen. Matthias war beeindruckt:

„Ein Glück, dass Du mein Freund bist. Als Gegner oder Handwerker möchte ich Deinen Zorn nicht abbekommen. Meine Güte, kannst Du zynisch und garstig sein. Der Elektriker war so klein mit Hut."

„Ist reines Schauspiel, Matthias. Gisela hat mir mal von irgendeinem Aufsatz erzählt, in dem stand, dass cholerische Menschen exzellente Selbstbindung betreiben und anderen klar machen, dass sie nie von bestimmten Entscheidungen abweichen werden. Da braucht man gar nicht mit Änderungswünschen zu kommen, schon rasten sie aus. So ähnlich wie Management by Terror. Das kann ich und habe es schon im Büro praktiziert. Du bist aber wohl zu lieb dafür."

„Die arme Gisela."

„Häh? Hast Du nicht zugehört? Das ist Schauspielerei. Sagte ich doch. Gisela hat mich ihr gegenüber natürlich nie so erlebt. Lass' ja Gisela aus dem Spiel, sonst kannst Du mich wirklich zornig erleben. Da kenne ich keinen Spaß."

„Um Gottes Willen. Nur nicht. Der heutige Vormittag hat mir allein vom Zusehen und vor allem Zuhören restlos gereicht. Also jetzt in Büßerhaltung: Gisela ist nicht arm dran mit Dir."

Claus und Matthias gingen zu Fuß in die untere Wohnung, kurz darauf kam Gisela mit einem neuerlichen Krankentransport zurück, wie immer mit verbundenem Arm. Claus kochte mal wieder. Diesmal eine große Feta-Pfanne mit Kartoffeln, Paprika, Tomaten, Knoblauch und natürlich Feta. Da Akilas noch da war, lud Claus ihn auch noch zum Essen ein. Wie immer zierte sich Akilas, weil er immer noch fürchtete, lästig zu sein oder aufdringlich zu wirken. Es brauchte aber keiner sonderlich ausdauernden Überredung, bis Akilas die Einladung annahm.

Da kam Ingeborg mit der Nachricht heraus, die wie eine Bombe einschlug:

„Übrigens. Wir haben Euch was zu sagen, was Ihr bestimmt schon mehr als ahnt. Wir haben uns überlegt, dass wir wirklich nicht in getrennten Wohnungen leben möchten. Wir werden oben deshalb vermieten und uns anderswo eine große und barrierefreie Wohnung kaufen oder mieten."

„Ihr wollt wegziehen? Das könnt Ihr uns doch nicht antun."

Gisela hüstelte und konnte ein Lachen kaum unterdrücken. Claus hingegen kam nach einem eigenen Lachanfall sogleich mit einem Vorschlag, den er mit Gisela abgesprochen hatte.

„Na, warum denn wegziehen? Nehmt eben doch das Hochparterre. Diese Wohnung ist so wie unsere geschnitten. Perfekt für Euch."

„Häh? Die Wohnung ist doch schon verkauft worden. Da wird gerade renoviert und dann werden die neuen Eigentümer sicher selbst einziehen."

„Klar habt Ihr Chancen, die Wohnung zu beziehen. Ich bin zu 100% sicher: Die neuen Eigentümer werden an Euch vermieten, bauen eine Sicherheitstür ein und lassen sogar die Fenster einbruchssicher machen."

„Woher willst Du das wissen?"

„Hihi, weil Gisela und ich die Wohnung gekauft haben. Als Geldanlage."

„Und davon habt Ihr uns nichts gesagt? Und Ihr lasst uns da oben ein Bauchaos anrichten? Das hätten wir uns alles sparen können."

„Nun mal halblang. Ihr hattet schon den Elektriker engagiert, da hatten wir die Wohnung noch gar nicht. Es gab jemanden mit einem höheren Gebot, aber die alte Dame hat an uns verkauft, weil ich mich immer so nett um alle Mülltonnen gekümmert habe. Und Ihr wolltet die Wohnung unten ja erst nicht."

„Und die Wohnung hat eine neue Elektrik und ist auch gesichert gegen Einbrecher?"

„Ja."

„Was soll sie denn kosten?"

„Kaltmiete ist 2.000 Euro. Wenn Ihr sie kaufen wollt, könnt Ihr sie für 700.000 Euro haben."

„700.000 Euro? Große Güte! Was hast Du denn bezahlt, Claus? Schwindele nicht."

„Wir. Wir haben bezahlt, nicht ich. Es ist unser gemeinsames Geld und eine gemeinsame Wohnung. Ihr wisst doch: Wir teilen alles. Wir haben sie für 540.000 Euro erworben, mussten aber noch mal fast 50.000 für die Renovierung ausgeben, übrigens nur die Hälfte Eurer Elektrikerkosten."

Ingeborg und Matthias konnten es nicht fassen. Matthias war sogar erbost:

„Du willst mit uns tatsächlich Geschäfte machen? Das glaube ich ja nicht. Über 100.000 Euro mehr als Eure Gesamtkosten! So etwas macht man nicht mit Freunden. Natürlich nehmen wir das Angebot nicht an. Keinesfalls. Das ist unmoralisch. Einfach unredlich."

Gisela meinte dazu lapidar:

„Also, wenn Ihr nicht wollt, dann ist es so. Billiger bekommt Ihr in Göttingen in dieser Lage jedenfalls keine Wohnung in 1a-Zustand. Zu kaufen schon gar nicht, weil Ihr in Eurem Alter erst gar keinen Kredit von der Bank erhaltet. Die haben Angst um die Rückzahlung, ab einem bestimmten Alter geben die nix mehr. Es ist umstritten, ob das Altersdiskriminierung ist. Der Verkauf Eurer kleinen Wohnungen würde für unser Angebot an Euch reichen, für so schöne Wohnungen auf dem freien Markt nicht. Überlegt es Euch. Es gibt schon Interessenten für die untere Wohnung, die wir nicht mehr lange hinhalten können. Zwei Tage geben wir Euch, dann könnt Ihr in Ruhe überlegen."

„Ihr seid ja knallharte Kapitalisten!"

„Wozu haben wir VWL studiert? Wir verstehen das Spiel von Angebot und Nachfrage. Und von Verhandlungen. Wir machen Euch ein Take-it-or-leave-it-Angebot. Also, übermorgen erwarten wir Eure

Entscheidung. Wir sind sogar noch moderat mit der Miete. Und damit Schluss für heute mit diesem Thema."

Nach ein paar Minuten Schweigen und fassungslosen Blicken zwischen Matthias und Ingeborg wollten die beiden erst zornig nach oben gehen, aber Claus - jetzt die Freundlichkeit in Person - überredete sie zu bleiben und wie immer ein gemeinsames Spiel zu spielen. Ingeborg und Matthias wussten selbst nicht so recht, warum sie tatsächlich blieben. Vielleicht, weil Gisela so bittend aussah.

Obwohl Letztere eigentlich ziemlich müde war, wie immer nach der Dialyse, willigte sie auch ein, ein neues Spiel auszuprobieren: Cat in the Box, ein interessantes Stichspiel, bei dem die Karten ihre Farben wechseln. Ein Spiel von zwei bis fünf Mitspielern. Das passte also für die Runde. Akilas, der sich bei der Wohnungsdiskussion am liebsten unter dem Sofa versteckt hätte als unfreiwilliger Zeuge, wurde ebenfalls überredet zu bleiben.

Nach Ende der Spielrunden verabschiedete sich Akilas allerdings schnell und lief so schnell er konnte zu seinem kleinen Zimmer. Abends hatte er immer etwas Angst, von Betrunkenen angepöbelt zu werden. Gisela zog sich auch schnell zurück. Erst die Dialyse, dann Letzte im Spiel. Sie war einfach nur noch hundemüde. Matthias, Ingeborg und Claus diskutierten noch eine Viertelstunde, nachdem Matthias und Ingeborg die ganze Zeit verkniffen gespielt hatten. Claus stichelte gegen Ingeborg wegen deren Einbruchsängsten.

„Ins Haus kommt man recht leicht, entscheidend ist, wie Türen und Fenster gesichert sind. Da werden wir gegenüber dem jetzigen Zustand noch mehr ändern und dabei gern auf die Ratschläge der Polizei zurückgreifen."

Innerlich hatte sich Ingeborg bereits mit Umzug nach unten abgefunden, aber so einfach wollte sie den Rückzug doch nicht antreten:

„Ich fände es gut, wenn wir auch das Haus noch besser gegen unbefugtes Betreten absicherten, zum Beispiel durch ein Codeschloss."

Claus lachte: „Ein Codeschloss lässt nach spätestens einem halben Jahr erkennen, welche Tasten regelmäßig gedrückt wurden, da können wir die Haustür gleich offenlassen."

Matthias sah Ingeborg fragend und leicht entgeistert an:

„Du willst das Angebot annehmen?"

„Ungern, aber ja. Was Besseres werden wir zu der Miete nicht finden. Und ich würde liebend gern hier wohnen bleiben. Wenn wir es mieten, geht es finanziell. Wir wollen ja unsere Wohnungen oben vermieten, da kommt was rein. Und wir haben die Miete für Dein Reihenhaus, auch wenn das nur 700 € sind. Ich bin schließlich auch Volkswirtin. So wie die beiden. Claus und Gisela haben uns das Angebot ganz rational unterbreitet. Dafür kann ich Sie nicht tadeln, wenngleich es wirklich nicht freundschaftlich ist."

„Ähm, Inge, ich habe aber Akilas gestern versprochen, dass er meine Wohnung für 300 Euro mieten kann. Wenn ich da ausziehe."

„Das ist doch superlieb von Dir. Du bist eben ein wunderbarer Mensch, kein kaltherziger Nutzenmaximierer. Oder doch. Dein Nutzen besteht darin, andere, vor allem mich, glücklich zu machen. Du brauchst auch keine Angst zu haben. Das Geld reicht immer noch, meine Beamtenpension ist üppig genug. Ich füttere Dich gern mit durch. Und das wissen die beiden. Mieten ist in unserem Alter auf alle Fälle billiger als eine Immobilie zu kaufen. Ich verstehe auch nicht, warum Claus und Gisela so viel Geld dafür ausgegeben haben."

„Na, für Euch natürlich haben wir das gemacht. Es zeichnete sich schnell genug ab, dass Ihr den Umbau nicht hinbekommt. Und wir ahnten schon, dass Ihr Euch dann umschaut. Wir wollten Euch aber hierbehalten. Da haben wir eben Geld ausgegeben und die Wohnung gekauft. Also abgemacht? Ihr mietet für kalt 2.000 Euro und wir investieren noch etwas in die Haussicherheit."

„Okay, schweren Herzens. Akzeptiert."

Kurzzeitig war das Verhältnis der Freunde getrübt, da aber Ingeborg Gisela nicht böse war, konnte nach ein paar von Claus gekochten gemeinsamen Abendessen auch Matthias Claus wieder als Freund ansehen. Er versprach, auch nach der Anmietung der unteren Wohnung öfter mal für alle Menüs zu zaubern.

16

Gisela ging es inzwischen so gut, dass sie endlich doch versuchte, Kontakt mit dem Dekan der volkswirtschaftlichen Fakultät aufzunehmen. Sie schrieb eine E-Mail an Prof. Neuhaus mit dem Angebot eines

Master-Seminars über Diskriminierungstheorien und ihre sozialpolitischen Implikationen. Zwei Wochen wartete sie ungeduldig. Es kam keine Antwort. Sie schrieb noch einmal, verwies auf ihr Seminar bei den Historikern, bei dem der Herr Neuhaus doch auch häufig zu Gast gewesen sei und sie ihn bereits kennenlernen durfte. Sie schrieb in den süßesten Worten, wie gut doch seine Diskussionsbeiträge gewesen wären und überhaupt! Was sei er doch für eine imposante Erscheinung. Falls er sich nicht erinnere, könne er ein Bild im Anhang öffnen, dass sie vor ihrer Bücherwand im Arbeitszimmer zeige. Minutenlang hatte sie mit der Kamera ihres PC dutzende Aufnahmen erzeugt. Besser als folgendes Bild wurde nichts:

„Mist. Erinnern wird er sich, aber Eindruck machen bei ihm bestimmt nur junge, schlanke, schicke Frauen. Mit Ausschnitt und falschen Wimpern. Naja, muss ich halt auf ein honorarfreies Seminar hinweisen und dass Pluspunkte für die Fakultät herausspringen können, erstens wegen Frau und zweitens wegen Behinderung. Thema – kein Honorar – Frau – Behinderung: Etwas davon muss doch ziehen", dachte Gisela und drückte das ➚-Zeichen zum Abschicken der Mail. Wieder wartete sie. Nach drei Tagen voller Ungeduld rief sie im Dekanat an. Annette war am Apparat. Deren Knie war immer noch nicht ganz in Ordnung, aber sie war schon lange nicht mehr krankgeschrieben.

„Annette, hier ist Gisela am Apparat. Du erinnerst Dich an unsere gemeinsamen Klinikzeiten? Ich wollte mich mal wieder melden. Geht es Dir gut?"

„Gisela, wie schön, dass Du anrufst. Naja, mein Knie zwickt und zwackt immer noch. Mein Chef nimmt zum Glück viel Rücksicht auf mich."

Sie schwatzten noch über allerhand Belangloses – Neues aus den Königshäusern, Mick Jaggers Geburtstag, Reha-Erfahrungen Annettes –, dann kam Gisela zu Ihrem eigentlichen Anliegen.

„Sag' mal Annette, sortierst Du eigentlich die Mails an den Dekan nach Wichtigkeit vor?"

„Die, die an Herrn Neuhaus persönlich gehen, sehe ich selbstverständlich nicht, diejenigen, die an die Dekanatsadresse gehen, schon. Warum willst Du das wissen?"

„Ach, ich habe ihn schon zweimal angeschrieben und um einen Termin gebeten, Gespräch per Zoom natürlich. Ich würde gern ein Seminar anbieten, Honorar möchte ich nicht."

„Ich habe nichts mit Deiner Adresse gesehen. Du solltest nicht an Herrn Neuhaus persönlich schreiben. Der wird überflutet mit Anfragen, auch privater Art, da geht viel verloren. Schreib doch an die Dekanatsadresse, da kann ich es ihm gleich vorliegen."

„Tausend Dank, das ist superlieb von Dir. Meine Gehversuche machen übrigens Fortschritte. Vielleicht kann ich sogar mal bei Dir vorbeikommen. Jetzt schicke ich gleich mal mein Angebot ans Dekanat. Nochmals vielen, vielen Dank."

Es folgte noch eine kleine Orgie an Dankesworten und Freundschaftsversicherungen, dann konnte Gisela endlich das Gespräch beenden. Sogleich schickte sie ihre zweite Mail noch einmal an die Dekanatsadresse. Und siehe da, zwei Tage später kam die Antwort ‚Freitag, 8.35 Uhr. Schicken Sie mir einen Zoom-Link'. Keine Anrede, keine Grüße zum Schluss. Charmant im Gespräch war er wohl, aber mehr als unhöflich im E-Mail-Verkehr. Oder in Eile.

Gisela war es egal. Sie generierte einen entsprechenden Zoom-Link und schickte ihn zurück. Am übernächsten Tag, dem Freitag, versuchte sie sich in Schale zu werfen. Lidschatten, Lippenstift und was man so zum Aufdonnern braucht. Sehr erfolgreich sah es nicht aus. Immerhin schaffte sie es, mit viel Haarspray und Gel ihr dünnes Haar voluminöser als in Wirklichkeit wirken zu lassen.

Um 8.30 Uhr öffnete sie das Zoom-Gespräch, der Dekan kam auf die Minute pünktlich dazu. Selbst bei seinem älteren Gegenüber begann er charmant:

„Frau Kubon-Gilke, wie schön, Sie mal wieder zu sehen. Ihr Seminar war ein Highlight des letzten Semesters. Obwohl ich bis über beide Ohren in der Dekanatsarbeit stecke, habe ich es mir doch ab und zu nicht nehmen lassen, zu Ihrer Veranstaltung zu gehen. So etwas Interdisziplinäres sollten wir öfter bei uns haben."

„Danke für die netten Worte, Herr Neuhaus. Ich erinnere mich noch gut an Ihre Diskussionsbeiträge und unsere kurzen Gespräche im Anschluss ans Seminar. Das hat mir Anregungen für eine kleine Publikation gegeben. Ich habe Sie natürlich mit einem Dank erwähnt."

„Sie schmeicheln mir, Frau Kollegin. Highlight meinte ich ernst. Es gibt nicht so arg viele gehaltvolle Seminare, ich suche mir deshalb auch die Gesprächspartner eher außerhalb der Fakultät."

„Das habe ich früher auch so gemacht. Aber an Ihrer Fakultät sind doch Koryphäen."

„Ja, Liebernickel vielleicht. Die Ökonometriker sind auch okay. Aber sonst?"

„Ich war leider längere Zeit im Krankenhaus mit zwei ernsteren Erkrankungen. Wir haben davor eine Vorlesung bei Frau Rothärmel angefangen, konnten wegen meines Klinikaufenthalts aber leider nicht weiter teilnehmen."

„Hätte Ihnen eher nichts gebracht, sage ich mal. Dem brauchen Sie nicht nachtrauern. Frau Rothärmel hat, naja, eine Außenseiterposition in der Fakultät. Sie ärgert uns nicht weiter, und die anderen behelligen sie auch nicht. Solche Vorlesungen braucht es schließlich auch, damit sich unsere Studierenden mit verschiedenen Paradigmen auseinandersetzen. Sie ist zwar wirklich nett und lieb, aber gilt eigentlich nur als unsere Quoten-Linke. Alles nur Leninismus und Marxismus, was sie predigt."

„Quoten-Linke. Gibt es jetzt schon Quoten für politische Orientierung? Das ist mir neu. Ist ‚nett und lieb' nicht vielleicht doch etwas verniedlichend diskriminierend? Naja, egal. Also ich fand, dass sich ihre Gliederung gar nicht so einseitig las. Aber wenn Sie das mit dem Marxismus-Leninismus sagen, dann wird es sicher stimmen. Sie kennen sie ja besser. Die Kollegin Eckel haben wir sogar mal zu uns eingeladen. Sie hat ja auch viel in meinem Seminar bei den Historikern mitdiskutiert. Aber ich habe gehört, dass sie bei einem Unfall ums Leben gekommen sein soll."

„Sie haben sie eingeladen?"

„Ich dachte, sie könnte eine interessante Gesprächspartnerin zu verhaltensökonomischen Themen sein, aber sie hatte, ehrlich gesagt, nur Lehrbuchwissen parat. Es war auch ein ziemlich steifes Gespräch. Sie hat sich vielleicht bei uns gelangweilt."

„Wie könnte sich jemand bei Ihnen bei Ihrer Intellektualität und Freundlichkeit langweilen?"

Dekan Neuhaus war zwar über Giselas moderat kritische Worte zur Charakterisierung Professor Rothärmels irritiert gewesen, schenkte ihr dennoch bei seinen Worten sein charmantestes Lächeln. Das wirkte auf Gisela. Sie konnte sich gut vorstellen, dass viele Frauen bei ihm schwach werden konnten.

Der Dekan fragte konkret:

„Was kann ich denn für Sie tun, werte Frau Kollegin?"

„Als ich vom tragischen Tod von Professor Eckel erfuhr, habe ich daran gedacht, wie schwer es ist, kurzfristig die Lücken in der Lehre zu füllen. Eine Neubesetzung hat bei uns immer ein bis zwei Semester gedauert. Ich tippe, dass es hier nicht anders ist. Und weil ich früher ähnliche Inhalte wie Frau Eckel gelehrt habe, dachte ich, dass Sie vielleicht Interesse daran haben könnten, wenn ich ein Seminar bei Ihnen anbiete. Natürlich honorarfrei. Und falls es wichtig ist: Habilitiert bin ich."

„Ach ja, ich erinnere mich. Das Angebot deuteten Sie in Ihrer Mail an. Schicken Sie mir mal eine Kopie Ihrer Promotionsurkunde. Und Habil ist in der Tat wichtig. Sonst dürften Sie kein Seminar anbieten. Ich muss es mit dem Kollegium besprechen. Sie haben sich durch Ihr Seminar über die Ungleichheitsregime einen wirklich guten Ruf verschafft. Ihnen wird niemand Kompetenz absprechen. An welches Thema haben Sie denn gedacht?"

„Äh, reicht nicht meine langjährige Professorentätigkeit? Wozu noch die Urkunde? Brauchen Sie nicht besser die Habilitationsurkunde? Die habe ich schneller zur Hand, die andere müsste ich suchen."

Gisela verschwieg, dass sie ihre Promotionsurkunde partout nicht finden konnte, was sie auf die Aufräum- und Wegwerfwut ihres Gatten zurückführte. Nach kurzer Nachdenkzeit nahm sie das Gespräch wieder auf:

„Naja, also ich würde gern eine Veranstaltung über ökonomische Diskriminierungstheorien anbieten, übrigens ohne eindeutigen ideologischen Zungenschlag. Über dieses Thema schreibe ich nämlich gerade ein Buch mit einer Kollegin."

„Etwa mit der Kleinen und den zerzausten Haaren? Die, die auch so aktiv in Ihrem letzten Seminar mitgemischt hat? Wollen Sie beide das Seminar nicht gleich gemeinsam anbieten? Ich bin nämlich noch etwas zögerlich wegen Ihrer Gesundheit. Sehen Sie es mir bitte nach, nichts gegen Sie persönlich. Inhaltlich ist alles erstklassig, das weiß ich jetzt schon. Sie müssten die Lehre wohl online anbieten, stimmt's? Wir haben eigentlich die Regel, nur noch Präsenz- oder Hybridveranstaltungen zuzulassen."

„Ach. Stimmt ansonsten beides. Ich plane das Buch gemeinsam mit Professor Berenschik. Für ein Seminar steht die leider nicht zur Verfügung, sie hat gerade viel Privates zu organisieren. Und es stimmt auch, dass ich nur online lehren kann. Aber ich habe eine Idee. Könnte man nicht die Assistenten Eckels fragen, ob sie gemeinsam mit mir das Seminar anbieten mögen?"

Nach knappen zehn Sekunden Bedenkzeit meinte der Dekan:

„Frau Kubon-Gilke, das ist in der Tat eine sehr überlegenswerte Idee. Herr Arndt, der wissenschaftliche Mitarbeiter von Professor Eckel, hat die Hochschule allerdings bereits vor einiger Zeit verlassen. Frau Dr. Teufel hält die Stellung und kann Erfahrungen in qualifizierter Lehre noch gut gebrauchen. Vielleicht können Sie sie im Gegenzug als Mentorin etwas unterstützen? Sie arbeitet an ihrer Habilitationsschrift, und jetzt hat sie nach dem Tod von Frau Eckel keine Betreuerin mehr. Das Professorium hält viel von ihr, sie ist eine Kluge, aber wir haben alle derart viel zu tun, dass wir eine qualifizierte Betreuung einer weiteren Habilitandin kaum leisten können. Wir wollen sie aber auch nicht fallen lassen und ihr den Weg nicht verbauen."

„Von Frau Teufel habe ich schon mehrere positive Einschätzungen gehört. Ich kann mich gern mal mit ihr treffen. Falls sie Interesse hat, könnte das Seminar hybrid stattfinden, sie vor Ort, ich online. Und Mentorin? Liebend gern. Ich habe so etwas schon oft erfolgreich gemacht."

Dekan Neuhaus holte noch einmal sein routiniertes, aber auch gewinnendes Charmeur-Gesicht hervor und meinte:

„Das ist ein überaus reizendes Angebot zu unserer Unterstützung. Sie helfen uns wirklich sehr aus der Bredouille. Die Professoren – und die Professorin natürlich –, also wir danken Ihnen sehr dafür. Ich werde Frau Teufel gleich mal vorwarnen. Es ist übrigens sehr, sehr angenehm, mit Ihnen zu plaudern. Ich wünschte, Sie wären Mitglied der Fakultät, aber Sie sind ja leider schon Pensionärin."

„Danke für die Blumen. Ich fürchte aber, dass ich gegen Frau Eckel bei einer Bewerbung in jüngeren Jahren gar keine Chance gehabt hätte."

„Ach, wenn Sie wüssten. Wir haben uns manchmal gefragt, ob man nicht jemand anderes hätte berufen sollen. Prof. Eckel kam lange vor meiner Zeit an diese Uni. Ich hatte also leider keinen Einfluss darauf, dass sie zu uns VWLern nach Göttingen kam. Schade."

„Ach, warum denn, wenn ich fragen darf?"

„Ich denke, es ist kein Geheimnis, dass unsere Kollegin ein überaus schwieriger Mensch war. Leicht reizbar und nicht nur einmal cholerisch. Wir hatten sogar eine Beschwerde der Studierendenschaft. Sie ist wohl auch in Vorlesungen oft ausfallend geworden und hat Studenten – ich nenne nicht ohne Grund nur die männliche Form – beleidigt und bloßgestellt."

„Ja, davon habe ich gehört. Ein ehemaliger Hiwi des Lehrstuhls Eckel, Akilas Onyango, arbeitet privat für mich und meine Freundin. Er hilft bei Recherchen, der Literaturerfassung und soll sogar ein oder zwei Kapitel des Buches über Diskriminierung als Autor verfassen. Ein sehr begabter junger Mann. Akilas hat uns manchmal in aller Vorsicht auch davon berichtet, mit welchen Begriffen Frau Eckel um sich geworfen hat. Ich weiß auch, dass sie im Kreis der Studierenden Ekel genannt wurde."

Dekan Neuhaus sah man an, wie emotional er auf diese Worte reagierte.

„Ekel? Das war sie im wahrsten Sinn des Wortes. Sie können sich gar nicht vorstellen, was ich für eine Arbeit mit dieser Frau hatte und welcher Ärger andauernd durch sie entstand. Am schlimmsten war es kurze Zeit vor ihrem Tod. Ich bin Herausgeber unserer Arbeitspapiere. Diese Aufsätze müssen nicht perfekt sein, aber man muss zumindest Substanz und eine These dahinter erkennen können. Sie wissen das bestimmt von Ihrer Hochschule auch. Meistens winke ich alles durch, was die Kollegen einreichen. Eine größere Arbeit der Ekel musste ich jedoch ablehnen. Sie hatte zwar sehr originelle Ideen zum Thema Armut, vor allem ein unerwartetes Ergebnis, aber sie hat weder ihre Definition des Begriffs noch ihre Annahmen bei der Berechnung offengelegt. Weil man nicht wusste, wie sie Armut definiert und wie sie zum Ergebnis kam, dass die Armut in Niedersachsen nur 3% betragen soll, musste ich es ablehnen, ihren Beitrag in unsere Reihe aufzunehmen. Sie hätten sehen sollen, wie die Eckel ausgerastet ist. Sie hat mich angeschrien. Gemerkt habe ich mir aus der Schimpfkanonade: Dumpfbacke, Chauvi, Sexist, hässlicher Tölpel und makroökonomischer Dilettant. Es war noch mehr. Ich habe aber nicht mehr zugehört, weil sie mir während der Schreierei das ausgedruckte Exemplar ihres Aufsatzes aus den Händen riss und zerfetzte. Meine Sekretärin hatte schon Angst um mich und wollte mich retten. Sie war bereits vom Schreibtisch aufgestanden und auf dem Weg zu meinem Büro. Aber nach der Zerfetzungsaktion stürmte Frau Eckel aus meinem Büro, schmiss erst meine und dann die Sekretariatstür zu. Ich sage Ihnen, so etwa habe ich mein Lebtag noch nicht erlebt."

„Unglaublich, wirklich unglaublich. Wohl ein extrem schwieriger Charakter, diese Frau."

„Von Charakter würde ich bei ihr eher nicht reden."

„Oh, Ihr Ärger sitzt richtig tief, oder? Sagen Sie, haben Sie das Manuskript noch auf Ihrem Rechner? Ich habe mich in meinen Berufsjahren viel mit dem Armutsthema beschäftigt. Vielleicht kann ich das Paper retten, wenn ich Definition und Rechenmethode implizit erschließen kann und das am Anfang des Beitrages ergänze. Sie könnten dann eventuell das Paper noch posthum veröffentlichen und Professor Eckel so noch eine arbeitssparsame Ehre erweisen."

„Ehre? Welche Ehre? Aber Sie haben schon recht, die Etikette verlangt irgendeine Kleinigkeit zu Ihrem Gedenken. Das ist ein nettes Angebot, Frau Kubon-Gilke. Machen Sie das auch kostenlos? Für solche Arbeiten haben wir nämlich gar keinen Topf."

Dekan Neuhaus wurde wieder zu Prince Charming.

„Ach wissen Sie, ich habe Zeit als Rentnerin. Wissenschaftliches Arbeiten macht mir Spaß. Ich kann das gern anbieten."

„Wunderbar. Das Professorium wird zufrieden mit ihrem Dekan sein, dass er die Vakanz so gut füllen kann. Sie sehen es mir hoffentlich nach, dass wir nur Präsenz- oder Hybridveranstaltungen zulassen und sie sich mit Frau Teufel das Seminar teilen sollten."

Nach einer kleinen Pause fuhr er fort:

„Liebe Kollegin, meine Zeit wird jetzt leider knapp, aber es gibt noch allerhand zu besprechen. Darf ich Sie vielleicht einmal persönlich treffen? Ich würde Ihnen gern mehr erzählen zur Prüfungsordnung, zu den Semesterzeiten und vor allem zu Besonderheiten unserer Fakultät. Die Besonderheiten bespreche ich ungern online. Da Sie wohl leider nicht so mobil sind: Darf ich Sie vielleicht einmal besuchen? In den Semesterferien, am besten Mitte August?"

Sie machten tatsächlich einen Termin aus, und zwar am 18. August. Das war noch einige Zeit hin, und Gisela fragte sich, ob er wirklich kommen würde.

Ihr war die Zusammenarbeit mit Frau Teufel nur recht. Über die Assistentin erhoffte sie sich einen noch intimeren Einblick in den Lehrstuhl Eckel. Also schmeichelte sie nur noch dem Dekan, dass sie alle Regeln zur Präsenzlehre gut verstehen könne und sich auf die Zusammenarbeit mit Frau Dr. Teufel freue.

„Sehr schön, dann bleiben wir dabei, liebe Frau Kollegin. Den Aufsatz schicke ich Ihnen noch heute per E-Mail. Sie werden sofort verstehen, warum ich das Zeug nicht einmal als Arbeitspapier veröffentlichen konnte. Ich bin gespannt, ob Sie was daraus machen können. Bis zum 18. August."

Nachdem das Gespräch beendet war, wartete Gisela ungeduldig, alles den drei anderen Detektiven berichten zu können. Sie trafen sich erst wieder zum Abendessen. Zunächst drängelte sich allerdings Claus mit seinem ganz kurzen Baubericht vor („Heute kam niemand").

Dann endlich ergriff Gisela das Wort und berichtete von ihren Erfolgen. Ingeborg war ganz aus dem Häuschen.

„Meine Güte, das war eine Meisterleistung. Wir wissen jetzt, was die Ekel zur Furie werden ließ. Den blauen Fleck wegen ihrer Rempelei hatte ich lange genug als Erinnerung. Und Du bekommst das Paper. Wie hast Du das denn geschafft? Hast Du einen Avatar mit hübschem Antlitz reden lassen?"

„Sehr charmant, liebste Freundin. Meinst Du, eine alte Frau mit Falten kann kein nettes Gespräch mit einem attraktiven Mann mittleren Alters führen?"

„Schon gut, Gisela. Sollte ein Witz sein. Du hast wirklich viel erreicht. Und das gemeinsame Seminar mit Isabelle Teufel: hervorragend. Da bekommen wir viele Informationen über die Ekel. Glaube ich ganz bestimmt. Vielleicht weiß die ja was über diese Freundin Christa und deren frühen Tod. Oder über die Ehefrau. Und den Assistenten, den das Ekel gefeuert hat. Du musst aber inhaltlich extrem gut vorbereitet sein, sonst wird die Assistentin misstrauisch Und wer weiß? Die war wegen des furchtbaren Klimas am Lehrstuhl bestimmt auch schlecht auf die Eckel zu sprechen."

„Na, Du bist ja gut drauf, Ingeborg. Wer, wenn nicht ich, ist denn Expertin auf dem Gebiet? Du vielleicht noch. Aber sonst? Niemand weit und breit. Ich habe überhaupt keine Angst, dass mich Isabell Engelchen als inkompetent einschätzen könnte. Mensch, ich habe tolle Neuigkeiten für Euch, und Du kritisierst andauernd an mir herum. Und was soll Deine letzte Frage? Verdächtigst Du sie etwa? Wegen des Klimas an der Uni schlägt man doch niemanden tot."

„Meine Güte, sei doch nicht so empfindlich. Seit Du Deine diversen Krankheiten hast, bist Du ganz schön dünnhäutig geworden. Also ganz offiziell: Hast Du sehr gut gemacht. Hast Du den Artikel schon?"

„Moment, ich schaue mal. Passwort ist eingegeben - E-Mail-Konto geöffnet. Und Bingo! Voilà, ein Arbeitspapier von Professor Eckel. Ihr provokanter Titel: ‚Armut in Niedersachsen: Ideologisch definiert und überbewertet'. Morgen drucke ich es aus und gebe Dir ein Exemplar, Ingeborg. Wollt Ihr Jungs es auch lesen?"

Claus und Matthias verständigten sich stumm, dass sie zurzeit Wichtigeres zu tun hätten und verneinten.

„Also zwei Ausdrucke. Okay. Das ist auch eher etwas für uns. Ich bin ja gespannt, was sie da gerechnet haben will."

16

Am nächsten Morgen verschwanden Gisela und Ingeborg schon gegen 8.00 Uhr ins Arbeitszimmer. Sie lasen beide Petra Eckels Artikel über Armut in Niedersachsen, lachten und fluchten abwechselnd. Als sie nach etwa zwanzig Minuten fertig waren, konnte Gisela ihre Fassungslosigkeit nicht verbergen.

„Große Güte. Hast Du schon mal so einen tendenziösen und unseriösen Unsinn gelesen? Wie kann man sich trauen, einen solchen Artikel publizieren zu wollen?"

„Höchstens in einer Hausarbeit eines Erstsemesters kann man so etwas manchmal lesen. Das von einer Professorin! Hast Du verstanden, was die Ekel da rumgerechnet hat? Allein der erste Satz ist doch

Quatsch: ‚Wer einen Farbfernseher besitzt, kann nicht arm sein.' Oder der vierte und fünfte auf Seite 2: ‚Es gibt keine Armut, nicht in Deutschland, nicht in Niedersachsen. Alle sozialpolitischen Unterstützungsprogramme sind überdimensioniert und können gestrichen oder zumindest massiv gekürzt werden.' Was sollen uns diese Worte sagen? Sie will provozieren und medienwirksam auftreten. Im Papier selbst habe ich herausgelesen, dass sie wohl tatsächlichen Konsum oder teilweise potenziellen erfassen wollte. So ein Mischmasch eben, bei dem jeder Indikator in Frage gestellt werden kann. Ich kann aber nirgendwo erkennen, ob außer dem Besitz eines Farbfernsehers noch anderes abgefragt worden wäre. Woher soll man denn auch heute noch ein Schwarzweißgerät kriegen? Und was heißt überhaupt, dass sie eine große Datensammlung ausgewertet und eine umfangreiche Umfrage durchgeführt hätte? Keine Ahnung, ob sie Daten aus dem Sozioökonomischen Panel genommen hat oder nur drei Studenten oder nur ihren Schwager befragt hat."

Ingeborg warf Gisela einen leicht mitleidigen Blick zu:

„Und Du willst wirklich herausbekommen, wie die Eckel bei diesem Quatsch gearbeitet hat?"

„Ich bin fest entschlossen und hoffe auf Isabelle Teufel."

17

Gisela hatte Glück. Sie erreichte bereits am nächsten Morgen Isabelle Teufel telefonisch. Zu Giselas großer Freude fand Isabelle den Vorschlag eines gemeinsamen Seminars gut. Da sie gerade wegen des Todes der Chefin nicht viel zu tun hatte, versprach Isabelle Teufel, gleich am Nachmittag Gisela zu besuchen.

Gisela humpelte mit einer Gehhilfe zur Wohnungstür und fuhr mit dem Aufzug hinauf zur kleinen Wohnung Ingeborgs. Sie hörte ihren Mann schimpfen wie ein Rohrspatz. Matthias ergänzte ab und zu ein ‚genau'. Der Elektrikergehilfe, der den Zorn gerade abbekam, war sichtlich froh, als Gisela auftauchte und ihren Mann zu sprechen wünschte. Claus unterbrach nur ungern das Schimpfkanonaden-Gespräch, ging aber mit Gisela doch in eine ruhigere Ecke der Wohnung.

„Liebster, bitte, bitte, besorge mir ein paar frische Mohn- und Zimtschnecken."

„Wieso das denn? Ich habe hier zu tun. Das siehst und hörst Du doch. Drei Steckdosen sitzen schon falsch und zwei weitere fehlen. So eine Schlamperei."

„Ich bekomme um 15.00 Uhr Besuch von Dr. Isabelle Teufel. Ich möchte einen guten Eindruck bei ihr machen. Wegen des gemeinsamen Seminars."

„Mit Zimtschnecken? Da reichen doch bestimmt ein paar ältere Kekse aus unserem Bestand."

„Nee, es geht um einen guten Gesamteindruck. Und dazu gehört frisches Gebäck. Wenn ich könnte, würde ich selbst zum Bäcker gehen."

„Ich hole nichts. Ich werde hier gerade gebraucht. Frage doch Euren omnipräsenten Akilas, ob er für Dich einkaufen geht."

„Bist Du etwa eifersüchtig?"

„Blödsinn. Eher sehe ich die Euros von unserem Konto davonrollen, wenn ich ihn sehe. Ernsthaft: Kann er Euch nicht beim Seminar helfen? Diesen kleinen Betrag wird die Uni ja wohl zuschießen können."

„Ach bitte, geh doch schnell."

„Nein."

„Sturkopf. Wo ist denn Ingeborg?"

„Keine Ahnung."

Gisela drehte sich ohne ein weiteres Wort um und fuhr mit dem Aufzug zurück in die eigene Wohnung. Claus wusste, dass da abends noch was auf ihn zukommen würde. Gisela rief nach einiger Zeit der Verärgerung über ihren Mann tatsächlich Akilas an und erzählte von ihrer Bitte und ob er nicht bei dem Gespräch mit Frau Teufel dabei sein könne. Akilas konnte wie so oft nicht nein sagen und klingelte gegen 14.30 Uhr mit je drei Mohn-, Zimtschnecken und Croissants in einer großen Papiertüte. Fünfzehn Minuten lang rangelten Gisela und Akilas darum, wer die süßen Stücke bezahlen darf. Gisela brauchte all ihre Autorität, um zum Schluss Akilas das ausgelegte Geld zurückgeben zu dürfen. Der Kompromiss war, dass Akilas dafür das Kaffeekochen und Tischdecken übernahm.

Überpünktlich klingelte Frau Dr. Teufel unten an der Haustür und betrat zwei Minuten später schüchtern die Wohnung im ersten Stock. Erst als sie Akilas entdeckte, taute sie etwas auf.

„Akilas? Das freut mich aber. Nach dem Tod unserer Chefin habe ich Sie nur einige Male aus der Ferne gesehen. Es war gemein, nach dem Tod der Chefin gleich alle Hiwis zu entlassen."

„Ich freue mich auch, Sie mal wieder zu treffen. Sie waren die Netteste und Freundlichste am Lehrstuhl. Und die Klügste."

„Na, übertreiben Sie mal nicht, Akilas. Naja, an unserem Lehrstuhl hat es jedenfalls nicht viel gebraucht, um die Netteste zu sein."

„Stimmt aber auch für die gesamte Fakultät."

Akilas strahlte Isabelle an. Isabelle aber fiel zurück in ihre ängstlich-zurückhaltende Art. Es brauchte diverse Schnecken, ein Croissant und drei Becher Milchkaffee, bis sich die Stimmung lockerte. Isabelle hatte schon nach der Promotion und dem Tod ihres Doktorvaters viele Rückschläge und viel rücksichtsloses Verhalten von Vorgesetzten und anderen Professoren erlebt, was sie immer vorsichtiger werden ließ. Im Laufe der Besprechung des gemeinsamen Seminars merkte sie bald, dass auf gleicher Höhe gearbeitet wurde. Das war vertrauensbildend. Schnell wurden sie sich einig, wie die Arbeit für das Seminar aufgeteilt werden sollte, mit Gisela als derjenigen, die den größten Teil der Arbeit übernahm. Das kannte Isabelle gar nicht von ihrem Assistentenjob bei Prof. Eckel. Dort hatte sie die Arbeit gemacht, wurde aber nie als Mitveranstalterin benannt.

„Das ist aber sehr nett von Ihnen, Prof. Dr. Kubon-Gilke, dass Sie mich bei meinem kleinen Beitrag als Mitveranstalterin angeben."

„Ach, bitte nicht so förmlich, also ohne Titel, am besten nur Gisela. Akilas macht das schon länger. Und Ihr Arbeitsanteil ist substanziell. Akilas hat übrigens schon früher von Ihnen geschwärmt."

„Ich kann Sie doch nicht duzen. Fr. Eckel hat immer sehr auf Distanz geachtet. Und Sie sind schließlich auch Professorin."

„Also, das war bei mir nie so förmlich. Ich habe mich auch mit vielen aus der Verwaltung geduzt. Es wird doch an einem gemeinsamen Ziel gearbeitet."

18

So langsam nahmen die oberen Wohnungen wieder Gestalt an. Eigentlich musste nur noch tapeziert werden, wofür Matthias sich zuvor angeboten hatte. Jetzt hatte er es aber nicht mehr eilig. Die Eigentümer der oberen Wohnungen, Ingeborg und Matthias, hatten sich bei Gisela und Claus gemütlich eingerichtet. Claus gefiel das weniger, aber er kochte ohne Murren jeden Abend für vier Personen. So kam er auch jeden Abend auf das Thema Tapezieren zu sprechen. Matthias überhörte es. Zwischendrin lag noch Giselas Geburtstag Mitte August. Claus hatte noch keine Idee, welche Kleinigkeit er schenken könnte. Gisela war dagegen diesmal ungewöhnlich erwartungsfroh.

„Schätzelchen, ich würde gern ein bisschen größer feiern, nicht nur mit Dir."

„Muss das sein? Bin ich Dir nicht genug?"

„Wer weiß, wie lange es mich noch gibt. Ich möchte viele noch einmal in nettem Kreis sehen."

„Nun hör aber auf mit der Unkerei. Noch bist Du ganz schön munter."

„Ich würde aber trotzdem gern ein paar Leute einladen."

„Und ich soll backen und kochen?"

„Ja, bitte."

„An wie viele Personen hast Du denn gedacht?"

„Na, so etwa zwanzig bis dreißig."

„Nee, Veto. Maximal zehn Personen kann ich verköstigen. Und eine Catering-Firma kommt mir nicht ins Haus. Unsere Finanzen sind dank Akilas sowieso schon dramatisch geschrumpft."

Gisela schmollte, musste aber klein beigeben. Sie begnügte sich also mit Ingeborg, Matthias, Akilas, Claus natürlich, den drei Geschichtsstudis, mit denen sie vor einem Jahr einen Kriminalfall lösen konnten, dazu noch Stefan Neuhaus, Dekan der Volkswirte, und Dekan Auskamp von den Geschichtswissenschaften. Alle wurden mit einer hübschen Karte eingeladen, aber beide Dekane sagten ab, entschuldigten sich mit viel zu viel Arbeit. Claus meinte nur: „Das war doch zu erwarten. Als Du Dekanin warst, hattest Du auch nie Zeit."

„Na gut, sind wir halt nur zu acht. Was kochst Du denn?"

„Keine Ahnung, vielleicht ein Chili?"

„Ach nee, das hast Du schon öfter gemacht."

„Ha, da kommt mir eine Idee. Akilas wird unglücklich sein, dass er Dir wegen seines kleinen Etats kein großes Geschenk machen kann. Er mag Dich, glaube ich. Wie wäre es, wenn ich ihm vorschlage, dass wir gemeinsam nigerianisch kochen, das ist dann sein Geburtstagsgeschenk."

„Du, das wäre ein echter Knaller, wenn wir ein nigerianisches Gericht servieren könnten. Es klingt jedenfalls superinteressant. Hmm, aber hoffentlich schmeckt afrikanische Küche. Da habe ich keine Ahnung.

„Ach, es gibt doch sogar afrikanische Restaurants und auch Caterer mit solchen Sachen. Die haben guten Zulauf. Es wird also lecker sein. Akilas wird schon das Richtige aussuchen für ein mehrgängiges Menü. Vielleicht mit Käfern und Maden."

„Igittigitt, so etwas kommt mir nicht ins Haus."

„War ein Witz, es gibt bestimmt auch viel für den mitteleuropäischen Magen, keine Angst. Ob man in Nigeria irgendwo Maden isst, weiß ich gar nicht. Vielleicht ein typisches Vorurteil."

Claus kontaktierte Akilas. Letzterer war gleich Feuer und Flamme. Er wollte alle Zutaten besorgen. Claus brauchte wie immer viele Argumente, bis Akilas einverstanden war, dass beide die Kosten je zu 50% übernehmen. Akilas feilschte immer in die falsche Richtung. Kurze Zeit später schickte er einen Menüvorschlag:

Erdnusssuppe, Egusi, Jollofreis, Sukuma Na Nyama, Chin Chin, Shuku Shuku.

Claus konnte sich erst nur hinsichtlich der Suppe vage etwas vorstellen, alles andere war ihm völlig rätselhaft. Er war verblüfft, dass die Gerichte bei Chefkoch oder anderen Kochratgebern im Internet zu finden waren. Und er entdeckte beim Recherchieren sogar ein Kochbuch über nigerianische Küche in deutscher Sprache. Manches war ungewöhnlich, wie etwa Sukuma Na Nyama, eine Art sehr scharfes Gulasch mit Grünkohl, allerdings ein eher kenianischen Gericht, aber auch anderswo in Afrika beliebt. Anderes las sich fast mitteleuropäisch wie der Jollofreis, sehr scharf gekocht, unter anderem mit Chilischoten. Chin Chin entpuppte sich als süßer Snack, und zwar als gedrehte Mehlteig-Dreiecke, die frittiert und dann in Zucker gewälzt wurden. Egusi, so las Claus, war eine Art Stew, ein dicker Eintopf mit gemahlenen Wassermelonenkernen und Spinat. Shuku Shuku waren Kokosbällchen, ähnlich wie Kokosmakronen, nur mit Eigelb statt mit Eiweiß. Herausfordernd für die Köche, das alles zu zweit zuzubereiten. Claus hoffte inständig, dass Akilas gut kochen konnte und vor allem, dass er so etwas wie gemahlene Melonenkerne und andere Zutaten besorgen konnte. Alles las sich nach viel Handarbeit. So war aber immerhin schon einmal ein Geschenk für Gisela geritzt. Hoffentlich würde sie es überhaupt essen, denn einige Gerichte waren höllenscharf, andere dafür sehr süß.

Claus war trotz der Menüpläne unzufrieden. Er konnte seiner Frau doch nicht nur einen Kochanteil eines Menüs schenken. Für Akilas prima, aber doch nicht für ihn. Und er war schlecht in Geschenkideen. Er hatte Gisela nach Wünschen gefragt. Sie meinte aber nur:

„Ich brauche nichts. Du brauchst mir nichts schenken. Du selbst bist mir Geschenk genug."

Claus wusste aber nur zu gut, dass Gisela enttäuscht wäre, würde er nicht ein größeres Überraschungsgeschenk für die Gattin an ihrem Geburtstag herbeizaubern. Er war völlig ratlos.

Am nächsten Tag sprach Claus Matthias an:

„Sag mal, Matthias, ähm, Ihr seid doch oben bald fertig. Ein paar Innenarbeiten, dann ist alles so gut wie erledigt. Und weitaus billiger als bei den ersten unmöglichen Kalkulationen Faulbaums."

„Ja, schön. Und?"

„Na, wollt Ihr das nicht ein bisschen feiern?"

„Der Schampus wird dann bestimmt rechtzeitig kaltliegen. Klar doch, der wird begossen. Ihr könnt natürlich mitfeiern, denn dann seid Ihr uns als Dauergäste endlich los. Und, haha, habt uns bald unter Euch wieder."

Mit Verschwörermiene fuhr Matthias fort:

„Eine richtige Feier wird es etwas später geben. Ich habe Mitte September einen Termin beim Standesamt ausgemacht. Ingeborg weiß noch nichts davon, aber dann werden wir kurz danach heiraten, wenn alle Formalia erledigt sind."

„Naja, wenn Ihr meint. Sag es Ingeborg bloß bald, die wird sich sonst wegen Kleid usw. verrückt machen. Da wird sie selbst die Eckel vergessen, mit der sie uns andauernd nervt."

„Meinst Du?"

„Macht Ihr denn auch noch eine Hochzeitsreise?"

„Ich möchte schon, allein zur Erholung von der Schererei wegen der Wohnungen. Ingeborg nervt mich halt genau wie Euch immer wieder mit dem Eckel-Tod. Da kommt sie nicht weiter. Isabelle Teufel ist gegenüber Gisela immer noch zu verschlossen und vorsichtig, Akilas weiß nichts weiter und zur Fakultät hat Gisela auch noch keinen engen Kontakt. Ingeborgs Spürnase meint, dass mit dem Gutachten über Armut etwas nicht stimmt. Aber was soll das sein? Drittmittel akquiriert, nicht geliefert und ein unwissenschaftliches Arbeitspapier geschrieben, das nirgendwo erschienen ist. Ein Rohrkrepierer. So weit, so schlecht. Wen soll das stören außer Frau Eckel selbst? Ingeborg ist so unglücklich, weil es nicht vorangeht, dass sie vielleicht nicht verreisen will, damit sie mit uns als Detektivhelferlein endlich den Eckel-Fall lösen kann."

„Vielleicht eine kurze, aber exklusive Reise? Da verliert sie nicht viel Zeit. Vielleicht eine Woche in Italien. Oder macht doch eine kurze Kreuzfahrt."

„Aber Gisela muss doch zur Dialyse, wir können doch gar nicht gemeinsam auf Kreuzfahrt gehen."

„Wir? Wir gehen doch nicht auf Hochzeitsreise. Ihr beide verreist doch."

„Naja, Ihr habt uns so toll geholfen in letzter Zeit und wir durften wochenlang bei Euch wohnen. Da habe ich gedacht, wir vier Oldies machen gemeinsam Urlaub. Wir übernehmen die Kosten für eine oder einen von Euch, gern auch bei der Hochzeitsreise."

„Aber doch nicht bei der Hochzeitsreise. Die macht Ihr beiden mal schön allein."

„Schau doch mal. Wir bezahlen Deine Reise und Du bezahlst nur Giselas Anteil."

„Und die Dialysen? Das geht doch gar nicht."

„Es gibt sogar Kreuzfahrtschiffe mit Dialysemöglichkeit. Wusstest Du das nicht?"

„Echt?"

„Kreuzfahrt ist eine Superidee. Am besten maximal zehn Tage, die kann Ingeborg in ihrem Detektivwahn hoffentlich verkraften."

Claus sagte erst einmal nichts, dann kam ihm blitzartig eine Idee:

„Du meinst es wirklich ernst, dass Du die Hälfte unserer Kosten übernehmen willst?"

„Ja, habe ich doch gesagt."

„Prima, wir sind dabei. Dann schenkst Du mir eine Fahrt und die andere schenke ich Gisela. Das ist eine phantastische Geburtstagsüberraschung."

Claus grinste und dachte mit keiner Silbe mehr daran, dass Hochzeitsreisen eigentlich etwas für Paare sind. Und dass er Kreuzfahrten langweilig fand.

Gleich am Abend beichtete Matthias seiner Verlobten seine Hochzeitspläne. Zu seiner großen Überraschung fiel ihm Ingeborg beim Standesamtstermin nur um den Hals und schaute ihn verliebt an.

„Ach Matz, das ist so romantisch. Wir beide werden tatsächlich heiraten. Ich freue mich so. Und dann werden wir hoffentlich auch bald in der eigenen schönen Wohnung unten wohnen. Am besten schon vorher. Aber es schmerzt schon, von hier oben wegzuziehen. Es ist doch meine erste richtige Wohnung nach den Jahren in der Pension."

„Ach, ich freue mich nur. Nur das Schleppen der Möbel und der gefühlt tausend Bücherkisten, da habe ich Angst um meinen alten Rücken. Aber dann wird es einfach schön mit Dir als Ehefrau. Äh, Ingelein, hmm..."

„Wenn Du Ingelein sagst, willst Du was von mir. Bestimmt was Unangenehmes."

„Also ja und nein. Unangenehm jedenfalls nicht. Ich möchte gern nach der Trauung ziemlich bald eine Hochzeitsreise machen."

„Das ist nett, aber gleich nach der Trauung? Können wir doch später machen, wenn wir die neue Wohnung schön eingerichtet haben."

„Später ist der Markt doch verlaufen. Hochzeitsreise gehört direkt zur Hochzeit dazu. Ich sage mal, höchstens zwei Wochen später. Ich habe mir überlegt, dass eine kurze, aber sehr exklusive Reise genau richtig ist. An die Reise werden wir auch im hohen Alter gern zurückdenken."

„Wenn ich im hohen Alter überhaupt noch denken kann."

„Lenk' nicht ab, Ingelein. Könntest Du Dich damit anfreunden?"

„Eine echt exklusive Reise? Was richtig Schickes mit Bedienung von vorn bis hinten? Können wir uns das überhaupt leisten?"

„Keine Angst. Dank der Planänderung haben wir statt Umbau nur die Renovierung zu zahlen. Wir sind im unteren fünfstelligen Bereich geblieben. Es ist noch genug vom gemeinsamen Vermögen vorhanden. Du hast wohl in letzter Zeit nie auf die Kontoauszüge geschaut vor lauter Buch und Eckel."

„Hört sich an, als ob ich schon jetzt Vorfreude empfinde. Ja, wir machen eine kleine Reise, liebster Matz."

„Darf ich Dich mit Ziel und Transportmittel überraschen?"

„Aha, Kreuzfahrt."

Matthias war verblüfft.

„Woher weißt Du das?"

„Na, Auto fährst Du nicht gern. Und bei der Bahn würdest Du nicht von der Wahl des Transportmittels sprechen. Wenn es weit weg ginge, würdest Du auch vom Flugzeug nicht so reden. Schlussfolgerung: Schiff. Und wenn edel, dann eben Kreuzfahrt. Einfache Deduktion."

„Ach, meine kleine Detektivin."

Matthias umarmte Ingeborg und flüsterte:

„Du, Ingelein, ähm…"

„Aha, noch eine Kröte."

„Na hör' mal. Eine Kreuzfahrt ist doch keine Kröte. Nein, es geht um folgende Überlegung. Wir durften jetzt so lang bei Gisela und Claus wohnen. Und Claus hat uns so sehr beim Renovieren geholfen und die ganze Zeit für uns gekocht. Ohne ihn könnten wir uns keine Kreuzfahrt leisten."

„Stimmt, und?"

„Ich dachte mir, wir könnten Claus zum Dank eine Reise schenken."

„Du meinst nicht etwa eine Reise mit uns auf dem Kreuzfahrtschiff?"

„Ach Inge, warum weißt Du immer alles gleich?"

„Nee, das geht gar nicht. Claus wird Gisela niemals über eine Woche allein lassen."

„Und wenn Gisela auch mitkommt?"

„Du willst beide einladen? Und was ist mit der Dialyse?"

„Ich habe schon mal geschaut. Es gibt Schiffe mit Dialysemöglichkeiten. Ich habe ganz unverbindlich schon mal mit Claus gesprochen, er würde Gisela die Reise gern zum Geburtstag schenken."

„Und was macht sie die ganze Zeit? Die Ausflüge wird sie mit Rollator wohl nicht mitmachen. Selbst wenn das im Prinzip möglich wäre. Dann sitzt sie entweder auf dem Schiff herum oder geht zur Dialyse. Das ist doch langweilig. Und Claus möchte bestimmt Ausflüge machen."

„Oh, daran habe ich überhaupt nicht gedacht. Dann geht das alles wohl doch nicht."

„Allein könnten wir beide natürlich immer fahren. Das ginge problemlos. Und eben ein anderes Geschenk an Claus. Obwohl – da kommt mir eine Idee. Weißt Du was? Wir brauchen noch einen Gesellschafter für Gisela."

„Noch jemand soll mitkommen? Woher zaubern wir denn einen Gesellschafter? Und wer bezahlt den?"

„Gisela fasst nicht so schnell Vertrauen. Jemand Fremdes können wir nicht nehmen. Isabelle Teufel ginge, dann könnten sie Ihrem Seminar den letzten Schliff geben. Aber die muss zu der Zeit schon für die Uni aktiv sein. Nee, noch besser: Akilas wird Gesellschafter. Dann können die beiden, also Gisela und er, am Lehrbuch schreiben und ich kann vielleicht auch mal dazukommen. Oder die beiden gehen in eine der Bars. Oder sie spielen eins der vielen Gesellschaftsspiele an Bord."

„Ihr und Euer Akilas. Welche Rollen soll der denn noch übernehmen? Hiwi und Buchautor ist er schon. Jetzt noch Gesellschafter. Willst Du ihn vielleicht noch adoptieren? Oder will Dir Gisela zuvorkommen?"

„Unsinn. Wir Frauen möchten ihn fördern. Er ist intelligent und hatte in Deutschland schon so viele schlechte Erfahrungen. Das wollen wir kompensieren."

„Mit einer geschenkten Kreuzfahrt?"

„Ach, hör auf. Er ist genau richtig für Gisela. Er kennt Ihre Interessen, er arbeitet am selben Projekt wie sie. Und er ist Gisela sympathisch."

„Heißt das, dass Du einer Hochzeitsreise mit fünf Personen zustimmst?"

„Ja, warum nicht. So ein Schiff ist groß. Wir müssen ja nicht alles gemeinsam machen. Claus kann auch mal einen Ausflug allein machen. Gisela und Akilas werden auch froh und munter sein. Ich sehe das ganz pragmatisch. Deine Geschenkidee an Claus ist super, die drei anderen stören uns in unserer Hochzeitsreisenromantik überhaupt nicht."

„Darf ich Dich wenigstens mit dem Ziel überraschen?"

„Aber nur, wenn es nicht in kalte Regionen geht."

„Klar doch, mein Fröstelchen. Das sage ich Dir, nur jetzt noch nicht. Danke, dass Du meine Pläne unterstützt, Du bist einfach die Beste."

Der Rest war Knutscherei.

Gleich am nächsten Morgen berichtete Matthias Claus von seinem Gespräch mit Ingeborg. Claus war etwas perplex.

„Schon wieder Akilas. Muss das sein? Nichts gegen den jungen Mann, aber gefühlt wohnt er schon hier, so oft ist er bei uns."

„Gönnst Du Gisela keine gepflegten, wissenschaftlich anspruchsvollen Gespräche?"

„Meinst Du, die hat sie nicht mit mir?"

„Na, manchmal vielleicht. Aber schau mal, Du möchtest doch auch Ausflüge machen. Und Akilas kann während Deiner Abwesenheiten Gisela unterhalten und ihr auch helfen bei den Wegen auf dem Schiff."

„Nun denn, dann suchen wir uns mal eine Reise im Internet."

„Brauchen wir nicht. Ich habe in einem Prospekt schon was Tolles gefunden. Ingeborg wird das auch gefallen. Sie hat die Reise als eine ihrer Traumreisen angekreuzt. Und immer wieder in letzter Zeit davon angefangen, was für eine unglaublich tolle Reise das sei. Es geht mit der Vasco da Gama durch das östliche Mittelmeer, Abfahrt Piräus und Ziel Heraklion auf Kreta, acht Tage ab Mitte Oktober mit Stopps in Griechenland, Zypern, Alexandria in Ägypten und Kreta. Und genau dieses Schiff ermöglicht Dialysen an Bord."

Sofort suchten sie nach freien Zimmern. Das Schiff war zwar bereits gut belegt, aber Matthias hatte eine Suite für Ingeborg und sich gebucht, eine Balkonkabine für Gisela und Claus vorreserviert, was nur noch bestätigt werden musste. Beim Zimmer für Akilas zögerten sie. Erst wollten sie eine Innenkabine buchen, aber dann meinte Claus:

„Hmm, das wirkt aber blöd. So, als ob wir einen persönlichen Diener dabeihätten. Eine Außenkabine sollte es wohl schon sein."

Sie suchten, fanden aber nur noch eine freie Balkonkabine, zufällig neben der von Claus und Gisela – wohl aus einer Stornierung. Die zusammengerechneten Kosten der Reisen inklusive Flugpaketen, Internet, vorgebuchten Ausflügen und Getränkepaketen waren happig, die geteilten Kosten lasen sich auch nur leicht besser. Nach dem Motto ‚Hochzeit ist nur einmal' buchten sie alles, was noch nicht bestätigt oder gebucht war. Akilas hatten sie noch nicht eingeweiht. Daran hatten sie mit keiner Silbe gedacht.

19

An Giselas Geburtstag kam Akilas bereits gegen Mittag. Er hatte einen Rucksack und zwei große Taschen mit Zutaten für das abendliche Mahl dabei. Der voluminöse Grünkohl nahm eine der Taschen vollständig ein. Claus beschränkte sich beim Kochen auf reine Hilfsarbeiten wie die Navigation in der Küche, also Akilas zu informieren, was wo zu finden war. Ansonsten wirbelte der Freund in der Küche auf allen Arbeitsplatten gleichzeitig. Ofen und Herd waren im Dauerbetrieb.

Gegen 18.00 Uhr trudelten die weiteren Gäste ein. Die drei Geschichtsstudis, die Matthias' Reihenhaus gemietet hatten, brachten Gisela einen dicken Wälzer zur Geschichte des Kolonialismus mit. Gisela bedankte sich überschwänglich bei den drei jungen Freunden. In Gedanken veränderte sie gerade noch einmal die Gliederung ihres Lehrbuchs, um diese schlimmen Formen der Diskriminierung in den verschiedenen Kolonien in einem eigenen Kapitel anzusprechen. Wie war es möglich, dass sich solche Narrative durch Zuschreibungen weniger Attribute des vermeintlich Minderwertigen in den Köpfen der Europäer festsetzen konnten? Und wie konnte es sein, dass man die sogenannten ‚Anderen' z.T. rücksichtslos bekämpfte oder gar vernichtete. Das war eine extreme Folge der ‚Veranderung'. Furchtbar, ganz furchtbar. Hatte in dem riesigen Kontinent Afrika in einigen Landstrichen bis hin zum Genozid geführt. In anderen Kontinenten gab es ähnliche Erfahrungen, wenn Mitgliedern verschiedener Gruppen einfach das Menschsein abgesprochen wurde.

Nach diesen Gedanken widmete sich Gisela den weiteren Gästen. Akilas war in der Küche mit den letzten Handgriffen für das Essen beschäftigt. Ingeborg und Matthias schenkten Gisela auch ein Buch, und zwar ein Reiseführer über Griechenland und die griechischen Inseln. Gisela war etwas verwundert.

„Ah, interessant. Zum Nachlesen, wo ich vor 30 Jahren schon mal war, also zumindest in Griechenland waren wir mal. In Athen. Ach ja, und auf Kreta. Danke, Ihr beiden."

Gisela sah danach Ihren Mann erwartungsvoll an. Claus meinte nur:

„Ich schenke Dir das Mitkochen heute. Weißt Du ja. Akilas macht noch irgendetwas fertig, ich glaube, es sind Maden. Sehen ganz appetitlich aus. Ich durfte schon gehen. In ein paar Minuten können wir mit dem Essen starten."

„Hmm, danke. Sehr nett, die Kocherei."

Das Thema ignorierte sie, es überwog die Enttäuschung, dass Claus kein Geschenk für sie hatte. Claus feixte innerlich, was er nach dem Essen noch als Überraschung präsentieren wollte.

Als Akilas und Claus alles auftrugen, platzierte Claus den Teller mit den Maden mitten auf dem Tisch.

„Wer möchte, kann sich einige in die Suppe tun."

Die drei Geschichtsstudenten wollten unter Giselas ungläubigem Blick schon zugreifen, als Claus gestand, dass die vermeintlichen Maden aus gefärbtem Nudelteig bestanden.

„Greift nur alle zu, Nudeln mögt Ihr doch."

Der Scherz kam an.

Das mehrgängige Menü schmeckte allen, vieles ähnelte sogar der europäischen Küche. Nur beim Grünkohl im Gulasch wurde von den meisten Gästen eher zögerlich zugegriffen. Dafür erntete Akilas viel Lob z.B. für den scharfen Jollofreis und die süßen Köstlichkeiten. Nach dem Essen hingen alle übersatt und ermattet auf ihren Stühlen. Die drei Geschichtsstudis verabschiedeten sich mit großem Dank an den Koch. Nun holte Claus zwei Umschläge hervor.

„Liebste Gattin, natürlich habe ich noch zwei Kleinigkeiten. Im ersten Umschlag findest Du eine Fabel von mir über einen schlauen, kleinen Hasen, der mit intelligenter Beobachtung eine ökonomische Theorie der Natur verfasste, mit der er sogar Nobelpreisträger wurde."

Gisela öffnete den Umschlag und las die Geschichte.

„Wundervoll, mein Schatz. Das ist eine so rührende Geschichte mit Happyend. Dass Du das so poetisch und warmherzig geschrieben hast, das ist so lieb. Und das ist wirklich von Dir?"

„Ja, nur für Dich." Er erwähnte nicht, dass er KI zur Hilfe genommen hatte und die Fabel so in weniger als einer Minute fertig gewesen war.

Nun überreichte er Gisela den zweiten Umschlag.

„Noch eine Geschichte?"

„Öffne einfach den Umschlag und lasse Dich überraschen."

Gisela war so perplex, dass sie sich erst fassen musste. Es dauerte fast eine Minute, bevor sie wieder sprechen konnte.

„Eine Kreuzfahrt mit Dialyse Mitte Oktober? Für mich allein?"

„Nein, natürlich fahre ich mit. Auch Matthias und Ingeborg sind dabei. Das ist übrigens ihre Hochzeitsreise."

„Oh, wie schön, jetzt heiratet ihr endlich. Aber Hochzeitsreise zu viert ist schon etwas komisch, oder?"

„Ach was. Matthias und Ingeborg haben es sogar vorgeschlagen. Meine Reise schenken sie mir wegen meiner Hilfe beim Renovieren. Und wir sind übrigens nicht zu viert, sondern zu fünft."

„Ja klar, Leopold kommt mit."

„Nein, ich meine nicht den Stofflöwen. Der ist ja sowieso immer dabei. Lupa natürlich auch. Nr. 5 unserer Reisegruppe wird Akilas sein. Alles schon gebucht."

Akilas war erst einmal sprachlos und lehnte spontan ab. Gisela schaute noch einmal auf das Datum. Sie meinte emotionslos:

„Ich kann wohl leider nicht mit. Akilas auch nicht. Da fangen die Lehrveranstaltungen nämlich an. Mein Seminar geht los, Akilas hat sogar acht Vorlesungen und zwei Seminare pro Woche. Das wird zumindest schwierig."

Akilas fand wieder Worte und mischte sich ein:

„Also hört mal. Ihr könnt so etwas doch nicht einfach so buchen, ohne mich zu fragen. Ich kann mir keinesfalls eine Kreuzfahrt leisten. Und Anfang des Semesters kann ich schon gar nicht fehlen."

Gisela wollte es Akilas leicht machen:

„Schau mal Akilas, ich wurde doch auch überrumpelt vom Geschenk. Die Zeit im Oktober ist blöd, aber das bekommen wir schon irgendwie hin. Mit Dir würde mir die Reise wirklich sehr gut gefallen. Sie hätten Dich nur früher fragen können, das gebe ich zu."

Claus seufzte und wandte sich ebenfalls an Akilas:

„Wir wollten Dich halt überraschen. Natürlich sollst Du die Reise nicht bezahlen. Wir alle laden Dich zu dieser Reise ein. Balkonkabine neben unserer. An den Start der Vorlesungen haben wir schon gedacht. Wir haben Isabelle Teufel kontaktiert und ihr von der Kreuzfahrt erzählt. Sie ist bereit, das Seminar allein zu starten. Und Akilas, Du kannst doch die erste Woche bestimmt einfach schwänzen."

„Kann ich nicht. Es fällt auf, wenn ich nicht da bin. Bei allen anderen merkt niemand ein Fehlen, bei mir schon. Ich bin fast immer der einzige Schwarze im Hörsaal. Das bedeutet, dass ich immer unter Beobachtung stehe."

Ingeborg mischte sich ein.

„Ich schreibe alle Profs an und frage sie an, ob sie einverstanden sind, dass Du erst in der zweiten Vorlesungswoche in die Veranstaltungen kommst. Wenn ich das mache, dann wird das kein Problem werden. Da bin ich völlig sicher."

„Wieso soll ich denn unbedingt mit? Welcher Hintergedanken ist dabei?"

Ingeborg druckste herum und beichtete:

„Ach Akilas, bitte verzeih uns. Wir haben uns nicht so recht getraut, Dir von unseren Plänen zu erzählen. Wir wollten Claus für seine große Hilfe beim Umbau gern eine Reise schenken. Ohne Gisela fährt er aber nicht und da haben wir lange was Passendes gesucht. Matthias hat eine Reise mit einem Kreuzfahrtschiff gefunden, das Dialysen anbietet. Erst hatte er nur nicht daran gedacht, dass Gisela die Ausflüge wohl nicht mitmachen kann. Nur vom Balkon aufs Meer starren und mit dem Rollator auf dem Schiff herumlaufen, das wird auf Dauer langweilig. Und den halben Tag essen und Cocktails schlürfen, das ist nun wirklich nicht ihre Art, meistens jedenfalls nicht. Naja, und da haben wir gedacht, wir laden Dich ein. Magst Du auf der Reise eventuell öfter mal Gisela Gesellschaft leisten? Vielleicht könnt Ihr auch ein Buchkapitelchen schreiben. Wenn ich mal keine Lust auf einen Ausflug habe, dann bin ich auch beim Formulieren dabei. Aber bitte, Akilas. Fühle Dich nicht zu irgendwas verpflichtet. Du musst selbstverständlich das Geschenk nicht annehmen. Aber es wäre für uns alle so richtig schön. Wir kümmern uns auch um Visa für Dich, damit Du mal von Bord gehen darfst und abseits der Gruppentouren unterwegs sein kannst."

Akilas überlegte. Er mochte Gisela, aber so ein großes Geschenk gegen eine aus seiner Sicht geringe Gegengabe widersprach seinem Gerechtigkeitsgefühl. Er sah Gisela an:

„Magst Du so eine Reise überhaupt?"

„Naja, es ist ein Geschenk meines Mannes. Das ist toll. Und ich kann bestimmt erst nach dem Abendessen zur Dialyse gehen. Hoffe ich jedenfalls. Dann habe ich den ganzen Tag frei. Nur allein auf dem Schiff zu sein, das ist bestimmt öde. Und ob man jemanden Nettes kennenlernt, der oder die ebenso immobil ist wie ich, das glaube ich nicht so recht. Akilas, Du wärst natürlich perfekt als mein Begleiter. Wenn Du mal etwas anderes unternehmen möchtest, wäre das natürlich auch okay. Du sollst Dich völlig frei entscheiden. Du kannst gern mal einen interessanten Ausflug unternehmen. Über etwas Gesellschaft ab und zu, wenn alle anderen unterwegs sind, wäre ich aber sehr glücklich. Wir beiden könnten uns mit der griechischen Kultur beschäftigen. Dazu gibt es sicher Vorträge. Oder wir schreiben alternativ an unserem Buch."

Akilas erbat sich Bedenkzeit. Das Geschenkangebot kam ihm zu plötzlich. Er musste darüber nachdenken. Unter anderem, ob das wirklich nicht sein Studium beeinträchtigte. Und konnte er so etwas überhaupt annehmen? Es kam ihm zudem manchmal vor, als behandelten Ingeborg und die anderen drei ihn als ihren kleinen Jungen. Auch eine Form der Diskriminierung, über seinen Kopf hinweg zu entscheiden. Es war aus seiner Sicht ambivalent, meistens fühlte er sich schon als gleichberechtigt.

Akilas hatte mit den drei Geschichtsstudis auf der Geburtstagsfeier die Adressen getauscht. Er rief Hanna an und berichtete offen über seine Entscheidungsnot.

„Ach, weißt Du Akilas. Das verstehe ich. Uns ging es manchmal auch so. Ingeborg kann dominant sein. Bei unserem Detektiv-Fall hat sie uns ganz schön eingespannt und herumgescheucht. Da kamen wir uns auch manchmal wie Angestellte oder Kinder vor, weil sie in ihrem Elan über unsere Köpfe hinweg bestimmte. Aber so ist sie halt. Bei unserem Privatunterricht hat sie dagegen all unsere Argumente ernst genommen. Unsere Essen bei Claus waren immer großartig. Da haben wir alle ganz frei und freundschaftlich auch private Dinge von uns erzählt. Und großzügig sind sie alle vier. Unsere Miete etwa ist auch eine Art Geschenk. Matthias könnte für das Reihenhaus viel mehr nehmen. Da ist nichts Überhebliches dabei."

„Meinst Du wirklich, Hanna?"

„Glaubst Du etwa, dass es bei Dir etwas anderes ist wegen Deiner Hautfarbe? Da kann ich Dich wirklich beruhigen. Sie vertrauen Dir und möchten Dir das Studium erleichtern. Und sie arbeiten gern mit Dir zusammen und bewundern Dich, weil Du so schlau bist und so gut Deutsch sprichst. Ingeborg schwärmte richtig von Dir, als ich sie fragte, was Du studierst. Mein Rat: fahre mit. Denke dran, dass es für Gisela sonst bestimmt kein schöner Urlaub wird. Manchmal glaube ich, dass Personen, die häufig diskriminiert werden, ein Grundmisstrauen entwickeln und selbst bei Freundlichkeit Hintergedanken vermuten."

Akilas brauchte trotz der Ermunterung noch zwei Tage, dann hatte er sich entschieden, Er kam bei Gisela und Ingeborg vorbei. Diesmal klingelte er an der Wohnung im ersten Stock. Claus öffnete die Tür.

„Hallo Aki, schon so früh dran heute?"

„Aki?"

„Ja, einfach abgekürzt. Magst Du das nicht?"

„Das ist doch höchstens was für die Familie oder Freunde. Als Freund sehe ich mich aber nicht. Dann dürfte ich kein Geld für Hiwi-Arbeiten nehmen."

„Sei doch nicht so streng. Wir duzen uns, Du hast schon Karten mit uns gespielt, Du hast für Gisela gekocht und mit uns Geburtstag gefeiert. Sieh es als Freundschaft mit ein paar Besonderheiten. Darf ich nicht Aki sagen?"

Innerlich freute sich Akilas, dass Claus das so sah. Claus hatte sich zuvor ihm gegenüber meistens etwas kühl verhalten. Deshalb antwortete er:

„Okay, dann sage Aki. Es ist in Nigeria zumindest kein Schimpfname. Ich bin aber eigentlich wegen was anderem gekommen, was Euch beide angeht. Wo ist denn Gisela?"

„In der Küche. Zeitung lesen. Sie wird gleich kommen, denn sie hat Deine Stimme bestimmt schon erkannt. In dem Moment kann Gisela bereits langsam um die Ecke geschoben. Akilas ergriff sofort das Wort:

„Ich wollte Euch nur sagen, dass Ich Euer Geschenk annehme und mit auf die Kreuzfahrt gehe." Er machte eine Verbeugung vor Gisela und sagte:

„Es ist mir eine Ehre, Sie als Gesellschafter auf der Reise begleiten zu dürfen, gnädige Frau."

Gisela kam mit ihrem Rollator näher, ließ ihn los und umarmte den perplexen Akilas freundschaftlich.

Claus beschwerte sich: „Und wer umarmt mich?"

Gisela ignorierte diese Frage.

„Oh, Akilas, Du ahnst gar nicht, wie sehr ich mich freue. Wir fünf werden bestimmt viel Spaß haben. Ich werde sofort den PC anwerfen und einen Tisch reservieren, damit wir auf dem Schiff immer alle gemeinsam beim Abendessen sind." Gisela wandte sich um und umarmte nun auch den Gatten, diesmal mit sehr zärtlichem Blick:

„Ach, mein Schatz. Noch einmal ganz, ganz lieben Dank für das jetzt richtig wundervolle Geschenk für mich. Ich war etwas skeptisch, ob ich mir das alles zutraue mit der großen Reise. Aber mit Dir, mein Schatz, und mit Akilas: Oh, das wird prächtig. Aber, ach, wir haben noch was vergessen! Garderobe!"

„Ich kaufe nichts Neues. Mein Anzug muss reichen. Und Du hast auch noch genug schicke Sachen. Sage ich mal."

„Ich meine gar nicht uns. Ich meine Akilas. Bislang kennen wir Dich, Akilas, nur mit eher sportlicher oder bequemer Kleidung. Bei den Abendessen wird aber elegante Garderobe erwartet."

„Keine Sorge, ich werde Euch schon nicht blamieren."

„Besitzt Du tatsächlich einen Anzug?"

Akilas grinste über beide Ohren und meinte nur noch:

„Man kann auch anders als mit einem Anzug elegant sein. Aber noch eine Frage, Gisela. Kommt morgen der Dekan zu Dir? Könntest Du ihn vielleicht mal fragen, ob es bald wirklich neue Hiwi-Stellen gibt?"

Ingeborg schloss sich der Frage an:

„Stimmt, kommt Neuhaus schon morgen?"

„Ja, warum?"

„Es wäre gut, wenn wir den im Blick behielten in seinem Privatkrieg mit der Eckel."

„Ich glaube, der ist nur schön und charmant. Beileibe kein Mörder. Akilas: Ist okay, ich werde die Sprache darauf bringen."

Ingeborg blieb beim Thema:

„Na, dann schwärme ihn mal ordentlich was von der Reise vor, damit er akzeptiert, dass Du bei der ersten Sitzung in der Vorlesungszeit fehlst."

„Meinst Du?"

„Ja, bestimmt. Du musst ihn Dir gewogen halten. Das wird funktionieren, wenn Du ihn fast neidisch auf die Reise machst. Die Kreuzfahrt wird er Dir gönnen und kein Problem machen."

„Mal schauen, ob er überhaupt kommt. Abgesagt hat er nicht. Ich bin richtig etwas aufgeregt."

20

Drei Tage nach Giselas Geburtstag kam Stefan Neuhaus, Dekan der Volkswirte, tatsächlich zu Besuch. Sie war fast sprachlos, dass er den Termin einhielt. Gisela war keine Freundin von Schnittblumen, ermordete Blumen aus ihrer Sicht, freute sich aber dennoch über den fulminanten Strauß des Dekans. Sie tranken Kaffee, Claus hatte eine wundervolle Zitronensahne-Biskuitrolle zubereitet, alles war schön. Dekan und Gisela plauderten angeregt über die Uni, über den Lehrstuhl Eckel, über eigene Arbeitspapiere, über Formalia. Zwischendurch erkundigte sich Gisela nach dem Assistenten Petra Eckels, der nicht mehr an der Uni war. Und sie fragte nach Hiwi-Stellen, bei denen der Dekan aber nur wusste, dass demnächst ein Dekanats-Hiwi gesucht werden sollte. Alles andere wären interne Lehrstuhlangelegenheiten.

„Der Lehrstuhl ist fast verwaist. Nur noch Frau Teufel ist übriggeblieben. Es ist kein Geheimnis: Frau Eckel hat ihren Mitarbeiter, Simon Arndt, kurze Zeit vor ihrem Tod fristlos entlassen. Also die Uni, nicht sie selbst. Er hat getrunken und war wenig zuverlässig. Das reichte. Was meinen Sie, was das für ein Geschrei der beiden war, als sie ihm mitteilte, mit ihm nichts mehr zu tun haben zu wollen. Ach, ehrlich gesagt, es ist ambivalent, dass Frau Eckel nicht mehr bei uns ist. Meine Trauer hält sich in Grenzen."

„Harte Worte. So schlimm?“

„Schlimmer! Sie konnte einen wahnsinnig machen mit ihren ständigen Ausfällen und hinterhältigen Attacken.“

„Sie brauchen Urlaub, wie mir scheint. Wenn Sie das alles so mitnimmt, Sie Armer. Das tut mir so leid. Können Sie vor dem Semester nicht noch einmal ausspannen?“

„Was denken Sie nur? Anfang Oktober gehen die Sitzungen los. Und ich muss sie leiten. Das ist noch grässlicher. Ich kann die Pappnasen bald nicht mehr sehen.“

„Nana, nehmen Sie am besten noch eine Scheibe von der Biskuitrolle. Das beruhigt. Ich werde mich vor dem Semester noch einmal erholen. Mein Mann hat mir eine Kreuzfahrt mit Dialyse geschenkt. Ab Mitte Oktober. Frau Teufel fängt das gemeinsame Seminar allein an. Ach, ich freue mich so: acht Tage östliches Mittelmeer mit der Vasco da Gama.“

„Ja, das ist ein Traum. Die Wärme, das Essen, die Kultur. Das wäre mir auch lieber als die Sitzungen, bei denen nichts rauskommt.“

„Schwänzen Sie nach den Sitzungen doch einfach die erste Vorlesungswoche. Mein früherer Chef, der mich promoviert hat, hat auch immer erst in der zweiten Woche angefangen. Moment, ich drucke Ihnen den Reiseverlauf und die Preisliste mal kurz aus. Es ist nämlich ein Schnäppchen.“

Beim Plaudern wurde Stefan Neuhaus immer entspannter und immer charmanter. Gisela konnte es kaum glauben. Aber es schien tatsächlich so, als unterhalte er sich gern mit ihr. Über zweieinhalb Stunden blieb er, um sich letztlich mit der Entschuldigung einer Videobesprechung zu verabschieden. Als Gisela das später Ingeborg erzählte, konnte sie es nicht glauben.

„Der wollte Dich bestimmt testen, ob Du von der Materie Deines Seminars wirklich alles gut verstehst. Der hat andere Damen, mit denen er sich charmant unterhält.“

„Nein, meine Liebe, das Inhaltliche haben wir schnell besprochen. Danach haben wir über Gott und die Welt geplaudert. Ein ausgesprochen angenehmer und wortgewandter Mann. Und er sieht echt gut aus. So ein George-Clooney-Typ. George Clooney vor vielleicht fünfzehn Jahren. Eins war aber schon auffällig. Beim Thema Petra

Eckel ist er etwas außer Kontrolle geraten. Seine Rede wurde richtig hasserfüllt, als die Sprache auf sie kam."

„Meinst Du, dass er zu den Verdächtigen zählt?"

„Ich weiß nicht recht. Er hat was mit Annette, da bin ich mir sicher. Vielleicht wollte die Eckel ihn erpressen. Aber eigentlich ist er zu nett und besonnen, um die Eckel zu erschlagen. Nette Männer schlagen niemanden tot."

„Meine Güte, hast Du Dich verliebt? Wir sollten ihn jedenfalls weiter im Auge behalten. Jetzt gerade, wo er Dich so umgarnt hat."

21

An einem sonnigen Tag Mitte September begaben sich Ingeborg und Matthias zu dem hässlichen Betonhochhaus namens ‚Neues Rathaus' am Hiroshimaplatz in Göttingen, um die Eheschließung anzumelden. Termin hatten sie um 10.15 Uhr, eine Viertelstunde vorher betraten sie das Gebäude. Am 29. September sollte die Hochzeit stattfinden. Dieser Termin war auch nicht zu weit vom Beginn der Hochzeitsreise entfernt.

Die beiden Ehewilligen mussten etwas herumlaufen und suchen, bis sie die richtige Tür in dem Funktionsbau des Neuen Rathauses gefunden hatten. Pünktlich zu Ihrem Termin standen sie im richtigen Stock vor der richtigen Tür. Nach dem Klopfen ertönte kein ‚Herein'. Die Tür war aber nicht verschlossen. Vorsichtig öffnete Matthias die Tür. Als er eine Person im Raum entdeckte, trat er langsam, mit Ingeborg im Schlepptau, ein. Sie erblickten eine recht junge, große, überschlanke Frau in dunkelgrauem Kostüm, weißer Bluse und einem schwarz-rot-karierten Seidenschal. Sie stand an einem Karteischrank und suchte etwas heraus. „Mindestens 1,80 m", schätze Ingeborg leise. Und die Fingernägel! Ingeborgs kurz gefeilte Nägel sahen ärmlich aus im Vergleich zu den mindestens zwei bis drei Zentimetern langen knallroten des Gegenübers. Dazu bewunderte Ingeborg, als sich die Dame umdrehte, ein perfekt geschminktes Gesicht und eine ebenso perfekt sitzende schicke Frisur. Ingeborg war etwas eingeschüchtert. Das erst recht, weil sie und Matthias mit strengen Worten begrüßt wurden:

„Können Sie nicht warten, bis ich Sie hereinbitte?"

Ingeborg versuchte es mit ihrer lieblichsten, freundlichsten Stimme: „Ach, entschuldigen Sie bitte. Wir dachten, eine leise Aufforderung zum Eintreten zu hören. Wir haben jetzt einen Termin. Sollen wir denn noch eine Weile draußen warten?"

Es klang sehr unterwürfig. Die große Dame im Büro war daraufhin wie ausgewechselt und lächelte gewinnend, was Ingeborg zunächst sehr irritierte. Aber das Lächeln war echt, denn sie wandte sich an das verlobte Paar:

„Ach, entschuldigen Sie. Ich habe gleich eine Hochzeit. Da muss ich halbwegs ordentlich aussehen und gut vorbereitet sein. Ich habe gerade noch einmal den Lippenstift nachgezogen und etwas Parfum aufgetragen. Und natürlich die Akte herausgenommen. In zehn Minuten muss ich los. Kann ich in der Zwischenzeit noch etwas für Sie tun?"

Eine Duftwolke des Parfüms war derweil durch das ganze Zimmer gezogen. Benebelt vom Duft ergriff Ingeborg das Wort.

„Wir wollen heiraten. Am 29. September. Ausweise haben wir dabei."

„Okay. Dann geben Sie mir bitte mal die Ausweise. Ah, wir haben hier Herrn Bär und Frau Dr. Berenschik. Herzlich willkommen. Wie möchten Sie denn heißen? Ihre Namen behalten, ein gemeinsamer Einzelname, ein gemeinsamer Doppelname oder ein Doppelname, den nur ein Ehepartner trägt? Der Doktortitel wird übrigens zukünftig kein Namensbestandteil mehr sein."

„Äh."

„Überlegen Sie es sich mit dem oder den Namen und geben Sie mir möglichst bald Bescheid. War denn jemand von Ihnen schon mal verheiratet?"

„Ich nicht, aber mein Verlobter."

„Dann brauche ich bitte noch die Scheidungsurkunde. Ich muss nämlich prüfen, ob Sie überhaupt die Ehe schließen dürfen, haha. Falls Herr Bär noch verheiratet sein sollte, dürfte ich Sie nicht trauen."

„Okay, bringen wir demnächst vorbei."

„Ich muss mich jetzt leider verabschieden. Die Brautleute warten sicher schon auf mich. Aufgenommen habe ich Ihre jetzigen Namen und den gewünschten Hochzeitstermin schon einmal. Wir sehen uns in den nächsten Tagen. Hier meine Karte. Bitte machen Sie mit mir vorher wieder einen Termin aus. Auf Wiedersehen."

Und schon fanden sich die beiden Ehewilligen auf dem Gang wieder. Ingeborg nahm es pragmatisch.

„Gut, das ging ja schnell. Wenn wir einen neuen Termin haben und Du Deine Urkunde abgibst, müssen wir unbedingt sagen, dass wir stilvoll im Alten Rathaus heiraten möchten und nicht in diesem scheußlichen Hochhaus. Wie wir heißen wollen, haben wir noch gar nicht überlegt. Vielleicht am besten, wenn wir unsere Namen jeweils behalten, die hatten wir ja fast siebzig Jahre. Oder beide mit Doppelnamen. Können wir noch klären."

Matthias stimmte zu und beide schlenderten alsbald händchenhaltend durch die Altstadt zurück Richtung ihrer beiden Wohnungen. Mitten in der Weender Straße begegneten sie zufällig Isabelle Teufel. Ingeborg ließ Matthias einfach stehen, ging auf sie zu und meinte:

„Hallo, Frau Teufel. Ich bin Ingeborg Berenschik, erinnern Sie sich? Wir haben schon mal miteinander telefoniert und haben uns auch schon kurz bei Gisela gesehen. Schön, dass ich Sie treffe. Wir kommen gerade vom Standesamt. Ach, Quatsch mit dem ‚Sie'. Wir duzen uns, okay?"

Ohne eine Antwort abzuwarten, fuhr Ingeborg fort:

„Äh, hast Du Lust auf einen Kaffee bei C&L? Wenn wir uns hier schon treffen."

„Hmm, danke für die Einladung, aber eigentlich habe ich in der Uni was zu tun. Tut mir leid."

„Ach, sei mal spontan. Die Arbeit kann warten. Ist doch nett, dass wir uns gerade hier über den Weg laufen. Komm, ich lade Dich ein."

Matthias kam langsam näher, Ingeborg rief ihm zu: „Matz, willst Du auf ein Stück Torte mitkommen? Wir gehen gleich ins Café."

Beide Angefragte antworteten gleichzeitig. Aus dem Sprachgemisch hörte Ingeborg heraus, dass Matthias nach Hause wollte und Isabelle dem Besuch des Cafés zustimmte, aber höchstens eine halbe Stunde bleiben könne. Also liefen Ingeborg und Isabelle ein kurzes Stück die Weender Straße entlang und Matthias ging leicht verärgert Richtung Theater.

Bei C&L hatten die beiden Frauen Glück. Sie ergatterten einen Fensterplatz und hatten einen schönen Blick vom ersten Stock des Cafés auf die Fußgängerzone. Ingeborg begann das Gespräch und lächelte ihr Gegenüber gewinnend an:

„Wollen wir uns vielleicht zwei Piccolo gönnen? Passt auch zu Torte. Torte geht nämlich immer. Ich kann auch nach einer Portion Heringssalat ohne Problem direkt danach hinterher ein Stück Torte essen."

„Lieber nicht. Tagsüber trinke ich keine alkoholhaltigen Getränke."

„Isabelle, passen Sie auf, nee, pass' Du auf, dass Du nicht so wirst wie ich: nur Wissenschaft und Lehre. Kein Luxus, kein Vergnügen. Ein paar wenige Momente der Unvernunft können aus meiner jetzigen Sicht schon wieder vernünftig sein. Genieße Dein Leben mit einer guten Mischung aus Freude und Pflicht. Das habe ich selbst erst nach meiner Pensionierung durch Herrn Bär lernen müssen. Was habe ich alles in meinem Leben verpasst. Er hat mir gezeigt, dass Lebensfreude nicht allein durch Arbeit entsteht. Dein Ernst macht mir fast schon Kummer. Sorry, ich kenne Dich ja eigentlich noch gar nicht richtig. Gisela erzählte mir, dass Du bei ihr nie einen Spaß gemacht hast. Ich habe Dich auch noch nie lachen gehört."

„Sie haben gut reden. Sie waren Professorin. Ich bin schon vierunddreißig und jetzt erst dabei zu habilitieren. Vier Jahre habe ich noch Vertrag, sofern nächstes Jahr die Verlängerung genehmigt wird. Dazu hat mir der Dekan aber schon grünes Licht gegeben. Zum Glück. Und dann? Ob ich wirklich eine Professur erwische, ist mehr als unsicher. Ich arbeite viel, um meine Ausgangsposition möglichst gut hinzubekommen. Das macht auch Spaß, aber die Angst schwebt trotzdem über Allem. Jetzt muss ich aber dringend los, die ersten beiden Stunden meines gemeinsamen Seminars mit Frau Kub-, äh, mit Gisela, im Detail vorzubereiten."

„Wir sind auch per Du, nicht vergessen. Es ist so nett, dass Du Giselas bzw. Eure erste Seminareinheit übernimmst. Nur so kann sie bei unserer Reise dabei sein. Du musst Dich deshalb aber nicht verrückt machen. Du beherrschst den Stoff doch aus dem Stegreif. Deshalb machen wir jetzt eine Pause, okay? Du hast dann immer noch viel, viel Zeit. Komm, ich lade Dich zu Sekt, Kaffee und Kuchen ein. Eine kleine Unterbrechung im Programm macht Dich bestimmt noch produktiver."

„Na, wenn Sie, äh, wenn Du meinst." Isabelle hielt der Überredungskunst Ingeborgs nicht stand.

Sie bestellten also zunächst einmal zwei Piccolo und zwei Stücke der vermeintlich leichten Erdbeer-Passionsfrucht-Torte. Der Sekt kam umgehend und die beiden Frauen stießen mit ihrem ersten Gläschen an. Isabelle war zunächst recht einsilbig, aber die köstliche Torte und der perlende Sekt halfen der Konversation."

„Du wolltest mich was fragen. Was möchtest Du denn wissen?"

„Ach, nichts Wichtiges. Erzähl doch mal, wie Du an Frau Eckel gekommen bist."

„Ach, ganz langweilig. Ich habe beim Vorgänger von Frau Rothärmel, Prof. Elend, promoviert. Das war ein supernetter und toller Lehrer. Die Arbeit für ihn war erfüllend. Ja, das ist das richtige Wort. Meine Dissertation hat er mit summa cum laude bewertet. Das war so eine wunderbare Bestätigung für mich. Aber leider ist er nur 61 Jahre alt geworden. Ein Herzinfarkt beim Urlaub in Kalifornien. Nun, ich hatte noch ein Jahr vom ersten Vertrag übrig. Ich habe mich einfach bei Frau Eckel beworben. Leider wurde ich genommen."

„Leider?"

„Ich hatte erst so eine tolle Stelle und die Dissertation lief völlig reibungslos. Ich hatte mit dem früheren Chef schon vereinbart, bei ihm zu habilitieren. Sogar ein Thema hatte ich schon. Ich wollte die Hanse aus institutionenökonomischer Sicht analysieren. Da gibt es bislang nur Beiträge zu Partialfragen, aber keine Allgemeinbetrachtung. Tja, und dann ist mein Professor leider ganz plötzlich verstorben. Meine ganzen schönen Planungen konnte ich begraben. Um den Prof. habe ich getrauert. Er war wirklich ein großartiger Lehrer. Die Habil-Stelle wurde dann vom jetzigen Rothärmel-Lehrstuhl, warum auch immer, eben an Prof. Eckel transferiert. Sie hatte aber niemanden für die Stelle. Deshalb wurde die Stelle offen ausgeschrieben und ich habe mich beworben. Ich habe hinterher gehört, dass ich die einzige Bewerberin war, was mich wunderte. Na, da hat sie mich halt genommen. Gleich im Bewerbungsgespräch meinte sie, dass das Hansethema für sie uninteressant sei und ich mir ein Thema zur Verhaltensökonomik oder zur Armutsforschung aussuchen sollte. Da habe ich mich umgeschaut und bin darauf gestoßen, dass die aktuelle Medienökonomik kaum verhaltensökonomische bzw. sozialpsychologische Erkenntnisse über endogene Präferenzen und die Rolle von Propaganda beachtet. Frau Eckel war nicht begeistert, meinte aber, ich solle ihr in etwa zwei Jahren eine erste Version vorlegen. Ich habe sehr viel daran gearbeitet und ihr schon vorzeitig meinen Entwurf übergeben. Gelesen hat sie nichts davon, sondern mir ganz hart gesagt, dass das Thema Schwachsinn sei. Und das, ohne das Manuskript überhaupt aufzuschlagen. Das hat sie wörtlich so gesagt. Wenn überhaupt, würde sie eine Arbeit zur Armutsforschung von mir akzeptieren. Ich war am Boden zerstört. Ich glaube, dass mein Entwurf richtig gut schon war. Naja, und kurz darauf ist Frau Eckel dann gestorben."

„Da hättest Du ihr doch sicher bei der Ablehnung Deines Manuskripts den Hals umdrehen können, oder? Das war hinterhältig von ihr, erst ein Thema quasi zu akzeptieren und dann Deinen Entwurf pauschal abzulehnen. Du hast so lange fleißig daran gearbeitet."

„Über eineinhalb Jahre Arbeit! Aber Mordgedanken hatte ich nicht. Spontan wollte ich kündigen. Ich habe mich sogar nach anderen Stellen umgesehen. Dann habe ich mir aber in Ruhe überlegt, dass ich in Göttingen eine gute Reputation habe. Die anderen Profs kennen mich und schätzen mich als Diskussionspartnerin. Bei einer anderen Uni hätte ich mir erst mühsam wieder einen guten Ruf aufbauen müssen. Deshalb habe ich in den sauren Apfel beißen und mich in das Armutsthema einlesen wollen. Unter uns: Beim ersten Recherchieren bin ich sogar auf eine Ungereimtheit bei Frau Eckel gestoßen. Sie hat mir mal erzählt, dass sie selbst Expertin in der Armutsforschung und einer Ihrer Beiträge dazu in einer hochrangigen Zeitschrift gerade im Begutachtungsprozess sei. Die eingereichte Version wollte sie mir aber nicht geben. Noch ist das auch nirgendwo erschienen, wenn ich richtig recherchiert habe."

„Naja, vielleicht abgelehnt worden. Das ist eigentlich keine Ungereimtheit, oder bist Du anderer Meinung?"

„Nein. Ja. Wir wussten von der Dekanatssekretärin, dass Professor Eckel 80.000 Euro Drittmittel von einem niedersächsischen Ministerium eingeworben hatte. Sachmittel und eine halbe Mitarbeiterstelle für ein Jahr. Eine kleine Studie zur Armutssituation in Niedersachsen sollte erstellt werden. Es wurde aber niemand eingestellt. Dabei muss bei Drittmittelprojekten immer ein genauer Zeitplan eingehalten werden. Naja, ich habe die Eckel nicht weiter danach gefragt. Hätte eh nur einen Tobsuchtsanfall gegeben."

„Du glaubst, sie hat die Mittel unterschlagen? Schafft man das überhaupt bei den strengen Rechnungslegungsvorschriften?"

„Keine Ahnung. Jedenfalls kein Kollege für ein Jahr, kein Manuskript von ihr für mich. Ich hätte als Zuständige des Landes das Geld zurückgefordert. Ich bin aber nicht zuständig und weiß darüber halt nichts."

„Hmm, im Vertrauen: Professor Eckel hat etwas für die Reihe der Arbeitspapiere der Fakultät kurz vor ihrem Tod eingereicht, aber das war so absurd schlecht, dass es der Dekan abgelehnt hat. Gisela hat vom Dekan das Manuskript erhalten. Man schüttelt sich entweder vor Lachen oder wird wütend vor Empörung. Eigentlich eher eine Parodie auf den Wissenschaftsbetrieb."

„Das verstehe ich wirklich nicht. Seit ihrer Berufung hat Frau Eckel überhaupt nichts mehr publiziert. Warum sollte sie dann so etwas offensichtlich Unfertiges oder gar Falsches überhaupt einreichen? Musste sie ja nicht. Und sie war keineswegs dumm."

„Isabelle, das ist wirklich die Frage. Ich glaube ja, dass diese Drittmittelgeschichte und dieses komische Manuskript irgendwie mit Eckels Tod zusammenhängen."

„Was? Wie? Mit ihrem Unfall?"

„Ich sage Dir, das war kein Unfall. Ich tippe auf Totschlag oder Mord."

„Das glaube ich aber nicht. Die Polizei war doch schnell mit den Ermittlungen fertig. Und danach war es eindeutig ein Unfall."

„Die Polizei konstruiert gern eine für sie passende Geschichte, das ist die Unfallstory. Es gibt aber andere Geschichten, meines Erachtens viel stimmiger. Und diese Geschichten erzählen von einem Verbrechen. Wenn wir mal zu dritt sind, also Gisela dabei ist, dann erkläre ich es Dir ausführlich, warum ich das nicht glauben kann. Was ist schon eindeutig? Kannst Du nicht mal versuchen, etwas über diese Gelder aus dem Drittmittelprojekt rauszukriegen? Ich habe es schon mal über eine Landtagsabgeordnete der Linken probiert. Aber die wusste nichts Konkretes von Ungereimtheiten. Ein ungenauer Verdacht bestand wohl, es gab auch eine kleine Anfrage der Grünen zur Vergabe von Forschungsaufträgen, aber dann gab es einen Skandal um ein Kulturfest, da hat man die Sache mit dem Gutachten vergessen."

„Äh, wie soll ich denn dazu etwas herausbekommen?"

„Na, Euer Neuhaus-Casanova umflirtet doch jede gutaussehende Dame. Übrigens sogar Gisela, hihi, also wohl wirklich jede Frau, egal, wie sie aussieht und wie alt sie ist."

„Und auf diese Anmache soll ich eingehen?"

„Nur ein bisschen. Immer schön auf Distanz. Aber Du kannst doch erzählen, dass Du mit Gisela das Armutsthema für die Habil abgesprochen hast und gern einsehen möchtest, um was genau der Drittmittelauftrag gegangen ist, um dieses Thema eventuell für die Habil weiterzuführen. Er wird sich winden, aber da musst Du halt mit den Wimpern klimpern."

„Kann ich gar nicht. Ich bin in so etwas völlig ungeübt."

„Dann gehe doch über die Sekretärin. Die hat Zugang zu allen Akten."

„Na gut. Zu Annette habe ich einen guten Draht. Was willst Du über die Eckel genau herausbekommen? Da fällt mir übrigens noch ein, dass sie einen Tag vor ihrem Tod meinem Kollegen Simon gekündigt hat. Zu Recht übrigens. Simon ist, glaube ich, ein Sohn einflussreicher Eltern und glaubt wohl, der Doktortitel würde ihm einfach so zufallen, wenn seine Eltern kräftig mit ein paar Tausendern oder Einfluss auf die Finanzen der Hochschule die Hürden zur Promotion senken. Faul wie die Sünde, sage ich Dir. Dazu dem Alkohol und Koks durchaus zugeneigt. Er war bei seiner letzten Lehrveranstaltung völlig weggetreten, da hat sie ihn gefeuert. Sie war so laut, dass der ganze Flur mithören konnte. Simon war so perplex, dass er gegen seine sonst phlegmatische Art zurückgebrüllt hat, dass Eckel an wahnhafter Misandrie leide. Sie sei so hässlich, dass sie nicht einmal einen mickrigen und dummen Mann abgekriegt hätte. Ihre Männerfeindlichkeit sei mittlerweile in der ganzen Uni bekannt. Naja, und weitere Beleidigungen. Und gedroht hat er ihr. Fertigmachen wollte er sie. Es wurde zu einem reinen Schrei- und Beleidigungsorgie zwischen den beiden. Erst als die Sekretärin ins Zimmer ging, um das zu beenden, stürmte Simon wütend aus dem Büro. Solche Ausraster gab es öfter. Simon kam schon einige Zeit vor mir an den Lehrstuhl. Ich mag ihn nicht sonderlich, hatte aber auch kaum was mit ihm zu tun.

Warum er bis zu seinem Rauswurf überhaupt geblieben ist, ist mir ein Rätsel. Er wurde von ihr in einer Tour niedergemacht. Gerade mit ihren männlichen Mitarbeitern und Kollegen kam sie gar nicht klar, sie schrieb Beschwerde über Beschwerde über die Herren Professoren. Aus meiner Sicht überwiegend unbegründet."

„Meinst Du nicht, dass der Tod Eckels einigen ganz recht kommt?"

„Also, für mich war sie eine frustrierte Frau Ende fünfzig, die sich selbst überschätzte und ihren Frust an anderen abließ. Wem sie schaden konnte, dem hat sie geradezu genüsslich eins ausgewischt. Und zwar mit unsäglicher Wortwahl. Mir tat sie trotzdem fast leid. Sie muss etwas Schlimmes erlebt haben, was sie so werden ließ. Aber mit ihren verbalen Ausfällen wird sie doch niemanden derart geärgert haben, dass diese Person ein Mordmotiv gehabt hätte."

„Naja, Kündigungen, nicht akzeptierte Manuskripte, massenweise Beschwerden gegenüber den Professoren. Das ist schon ziemlich heftig. Mit dem Dekan hat sie auch noch gerangelt. Motive über Motive. Und wir wissen nicht mal was über ihr Privatleben. Ich bleibe dabei, es war kein Unfall. Meine Freunde und ich wollen den Mord oder Totschlag aufklären. Ganz einfach. Und dabei kannst Du uns helfen. Bist Du dabei?"

„Viel mehr bekomme ich bestimmt nicht raus. Und das alles ist doch schon lange her, fast ein Jahr. Seit dieser Zeit arbeite ich ins Blaue hinein weiter am Thema zur Medienökonomik. Hoffentlich finde ich Prüfer dafür. Betreut werde ich nicht, aber die Profs signalisieren schon, dass sie mich nicht hängenlassen wollen. Aber wegen der Drittmittelsache schaue ich mal, ob mir jemand was sagt. Und Ihr, wie wollt Ihr jetzt noch mehr herausbekommen?"

„Ich setze auf Akilas' Beobachtung, dass Eckel mal Besuch von einem älteren Herrn hatte. Vielleicht eine Beziehungskiste? Die Zahl der Femizide steigt in Deutschland. Weltweit auch. Da werden wir noch recherchieren müssen. Du kannst Dich ja auch mal umhören. Ich mache jetzt allerdings erstmal eine kleine Pause beim Schnüffeln, denn ich mache mit meinem Freund eine Kreuzfahrt. Wir heiraten nämlich demnächst. Claus und Gisela kommen auch mit. Ach, das weißt Du ja. Deshalb ist Gisela bei der ersten Sitzung des Seminars nicht dabei."

Bei dem Wort ‚heiraten' wurde Ingeborg leicht rot. Isabelle brachte Glückwünsche an und nach über zwei Stunden im Café verabschiedeten sich die beiden Frauen voneinander.

Isabelle war irritiert wegen dieser Wendung beim Tod ihrer Chefin hin zum Kriminellen. War Ingeborg vielleicht von beginnender Demenz betroffen? Ihre Worte wirkten ansonsten nicht so. Hmm. Sie verstand zumindest nun Ingeborgs Satz, ob Isabelle vielleicht nach Ablehnung ihres Manuskripts Mordgedanken gehabt hätte. Sie überlegte schmunzelnd, ob sie selbst wohl immer noch verdächtigt wurde. Nein, eher nicht, denn sonst hätte Ingeborg nicht so offen gesprochen. Sie dachte stattdessen:

„Was für interessante Mädels Ingeborg und Gisela doch sind. So selbstbewusst möchte ich mal werden."

Ingeborg schaute auf die Uhr und dachte sehnsüchtig an Matthias. Sie hatte ihn einfach stehenlassen. Und dabei wollten sie schon mal einiges für den Umzug packen. Sie erstand deshalb wegen ihres schlechten Gewissens eine kleine Auswahl Trüffel im Café, um ihren Freund Matthias zu besänftigen. Als sie zu Hause ankam, stand ein erschöpfter und vorwurfsvoller Matthias vor ihr.

„Wo warst Du denn so lange? Wir wollten doch allerhand Sachen wie die Bücher schon mal einpacken und nach unten bringen."

„Weißt Du doch. Mit Isabelle im Café. Ich erzähl Dir später mehr, war nämlich sehr interessant. Vor allem weiß ich Neues über den Fall Eckel. Jetzt können wir erstmal weiter räumen."

Genug zu tun hatten sie noch. Leere und halbvolle Kisten stapelten sich in den Räumen beider Wohnungen, teilweise schon wieder eingestaubt. Matthias hatte am Nachmittag fast das ganze Geschirr und ein Großteil der Küchenutensilien erst einzeln in Zeitungspapier eingewickelt und dann verpackt. Statt ihren Freund dafür zu loben und sich für das späte Eintreffen zu entschuldigen. fragte Ingeborg als Erstes:

„Matz, hast Du Deine Scheidungspapiere schon rausgelegt? Vielleicht können wir gleich morgen noch mal zum Standesamt."

„Nein, die Papiere sind wahrscheinlich schon in irgendeiner Kiste. Die müssen wir noch suchen. Aber ich habe das ganze Geschirr verpackt. Inklusive der Gläser. In beiden Wohnungen, mein Mäuschen. Das war echt viel. Meine Finger sind vor lauter Zeitungspapier schwarz von der Druckerschwärze geworden. Ich musste mir minutenlang die Hände waschen. Man soll dreimal ‚Happy Birthday' singen beim Händewaschen, ich musste viel öfter singen. Und meine Fingernägel sehen immer noch aus, als hätte ich im Kohlenkeller gegraben."

„Ja, ja. Dann müssen wir die Papiere aber gleich morgen suchen, okay?"

Matthias nickte erschöpft. Die Trüffel konnten ihn kaum trösten und noch weniger seine Verärgerung lindern. Ingeborg hingegen war voller Tatendrang. Sie bat Gisela und Claus später, kurz nach oben zu kommen. Per Lift kamen die beiden vor ihrer Eingangstür oben an. Ingeborg stand schon im Türrahmen und platzte heraus:

„Ich weiß Neues über die Eckel, und Isabelle wird sich weiter umgucken in der Fakultät."

Claus reagierte schnell:

„Bist Du verrückt, Isabelle einzuweihen und sie zu instrumentalisieren? Was, wenn das rauskommt? Ihre Habil kann sie dann vergessen."

„Ach, Du wieder. Sie soll doch keine Büros durchwühlen oder Abhörgeräte installieren. Sie will nur ganz unverbindlich fragen, ob sie mal den Forschungsantrag der Eckel einsehen darf und auch deren Abschlussbericht. Sie kann vorgeben, das Thema eventuell für die Habilitationsschrift weiterzuführen."

Claus war nicht überzeugt. Seine Frau war an ganz anderen Dingen interessiert.

„Na, Ihr beiden, steht der Hochzeitstermin Ende September?"

Ingeborg plapperte gleich weiter.

„Noch nicht ganz, wir müssen noch zügig die alten Scheidungspapiere von Matz vorbeibringen und eine Mini-Wartezeit einhalten. Das ist kein Problem. Hauptsache, wir bekommen das romantische Alte Rathaus."

Claus meckerte auch dazu:

„Geht das nicht alles online? Die Rathäuser sollen doch digital werden."

„In Darmstadt etwa ginge das. Aber das dauert dort noch länger als hier, hihi. Von wegen Zeitersparnis durch Digitalisierung. Und die ganzen Unterlagen einscannen? Nee, wir sind altmodisch und gehen persönlich mit den Papieren vorbei."

Matthias hatte die ganze Zeit geschwiegen, hatte zum Schluss aber noch eine gute Nachricht.

„Hey, Ihr Matrosen. Heute kam die Bestätigung unserer Reise mit den Zimmern und den Reservierungen für den Tisch. Ich habe für Inge und mich schon Ausflüge gebucht. Das solltet Ihr auch bald machen."

Gisela sagte dazu nur: „Handicap!" Und sie setzte gleich mit ihrer Rede fort:

„Apropos Handicap. Wir stehen gefühlt ewig im kühlen Hausflur. Ich kann kaum noch stehen. Gut, dass Claus mit ist. Ich hänge schon seit einiger Zeit an seinem Arm. Kann ich denn noch schnell Eure Wohnungen anschauen? Ich kenne bislang nur von Erzählungen, wie schön alles wieder aussieht."

Gisela und ihr Mann wurden aber abgewimmelt mit dem Hinweis, dass es noch so viel für den Umzug vorzubereiten sei.

Als Ingeborg und Matthias allein waren, war Ingeborg immer noch nicht zu bremsen.

„Du, Matz, wie wäre es, wenn wir jetzt noch die Scheidungspapiere suchen? In welchem Karton stecken denn Deine Papiere? Oder sind sie in einem Schränkchen, das Du noch nicht ausgeräumt hast?"

„Tja, weiß ich nicht so genau. Wir waren wohl nicht ganz so ordentlich, wie wir es uns eigentlich vorgenommen hatten. Es gibt fast vierzig Kartons von mir mit der Beschriftung ‚Bücher und Diverses'. Ich habe doch nicht wissen können, dass wir genauere Kennzeichnungen brauchen. Da werden sie wohl irgendwo sein. Aber ich kann mich gar nicht daran erinnern, dass ich irgendwelche Urkunden oder offizielle Papiere eingepackt hätte. Und wo sie sonst sein könnten."

Das war es für den Abend. Schweigend aßen sie ein karges Abendbrot in Matthias Wohnung, dann verzog sich Ingeborg in ihr eigenes Arbeitszimmer in der Wohnung nebenan. Und sie blieb auch in ihrer Wohnung bis zum nächsten Morgen. Matthias bekam keinen Schlaf. Er suchte wie verrückt, blieb aber erfolglos. Um vier Uhr legte er sich hin, wälzte sich nur noch zwei Stunden im Bett und stand um sechs Uhr wie immer auf. Er bereitete das Frühstück mit Früchten, Joghurt, einem gekochten Ei vor und klopfte energisch an Ingeborgs Wohnungstür. Irgendwie hatte Claus bei seinen Elektroarbeiten wohl die Türklingel nicht richtig angeschlossen. Mal gab sie ein leises ‚Ding' von sich, dann war nichts mehr von ihr zuhören. Ingeborg hörte aber sein Klopfen.

„Was willst Du?“

„Gemeinsam mit Dir frühstücken. Komm, der Kaffee duftet schon. Und ich höre Dir genauer als gestern zu, was Isabelle Teufel erzählt hat.“

Langsam öffnete sie die Tür und Matthias sah in ein verheultes Gesicht. Trost war Matthias' Spezialität. Er umarmte seine zukünftige Frau. Ingeborg schluchzte und redete gleichzeitig. Auch wenn es schwer verständlich war, hörte Matthias heraus, dass Ingeborg der Meinung war, dass alles schief ginge. Erst die lange, fürchterliche Renovierung, dann ein ungelöster Mordfall und jetzt keine Hochzeit. Matthias strich über Ingeborgs strubbeliges Haar und meinte:

„Komm, Schätzchen, lächle wieder. Wir heiraten doch auf alle Fälle. Ich habe zwar bei meiner Suche in der Nacht nichts gefunden. Aber selbst, wenn die Scheidungspapiere weg sein sollten, dann kann ich beim Amtsgericht in Göttingen eine beglaubigte Abschrift beantragen.“

„A-aber, d-das d-dau-ert d-doch f-furcht-b-bar l-lange.“

„Bitte, keine Tränen mehr. Das Schlimmste, was passieren kann, dass wir den Termin verschieben müssen.“

„Super, dann kommt die Hochzeitsreise vor der Hochzeit. Oder, halt: Können wir nicht auf dem Schiff heiraten. Kapitäne können doch trauen, oder?“

„Leider nicht. Das Schiff müsste anerkannter Trauort sein und wir bräuchten einen Standesbeamten. Noch ein Reiseticket für die Standesbeamtin wird aber zu teuer. Komm, so sauer ist der Apfel doch gar nicht. Wir sind doch unkonventionell. Gehen wir halt als Liebespaar an Bord.“

Nun lächelte Ingeborg, gab ihrem Freund einen Kuss und fragte Matthias mit süßer Stimme:

„Na, Geliebter, wie wäre es? Kein Frühstück und noch ein Stündchen ins Bett?“

Ingeborgs Frohlocken wurde enttäuscht. Als sie nach kurzem Frischmachen ins Schlafzimmer kam, schlief Matthias bereits tief und hielt seine Lupa fest im Arm. Ingeborg seufzte, schnappte sich ihren Leopold und kuschelte halt mit dem kleinen Stofflöwen unter der Bettdecke. Auch schön.

22

Wenige Tage später saßen Ingeborg, Gisela und Akilas in Giselas Arbeitszimmer und starrten auf ihre Stifte, das Papier bzw. auf den Rechner mit aufgerufenem Manuskript des Buches. Missmutig sahen sie sich an. Seit kurzer Zeit fehlte ihnen jede Schreiblust. Das hatte zwei Gründe, erstens die nahende Kreuzfahrt und zweitens ein Gisela wohlbekanntes Phänomen. Wenn man sich in Themen intensiv eingearbeitet hat, ist man so fit darin, dass es langweilig wird, alles auch noch aufzuschreiben. Und so war es. Eigentlich hatten sich die drei Schreibwilligen vorgenommen, zweieinhalb Stunden an ihren jeweils angefangenen Kapiteln in einer Art Schreibwerkstatt zu schreiben. Stattdessen starrten sie vor sich hin. Akilas schrieb in größeren Abständen ein paar Sätze auf, die beiden älteren Frauen sahen ihm dabei nur zu. Nach fast einer halben Stunde des gelangweilt-frustrierten Nichtstuns sprach Ingeborg Akilas an:

„Akilas, sag mal, wirst Du während des Studiums mal Deine Eltern besuchen?"

„Leider nicht. Es gibt zwar Direktflüge nach Lagos und Abuja, aber da kostet die einfache Strecke schon über 1.000 Euro. Das ist nicht drin. So schlimm ist das aber auch nicht. Ich mache mit den Eltern, mit meiner Schwester und meinem kleinen Bruder sehr oft Videokonferenzen, fast jede Woche. Wir wissen alles voneinander und besprechen viel. Ich habe beispielsweise mit den Eltern darüber geredet, wie ich mich gegenüber Prof. Eckel verhalten soll, nachdem sie mich mehrfach beleidigt hatte. Über Euch habe ich kürzlich auch berichtet. Sie haben mir sogar zugeredet, mit Euch auf Kreuzfahrt zu gehen. Meine Erzählungen haben sie wohl überzeugt, dass Ihr beiden vertrauenswürdig seid."

Akilas grinste die beiden Frauen an. Ingeborg sah das nicht. Sie war durch den Namen der toten Professorin sofort vom Eckel-Thema gefangen genommen.

„Deine Eltern haben Dir geraten, bei der Eckel nicht zu kündigen?"

„Ja und nein. Von meinen knappen Finanzen wissen sie nichts, denn sie sollen nicht denken, dass ihre Unterstützung nicht reicht. Dass ich aus Geldgründen den Job brauchte und deshalb bleiben musste, das war also kein Argument. Sie haben es aber richtig verstanden, dass eine Kündigung mein Studium sehr erschwert hätte. Ich wäre bei der Eckel unten durch gewesen, hätte ich den Job aufgegeben. Eine Prüfung bei ihr? Unmöglich. Alle Studis, die sie nicht mochte, hat sie gnadenlos durchfallen lassen."

„Echt? Aber wie kann denn eine solche Frau so lange ohne irgendwelche Sanktionen an einer Uni lehren? Die hat willkürlich benotet, war cholerisch, hat beleidigt und diskriminiert. Und blieb einfach im Amt?"

„Naja, vielleicht wäre aus der Beschwerde der Studierenden beim Dekan noch was geworden. Gegenüber dem Kollegium war sie allerdings auch nicht anders. Stimmt. Die Profs haben vielleicht nichts gemacht, weil sie Angst vor der Frauen-, nee, Gleichstellungsbeauftragten hatten. Die hätte ein großes Fass aufgemacht. Wenn die Frauendiskriminierung gewittert hätte, hätte sie alle Register gezogen einschließlich Klagen vor Gerichten und Einschaltung der Presse. Aber das ist nur so eine Idee. Ich weiß es nicht wirklich."

„Aber hatte sie denn irgendeinen Menschen, mit dem sie ein gutes Verhältnis hatte?"

„Ich weiß keinen, selbst Frau Rothärmel nicht, außer den Besucher in ihrem Haus. Der scheint mit ihr ausgekommen zu sein. Warum sonst sollte er sie auch besuchen?"

„Wie sah der denn aus? Halbglatze, etwas 1,85 m groß, Resthaar grau, ca. so alt wie Frau Eckel? Vielleicht auch etwas älter."

„So genau habe ich nicht hingeschaut. Ich habe ihn doch nur eine Sekunde gesehen. Könnte hinkommen, was Ihr sagt."

„Bingo. Dann ist das dieser Stikowski, mit dem sie in Tonbach war. Da hätte ich auch eher draufkommen können und nicht nur spekulieren. Hoffentlich kein erstes Alzheimerzeichen bei mir. Angeblich ein Schulfreund. Dann wird er um die 58 Jahre alt sein. Akilas, weißt Du wirklich nicht noch irgendwas über die Eckel? Ihr Tod lässt mir einfach keine Ruhe."

„Nö."

„Na, da ist doch noch was. Akilas, komm, uns kannst Du es doch sagen." Ingeborg und Gisela blickten Akilas mit verschwörerischen Mienen an.

„Also, ich weiß doch noch etwas. Aber sagt bloß nicht, dass ich Euch das erzählt habe. Okay? Ist bestimmt auch völlig unwichtig. Also, und bitte wirklich diskret behandeln, also, ich habe mal vor dem Dekanatszimmer gewartet, weil ich meine Vertragsverlängerung unterschreiben musste. Das war, als die Eckel noch lebte. Drinnen haben sich der Dekan und seine Sekretärin unterhalten. Uiuiui, ich habe fast rote Ohren bekommen. Ich sag es mal so. Die scheinen sich wohl ziemlich gut, äh, zu verstehen. Ihr wisst schon, was ich meine."

„Naja, Akilas, das habe ich mir fast schon gedacht. Der Spitzname Casanova für Professor Neuhaus sagt alles. Der kann wirklich charmant sein. Und er sieht auch noch ganz gut aus, naja, sogar blendend, hihi, sehr männlich. Dazu die tiefe Stimme, da komme selbst ich ins Schwärmen."

„Es geht noch weiter. Die haben also im Dekanat geschmust, haben aber nebenher noch über die Eckel gelästert. Gleichzeitig lästern und schmusen: tolle Kombination. Und da sagte der Dekan, dass die Eckel immer schon schwierig gewesen sei, aber nachdem sie Witwe wurde, sei es noch viel schlimmer geworden. Professor Eckel war also tatsächlich mal verheiratet. Vielleicht mit dem Mann, den ich kurz bei ihr gesehen habe."

„Nein, unwahrscheinlich. Das war wohl ihr Schulfreund Stikowski. Mit dem war sie bestimmt nicht verheiratet. Vielleicht war es die vergiftete Christa, ach nee, das war früher. Aber Ehefrau, nicht Ehemann. Dann hat sich Stikowski bei meiner Begegnung im Schwimmbad der ‚Rebe' unklar ausgedrückt. Auch merkwürdig. Vielleicht habe ich auch nicht richtig hingehört. Oder sie war mit einem Mann verheiratet, lebte aber getrennt mit der neuen Lebensgefährtin und der Mann ist gestorben. Oder wohl doch eine andere Frau, die sie kurz nach dem Tod Christas geheiratet hat. Ach ja, die ist dann auch gestorben. Ich kann damit noch nicht so recht was anfangen. Aber es könnte vielleicht wichtig werden. Danke Akilas, da werde ich versuchen, noch mehr Informationen zu bekommen. Man müsste wissen, wann genau Petra Eckel Witwe wurde. Das müsste in den Personalakten stehen. Gisela, Du kennst doch die Sekretärin, diese Annette, ganz gut. Kannst Du über sie das nicht erfahren? Vielleicht auch, mit wem sie zum Schluss verheiratet war. Das wird vielleicht nicht in den Personalakten stehen. Aber Annette scheint doch viel zu wissen."

Einen Tag vor dem Abflug nach Griechenland saßen Ingeborg und Gisela mal wieder zusammen.

„Du, Ingeborg, gestern habe ich es endlich geschafft, mit Annette zu sprechen. Ich habe über MS Teams angerufen. Wenn man sich sieht, ist es irgendwie persönlicher. Ich muss zwar schrecklich neugierig gewirkt haben, aber ich weiß zumindest so viel, dass Frau Eckel mit einer Frau verheiratet war. Und zwar nur ein halbes Jahr. Knapp vier Jahre liegt die Verwitwung zurück. Da wir nicht ganz genau wissen, wann diese Christa an einer Pilzvergiftung starb, wann sie also nach deren Tod geheiratet hat, hilft das nicht entscheidend weiter. Nur scheint es sicher, dass sie mit Frauen Beziehungen hatte."

„Naja, da kann früher immer noch ein Mann im Spiel gewesen sein."

„Kann, aber die Wahrscheinlichkeit schrumpft."

„Hast Du das nach der Bayes-Formel berechnet?"

„Nee, rein subjektiv abgeschätzt. Übrigens, Ingeborg, gegen 14.00 Uhr kommt Isabelle Teufel noch einmal zu mir. Das ist so ein schrecklich unsicheres Hühnchen trotz ihrer hervorragenden Doktorarbeit. Sie will noch einmal, also bestimmt zum sechsten Mal, die erste Doppelstunde des Seminars mit mir durchsprechen, um ja nichts falsch zu machen. Dabei kann sie das alles und wird es super vermitteln. Und ich kann das bald nicht mehr hören. Kannst Du dazukommen? Sie deutete an, dass sie eine Kopie des Forschungsantrags der Eckel hat. Wenn wir rauskriegen, was daran faul ist und aufdecken können, wie die Eckel ihre 3%-Armutsquote errechnet haben will, dann arbeite ich nicht daran, ich werde auch kein Eckel-Paper aufpeppen. Wozu dieses Scheusal noch ehren? Ich überlasse alles Isabelle. Vielleicht kann sie die Erkenntnisse für die Habil nutzen. Obwohl, Isabelle ist viel, viel, viel gebildeter und intelligenter als die Eckel. Und ihr erstes Thema gibt viel mehr her."

„Ich komme kurz vor zwei. Unsere Ermittlungen nehmen Fahrt auf. Fast schade, dass wir morgen auf Kreuzfahrt gehen. Vielleicht hätten wir doch warten sollen bis nach dem Hochzeitstermin."

Dabei lächelte Ingeborg versonnen.

„Gell, Gisela, wir sind schon zwei eigenwillige und gründliche Frauen. Wir recherchieren zu einem Todesfall, um den sich niemand kümmert, selbst die Polizei nicht. Man muss den offiziellen Ermittlern mal auf die Füße treten, damit sie in die Tiefe der Fälle gehen und sich nicht mit oberflächlichen Erklärungen zufriedengeben."

„Schon. Lass es aber nur nicht Matthias spüren, dass Du lieber weiter ermitteln würdest, als die Reise zu machen. Der freut sich wie verrückt auf seine Hochzeitsreise vor der Eheschließung."

„Naja, ich freue mich schon auch. Nur, dass wir bei der Eckel jetzt vielleicht weiterkommen könnten, das juckt mich halt."

Ingeborg ging ein Stündchen zu ihrem zukünftigen Mann, legte noch allerhand Kleidungsstücke aufs Bett und sah Matthias zu, wie er Koffer packte.

„Nicht noch mehr, Inge. Ich kriege jetzt schon die Koffer kaum zu. Komm, notfalls kaufst Du Dir auf dem Schiff noch was Hübsches."

„Ach Du, ich möchte doch nur nett aussehen. Naja, so nett es halt geht. Aber wenn ich nicht weiter Hosen und Blusen für das Schiff suchen darf, dann gehe ich halt wieder runter zu Gisela. Ihr Männer könnt ja sowieso viel besser packen als wir."

Gesagt, getan. Kurz nach 13.00 Uhr saß Ingeborg schon wieder unten mit einer von Claus erbettelten kleinen Mohnschnecke vor sich. Claus hatte in weiser Voraussicht eine ausreichende Menge eingekauft, da er wusste, dass Isabelle zu Besuch kam.

„Hast Du mit Akilas schon besprochen, was Ihr unternehmen werdet?"

„Noch nicht genau. Er hat mich nur gebeten, ihm für eine Besichtigung der Palastanlage von Knossos freizugeben. Minoische Kultur aus der Bronzezeit interessiert ihn. Zwei Vorträge über die Geschichte und die Kultur Griechenlands werden wir uns zusammen anhören. Der Rest ist noch offen."

„Was nimmst Du eigentlich alles mit? Ich meine für die Abende."

„Ich habe ein enges dunkelblaues Kleid. Das kann man mit einem Bolero oder Schals kombinieren. Und eine ordentliche Stoffhose mit einem schicken Pullover, den man aber auch tagsüber nehmen kann. Sonst nur das Übliche an Unterwäsche, Kulturbeutel und so. Und, ach ja, ein Paar knautschfeste Ballerinas neben meinen Straßenschuhen, die ich anhabe. Passt alles in einen mittleren Koffer."

„Hmm, mehr nicht?"

„Nee, das reicht. Du hast bestimmt wieder Deinen halben Kleiderschrank ausgeräumt. Ingeborg, wen willst Du beeindrucken? Anderen Leuten fällt es gar nicht auf, wie Du aussiehst. Und wir kennen Dich gut genug. Also schaue doch mal, was Du wirklich gern anziehst und beschränke Dich darauf. Deine schicke schwarz-goldene Hose mit zwei verschiedenen Blusen, das ist doch schon edel genug, selbst für ein Kapitänsdinner."

„Naja, dann räume ich vielleicht das zurück, was ich gerade eben noch rausgelegt habe. Matthias hat mir wegen der zusätzlichen Gepäckkosten für den Flug schon Mäßigung auferlegt. Das fällt mir schwer."

„Das lernst Du noch. Du bist halt früher nie verreist. Ich habe viel mehr Erfahrung."

Die Unterhaltung wurde unterbrochen, als Isabelle klingelte und hereingelassen wurde. Gisela bot Kaffee oder Tee an und stellte Mohn-, Pudding-, Nuss- und Zimtschnecken auf den Tisch. Es war derart viel Kuchen, dass Isabelle sich gar nicht traute zuzugreifen. Dennoch langte sie nach einigen Minuten und diversen Aufforderungen nach einer Nussschnecke. Ingeborg übernahm das Kaffeekochen und das Eingießen, weil Gisela ungern mit ihrem Rollator eine Kaffeekanne balancierte. Isabelle wollte gleich mit dem Seminar loslegen, aber Gisela unterbrach sie.

„Isabelle, wir haben alles schon doppelt und dreifach überlegt und sind die einzelnen Lehreinheiten durchgegangen. Du machst das schon. Wir wollten einfach vor unserer Kreuzfahrt noch einen Kaffeeklatsch mit Dir machen. Wir beiden finden Dich nämlich sehr sympathisch. Und komm, greif noch einmal zu. Eine Zimtschnecke vielleicht noch? Du bist viel zu dünn vor lauter Arbeit."

„Ich bin schon immer schlank gewesen. Aber danke, gern noch eine halbe Schnecke. Aber was heißt Klatsch?"

„Na, wusstest Du beispielsweise, dass Euer Casanova was mit seiner Sekretärin hat?"

Ingeborg rollte mit den Augen. Hatten sie Akilas nicht versprochen, den Schnabel zu halten? Isabelle aber antwortete:

„Na, das ist ja kein Geheimnis. Das weiß in unserem Institut jede und jeder. Die sind mindestens seit zwei Jahren schon ein Paar."

„Ist Casanova nicht verheiratet?"

„Doch, schon. Aber das stört ihn nicht, Annette auch nicht. Keine Ahnung. Aber, hihi, die Eckel hat in einem ihrer Anfälle Herrn Neuhaus mal gedroht, seiner Frau Fotos von ihm mit seiner Sekretärin zu schicken."

„Und?"

„Bei der Lautstärke war draußen gut zu hören, dass der Dekan ganz laut parierte, dass seine Frau von seiner Affäre wüsste. Er würde mit seiner Susanne eine offene Ehe führen. Da war selbst die Eckel für drei Sekunden sprachlos."

„Na, wenn das mal mit der offenen Ehe stimmt."

„Warum denn nicht? Annette ist nicht die erste Freundin unseres Casanovas. Ich glaube nicht, dass man Affären auf Dauer verbergen kann."

Das Gespräch verstummte für eine Minute, in der Kaffee nachgekocht werden musste. Dann fuhr Ingeborg fort:

„Weißt Du inzwischen was über das kleine Drittmittelprojekt?"

„Ja, aber es ist unaufregend. Das Kultusministerium hatte die Studie über die Armut in Niedersachsen ausgeschrieben. In der Ausschreibung hieß es, man wolle neben den Zahlen des statistischen Bundesamtes auf disaggregierte Studien zur Lebenssituation der Menschen in Niedersachsen in den Städten und auf dem Land zurückgreifen, um ein umfassendes Armutsbild zu zeichnen. Dazu wurden 80.000 Euro ausgelobt für eine halbe Mitarbeiterstelle für ein Jahr plus Sachmittel. Eine ganz normale Ausschreibung."

„Hmm, hmm, und diese Mittel hat ausgerechnet die Eckel bekommen?"

„Naja, vom Grundsatz passt das schon. Bei ihrer verhaltensökonomischen Studie hat sie ja auch mit Befragungen gearbeitet. Ihr Antrag sah ganz okay aus. Den konnte ich einsehen."

„Ja, vielleicht. Ich finde nur merkwürdig, dass sie erstens niemand eingestellt hat und zweitens den Auftrag gar nicht erfüllt hat, sondern nur die Armut runtergerechnet hat und nicht einmal ihre Methode offengelegt hat. Vielleicht hat sie es nicht geschafft, weil sie um ihre

Ehepartnerin trauerte. Nee, kann nicht sein, das passt zeitlich wohl nicht so ganz. Nun ja, jeder trauert anders."

„Wie? Frau Eckel war Witwe? Jetzt bin ich baff. Ich dachte, sie wäre ledig. Mir hat sie gesagt, sie sei ungebunden."

„Wann hat sie das gesagt?"

„Das war bei meinem Vorstellungsgespräch. Weiß ich noch ganz genau. Meine Mutter hat sich die Woche zuvor bei einem Unfall im Haus den Fuß gebrochen und ich sagte Professor Eckel, dass ich nicht sofort die Stelle anfangen könne, sondern erst einmal einen Monat zu meinen Eltern fahren müsse, um meiner Mutter zu helfen. Mein Vater benötigt selbst Hilfe, weil er vor vier Jahren einen Schlaganfall hatte und halbseitig sehr eingeschränkt ist. Da hat Professor Eckel gemeint, dass Familienbande nur Karrieren behindern. Sie sei froh, ungebunden zu sein. Das war die einzige Aussage zu ihrem Privatleben, die sie mir gegenüber je gemacht hat."

„Komisch. Sie muss etwa ein halbes bis ein Jahr zuvor Witwe geworden sein. Und das sagt sie nicht? Dann weißt Du auch nicht, wie die Ehefrau mit Nachnamen hieß? Ich kann schlecht nur mit dem Vornamen Christa weitersuchen. Und vielleicht war Christa ja gar nicht eine erste Ehefrau, sondern nur die Freundin. So hat es Stikowski jedenfalls Ingeborg gesagt. Von der zweiten habe ich nicht einmal einen Vornamen. Hat diese Gattin vielleicht den Nachnamen ihrer Frau angenommen?"

„Gar keine Ahnung. Ich habe nur mitbekommen, dass sie Männern das Leben schwer gemacht hat, wo sie nur konnte. Bei den Kollegen waren ihre Mittel dazu begrenzt. Macht hatte sie vor allem über Simon, meinen Kollegen, und über Studenten, die hat sie gnadenlos ausgenutzt. In den Wahlveranstaltungen von ihr waren fast nur Studentinnen, bei den Pflichtveranstaltungen konnten sie aber nicht entrinnen, die armen Jungs."

Das Gespräch drehte sich im Fortgang nur noch um das gemeinsame Seminar. Nach weit über zwei Stunden verließ Isabelle die beiden Freundinnen. Ingeborg ging etwas ratlos nach oben, hatte nur vage Ideen zur Recherche. Sie murmelte zu sich selbst:

„Hmm, so kommen wir wohl nicht weiter. Oder doch?"

Am Abend verzichtete Ingeborg darauf, noch einmal ihr Gepäck zu kontrollieren. Stattdessen setzte sie auf Google und suchte nach

Christa Eckel. Vielleicht hatte sie ja Glück, dass die erste Lebensgefährtin auch mit der Eckel verheiratet war und den Nachnamen Eckel angenommen hatte. Sie fand alte Traueranzeigen, die zeitlich überhaupt nicht passten, andere Christa Eckels hatten weit im Süden Deutschlands Geschäfte und lebten noch. Tja, die verstorbene Christa war offensichtlich so nicht zu finden. Ingeborg meinte in einem späten Telefonat nicht ganz glaubwürdig zu Gisela, sie ärgere sich über die anstehende Reise. Es gäbe viel zu recherchieren. Hätte sie doch nur nicht auf Matthias gehört. Hochzeitsreise vor der Hochzeit, das musste doch nicht sein. Gisela verstand das zwischenzeitliche Hüsteln bei gerade dieser Aussage nicht. Eine sich anbahnende Erkältung vielleicht?

Christa blieb jedenfalls ein Rätsel, die Ehefrau auch. Stikowski war zwar bekannt, aber ansonsten noch motivlos bis auf den dubiosen Forschungsauftrag. Der entlassene Assistent war bis auf seinen Rauswurf noch gänzlich nebulös, Isabelle und Akilas wie auch viele Studenten und die Professoren konnten rein prinzipiell nach wie vor nicht ganz als Verdächtige ausgeschlossen werden, auch wenn Ingeborg es gedanklich völlig ausschloss, dass Akilas und Isabelle etwas mit dem Eckel-Tod zu tun haben könnten. Unzufrieden schloss Ingeborg ihr Tablet, buchte vorher aber noch ein weiteres, noch teureres Internetpaket für die Kreuzfahrt. Sie hatte ein paar Rechercheideen, und dazu brauchte sie Laptop und Internet.

23

Kreuzfahrt! Es ging ganz früh mit einem großen Flughafentransferwagen nach Frankfurt. Dort kamen die fünf Reisenden zwar etwas knapp an, schafften aber mit üblicher Hetzerei die Pass- und Personenkontrolle und waren pünktlich zum Boarding am Gate. Der Flug nach Athen war ruhig, der Transfer zum Schiff im Hafen von Piräus gut organisiert. Es dauerte dann aber noch mehr als zwei Stunden, bis sie endlich ihre Zimmer auf dem sehr eleganten Schiff beziehen konnten. Das Gepäck wurde kurze Zeit danach in die Zimmer geliefert. Akilas war etwas perplex, als er seine schöne Balkonkabine sah. Mit derart viel Luxus hatte er nicht gerechnet. Nach einiger Zeit klopfte Akilas bei Gisela und Claus an die Tür. Er wollte Gisela zu einem ersten Gang durch das Schiff begleiten. Claus räumte die Koffer aus und die Schränke ein. Gisela konnte ihm dabei sowieso nicht helfen.

Auf dem Weg zu den Fahrstühlen wurde Akilas zweimal gefragt, wo denn die Koffer bleiben, die die Gäste eingecheckt hätten. Hautfarbe = Angestellter. Das muss wohl die Annahme gewesen sein. Gisela beeilte sich zu sagen, dass der Herr ihr Begleiter sei und sie über den Verbleib der Koffer nichts wüssten. Was dachten die anderen Gäste? Sie flüsterten sich zu; „Die alte Schrulle hat einen Privatdiener. Wer weiß, wofür der alles dient."

In einem der Restaurants gönnten sich Akilas und Gisela am frühen Nachmittag ein leichtes Omelett. Sie hatten Seitenplätze eingenommen, weil dort Giselas Rollator besser Platz hatte. Plötzlich sah Akilas wie versteinert aus.

„Was ist los, Akilas?"

„Ich habe Halluzinationen."

„Wieso, was siehst Du denn?"

„Da hinten sitzt unser Dekan."

„Ist nicht wahr?"

„Doch, drehe Dich mal vorsichtig nach links und schaue etwa zehn Tische weiter. Ich bin ganz sicher. Der isst einen großen Eisbecher und hackt auf seinem Tablet herum."

„Meinst Du wirklich, dass das Herr Neuhaus ist?"

„Klar, ich habe supergute Augen. Und Du siehst nicht so gut."

„Und was macht er so?"

„Nichts. Er redet mit niemandem, löffelt Eis und schaut nur auf den Bildschirm. Eher nicht so gut gelaunt."

Am Abend gab es das erste mehrgängige Menü, für das elegante Kleidung erbeten wurde. Ingeborg und Matthias waren festlich gekleidet und als erste am Tisch. Kurz danach trafen Gisela und Claus ein, zwar auch gute Kleidung, aber eher schlecht passend. Der Rollator wurde zusammengefaltet und in die Ecke gestellt. Gisela hatte nichts Besseres zu tun als zu erzählen, dass sie Stefan Neuhaus auf dem Schiff gesehen hätten. Ingeborg war begeistert und hoffte auf weitere Informationen über Petra Eckel während der Fahrt. Ingeborgs

Worte klangen irgendwie gekünstelt, aber darauf achtete niemand angesichts des edlen Ambientes des Speisesaals.

Dann ging ein Raunen durch den Saal. Gisela entfuhr sogar ein kleiner Überraschungsausruf.

„Akilas, ich hätte Dich beinahe nicht erkannt, meine Güte, siehst Du großartig aus. Alle Blicke im Saal ruhen auf Dir."

Akilas trug einen Dashiki, einen eleganten hellbeigen Kasack mit ebenfarbiger Hose, dazu braune Wildlederslipper ohne Strümpfe.

„Ja klar, auf den einzigen schwarzen Gast starren alle. Ich wollte Euch aber die Ehre erweisen, in einem afrikanischen Festoutfit zu erscheinen."

Ingeborg starrte ihn immer noch mit offenem Mund an. Als sie sich wieder gefasst hatte, meinte sie:

„Also, das ist der Hammer. Du siehst phantastisch aus. Ich ahne, was die anderen Leute glauben. Du wirst bestimmt für eine Art ‚Prinz von Zamunda' oder einen Häuptling gehalten. Die meisten Leute kennen afrikanische Verhältnisse überhaupt nicht, wissen nichts über Kultur, Lebensweise und Wirtschaft und ziehen ihre Informationen nur aus vorurteilsgeladenen Filmen oder angeblichen Dokus. Meine Güte, Afrika ist riesig mit mehr als fünfzig Ländern und etwa 2.000 gesprochenen Sprachen. 55 Länder sind es, glaube ich. Eine fast unermessliche Vielfalt. Die meisten Menschen hierzulande wissen kaum etwas über Afrika, scheren alles über einen Kamm. Aber noch was anderes. Hihi, weil Du jetzt für unermesslich reich gehalten wirst, werden wir bestimmt auch für wohlhabend gehalten, weil Du an unserem Tisch sitzt."

„Ehrlich, ich genieße es auch etwas, dass mich alle so überrascht ansehen. Wenn ich morgen Jeans tagsüber anziehe, werden sie mich wieder für eine der schlechtbezahlten Arbeitsbienen halten, die man herumscheuchen kann. Obwohl, diejenigen an Deck tragen Uniform, da bin ich in deren Meinung eher unter Deck und putze die Mannschaftsräume."

„Kleider machen Leute, leider ist es so."

Das Menü war für die älteren Herrschaften am Fünfertisch bei den fünf Gängen etwas herausfordernd, aber tapfer hielten sie bis zum Nachtisch durch, der noch ein Plätzchen im Magen fand, da man ein Schokoladensoufflé beim besten Willen nicht stehen lassen kann. Akilas hingegen langte bei allen Gängen fröhlich zu und genoss tatsächlich seinen singulären Status. Gegen 21.30 Uhr geleitete Akilas Gisela zur Krankenstation, wiederum unter den Blicken und viel Geflüster der übrigen Gäste. Gisela hätte sich auf dem Schiff verirrt, wenn Akilas sie nicht sicher zu den Dialysebetten begleitet hätte. Ihr Orientierungssinn war einfach eine Katastrophe.

Bereits um 22.00 Uhr war sie angeschlossen und wurde gegen 2.15 Uhr wieder abgeschlossen. Sie durfte bis um 7.00 Uhr das Bett benutzen, konnte aber nicht schlafen. Um 6.00 Uhr stand sie auf und ging samt Rollator mit zweimaligem Verlaufen zu ihrer Kabine.

Claus war schon wach und fragte mitleidig, wie es war.

„Wie in Göttingen. Da kann ich danach auch nicht schlafen. Aber nettes Personal, das ist schon okay. Frühstücken will ich dennoch. Ich bin nach der Dialyse wie immer hungrig wie ein Bär beim Lachsfang."

Frühstück wurde als Buffet angeboten. Gisela fing mit Pancakes mit Sauerrahm an, ging über Eier mit Speck bis hin zu Toasts mit Konfitüre und Honig, Und natürlich ein kleiner Obstsalat zum Schluss. Claus schleppte nacheinander alles an.

Das Frühstück zog sich hin, allein wegen der erstaunlichen Mengen, die die beiden zu sich nahmen. Gisela sorgte sich nur ein ganz klein wenig darum, ihre 45 kg auf der Kreuzfahrt zu halten. Bei den letzten Löffeln des Obstsalats verschluckte sich Gisela, versuchte aber möglichst leise zu husten.

„Soll ich auf Deinen Rücken klopfen?"

„Ach was, ich habe doch keinen Schluckauf, sondern habe nur ein Stückchen Apfel in den falschen Hals bekommen. Vorher habe ich mich nur etwas umgeschaut und da hat mich bald der Schlag getroffen."

„Häh?"

„Gerade ist Annette zum Buffet gelaufen."

„Annette?"

„Ja, die Sekretärin von Stefan Neuhaus. Die Annette, die ich im Krankenhaus kennengelernt habe."

„Komischer Zufall. Dekan und die Sekretärin an Bord. Sehr seltsam, die beiden gleich im Doppelpack an Bord. Die haben sich hier bestimmt verabredet und reisen gemeinsam. Aber sollen sie doch machen, was sie wollen. Aufpassen sollten wir dennoch."

Kurze Zeit später kamen Akilas und das Brautpaar in den Frühstückssaal. Sie entdeckten Gisela und Claus und setzten sich an den Nachbartisch. Gisela platzte gleich mit der Neuigkeit heraus.

„Ihr werdet es nicht glauben, Annette ist auch an Bord!"

Ingeborg antwortete nur lapidar:

„Schau an. Wo der Dekan ist, ist Annette nicht weit."

Dabei entdeckte Gisela bei ihrer Freundin ein verstecktes Lächeln. Gisela wurde misstrauisch.

„Ingeborg. Das wundert Dich nicht wirklich, oder? Du weißt, dass ich Herrn Neuhaus bei seinem Besuch geschickt von dieser Reise vorgeschwärmt habe. Ich habe ihm sogar einen Internetausdruck der Reise mitgegeben, weil er so interessiert klang. Er hat angebissen, das ist Glück gewesen. Du wolltest, dass ich ihm die Reise schmackhaft mache. Ich durchschaue Dich!"

„Tja, Gisela, Du kennst mich. Ich habe mir das fast gedacht. Ich habe noch eine Überraschung für Euch. Ich wollte es Euch jetzt sowieso sagen. Ihr werdet auch irgendwann Herrn Stikowski begegnen."

„Nein! Echt? Wie? Was?"

„Ach, ich habe Euch doch von dem Fernsehbeitrag erzählt, wonach der Staatssekretär Dr. Stikowski als Bevollmächtigter das nächste Kulturfest ‚Griechische Nächte am Maschsee' vor Ort koordinieren soll, indem er geeignete Künstler einlädt und versuchen soll, die Kosten gering zu halten. Er soll also eher begabte Nachwuchskünstler verpflichten. Die muss er aber erstmal hören, sehen und ansprechen. Es war nicht so schwer herauszubekommen, dass er das gegen eine geringe Eigenbeteiligung mit einer Kreuzfahrt verbinden durfte. Eine Abgeordnete im Landtag hat mir netterweise geholfen und sogar Zeit und Schiff mitgeteilt, da war es leicht, Matthias diese Reise schmackhaft zu machen. Dass hier sogar Dialysen möglich sind, war doppeltes Glück. Wir hätten es sonst ohne Euch machen müssen. Gisela und Claus, sorry. Ich habe mich aber so gefreut, dass es ausgerechnet ein Dialyseschiff ist. Und Matthias. Du weißt, was ich im Prospekt angestrichen hatte. Du bist durchschaubar, mein Liebster."

„Du hast mich manipuliert? Ich bin empört, ein anderes, stärkeres Wort fällt mir gerade nicht ein. Du wolltest eine Schnüffel-, keine

Hochzeitsreise. Du wolltest von vornherein genau diese Kreuzfahrt unternehmen. Und mir flötest Du was vor von schöner Reise, wenn wir den Stress hinter uns haben. Ich glaube es ja nicht. Zur Buße, äh, ja was? Da sage ich mal, äh, äh: zwei Jahre keine neuen Kleidungsstücke. Mindestens zwei Jahre. Und auch keine Restaurantbesuche und Du musst jeden Tag kochen! Vielleicht lernst Du es dabei endlich. Ach Inge, warum hast Du das gemacht, wenn Du genau wusstest, dass ich so etwas hasse. Warum, um Gottes Willen, immer diese Alleingänge?"

„Entschuldige bitte, ich wollte es Dir sagen, aber in dem Trubel um Hochzeit, vermasselten Umbau und Umzug ist das untergegangen. Vielleicht kommen wir ja doch der Lösung der Fälle näher. Wenn sich ergibt, dass diese Christa einfach Pech hatte und Petra Eckels Tod ein Unfall war, dann ist es auch gut."

Akilas sah irgendwie unglücklich aus. Er sagte in einem gequälten Ton:

„Oh, oh, ich glaube, ich bin an allem schuld. Ich habe zu Ingeborg gesagt, es wäre doch lustig, wenn wir Leute aus der Uni auf dem Schiff träfen. Nach dem Motto ‚Die Welt ist klein'."

Die vier älteren Herrschaften redeten sofort und gleichzeitig auf Akilas ein, dass er überhaupt nichts mit Ingeborgs Aktion zu tun hätte und doch Hauptsache sei, dass sie jetzt gemeinsam eine kleine Traumreise erleben könnten.

Matthias knickte ein:

„Bah, so ganz glaube ich nicht an ein Versehen. Aber Strafe muss sein: Kochen und an Land nichts zum Anziehen kaufen. Einverstanden oder keine Hochzeit! Ich hasse diese Aktionen hinter meinem Rücken und die Manipulationen. Du bist nicht mehr allein, wir sind doch ein Team und ein Paar."

„Na gut. Okay, akzeptiert. Ich hätte Dich gleich einweihen können, anstatt Dir diese Reise unterzujubeln. Poldi wusste natürlich Bescheid. Ich gestehe aber, dass das schon Spaß gemacht hat, weil Du so leicht zu steuern bist, mein Liebling. Wenn ich auf Land in der nächsten Zeit nichts zum Anziehen kaufen darf, dann werde ich hier in den Boutiquen sicher was Hübsches finden."

„Untersteh Dich."

Claus schaute irritiert, Gisela erleichtert, als sich das Brautpaar umarmte. Akilas freute sich auch, dass kein Zerwürfnis aus Ingeborgs Aktionen wurde.

24

Claus und Matthias machten sich fertig zu einem Ausflug auf die Insel Samos, Geburtsort von Pythagoras und Epikur. Sie freuten sich auf Nachhilfe in griechischer Geschichte und die vielen historienträchtigen Orte. Sie interessierten sich insbesondere für die Besichtigung der Überreste des alten Hafens Pythagorion und den über einen Kilometer langen unterirdischen Tunnel des Eupolides, ein Aquädukt aus dem 6. Jahrhundert vor Christus.

Ingeborg wollte lieber an Bord bleiben. Sie meinte zu Matthias, dass sie Gisela und Akilas Gesellschaft leisten wollte, vielleicht mit ein bisschen Arbeit an ihrem Buch, weil sie im Zeitplan doch arg hinterher seien. Das hatte sie jedoch überhaupt nicht im Sinn. Sie behauptete gegenüber den anderen an Bord gebliebenen Freunden, sich auf dem Balkon ihrer wundervollen Suite etwas den Wind um die Nase wehen zu lassen und dann später zu den beiden anderen dazuzukommen. Akilas und Gisela hatten bereits einen Spielsalon mit Schachtischen sowie Scrabble-, Gedächtnis-, Strategie-, Kooperations-, Würfel- und Kartenspielen entdeckt. Da Gisela noch leicht benommen von der Dialyse war und ein Schlafdefizit hatte, wollten Akilas und sie erstmal nicht arbeiten, sondern sich durch all die schönen Spiele kämpfen, soweit sie zu zweit spielbar waren. Mit Ingeborg wollten sie später weitere Spiele ausprobieren.

Da man manches an Bord mit Namen, anderes mit Zimmernummern buchen konnte, begann viel Lauferei für Ingeborg. Sie schaute z.B. im Spa-Bereich, ob jemand der glücklichen Drei – Stefan, Annette, Stikowski – Kosmetikbehandlungen gebucht hatte, Zeit für Massagen reserviert oder Friseurtermine ausgemacht hatte. Genauso schaute sie in der Sauna nach Reservierungen für bestimmte Zeiten, schau an, ein Stefan Neuhaus hatte für zwei Personen für den späten Nachmittag gebucht. Zum Glück ging das alles mit Listen und Eintragungen. Sonst wäre der Zugang zu den Informationen viel schwieriger gewesen. Ein Relikt aus nicht-digitalen Zeiten. Das Analoge war wohl Absicht, um aus Rücksicht auf die vielen älteren Herrschaften nicht alles per Bildschirm buchen zu lassen. Und um die Rezeption zu entlasten. Die Rezeptionisten hatten schon genug mit den Ausflugswünschen der nicht-digitalen Herrschaften zu tun. Apropos Rezeption: Dort wollte Ingeborg noch herausfinden, welche Ausflüge die drei Verdächtigen gebucht hatten. Das wurde knifflig. Die Dame hinter dem Tresen wies auf den Datenschutz hin und verweigerte die Auskunft. Außerdem, so sagte sie, haben wir jeden Tag derart viele verschiedene Ausflüge, Besichtigungen, Vorträge, Stunden am Strand, Einkaufsbummel, dass es viel zu mühselig sei zu suchen.

„Aber Sie haben das doch alles online verbucht, entweder früher schon von den Passagieren reserviert, hier am Tresen oder von den Gästen über den Fernseher auf der Kabine, da können sie bestimmt nach Namen oder Zimmernummern suchen. Und auf einen Klick kommen sämtliche Infos."

„Ich darf es Ihnen aber nicht sagen."

Ingeborg versuchte es mit gebrechlicher alter Frau, mit Überraschung für Lotteriegewinner, sogar mit 100 Euro unter dem Tresen. Nichts, die Rezeptionistin ließ sich nicht erweichen. Frustriert ging die Kriminalistin in Richtung des Salons der Spiele, wo Akilas und Gisela ganz allein saßen und gerade ein lustiges Würfelspiel namens ‚Tutto' unter Lachen und Fluchen ausprobierten. Fast jedes Spiel gewann Akilas. Er kommentierte sein Würfelkönnen nur:

„Tja, Glück im Spiel, Pech in der Liebe."

„Unsinn, Akilas, Du bist doch ein gutaussehender, fescher, intelligenter junger Mann. Da findet sich bestimmt bald die Richtige."

„Aber sicher nicht in Deutschland. Sowohl die Frauen als auch erst recht deren Eltern wollen fast nie Schwarze. Ich traue mich schon gar nicht, jemanden anzusprechen. Und in Nigeria ist der Markt verlaufen, wenn ich wieder zurück bin. Dann bin ich in einem schlechten Alter, um eine clevere, hübsche und erfolgreiche Frau heiraten zu können."

„Na, Du hast Ansprüche. Äußerlichkeiten, Cleverness und dann auch noch Erfolg. Ziehe mal Deine Ansprüche über keine zu hohe Latte. Gibt es überhaupt erfolgreiche Frauen in Nigeria?"

„Aber ja. Es sind nicht sehr viele, aber in Deutschland sind es auch nicht gerade Massen. Frauendiskriminierung gibt es überall. Das beste Beispiel für eine erfolgreiche Nigerianerin ist Ngozi Okonjo-Iweala. Die wurde 2021 Generaldirektorin der WTO, also der Welthandelsorganisation. Wirtschafts- und Finanzministerin war sie auch zeitweise in Nigeria. Andere gibt es natürlich auch. Man muss allerdings schon zugeben, dass diese Frauen es meistens nur deshalb schaffen, weil sie gebildete Eltern haben, die gegen alle Widerstände versuchen, die intellektuellen Potenziale auch ihrer Töchter zu fördern. Frau Okonjos Eltern waren beispielsweise beide Professoren. Auch in der Wissenschaft gibt es also vereinzelt erfolgreiche Frauen. Und Schriftstellerinnen wie Chimamanda Ngozi Adichie, die hat Weltruf. Auch deren Eltern waren übrigens beide Akademiker. Ihr Roman ‚Americanah' aus dem Jahr 2013 wurde zu einem weltweiten Bestseller. Habt Ihr vielleicht gelesen. Das Werk wurde nämlich von der New York Times in eine Liste der bedeutendsten fiktionalen Bücher des 21. Jahrhunderts aufgenommen. Und Claus hat mir mal erzählt, dass er die Büchertipps der New York Times gern liest und sich viele der empfohlenen Bücher kauft. Die Entwicklung in Nigeria ist jedoch insgesamt nicht gut. Wir hatten vor etwa fünfzehn Jahren mal eine Kampagne, wonach im Parlament eine Frauenquote von fünfunddreißig Prozent eingeführt werden sollte. Tatsächlich war die Quote bei der nächsten Wahl mickrige vier Prozent."

„Darf ich Eure interessante Unterhaltung über Akilas Traumfrau kurz unterbrechen?"

Ingeborg war an den Tisch getreten und bat darum, mitspielen zu dürfen.

„Klar Ingeborg, diese Würfelei kann man auch zu mehreren spielen."

Sie setzte sich also dazu, nahm dann noch einmal die Traumfrau-Diskussion auf, indem sie ergänzte:

„Akilas, hast Du Dir schon mal überlegt, ob Du ein Traummann bist?"

„Bin ich eigentlich. Ich studiere im Ausland, bin für sechs Semester in Deutschland, werde hoffentlich mal Akademiker sein und habe gebildete, einigermaßen wohlhabende Eltern. Ich bin eine fast gute

Partie. Aber es läuft nicht gerade gut für mich. Ich bin im falschen Alter, wenn ich zurück in Nigeria bin."

„Aber erst einmal bist Du nur Student. Hast Du Dich mal bei Deinen Kommilitoninnen in Göttingen versucht. Vielleicht hast Du Chancen."

„Och, als Schwarzer werde ich sowieso abgelehnt."

„So pauschal kannst Du das aber nicht sagen. Kann vielfach so sein, aber es gibt in Deutschland durchaus viele Ehen mit einem schwarzen und einem weißen Partner. Schau doch auch nicht so sehr auf das Elternhaus. Es können auch junge Menschen erfolgreich in der Ausbildung, im Beruf sein, die schwierige Verhältnisse in der Jugend hatten. Merkst Du, dass Du unterschwellig selbst diskriminierst, z.B. gegen ärmere Menschen und gegen Frauen?"

„Bei den Frauen gucke ich gar nicht nur auf die Herkunft. Ich hoffe nur, dass ich mit akademischem Titel und meinen Eltern vielleicht doch punkten kann bei tollen Frauen."

Dann unterstellst Du, dass diese Frauen ärmeren Männern eher keine Chancen geben."

„Ich sag' mal, Frauen sind so. Wie oft heiraten junge, hübsche Frauen sehr viel ältere hässliche Männer mit viel Geld? Familiärer Hintergrund, gesellschaftlicher Stand, Reichtum und Titel. Das zählt für die begehrenswerten Frauen. Wenn ich zurück bin, bin ich für tolle Frauen leider eher uninteressant. Entweder sind sie schon verheiratet oder ich muss erst richtig reich werden, um als alter Knacker noch eine zu finden."

„Alle Frauen sind so?"

„Naja, die hübschen Mädels halt. Die anderen bekommen keinen reichen Mann ab. Ganz einfach."

„Was hast Du denn für ein Frauenbild? Gehören wir etwa zu den Hässlichen, die keinen Millionär abbekommen haben? Raus mit der Sprache!"

„N-Nein, ääh, also ich meine, Ihr habt ja selbst was aus Euch gemacht. Aber bestimmt mit einem fördernden Elternhaus. Klar, solche gebildeten, interessanten Frauen gibt es auch. Und natürlich so etwas wie irrationale Liebe könnte es auch geben. Habe ich aber noch nie erlebt, weder das rationale noch das irrationale Schwärmen."

„Sei geduldig, mein Lieber. Und, Akilas, meine Mutter war alleinerziehend, hatte verdammt wenig Geld, und ich habe trotzdem Claus geheiratet und es bis zur Professorin geschafft."

Akilas schwieg einen Moment betreten und foppte Gisela, indem er sagte:

„Also Claus ist nun nicht gerade ein Traummann, der hätte sowieso keine tolle Frau abbekommen. Da hätte er viel mehr Geld verdienen oder besser aussehen müssen. Ihr passt ganz gut zusammen."

Gisela sagte verblüfft und sehr irritiert nur:

„Was?"

„Ehe Du sauer wirst, Gisela, das war ein Witz. In Wirklichkeit glaube ich, dass Ihr so oder so geheiratet hättet. Bah, Ihr habt mich überführt, dass meine Kategorien wohl auch etwas sehr vereinfachend sind. Und außerdem habe ich mit meinem letzten Würfeln einen ‚Tutto' mit 650 Punkten. Laut Karte darf ich den Betrag verdoppeln, habe also satte 1.300 Punkte. Damit komme ich über die 6.000er Marke und habe gewonnen. Ich sag' ja: Glück im Spiel."

Ingeborg wechselte das Thema.

„Gisela, Du gehst doch gern in die Sauna, oder?"

„Ja, schon. Warum fragst Du?"

„Ich habe Dich für 17.30 Uhr heute eingetragen."

„Du trägst mich einfach so ein? Ich wollte eigentlich mit Claus ein paar Runden um das Schiffsdeck drehen."

„Naja, ich habe gesehen, dass unser Dekan für zwei Leute gebucht hat."

„Häh?"

„Sei nicht so schwer von Begriff. Ich wette, dass das der Dekan und Annette sind."

„Und was soll ich da? Sauna ist schon gut. Die Hitze mag ich, gerade wegen dieser eklig heruntergekühlten Räume auf dem Schiff. Aber mit den beiden? Ich mache das höchstens, wenn man ein Saunatuch tragen muss. Nackig gehe ich da nicht rein, wenn tatsächlich diese beiden auch mit saunieren."

„Saunatuch ist bestimmt nicht verboten. Vielleicht sogar Pflicht. Hier ist man eher prüde. Du kannst Dir dort bestimmt ein Tuch leihen. Und was Du sollst? Ganz einfach, Du sollst rauskriegen, wie groß deren Hass gegen die Eckel war?"

„Wie soll ich das denn anstellen? Ich kann die beiden so etwas doch nicht einfach fragen. In der Sauna schon gar nicht, das ist aussichtslos."

„Höre erst einmal nur zu, was die erzählen, und dann mischst Du Dich ein. Notfalls arbeite mit Erpressung, weil Du von deren Verhältnis weißt."

„Das werde ich bestimmt nicht machen. Weiß doch sowieso jeder von der Affäre."

„Die jeweiligen Ehepartner aber vielleicht nicht. Na, dann hör' nur zu und reagiere spontan. Akilas, kannst Du uns bitte einen kleinen Snack holen. Es ist schon fast 12.00 Uhr."

„Jawohl, die Damen. Was wünschen die Damen? Ihr Diener macht sich sofort auf den Weg."

„Hör auf mit dem Diener-Quatsch. Und Gisela, wie wäre es mit einer kleinen Fastfood-Sünde? Cheeseburger vielleicht?"

„Au ja, und bring Dir auch was mit, Akilas. Und Pommes für alle."

Als Akilas weit genug entfernt war, wurde Ingeborg ernst.

„Ich bin es irgendwie leid, jedes Wort dreimal zu überlegen, um Akilas nicht versehentlich zu beleidigen, herunterzusetzen oder unabsichtlich über ihn zu verfügen. Wir beide wählen bestimmt auch nicht immer die richtigen Worte, wenn wir miteinander diskutieren. Aber wir wissen doch immer, wie es gemeint ist."

„Es stimmt mit den Fettnäpfchen, die wir zielsicher ansteuern. Aber schau mal, das Deutsche ist für Akilas immer noch eine Fremdsprache. Selbst wenn er perfekt spricht, so muss er doch immer überlegen, in welchem Zusammenhang Worte und Sätze gemeint sein können. Er ist immer noch unsicher und vertraut uns wohl nach wie vor nicht vollkommen. So wären wir bestimmt auch, wenn wir solche Diskriminierungserfahrungen wie er gemacht hätten. Also sollten wir weiter unsere Worte möglichst sorgsam überlegen. Es wird nicht immer gelingen und dann bleibt nichts anderes übrig als zu erklären, was wir meinen."

„Du hast recht, ich bin nur leider manchmal zu spontan. Was sollte z.B. diese Diener-Anspielung? Ich habe ihn doch nur gebeten, weil er besser auf den Beinen ist als wir. Er ist halt jünger. Ich möchte bei solchen Bitten nicht immer daran denken, wie die Kolonialherren die Menschen in Afrika behandelt haben. Also muss ich wohl am besten nie um etwas bitten. Dann hole ich demnächst alles selbst und bitte nie wieder um einen Gefallen."

Ingeborg seufzte und sah unzufrieden aus. Nach einer kurzen Schweigezeit kam Akilas mit den Kaloriensünden zurück. Ohne jedes schlechte Gewissen vergnügte sich die kleine Gesellschaft mit den drei Cheeseburgern und einem Berg Pommes frites. Nach dem Essen erbot sich Ingeborg, drei Cappuccino zu holen, also auch zu Diensten zu sein. Aktilas schaute pikiert.

„Es sind ja keine Italiener im Raum, die uns erklären, dass Cappuccino ab mittags geradezu eine Sünde ist. Mir sowieso egal, ich kann zu jeder Tages- und Nachtzeit Kaffee in allen Formen trinken. Also drei für uns?"

Gisela und Akilas nickten und Ingeborg verschwand. Akilas druckste ein paar Sekunden herum und kam dann endlich mit einer Frage heraus:

„Weißt Du, vielleicht bin ich nur irritiert. Aber meinst Du nicht, dass Ingeborg irgendwie leicht gestört ist? Ich weiß, so sagt man das nicht. Aber ist es nicht so? Wenn sie sich selbst beispielsweise eine Aufgabe setzt, dann hängt sie sich wie verrückt rein. Bei unserem Buch ist das sicher gut. Wenn ich bei ihr zur Nachhilfe bin, dann vergisst sie alles um sich herum und lässt nicht eher locker, bis wir das letzte Detail ausdiskutiert haben. Das ist echt anstrengend. Sie macht dann noch wilde Sachen wie dieses Detektivspielen. Es gibt zwar allerhand über Frau Eckel zu erzählen und es gibt möglicherweise Fragen zu dem Tod der Lebensgefährtin durch das Pilzgericht, aber mal im Ernst: Die Polizei hat doch alles untersucht und sagt, es sei jeweils ein Unfall gewesen. Und jetzt nutzt Ingeborg sogar ihre Hochzeitsreise, um uns hier mit Verdächtigen zusammenzubringen. Und zu Matthias war sie gemein, ihn so zu manipulieren. Sie hätte gleich fragen können, ob er diese Reise mit ihr machen will und dass Stikowski an Bord ist, um ein Kulturfest organisieren zu helfen. Warum diese Geheimniskrämerei? Das ist doch blöd, oder? Und warum hat sie nicht gleich das ganze Schiff gemietet? Viele Studenten konnten unsere Ekel überhaupt nicht leiden, haben wegen ihr sogar ein oder zwei Semester länger studieren müssen. Oh, hat sie mich etwa auch auf das Schiff gelotst? Bin ich auch verdächtig? Vielleicht sogar ganz besonders? Und dann noch etwas; sie redet mit Stofftieren. Wie merkwürdig ist das denn?"

„Ich kann Dich beruhigen. Sie zählt Dich nicht zu den Verdächtigen. Sie hat 100% Vertrauen zu Dir. Außerdem zählt sie Dich und uns zu den Detektiven. Tja, und gestört, hmm. Nein, auch nicht, manchmal nur nicht zu bremsen, wenn sich eine Idee in ihrem Kopf festgesetzt hat. So hat sie früher auch ihre im positiven Sinne originellen wissenschaftlichen Aufsätze geschrieben. Da hat sie selten danebengelegen. Und zwei Todesfälle hat sie immerhin schon aufgeklärt. Sie hat einen echt guten Riecher. Ich folge ihr einfach. Naja, und der Poldi. Sie hatte früher niemanden und hat ihm alles erzählt, was sie so macht und plant. Er war Partner ihrer Selbstgespräche und gehört seitdem einfach dazu. Und jetzt ist Matthias in ihrem Leben, vorher war sie immer allein und hat alles allein entscheiden müssen. Das wirkt wohl nach."

„Na, wenn Du meinst. Wie hält denn Matthias das alles aus?"

„Er mag sie halt. Sie ist belesen, kann gut erklären, ist politisch bewandert. Und eigentlich himmelt sie ihn an, fast noch mehr als umgekehrt. Das genießt Matthias. Er will sie unbedingt heiraten. Den Grund dafür verstehe ich, ehrlich gesagt, auch nicht so genau. Jedenfalls wette ich, dass Du auch Detektivaufgaben bekommst."

„Hoffentlich nicht. Ich bin leicht durchschaubar, glaube ich."

Ingeborg kam mit dem Kaffee zurück. Sie verließen den Spielsalon und setzten sich in drei Liegestühle an Deck. Es war herrlich ruhig, allein deshalb, weil ein Großteil der Passagiere noch auf der Insel verschiedenen Vergnügungen oder Lehrreichem nachging. Ingeborg konnte die anderen beiden dazu bringen, mit ihr zu überlegen, wie sie am besten Kontakt zu den wenigen Verdächtigen bekommen könnten. Gisela sollte also in die Sauna gehen, um Stefan Neuhaus und seine Sekretärin zu belauschen. Danach versuchten sie aus all den Angeboten die Wahrscheinlichkeiten zu bestimmen, welche Ausflüge Neuhaus, Talwer-Kassebaum und Stikowski buchen könnten. Das musste aber scheitern, weil sie ja die Vorlieben und Interessen der Eckel-Bekannten nicht einmal erahnten. An das Diskriminierungsbuch dachten sie bei ihren Ratereien wieder einmal mit keiner Silbe.

Die ersten Ausflügler kamen zurück aufs Schiff. Die drei Neugierigen positionierten sich so, dass sie die Ankommenden mit einem

Fernglas gut erkennen konnten. Nur Akilas verließ sich allein auf seine jugendlich guten Augen. Siehe da, da kam Herr Stikowski zurück, neckisch gekleidet mit Shorts und einer Art Buschhemd. Seine Begleiterin, mit der er händchenhaltend wieder an Bord ging, war weniger auffällig gewandet, sah aber miesepetrig aus.

„Eieiei, der ist mit seiner Frau oder einer Freundin an Bord. Hoffentlich nicht auch vom Ministerium bezahlt."

„Ingeborg, Du hast noch jemanden an Bord gelotst. Ich glaub' es ja nicht."

„Was, Akilas? Wie kommst Du denn darauf? Ich habe alles gesagt, bestimmt nichts verschwiegen! Ich wusste nichts von der Damen-Begleitung Stikowskis."

„Die meine ich nicht. Aber Du hast doch nur gesagt, dass Du uns auf das Schiff gelotst hast, mit dem Stikowski fährt. Und dass Gisela den Dekan zum Mitfahren animiert hat."

„Ja, stimmt doch."

„Eben nicht. Da läuft er, Simon Arndt, ein paar Meter hinter diesem Stikowski, wie Du ihn beschrieben hast. Dieser kräftige und große junge Mann ist unübersehbar."

„Unsinn. Das kann nicht sein. Ich hatte keinerlei Kontakt zu ihm. Ich kenne den gar nicht."

„Das ist er aber. Zu 100%."

„Das macht doch gar keinen Sinn? So viele Zufälle gibt es nicht."

„Ich kann mich nur wiederholen, das ist Simon Arndt."

„Das kann wirklich nicht sein. Akilas, hast Du Dich wirklich nicht verguckt? Haben sich Deine Augen verschlechtert?"

„Na, hör' mal. Ich habe mit dem schon gemeinsam im Seminar gesessen und für einige Eckel-Rechercheaufträge mit ihm sprechen müssen. Dieses pummelige Riesenbaby mit Alkoholikernase, sorry, kenne ich allzu gut."

„Egal, wie er ist und was er macht. So redet man nicht über Leute. Du magst doch auch nicht, wenn Du vorschnell kategorisierst wirst."

„Ihr kennt den nicht. Arrogant und dumm. Eine unheilvolle Kombination, wenn dazu noch Alkohol und Drogen kommen. Ich kenne ihn nur halb weggetreten."

„Hmm, ich glaube es immer noch nicht, auch wenn Du sehr sicher zu sein scheinst. Ich versuche trotz meiner Zweifel mal rauszukriegen, ob ein Simon Arndt an Bord ist. Oder Gisela, kannst Du mal zur Rezeption gehen? Häng' mal Deinen Professorentitel raus und frag', ob Dein Doktorand Simon Arndt an Bord ist. Du glaubst, ihn von weitem erkannt zu haben. Das wäre für Dich eine nette Abwechslung, mit Herrn Arndt zu plaudern. Du möchtest von ihm wissen, was aus ihm geworden ist. Dabei stützt Du Dich am besten ganz leidend auf Deinen Rollator."

„Nee, Ingeborg, so geht das nicht. Was, wenn er angefragt wird, ob er seine ehemalige Doktormutter sehen möchte? Wenn er nicht an Geister oder an eine wiedergeborene Eckel glaubt, wird er sofort misstrauisch, wer ihn da sprechen möchte. Das ist also zu riskant."

„Okay, dann gehe eben über Deine Lehrveranstaltung im letzten Jahr. War er mal in Deinem Seminar?"

„Einmal, glaube ich. Im Schlepptau der Eckel. Okay, ich probiere es. Die arme schwerkranke Professorin sucht den Kontakt zu einem ehemaligen Seminarteilnehmer. Ist ziemlich dünn, aber vielleicht sagen die Schiffsleute mir was. Also gehe ich erst zur Rezeption und später in die Sauna."

„Soll ich mitgehen in die Sauna?"

Gisela hüstelte, ehe sie Akilas antwortete:

„Ach nein, das brauchst Du nicht. Ich komme bestimmt klar. Ich nehme den Rollator bis zur Sauna und innen hangele ich mich an den Bänken entlang, bleibe sowieso nahe der Tür. Ich möchte ja nicht auffallen. Und es würde ganz schön Gerede geben, mehr als jetzt schon, wenn wir beide zusammen saunierten."

„Also, ich spiele auch gern den jugendlichen Lover."

Bei diesen Worten warf Akilas, so gut er konnte, Gisela verliebte Blicke zu.

„Untersteh' Dich. Ich glaube, Claus würde Dich über Bord werfen."

„Schafft er nicht, ich bin zu schwer."

„Dann schubst er Dich eben, wenn Du mal wieder an der Reling stehst, um mit Deinen Adleraugen entfernte Passagiere zu erkennen."

Alle drei Möchtegern-Detektive lachten herzlich.

Kurze Zeit danach brach Gisela zur Rezeption auf. Akilas begleitete sie. Wie immer zogen sie viele neugierige Blicke auf sich. An der Rezeption blieb Akilas im Hintergrund und Gisela stützte sich übertrieben schwer auf ihren Rollator, als sie langsam zum Tresen schlurfte.

Sie musste etwas warten, bis sich eine der Schiffsdamen erbarmte, Gisela nach ihrem Begehr zu fragen.

„Entschuldigen Sie bitte, dass ich Sie mit einem privaten Anliegen belästige. Ich bin Professor Dr. (nur nicht zu üppig gendern, schon steckt man in einer radikal-feministischen Ecke) Gisela Kubon-Gilke aus dem sechsten Deck. Hier mein Bordausweis und mein Behindertenausweis. Wie sie auf den Ausweisen sehen, bin ich mehrfach behindert, sogar mit einem attestierten Behinderungsgrad von 100%, da ich neben meiner Mobilitätseinschränkung auch dialysepflichtig bin. Ich kann deshalb nicht viele Bordangebote nutzen. Nun habe ich zufällig bei der Rückkehr einer Gruppe auf das Schiff gesehen, dass einer meiner Seminarteilnehmer an Bord zu sein scheint. Er sah jedenfalls so aus wie er. Leider war ich zu langsam, um ihn ansprechen zu können. Es wäre für mich ein großer Gewinn, wenn ich ein paar interessante Gespräche an Bord führen könnte. Es ist ansonsten für mich wenig abwechslungsreich. Könnten Sie bitte mal nachschauen, ob ein Simon Arndt an Bord ist und mir sagen, wie ich ihn kontaktieren kann?"

„Also eigentlich darf ich solche Auskünfte nicht geben."

„Und uneigentlich? Außerdem habe ich Ihnen den Namen genannt, nicht Sie mir. Ein einfaches ‚ja' oder ‚nein' genügt. Ach, bitte. Das könnte mir den Aufenthalt viel interessanter machen."

Gisela setzte ihren melancholisch-traurigen Gesichtsausdruck auf und erweckte tatsächlich empathische Gefühle in der Rezeptionistin.

„Na gut, nach dem Namen kann ich ja mal suchen."

Kurze Zeit später kam die Information:

„Simon Arndt, sagten Sie? Also einen solchen Namen habe ich hier tatsächlich."

„Oh, wie schön. Und wie kann ich ihn kontaktieren?"

„Details darf ich wirklich nicht nennen. Aber haben Sie vielleicht eine Visitenkarte? Dann könnte ich die in sein Zimmer legen lassen mit dem Hinweis, dass Sie ihn gern kontaktieren würden. Soll ich was dazu notieren, warum Sie ihn sprechen möchten?"

Gisela überlegte kurz, dann hatte sie einen Gedankenblitz zu einem leicht gefährlichen Manöver,

„Ach ja, bitte schreiben Sie, dass es um ein Promotionsangebot geht."

Gisela überreichte ihre Visitenkarte und bedankte sich mit Leidensmiene vielmals bei Ihrem Gegenüber. Danach gingen Akilas und Gisela zurück zu dem Deck, wo Ingeborg noch im Liegestuhl lag.

„Kommt, Ihr beiden, es ist schon nach 15.00 Uhr. Claus und Matthias müssten bald zurück sein. Wollen wir schon mal ins Treffpunkt-Café gehen?"

Als sie in dem Café ankamen, waren die Ausflügler schon da und tranken beide einen Kinderkaffee, also einen Latte Macchiato.

„Hallo, Ihr beiden. Wie war Euer Ausflug?"

„Schön."

„Wie schön?"

„Sehr schön."

„Ist das alles, was Ihr zu berichten habt?"

Claus hatte offensichtlich schlechte Laune:

„Lest Euch halt durch, was als Beschreibung zu unserer Tour steht. Das alles haben wir gemacht. Und es war schön. Und interessant."

„Na gut. Wenn Ihr nichts sagen wollt, dann halt wir. Wir sind ein bisschen weiter und haben eine Überraschung für Euch. Simon Arndt ist auch an Bord."

Claus und Matthias blickten ratlos, der Name sagte ihnen nichts. Matthias hatte eine Eingebung:

„Ah, hat Ingeborg noch etwas gemauschelt? Typisch!"

Ingeborg widersprach sogleich:

„Kein Stück gemauschelt. Ich verstehe es auch nicht, aber Akilas hat Arndt sicher erkannt. Sagt er."

„Glaube ich nicht."

Gisela mischte sich ein.

„Doch, es stimmt. Hat mir die Dame an der Rezeption gesagt. Vielleicht bekomme ich Kontakt zu ihm. Ich habe eine Kontaktanfrage über die Rezeption gestellt, die eine Promotionsbetreuung in Aussicht stellt. Vielleicht kann ich so herausbekommen, warum er an Bord ist. Noch etwas: Ich gehe in die Sauna, genau zu der Zeit, für die sich wohl der Dekan und seine Sekretärin auch angemeldet haben."

Claus hatte Bedenken:

„Wenn Casanova und seine Freundin Dich sehen, müssen die doch misstrauisch werden."

„Nein, die wissen doch, dass Gisela diese Reise macht", meinte Ingeborg. „Gisela hat ja für die Reise geworben. Ich nehme an, die haben sich gefreut, dass sie ihr Techtelmechtel, na eher Liebschaft, auf dem Schiff ausleben können."

Gisela ergänzte: „Ingeborg hat herausgefunden, dass Neuhaus und Annette sich in knapp einer Stunde gemeinsam für eine Saunaeinheit angemeldet haben. Glaubt sie jedenfalls, da Neuhaus für zwei Personen reserviert hat. Da noch Plätze frei waren, hat sie mich eben gleich mit aufgeschrieben. Ich muss mich also bald für die Sauna fertigmachen."

Claus schaute entgeistert auf seine Frau und sagte wenig sensibel:

„Du willst Dich tatsächlich zu den schönen Körpern setzen? Ist Dir das nicht peinlich, in Deinem Alter und mit all Deinen Falten?"

„Oh, wie charmant von Dir. Mit einem Saunatuch um mich herum werden mich die anderen Saunabesucher hoffentlich aushalten und ich werde vielleicht ihr ästhetisches Empfinden nicht zu sehr stören", frotzelte Gisela zurück. „Schönheit liegt im Auge des Betrachters. Meine liegt offensichtlich nicht in Deinem Auge."

„So habe ich das doch nicht gemeint. Deine Freundin Annette ist viel jünger und dadurch knackiger als Du. Und Casanova hat selbst Dich beeindruckt durch gutes Aussehen und Charme. Da können wir alten Leutchen doch alle nicht mithalten, sofern wir uns nicht durch Mittelchen und OPs künstlich jung halten wollen. Wie willst Du Dich in der Sauna überhaupt bewegen? Wehe, Du fällst da hin."

„Alter Unkerich. Ich passe schon auf. Zur Sauna nehme ich den Rollator, innen halte ich mich an irgendwas fest. Begleitet mich jetzt jemand zu oder in mein Zimmer, damit ich vor der Sauna noch ein paar Minuten ruhen kann?"

Akilas und Claus riefen gleichzeitig ‚Ich!' und standen auf.

Gisela erwiderte lachend:

„Okay, ich nehme beide Kavaliere. Wir lassen die Hochzeitsreisenden mal ein bisschen allein."

25

Claus war sich nicht sicher, ob seine Frau alleine in den Spa-Bereich finden würde, aber sie versicherte ihm, dass sie sich den Weg gut eingeprägt hätte: Deck 3, rechts durch den Saal der Glücksmaschinen, dann zweimal links - und schon wäre man da. Man könne es sich gut merken, da anschließend die Boutiquen mit den teuren Kleidungsstücken, den teureren Taschen und dem ganz, ganz teuren Schmuck kämen.

„Und wenn Du mal links und rechts verwechselst, dann läufst Du im Bademantel und am Rollator durch das ganze Schiff. Unsere beiden Bademäntel sind von der Größe L. Deiner ist Dir doch viel zu groß. Ich komme mit. Basta."

„Auch in die Sauna?"

„Gott bewahre. Es ist alles schrecklich genug hier."

„Du hast mir die Kreuzfahrt geschenkt, erinnerst Du Dich? Und jetzt grummelst und knotterst Du hier die ganze Zeit rum. Glaubst Du, dass mir das gefällt?"

„Nee, merke ich selbst, dass Du mich kritisch beäugst. Aber ich war so begeistert, dass ich ein Geschenk für Dich gefunden hatte, dass ich ganz vergessen habe, wie sehr ich Kreuzfahrten hasse."

„Die paar Tage wirst Du schon aushalten. Die Ausflüge sind doch gut."

„Ja, aber immer mit so vielen schrecklichen Leuten."

„Musst Du nur richtig aussuchen. Weißt Du noch, dass wir bei unserer kleinen Karibikfahrt eine Privattour hatten, nur wir beiden und ein Begleiter. Ich weiß nur nicht mehr, wo das war. Such' Dir keine Touren aus, wo Du Deine schlechte Laune weiter steigerst. Reiße Dich zusammen. Bitte, denn sonst freut mich die Reise auch nicht."

Claus seufzte und nickte kurz.

Den Weg zur Sauna ließ Claus Gisela nicht allein machen. Er versuchte auf dem Weg sogar zu lächeln und scherzte mit nicht lustigen Witzen. Immerhin ein Versuch.

Im Spa-Bereich angekommen, verabschiedete sich Gisela von ihrem Mann und verbot ihm, die ganze Zeit auf sie zu warten, um sie zum Schluss wieder zurückzugeleiten.

„Sei nicht albern. Ich wäre allein hergekommen, da komme ich auch wieder zurück. Die diversen links und rechts rückwärts und andersherum, dann im Aufzug hoch. Ganz einfach."

„Häh?"

„Ach, Du weißt schon. Nun geh endlich."

Im Spa-Bereich konnte sich Gisela tatsächlich ein Saunatuch ausleihen und es sich in einem diskreten Bereich mit winzigen Umkleidemöglichkeiten gleich in der ersten Kabine, direkt an der Sauna, umschlingen. Ihren Rollator stellte sie vor diese Kabine, denn es war zu eng darin mit einem am Boden fixierten Hocker, so dass der Rollator für die Kabine zu sperrig war. Dann ging sie ohne ihr Hilfsgerät wacklig los. Festhalten musste sie nicht nur sich selbst, sondern leider auch ihr Saunatuch, weil sie zu dünn war und weiteres Umwickeln nicht mehr möglich war. Jetzt wurde es schwierig. Mit einer Hand das Tuch halten, mit der anderen die Saunatür öffnen. Das Tuch weiter festhalten und an der oberen Saunabank entlanghangeln. Leider saßen in Türnähe schon zwei Personen auf der unteren Bank. Die musste sie umrunden, immer das Tuch in der Hand, die andere Hand an der oberen Bank. Sie war heilfroh, als sie saß, ohne ihr Tuch zu verlieren.

Die feuchte Hitze konnte sie höchstens zwei Minuten ohne Detektivaufgaben genießen, dann betraten Stefan Neuhaus und Annette Talwer-Kassebaum, ebenso mit Saunatuch, die heiße und feuchte Kabine. Sie steuerten zielstrebig nach links, um sich dann relativ weit weg von Gisela auf die obere Bank zu setzen. Sie saßen da und redeten kein Wort. Hätten sie geflüstert, hätte Gisela bei dieser Distanz auch nichts verstanden.

„Blöde Idee von Ingeborg, und ich bin drauf reingefallen", schimpfte Gisela mit sich selbst. Nach zehn Minuten, und mit dem Gefühl eines Hummers in kochendem Wasser, versuchte sich Gisela am Rückweg. Nun musste sie nicht nur um ihre Nachbarn auf der unteren Bank wieder herum. Direkt an der Tür saßen nun zusätzlich noch zwei Leute auf der oberen Bank, die Beine angewinkelt und etwas über den Rand der Bank hinausragend. Genauer gesagt ragte etwa ein Drittel ihrer Füße über den Rand. Das war jetzt eine echte Hürde. Ohne sicheren Halt konnte Gisela nicht gehen. Ihr Saunatuch musste sie auch halten. Und sie hätte die beiden Herren neben der Tür entweder an den Füßen oder am Unterschenkel greifen müssen, um sicher zur Tür zu kommen. Gisela wurde noch heißer als nur mit der Saunahitze. Vor lauter Drang nach draußen fragte sie letztlich leise:

„Könnten Sie bitte mal kurz die Beine hochnehmen, ich muss mich festhalten."

Die angesprochenen Männer kamen der Bitte ohne weitere Nachfragen nach, schauten Gisela nur mitleidig-unverständig nach. Insgeheim fragten die beiden sich, warum solch behinderte Menschen auf ein Kreuzfahrtschiff gelassen werden. Das Wort Inklusion kannten beide nicht. Immerhin ließen sie Gisela vorbei.

Trotz des Flüstertons wurden einige andere Besucher der Sauna ebenfalls auf Gisela aufmerksam. Sie kam mit knallrotem Kopf aus der Sauna, hangelte sich wieder zurück zur ersten Kabine der Ankleide, verzichtete auf kaltes Abduschen, sondern schlüpfte sofort in ihren Bademantel. Sie wollte nur noch weg und in ihrem Zimmer duschen. Aber wo war ihr Rollator, den sie vor der Umkleide abgestellt hatte? Sie redete mit sich selbst.

„Oh nein, oh nein. Hat irgendjemand meinen Rolli weggestellt? Das hat mir gerade noch gefehlt."

Sie selbst saß fest, weil es nichts zum Festhalten gab, um mal um die Ecke zu schauen. Der einzige Weg, den sie hätte gehen können, wäre zurück in die Sauna gewesen. Indiskutabel. Sie saß auf dem Hocker in ihrer Kabine Nr. 1 und musste warten, bis ihr jemand aus der Patsche helfen konnte. Ja, und wie es der Teufel so will, kamen als nächste Casanova und Annette nach dem Abduschen in die Umkleide. Gisela erkannte ihre Stimmen und konnte gerade so noch schnell den Vorhang ihrer Kabine zuziehen. Zwei Kabinen weiter zogen sich die beiden anderen Saunierer um. Gemeinsam! Es war alles sehr hellhörig im Saunabereich, so dass Gisela das Gekichere und mehr hören konnte. Personal war im Bereich des Umziehens nicht zu sehen. Gisela musste dringend zur Toilette, so dass sie in den sauersten Apfel ihres Lebens biss und mit mittellauter Stimme rief:

„Annette?"

Danach schon deutlich lauter:

„Annette?"

„Wer spricht da? Welche Annette wünscht wer zu sprechen?"

„Ich bin es, Annette, Deine Freundin Gisela. Wir haben uns im Krankenhaus kennengelernt. Du weißt schon? Telefoniert haben wir auch mal. Und Herr Neuhaus hat mich sogar schon einmal besucht. Ich bin in der ersten Kabine und vermisse meinen Rollator."

„Giiisela?"

Es dauerte keine Minute, bis Annette - nun im Bademantel - Giselas Kabinenvorhang aufriss und Gisela entgeistert anstarrte. Stefan Neuhaus kam etwas langsamer hinterher.

„Was machst Du hier?"

„Eine Kreuzfahrt, mit Dialyse. Tja, ähm, danke, ich hatte Euch in der Sauna gesehen, Ihr seid meine letzte Rettung. Ich muss dringend zur Toilette, aber ohne Rolli komme ich nicht hin."

Stefan Neuhaus lachte die ganze Zeit und meinte:

„So sieht man sich wieder, Frau Kubon-Gilke. Ihre Reiseplanung kannte ich ja. Aber dass wir uns gleich hier in der Sauna treffen. Kein Zufall, oder? Darf ich die Damen nach dem Toilettengang zu einem Sekt in die Spa-Bar einladen?"

Gisela sah ihre Felle sowieso davonschwimmen, also willigte sie ein. Annette fand zwischenzeitlich den Rollator um die Sauna herum in einem Winkel, wo er niemanden gestört hatte. Jetzt noch schnell frischgemacht und dann weiter.

Gisela war gern mit Stefan Neuhaus zusammen. Ein Charmebolzen war er ja. Sie genoss es danach regelrecht, mit den beiden – im Bademantel – in einer kleinen Ecke der Bar zu sitzen. Irgendwann fragte Stefan Neuhaus:

„Haben Sie mir absichtlich von der Reise vorgeschwärmt, um uns zu beobachten? Und ich habe angebissen. Unglaublich."

Gisela befand sich in einer Zwickmühle. Ingeborgs Verdacht gegen den Dekan teilte sie nicht. Ein so schöner und markanter Mann konnte ihrer sehr subjektiven Meinung nach kein Bösewicht sein. Er ging auf dem Schiff zudem ganz offen mit seiner Beziehung mit Annette um. Auch vor ihr verheimlichte er in dieser Hinsicht nichts. „Er macht doch auch in Deutschland kein wirkliches Geheimnis darum", so waren ihre Gedanken. Einerseits wollte sie Ingeborg gegenüber loyal sein, andererseits überwog ihr Interesse an dem Dekan, mit dem sie in der Vorlesungszeit noch zu tun haben würde. Sie fand ihn so anregend und zuvorkommend, so dass sie ihn gern weiter um sich haben wollte. In Gedanken entschuldigte sie sich bei Ingeborg, denn das Interesse am Dekan bekam Oberwasser. Sie hüstelte, nickte nur und fügte an:

„Meine Kreuzfahrt hat mir mein Mann geschenkt, das war schon richtig. Bei einem so attraktiven Mann konnte ich in Göttingen einfach nicht widerstehen, diesem die Reise schmackhaft zu machen."

Nun mussten alle drei lachen, die Stimmung löste sich. Gisela erzählte nach diversen bohrenden Nachfragen zögerlich, dass sie und ihre Freundin immer noch Zweifel hatten, dass Frau Eckel an einem Unfall gestorben war. Sie sei sich aber sicher gewesen, im Gegensatz zu ihrer Freundin, dass Annette und Herr Neuhaus nichts mit ihrem Tod zu tun hätten. Auch wenn sie genug Motive gehabt hätten.

„Aha, dann steckt die Kleine mit den strubbligen Haaren hinter Ihrer kleinen Intrige, stimmt's?"

„Das war keine Intrige, nur ein Versuch, Ihnen die Reise schmackhaft zu machen. Sie sind ein so angenehmer Gesprächspartner."

Stefan Neuhaus amüsierte sich königlich. Annette war nur anfangs etwas verstimmt, von der Freundin missbraucht und sogar verdächtigt worden zu sein. Bald bot Gisela sektselig Stefan Neuhaus das ‚Du' an, was dieser auch annahm.

Stefan meinte zum Schluss dieser Sektrunde:

„Frau Eckel war nervtötend ohne Ende. Aber erpressen konnte sie uns nicht. Wir haben ihr nichts getan, obwohl sie tatsächlich unseren Ehepartnern etwas, na, sage ich mal, zweideutige Fotos zugeschickt hat, um dem ‚unzüchtigen Treiben im Dekanat' ein Ende zu bereiten. Sie wollte sogar, dass Annette entlassen wird. Da hatte sie aber keine Chance. Dürfen wir vielleicht mit ermitteln, wir haben ja nichts gemacht? Ich verstehe schon, dass Deine Freundin misstrauisch geworden ist. Frau Eckel hat alles versucht, Annette und mir zu schaden, aber wir konnten alles abwehren. Sie hat uns nur allerhand Nerven gekostet. Bei mir waren es übrigens neben den Fotos an die Ehepartner noch zwei Dienstaufsichtsbeschwerden gegen mich. Hat alles nichts gefruchtet."

„Mal schauen. Von mir aus könnt Ihr gern mit uns ermitteln. Ich glaube Euch. Ich hatte nie Zweifel an Eurer Redlichkeit – jedenfalls im Hinblick auf den Todesfall."

„Wer ist denn noch Interessantes mit an Bord."

„Jemand aus dem Kultusministerium in Hannover mit seiner Frau."

„Ach, vielleicht der mit dem Forschungsauftrag und dem obskuren Aufsatz von der Eckel."

„Und dann ist noch jemand überraschend hier. Und das ist Simon Arndt."

„Unser Oberschlumpf? Den die Eckel vor ihrem Tod wegen mehrfacher Pflichtverletzung vor die Tür gesetzt hat? Bürschlein auf Kreuzfahrt? Habt Ihr bei ihm auch etwas unternommen?"

„Eben nicht. Deshalb sind wir bei ihm etwas ratlos. Ich habe einen kleinen Köder gesetzt, um ihn zu sprechen."

„Darf ich ihn mit Dir übernehmen? Wenn Du ihn mit mir im Schlepptau befragen wirst, dann kann ich als Dekan bestimmt helfen, dass Arndt es ernst nimmt."

„Prima. Ich habe Kontakt gesucht und eine Promotionsbetreuung in Aussicht gestellt. Mit Dir verschwinden sicher seine Zweifel, ob das ernst gemeint ist. Oder er wird verwirrt, weil der Dekan auch an Bord ist. Dann gebe ich Dich, Stefan, als meinen lieben Neffen aus, der mir netterweise diese Reise spendiert hat. Wir werden das schon machen. Aber willst Du nicht lieber einen Ausflug machen morgen als Detektiv zu spielen?"

„Gisela, Du bist herrlich, also klug und echt witzig. Dein Seminar letztes Jahr war klasse. Unser Treffen im August war so inspirierend, dass ich am liebsten noch länger geblieben wäre. Nichts möchte ich lieber, als bei Eurem Fall zu helfen. Frau Eckel war mir alles andere als sympathisch, aber ihr Tod ist halt irgendwie mysteriös, weil die Geschichte mit dem herabgefallenen Ast nicht stimmig ist und weil Frau Eckel von vielen wohl ernsthaft angefeindet wurde. Das habe ich verstanden bei Deiner Erzählung. Ich bin neugierig geworden, wie es passiert ist. Annette, machst Du auch mit oder gehst Du an Land?"

„Macht Ihr das mal allein. Bei Arndt kann ich Euch nicht helfen. Ich werde mich morgen anders vergnügen. Vielleicht mache ich einen Strandtag."

Stefan und Annette begleiteten Gisela zu ihrer Kabine. Als Claus öffnete, meinte Stefan lapidar:

„Wir liefern pflichtschuldig und wohlbehalten Ihre Frau Gattin wieder ab."

Ehe Claus antworten konnte, ging die Tür der Nachbarkabine auf und Akilas sagte erleichtert:

„Da bist Du ja endlich wieder. Ich wollte Dich schon suchen gehen. Claus hat natürlich die Ruhe weg, der wollte nicht mitsuchen."

Stefan und Annette riefen im Duett:

„Jetzt brat' mir einer einen Storch. Akilas Onyango ist auch noch an Bord."

Stefan fuhr allein fort:

„Und in einer richtig teuren Kabine. Für so ein Vergnügen unseres Studenten hat Frau Berenschik Himmel und Hölle in Bewegung gesetzt, damit er für die Vorlesungen der ersten Woche entschuldigt wird. Für eine Kreuzfahrt! Herr Onyango, verlieren Sie bloß nicht Ihr Studienziel aus den Augen."

Gisela mischte sich ein:

„Akilas ist an Bord, weil er mir erstens etwas Gesellschaft leisten will und wir zweitens auch etwas an einem Lehrbuch schreiben wollen. Habt Ihr ihn nicht gestern beim Essen gesehen?"

„Wir haben einen sehr eleganten Gast mit dunklem Teint gesehen, war das Herr Onyango? So genau haben wir nicht hingesehen. Schick waren Sie."

„Äh, danke. Warum begleiten Sie Frau Kubon-Gilke?"

Stefan Neuhaus begann wieder zu grinsen:

„Wir haben Ihre Chefin aus einer leicht misslichen Lage befreit. Dann haben wir einen Drink in einer Bar genommen. Dabei hat sie uns gestanden, was hier als Detektivscharade abläuft. Wir und unsere Partner sind wohl raus aus der Schar der Verdächtigen. Wir sind nicht erpressbar."

„Habe ich mir gleich gedacht. Ich war vielleicht auch mal verdächtig. Weil mich Professor Eckel so drangsaliert hat."

„Ja, wir haben schon alle unsere Geschichten mit Frau Eckel gehabt."

„Ich war ziemlich sauer, dass die Hiwi-Verträge sofort gekündigt wurden. Aber dann hatte ich doch Glück, dass ich Hiwi-Arbeiten für Frau Kubon-Gilke und Frau Berenschik erledigen durfte. Die beiden sind sehr nett und unterstützen mich."

Claus hatte die ganze Zeit geschwiegen. Er hatte also recht gehabt und musste erfahren, dass Gisela in der Sauna nicht allein zurechtkam. Jetzt wurde er pragmatisch:

„Wie wäre es denn, wenn wir unsere Tische abends zusammenlegen? Allein als Überraschung für Ingeborg? Ich kümmere mich gern darum, dass wir einen Tisch für sieben Personen bekommen."

Annette und Stefan waren tatsächlich einverstanden, unter anderem aus Neugierde, wie das Detektivspiel weitergehen würde. Annette freute sich außerdem auf ein Schwätzchen mit Gisela.

Claus hatte Erfolg mit seiner Bitte um einen Tisch für sieben Personen. Akilas, wieder schick gewandet, diesmal in einem dunkelgrauen Dashiki, holte Gisela und Claus an ihrer Kabine ab. Sie waren von der 7er-Gruppe die ersten im Speisesaal. Kurze Zeit später trafen Stefan Neuhaus und Annette Talwer-Kassebaum ein. Sie setzten die Nachmittagsgespräche unbefangen fort.

Als letzte steuerten Ingeborg und Matthias auf den Tisch zu, der zu ihrer Überraschung um zwei Personen erweitert worden war. Ingeborg verlangsamte ihren Schritt und warf Gisela fragende Blicke zu, die aber nicht erwidert wurden. Also trat sie an den Tisch und fragte pragmatisch direkt:

„Ich bin überrascht. Wir haben wohl was verpasst. Wir sind eine größere Runde?"

Stefan Neuhaus ließ es sich nicht nehmen, die ganze Geschichte rund um Giselas Sauna-Abenteuer zu erzählen. Matthias fragte besorgt, ob sie sich wehgetan hätte, während Ingeborg etwas frostig fragte, warum Gisela so ungeschickt war, sich erwischen zu lassen:

„Gisela, Du bist unverbesserlich. Kaum sagt ein attraktiver Mann nette Worte zu Dir, wirst Du schwach und plauderst alles aus. Du würdest auf jeden Heiratsschwindler hereinfallen."

Stefan lachte darüber, Annette hatte bei dem Gedanken an ihren Freund als Heiratsschwindler sogar einen richtigen Lach- und Hustenanfall. Gisela konterte Ingeborgs Vorwürfe.

„Ingeborg, Deine Idee war eigentlich doof. In der Sauna redet man nicht laut. Ich hätte dort gar nichts mitbekommen. Und ich hatte ganz schön Angst, als mein Rollator weg war. Aber so ist es nun als Ergebnis perspektivenreich. Unser großer Tisch besteht aus lauter Unverdächtigen."

„Hat Frau Eckel keinen Erpressungsversuch gestartet?"

„Oh doch, sie wollte, dass irgendein Artikel von ihr in einer Uni-Reihe erscheint. Sie hatte bei mir keinen Erfolg, und da hat sie meiner Frau ein Foto von mir und Annette geschickt, ebenso ging ein Foto an Georg, also an Annettes Mann. Da hat die Eckel aber richtig Pech gehabt. Die beiden wissen schon lange von unserer Beziehung und tolerieren es."

„Hmm, aber die Eckel hat Sie, Herr Neuhaus, doch auch mit anderen Themen und Mitteln unter Druck gesetzt."

„Sie war eine Nervensäge und hatte cholerische Anfälle. Aber ich saß als Dekan am längeren Hebel. Und das habe ich genossen. Aber das Essen geht gleich los, an den ersten Tischen wird schon serviert."

Matthias und Ingeborg setzten sich auf ihre Plätze und schon kam der Gruß der Küche. Es wurde ein recht netter Abend, zumal Gisela an diesem Abend dialysefrei war. Nur Akilas war zunächst zurückhaltend, weil er viel Respekt vor dem Dekan hatte und sich keinesfalls mit unpassenden Worten blamieren wollte. Stefan Neuhaus aber lobte Gisela für die Unterstützung Akilas und zeigte sich beeindruckt davon, dass er bereits eigene Artikel für ein Lehrbuch schreiben würde. Durch dieses Lob wurde Akilas etwas gesprächiger. Nach dem Essen ging die ganze Gruppe in eine der Bars, viele Cocktails wurden serviert, für Gisela alkoholfreie. In zwei Gruppen nahmen sie an einem Kneipenquiz - Trivia - teil. Die Gruppe, bestehend aus Akilas, Ingeborg, Gisela, und Annette, gewann sogar und konnte sich über vier Bleistifte freuen. Am Ende des Abends duzten sich alle. Selbst Ingeborg war fast überzeugt, dass die vormals Verdächtigen nunmehr wohl doch keinen triftigen Grund hatten, Frau Eckel zu ermorden. Blieben noch Dr. Stikowski, seine Frau und der frühere Assistent Simon Arndt. Wenn Stefan und Annette nicht gemeinsame Sache gemacht haben, sich mit Simon Arndt und Stikowski zusammengetan und die Eckel gemeinsam um die Ecke gebracht hatten. Das verwarf Ingeborg sofort wieder. So etwas passiert nur in Krimis von Agatha Christie.

Spät am Abend grübelte Akilas, ob es nicht ein Fehler gewesen war, leicht alkoholisiert das Duz-Angebot des Dekans angenommen zu haben. Über die Frage, wie er morgen den Dekan begrüßen sollte, schlief er ein.

Zu gleicher Zeit fragte Ingeborg Matthias:

„Was meinst Du, wie kommen wir an die Stikowskis ran und wie an Simon Arndt?"

„Komm, genieße mal unsere Suite und komm kuscheln. Der Assistent der Eckel meldet sich vielleicht auf Giselas Promotionsangebot. Er ist ja wohl überzeugt, dass ihm die Promotion in den Schoß fällt. Darüber brauchst Du nicht zu grübeln. Bitte denke bei unserer vorgezogenen Hochzeitsreise mal einfach nur an mich. Ich habe Dich übrigens für den morgigen Ausflug eingebucht. Es geht auf die Insel Mykonos."

„Bäh, willst Du Party machen?"

„Quatsch. Sauf- und Partylieder will ich nicht, aber z.B. die Windmühlen aus dem 16. Jahrhundert besichtigen. Und die Kykladen sind immerhin Ursprung der europäischen Kultur. Die zum Teil abstrakten Kykladenidole, die 5.000 Jahre vor Christus meistens aus Marmor gefertigt wurden, die sind doch eine ästhetische Beglückung. Ich gebe zu, auf Kreta sehen wir mehr von dieser Kultur. In unserem Bad steht immerhin eine Nachbildung eines Idols."

„Ja, ja. Weiß ich. Na gut, ich komme mit. Vielleicht haben wir ja Glück und die Stikowskis, sofern diese Frau an seiner Seite wirklich seine Angetraute ist, sind an so etwas auch interessiert."

„Jetzt ist aber gut. Kein Wort mehr über Stikowskis, die Eckel oder über Simon Arndt. Wir wollen die Fahrt doch genießen. Komm bitte endlich an meine Seite."

26

Am nächsten Morgen meckerte Claus vor sich hin. Er schimpfte wieder über Matratze und Dusche. Gisela hörte gar nicht hin. Sie hatte lautstark gut geschlafen und freute sich immer noch über die vertieften Bekanntschaften. Wenn Claus gewusst hätte, dass seine Frau so ganz leicht für Stefan schwärmte, wäre er noch grantiger geworden und hätte Stefan sofort wieder auf die Verdächtigenliste gesetzt, ihn zumindest haarscharf im Auge behalten. Er war der Ruhigste gestern Abend am großen Tisch gewesen und hatte still alle Gänge des Menüs in sich hineingeschaufelt. Nur selten kamen Ausrufe wie ‚genau', ‚so, so' oder ‚schau an'. Matthias hingegen hatte fröhlich geplaudert. Als Gisela mit Duschen und Schickmachen (naja, in ihren Augen halt) fertig war, brummte er in Richtung seiner Frau:

„Das war aber endgültig die letzte Kreuzfahrt. Die Leute an unserem Tisch sind okay, aber sonst ist es grässlich. Allein die Essen sind furchtbar. Du zwingst mich zum Anzug, dann diese Schickimicki-Portiönchen beim Menü, sieben Stück davon, was sich ewig hinzieht abends. Und die anderen Leute! Maskenhaft geschminkt und Klunker im sechsstelligen Euro-Bereich um den schrumpligen Hals gelegt. Ich halte das nicht aus."

„Mein Cläuschen, Du bist nicht auszuhalten. Zum Geburtstagsgeschenk gehört auch, es nett für mich zu machen. Ich jammere ja auch nicht, dass ich heute wieder zur Dialyse gehen muss. Sei doch kein Ekel, der mit niemandem spricht und der mir gegenüber den Griesgram gibt."

Genervt sahen die beiden sich an. Gegen 7.00 Uhr Ortszeit klopften sie an Akilas' Tür, um ihn abzuholen. Der aber nur schlaftrunken öffnete, sich entschuldige mit den Worten:

„Sorry, ich bin noch nicht so weit. Es ist spät gestern Abend geworden. Ich bin noch hundemüde. Vor 8.00 Uhr komme ich nicht zum Frühstück. Gisela, Du hast doch Claus dabei, da brauchst Du mich bestimmt nicht."

Gisela entgegnete:

„Na gut, dann bis später. Wir gehen schon einmal. Wir sind Lerchen, keine Nachtigallen."

„Lerche, Nachtigall?"

„Werde Du erst einmal wach."

Und so zogen Gisela und Claus los, zunächst wortlos und schlechter Laune. Claus lief aber rücksichtsvoll einen halben Meter vor seiner Frau, damit Gisela auch den rechten Weg fand. Im Frühstückssaal nahm er ihren Rollator ab und stellte ihn an die Seite. Immer noch wortlos holte Claus ihr den ersten Frühstücksteller, Eier mit Speck.

„Danke."

Das war das erste Wort, das Gisela seit mindestens fünfzehn Minuten an ihren Mann richtete. Nach drei weiteren Tellern mit Leckereien war der Bann fast gebrochen. Sie redeten wieder miteinander, allerdings etwas steif. Zum Abschluss meinte Claus:

„Sonst zanken wir nie. Liegt nur an dem blöden Schiff. Das war übrigens gerade ein Scherz."

„Na, hoffentlich."

Nach und nach kamen die alten Freunde und neuen Bekannten dazu. Akilas setzte sich neben Gisela, Stefan und Annette saßen nicht weit entfernt an einem Vierertisch.

Als Matthias und Ingeborg eintrafen, waren sie zunächst unschlüssig, wohin sie sich setzen sollten. Da am Vierertisch von Annette und Stefan aber zwei Plätze frei waren, gingen sie dahin. Gisela war etwas unruhig, weil sie etwas verpassen könnte.

Bei den Vieren wurde gelacht, am Vierertisch mit drei Personen ging es immer noch etwas steif zu. Stefan fragte zu Ende des Frühstücks etwas lauter, was schon zuvor im kleineren Kreis diskutiert worden war:

„Inge, ich darf doch Inge sagen, wieso hast Du uns gerade auf dieses Schiff gelotst, dass auch den Herrn aus Hannover beherbergt? Viele hatten Ärger mit der Eckel. Wir auch, wenn sie uns hätte erpressen können. Aber da sind noch einige Generationen an Studenten, die ihretwegen Verzögerungen hatten oder vielleicht schlimmstenfalls das Studium abbrechen mussten. Sogar aus der Verwaltung kenne ich allerhand Leute, die an ihr verzweifelten. Warum schließt Du die alle als Verdächtige aus? Oder genervte Nachbarn, Kollegen anderer Unis, private Bekannte, Affären? Hunderte Leute könnten verdächtig sein."

„Nenne es Intuition. Ich hatte Informationen, dass der Herr diese Reise auch beruflich nutzt, um ein Kulturfest vorzubereiten. Ich habe nach Hauptverdächtigen geschaut. Da gehörtet Ihr dazu wegen der Erpressungsmöglichkeit. Dann Eckels Mitarbeiter, einer kurz vor ihrem Tod rausgeworfen, eine, deren Habilitation in den Sternen stand. Frau Teufel schien mir nur Verdächtige zweiter Ordnung zu sein. Zu nett und vor allem von den anderen Profs anerkannt. Es gibt zwei oder drei Hauptverdächtige, einmal Simon Arndt, der zufällig auf dem Schiff zu sein scheint und dann Dr. Stikowski. Arndt wegen der Entlassung, die ihm Chancen raubt und er zudem schlecht vor seinem offensichtlich reichen und/oder einflussreichen Vater oder auch entsprechenden Mutter dasteht. Dr. Stikowski wegen seiner sowohl privaten als auch dienstlichen Kontakte zur Eckel. Er war dabei, als ihre Freundin Christa mysteriös an einer Pilzvergiftung starb. Wir wissen, dass Petra Eckel Witwe ist und vorher mit der verstorbenen Christa liiert war. Beim Dienstlichen vermuten wir, dass Stikowski ihr den kleinen Forschungsauftrag zur Armut in Niedersachsen verschafft hat, den sie so erbärmlich bearbeitet hat. Zu dem Hannoveraner sind leider noch viele Fragen offen. Zu seiner Frau oder Geliebten kann ich gar nichts sagen. Vielleicht hatte oder hat Stikowski auch irgendwann eine Affäre und die Eckel wusste das, dann hat sie vielleicht auch ihn erpressen wollen und hat, weil es nicht klappte, seiner Frau Fotos geschickt. Und dann hätte auch die Frau ein Motiv."

„Hätte, könnte. Es wäre ganz schön blöd, wenn Du aufs falsche Pferd gesetzt hättest, liebe Ingeborg."

„Ich mag nicht daran denken. Matthias ist sowieso nicht begeistert von meinen Eskapaden."

Der Angesprochene meinte:

„Ich bin gar nicht richtig beim Detektivspielen dabei. Aber was anderes: Wir sollten uns langsam für den Trip nach Mykonos bereit machen."

Vom Nachbartisch erhob sich Claus und schloss sich der kleinen Gruppe an. Akilas fragte noch einmal nach, ob Gisela ihn wirklich nicht brauche, noch könne er seinen Ausflug stornieren. Gleichzeitig trat Stefan zu den beiden dazu.

„Akilas, keine Angst. Ich passe gut auf Deine Chefin und Freundin auf. Wir werden uns gut amüsieren."

Akilas vermutete Schlimmes, weil Stefan Gisela dabei wieder einmal tief in die Augen sah. Akilas machte noch einen Anlauf:

„Soll ich nicht beim Kriminalisieren helfen?"

„Nein, mein Lieber. Ein Student, der Dekan zusammen mit mir als Trio würden Simon Arndt nur verwirren. Beeile Dich lieber, dass Du rechtzeitig von Bord kommst. Gönne Dir mal was Schönes und Lehrreiches."

Mit einem gebrummten ‚ciao' ging Akilas mit einem unguten Gefühl davon. Ihm ging es nicht um die Ermittlungen, sondern um Gisela, die mit dem Casanova allein blieb.

Als er weg war, ging es zwischen Stefan und Gisela mit Komplimenten weiter, aber auch mit Fragen zum weiteren Vorgehen.

„Ich finde Dich und auch Inge überaus intellektuell und vor allem extrem kreativ. Dein Seminar bei den Historikern hat mir wirklich hervorragend gefallen. Ich habe durch Dich einen neuen Blick auf die Gesellschaft kennengelernt. Deine Freundin ist Dir ähnlich. Und hier? Zwei Miss Marples mit diversen Helferlein. Und ich darf auch dabei sein. Und nun, Gisela, wie gehen wir weiter vor? Darf ich zu Dir vielleicht Gila sagen? Das klingt jünger. Und es macht Dich einzigartig für mich."

Bei dieser Frage hatte er die Hände Giselas umfasst. Unglaublich, er flirtete mit ihr. Gisela war geschmeichelt, obwohl ihr klar war, dass das keine ernsten Avancen waren. Es war einfach sein Stil. Aber es tat gut. Sie konnte sich gar nicht daran erinnern, wann sie mal von einem Mann so angesehen wurde. Sie liebte ihren Claus, wenngleich der jegliches Umgarnen und Flirten vergessen hatte. Also war Stefan Neuhaus eine ganz neue Erfahrung für Gisela. Sie antwortete Stefan mit etwas verwirrter Verzögerung:

„Wir warten mal ein bis zwei Stunden ab, ob er sich meldet. Wenn nicht, müssen wir ihm zufällig über den Weg laufen. Komm, wir gehen mal zur Abfahrt der Tenderschiffe. Erst geht es nämlich zum Tenderhafen ganz in der Nähe der Altstadt und der Windmühlen. Danach müssen wir unter Umständen warten, bis wir beim Anlegehafen sind und er dort vielleicht von Bord geht. Wenn er an Bord bleibt, gehen wir ihn suchen."

Beim Einstieg in ein Tenderboot sahen sie Simon Arndt nicht, auch nicht beim Ausstieg am Anlegehafen. Das war natürlich kein Beweis für seinen Verbleib an Bord, weil überall Gewusel war und am Anlegehafen vier (!) Kreuzfahrtschiffe nebeneinander ankerten. Die Passagiere waren gleichzeitig unterwegs. Es sah aus wie die Erstürmung der Insel durch Alte und Gebrechliche. Naja, einige junge Leute waren schon auch dabei. Die Reiseführer liefen langsam mit ihren durch Nummern gekennzeichneten Schildern voraus. Annette, Akilas, Claus, Ingeborg und Matthias mussten sich Mühe geben, ihrer Gruppe mit dem Schild mit der Nummer acht zu folgen, weil Gruppen der anderen Schiffe auch unterwegs waren und also diverse ‚Achten' hin und her liefen. Die Altstadt war ein einziges Gewimmel.

Das interessierte Gisela und Stefan aber nicht weiter.

„Stefan, wollen wir erst einmal schauen, ob mir Herr Arndt eine Nachricht hat zukommen lassen?"

„Okay. Wie aufregend, Dich in Deine Kabine begleiten zu dürfen."

Wieder diese Blicke.

„Nun hör' aber langsam auf. Ich bin über zwanzig Jahre älter als Du, faltig und krumm. Ich gehe am Rollator und muss heute nach dem Abendessen wieder zur Dialyse an Bord. Ich bin ein Pflegefall! Du machst Dich nur lustig über mich. Spare Dir Deinen Charme lieber für Annette oder für Deine Frau."

„Ich möchte Dich nur fröhlich machen. Und ich bewundere Dich wirklich. Du bist der aktivste Pflegefall, den ich kenne. So eine kluge Wissenschaftlerin und doch profane Mordermittlerin. Wie bist Du denn eigentlich an Deinen Mann gekommen? Der hat gestern Abend kaum ein Wort gesprochen und sah wie ein echter Griesgram aus. Ein Misanthrop vielleicht?"

„Nein, das ist er nicht. Er ist nur nicht sonderlich gesellig. Außer mit mir und vielleicht seinem Freund Matthias kann er mit anderen Menschen nicht viel anfangen. Aber er ist viel klüger, als er aussieht, und zu mir ist er zärtlich, fürsorglich, unterstützend und einfach wunderbar lieb. Ohne ihn hätte ich meine vielen Publikationen nicht schreiben können. Er hat neben seinem anspruchsvollen Job den Haushalt geführt und ich konnte schreiben. Dabei ist er viel gebildeter als ich."

„Kann ja wohl kaum sein. Aber Du bist immer noch in ihn verliebt, oder?"

„Ja, sehr. Wie ist es denn bei Dir? Liebst Du Deine Frau nicht mehr? Ach nein, das geht mich ja nichts an. Komm', lass' uns endlich losgehen."

Sie liefen, fuhren Aufzug und liefen wieder bis zu Giselas Kabine auf Deck 6. Stefan hatte die ganze Zeit seinen Arm um Giselas Schultern gelegt und ging so dicht neben ihr, wie es der Rollator erlaubte. So lenkte er sie unauffällig bis zu ihrer Kabine.

„Das war gerade nett von Dir. Du hast schon mitbekommen, dass ich einen katastrophalen Orientierungssinn habe, nicht wahr?"

„Das habe ich nach Deinem Saunagang gleich gemerkt. Irgendwie goldig, wie Du immer falsch abbiegen wolltest."

Auf dem Tischchen in Giselas Kabine lag tatsächlich ein Brief. Darin erstens ein Vordruck der Rezeption, dass die weitergeleitete Mitteilung im Auftrag eines Passagiers in der Kabine hinterlegt wurde, und dann tatsächlich ein paar Zeilen von Simon Arndt. Er begann überaus höflich mit ‚Sehr geehrte Frau Professor Dr. Kubon-Gilke'. Dann erklärte er, dass er sie aus einem Seminar kenne und sich freue, dass sie Kontakt suche und eventuell eine Promotionsbetreuung möglich sei. Er wäre am heutigen Tag von 9.00 bis 16.00 Uhr im Aristoteles-Café auf Deck 12 anzutreffen, auch als Panorama-Café bekannt. Er würde sich sehr freuen, wenn er Frau Professor dort zu einem Kaffee einladen dürfte.

„Wollen wir ihn schmoren lassen oder gleich ins Café gehen, Gila?"

„Da ich sowieso einen Kaffee brauche, lass' uns doch bitte gleich zu unserem Opfer gehen."

Gesagt, getan. Im Café mussten sie nicht lange suchen. Simon Arndt saß an einem Tisch ganz vorn am Panoramafenster, leider nur mit Blick über den Anlegehafen. Dorthin schaute auch Simon Arndt, bis Stefan ihm auf die Schulter tippte. Erschrocken sah sich Simon um und konnte es erst gar nicht fassen, dass der Dekan der volkswirtschaftlichen Fakultät der Göttinger Uni vor ihm stand, daneben Prof. Kubon-Gilke. Er wusste nicht einmal, wen er zuerst begrüßen sollte. Er erhob sich und Gisela sah erst jetzt, dass Simon mindestens 1,90 m groß und vor allem ungewöhnlich massig war, mit einem ungesund aussehenden aufgedunsenen Gesicht. Gisela ergriff die Initiative.

„Lieber Herr Arndt, ich freue mich sehr, dass Sie mir geantwortet haben. Ich bin hier mit Herrn Neuhaus, den sie besser kennen als mich. Wir beide wissen um die unglücklichen Umstände Ihres Ausscheidens als Mitarbeiter von Prof. Eckel und wollen gern mit Ihnen über weitere Aussichten und Möglichkeiten für Sie sprechen. Aber setzen wir uns doch. Stefan, willst Du auch einen Milchkaffee, was möchten Sie, Herr Arndt?"

„Äh, äh, ich nehme einen Cappuccino. Diese Kaffee-Runde geht natürlich auf mich."

Diese Worte klangen eher krächzend als melodisch. Nachdem die Bestellung aufgegeben war, entstand zunächst eine kleine Redepause. Simon wusste nicht, was er sagen sollte und ob es wohl unangemessen wirkt, wenn er sich erkundigt, wieso der Dekan Frau Kubon-Gilke begleitet. Er nahm sich dann aber doch ein Herz:

„Herr Neuhaus, ich bin echt überrascht. Ich hatte nur Frau Kubon-Gilke erwartet. Verzeihen Sie meine Neugierde, aber vielleicht können Sie meine Verblüffung nachvollziehen, Sie hier an Bord zu treffen."

Stefan fing an zu lügen, dass sich die Balken bogen:

„Ja, wissen Sie, ich kenne Gila schon lange, sehr lange und seit Jahren verbringen wir immer ein, zwei Wochen gemeinsam. Diesmal halt diese Kreuzfahrt."

Die ungläubigen Blicke Simons brachten Gisela zum Lachen, so dass Stefan einräumte, dass seine letzten Worte natürlich Spaß waren. Tatsächlich hätte Gilas Mann die Tour seiner Frau geschenkt, der wäre nur gerade auf einem Ausflug. Er selbst hätte diese Reise ausgesucht, um das anstehende Semester gut durchzustehen. Er würde Gila aber tatsächlich aus der Uni bereits kennen, weil sie im laufenden Semester ein Seminar anbieten und auch die Habil von Frau Teufel zumindest vorübergehend unterstützen würde. Gila hätte ihn, Stefan, zufällig an Bord gesehen und ihm vorgeschlagen zu prüfen, ob sie auch eine Dissertation von Herrn Arndt betreuen könnte, nachdem beide Assistenten durch den Tod Frau Eckels vor dem akademischen Nichts stünden.

Gisela und Stefan hatten abgesprochen, dass Stefan die anfängliche Gesprächsführung übernehmen sollte. Das klänge glaubhafter als die Avance Giselas an den ehemaligen Assistenten. Stefan sah beide immer noch ungläubig an:

„Ich kann das kaum glauben. Bis vor einer Minute war mein Leben ein einziger Scherbenhaufen und welch unglaublicher Zufall, dass Sie beide an Bord sind. Das eröffnet mir vielleicht richtig neue Chancen, falls ich Ihre Voraussetzungen für eine Betreuung einer Diss erfülle. Ich bin da nicht ganz so sicher. Ich hoffe vor allem, dass weder mein Vater noch mein Stiefvater mal wieder ihre Hände im Spiel haben, dass ich hier bin und auf Sie treffe. Nein, das passt nicht so richtig zu Ihren Worten zuvor. Oder haben die beiden Alten doch nachgeholfen, dass Sie hier sind? Die Tickets vielleicht bezahlt? Na, egal erst einmal. Aber, Sie beide wissen schon, dass mich Frau Eckel kurz vor ihrem Tod rausgeschmissen hat, oder? Wegen meines Alkoholproblems konnte die Personalvertretung auch nichts für mich tun, zumal ich schon zweimal abgemahnt worden war. Ich will gleich mit offenen Karten spielen. Sie werden sicher sowieso alles wissen."

Zum Schluss klang seine Stimme überhaupt nicht mehr krächzend, sondern tief und vor allem erstaunlich melodisch. Gisela stellte sich vor, dass er gut als Synchronsprecher für Schönlinge im Film arbeiten könnte. Irgendwie passte die Stimme nicht zu seiner Figur. Eine zweite Irritation nach dem Hinweis auf Vater und Stiefvater Arndts. Sie fand auch den Scherbenhaufenvergleich daneben, denn immerhin schipperte er gerade mit einem noblen Kreuzfahrtschiff durch das Mittelmeer. Konkret fragte sie ihren potenziellen Doktoranden:

„Darf ich Ihnen ein paar Fragen stellen, bevor wir über ein Thema sprechen?"

„Selbstverständlich. Was möchten Sie wissen?"

„Wo haben sie eigentlich studiert?"

„In Mannheim. Ich habe in der Regelstudienzeit abgeschlossen, allerdings nicht mit einer Spitzennote. Immerhin mit 2,4. Für Mannheim nicht so schlecht, am Ende des ersten Drittels so etwa, auf alle Fälle unter den besten 50%."

„Gratulation. Mannheim ist anspruchsvoll und bietet eine sehr solide Ausbildung vor allem in formaler Hinsicht und in empirischen Methoden."

„Oh, danke. Nett, dass Sie das sagen. Ich wollte gern im wissenschaftlichen Bereich weiterarbeiten, aber in Mannheim, Heidelberg, München oder Augsburg habe ich leider nur Absagen bekommen."

„Ah, und dann haben Sie sich erfolgreich in Göttingen auf eine Assistentenstelle am mikroökonomischen Lehrstuhl beworben?"

„Ja, schon, aber so einfach ist es leider nicht. Ich erzähle Ihnen lieber gleich die ganze Geschichte. Bestimmt haben sie schon genug Gerüchte über mich gehört. Beworben habe ich mich natürlich, obwohl ich Frau Eckel aus der Literatur gar nicht kannte. Auf der Internetseite stand nur, dass ihr Schwerpunkt in Verhaltensökonomik liegt. Damals habe ich mich schon gewundert, dass allein Ihre Dissertation und ein einziger Aufsatz als Publikation angegeben waren. Verhaltensökonomik passte aber super. Daran wollte ich gern arbeiten. Mein Stiefvater kannte Frau Eckel irgendwoher und hat mir gesagt, ich solle mich doch bei ihr bewerben. Dann hat er mich bei Prof. Eckel empfohlen und mein Vater, dem ich davon erzählt hatte, hat wohl ohne mein Wissen mit einigen Tausendern nachgeholfen. Das war dann letztlich mein Verderben. Prof. Eckel hätte sonst sicher eine Frau eingestellt. Ich hätte niemals die Stelle annehmen sollen. Schon das Bewerbungsgespräch war komisch. Ich kam gar nicht zu Wort und wurde trotzdem genommen. Ich wusste ja nicht, was da hinter meinem Rücken gemauschelt wurde."

„Wirklich? Und was heißt genau gemauschelt? Ihr Examen konnte sich doch sehen lassen. So viele Einser-Abschlüsse gibt es nun auch wieder nicht. Vielleicht haben Sie Frau Eckel überzeugt und sie hätte sie sowieso eingestellt."

„Gaube ich nicht. Männer mochte sie nicht. Aber zu den Aktionen meines Stiefvaters und meines Vaters. Ich wusste nur von Sprüchen wie ‚Aus Dir wird was, Bub. Keine Sorge'. Aber dass mir meine Eltern sozusagen eine Stelle kaufen würden, das hätte ich mir nie vorstellen können. Von solchen ‚Beeinflussungen' wie durch die meiner lieben Eltern bekommt nur halt irgendwie immer irgendjemand was mit und tratscht es herum. Es hat nicht lang gedauert, bis die Gerüchteküche brodelte. Da hatte ich schnell die Zuschreibung weg als fauler, dicker Sohn einflussreicher Eltern, bevor ich überhaupt angefangen hatte. Dabei habe ich das echt nicht gewollt, mir auf diese Weise eine Stelle beschaffen zu lassen."

Stefan war noch sehr skeptisch:

„Ich will Ihnen nicht zu nahe treten, aber die Abmahnungen gab es nicht ohne Grund, oder?"

„Warum möchten Sie mir helfen, wenn Sie meine Geschichte an der Fakultät kennen? Die ist wirklich nicht ruhmreich."

„Also, ein bisschen prüfen müssen wir schon, ob Sie ernsthaft an die Arbeit gehen wollen und ob sich Frau Kubon-Gilke dann auch um Sie neben der Betreuung Isabelle Teufels kümmern kann. Ich weiß nämlich, dass sie intensiv und erfolgreich betreut, also eben richtig viel Arbeit hineinsteckt. Einen Hallodri möchte ich ihr nicht aufhalsen."

„Wollen Sie das wirklich wissen, wie mein Weg ins akademische Aus erfolgte? Ich bezweifle echt, dass Sie mir glauben werden. Aber es war wirklich so."

„Abwarten, junger Kollege. Wir kannten auch Frau Eckel. Da wollen wir Ihre Version natürlich hören."

„Gut, dann bitte. Ich habe also mit echtem Elan angefangen, ob Sie es glauben oder nicht. Ich hatte mich vorbereitet, mir sogar schon ein Thema aus dem verhaltensökonomischen Bereich überlegt. Dann bin ich am ersten Tag um 9.00 Uhr, wie von mir gefordert, zum Sekretariat von Frau Eckel gekommen. Da war nur niemand. Nach dreißig Minuten Wartezeit kam die Sekretärin, eine sehr nette Frau übrigens. Sie hat mich herzlich empfangen, aber mit sorgenvoller Miene gesagt, dass ich für die Stelle ein dickes Fell brauche. Was sie damit meinte, sollte ich bald erfahren. Denn dann kam Frau Eckel. Allein der Blick. Als ob ich ihre Handtasche geklaut und sie dann auch noch mit Dreck beworfen hätte. Ihren ersten Satz werde ich nie vergessen: ‚Ach, da ist er ja, der neue Assistententrottel'. Nach dem ersten Schock wusste ich eigentlich schon, was mich erwartet. Sie hat mich vom ersten Tag an beschimpft, vor anderen lächerlich gemacht und nicht einmal nach meinem Dissertationsinteresse gefragt. Ich habe ins Blaue hinein ein Thema angefangen zu bearbeiten. Vor über zwei Jahren meinte sie zu mir: ‚Schreiben Sie Ihre Doktorarbeit zum Thema Armut'. Ich habe nachgefragt, an welchen Themenbereich Frau Eckel denn dächte. Da kam nur das Wort ‚Messung' (s. Anhang 15). Was soll man denn dazu Neues schreiben? In Wirklichkeit, so kam es von ihr gleich hinterher, wollte sie mit mir einen Scheinvertrag abschließen. Ich sollte meine ganze Assistentenstelle auf 50% reduzieren und zusätzlich eine, auf ein Jahr befristete, 50%-Stelle aus einem extern finanzierten Forschungsprojekt zu einem Armutsthema übernehmen. Aber nur pro forma. Denn dann kam die Höhe, eine Unverschämtheit sondergleichen: Das Nettoeinkommen aus dem neuen Vertrag sollte ich ihr aushändigen. In bar. Angeblich für eine empirische Untersuchung von ihr selbst. Mein Vater hätte ja nur die Anstellung gekauft, nicht aber eine 100%-Stelle. Sie sagte doch tatsächlich, ich sei so blöd, so dass der Preis für meine Anstellung steigen müsse. Da habe ich trotz all ihrer Beschimpfungen zuvor erstmals über eine Kündigung nachgedacht. Zunächst habe ich diesen unfairen Deal nur abgelehnt. Zum ersten Mal habe ich mich ihr widersetzt. Da hatte ich schon fast zwei Jahre mein eigenes Projekt verfolgt. Das war damit komplett gestorben."

Gisela konnte das alles nicht glauben. Stefan hingegen hielt es für möglich, dass Simon die Wahrheit sagt. Er fragte:

„Wenn das alles so stimmt, warum haben Sie denn dann nicht gekündigt? Eckels Schimpfkanonaden kenne ich zu gut. Alle Männer, ob Studenten, Mitarbeiter und Professorenkollegen, hat sie verachtet, wenn nicht gar gehasst. Als ob wir persönlich für alle Diskriminierungen von Frauen verantwortlich wären. Ich verstehe einfach nicht, warum Sie nicht gleich das Weite gesucht haben, spätestens aber nach dem unmoralischen Angebot."

„Irgendwie hat sie mich paralysiert. Anfangs, also in den ersten Monaten, hat sie mich zugeballert mit Aufträgen. Ich musste jede ihrer Vorlesungen ausführlichst ausarbeiten und in ihren Veranstaltungen die Powerpoint-Präsentation am PC bedienen. Wehe, ich habe zu früh oder zu spät geblättert, dann ging es vor allen Studenten wieder los, wie unfähig und faul ich sei. Nachträglich weiß ich es nicht wirklich, warum ich nicht schon in der Probezeit gekündigt habe. Daheim bei den Eltern habe ich über Eckels Verhalten Andeutungen gemacht, aber von meinem Stiefvater kamen nur Durchhalteparolen. Er hatte nur im Kopf, dass ich vor meinem Namen bald ein Dr. schreiben könnte. Er selbst hat vor langer Zeit promoviert, aber nicht in VWL. Meine Mutter hat wie immer nicht richtig zugehört und ermunterte mich nur, bloß nicht zu kritisch zu sein. Sie hat immer noch viel Respekt vor vermeintlichen Autoritäten, sogar vor meinem Stiefvater. Es war alles irgendwie wie im Milgram-Experiment, ich war gefangen in diesem Autoritätsmodus, so abwertend er auch für mich war."

„Und Alkohol, Drogen, ohne Vorbereitung ins Seminar? Wie sollen wir das bewerten? Sorry, aber das spricht nicht so sehr für Sie."

„Ach, habe ich doch keine Chancen einer Betreuung?"

Der kräftige junge Mann ließ nicht nur redensartlich den Kopf hängen.

Stefan nahm nach fünf Sekunden das Gespräch wieder auf.

„Herr Arndt. Ihre Geschichte hat bisher durchaus was Plausibles, sie passt irgendwie ganz gut zu den Gerüchten um Sie, zu Eckels Einstellung gegenüber Männern und zu Eckels cholerischen Ausfällen. In dieser Einseitigkeit ihrer Männerfeindlichkeit schien sie mir schon immer singulär. Ich kenne sonst niemanden, auch keine Frauenvereinigung, kein Frauenforschungsteam, der-die-das ein so einseitig negatives Männerbild hat. Aber warum ist aus dem angeblich fleißigen und ehrgeizigen Studenten so ein Oberschlumpf geworden, mit dem selbst Isabelle Teufel kaum etwas zu tun haben wollte? Sorry, hat sie selbst gesagt."

Gisela ergänzte:

„Ingeborg hat mit Isabelle länger gesprochen als ich. Bei ihr standen Sie tatsächlich in keinem guten Ruf, Herr Arndt."

„Ja, wie erkläre ich es, was dann passiert ist? Isabelle war erst bei einem anderen Professor, bei dem sie promoviert wurde. Sie kam erst später zum Lehrstuhl und hat mich nicht mehr ehrgeizig erlebt. Ich war nicht nur autoritätshörig, ich bekam nach kurzer Zeit in Göttingen Ängste, sogar heftige. Ich habe schnell antizipiert, wie die nachfolgenden Tage stets ablaufen würden, nämlich einfach erniedrigende Tiraden mit mir als Opfer. Und ich hatte niemanden zum Reden. Ich galt als leistungsschwaches, protegiertes Söhnchen einflussreicher Eltern und bekam keinerlei Chance, mich zu erklären oder überhaupt nur Kontakte zu knüpfen. Ich erlebte nur Vorbehalte an der Fakultät. Naja, und wie geht man falsch mit den Ängsten um? So wie ich. Ich habe erst versucht, keine Angriffsfläche zu bieten, indem ich zu allem ‚Ja und Amen' gesagt habe. Ich wollte am liebsten unsichtbar sein und ja nicht auffallen. Das hat nicht geklappt. Meine nächste Strategie war, mir morgens Mut anzutrinken und abends den Tagesfrust mit Essen zu kompensieren. Das hatte zur Folge, dass ich wegen der Trinkerei abgemahnt wurde und sechzehn Kilo zugenommen habe. Als Alkohol nicht mehr half, kam Koks. Und mein Ruf war völlig dahin. Ich sah damals noch schlimmer aus als jetzt. Letzte falsche Strategie, statt einfach zu kündigen, ging ich in die komplette Vermeidung. Kritischen Situationen habe ich mich nicht mehr gestellt, habe einfach geschwänzt. Frau Eckel hat mir also völlig zu Recht gekündigt. Interessanterweise war das wie eine Befreiung für mich. Ob Sie es glauben oder nicht: Seit der Kündigung habe ich keinen Tropfen Alkohol mehr angerührt, auch kein Rauschgift mehr konsumiert. Pech nur, dass meine akademische Karriere nach dieser Vorgeschichte wegen meiner eigenen Blödheit im Eimer ist. Frau Kubon-Gilke, eigentlich kann ich von mir nur abraten. Genießen Sie lieber Ihre Reise. Ich bin ein hoffnungsloser Fall."

Gisela dachte bei sich, dass kein Mensch so etwas über drei Jahre lang mit sich machen lässt, wenn er kündigen kann. Arndt hätte schnell merken müssen, dass die Eckel niemals eine Doktorarbeit von ihm durchkommen lässt. Wofür also diese Qual? Gisela wusste aber auch aus Studien, dass Autoritätshörigkeit zu einem Verhalten wie bei Kaninchen vor der Schlange führen kann, selbst wenn nicht nur andere Personen leiden, sondern man selbst. Sollte man so gar nicht bei einem so kräftigen jungen Mann denken. Und über so lange Zeit? Dann muss Simon extrem unsicher und wenig selbstbewusst gewesen sein, als er die Arbeit bei der Eckel begann. Hat vielleicht mit dem Elternhaus zu tun. Papa scheint alles zu regeln. „Was habe ich also gelernt: Größe und Umfang Simons lassen nicht auf seine mentale Stärke schließen. Ich muss mich später mit Stefan gut besprechen." Gisela hatte ganz vergessen, dass sie Simon als Verdächtigen befragen sollte. Jetzt dachte sie schon real an eine Betreuung. Nun aber zur Befragung:

„Simon, Sie müssen doch eine Heidenwut auf die Eckel gehabt haben, als sie Sie mit lautstarken Worten rausgeworfen hat."

„Nein. Vielleicht glauben Sie es nicht, aber es war wirklich eine Befreiung für mich. Ich war all das Schreckliche los. Nachdem ich mich ihr innerlich widersetzt hatte, indem ich meine 100%-Stelle behielt, hat sie mich stärker als jemals zuvor schikaniert. Sie wollte meine Kündigung provozieren. Aber ohne mich, ich habe durchgehalten, aber nur noch Dienst nach Vorschrift geschoben bzw. noch weniger und mit Ohrstöpseln gegen die verbalen Angriffe. Mein Ziel einer Promotion hatte ich sowieso abgeschrieben, ich war nur auf Frau Eckel fixiert. Und nun, nach meinem Rauswurf, da war ich frei, ich konnte sogar zurückschimpfen. Ich konnte wieder selbst denken, musste nicht nach ihrer Pfeife tanzen, auch nicht nach den Pfeifen meiner Väter. Ein paar Monate war ich regelrecht glücklich. Erst jetzt wird mir wieder meine eigentlich aussichtslose Lage im akademischen Betrieb bewusst. Welche beruflichen Optionen habe ich jetzt denn? Akademische Freiheit werde ich nie haben. Und sonst? Volkswirt mit mittlerer Note und ein gescheiterter Promovend, dazu ein Äußeres, das auf wenig Disziplin schließen lässt. Chance gleich null. Was bleibt? Doch ein Job bei meinem Vater, der es sowieso lieber gesehen hätte, wenn ich BWL studiert hätte. Es wird nicht viel besser als an der Uni, fürchte ich. Mein Vater hat etwas von einem Patriarchen des 19. Jahrhunderts."

„Frau Eckel hatte kurz nach ihrer Kündigung diesen schrecklichen Unfall. Ich könnte mir gut vorstellen, dass Sie das als gerechte Strafe für ihr Tyrannentum empfinden."

„Ach nein. Mitleid hatte ich verständlicherweise nicht, es war mir eigentlich egal. Ich war nur froh, dass sie selbst mit der Kündigung den Schlussstrich gezogen hatte."

„Noch einmal zur Dissertation: Zu welchem Thema haben Sie sich denn ins Blaue hinein was überlegt?"

„Overconfidence und Diskriminierung."

Gisela horchte auf. Simons Augen leuchteten plötzlich geradezu, als sie fragte:

„Das ist ja hochaktuell. Wissen Sie, dass ich gerade mit meiner Freundin Ingeborg und Akilas Onyango ein Buch über Diskriminierung schreibe, ein Lehrbuch, um genauer zu sein? Da kommt genau das Thema auch in einem Kapitel vor. Was wollen Sie genau untersuchen?"

„Mit Akilas, unserem Hiwi, arbeiten Sie an einem Buch?"

„Ja, aber jetzt arbeitet er für mich und mit mir. Ist jetzt zu kompliziert zu erklären. Er ist auch an Bord und unterstützt mich, wenn mein Mann sich die Inseln anschaut. Aber jetzt bitte zu Ihren Forschungsinteressen und Ihr genaues Projekt. Also?"

„Gut, noch mal zurück zur Selbstüberschätzung. Ich leide übrigens nicht daran, hihi. Mir geht es um zweierlei…"

Simon hob zu einem Monolog an zu dem Modell, das im Anhang 13 erläutert wird. Er wollte es erweitern und Effekte einbauen, die gegenläufig waren, eventuell sogar geschlechtstypisch verschieden ausgeprägt waren. Das wollte er untersuchen und hatte plausible Ideen zur Vorgehensweise. Zum Schluss kam die ängstliche Frage:

„Was meinen Sie, Frau Kubon-Gilke, ist das ein mögliches Thema? Frau Eckel hat mich ausgelacht, als ich angefangen habe, ihr davon zu erzählen."

„Ich muss sagen, Sie überraschen mich. Sie kennen sich mit aktuellen Entwicklungen gleich in mehreren Fächern aus. Und es kann sich durchaus lohnen, in die von Ihnen beschriebene Richtung zu forschen. Das Strack-Modell soll sogar in unser Lehrbuch. Herr Arndt, es ist aber so: Eine Betreuung muss gut überlegt sein. Sie brauchen auch eine universitäre Anbindung. Ich kann betreuen, aber ich kann nur Zweitprüferin werden. Stefan, meinst Du, Frau Rothärmel könnte Erstprüferin werden? Die könnte das Thema vielleicht interessieren."

Gisela hatte inzwischen vergessen, dass die Promotionsbetreuung nur ein Vorwand war, jetzt durchdachte sie reale Möglichkeiten. Dem Dekan ging es ähnlich, er ließ sich vom Enthusiasmus Giselas anstecken.

„Ich bin notfalls auch noch da, wenn Sie was Ordentliches abliefern. Wenn Gila eine Arbeit positiv bewertet, dann ist sie allemal okay. Aber, Herr Arndt, Sie werden verstehen, dass wir Ihnen heute noch nicht zusagen können. Wir müssen noch einiges klären, vor allem im Zusammenhang mit Ihrer Entlassung."

„Ja, natürlich. Aber sagen Sie bitte meinen Eltern nichts von unserem Gespräch. Ich möchte allein entscheiden und meine Dinge ohne Einmischung regeln. Endlich!"

Gisela stutzte:

„Ihre Eltern? Wieso sollen wir Ihre Eltern kontaktieren?"

„Naja, vielleicht zufällig beim Kapitänsdinner morgen oder beim Ausflug nach Alexandria."

„Ihre Eltern sind auch an Bord?"

„Ja, die haben mich zu dieser Reise eingeladen. Ich glaube, mein Stiefvater hat ein schlechtes Gewissen, weil er mir geraten hatte, mich bei Petra Eckel zu bewerben und das alles so unrühmlich endete. Und egal, wie Sie entscheiden, ob Sie mich unterstützen können oder nicht, ich bedanke mich ganz herzlich bei Ihnen, dass ich Ihnen meine Geschichte erzählen durfte."

Gisela und Stefan verabschiedeten sich von Simon und gingen zwei Stock tiefer in eine Bar. Gisela gönnte sich einen alkoholfreien Cocktail, Stefan einen Gimlet, eine Gin-Limettensaft-Mischung.

„War das eine positive Überraschung eben oder sitze ich gerade einer weiteren Lügengeschichte auf, Stefan?"

„Hmm, wenn ich das wüsste. Ich bin geneigt, ihm einiges zu glauben. Petra Eckel war gnadenlos. Wer abhängig von ihr war, den konnte sie mit Vergnügen fertigmachen. Frau Teufel hat fast alle Arbeit für den Lehrstuhl gemacht, die hat sie weitgehend in Ruhe gelassen. Ich glaube, sie hat überhaupt niemanden promoviert. Habil-Verfahren? Da hatte sie wohl zuvor auch nichts mit zu tun. Dass sie Simon zwingen wollte, eine halbe Stelle aufzugeben, das traue ich ihr zu. Aber dann das Geld für die halbe Drittmittelstelle einfach sich unter den Nagel reißen? Das scheint mir doch zu dreist zu sein. Aber wer weiß? Willst Du übrigens mal an meinem Cocktail nippen?"

„Nein danke. Ich hatte heute schon zu viel Kaffee und muss noch zur Dialyse. Du kannst mir ja zur Dialyse so gegen 22.30 Uhr einen Cocktail bringen."

„Aber gern doch. Was sagst Du nun zu Arndt? Glaubst Du ihm?"

„Mir scheint die Zeit zu lang, in der er sich nicht von Petra Eckel durch Kündigung gelöst hat. Aber vielleicht hat es was mit seiner Familie zu tun. Zwei dominante Väter, einen echten und einen Stief-. Das kann zu schwachen Persönlichkeiten führen. Ach, ich weiß es nicht. Morgen gehen wohl nur Matthias und Claus auf Tour. Ingeborg und Akilas wollen sich um Stikowski kümmern. Mal schauen, wie sie das anstellen. Dann könnten wir versuchen rauszukriegen, wo das Ehepaar Arndt logiert. Ich würde mir den Stiefvater gern mal ansehen. Vielleicht auch herausbekommen, wie er Simon behandelt. Scheint mir interessant für den Fall. Ich bin nicht ganz sicher, ob Simon als Verdächtiger ausscheidet."

„Au ja, Annette will sich etwas ansehen und wird morgen vielleicht von Bord gehen, bestimmt nach Shopping-Möglichkeiten Ausschau halten. Da hat sie mich gar nicht so gern dabei, weil ich ihr zu stark drängele. Egal. Ich bin dabei. Wir sollten jetzt aber wohl so langsam zurückgehen. Das Schiff hat abgelegt, da werden die Tenderschiffe bald die Ausflügler wieder an Bord bringen. Komm, ich bringe Dich zu Eurer Kabine. Nicht, dass Dich Dein Claus vermisst."

„Der? Mich vermissen? Eher macht sich Akilas Sorgen. Ach komm, Stefan, ein Cocktail geht noch."

„Aber immer, meine Liebe."

27

Am Abend wurde beim Essen geredet und geredet. Claus und Akilas waren unzufrieden mit ihrem Ausflug. Mykonos ist wunderbar, meinten sie, wenn man denn vor lauter Leuten mehr hätte sehen können. Ein Lokal mit freien Plätzen hätten sie auch nicht gefunden. Ja, die Windmühlen oberhalb der Stadt sind schon imposant, so Akilas. Er hatte den Reiseführer studiert und erklärte gebärdenreich: Es klang auswendig gelernt.

„Diese Mühlen sind interessant. Sie sehen durch die dicken, kleinen Türme gedrungen aus, fast trutzig. Besonders sehenswert fand ich die Holzflügel. Im 16. Jahrhundert wurden die Mühlen von den Venezianern zum Mahlen von Getreide errichtet. Die meisten Windmühlen sind nach Norden ausgerichtet, um die starken Winde der Insel zu nutzen. Sechs Mühlen sind noch erhalten, arbeiten aber natürlich nicht mehr. Was ich mir noch gemerkt habe, ist, dass aus dem gewonnenen Mehl einst Zwieback, das sogenannte Paximadi, für die Seefahrer gebacken wurde. Im Internet gibt es schöne Abbildungen der Türme. Es sieht aus, als thronten sie über der Stadt."

Claus ergänzte, es sei ein Glück gewesen, dass Aki es Matthias und ihm erklärt hätte, die Reiseführerin hätte man in der großen Gruppe und neben anderen großen Gruppen mit keinem Wort verstehen können. Ingeborg hielt sich bei dem Gespräch heraus, da sie den ganzen Tag über zwar mitgelaufen war, aber nur an den Eckel-Fall gedacht hatte.

Ihre Augen wurden immer größer, als Gisela und Stefan berichteten. Claus und Akilas wurden noch missmutiger, weil Stefan und ‚seine Gila' so vertraut miteinander waren. Ausnahmsweise meldete sich Claus mal in der Runde:

„Ihr habt Euch da einen Bären aufbinden lassen. Ein faules Söhnchen ist unfähig, trinkt Alkohol und nimmt Drogen. Und Ihr glaubt ihm noch diese Schmonzette? Gisela, Du bist viel zu gutgläubig. Bei allen Männern. Der und eine Dissertation? Nie, wenn nicht Papa eine kauft. Professor Neuhaus, wieso lassen Sie sich von meiner Frau so anstecken in ihrer Schönfärberei."

„Claus, hast Du vergessen, dass wir uns duzen? Naja, vielleicht erinnerst Du Dich bei Deinem nächsten Satz übermorgen. Gila ist gutgläubig bei allen Männern? Bei Dir ja dann wohl auch. Sonst wärt Ihr nicht schon 45 Jahre verheiratet."

Das war eine kritische Phase des Miteinanders der sieben Passagiere am Abendtisch.

Ingeborg glättete die aufkommende Missstimmung:

„Also, ich finde es erst einmal ganz prima, dass Ihr den Kontakt zu Arndt gesucht habt und ihn seine Version habt erzählen lassen.

Vielleicht lügt er, aber was er über seine Dissertationsidee erzählt hat, das hat Hand und Fuß. Nur faul kann er nicht gewesen sein. Und Angst vor der Eckel? Wer hatte die nicht? Ich bin mir unsicher. Das seid Ihr selbst ja auch. Eure Idee, was über das Ehepaar Arndt in Erfahrung zu bringen, ist gut. Dann wissen wir zumindest, ob Papa Arndt wirklich so ein dominanter und einflussreicher Mann ist. Arndt Senior ist wohl der Stiefvater. Dann gibt es auch noch einen Vater mit Firma. Das wird bestimmt schwierig, die Verhältnisse komplett zu entwirren. Aber probieren wir es. Ich würde gern mitmachen, aber das müsst Ihr beiden, Stefan und Gisela, wohl allein machen, weil Ihr immer mit der möglichen Unterstützung des dicken Sohnes argumentieren könnt. Ich fahre morgen nirgendwo hin. Akilas, wir beide kümmern uns um Stikowski. Eine Strategie habe ich nicht. Vielleicht kannst Du Frau Stikowski auf den Fuß treten oder so, damit wir ins Gespräch kommen. Ach nee, vielleicht kennt er mich noch von den gemeinsamen Brustschwimm-Bahnen im Schwarzwälder Wellnessbereich. Daran erinnere ich ihn einfach. Dass er allein mit der Eckel im Wochenendurlaub war, hat schon ein Geschmäckle."

Akilas seufzte und fragte erst einmal nach.

„Claus, was meinst Du? Kann ich Gisela morgen tagsüber allein lassen und Ingeborg begleiten? Natürlich bringe ich Deine Frau gleich zur Dialyse."

„Was fragst Du mich, sie hat genug Männer, die ihr zur Seite stehen. Stefan macht das schon. Wenn Annette nichts dagegen hat. Oder Du?"

Annette antwortete:

„Die beiden sind so intensiv bei der Sache. Sollen Sie machen. Ich fahre morgen auch nirgendwo hin und habe mich gegen Shopping entschieden. Ich höre mir einen langen Diavortrag über die Kykladenzeit an. Claus, Matthias, wollt Ihr nicht mitkommen? Matthias stimmte gleich zu, Claus winkte ab. Er wüsste schon alles. Vielleicht brauchten Stefan und ‚seine Gila' Hilfe. Da stünde er gern zur Rettung bereit."

Also stornierten alle Betroffenen ihre Ausflüge, alle sieben wollten schlussendlich an Bord bleiben.

„Gila ist leicht. Meinst Du, jemand wird sie über Bord werfen wollen, wenn wir was rauskriegen? Ich passe auf, Claus. Du kannst Dich auf mich verlassen. Und wir machen nichts Unüberlegtes. Wir werden immer alles in der großen Runde besprechen."

Claus konnte es nicht lassen:

„So oft sind wir gar nicht alle zusammen, die Reise ist ja nicht so lang. Es ist sowieso alles Quatsch, was Ihr macht. Ihr stochert doch völlig im Nebel. Bestimmt war es doch ein Unfall am Schwänchenteich, oder es war jemand ganz anderes. Ingeborgs Zusammenbringen von vermeintlich Hauptverdächtigen ist lachhaft. Bei Dutzenden, wenn nicht Hunderten von Verdächtigen. Matthias, was meinst Du denn, was Deine zukünftige Frau hier veranstaltet?"

„Äh, ich halte mich raus. Durch die Renovierung bin ich nicht beteiligt gewesen. Bei den letzten beiden Fällen hat Ingeborg nach eigenen Angaben die richtigen Ideen gehabt. Ihre Schnüffelei ist zwar teuer, aber ich vertraue ihr."

„Ach, Du Jammerlappen. Na gut, dann kombiniert Ihr nur. Hauptsache, Ihr lasst mich in Ruhe. Wenn Ihr mich unbedingt brauchen solltet, dann wisst Ihr ja, wo Ihr mich findet."

Ingeborg murmelte: „Ach, ich muss noch mal zur Theke."

„Willst Du etwa noch was essen?"

„Nee, nicht so eine Theke. Ich habe nur was vergessen."

„Was denn?"

„Nichts Wichtiges."

Akilas ging nach dem Essen fast gleichzeitig zu Ingeborgs Aufbruch mit Gisela zur Dialyse. Er war etwas eifersüchtig, weil er sich durch Stefan ziemlich abgemeldet fühlte. Gisela beruhigte ihn:

„Zum Schreiben kommen wir offensichtlich nicht, Akilas. Na gut. Du hast mir schon einen Tag so schön Gesellschaft geleistet. Und jetzt bist Du wieder bei mir. Morgen arbeitest Du mit Ingeborg zusammen. Die braucht Dich. Es ist doch alles gut. Stefan ist Prince Charming. Das wissen wir alle. Er kann wohl gar nicht mehr anders. Aber er ist ebenso witzig und macht beim Detektivspiel mit Begeisterung mit. Das gefällt mir. Und ein Dekan kann dem Arndt Worte entlocken. Er wäre mir gegenüber nie so redselig gewesen, glaube ich. Ich mag Dich aber auf alle Fälle mehr als Stefan. Zufrieden?"

Akilas nickte nur verhalten und brachte Gisela sicher zum Dialysebett. Und da kam auch schon Stefan mit einem Cocktail für Gisela heran. Akilas sah es mit Missfallen und wollte Claus über diese Ungeheuerlichkeit informieren.

Während der Dialyse, nachdem Akilas und Stefan gegangen waren, konstruierte Gisela in Gedanken lauter Wenn-Dann-Fälle:

- Wenn Simon Arndt die Wahrheit gesagt hat, dann bleiben als Verdächtige an Bord nur noch die Eltern Simons bzw. sein leiblicher Vater daheim. Oder ist der vielleicht ebenfalls an Bord? Sollte man checken. Und die Stikowskis. Über die weiß man aber nur, dass sie die Eckel kannten und Franz Stikowski wohl was mit einem Forschungsauftrag zu tun hat. Alles dünn.
- Wenn Simon lügt, ist er wieder verdächtig. Seine Eltern und die Stikowskis aber immer noch.
- Isabelle, Stefan und Annette samt Ehepartnern, selbst Akilas: Kann man sicher sein, dass nicht einer davon geschickt täuscht? Oder spielen sogar mehrere ein falsches Spiel? War es naiv, so vielen Menschen reinen Wein einzuschenken?
- Oder ist das alles Quatsch, was wir fünf Freunde hier treiben? Claus glaubt das fest. Und mein Mann ist Realist.

Und so grübelte Gisela die ganze Nacht, ohne irgendeine Variante zu favorisieren. Sie hoffte aber inständig, dass ihre erste Überlegung zutraf. Sie hatte tatsächlich zu Simon Arndt eine gewisse Sympathie entwickelt. Vielleicht, weil er eins ihrer Bücher kannte. Nur, warum ist er nicht gleich wieder vom Lehrstuhl weggegangen, als er merkte, wie er dort behandelt wird? Schockstarre gegenüber Autorität? Das soll es geben. Und warum haben Isabelle und Akilas eine so schlechte Meinung von ihm?

Am nächsten Morgen schoben die mittlerweile sieben Detektive zwei Tische zusammen, um beim Frühstück noch einmal alles zu besprechen. Es ging überraschend harmonisch zu, unter anderem da von Claus keine Störfeuer kamen, nur ab und zu ein Kopfschütteln. Und er sagte unverbindlich zu, doch gemeinsam mit der kleinen Gruppe zum Vortrag zu gehen. Das war ein Friedensangebot. Er wollte letztlich kein Spielverderber sein und Gisela die Kreuzfahrt nicht komplett vermiesen. Obwohl, sie hatte ja sowohl Akilas als auch ihren Stefan. Er wollte sich lieber ein bisschen an ihre Fersen heften. Und schon verabschiedete sich Stefan mit ‚seiner Gila'.

„Wenn alle Verdächtigen an Land gehen, können wir sie erst nachmittags abpassen. Wollen wir dann auch zum Vortrag gehen?"

„Nö, nutzen wir die Zeit lieber für uns."

„Wie denn?"

„Ich glaube, ich schulde Dir was. Du machst an der Uni alles ohne Honorar: Seminar, Betreuung von Frau Teufel, vielleicht noch Herrn Arndt. Weißt Du was? Ich schenke Dir einen Wellnessvormittag, sofern wir jetzt noch nichts unternehmen können. Friseur, Massage, Kosmetikerin."

Gisela lachte laut los.

„Also Stefan, haha. Das ist rausgeschmissenes Geld. Und zwar so was von. Wen soll ich damit beeindrucken? Claus bestimmt nicht. Und ich bin sowieso eher der natürliche Jeanstyp, jetzt eben mit Falten und leicht schlotternden Hosen."

„Gute Idee."

„Was?"

Dann gehen wir nach dem Friseur noch was Schickes aus der Bordboutique suchen. Die haben kleine Größen. Und bestimmt auch schmale Kurzgrößen."

„Auf gar keinen Fall. Schauen wir lieber nach den Arndts."

„Du bist die erste Frau, die kein Geschenk von mir annimmt. Wie enttäuschend."

„Wie schon gesagt, spare Dir Deinen Charme und Deine Großzügigkeit auf für Deine beiden Frauen hier und daheim."

„Meine Susanne war früher mal attraktiv, heute hilft nur noch Botox und kiloweise Schminke. Naja, wir sind uns immer noch sehr zugetan, nur nicht mehr so wie früher, halt anders, also mehr so intellektuell. Ich diskutiere gern mit ihr. Sie ist kulturell überaus bewandert und in ihrem Beruf als Museumsleiterin richtig erfolgreich. Sie hat übrigens auch einen anderen Mann, mit dem sie oft unterwegs ist und der ihr andere Bedürfnisse befriedigt."

Von Bord gehen sahen sie Simon Arndt nicht. Und jetzt wurde es anstrengend für Gisela. Sie lief mit Stefan alle Decks mit Bars, Unterhaltungsmöglichkeiten ab, sogar den großen Vortragsraum. Fast eine

Stunde waren sie schon unterwegs, bis sie endlich auf einem unteren Deck die Showküche erreichten.

„Uh, ist das kalt hier. Wird heute in dieser Küche eingefroren oder gekocht?"

„Gekocht. Steht doch da auf dem Schild: ‚Das perfekte Roastbeef. Mit selbstgemachter Remoulade'. Wird bestimmt so sein, dass gesagt wird, sie hätten da schon mal was vorbereitet und dann kommen sie mit dem fertigen Roastbeef. Und dann darf man zuschauen, wie eine Remoulade gemacht wird. Der Ofen bleibt bestimmt kalt."

„Remoulade kann ich nicht. Setz Dich doch mal ein paar Minuten, Gila. Du bist ja schon völlig fertig. Am besten bleiben wir ganz oben. Die Treppe runter mit Deinem Rollator geht nicht."

„Du hast recht. Nur ein paar Momente hier oben."

Plötzlich entfuhr es Gisela fast zu laut:

„Da ist er. Schau mal nach unten, dritte Reihe links, fast in der Mitte. Da sitzt Simon, an der Statur gut erkennbar. Neben ihm rechts ein Herr und eine Dame, von hinten leider schlecht das Alter abschätzbar, genau wie bei den beiden Frauen, nach den Frisuren zu beurteilen aber wohl doch eher älteren Damen links von ihm. Allerweltsfiguren. Man müsste sie von vorn sehen. Vielleicht später, wenn sie wieder nach oben kommen. Simon haben wir jedenfalls schon mal, vielleicht mit Glück die Eltern. Das wäre ja was. Den Vater möchte ich zu gern erleben."

Also blieben sie sitzen und verfolgten die Kochshow. Zwei Stunden! Von wegen fertiges Roastbeef. Es wurde gebraten, was das Zeug hielt. Die Remoulade war gegen Ende tatsächlich interessant. Zubereitet wurde eine Einfachvariante, fast wie eine gewürzte Mayonnaise, nur flüssiger, die direkt mit allen Zutaten mit einem Rührstab in einem hohen Gefäß nach oben gezogen wurde. Gisela wollte es sich merken.

Dummerweise führten zwei Treppen nach oben. Sie sahen, dass Simon nach der Show nach links ging. Da sie weiter rechts saßen, musste sich Stefan mit Gisela am Rollator durch die Menge schieben, die die rechte Treppe nahm. Das gab ein kleines Gedränge und sie kamen, obwohl sie oben gesessen hatten, zu spät. Gisela war eben langsam beim Aufstehen und Loslaufen. Simon war schon weg und trotz seiner Größe nicht mehr zu erkennen. Auch von den Nachbarn beider Seiten keine Spur mehr.

„Ich laufe jetzt aber nicht noch mal alle Räume ab. Vielleicht geht er ja auch zu seiner Kabine. Ich bin fertig. Ich zittere vor Kälte und meine Beine schmerzen."

„Ach, Du armes Häschen. Dann bringe ich Dich zu Deinem lieben Mann, der bestimmt auf Eurem Balkon sitzt und den Vortrag schwänzt. Oder noch ein Cocktail?"

„Cocktail. Geht heute auf mich. Ich habe übrigens eine Idee. Wenn am Abend die ersten Gäste zum Dinner kommen, dann bezirze doch mal die junge Dame am Eingang zum Speisesaal und entlocke ihr, wo Simon Arndt sitzt. Dann sehen wir weiter. Okay?"

„Äh, traust Du mir zu, dass ich das schaffe?"

„Wem, wenn nicht Dir, traue ich alles zu?"

Gisela zwinkerte Stefan zu, der lachte erstaunlich unsicher zurück.

Drei Cocktails später geleitete Stefan Gisela zu ihrer Kabine. Claus war die ganze Zeit dem ungleichen Paar gefolgt, jetzt saß er etwas außer Atem auf dem Balkon und tat so, als läse er ein Buch auf seinem Kindle. Gisela erzählte ihm von ihrem Tag. Claus meinte nur, dass sie ja einen smarten Begleiter gehabt hätte. Aber ein Ergebnis ihrer Recherchen hätten sie wohl nicht. Gisela meinte darauf nur:

„Kommt noch. Das Essen am Abend wird uns Erkenntnis bringen."

„Was habt Ihr vor?"

„Du wirst schon sehen."

Dann gönnte sich Gisela auch eine halbe Stunde auf dem Balkon und starrte aufs Meer. Dabei kann man gut die Gedanken schweifen lassen.

28

Ingeborg und Akilas tranken nach dem Frühstück desselben Tages gleich noch einen weiteren Milchkaffee, diesmal in einem kleinen Salon neben der Knossos-Bar.

„Ingeborg, wieso soll ich eigentlich bei den Stikowskis dabei sein?"

„Na, erstens hast Du ihn vielleicht wirklich mal bei der Eckel gesehen. Du weißt! Der nasse Regenmantel. Wenn Du Herrn Stikowski aus der Nähe siehst, kannst Du es womöglich endgültig bestätigen, dass er die Eckel besucht hat. Zweitens solltest Du zum Armutsthema für die Eckel Quellen suchen. Darüber können wir vielleicht ins Gespräch kommen und erfahren, ob er wirklich den Forschungsauftrag verantwortet. Da weiß ich aber noch nicht recht, wie man das Gespräch geschickt beginnt. Oder Du sagst es mir, wenn Dir eine Idee kommt."

Ingeborg hatte trickreich am Abend noch in Erfahrung gebracht, dass die Stikowskis, tatsächlich zwei mit diesem Namen, in den 230er-Nummern ihre Kabine hatten.

„Woher weißt Du das, Ingeborg?"

„Zwischendurch war ich gestern ja noch einmal an der Theke. Erinnerst Du Dich? Ich habe dort behauptet, Stikowski sei mein Neffe. Und ich habe erzählt, dass ich leider schon sehr vergesslich sei und nicht mehr wüsste, auf welchem Gang seine Kabine zu finden ist. Zimmernummer hat sie nicht rausgerückt, mir aber den Gang unter dem Mäntelchen der Verschwiegenheit mitgeteilt. Hoffentlich habe ich es nur gespielt, dass ich langsam mein Gedächtnis einbüße."

„Du doch nicht!"

Und so lungerten sie und Akilas nach dem Frühstück am Ende dieses Ganges herum und warteten. Über eine Stunde dauerte es, bis Herr und Frau Stikowski ihre Kabine verließen. Unauffällig folgten Ingeborg und Akilas. Naja, unauffällig war bei Akilas schwierig. Seine Hautfarbe fiel immer auf, noch mehr, weil er mit einer anderen älteren Dame unterwegs war. Schon wieder!

Beim Hinterherschleichen flüsterte Akilas:

„Und jetzt? Wie bekommen wir Kontakt?"

„Wir überholen und dann erkenne ich ihn. Ganz einfach. Also los."

Sie beschleunigten den Schritt und waren fast an dem Ehepaar Stikowski dran, als Frau Stikowski abrupt stehenblieb und Akilas sie fast umgerannt hätte.

„Oh, entschuldigen Sie vielmals. Wir wollten gerade überholen."

„Keine Entschuldigung nötig. Ich habe gerade gemerkt, dass ich meine Bordkarte nicht dabeihabe. Franz, sei so lieb, gib mir kurz Deine Karte, damit ich meine holen kann."

Während der Kartenübergabe kam ein gespielter Ausruf der Verwunderung von Ingeborg.

„Na, so was! Wir kennen uns doch, oder? War es nicht im Schwarzwald in der ‚Rebe'? Waren Sie nicht mit Professor Eckel dort? Die wir aus Göttingen kannten?"

Franz Stikowski starrte Ingeborg an, dann fiel der Groschen.

„Ja, natürlich. Wir sind ein paar Bahnen nebeneinander geschwommen. Also Zufälle gibt es, jetzt haben wir uns schon wieder getroffen. Geht es Ihnen gut? Ist Ihr Mann auch an Bord?"

„Ja, es ist mein zukünftiger Mann, übrigens auch das befreundete Ehepaar ist an Bord. Wir vier Leutchen, wie damals im Schwarzwald. So ein Zufall aber auch. Darf ich Sie und Ihre Frau vielleicht zu einem Kaffee einladen? Auf die Zufälle."

Frau Stikowski kam zurück, die Zufälle wurden ihr erklärt, auch woher man sich kannte. Fast unglaublich. Bei Erwähnung des Namens Eckel runzelte Frau Stikowski kurz die Stirn, aber der Moment ging schnell vorbei. Akilas hatte die ganze Zeit im Hintergrund gestanden.

„Darf ich übrigens vorstellen, das ist Herr Onyango, ein Student aus Göttingen. Er war Hiwi bei Petra Eckel, jetzt hilft er uns bei einem Lehrbuch und unterstützt meine Freundin, die hier an Bord zur Dialyse gehen muss. Alle zwei Tage. Heute will meine Freundin ruhen, da sind wir beide mal unterwegs. Vielleicht gehen wir in den Spielesalon, nein, nicht in den Spielsalon, haha."

„Wir werden später bestimmt irgendwelche Angebote auf dem Schiff nutzen. Vielleicht Gymnastik am Pool oder Kammermusik im kleinen Salon. Wir schauen immer spontan. Was es halt gerade gibt, da suchen wir was raus. Heute haben wir mal keine Tour gebucht. Eigentlich kennen wir schon alle Inseln und auch Ägypten aus früheren Urlauben. Lorchen, was meinst Du, fangen wir mit einem Kaffee an?"

Lorchen nickte. Alle vier gingen in die nächstgelegene Bar und bestellten Cappuccino.

„Ich bin immer noch fasziniert vom Zufall, Sie hier an Bord zu treffen. Nur schade, dass unsere gemeinsame Bekannte inzwischen diesen schrecklichen Unfall hatte. Furchtbar. Wir fanden Sie zwar etwas, ja, wie soll ich sagen, also, man hat nicht so leicht Zugang zu ihr bekommen. Sie war aber so eine enthusiastische Wissenschaftlerin und hat von ihren Forschungen geradezu geschwärmt. Eine interessante Persönlichkeit."

„Ja. Eine alte Bekannte von uns. Stimmt alles, was Sie sagen."

„Natürlich, Sie haben ja sogar gemeinsame Urlaube erlebt, wie Sie mir im Schwimmbad erzählten."

„Von welchen Forschungen sprach Sie denn? Was Verhaltensökonomisches vielleicht? Das war ihr Spezialgebiet."

„Genau. Davon sprach sie viel. Und von einem Drittmittelprojekt über die Armut in Niedersachsen, eine richtig schön konkrete Aufgabe. Akilas durfte sogar mithelfen und ein bisschen für Frau Eckel recherchieren. Bestimmt ein Auftrag vom niedersächsischen Sozialministerium, die interessiert das sicher. Naja, oder irgendeine sozial motivierte Stiftung."

„Ja, so war sie, die Petra. Und was haben Sie beide heute noch vor außer Brett- oder Kartenspiele zu spielen?"

Ingeborg konnte machen, was sie wollte. Sie konnte das Gespräch nicht mehr auf Petra Eckel, die Gelder aus seinem Ministerium, die Pilzvergiftung der Freundin oder die verstorbene Ehefrau bringen. Sie war frustriert, zumal sich die Stikowskis bald mehr oder weniger freundlich, vor allem uninteressiert, verabschiedeten.

„Wie soll man da was rauskriegen? Für mich mauert der; dabei war er im Schwarzwald geradezu geschwätzig", sagte Ingeborg zu Akilas.

„Na, ich würde auch nicht mit Wildfremden über meine Freunde reden. Vor allem nicht über deren vielleicht dunklen Seiten."

„Da hast Du allerdings recht, Akilas. War wohl zu plump, wie ich das angefangen hatte. Jetzt macht es jedenfalls keinen Sinn nachzuhaken. Vielleicht nachmittags oder abends. Ich passe die Stikowskis ab, wenn sie nachmittags am Kuchenbuffet sind oder spätestens abends im Speisesaal sitzen."

„Machen wir das auch gemeinsam?"

„Gerne, Akilas. Vier Augen sehen mehr als zwei. Jetzt haben wir erstmal ein paar Stunden frei. Was machst Du?"

„Hihi, auch ein unmoralisches Angebot: In einer halben Stunde kann man ohne Anmeldung in der großen Halle lernen, wie man Sirtaki tanzt. Lust?"

„Ja, und wie! Ziehen wir uns kurz um dazu? Das müsste mein Matthias sehen, wenn ich tanze. Er selber ist ein wahrer Supertänzer. Ich bin eher unbegabt, habe aber Spaß daran."

„Vielleicht mag er mitmachen. Wir fragen ihn, wenn er noch in der Kabine ist. Der Vortrag startet nämlich erst in einer Dreiviertelstunde."

„Schöne Idee, mein Lieber. Tut ihm bestimmt gut, mal mit seiner zukünftigen Frau etwas gemeinsam zu machen. Ich habe ein ziemlich schlechtes Gewissen ihm gegenüber."

Gesagt, getan. Matthias war sofort Feuer und Flamme und die drei tanzten und tanzten. Ingeborg war zum Schluss ziemlich außer Atem. Matthias nahm sie in seine Arme.

„Na, das ist doch schöner als Kriminalfälle zu lösen, oder?"

Akilas sah in die Luft, er fühlte sich wie das fünfte Rad am Wagen. Ingeborg fasste beide Männer an der Hand und meinte, sie sei gerade so glücklich wie noch nie, hier mit ihren beiden allerliebsten Begleitern auf dem Schiff. Das Tanzen wäre Glück pur für sie gewesen. Dabei lächelte sie besonders Akilas an.

Als sie langsam zurückgingen, wurden sie von einem älteren Herren angerempelt, der fragte, ob der Steward ihm auch mal zur Hand gehen könne. Er würde seinen Koffer nicht mehr auf den Schrank hieven können. Er hätte im Koffer seine gelb-grüne Krawatte suchen müssen.

Akilas wollte helfen, aber Ingeborg zog ihn weiter. Matthias wollte sich sogar mit dem Krawattenherren anlegen, aber Akilas hielt ihn zurück.

„Ach lass' doch Matthias, ich kenne es ja nicht anders. Auftrag erledigen, Klarstellung oder Konflikt – das hat alles keinen Sinn. Mich behandelt man immer als ungelernten Hilfsarbeiter. Naja, in der Uni eigentlich nicht. Selbst Frau Eckel nicht, wenn sie nicht gerade schlechter Laune war."

„Die war doch immer schlechter Laune, mein Lieber. Das ist alles noch viel schlimmer als bei Simon Arndt. Der wurde nur von einer Frau erniedrigt, bei Dir sind es Millionen von Menschen in Deutschland. Da kann man genauso fragen. Warum tust Du Dir das an?"

„Ähnliche Gründe. Ich will meine Eltern nicht enttäuschen. Und ich will was erreichen, mindestens den Bachelor-Abschluss. Meine Schwester hat es z.B. viel schwerer. Für die reicht das Geld nicht für ein Auslandsstudium, obwohl sie sehr klug ist. Meine Eltern haben mich vorgezogen, nur weil ich der Ältere bin. Obwohl sie eigentlich kein Kind vorziehen wollten. Das ist nun mein Privileg. Da möchte ich unbedingt liefern."

Ingeborg sagte nichts mehr dazu, drückte nur fest Akilas Hand.

Matthias und Ingeborg blieben den ganzen weiteren Tag mit Akilas zusammen. Am frühen Nachmittag gingen sie zum Kuchenbuffet, um sich nach den Stikowskis umzusehen. Matthias stellte sich gleich zwei Stück Schwarzwälder Kirschtorte auf seinen Teller, Akilas nahm ein Stück Bienenstich, Ingeborg ein Joghurttörtchen. Als alles aufgegessen war, war immer noch kein Stikowski zu sehen. Also ging es noch mal zum Buffet und dann noch einmal. Aber während der gesamten Kuchenfutterei zeigte sich weder Herr noch Frau Stikowski.

Matthias meinte:

„Heute kann ich abends nichts mehr essen. Zwei Stück Torte und zwei Stückchen Kuchen! Da geht nichts mehr rein. Ich nehme höchstens ein Süppchen."

„Ich schaffe noch das Menü!"

„Ja, Akilas, Du! Du bist noch ein junger Mann. Im Alter isst man nicht mehr so viel. Ich esse, glaube ich, auch nur eine Kleinigkeit. Mit den anderen sollten wir uns aber auf alle Fälle treffen, um zu hören, ob die wenigstens was erreicht haben. Zwischen den Gängen des Menüs stehen wir mal auf und teilen uns die Speisesaalsektionen auf, um die Stikowskis zu suchen, okay?"

„Und wie willst Du sie ansprechen?"

„Wenn ich das nur wüsste. Matthias, kannst Du nicht einem der beiden den Teller über Kleid oder Hose kippen?"

„Das glaubst Du aber allein, mein Schatz."

„Na, dann lade ich das Ehepaar auf einen Drink ein. Frau Stikowski scheint mir sehr aufs Geld zu achten. Deshalb nehmen sie hoffentlich an. Eine andere Strategie fällt mir nicht ein."

Alle sieben Detektive ruhten noch zwei Stunden, bevor sie sich in Richtung Speisesaal aufmachten. Annette war zuerst am Tisch und studierte fast zehn Minuten allein die Abendkarte. Akilas kam dann hinzu, Ingeborg und Matthias wenige Minuten später. Alle vier bisherigen Tischgäste bestellten kurz danach schon einmal ihre Speisen, da Gisela, Claus und Stefan immer noch auf sich warten ließen.

Stefan hatte es tatsächlich geschafft, die Dame am Eingang so zu beflirten, so dass sie ihm sagte, ein Simon Arndt säße am Tisch 307, das meinte Sektor 3, Tisch 7. Also los. Gisela schob sich mit ihrem Rollator durch die engen Reihen, Stefan kurz dahinter. Claus folgte in größerem Abstand, immer noch im Verfolgungsmodus. Ziemlich abrupt blieb Gisela stehen und flüsterte Stefan zu:

„Da, da ist er. Der dicke Simon ist von weitem zu erkennen. Er sitzt mit dem Rücken zu uns, der Papa sitzt etwas im Schatten, die Mama ist gut zu erkennen. Hmm, sieht eigentlich ganz bieder aus, der Vater. Irgendwie erinnert er mich an jemanden. Aber an wen? Man müsste den Vater hören, wie er mit Frau und Sohn spricht. Also Stiefvater natürlich. Frau Arndt ist ganz schön mit Schmuck behängt. Bestimmt echt. Wir müssen näher ran, um den Alten zu hören."

Schrittweise näherten Sie sich sehr vorsichtig. Bis sich Simon abrupt umdrehte und kurz danach etwas verunsichert rief:

„Frau Professor, Herr Professor, welch Überraschung. Was führt Sie her?"

Gisela musste improvisieren, weil sie vorschnell entdeckt worden waren.

„Herr Arndt junior, dürfen wir Sie bitte ganz kurz noch einmal sprechen, vielleicht dort an dem noch freien Tisch?"

Simon erhob sich, war aber doch so höflich, erst noch die Vorstellung zu übernehmen:

„Darf ich Ihnen vorstellen: meine Mutter, mein Vater. Liebe Mama, lieber Papa, das ist Frau Professor Kubon-Gilke. Sie wird im nächsten Semester in Göttingen lehren. Ihr Begleiter ist Professor Dr. Neuhaus, der Dekan der Göttinger VWL-Fakultät."

„Sehr erfreut. Ich hoffe, Sie haben gute Nachrichten für unseren armen Simon. Er ist so ein guter Sohn. Und so klug. Wir versuchen ihn gerade etwas aufzurichten. Sie wissen ja warum. Er hat wirklich Besseres verdient. Diese Professorin! Entschuldigen Sie bitte, aber ich echauffiere mich immer noch."

„Papa, lass es. Ich komme gleich wieder." Und schon drängte Simon Gisela und Stefan in Richtung des freien Tisches.

Gisela traf eine Entscheidung.

„Herr Arndt, nach längerer Überlegung habe ich mich entschieden, Ihnen tatsächlich anzubieten, Ihre Dissertation zu betreuen. Sind

Sie einverstanden? Ich denke, Stefan, dass die Fakultät in Göttingen das Verfahren durchzieht, oder?"

Stefan war überrumpelt, aber auch loyal.

„Ja, äh, natürlich. Ein Erstgutachter wird sich finden lassen. Wahrscheinlich bin ich es selbst, äh, ja. Also ganz sicher."

Stefan war mehr als nur verblüfft, dass Gila sich so schnell pro Simon Arndt entschieden hatte. Und auch Simon hatte überhaupt nicht damit gerechnet, dass noch auf dem Schiff ein reales Angebot kommen würde. Gisela ahnte beider Gedanken:

„Herr Arndt, Sie hatten Angst, dass sich Ihre Eltern einmischen und mir dubiose Angebote machen. Ich wollte vermeiden, dass Sie das auf Dauer argwöhnen. Ich habe mich deshalb für Sie entschieden, bevor ich Ihre Eltern kennenlernen durfte. Da konnten die beiden keinerlei Einfluss ausüben. Aber ich habe bei der kurzen Vorstellung schon gemerkt, dass beide unendliches Vertrauen in Sie haben. Ich werde Sie betreuen, weil ich von Ihren Fähigkeiten überzeugt bin. Ich glaube ihrer Darstellung. Enttäuschen Sie mich bitte nicht."

Simon antwortet ernst:

„Ich bin Ihnen sehr dankbar, Frau Professor. Ich verspreche Ihnen, mich sofort nach Ende der Reise in die Arbeit zu stürzen. Oh, was wird mein Vater sich freuen. Er wird mir die Promotionszeit bestimmt finanzieren. Eine Promotion ist für ihn das Größte. Meine Mutter möchte nur, dass ich glücklich bin. Und jetzt gleich beides! Müssen wir am Anfang die Formalitäten klären, also muss mich der Promotionsausschuss akzeptieren? Und machen wir feste Betreuungstermine aus? Soll ich noch ein Exposé anfertigen?"

Stefan ging das zu schnell, er wollte das Gespräch beenden und wählte dazu vollmundige Worte:

„Nun mal langsam. Das Formale werde ich in die Wege leiten, ich kann das als Dekan schnell durchziehen."

Stefan und Gisela verabschiedeten sich erst einmal von Simon, gaben ihm noch viele Grüße an die werten Eltern mit und schlenderten zu ihrem eigenen Tisch. Stefan gab dabei Gisela einen freundschaftlichen Kuss auf die Wange.

„Deine Spontaneität ist atemberaubend. Da komme selbst ich nicht mit. Wieso warst Du so schnell mit der Zusage? Bist Du sicher, dass er Dich nicht nur zuschleimt?"

„Überlegt war es vorher nicht, ich gebe es zu. Aber nachdem mich Simon entdeckt hatte, musste ich ja was sagen, warum wir uns durch so viele Tische zu den Arndts durchgeschlängelt hatten. Was Besseres als die Diss fiel mir nicht ein. Aber es ist mir ernst. Ich hoffe, dass meine Menschenkenntnis mich nicht trügt. Ich lasse den jungen Arndt jedenfalls jetzt nicht hängen. Wie siehst Du den Senior, also den Stiefvater?"

„Ja, was soll ich sagen. Er hält viel vom Söhnchen."

„Söhnchen ist gut. Ist Dir nicht auch aufgefallen, wie sauer der Senior immer noch auf die frühere Chefin Simons ist? Simon selbst war im Gespräch viel gelassener als der Papa, als ich Frau Eckel erwähnte. Bei dem Senior brauchte ich nicht einmal den Namen, um ihn in Rage zu bringen. Ihn müssen wir vielleicht doch noch mal näher kennenlernen. Wer weiß, vielleicht hat er ein durchaus nennenswertes Motiv. Aber nein. Rache für den Stiefsohn? Er konnte durch den Tod der Eckel nichts für den Junior gewinnen. Und Rache im Affekt? Dazu muss man sehr impulsiv sein. Passt das zu ihm? Nebulös ist allerdings, woher sich Frau Eckel und Herr Arndt kannten. Wie konnten Vater und Stiefvater für den Job bei der Eckel gesorgt haben? Vielleicht gibt es Motive, die gar nichts mit dem Sohn zu tun haben. Nur was? Merkwürdige Konstellation. Bist Du immer noch dabei, kannst Du folgen?"

„Sicher, Dein Tempo ist aber berauschend. Vielleicht nicht beim Gehen am Rollator, aber in den Überlegungen, Entscheidungen und Schlussfolgerungen. Kommt Dein Claus bei Deinem Tempo mit?"

„Gegen ihn bin ich langsam. Er optimiert unser Haus und vor allem meine Möglichkeiten, selbstständig klarzukommen. Er ist ganz liebevoll und fürsorglich. Perfekt. Und noch schneller als ich. Wir sind so gut wie eine Einheit und teilen alles."

„Echt? Sollte man nicht glauben, so brummig, wie er sich abends gibt."

„Stimmt aber."

Claus hatte die beiden die ganze Zeit verfolgt, weil er Angst um Gisela hatte. Immer wieder brachte sie sich unvorsichtig in Gefahr. Nicht nur beim Laufen, hauptsächlich durch spontane Entscheidungen. Nur Ingeborg war noch schlimmer. Da er die letzten Sätze gehört hatte, schloss er auf. Von hinten rief er:

„Nicht erschrecken. Ich bin es. Ich komme mit zum Abendtisch. Kann ich Euch irgendwie helfen?"

„Puh, was ein Schreck. Musst Du Dich immer so anschleichen? Du willst uns helfen? Hast Du mich etwa beobachtet?"

„Äh, tja, also ich gebe es zu. Mir war es nicht geheuer, dass Du allein mit Stefan unterwegs bist. Sorry, Stefan, aber ich kenne Giselas kritische Stolpersituationen besser als jeder andere. Und da wollte ich eben zur Seite springen. Notfalls."

„Du bist unverbesserlich. Aber wenn Du eifersüchtig gewesen wärst, hätte es mir mehr geschmeichelt."

Ostentativ legte Stefan seinen Arm um Giselas Schultern. Claus kommentierte es nur mit:

„Pass' auf Stefan. Gisela hat keinen guten Gleichgewichtssinn. Zieh' nicht so an ihr, sonst liegt sie gleich auf dem Boden."

„Okay, ich überlasse sie Dir wieder. Mit Deiner Frau unterwegs zu sein, das ist wie alle Karussells auf einem Volksfest gleichzeitig zu fahren. Atemberaubend, diese Gedanken zu verfolgen."

„Konntest Du sie nicht bremsen? Ich kann das, wenngleich es tatsächlich nie gedanklichen Stillstand gibt. Gehe ich recht in der Annahme, dass sie den dicken, pickligen Knaben unter ihre Fittiche nimmt? Robina Hood kümmert sich mal wieder um die Armen, Kranken und Diskriminierten. Stimmt's?"

„Hört auf, über mich zu reden. Redet mit mir! Claus, Du bekommst einen Job. Mach' mal die Bekanntschaft mit Herrn Arndt und frage ihn aus, wer der leibliche Vater vom Junior ist, woher er die Eckel kennt usw. Für Stefan und mich ist das vielleicht schwierig. Wir haben ja schon den Sohn befragt."

„Ich bin eine Niete im Smalltalk. Wie, um Gottes Willen, soll ich den kontaktieren? Außerdem will ich morgen unbedingt noch mal wieder eine Tour machen. Ach, ich weiß gar nicht, wo wir morgen sein werden. Zypern vielleicht? Egal. Und wenn es mit den Massen aller vier Schiffe ist und auf die Insel Utopia gehen sollte. Nur mal wieder festen Boden unter den Füßen als das ewige leise Schaukeln. Die drei anderen großen Schiffe sind bestimmt ebenfalls auf unserer Route. Akilas wird, glaube ich, gern mitkommen. Dem fehlt wie uns das Land."

„Ja, ich weiß. Ingeborg hat sich angeboten, morgen bei mir zu bleiben. Alle anderen können sich Antikes anschauen. Ich nicht."

„Soll ich bei Dir an Bord bleiben?"

Stefan war der Charme persönlich.

„Nein, nutze Deinen kurzen Urlaub. Und vor allem: Lasse Deine Annette nicht andauernd allein. Ingeborg und ich werden endlich ein paar Zeilen schreiben. Bei den Recherchen zum Fall Eckel werden wir ein Päuschen einlegen, denn ohne Euch geht das nicht gut."

Als die drei Schiffsmusketiere Gisela, Claus und Stefan endlich an den Siebenertisch traten, hatten die anderen vier Freunde bereits zwei Gänge des Menüs hinter sich. Am Tisch saß aber nur noch Annette. Missmutig fragte sie die drei Ankömmlinge, warum sie so spät kämen. Und dann erzählte sie noch, dass Ingeborg, Matthias und Akilas so satt seien, dass sie zwei Gänge ausgelassen hätten und gerade ein paar Runden ums Schiffsdeck drehen würden. Sie müssten bald zurück sein. Stefan entschuldigte sich bei Annette auf seine übliche charmante Art. Annette amüsierte es, dass die sechs anderen das Detektivspiel so ernst nahmen. Sie wunderte sich zudem über Simon Arndt. Sie blieb skeptisch, weil sie nur seine dunklen Seiten kannte, etwa seine deutliche Alkoholfahne an vielen Tagen.

Akilas, Ingeborg und Matthias teilten sich derweil bei der Suche nach Franz Stikowski und seiner Frau Lore auf. Kurz vor dem Ausgang trafen sie sich wieder.

Ingeborg frohlockte:

„Ich habe sie. Hinten ziemlich links sitzen sie. Kommt mit."

„Halt, wie machen wir das jetzt?"

„Einfach guten Tag sagen?"

„Das erwidern sie. Und dann?"

„Akilas, Deine Stunde. Behaupte, dass Du ihn aus dem Haus der Eckel kennst. Auch wenn Ihr nicht vorgestellt worden seid."

„Ich?"

„Was Besseres weiß ich nicht. Kommt schon, Ihr Feiglinge."

Sie strebten zügig zum Stikowski-Tisch.

„Wir wünschen guten Appetit."

„Sie schon wieder? Noch ein Zufall?"

„Wir wollten Sie nur höflich begrüßen und guten Appetit wünschen."

„Äh, ja, Entschuldigung. Natürlich auch für Sie ein schmackhaftes Essen und guten Appetit. Heute ist der dritte Gang Hummer. Herrlich. Ah, da kommt der nächste Gang schon. Sie entschuldigen uns?"

Akilas hatte seinen Einsatz verpasst, probierte es aber trotzdem:

„Ach, jetzt fällt es mir wieder ein. Ich kenne Sie. Vom Sehen. Ich habe Frau Eckel mal Unterlagen gebracht, da habe ich Sie in ihrem Haus gesehen. Sie waren zu Besuch, nicht wahr?"

„Da müssen Sie sich täuschen, junger Mann. Dürfen wir jetzt essen?"

Matthias sagte kein Wort, weil ihm partout nichts einfiel, aber Ingeborg griff ein.

„Oh, verzeihen Sie die Störung. Aber wir freuen uns so, unter den Massen von Leuten bekannte Gesichter hier an Bord zu sehen. Bitte erweisen Sie uns die Ehre. Ich möchte Sie gern in zwei Stunden in der Cocktailbar nebenan zu einem Drink einladen. Das Essen wird sicher noch eine ganze Zeit dauern."

Herr Stikowski sah etwas genervt aus, seine Frau hingegen frohlockte und erwiderte:

„Wie nett von Ihnen. Wir nehmen gern an. Ich freue mich wie Sie immer, wenn ich nicht allein unter so vielen Fremden bin."

Herr Stikowski wollte erst noch was sagen, nickte aber letztlich nur. Akilas, Matthias und Ingeborg verabschiedeten sich schnell und schlängelten sich durch viele enge Gänge und an dutzenden Tischen vorbei zu ihrem eigenen. Unterwegs fragte Ingeborg:

„Habt Ihr gesehen, dass für drei Leute gedeckt war? Die dritte Person war offensichtlich schon fertig, so wie Messer und Gabel lagen."

„Ja, bestimmt haben sie einen Einzelreisenden an den Tisch gesetzt bekommen."

„Ach, ja."

Ihren Freunden erzählten sie, dass sie partiellen Erfolg gehabt hätten und die Stikowskis in knapp zwei Stunden in einer Bar treffen würden. Ingeborg wollte wissen, wer von den Tischnachbarn Lust hat, mitzukommen, vielleicht sich in naher Distanz hinzusetzen, um alles mitzuhören.

Annette winkte ab. Sie war zu satt und zu müde. Stefan und Gisela hingegen wollten unbedingt mit, weil ihre Tagescocktailfüllmenge noch nicht erreicht war. Claus ging auch mit, um seine Frau im Auge zu behalten. Matthias überlegte, sah die bittenden Augen Ingeborgs und schloss sich der Gruppe an.

Die sechs potenziellen Cocktailtrinker kamen alsbald in der Bar an. Sie sahen sich um, aber es war niemand sonst anwesend. Sie besetzten zwei Nischen, an einem Tisch platzierten sich Claus, Matthias, Gisela und Stefan, am anderen Ingeborg und Akilas. Fünf Minuten später erschien das Ehepaar. Gisela und Ingeborg erhoben sich gleichzeitig und riefen synchron:

„Schönen guten Abend."

Ingeborg sprach als Erste weiter:

„Wie nett, dass Sie mit uns noch ein bisschen Zeit verbringen wollen. Mögen Sie an unserem Tisch Platz nehmen?"

Gisela strahlte das Ehepaar an und merkte an, es sei schade, dass Simon nicht mitgekommen sei.

Ingeborg stand auf dem Schlauch.

„Simon, wieso Simon Arndt?"

„Nun, das wissen Sie vielleicht nicht, das ist unser Sohn, der bei Frau Kubon-Gilke und Herrn Neuhaus promovieren wird."

Stefan erfasste es als Erster:

„Sie sind Herr Stikowski? Wir dachten, Sie sind Herr Arndt, der Vater von Simon Arndt. Simon saß doch an Ihrem Tisch und hat Sie beide als Vater und Mutter vorgestellt."

Der Angesprochene reagierte etwas pikiert.

„Wer so alles etwas von mir will. Ich bin der Stiefvater Simons. Er heißt mit Nachnamen wie sein Vater, Hans-Peter Arndt. Der Vater ist ein mittelständischer Unternehmer und wollte nicht, dass der Sohn seinen Namen abgibt. Das haben wir respektiert. Meine Frau war kurz mit ihm verheiratet. Ich war verwitwet mit zwei älteren Kindern, wir wurden also zu einer Patchwork-Familie, wie man heute so schön sagt. Zufrieden?"

„Ja, jetzt verstehe ich. Sie haben bestimmt Ihrem Sohn vorgeschlagen, sich bei Frau Eckel zu bewerben. Das wurde für Ihren Sohn aber zum Albtraum. Und deshalb diese Reise mit ihm."

„So ungefähr, aber was geht Sie das an?"

„Äh, naja. Ihr Sohn hat uns erzählt, er habe sich auf Anraten seines Stiefvaters bei Frau Eckel beworben. Sie kannten sie ja. Nach dem Scheitern bei Frau Eckel werden wir nun die Betreuung seiner Dissertation übernehmen, ich halte viel von Ihrem Sohn. Hat er Ihnen das nicht gleich erzählt, nachdem wir ihn beim Essen kurz entführt hatten?"

Lore Stikowski fing an zu strahlen und wandte sich an Gisela.

„Ach, der Kleine. Sie helfen ihm, gell, Frau äh, äh."

Herr Stikowski schwieg. Gisela konnte ihm nur ein unechtes Lächeln schenken. Sie wusste plötzlich, warum ihr der Vater Simons bekannt vorgekommen war. Das Interview im Fernsehen! Der Groschen war bei ihr vorher leider nicht gefallen, denn sie suchte einen Herrn Arndt.

Ingeborg hatte etwas Zeit gehabt zu überlegen:

„Ja, so ein Zufall schon wieder. Da gebe ich doch gleich die versprochene Runde aus. Herr Stikowski, meine Freundin Gisela mit Ihrem Mann Claus kennen Sie vom Hörensagen. Und das ist mein zukünftiger Mann Matthias. Stefan und Akilas stellte sie nur kurz als Freunde vor. Das machte Herrn Stikowski stutzig.

„Sind Sie nicht der Dekan der VWL-Fakultät? So hat Sie doch mein Sohn vorgestellt."

Stefan mühte sich:

„Stimmt beides. Ich bin der Dekan und werde auch Simon unterstützen. Ich bin tatsächlich mit Kollegin Kubon-Gilke befreundet. So wie Akilas auch. Die Zeit auf dem Schiff ist ideal, da können wir nett fachsimpeln."

„Hmm, naja. Lore, was trinkst Du? Ich nehme einen Manhattan."

Lore wollte lieber einen Likör. Ingeborg bestellte das jeweils Gewünschte. Das Gespräch versiegte bald. Man schwieg sich noch ein paar Minuten an, dann verabschiedete sich das Paar Stikowski.

Gisela war verzagt:

„Auweia, der hat uns erwischt. Wer konnte auch ahnen, dass Stikowski der Stiefvater Simons ist. Und ich hätte es wissen können, ich Schaf. Aber an das Interview habe ich nicht gedacht."

Claus ergänzte:

„Ich bin jetzt doch perplex. Den Stiefvater Simons, dem vermeintlichen Dr. Arndt, muss es doppelt hart getroffen haben, dass seine Freundin Petra, mit der er sogar zusammen Urlaub gemacht haben, seinen Stiefsohn so fertiggemacht hat. Und wenn er Petra Eckel auch noch die Forschungsarbeit zugeschanzt hat, die sie nicht bearbeitet hat, ja, dann ist er doppelt betroffen. Ich habe es nicht wirklich geglaubt, aber vielleicht ist doch was dran an Euren Phantasien."

Matthias war besorgt:

„Inge, mache nur nichts Unüberlegtes. Bitte! Ich möchte Dich nicht noch einmal vor einem Messerstecher retten müssen. Der Herr Stikowski ahnt bestimmt, was wir hier unternehmen. Und er will sicher nicht auffliegen. Eher fliegst Du von Bord."

„Nein, das glaube ich nicht, dass er ahnt, was wir hier treiben. Auch nicht einen denkbaren Mordanschlag. Wir haben ihn einfach zufällig gesehen und ihn begrüßt, und Ihr habt mit dem Sohn zu tun. Reine Zufälle."

„Daran glaubte er doch von vornherein nicht."

„Matz, Claus: Könnt Ihr Stikowski nicht doch mal ablenken morgen früh mit einem Gespräch oder mit gemeinsamem Frühsport? Ich möchte gern mit Lore einen Deckspaziergang machen. Das Problem ist, dass wir nicht beweisen können, dass es überhaupt Mord oder Totschlag war. Wenn, dann bin ich überzeugt, dass Stikowski unser Mann ist. Beweise haben wir nicht, nur die Motive. Es ist doch offensichtlich, dass bei ihm etwas faul ist. Bei den Gesprächen hier auf dem Schiff konnte er mir nicht in die Augen sehen. Außerdem hat er alle Gespräche abgekürzt oder inhaltlich gewendet, so dass er über Frau Eckel nichts Wesentliches zu sagen brauchte. Einfach so gestehen wird er es sowieso nicht. Lore könnte weiterhelfen. Die war auch öfter mit der Eckel zusammen, mochte sie aber wohl nicht."

Matthias war skeptisch:

„Wenn es nicht doch ein Unfall war. Wollt Ihr einen Unschuldigen mit solch harten Vorwürfen konfrontieren? Claus und ich, wir wollten eigentlich von Bord gehen. Die anderen auch. Ihr wolltet doch schreiben morgen."

„Das geht jetzt doch gerade nicht. Wir sind kurz vor der Lösung. Es gibt nur noch Puzzleteile, etwa mit den Frauen der Eckel. Ich weiß auch immer noch nicht, warum er mir im Schwimmbad im Schwarzwald alles zum Tod der Eckel-Frauen erzählte, vor allem ungefragt über die Pilzvergiftung berichtete. Wir müssen behutsam vorgehen. Claus und Matz, seid doch so lieb und lenkt Stikowski ab."

„Nein, wir sollten die Situation erst einmal beruhigen. Es fällt noch viel mehr auf, wenn wir morgen schon wieder bei den Stikowskis auftauchen. Die fühlen sich sonst wie verfolgt. Ihr schreibt, wir gehen an Land. Übermorgen kann es von uns aus weitergehen."

Ingeborg schmollte und Gisela freute sich auf einen ruhigen Tag. Dialysen und Detektivarbeit waren viel für sie. Sie brauchte Erholung.

29

Nach einem gemeinsamen Frühstück der Siebener-Gesellschaft schon kurz nach 7.00 Uhr blieben Gisela und Ingeborg allein zurück. Alle anderen wollten auf die Insel Pharos, um dort den Standort des berühmten Leuchtturms von Alexandria anzuschauen, eines der sieben Weltwunder, der allerdings bereits im Mittelalter durch eine Reihe von Erdbeben zerstört worden war. Gisela meinte, dass das kaum lohnt, weil da jetzt eine Festung steht. Aber das störte die kleine Gruppe nicht. Das Schiff ankerte im Hafen von Alexandria, und zwar für zwei Tage. Einen Tag stand Pharos für unsere Landwilligen auf dem Besuchsprogramm, am anderen Tag sollte die Stadt erkundet werden. Eigentlich hätten sie beides kombinieren können, weil ein Damm von knapp 1,5 km Stadt und (Halb-)Insel verbindet, aber sie entschieden sich für den Halbtagsausflug auf die Halbinsel.

Also, so schien es. Akilas hatte nämlich noch vor dem Frühstück Stefan angesprochen.

„Stefan, oder besser Herr Professor, darf ich Sie kurz sprechen?"

„Ja, sicher, aber bleibe bitte beim ‚Du'. Zumindest hier auf dem Schiff. Wir sitzen ja alle in einem Boot, haha."

„Ja, haha. Ich habe, um ehrlich zu sein, also, äh, ehrlich gesagt, habe ich etwas Angst um Gisela. Ich kenne Ingeborg gut. Wenn die an etwas dran ist, dann ruht sie nicht eher, bis sie die Lösung hat. Und die Klärung des Todesfalls oder der Todesfälle ist noch offen. Ich glaube nicht daran, dass die beiden nur am Buch schreiben. Ingeborg plant sicher wieder was. Und Gisela lässt sich von ihr schicken oder macht von allein mit. Ich werde lieber auf dem Schiff bleiben und auf die beiden achtgeben. Was aber, wenn sie sich trennen und Gisela irgendwohin weggeschickt wird? Dann braucht man besser zwei Aufpasser. Könnten wir das nicht vielleicht zusammen machen? Sie kennen ja Gisela gut. Ihren Mann will ich nicht fragen, der hält mich schon für paranoid."

„Äh, also eigentlich… Ja, okay. Nee, doch nicht. Ich möchte mal wieder an Land, bevor Annette mault. Oder, hmm. Sie haben eigentlich recht. Ein Ort, an dem früher ein Leuchtturm stand, ist wirklich nicht sonderlich aufregend. Vor etwa zehn Jahren, so erinnere ich mich, hat die ägyptische Regierung angekündigt, den Leuchtturm wieder aufzubauen, Ich dachte, der steht schon wieder. Aber Pustekuchen, außer Plänen gibt es nichts. Also gut, Akilas, werden wir auf die Detektivinnen aufpassen. Ich möchte nicht, dass Gila was passiert. Sie ist so klein und dünn. Ruckzuck kann ein Bösewicht sie über Bord werfen. Es ist gefährlich für die beiden, etwas zu unternehmen, weil die Polizei den Fall abgeschlossen hat und sonst niemand Verdacht geschöpft hatte. Die einzigen Zweifler und hartnäckigen Verfolger um die Ecke zu bringen, ist hier so leicht wie sonst nirgendwo."

Fast zur gleichen Zeit verabredeten auch Claus und Matthias, nicht an Land zu gehen. Auch sie fürchteten, dass sich Ingeborg und Gisela auf gefährliche Manöver bei der Überführung Stikowskis einlassen könnten. Im Endeffekt wurden die beiden Frauen nun von vier Männern, je im Zweierteam, beäugt, um im Notfall schützend einzugreifen.

Die derart Beschützten setzten sich in einen kleinen, leeren Salon. Ihre Bewacher standen hinter den Türen, zwei vorn und zwei hinten. Gisela hatte tatsächlich die Unterlagen zum Buch dabei. Ingeborg war allein mit ein paar Zetteln Papier gekommen. Sie legte gleich los:

„Ach komm, Gisela, Du willst doch wohl nicht wirklich schreiben wollen?"

„Wieso denn nicht. Wir sind heillos in Rückstand damit. Literatur haben wir im Überfluss, es muss nur noch aufs Papier."

„Ich habe keine Lust und keine Nerven dazu. Wir haben offene Kriminalfälle, naja, zumindest einen Fall, und sind uns fast sicher, dass wir den oder die Täter haben. Das können wir doch nicht auf sich beruhen lassen. Unsere Männer machen sowieso nichts. Höchstens Stefan wäre morgen bei Dir dabei. Also sollten wir heute aktiv werden, Ich weiß ja nicht, welchen Narren Stefan an Dir gefressen hat."

„Haha, Du verkennst meinen unwiderstehlichen Charme."

„Ha, gerade Du. Charme wie ein Nilpferd."

„Nilpferde sind sehr beliebt, liebste Freundin. Aber sag', was willst Du im Eckel-Fall machen? Beweisen können wir gar nichts."

„Geständnis erzwingen."

„Willst Du Stikowski im Fitnessraum foltern? Eine Streckbank werden sie da kaum haben."

„Sei nicht albern, Gisela. Ich werde ihm erzählen, ich wüsste, dass Petra Eckel ihre Freundin Christa umgebracht hat und er wiederum Petra Eckel. Das Blöde ist nur, dass ich nicht weiß, warum die im Schwarzwald noch zusammen waren und sie den Sohn Simon gleichzeitig derart fertiggemacht hat. Und wieso wurde das Geld für den Forschungsauftrag nicht zurückgefordert? Sie hat ja schließlich niemanden gefunden für die halbe Stelle und hat selbst was zurechtgestümpert, was nicht publikationsfähig ist. Und einfach das Geld selbst behalten. Ich brauche eine hieb- und stichfeste Geschichte, die ich erzählen kann, um ein Geständnis zu bekommen."

„Und dann? Du kannst ihn ja nicht festnehmen."

„Hmm, dann muss ich vorher den Kapitän informieren."

„Um Gottes Willen, der wird Dich nur für verrückt erklären. Eine ältere Dame kommt zu ihm und erzählt, sie wolle einen Mörder überführen, den er, der Kapitän, dann festzusetzen habe. Und dann ist der Verdächtige noch ein promovierter Jurist und aktueller Staatssekretär. Haha. Eher sperrt er Dich ein."

„Dann müsste ich Stikowski wohl am besten überreden, sich in Deutschland der Polizei zu stellen. Oder schon in Griechenland?"

„Eher wirft er Dich ins Meer. Warum sollte er sich stellen?"

„Der wird mir nichts tun. Wenn ich ihn beschuldige, dann wird er schlussfolgern, dass wir als Gruppe recherchieren. Wenn ich verschwinde, wird jemand anderes ihn piesacken, bis er endlich seine Tat gesteht."

„Vielleicht wird der dann zum Massenmörder."

„Quatsch, Du Unke."

Und so ging es hin und her zwischen den beiden. Zum Schluss willigte Gisela ein zu versuchen, Herrn Stikowski irgendwie abzulenken, so dass Ingeborg vielleicht zwanzig bis dreißig Minuten Zeit für seine Gattin bekommt. Sie suchten eine Zeitlang das Schiff ab. Ihre Beschützer immer im sicheren Abstand. Gisela wollte schon aufgeben, aber dann sahen sie die Stikowskis Hand in Hand in der Bordboutique. Lore liebäugelte mit einem luftigen Kleid in gelb-violett. Ihr Mann, so hörten sie beim Näherkommen, riet ihr ab, weil der Ausschnitt zu tiefe Einblicke gewährte. Sie probierte es trotzdem an. Ihr

Mann rollte nur mit den Augen und winkte ab. Er hatte sie zumindest nicht von der Anprobe abgehalten.

Ungefragt mischte sich Ingeborg ein:

„Oh, wie apart. Das Kleid steht ihnen ja ausgezeichnet. Ich wünschte, mir würde mal ein Kleid stehen. Bei meiner Figur wohl aussichtslos. Mein zukünftiger Mann ist leider ein schlechter Berater. Kein Sinn für was Hübsches."

„Ihr Mann ist auch so einer?"

„Ja, er ist unverbesserlich."

In seinem sicheren Versteck hörte es Matthias mit Missvergnügen.

„Und das Kleid steht mir wirklich?"

„Wie gemacht für Sie."

„Da wollen wir doch mal schauen, ob wir nicht auch für Sie was finden. Haben Sie Zeit?"

„Aber ja!"

Nun musste Gisela handeln. Zu Franz Stikowski flüsterte sie vermeintlich schwach und leicht hechelnd:

„Herr, äh, äh, nicht Arndt, äh. Ich halte es hier kaum aus. Diese Luft hier. Und die Klimaanlage. Ich friere und schnappe nach Luft. Könnten Sie so nett sein, mich auf ein paar Schritte an die frische Luft zu begleiten?"

Herr Stikowski wollte eigentlich in der Boutique bleiben, um weitere Käufe seiner Frau zu verhindern, aber er war galant genug, um der Bitte Giselas nachzukommen. Nun mussten sich die Bewacherteams jeweils aufteilen und prallten fast gegeneinander.

Claus und Stefan waren jedenfalls erst bass erstaunt, sich bei Giselas und Ingeborgs Beobachtungstour beinahe über den Haufen zu rennen, sie lachten dann aber ganz leise ob ihrer Angst vor Alleingängen der beiden Frauen und schlichen zu zweit mit Abstand Gisela und Dr. Stikowski hinterher. Matthias und Akilas waren dageblieben, um Ingeborg vor Schlimmen zu bewahren. Unauffällig waren sie in die Nachbar-Umkleidekabine geschlüpft.,

Zunächst war die Unterhaltung zwischen Gisela und Herrn Stikowski oberflächlich. Wetter, Kreuzfahrten, Stikowskis Enkelkinder. Als sie es sich auf zwei Liegestühlen bequem gemacht hatten, kauerten die Beschützer schon hinter einen Stapel Rettungsringen in der Nähe.

Gisela fragte ziemlich direkt:

„Eines verstehe ich nicht, Herr Doktor. Sie wissen, dass ich die Dissertation Ihres Sohnes betreuen werde. Seine Ideen sind gut, jetzt muss er dazu noch sorgfältig arbeiten. Das traue ich ihm zu. Etwas mit Ihrem Sohn irritiert mich, ehrlich gesagt, noch etwas. Darf ich Sie dazu etwas fragen? Da passt für mich etwas nicht zusammen. Wir waren vor fast genau einem Jahr im Schwarzwald, um unseren Hochzeitstag zu feiern. Zufällig hat meine Freundin Ingeborg Sie im Schwimmbad kennengelernt. Sie waren mit Petra Eckel in der ‚Rebe'. Und es war nicht der erste Kurzurlaub mit ihr in Gourmettempeln. So sagten sie es meiner Freundin. Zur gleichen Zeit hat Frau Eckel, wenn Simons Aussagen stimmen, ihren Stiefsohn gedemütigt und erniedrigt. Warum nur, mir scheint er durchaus ehrgeizig zu sein und am Thema interessiert? Und wieso waren Sie trotz der unsäglichen Behandlung ihres Sohnes zusammen mit Frau Eckel im Schwarzwald?"

„Frau Professor, meine Frau und ich sind so froh, dass Sie Simon eine Chance geben. Er hat es wirklich verdient. Als ich ihm empfahl, sich bei Petra zu bewerben, hielt ich das für eine kluge Idee. Wir kannten uns ja. Und zwar hatte es für beide Seiten was Gutes. Simon wollte so gern weiter in der Wissenschaft bleiben. Petra hatte zuvor noch niemanden promoviert und Simon war ehrgeizig. Naja, aber sein Vater hat unnötigerweise mit etwas Geld nachgeholfen, da hat sie Simon wegen der Bestechung fachlich nicht viel zugetraut. Schlimmer war etwas anderes. Kurz vor seinem Dienstantritt vor mehr vor beinahe vier Jahren ist etwas passiert. Ich erzähle es Ihnen im Vertrauen, denn Sie sollten verstehen, warum Simon im ersten Anlauf gescheitert ist.

Mit meiner Frau war ich kurz vor dem Beginn seiner Assistentenzeit ein Wochenende in der Schweiz, genauer in Kandersteg im Berner Oberland. Mit Petra und ihrer Frau Margarete. Tagsüber wandern, abends schlemmen. Am Samstag sind wir mit dem Zug durch den Lötschbergtunnel ins Wallis gefahren. Bei der ersten Station nach dem Tunnel, also in Ausserberg, sind wir ausgestiegen und sind gleich losgewandert, obwohl es schon um 11.00 Uhr morgens ziemlich heiß war und die Strecke wenig Schatten bietet. Eine Etappe der Südrampe wollten wir gehen. Als wir eine Stunde auf nicht zu steinigen Wegen und Pfaden unterwegs waren, fing Margarete an zu schimpfen, weil ihr das ständige Auf und Ab der teilweise recht steilen Wanderwege zu anstrengend war. Ich habe sie überredet weiterzugehen. Wir haben ihr versprochen, langsamer zu gehen. Zurückgehen hätte noch länger gedauert, als zum Ziel zu wandern. Ja, und dann ist es passiert. Nach einer weiteren Viertelstunde griff sich Margarete mit beiden Händen an den Oberkörper und wenige Schritte später brach sie zusammen. Erst dachte ich an einen Kreiskaufkollaps wegen der Hitze. Wir haben ihre Beine hochgelegt, aber sie kam nicht wieder zu sich. Wir haben dann Wiederbelebungsversuche gemacht und natürlich die Rettung alarmiert, die kam per Hubschrauber. Das dauert in den Bergen leider eine gewisse Zeit. Der Hubschrauber konnte in dem Gelände auch nur etwas entfernt landen.

Die Bergung war schwierig, aber die Retter und der Pilot waren echt großartig. Im Krankenhaus ist Margarete dann leider trotz der guten Erstversorgung verstorben. Das war ein furchtbarer Schock für Petra. Wir waren auch fassungslos, da Margarete erst 47 Jahre alt war und uns zuvor kerngesund erschien. Den Urlaub haben wir abgebrochen. Petra hat auf der Rückfahrt kein einziges Wort gesprochen. Die Überführung der Leiche und andere Formalitäten mussten Lore und ich zuvor allein erledigen. Petra war zu nichts fähig. Verarbeitet oder gerade nicht verarbeitet hat sie den Tod ihrer Frau, indem sie mir und Lore die Schuld gab. Wir hätten sie und ihre Frau zu dieser Wanderung überredet. Margarete hätte auch gesagt, ihr sei der Weg zu schwer, aber wir hätten nicht auf sie gehört. Nur wegen uns sei ihre Frau gestorben. Ich habe gedacht, dass das nur eine kurzfristige Schuldzuweisung sein kann, weil Margaretes Tod einfach Pech war. Ein Unglück. Petras Trauer war für uns natürlich verständlich. Aber auf die Dauer, so meine Annahme, würde sie verstehen, dass es einfach ein Unglück war. Deshalb habe ich Simon zum Durchhalten überredet, aber sie scheint sich immer weiter hineingesteigert zu haben. Naja, und der arme Simon wurde ihr größtes Opfer. Eigentlich wollte sie mich abstrafen. Uns hat sie in dieser Zeit weiterhin terrorisiert. Anders kann man es nicht nennen. Immer wieder forderte sie Geld als Schadensersatz. Sogar von uns finanzierte Gourmet-Wochenenden wollte sie. Anfangs haben wir uns gewehrt. Der weitere Terror waren Drohanrufe mitten in der Nacht, stinkende Briefe, Verleumdungen, das ganze Programm."

„Schlimm. Für alle Beteiligte. Darf ich noch eine Sache nachfragen? Simon erzählte mir von einem unanständigen Vorschlag. Frau Eckel wollte wohl, dass er 50% seiner Vollzeitstelle abgibt und dann mit seiner Restzeit auf eine auf ein Jahr unbefristete halbe Stelle wechselt. Im Zusammenhang mit den weiteren 50% sollte er für einen Forschungsauftrag zu Armutsfragen arbeiten, aber Petra Eckel sein Gehalt dafür aushändigen. Für das halbe Gehalt sollte er also sowohl die Lehrstuhlarbeit machen und dann zum Forschungsauftrag tätig sein. Das ist doch unverschämt. Zum Glück hat sich Simon nicht darauf eingelassen, was Petras Wut auf Sie und ihn bestimmt noch weiter angestachelt hat."

„Das hat Simon auch erzählt? Da war er etwas redselig. Naja. Ich erzähle auch das. Was haben wir mit dieser Frau nur durchgemacht? Mobbing ist noch ein zu schwaches Wort für ihre Spielchen. Petra rief mich eines Tages an und wollte tatsächlich ein Friedensangebot unterbreiten. Wir haben uns so gefreut, dass ihr Terror endlich aufhört. Da Evaluationen der Professoren anstanden, brauchte sie dringend Drittmittel, und wenn es nur ein kleines Projekt war. Also hat sie mich gebeten, ihr 100.000 € zu verschaffen. Im Gegenzug versprach sie, Simon ruckzuck zu promovieren. Wir haben uns auf das Armutsthema geeinigt, das konnte ich in unserem Ministerium durchbringen, obwohl es nur am Rande unsere Aufgaben berührt. Naja, ich wurde auf 80.000 € runtergehandelt. Natürlich musste der Auftrag öffentlich ausgeschrieben werden. Es gab ein paar Bewerber für das Geld. Ich musste mich ganz schön verbiegen und mir Argumente ausdenken, um das Gremium zu überzeugen, dass Frau Eckel die beste Performance zeigen wird. Also bekam Petra das Geld, dann dieser schreckliche Vorschlag an Simon. Gut, dass er standhaft blieb. Es war eben auch gar kein Friedensangebot von ihr. Abgeliefert hat sie ein paar Seiten Unsinn, den niemand akzeptieren konnte. Letztlich hat sie das Geld veruntreut. Ich wollte das melden, aber sie versprach noch einmal scheinheilig, Simon sicher zur Promotion zu bringen. Da habe ich das Drittmitteldesaster vertuscht."

„Woher kannten Sie Frau Eckel überhaupt?"

„Schon aus der Schule. Wir waren in einer Klasse im Gymnasium bis zum Abitur. Dann sind wir beide zum Studium nach Marburg gezogen und haben in einer Zweier-WG gewohnt. Viel hatten wir nicht miteinander zu tun, unterschiedliche Studienfächer, mit Männern hatte sie es sowieso noch nie. Es war eine Zweckgemeinschaft. Wir waren am Ende der Studienzeit derart lange immer zusammen, dass wir uns beim Auszug aus der Wohnung versprachen, jedes Jahr ein Wochenende miteinander zu verbringen. Einfach, um unsere Berufswege zu verfolgen und etwas in Nostalgie zu schwelgen. Ich habe mein Studium in sehr guter Erinnerung. Früher war Petra zwar auch schon etwas schwierig, aber die paar Tage mit ihr waren trotzdem immer recht nett. Ich hatte nur gehört, dass sie an der Uni ziemlich unbeliebt ist. Naja, also anfangs waren es gegenseitige Besuche mit gemeinsamem Kochen, zum Schluss halt die Gourmet-Wochenenden. Meine Frau mochte Petra von Anfang an nicht besonders, zum Schluss geriet sie fast in Panik, wenn sie nur ihren Namen hörte."

„Warum, um Gottes Willen, waren Sie vor etwas über einem Jahr noch einmal mit ihr zusammen in der ‚Rebe'?"

„Erpressung. Sie hätte meine Karriere im Ministerium zerstört, wenn sie die Sache mit dem Forschungsauftrag publik gemacht hätte. Ohne Rücksicht auf eigene Verluste. Sie war sicher psychisch krank. Anders erklärt sich so ein Verhalten mit lauter Hass nicht. Da musste ich sie zu diesem hundeteuren Ausflug einladen. Es war für mich fast wie eine Folter, drei Tage lang ständig in ihr Gesicht sehen und gute Miene zum bösen Spiel machen zu müssen. Lore wäre nicht für Geld und gute Worte mitgekommen. Ich habe nach jedem rettenden Strohhalm gegriffen. In dem Schwarzwälder Hotel hatte sich Frau Berenschik kurz an unseren Tisch im Restaurant verirrt. Petra erzählte mir, dass Ihre Freundin auch mal Professorin war und dass sie beim Kaffee berichtet hätte, zwei Kriminalfälle gelöst zu haben. Petra hat darüber nur gelacht. Als ich Frau Berenschik am nächsten Morgen im Bad gesehen habe, bin ich zu ihr gekrault. Ich habe versucht, locker mit ihr beim Schwimmen zu plaudern und habe dabei auf den Pilztod von Petras Freundin aufmerksam gemacht. Ich weiß nicht mehr, was mich geritten hat. Vielleicht die vage Hoffnung, dass die detektivisch begabte Wissenschaftlerin die Fährte aufnimmt und Petra dadurch von mir ablenkt. Es war offensichtlich, dass die beiden nicht gerade enge Freundinnen waren. War eine blöde Idee von mir. So habe ich mich vielleicht selbst in den Verdacht beim späteren Todesfall gebracht."

„Sie waren auch später mit ihr am Schwänchenteich, als sie ihren Unfall hatte. Habe ich recht?"

Franz Stikowski bekam einen roten Kopf und fragte zurück:

„Wollen Sie uns jetzt fertigmachen, so wie es Petra zuvor mit uns versuchte?"

„Nein, überhaupt nicht. Ich will doch Ihren Stiefsohn begleiten bei seiner Dissertation. Von Ihnen will ich nichts. Ich verstehe nur inzwischen meine Freundin Ingeborg. Die war am Tatort und zeigte sich sehr skeptisch, ob das ein Unfall war."

„Wollen Sie die Polizei informieren, Frau Professor? Petras Terror gibt uns ja ein blendendes Motiv, sie aus dem Weg zu schaffen."

„Wenn Sie die Polizei nicht selbst in Kenntnis setzen, dann passiert von meiner Seite aus nichts. Die Polizei hat den Fall längst abgeschlossen. Das ist Ihnen sicherlich bekannt."

„Ach, ich war so naiv, Ihnen alles zu erzählen. Wollen Sie Simon wirklich betreuen oder war das nur ein Manöver von Ihnen, damit ich was gestehe?"

„Nein, wirklich nicht. Ich möchte nur Simons Situation verstehen. Er wird mit meiner Hilfe promovieren, versprochen."

„Gut. Naja, nicht gut. Dann erzähle ich die Geschichte fast zu Ende. Aber nicht ganz. Wir waren am fraglichen Tag tatsächlich bei Petra, ohne uns wieder näher zu kommen. Dennoch waren wir abends mit ihr am Schwänchenteich spazieren. Ein letzter Versuch von uns. Nach dem Abendessen im 4-Sterne-Hotel Gebhardt's, zu dem wir sie einladen mussten, fuhren wir zurück zu ihrem Haus und sind dann zum Verdauungsspaziergang aufgebrochen. Dabei war es trotz der Jahreszeit unangenehm nasskalt. Es war außerdem schon ziemlich dunkel, man konnte abseits der beleuchteten Straßen schlecht sehen, wo man läuft. Zum Glück war es sternenklar und der Mond schien. Düster war es trotzdem. Und Petra hat uns so gut wie gezwungen, diesen Weg im Dunklen zu gehen. Das Entenfutter hat sie verrückterweise mitgenommen, aber so spät war überhaupt keine Ente mehr zu sehen. Wie gesagt, wir wollten einen letzten Versuch machen. Immer wieder haben wir ihr erklärt, dass es einfach Schicksal war, so früh Witwe geworden zu sein. Sie hat mit einem Lächeln begonnen, das Futter am Ufer zu verteilen und uns gleichzeitig mit einem kalten Lachen vorgeworfen, dass wir ihre große Liebe Margarete auf dem

Gewissen hätten. Und dann der größte Schock für uns. Sie sagte doch tatsächlich, dass sie Christa vergiftet hätte, um schnell und ohne Streit ums Geld frei für Margarete zu sein. Unseren Tod hätte sie damals in Kauf genommen. Aber wir hätten halt Glück gehabt. Ihre große Liebe, die Margarete, die hätten wir ihr auf brutale Weise genommen. Naja, und dann weiter, dass wir jetzt endlich dran seien. Wir sollten zu keiner Sekunde sicher sein. Vielleicht wollte sie uns mit der Giftgeschichte nur schocken. Ich kann immer noch nicht wirklich an Giftmord glauben. Dann kamen von ihr gepresste Ausrufe, immer wieder schrie sie fast, Margaretes Mörder müssten büßen. Sie hat uns durch ihre kreischenden Vorwürfe in Panik versetzt. Wir waren sprachlos vor Schreck und völlig aus dem Gleichgewicht geraten. Naja, und dann ist sie beim Weg zum Ufer in Richtung zu der verrückten Entenfutterverteilaktion über den abgebrochenen Ast gestolpert. Sie hat sich zu uns umgedreht und ihn voller Wut weggetreten. In unsere Richtung. Dann hat sie sich wieder umgedreht und ist weiter Richtung Ufer gegangen. Mehr sage ich lieber nicht."

„Müssen Sie auch nicht. Wie ist es Ihnen denn im letzten Jahr ergangen? Sagen Sie eins noch. Der Ast lag da? Sie haben ihn nicht abgebrochen?"

„Nein, der lag im Gras. Mit ganz trockenen Blättern, also hat er wohl schon länger da gelegen. Petra ist über ihn gestolpert und hat ihn in unsere Richtung getreten. Die Polizei hat bestimmt gedacht, das Laub wäre schon am Baum welk geworden und der vermeintlich kranke Ast wäre abgebrochen. Den Ast hat die Polizei bestimmt untersucht, aber sie sind nicht misstrauisch geworden. Wir wissen natürlich nicht, wie die Polizei tatsächlich ihre Schlüsse gezogen hat. Wie es mir und Lore ergangen ist? Schlecht natürlich. Wir mussten immer an Petra und den Gang um den Schwänchenteich denken. Als wir damals nach, äh, diesem Geschehen Petra da liegen sahen, da sind wir schnell weggegangen. Wir dachten doch, dass sie wieder zu sich kommen wird. Und wir wollten weg sein, bevor sie nach Hause kommt. Wir konnten Ihre Drohungen einfach nicht mehr hören. Aber umbringen wollten wir Sie dennoch nicht. Nur sollte sie endlich still sein. Endlich still. Und dann haben wir jeden Tag Angst gehabt, dass wir verhaftet werden. Aber die Polizei hat wohl nichts gefunden, nicht einmal Fußabdrücke. Und beim Ast eben falsche Schlüsse gezogen. War ansonsten wohl alles zu matschig und aufgeweicht. Diejenigen, die Petra gefunden haben, sind ja an der speziellen Stelle bestimmt auch herumgelaufen. Und wir trugen alle Handschuhe. Es war kühl an diesem Abend. Sagte ich schon. Aber, Frau Professor: Gesagt habe ich Ihnen jetzt gerade nicht, dass Lore und ich an besagtem Tag in Göttingen gewesen sind und mit den Nerven am Ende waren. Ich werde nie etwas zugeben. Das bin ich meiner Frau und den Kindern schuldig. Meine Frau wird auch nichts sagen, da bin ich sicher. Die hat sich immer so gut um unsere Söhne gekümmert, um meine genauso wie um ihren Simon. Und jetzt ist sie für die Enkel da. Das muss so weitergehen, sonst bricht die Familie auseinander. Ich werde bestimmt nichts zum Tod Petras vor der Polizei oder sonst wem irgendwas aussagen."

„Müssen Sie auch nicht. Ich kann Sie verstehen. Was haben Sie nicht alles durchgemacht mit dieser Frau. Ich tippe wie Sie auf psychische Probleme bei Petra Eckel. Die hatte bestimmt einmal ein traumatisches Erlebnis. Ich danke Ihnen jedenfalls für Ihre Offenheit. Simon werde ich betreuen, noch einmal versprochen. Ich bin überzeugt, dass er eine ordentliche Doktorarbeit abliefern wird. Kommen Sie. Kopf hoch. Mir geht es inzwischen übrigens gesundheitlich besser. Die frische Luft hat mir gutgetan. Schauen wir mal, was Ihre Frau alles gekauft hat."

Aufmunternd zog sie Franz Stikowski mit sich, der einen erschreckenden Anblick bot mit grauem Gesicht und hängenden Schultern.

30

Ingeborg hatte, nachdem Gisela den Doktor weggelotst hatte, mit Lore Stikowski erstmal Kleidungsstücke angeschaut, Lore empfahl dies und das. Ingeborg probierte so allerhand an, das meiste war für große und schlanke Frauen geschneidert, nicht für das übliche Klientel eines Kreuzfahrtschiffes. Lore hielt die ganze Zeit ihr Kleid im Arm, das sie später bezahlen wollte. Als Ingeborg zum x-ten Mal aus der Kabine kam, stöhnte sie:

„Ich sage doch, mir steht davon nichts. Ich bin zu klein."

„Nur nicht so schnell aufgeben. Wir haben noch die Blusen, Polo-Shirts und Pullover vor uns. Da finden wir bestimmt was."

Lore Stikowski machte das Stöbern in der Boutique sichtlich Spaß. Eine schöne Ablenkung in trister Zeit. Ingeborg bat nach geraumer Zeit um eine kleine Pause. Lore gewährte sie und Akilas konnte zusammen mit Matthias in der konspirativen Kabine alles gut hören, was gesprochen wurde. Beim diversen Anprobieren war es zuvor für die beiden Männer todlangweilig gewesen. Matthias sah nur mit Missfallen, dass Ingeborg inzwischen einen Pullover in der Hand hielt. Das, obwohl Kauf von Kleidungsstücken wegen ihrer Solo-Aktionen strengstens untersagt war. Aber nun horchten die beiden auf. Die beiden Frauen setzten sich nämlich nebeneinander auf ein enges Plüsch-Zweiersofa in der Ankleide vor den Kabinen. Ingeborg sah ihre Chance gekommen.

„Lore, darf ich Lore sagen?"

„Ja, gern. Und Sie sind Ingeborg?"

„Genau. Mein Verlobter und ich sind auf vorgezogener Hochzeitsreise. Aber es sind sehr, sehr viele Leute hier auf dem Schiff. Mir gefällt das nicht so. Deshalb hat es mich auch so gefreut, Ihren Mann zu treffen, den ich kurz in der ‚Rebe' kennenlernen durfte."

„Mir geht es genauso. Unter vielen fremden Leuten fühle ich mich unwohl. Man kann einsam in der Masse sein."

„Wie wahr. Nur gut, dass wir uns begegnet sind."

„Für mich noch besser. Sie sind immerhin zu viert bzw. fünft, ich habe nur meinen Mann und Simon. Darf ich fragen, wer genau der junge Mann ist, der sie manchmal begleitet? Ich habe das nicht so genau verstanden."

Akilas wurde in seiner Abhörkabine unruhig, als die Sprache auf ihn kam. Ingeborgs Worte beruhigten ihn sofort.

„Das ist Herr Onyango, ein ausgesprochen begabter Student aus Göttingen. Meine Freundin Gisela und ich schreiben gemeinsam mit ihm an einem Lehrbuch, wie ich gestern schon sagte. Außerdem geht er Gisela etwas zur Hand, weil sie Dialysen in Anspruch nehmen muss und wegen einer Spinalkanalstenose nicht sehr mobil ist."

„Ach, wie furchtbar. Aber sagen Sie, haben Sie da nicht etwas Angst?"

„Wovor sollten wir Angst haben? Dass wir beim Schreiben vom Stuhl fallen?“

„Naja, ich meine, also, hmm, das ist doch ein Schwarzer. Und bei solchen Leuten weiß man ja nie.“

Innerlich kochte Ingeborg und Matthias umarmte als Antwort Akilas freundschaftlich. Akilas sah dennoch mitgenommen aus. Ingeborg ließ sich nichts anmerken und wandte sich wieder an ihr Gegenüber. Ganz verkneifen konnte sie sich eine Spitze aber dennoch nicht:

„Bei wem weiß man überhaupt, ob nicht ein Verbrecher in ihm oder ihr schlummert? Bei Akilas kann ich sie beruhigen. Wir kennen ihn schon länger. Er ist absolut vertrauenswürdig. Er war übrigens mal Hilfskraft bei Professor Eckel. Er wurde von ihr gar nicht gut behandelt. Gelinde gesagt. Sie kannten Frau Eckel ja. Ihr Mann erzählte von Gourmet-Wochenenden.“

„Ach, diese elende Furie. Oh, sorry. Hat Ihnen Ihre Freundin erzählt, wie sie meinen Sohn Simon behandelt hat? Das war alles so furchtbar schlimm. Und ich habe ihm immer noch geraten durchzuhalten. Ich dachte, dass der liebe Junge übertreibt.“

„Sie haben mit ihr Urlaub gemacht und gleichzeitig hat Frau Eckel Ihren Sohn so fertiggemacht? Hat Ihr Sohn vielleicht Fehler gemacht, oder war er doch etwas unzuverlässig? Entschuldigen Sie bitte die Frage, aber meine Freundin will Ihren Sohn promovieren. Die hält viel von ihm.“

Urplötzlich brach Lore Stikowski in Tränen aus. Sie schluchzte und schniefte, war kaum zu beruhigen. Ingeborg nahm Lore in den Arm und tätschelte sie wie ein kleines Kind.

„Oh, oh, ich habe was Falsches gesagt. Das tut mir so leid. Bitte beruhigen Sie sich doch wieder. So habe ich das doch nicht gemeint. Bitte. Gisela hat mir erzählt, dass es sehr glaubhaft klang, was Ihr Sohn erzählte. Der ist also bestimmt nicht schuld an dem Zerwürfnis mit seiner Doktormutter. Ich war dumm, so etwas nachzufragen.“

Lore Stikowski weinte weiter, war aber nach einiger Zeit in der Lage, weiterzusprechen. Ingeborg redete ihr geschickt zu, es tue gut, sich all den Kummer von der Seele zu reden.

„Diese schreckliche Frau, dieses Scheusal. Die war nicht normal. Ich mochte sie gleich nicht, aber mein Mann wollte gern, in Erinnerung an die Studienjahre, sie einmal im Jahr treffen. Ich habe diese

Events schon immer gehasst. Manchmal konnte ich mich in den letzten Jahren drücken mit der Ausrede, dass die Kinder meines Stiefsohns Betreuung bräuchten. Davor war es schon oft komisch mit ihr. Vor allem mit ihren Frauen. Christa war öfter bei den Treffen dabei, die war ganz nett, aber sie ist an einer Vergiftung gestorben. Keiner weiß, wie das passieren konnte."

„Pilze?"

„Woher wissen Sie das? Ja, stimmt. Ihre Frau, die sie kurz nach Christas Tod geheiratet hat, war mir zu eitel. Und sie jammerte in einer Tour. Ihr war zu heiß, ihr war zu kalt, das Essen überwürzt oder langweilig, der Weg zu steil, der Ausblick fade. Naja, und so weiter. Leider ist sie vor längerer Zeit bei einem unserer gemeinsamen Ausflüge tot umgefallen. Na, so gut wie. Im Krankenhaus ist sie dann erst tatsächlich gestorben. Das war echt tragisch. Aber dann ist Petra ganz abgedreht. Sie hat uns die Schuld gegeben, dabei konnten wir absolut nichts dazu. Und dann ging der Terror los. Am meisten hat Simon gelitten. Und sie hat uns nicht nur terrorisiert, sondern auch erpresst. Mein Mann musste sie beispielsweise letztes Jahr noch einmal in den Schwarzwald einladen. Mit dieser Hexe an einem Tisch. Mein armer Mann. So eine falsche Schlange. Sie wollte vorher schon Geld von meinem Mann, also aus seinem Ministerium. Im Gegenzug wollte sie Simon promovieren und uns in Ruhe lassen. Hätten wir uns nur nicht darauf eingelassen. Es wurde alles nur noch schlimmer. Simon wurde von ihr gefeuert, meinen Mann hat sie unter Druck gesetzt und immer weiter erpresst. Ich konnte monatelang keine Nacht schlafen."

„Ach, Sie Ärmste. Wie schrecklich. Aber eines verstehe ich noch nicht? Simon wurde doch schon vorher schlecht behandelt, oder?"

„Hmm, nein. Kurz nach diesem Vorfall beim Wandern hat er seine Stelle angefangen. Mein Ex-Mann hatte unnötigerweise mit etwas Geld nachgeholfen, damit Simon die Stelle bekommt. Der wollte unbedingt jemand mit Doktor-Titel als seinen Nachfolger. VWL hat ihm allerdings nicht so gefallen. BWL sollte Simon eigentlich studieren. Der wollte wiederum Biologe werden. VWL war eine Art Kompromiss. Simons Vater traute seinem Sohn nicht viel zu, dabei ist er ein wirklich guter und kluger Kleiner. Naja, eher Großer. Die finanzielle Unterstützung seines Vaters war für Simon von Anfang an unglücklich, weil Petra ihn für einen schlechten Volkswirt hielt. Und dann eben die Vorwürfe an uns."

„Du liebe Güte. Geht es Ihnen denn nach dem Tod von Petra Eckel jetzt besser?"

„Wir haben uns halt weiter Sorgen gemacht wegen Simon. Ein Jahr ist er jetzt schon arbeitslos. An Unis nimmt ihn keiner, und er möchte gar nicht gern in die Firma seines Vaters. Das verstehe ich gut, ich habe es bei diesem Despoten keine zwei Jahre ausgehalten. Zum Glück habe ich bald darauf Franz und seine zwei Jungs kennengelernt. Das war gut. Mein Ex-Mann interveniert leider immer noch viel hinter meinem Rücken. Er hat keine weiteren Kinder. Simon wollte er deshalb möglichst zu seinem Nachfolger aufbauen. Der wollte aber nicht. Er ist so groß und stark, unser Kleiner, aber gleichzeitig so sensibel und wenig selbstbewusst. Mein Ex-Mann ist daran wahrlich nicht ganz schuldlos. Ach ja, so hat man seine Sorgen."

„Sie sind vom Schicksal geschlagen. Aber schauen Sie mal, da kommen Gisela und Ihr Mann zurück. Sind Ihre Tränen getrocknet? Bitte lächeln Sie doch, sonst sorgt sich Ihr Mann. Denken Sie dran, es wendet sich jetzt alles zum Guten."

Gisela und Franz schauten Lore an. Die Spuren der Tränen waren deutlich zu sehen. Auch Franz sah ernst und geradezu eingefallen aus. Lore schaute ihn an und rief entsetzt:

„Franz, sie weiß es."

Franz Stikowski nickte nur. Lore Stikowski hängte ihr Wunschkleid wieder auf. Ihr war nicht mehr nach was Hübschem. Sogar Ingeborg legte brav den Pullover weg. Matthias merkte sich gut, was ihr so gut gefallen hatte. Er machte gern mal ein Überraschungsgeschenk.

Ohne noch einmal auf das Geschehene einzugehen, verabschiedeten sich Frau und Herr Stikowski und ließen Gisela und Ingeborg allein zurück. Die beiden Frauen verständigten sich kurz, dass sie hinterhergehen würden, da sie ein ungutes Gefühl beschlich. Woher das Gefühl kam, wussten sie nicht. Also bildete sich eine kleine Karawane, erst Lore und Franz Stikowski, dann Gisela und Ingeborg, am Schluss vier Aufpasser, also Akilas, Claus, Matthias und Stefan. Als Gisela kurz vor Ingeborg um das Heck herum war, schrie sie laut auf. So laut, wie sie selbst nie gedacht hat, schreien zu können. Ingeborg dann kurz darauf ebenso. Zwei kreischende Frauen, das brachte die

Aufpasser auf den Plan. Ruckzuck waren sie bei Gisela und Ingeborg. Gisela konnte vor Aufregung nicht vernünftig reden und zeigte nur nach vorn, wo beide Stikowskis sich mühten, das Geländer zu besteigen, um offensichtlich von der Reling zu springen. Akilas und Stefan rannten los. Matthias und Claus etwas langsamer hinterher. Stefan zerrte Lore herunter und Akilas umklammerte Franz, der nicht von seinem Plan lassen wollte. Die beiden Älteren kamen alsbald Akilas zur Hilfe. Zu dritt schafften sie es, Franz heil nach unten zu ziehen. Als das Ehepaar Stikowski von der Reling etwas entfernt auf einer Bank saß, standen gleich sechs Menschen um die beiden herum, die beiden Frauen und ihre vier Aufpasser. Jetzt erst realisierte Gisela, dass die vier Männer gar nicht auf der Halbinsel unterwegs waren. Leise fragte sie Ihren Mann:

„Hast Du etwa wieder auf mich aufgepasst?"

„Natürlich, Liebste. Dass Dich Ingeborg zur Schnüffelei anstiften wird, war uns sonnenklar. Ich war erst mit Matthias unterwegs, aber Akilas war es ebenfalls nicht geheuer, was Ihr heute anstellt. Er hat Stefan überredet, mit ihm aufzupassen."

„Eigentlich sollte ich böse sein, aber ich bin so erleichtert und freue mich ehrlich über Eure Fürsorglichkeit. Gleich vier Männer verzichten wegen uns auf einen Ausflug. Ihr seid schon tolle Jungs."

„Ich bin ein Junge?"

„Es gibt auch ältere Jungs."

Gisela fasste die Hand ihres Mannes und drückte sie fest. Mehr war jetzt nicht angebracht, da natürlich das Ehepaar Stikowski im Mittelpunkt stand. Die beiden saßen händchenhaltend wie zwei Häuflein Elend auf der Bank und sagten nichts. Ingeborg versuchte vorsichtig, das Gespräch zu eröffnen:

„Bitte, das ist keine Lösung. Denken Sie doch an Ihre Kinder. Möchten Sie, dass Frau Eckel posthum noch triumphiert? Das sollten Sie ihr nicht gönnen. Bitte machen Sie das nie wieder. Bitte."

Gisela ergänzte:

„Ich habe Ihnen versprochen, Ihren Sohn bei der Promotion zu unterstützen. Das mache ich! Sie möchten doch bestimmt seinen großen Tag nicht verpassen. Sie sollten jetzt hinter ihm stehen. Er braucht nach wie vor seine Eltern. Sie müssen ihm Halt geben, damit ihn nicht der leibliche Vater vereinnahmt."

Lore sagte nichts, nickte aber bei der Erwähnung Simons. Franz hingegen saß apathisch auf der Bank und schien nichts zu registrieren, was gesagt wurde. Bei Lore musste man keine Angst mehr haben, solange sie nicht von ihrem Mann zu Unüberlegtem überredet wurde. Stefan setzte sich neben sie, hielt ihre Hände und redete beruhigend und mit den richtigen Worten auf sie ein. Sein Charme wirkte auch bei Lore, nur diesmal umgeschlagen in Dankbarkeit. Nun sah Franz Stikowski auf. Er hatte Tränen in den Augen. Matthias übernahm es, ihn anzusprechen.

„Herr Stikowski, warum haben Sie versucht, ins Meer zu springen? Das Mittelmeer ist zwar warm, und wir sind im Hafen, aber wollten Sie wirklich an Land schwimmen, um auf anderem Weg nach Hause zu kommen?"

„Ach ja, wir ankern ja. Alexandria, nicht wahr? Daran habe ich in der Panik nicht gedacht. Nein, Flucht war nicht geplant. Das können Sie sich denken, oder? Bei flachem Gewässer hätten wir uns vielleicht alle Knochen gebrochen. Auch gut."

„Vielleicht, vielleicht auch nicht. Wenn ein Kreuzfahrtschiff ankert, muss es hier schon eine größere Tiefe haben, oder? Und ihre Frau haben Sie mit sich gezogen. Wollte sie sich wirklich in den Tod stürzen?"

Nun schluchzte Franz beträchtlich. Er konnte nur mit Pausen reden und sagte:

„Mir ist alles so peinlich. Wie ich mich von Petra nur so übers Ohr habe hauen lassen. Und dann hatte sie mich in der Hand. Konsequenzen für sich hat sie gar nicht bedacht. Es war ihr alles egal, sofern sie nur uns schaden konnte. Wenn das alles publik wird, wird bestimmt die Staatsanwaltschaft gegen mich ermitteln. Erstens wegen der Unterschlagung, zweitens wegen Totschlag oder sogar Mord. Das erspare ich den Kindern, indem ich mich von dieser Welt verabschiede. Damit sie unbeschwert weiter aufwachsen."

Gisela antwortete:

„Aber nein, das ist wirklich keine Lösung. Ich habe Ihnen gesagt, dass ich der Polizei oder einem Staatsanwalt nichts sagen werde. Mich interessiert nur der Erfolg ihres Sohnes. Dafür wollte ich die Hintergründe seiner Zeit bei Frau Eckel verstehen."

„Ja, Sie. An Ihrem Versprechen zweifle ich nicht. Aber Sie sind eine große Gruppe: Sie alle waren hinter mir her."

„Na und? Nachweisen kann man Ihnen beiden nichts. Außerdem haben die vier Männer auf uns aufgepasst und waren nicht hinter Ihnen her."

„Ja, aber ein Totschlag?"

Ingeborg mischte sich ein:

„Wenn überhaupt, könnte Ihnen unterlassene Hilfeleistung zur Last gelegt werden. Natürlich auch kein Kavaliersdelikt. Ich wollte anfangs nur wissen, wer es war. Ich weiß es immer noch nicht. Und ich will es nunmehr gar nicht mehr wissen. Ich hatte erst gedacht, der Ast wäre vom Täter abgebrochen worden, aber Ihre Geschichte macht mehr Sinn, dass er schon lange da herumlag. Der Levinsche Teich ist keine Schickimicki-Anlage, sondern wird absichtlich natürlich gehalten. Da liegt so allerhand rum. Wenn die Polizei den Fall abgeschlossen hat, werde ich so wie Gisela nichts unternehmen. Sie haben ja beide nicht einmal was gestanden, nur Andeutungen gemacht. Ob Sie oder Ihre Frau den Ast aufgehoben haben, davon haben wir keinerlei Kenntnis. Verständnis für Ihr Handeln kann ich sowieso nur bedingt aufbringen. Und uns geht es eigentlich gar nichts an."

Sie sah die vier Aufpasser an und fragte:

„Und Ihr? Wie seht Ihr das?"

Matthias und Claus meinten unisono, dass auch sie nichts unternehmen würden. Stefan meinte, er mache alles, was Gila vorschlägt. Nur Akilas zögerte.

„Immerhin ist ein Mensch gestorben. Da müsste doch eigentlich geahndet werden. Meint Ihr nicht? Sie war zwar gemein, aber eben ein Mensch."

Claus entgegnete:

„Aki, das stimmt natürlich. Ingeborg wollte aber erst einmal nur wissen, was am Schwänchenteich passiert ist. Und vielleicht flog der Ast ja doch durch die Luft und wurde nicht vorher aufgehoben, bevor Frau Eckel gestorben ist. Sind wir sicher?"

„Ich habe aber gehört..."

„Was hast Du gehört?"

Ingeborg flüsterte ihm etwas ins Ohr, bevor Akilas sich wieder meldete:

„Nichts. Ich habe gar nichts gehört."

„Na also, Herr Stikowski. Von uns haben Sie nichts zu befürchten. Es wird weder Skandal noch Anklage geben."

Franz Stikowski blieb skeptisch, ließ sich jedoch mit seiner Frau von den sechs Detektiven auf sein Zimmer begleiten. Am Abend blieb der Tisch der Stikowskis lange leer, so dass Ingeborg und die anderen schon Schlimmes befürchteten, aber dann kamen sie doch noch, allerdings mit ernsten Gesichtern. Immerhin Hand in Hand.

Annette wollte wissen, ob die sechs an Bord Gebliebenen einen schönen Tag gehabt hätten. Gegen seine Gewohnheit antwortete Claus ohne jede Verzögerung.

„Och, so aufs Wasser oder das Gewimmel im Hafen zu schauen, da kann man sich die Zeit vertreiben. Wir Alten haben es uns gemütlich gemacht. Stefan und Akilas mussten natürlich über die Uni fachsimpeln, auch darüber reden, ob Akilas sich um eine Stelle als Dekanats-Hiwi bewerben könnte, ehe er es beim Außenhandelsprofessor versucht. Auf einem Schiff hat man endlich mal Zeit für Ruhe oder ausführliche Gespräche."

Die fünf anderen Detektive bzw. Aktiven nickten nur und ergänzten nichts mehr.

In den restlichen Tagen gingen die Detektiv-Kreuzfahrer überwiegend touristischen Interessen nach. Zypern und Kreta standen noch auf dem Programm. Stefan war wieder mehr mit Annette zusammen, bestand aber darauf, abends neben Gila zu sitzen und ihr von seinen Besichtigungen zu berichten. Matthias setzte sich dafür auf Stefans Platz, was Ingeborg nicht sonderlich gefiel, weil ihr Verlobter nicht mehr neben ihr saß. Akilas blieb meistens tagsüber bei Gisela. Die beiden schrieben allerdings keine einzige Zeile, sondern vergnügten sich mit Glücks- und Strategiespielen. Außerdem führten sie lange Gespräche mit den Stikowskis einschließlich Simon Arndt. Simon fiel aus allen Wolken, als er hörte, was Petra Eckel seinen Eltern alles angetan hatte. Er dachte, er wäre zum Opfer geworden wegen der Finanzspritze seines Vaters. Und weil er ein Mann war.

Akilas tat ihm in Gedanken Abbitte. Er hatte den Gerüchten um den faulen Sohn reicher Eltern geglaubt. Akilas und Simon freundeten sich sogar etwas an. In Göttingen wollten sie eine Lern-AG etablieren, in der beide volkswirtschaftliche Themen zu diskutieren beabsichtigten.

Gisela meinte am vorletzten Tag zu ihrem Begleiter Akilas und zu Simon, der wie seine Eltern auf dem Schiff geblieben war:

„Also, wen Ihr schon zusammen lernen wollt, warum gründet Ihr nicht gleich eine WG? Akilas, Dein jetziges Zimmerchen ist zu klein. Du hast nicht einmal einen Schreibtisch. Es dauert nicht mehr lange, bis Ingeborg und Matthias umziehen. Dann könnt Ihr eine der oberen Wohnungen haben. Reicht für zwei Leute."

„Frau Kubon-Gilke, daran hätte ich selbst denken können. Mein Vater hat mir eine Vier-Zimmer-Wohnung in Uni-Nähe gekauft. 94 Quadratmeter. Die ist mir eigentlich zu groß. Wenn Du willst, kannst Du bei mir einziehen. Dein Zimmer hat knapp 25 Quadratmeter und geht nach hinten zum Garten raus."

„Wow, echt? Und wie hoch ist die Miete?"

„Na, sagen wir mal, sagen wir mal, äh, 150 €? Ist das für Dich okay?"

„Okay? Das hört sich wie ein Traum an. Sorry, Matthias, das ist noch besser als Dein Angebot. Ist doch auch lukrativer für Dich, wenn Du Deine Wohnung etwas teurer vermieten kannst. Simon, müsste ich dafür putzen und waschen? Oder warum soll das so billig sein?"

„Quatsch. Die Arbeit teilen wir uns, und zwar so, wie Du es bei Ingeborg gelernt hast."

„Ich habe bei Ingeborg gelernt, wie man wäscht und putzt? Kochen kann ich schon."

„Witzbold. Ich meinte die Arbeitsteilung. Jeder macht das, was er relativ am besten kann. Ist doch die einfachste Erklärung zur Vorteilhaftigkeit von Arbeitsteilung und Tausch."

„Ach so, haha. Ich weiß, was Du meinst. Ich kann gut kochen, staubwischen und das Bad putzen."

„Schon mal gut. Staubwischen kann ich auch gut. Die Praxis wird erweisen, wer von uns relativ besser ist. Ich sage, da hast Du keine Chance."

„Und warum so billig?"

„Die Wohnung gehört mir. Du bist formal nur zur Untermiete. Und warum soll ich mehr nehmen? Wenn ich wieder an einer Dissertation schreibe, wird mein Vater mir jeden Monat mehr als genug überweisen. Wenn es knapp wird bei Dir, kann ich auch weniger nehmen. Kein Problem."

„Nein, das ist so schon ein Traumangebot. Hoffentlich bereust Du es nicht. Meine Noten werden für den Master reichen, sofern ich die Bachelor-Arbeit nicht verhaue. Dann ziehe ich auch nicht in einem halben Jahr wieder aus."

„Kann ich mir nicht vorstellen, dass Du die Bachelor-Arbeit in den Sand setzt. Außerdem kannst Du dann auf mich aufpassen, damit ich nicht wieder die Arbeit an der Dissertation schleifen lasse."

Gisela hörte dies alles mit Freude, musste aber bald darauf eine Kröte schlucken, weil Akilas ihr kleinlaut beichtete:

„Gisela, also, wir kommen hier mit dem Buch nicht voran, genauer gesagt haben wir keine einzige Zeile geschrieben. Ich muss Dir sagen, also, äh, ja. Also, es tut mir wirklich leid, aber ich steige aus. Ich muss passen bei dieser Buchsache. Allein traue ich mir die Kapitel doch nicht so recht zu, auch wenn ich schon im fünften Semester bin. Tut mir wirklich leid, aber ich muss mich auf die Bachelor-Arbeit vorbereiten. Die darf ich übrigens bei Professor Neuhaus schreiben über Nachwirkungen des Kolonialismus auf die nigerianische Wirtschafts- und Eigentumsstruktur. Darauf freue ich mich wie verrückt."

„Du willst wirklich aussteigen? Ach, wie schade. Dann wird das mit dem Buch lange nichts. Ich habe wegen der Dialysen so wenig Zeit und Ingeborg schreibt jetzt schon viele Kapitel. Ingeborg wird Dein Ausscheiden fürchterlich treffen."

„Es tut mir wirklich leid, Euch enttäuschen zu müssen, aber mein Studium geht vor, das versteht Ihr doch sicherlich. Es ist aber leider noch nicht alles. Ich komme dank des Zimmerangebots von Simon jetzt gut mit dem Stipendium und dem Zuschuss meiner Eltern aus. Das bedeutet, dass ich nicht mehr Euer Hiwi sein kann. Stefan, also Professor Neuhaus, möchte mich außerdem als Dekanatshilfskraft. Annette fände das auch schön. Mit ihr verstehe ich mich richtig gut. Das Angebot möchte ich also gern annehmen. Mehr als ein Hiwi-Job neben dem Studium, das schaffe ich einfach nicht."

Simon verließ das intime Gespräch, um nicht weiter zu lauschen.

„Ach Du lieber Gott. Allein das Literaturverzeichnis. Müssen wir jetzt doch Citavi lernen?"

„Keine Angst. Ich habe alles angelegt. Ihr müsst nur ergänzen und natürlich rauswerfen, was Ihr nicht braucht."

„Hmm, das tröstet mich recht wenig. Ach herrjeh, das ist schlimm für uns, aber ich gönne Dir natürlich, dass Du bald an der Uni wieder Hiwi sein kannst. Wenn Ingeborg das erfährt, dann wird sie am Boden zerstört sein. Das weißt Du, gell? Sie hält einfach viel von Dir."

„Ich weiß. Es wird ein schwerer Gang für mich. Wenn ich sie beim Abendessen sehe, dann werde ich es ihr sagen. Könntest Du vielleicht mitkommen?"

„Nein, das machst Du besser allein. Du wirst es ihr schon verständlich machen. Aber es ist so schade. Es hat einfach Freude gemacht, mit Dir zusammenzuarbeiten."

„Ich bin ja nicht aus der Welt, Gisela. Du machst doch im nächsten Semester ein Seminar bei uns. Da werde ich dabei sein. Und Simon hat einen tollen Vorschlag gemacht. Er will Dich immer abholen und wieder nach Hause bringen, damit Du sogar vor Ort sein kannst. Er hat ein Auto mit einem behindertenfreundlichen Einstieg und großem Kofferraum für den Rollator."

„Ach, wie nett. Das wäre ganz wunderbar. Meinst Du, dass er Ingeborg auch mitnehmen kann? Das würde Ihr einen kleinen Trost bringen. Isabelle Teufel wird sich wundern, wenn ich mit Ingeborg im Schlepptau an die Uni komme. Das ist ein ganz tolles Angebot von Simon. Apropos. Weißt Du noch, wie Du Simon am Anfang bezeichnet hast, irgendwie als dickes Riesenbaby? Oder ähnlich?"

„Ja, weiß ich noch. Ich schäme mich auch richtig dafür. Ich kannte ihn nur über die Gerüchte und habe mich entsprechend blöd ihm gegenüber verhalten. Dabei ist er wirklich ganz nett. An Frau Eckel konnte man verzweifeln. Das verstehe ich nur zu gut. So, wie sie ihn auf dem Kieker hatte. Für ihn verlorene Zeit. Ich finde es großartig, dass Du ihm eine zweite Chance gibst. Da ist es wohl tatsächlich gut, dass Du das mit seinen Eltern einfach ruhen lässt. Ich werde jedenfalls nichts ausplaudern."

31

Der letzte Reisetag war angebrochen. Ingeborg war todtraurig gewesen, als Akilas ihr die für sie entsetzliche Nachricht zum Buch und zum Ausscheiden aus dem privaten Hiwi-Dienst überbrachte. Sie war direkt zu Gisela gelaufen und beide hatten sich vielleicht eine halbe Stunde lang wie altgriechische Klageweiber angehört. Ingeborg war zum Glück pragmatisch und hatte sogleich nach Alternativen gesucht. Glücklich waren dagegen Matthias und Claus, da Akilas' Lohn ein beträchtliches Loch in ihre Finanzkasse riss. Akilas selbst war für sie ein lockerer Freund, aber das liebe Geld…

Das Schiff war in aller Herrgottsfrühe im Hafen von Heraklion angekommen. Außer Gisela wollten alle von Bord. Sie meinte, sie könne einen Tag allein auf dem Schiff gut aushalten, aber Akilas und Claus war nicht wohl dabei. Gisela redete auf Gatten und Freund ein, weil sich beide gern den Palast von Knossos und die Anlage darum herum ansehen wollten, nur etwa fünf Kilometer von Heraklion entfernt. Trotz des Zuredens wollten sie Gisela nicht allein lassen. Beim Frühstück wollten sie schon würfeln, wer auf dem Schiff bleiben muss, da trat Lore Stikowski an den Tisch. Sie hatte mitbekommen, worum es bei der Debatte zwischen den beiden ging.

„Entschuldigen Sie bitte. Ich habe zufällig gehört, dass Sie beide gern den Ausflug mitmachen möchten. Mein Mann und Simon sind auch dabei, aber mir ist es zu heiß. Vielleicht kann ich Gesellschafterin spielen? Ich bin auch froh, wenn ich nicht allein bleiben muss."

Akilas hatte Bedenken, sagte aber nichts. Seine Angst war, dass Frau Stikowski Gisela doch etwas antun könnte. Claus hatte keine Bedenken, also wurde es so verabredet und Gisela mitgeteilt.

„Ihr seid übergriffig, alle beide. Ihr tut so, als sei ich allein hilflos. Ich habe Euch doch gesagt, dass ich allein klarkomme. Diesmal ist es noch okay, ich will Frau Stikowsi nicht düpieren. Aber wehe, Ihr macht das noch einmal."

„Tut uns leid, aber Du verläufst Dich doch so oft. Das begleitet Dich sogar schon in Deinen Träumen."

„Weg Ihr beiden, macht Euch auf zu den Ruinen."

Eine halbe Stunde später klopfte Lore Stikowski an Giselas Kabinentür. Sie wurde hineingelassen, und beide setzten sich auf das Sofa, bald darauf auf die beiden Stühle auf dem Balkon. Noch war es angenehm warm, aber eben nicht heiß, wie spätestens um 11.30 Uhr zu erwarten. Sie saßen dort also und schwiegen sich an. Gisela holte Gläser und Mineralwasser. Lore goss freundlicherweise, aber immer noch stumm, ein.

Gisela unterbrach die Stille:

„Wie geht es jetzt für Sie weiter, Lore?“

„Wie soll es schon weitergehen? Wie immer. Mein Mann arbeitet viel, auch an den Wochenenden, jetzt nach seiner Beförderung noch mehr. Staatssekretär! Für ihn ist ein Traum in Erfüllung gegangen. Die großen Jungs haben schon ihre eigenen Familien und Simon arbeitet bald in Göttingen an seiner Promotion. Wenn ich nicht ab und zu die Enkel habe, dann fühle ich mich allein. Wie die letzten Jahre auch, abgesehen von Petras Terror.“

Dabei kamen Lore wieder die Tränen.

„Ach Lore, da gibt es doch zwei Möglichkeiten. Entweder Ihr Mann geht vorzeitig in Ruhestand und hat Zeit für Sie, für Kultur, gemeinsame Reisen und andere schöne Dinge, oder Sie suchen sich selbst was.“

„Einen Beruf? Ich bin ewig aus meinem erlernten Beruf raus. Da habe ich keine Chance? Und mein Mann arbeitet eher länger als vorzeitig zu gehen.“

„Was haben Sie denn gelernt?“

„Ich habe Pharmazie studiert und habe zwei Jahre lang als Apothekerin gearbeitet. Nach einem Jahr habe ich Simons Vater kennengelernt und viel zu schnell geheiratet. Naja, und dann kam Simon. Mein Mann wollte, dass ich mich nur um den Jungen kümmere. Naja, und Franz kam gleich mit zwei Kindern. Da habe ich beruflich nichts mehr gemacht.“

„Hmm, als Apothekerin hätten Sie es eigentlich leichter gehabt, sich von der Eckel zu befreien.“

Vor Schreck wechselte Lore zum Duzen: „Na, hör mal, Gisela. Wir haben doch nichts geplant. Meinst Du Gift?“

„Sorry, war nur so daher gesagt. Wenn Du Dir beruflich nichts zutraust, wie wäre es mit dem Ehrenamt? Oder Sport? Verein allgemein? Oder Politik?“

„Nee, das geht nicht. Ich will nach dem Geschehen unsichtbar werden. Das Einzige, was mir Spaß macht, ist Schneidern. Mein Sohn trägt schon Sakkos und Hosen von mir. Er bekommt ja nichts von der Stange.“

Dann wechselten sie doch wieder zurück zum respektvollen Siezen.

„Echt? Das ist professionell. Ihr Sohn ist exzellent gekleidet. Sagen Sie, können Sie auch kleine Größen?"

„Das ist noch einfacher für mich."

„Na, dann schneidern Sie doch, wenn Sie das gern machen. Machen Sie sich selbständig. Spezialisieren Sie sich auf besonders große und sehr kleine Menschen, die finden in den Geschäften ja nichts. Sie können gern bei mir und meiner Freundin anfangen. Meine Freundin heiratet nämlich demnächst. Wir beide wären superglücklich, was Hübsches für den Anlass zu haben."

„Aber liebend gern. Als Dank für all Ihre Unterstützung schenke ich Ihnen gern zwei Kleider oder Kostüme."

„Das kommt gar nicht in Frage. Ihren Sohn betreue ich einfach nur, weil ich es ihm zutraue. Und das ohne irgendwelche Vergünstigungen. Okay?"

„Na, wenn Sie meinen?"

32

Sieben Monate später saßen Ingeborg, Matthias, Gisela und Claus in der Wohnung im ersten Stock und warteten auf Akilas. Er war zu ihrer wöchentlichen Rummy-Runde dazugekommen. So konnten die vier Freunde seinen Studienfortschritt verfolgen und hatten vor allem weiterhin freundschaftlichen Kontakt zu ihm. Vor einer Woche hatte er stolz sein Bachelorzeugnis vorgezeigt. Mit 1,34 hatte er abgeschlossen und war nun bereits im ersten Semester des Masterstudiums. Stefan Neuhaus hatte ihm schon unverbindlich eine Promotionsstelle als wissenschaftlicher Mitarbeiter unterbreitet. Der Master musste nur besser als 2,0 abgeschlossen werden. Das sollte zu schaffen sein.

Ingeborg und Matthias hatten standesamtlich geheiratet, ohne Fest, aber mit viel Liebe und sehr hübschen Kleidern für die Braut und für die Trauzeugin. Bezahlte Kleider! Die kirchliche Hochzeit war noch nicht in der Planung, sollte aber noch erfolgen. Gisela hatte ihr Seminar durchgeführt. Mit Erfolg. Vor allem Isabelle hatte sich unglaublich engagiert. Gisela hatte guten Kontakt zum Dekan, zu Isabelle und Simon sowieso. Stefan Neuhaus freute sich auf das Ende seiner Amtszeit als Dekan. Gisela und er hatten viel miteinander zu tun, es war nicht nur Wissenschaftliches, was beide verband. Sie plauderten einfach gern, meistens per Zoom, Stefan kam aber auch gern ab und zu bei Gisela vorbei. Es entstand eine lockere Freundschaft. Immer wieder kam er auf die kriminalistischen Erlebnisse auf dem Schiff zu sprechen und bot sich an, bei einem weiteren Kriminalfall gern helfen zu wollen.

Nur das Buch. Ein St.-Nimmerleins-Projekt. Ingeborg und Gisela schrieben keine einzige Zeile. Sie gaben aber die Gliederung und das Literaturverzeichnis an Claus und Matthias. Ja, und siehe da. Kurzerhand hatte KI das Buch geschrieben. Korrektur und Ergänzungen gingen schnell, aber Gisela und Ingeborg scheuten sich doch, dieses Buch an einen Verlag zu schicken. So ruhte es in ihrem Computer. Ab und zu schauten beide rein und seufzten.

Während sie also auf Akilas warteten und die letzten Monate gedanklich vorübergleiten sahen, balancierte Claus die Karten hin und her. Er sah seine Freunde an und ließ seiner Phantasie freien Lauf.

„Habt Ihr mal daran gedacht, was wäre, wenn wir den Eckel-Fall nicht einfach so vergessen hätten? Simons Papa ist wohlhabend, Franz Stikowski auch nicht gerade arm. Matthias, so um die 50.000 € als Zuschuss für Eure Renovierung, das wäre doch nett gewesen, vielleicht noch mal 20.000 € für die Hochzeit einschließlich der schicken Kleider. Und natürlich die Kosten für den Umzug von oben nach unten. Wäre das nichts gewesen?"

„Ja, und 80.000 € für Giselas Betreuung der Arbeit Simons. Für die viele Zeit mit ihm. Du wirst wissen, wofür Du es ausgegeben hättest."

Die beiden Männer schwadronierten über Erpressungsstrategien und Anlagemöglichkeiten für das Geld. Es klingelte, Gisela unterbrach die beiden Männer etwas barsch:

„Hört sofort auf. Wir sind alle nicht so. Wir kommen klar, mit dem, was wir haben. Und wir werden älter, Claus voran mit 71. Was sollen wir mit all den Moneten?"

Claus hatte die richtige Antwort:

„Wir teilen alles, und wenn es nichts ist."

Anhänge Vorbemerkung: Definitorisches, Messung von Diskriminierung

Vorbemerkung: bei den Anhängen wurde teilweise KI benutzt. Zu keiner Theorie reichte es aus, nur die KI-Zusammenfassungen zu übernehmen. Manches war durchaus gelungen als Grundlage, aber vieles war unvollständig, anderes war sogar falsch. KI konnte partiell hilfreich eingesetzt werden, aber ohne eigene Ergänzungen, Streichungen und Richtigstellungen konnte man KI für die Anhänge noch nicht allein sinnvoll verwenden.

Definitorisches, Messung von Diskriminierung: Vom lateinischen Wortstamm discriminare her geht es um Trennung und Unterscheidung. Diese eher neutrale Form wird im Deutschen eher als Diskrimination umschrieben, während das Wort Diskriminierung vor allem ungerechtfertigte Ungleichbehandlung beschreibt.

Der nachfolgende Text gibt weitgehend die unter der Creative Commons Lizenz CC BY-NC-ND 3.0 DE Deutschland publizierte Zusammenfassung von Albert Scherr, Aus Politik und Zeitgeschichte/bpb.de wieder. Der Nachdruck ist unter Angabe von Lizenznummer und Autorenname zulässig.

Im Sinne einer formalen und abstrakt gefassten Definition kann unter Diskriminierung zunächst die Verwendung von kategorialen, das heißt vermeintlich eindeutigen und trennscharfen Unterscheidungen zur Herstellung, Begründung und Rechtfertigung von Ungleichbehandlung mit der Folge gesellschaftlicher Benachteiligungen verstanden werden. Den Diskriminierten wird der Status des gleichwertigen und gleichberechtigten Gesellschaftsmitglieds bestritten; ihre faktische Benachteiligung wird entsprechend nicht als ungerecht bewertet, sondern als unvermeidbares Ergebnis ihrer Andersartigkeit betrachtet.

Bedeutsam für diskriminierende Strukturen und Praktiken sind dabei einerseits Unterscheidungen von Gruppenkategorien (beispielsweise ‚Muslime', ‚Sinti und Roma'). Diesen ‚abstrakten Gruppen', es handelt sich ersichtlich nicht um reale Gruppen, deren Mitglieder einander kennen, sondern um gesellschaftlich wirkungsmächtige Gruppenkonstruktionen - wird eine kollektive Identität und werden Eigenschaften zugeschrieben, die sie von der Mehrheitsgesellschaft unterscheiden. Andererseits geschieht Diskriminierung auf der Grundlage der Unterscheidung von Personenkategorien (beispielsweise ‚Behinderte', ‚Kriminelle'), für die in irgendeiner Weise problematische individuelle Eigenschaften angenommen werden, die sie vom angenommenen Normalfall des physisch und psychisch gesunden, rechtskonform handelnden und erwerbstätigen Staatsbürgers und seiner Familienangehörigen unterscheiden.

Schon mit diesen einleitenden Überlegungen wird deutlich: Der Begriff ‚Diskriminierung' verweist auf überaus heterogene Sachverhalte - auf die gesellschaftlichen Geschlechterverhältnisse, auf die soziale Ausgrenzung von Minderheiten, auf Nationalismus und Rassismus und weiteres -, die in jeweilige historische und gesellschaftliche Kontexte eingebettet sind und in diesen spezifische Ausprägungen haben. Im Romanteil gibt es dafür eine Fülle von Beispielen. Diskriminierung kann deshalb nicht zureichend allein als eine Folge von individuellen Einstellungen oder kollektiven Mentalitäten verstanden werden. Vielmehr ist es ein komplexes System sozialer Beziehungen, in dem diskriminierende Unterscheidungen entstehen und wirksam werden.

Um politisch, rechtlich oder pädagogisch wirksame Maßnahmen gegen Diskriminierung zu entwickeln, genügt es deshalb nicht, eine generelle Haltung der Toleranz einzufordern sowie individuelle Rechtsansprüche auf Diskriminierungsschutz zu gewährleisten. Vielmehr ist dazu sowohl ein angemessenes Verständnis der gesellschaftlichen Strukturen und sozialen Praktiken erforderlich, die unterschiedlichen Ausprägungen von Diskriminierung gemeinsam sind, als auch eine Berücksichtigung der besonderen Bedingungen, die jeweils zu Diskriminierung führen.

Pointiert formuliert: Bei der Benachteiligung von Frauen auf dem Arbeitsmarkt handelt es sich zum Beispiel ebenso um Diskriminierung wie bei der rassistischen Kategorisierung von Sinti und Roma. Die Ursachen sind in beiden Fällen jedoch anders gelagert; Gegenstrategien müssen dies berücksichtigen.

Dem Sachverhalt, dass Diskriminierung nicht allein eine Folge von benachteiligenden Handlungen ist, wird im Antidiskriminierungsrecht durch die Anerkennung mittelbarer Diskriminierung als Tatbestand Rechnung getragen: Während

- *unmittelbare Diskriminierung* dann vorliegt, wenn Regelungen und Praktiken einen direkten Bezug zu Diskriminierungsmerkmalen (wie Geschlecht oder Religion) haben, verweist
- *mittelbare Diskriminierung* auf die Folgen scheinbar neutraler Vorgaben und Verfahrensweisen, die im Effekt gleichwohl zu Benachteiligungen bestimmter Personenkategorien und sozialer Gruppen führen. Dass sich Diskriminierung auch nicht immer als Folge einfacher Ursache-Wirkung-Zusammenhänge begreifen lässt, wird in den Konzepten der Mehrfachdiskriminierung und Intersektionalität thematisiert: Unterschiedliche Dimensionen von Diskriminierungen können sich überlagern und verstärken und somit zu spezifischen Formen verdichten, die zum Beispiel nur für migrantische Frauen ohne legalen Aufenthaltsstatus bedeutsam sind.

Wodurch geschieht Diskriminierung? Im alltäglichen Sprachgebrauch wird unter Diskriminierung ein benachteiligendes Handeln und ein abwertendes Sprechen verstanden, dessen Grundlage die Annahme vermeintlicher Andersartigkeit ist. Diesem Verständnis von Diskriminierung entspricht *erstens* die Suche nach sozialpsychologischen Erklärungen von Diskriminierung, in deren Zentrum die Frage steht, wie Diskriminierungsbereitschaft mit bestimmten Persönlichkeitsstrukturen (wie Autoritarismus und soziale Dominanzorientierung) sowie mit vorherrschenden Mentalitäten in sozialen Milieus zusammenhängt. Folglich gelten *zweitens* Ergebnisse der Meinungs- und Einstellungsforschung zum Ausmaß der Verbreitung von Stereotypen und Vorurteilen in der Gesamtgesellschaft und in bestimmten sozialen Gruppen als eine zentral bedeutsame Informationsgrundlage. Als wesentliche Elemente einer Strategie gegen Diskriminierung werden *drittens* öffentliche Kampagnen sowie pädagogische Maßnahmen betrachtet, die über Stereotype und Vorurteile aufklären und für sie sensibilisieren, die moralische und rechtliche Ablehnung jeder Form von Diskriminierung verdeutlichen sowie die Betroffenen ermächtigen (Empowerment).

In der sozialwissenschaftlichen Forschung ist jedoch gezeigt worden, dass ein Verständnis von Diskriminierung als Folge von Eigenschaftszuschreibungen und negativen Einstellungen gegenüber Gruppen, die zu abwertenden Äußerungen und benachteiligenden Handlungen führen, unzureichend ist. Diskriminierung umfasst mehr als Formen des direkten und absichtsvollen Sprechens und Handelns von Einzelnen oder Gruppen. Einige zentrale Einsichten und Konzepte, die für ein weitergehendes Verständnis von Formen der Diskriminierung als soziales Phänomen von Bedeutung sind, können zunächst wie folgt knapp zusammengefasst werden:

Diskriminierende Einstellungen führen nicht zwangsläufig zu diskriminierenden Handlungen und sind zugleich auch keine notwendige Voraussetzung diskriminierender Handlungen. Denn diese können beispielsweise auch aus rationalen ökonomischen Kalkülen vorurteilsfreier Akteure resultieren.

Das Konzept der *statistischen Diskriminierung* (vgl. ausführlich und präziser Anhang 7) bietet eine Erklärung für solche Formen von Diskriminierung, die auch dann entstehen, wenn jeweilige Entscheider auf dem Arbeitsmarkt oder auf dem Wohnungsmarkt für sich beanspruchen, keine Vorurteile zu haben und niemanden diskriminieren zu wollen. Argumentiert wird, dass Entscheidungen - etwa bei der Einstellung von Arbeitnehmern - immer auf einer unsicheren Informationsgrundlage bezüglich der Eigenschaften, Fähigkeiten und Potenziale individueller Bewerberinnen und Bewerber getroffen werden. Deshalb werden Annahmen über wahrscheinliche Unterschiede zwischen sozialen Gruppen, denen jeweilige Individuen zugerechnet werden, als Zusatzinformationen herangezogen, um den Entscheidungsprozess zu vereinfachen. Hautfarbe oder Geschlecht werden als Schätzgröße für wichtige Daten, die nicht erhoben wurden, verwendet, da der zeitliche Aufwand, der für die genaue Betrachtung des einzelnen Falles verwendet werden kann, begrenzt ist. In der Folge sind bereits mehr oder weniger plausible Annahmen über die wahrscheinlichen Eigenschaften kategorial unterschiedener Gruppen ein Einfallstor für Diskriminierung, nicht erst Vorurteile und eine darin begründete Ablehnung oder absichtsvolle Benachteiligung.

In der sozialpsychologischen Gruppenforschung ist aufgezeigt worden, dass Stereotype und Vorurteile in Gruppenkonflikten als eine

Folge des Wettbewerbs um knappe Ressourcen entstehen können. Es handelt sich also nicht um individuelle Irrtümer, sondern um die Folgen eines sozialen Prozesses. Diskriminierung als gesellschaftliches Phänomen kann jedoch nicht in direkter Analogie zu realen Gruppenkonflikten verstanden werden. Denn rassistische, ethnisierende, nationalistische oder geschlechtsbezogene Diskriminierung ist keine Folge realer und vorgängiger Gruppenkonflikte. Vielmehr sind es in gesellschaftlichen Diskursen und Ideologien verankerte Annahmen über vermeintliche Gemeinsamkeiten derjenigen, die einer rassistisch, ethnisch, national, religiös oder geschlechtsbezogen definierten Kategorie zugeordnet werden, in Verbindung mit der Zuschreibung kollektiver Merkmale, die ‚die Anderen' von ‚uns' unterscheiden, die erst die Vorstellung als plausibel erscheinen lassen, es handle sich um einen Konflikt zwischen Gruppen mit unterschiedlichen Eigenschaften, Normen, Werten oder Interessen.

Gruppenkonstruktionen sind eine notwendige Bedingung, um diskriminierende Eigenschaftszuschreibungen und Praktiken gegenüber den Individuen plausibilisieren zu können, die infolge dieser Konstruktion als Gruppenangehörige wahrgenommen werden. Es bedarf also bestimmter Diskurse und Prozesse, durch die etwa Geschlechter oder Ethnien als vermeintlich homogene Kollektive konstruiert werden, damit die soziale Wirklichkeit als ein konflikthaftes Verhältnis zwischen den so markierten Gruppen erfahren werden kann.

Als *institutionelle Diskriminierung* werden solche Benachteiligungen bezeichnet, die nicht auf individuell zurechenbare Handlungen oder Überzeugungen zurückgeführt werden können. Als Ursache werden vielmehr Strukturen und Verfahrensweisen von Institutionen in den Blick gerückt, die auch dann diskriminierende Auswirkungen haben, wenn die handelnden Personen in der Institution weder stereotype Vorstellungen über Eigenschaften von Gruppen noch benachteiligende Absichten haben. In Schulen, Betrieben und Hochschulen kommt institutionelle Diskriminierung zum Beispiel dann zustande, wenn muttersprachliche Kenntnisse der deutschen Sprache als Normalfall vorausgesetzt werden und deshalb keine Vorkehrungen getroffen werden, die Personen mit anderer Erstsprache darin unterstützen, ihre sprachlichen Fertigkeiten weiterzuentwickeln.

Organisationelle Diskriminierung resultiert aus den funktionalen Erfordernissen von Organisationen, beispielsweise von Industrie- und Dienstleistungsbetrieben. Das Primat der wirtschaftlichen Bewährung führt dazu, dass Ausbildungs- und Arbeitsstellen bevorzugt an solche Bewerberinnen und Bewerber vergeben werden, von denen angenommen wird, dass sie sich problemlos in die Betriebskultur einfügen sowie von der Belegschaft und von den Kunden akzeptiert werden. Dies führt zu einer Diskriminierung von Bewerberinnen und Bewerbern, denen – wie dies in zugespitzter Weise bei kopftuchtragenden Muslima der Fall ist – soziokulturelle Distanz zur Betriebskultur unterstellt wird und/oder bei denen angenommen wird, dass ihre Einstellung zu Konflikten im Betrieb oder zu Schwierigkeiten mit der Kundschaft führen wird.

Gesellschaftsstrukturelle Diskriminierung liegt dann vor, wenn etablierte Strukturen in den gesellschaftlichen Teilsystemen (Recht, Politik, Bildung, Ökonomie) direkt oder indirekt zu gruppenbezogenen Benachteiligungen führen. Prominente Beispiele hierfür sind die Behinderung weiblicher Erwerbskarrieren durch die vorrangige Zuweisung von Haushalts-, Erziehungs- und Fürsorgeleistungen an Frauen, die Effekte des hierarchisch gegliederten und monolingualen Schulsystems auf die Bildungschancen migrantischer Schülerinnen und Schüler, die Benachteiligung von Ausländern aus Drittstaaten durch das Arbeitsrecht sowie die Unterscheidung nach Staatsangehörigkeiten bei der Vergabe von Visa und Aufenthaltsberechtigungen.

Mit dem Konzept ‚past-in-present-discrimination' wird auf die gegenwärtigen Auswirkungen vergangener Diskriminierung hingewiesen. So kann etwa die gegenwärtige Situation der *black underclass* in den USA ebenso wenig ohne die direkten und indirekten Auswirkungen von Sklaverei und Rassentrennung verstanden werden wie die Situation der deutschen Sinti ohne ein Wissen um ihre Verfolgung im NS-Regime sowie ihre fortgesetzte offene Diskriminierung in Westdeutschland bis zu ihrer verspäteten Anerkennung als Opfer des NS-Regimes und als nationale Minderheit.

Was gilt als Diskriminierung? Für demokratisch verfasste und der Idee der Menschenrechte verpflichtete moderne Gesellschaften ist der Anspruch leitend, dass alle Individuen über gleiche Rechte und gleiche Chancen verfügen sollen. Alle Menschen sind gleich und frei geboren, niemand soll aufgrund seiner sozialen Herkunft oder seiner Religion benachteiligt werden, so lässt sich das gemeinsame Credo bereits der amerikanischen Unabhängigkeitserklärung (1776) und der französischen Erklärung der Menschen- und Bürgerrechte (1789) zusammenfassen.

Im Rückblick auf die Geschichte der modernen Gesellschaften wird jedoch auch deutlich, dass die Forderung nach Anerkennung der gleichen Rechte und Freiheiten von Anfang an faktisch keineswegs auf alle Menschen bezogen, sondern mit substanziellen Einschränkungen verbunden war: Dass Frauen keineswegs gleichermaßen vernunftbegabte Menschen seien, die zur Selbstbestimmung in Freiheit fähig sind, war noch bis Mitte des 20. Jahrhunderts eine einflussreiche Annahme. Thomas Jefferson war zentraler Autor der Declaration of Independence und zugleich praktizierender Sklavenhalter. Dies war möglich, weil Afroamerikaner zu seiner Zeit nicht als gleichwertige Menschen galten und ihre Ungleichbehandlung als Sklaven als gerechtfertigt betrachtet wurde. Die Philosophin Susan Buck-Morrs argumentiert, dass in dieser Gleichzeitigkeit auch eine systematische Blindstelle der europäischen Aufklärung deutlich wird: Die Ausbeutung von Millionen von Sklavenarbeitern in den Kolonien wurde von denselben Philosophen, die die Meinung verkündeten, Freiheit sei der Naturzustand des Menschen und sein unveräußerliches Recht, als Lauf der bestehenden Welt akzeptiert.

Darin zeigt sich exemplarisch: Wann Ungleichbehandlung als diskriminierend oder als gerechtfertigt gilt, hängt entscheidend von historisch veränderlichen Annahmen darüber ab, wer im vollen Wortsinn als ein (Mit-)Mensch gilt, der einen Anspruch auf Anerkennung als Individuum mit gleichen Rechten und gleichen Freiheiten haben soll.

Deshalb ist der Wortlaut der Formulierung des Diskriminierungsverbots im Artikel 2 der Allgemeinen Erklärung der Menschenrechte von 1948 nach wie vor von hoher Aktualität. Dort heißt es: Jeder hat Anspruch auf die in dieser Erklärung verkündeten Rechte und Freiheiten, ohne irgendeinen Unterschied, etwa nach Rasse, Hautfarbe, Geschlecht, Sprache, Religion, politischer oder sonstiger Anschauung, nationaler oder sozialer Herkunft, Vermögen, Geburt oder sonstigem Stand. Anders als im deutschen Allgemeinen Gleichbehandlungsgesetz (AGG) wird hier keine abschließende Festlegung auf bestimmte Kriterien vorgenommen, die zu inakzeptablen Benachteiligungen führen können; vielmehr erfolgt dort eine offene Aufzählung von Unterscheidungen, die mit Diskriminierung einhergehen können.

Diese Offenheit hinsichtlich der Ausprägungen von Diskriminierung ist bedeutsam, weil auch gegenwärtig nicht davon ausgegangen werden kann, dass das inzwischen erreichte Verständnis inakzeptabler Ausprägungen von Benachteiligungen zureichend ist. Aus der historischen Erfahrung ist vielmehr zu lernen, dass es sich bei der Entwicklung des Diskriminierungsverständnisses um einen prinzipiell nicht abschließbaren Lernprozess handelt: Wiederkehrend haben sich Benachteiligungen erst im Rückblick als ungerechtfertigt erwiesen, die sich für die historischen Zeitgenossen als unproblematisch und unvermeidbar darstellten.

Angesichts der gegenwärtigen Flüchtlingskrise stellt sich vor diesem Hintergrund die zweifellos kontroverse Frage, ob die weitgehend akzeptierte Verweigerung von Einwanderungs- und Aufenthaltsrechten für sogenannte Armuts- und Wirtschaftsflüchtlinge eine rechtfertigbare Notwendigkeit oder aber eine Form von Diskriminierung darstellt, deren Überwindung eine zentrale Herausforderung für das 21. Jahrhundert ist. Auch im Hinblick auf andere Formen ist anhaltend umstritten, was als Diskriminierung und was als gesellschaftlich zulässige Ungleichbehandlung gelten soll: Dies betrifft die Kontroversen um die rechtliche Gleichstellung homosexueller Paare mit heterosexuellen Familien, das Recht der Kirchen, Arbeitsverhältnisse an eine christlichen Werten entsprechende Lebensführung zu binden, oder das Recht von Muslima, im öffentlichen Dienst das Kopftuch zu tragen. Zu Kontroversen führt auch die Ungleichbehandlung von Staatsbürgerinnen und -bürgern und Ausländerinnen und Ausländern. Denn die Diskriminierung von Nicht-Staatsangehörigen ist ein rechtlich verankertes Grundprinzip moderner Staatlichkeit, das jedoch ersichtlich in einem substanziellen Spannungsverhältnis zu den Menschenrechten von Nicht-Staatsbürgerinnen und -bürgern steht.

Das Diskriminierungsverbot stellt ein grundlegendes Menschenrechtsprinzip dar, denn nur durch das Verbot jedweder Einschränkung ihres Geltungsbereichs kann der universalistische Anspruch der Menschenrechte auf die Gewährleistung gleichberechtigter Freiheit erfüllt werden. Folglich kann die Etablierung einer dezidierten Menschenrechtspolitik als zwingende Konsequenz aus einer Entwicklung verstanden werden, die nach dem Zweiten Weltkrieg im Völkerrecht, auf nationalstaatlicher Ebene und in der EU dazu geführt hat, dass der Bezug auf die Menschenrechte als Wertegrundlage an Bedeutung gewonnen und zu einer Verankerung der Menschenrechte im positiven Recht geführt hat.

Gleichwohl begründen soziologische Analysen und sozialhistorische Studien Skepsis gegenüber der Erwartung, dass moderne Gesellschaften zu einer umfassenden Überwindung von Diskriminierung in der Lage sind. Denn in ihre Strukturen ist ein paradoxes Verhältnis eingelassen. Sie ermöglichen eine normative Ablehnung von Diskriminierung, ohne jedoch auf Diskriminierung verzichten zu können:

Moderne Gesellschaften sind individualistische Gesellschaften, in denen vorwiegend die individuellen Fähigkeiten und Leistungen über den sozialen Status entscheiden sollen. Auch moderne Gesellschaften stehen jedoch, wie historisch ältere, vor dem Problem, Individuen in den unterschiedlichen gesellschaftlichen Teilbereichen auf Positionen zu verteilen, die durch Privilegien oder Benachteiligungen gekennzeichnet sind. Sie können dieses Problem nicht mehr dadurch lösen, dass sie auf gottgewollte oder naturgegebene Vorrechte - etwa auf Standesprivilegien - verweisen. Als angemessen und gerechtfertigt gilt die Positionszuweisung in den gesellschaftlichen Ungleichheitsverhältnissen deshalb nur dann, wenn sie durch jeweils bedeutsame individuelle Unterschiede erklärt werden kann, wie das intellektuelle Leistungsvermögen, die sprachliche Ausdrucksfähigkeit, die erworbenen fachlichen Kenntnisse und Kompetenzen. Trotz erheblicher Zweifel daran, dass die Idee der Chancengleichheit tatsächlich realitätsgerecht ist, handelt es sich um einen notwendigen Glauben an das meritokratische Prinzip der Leistungsgerechtigkeit, eine unverzichtbare Illusion, Genau aus diesem Grund werden auf kollektive Merkmale bezogene Ungleichbehandlungen und Benachteiligungen als Diskriminierung bezeichnet und zum Problem erklärt: Sie stehen in einem fundamentalen Widerspruch zum leistungsindividualistischen Selbstverständnis der modernen Gesellschaft.

Aus dem gleichen Grund aber sind Formen der Diskriminierung geradezu unverzichtbar. Denn es ist immer wieder nachgewiesen worden, dass der Verweis auf individuelle Unterschiede keine zureichende und letztlich überzeugende Antwort auf die Frage geben kann, wie Positionen in den Strukturen sozialer Ungleichheiten zugewiesen werden sollen. Bereits der Soziologe Alfred Schütz argumentiert, dass es in jeder Gesellschaft immer mehr Menschen gibt, die in der Lage wären, privilegierte Positionen auszuüben, als privilegierte Positionen verfügbar sind.

Zudem kann argumentiert werden, dass das Ausmaß der sozialen Ungleichheiten und das Ausmaß der individuell zurechenbaren Unterschiede sich realiter keineswegs entsprechen. So lässt sich mit guten Gründen bezweifeln, dass das im Vergleich zu einem einfachen Arbeiter 20-mal höhere Einkommen eines Managers tatsächlich einer 20-mal höheren Leistung entspricht. Gravierende soziale Ungleichheiten können deshalb auf lange Sicht nur aufrechterhalten werden, so der Sozialwissenschaftler Charles Tilly, wenn Vorstellungen über eine Hierarchie der Fähigkeiten und Berechtigung sozialer Gruppen eine Rechtfertigung dafür bereitstellen, dass die Angehörigen der ‚besseren' sozialen Gruppen auch die bevorzugten sozialen Positionen einnehmen.

Pointiert formuliert: Das Diskriminierungsverbot ist zwar eine zwingende Entsprechung des meritokratischen Prinzips. Diskriminierung ist gleichwohl in dem Ausmaß gesellschaftlich nicht verzichtbar, wie Positionszuweisungen unter Bedingungen gravierender sozialer Ungleichheiten begründet werden müssen, aber nicht zureichend mit dem Prinzip der Leistungsgerechtigkeit gerechtfertigt werden können.

Der Zusammenhang von sozioökonomischen Ungleichheiten und Diskriminierung zeigt sich auch darin, dass beide Dimensionen oft empirisch auf eine Weise ineinander verschränkt sind, in deren Folge schwer zu unterscheiden ist, was in der Lebenswirklichkeit Betroffener Folge von Diskriminierung und was Folge von Einkommens- oder Bildungsarmut ist. Typisch sind, das zeigen Studien zur Situation in benachteiligten Wohngebieten, etwa zur Jugendarbeitslosigkeit in den französischen Banlieues, oder Analysen diskriminierter Minderheiten wie der Roma in Ost- und Südeuropa, sich wechselseitig verstärkende Überlagerungen von Armut und Diskriminierung. Aus diesen Überlegungen lassen sich vier Folgerungen ableiten:

Erstens ist unter Bedingungen gravierender sozialer Ungleichheiten eher eine Verschiebung der Unterscheidungen erwartbar, mit denen diskriminiert wird, als ein völliges Verschwinden diskriminierender Unterscheidungen. Eine solche Verschiebung zeigt sich beispielsweise darin, dass der alte biologische Rassismus zunehmend delegitimiert worden ist und an gesellschaftlicher Bedeutung verloren hat, während zugleich Formen der Ethnisierung und des kulturellen Rassismus zunehmend zur Erklärung und Rechtfertigung der anhaltenden Benachteiligung migrantischer Minderheiten herangezogen werden.

Zweitens ist die etablierte Aufspaltung in eine Gesellschaftspolitik, die auf den Abbau sozialer Ungleichheiten und die Herstellung sozialer Gerechtigkeit zielt, einerseits und eine Antidiskriminierungspolitik andererseits problematisch, da sozioökonomische Ungleichheiten und diskriminierende Positionierungen sich wechselseitig bedingen. Antidiskriminierungspolitik kann also eine auf soziale Gerechtigkeit zielende Arbeitsmarkt-, Bildungs-, Wirtschafts- und Sozialpolitik nicht ersetzen.

Drittens gilt der Zusammenhang zwischen sozialer Ungerechtigkeit und Diskriminierung auch für die internationalen Beziehungen in der Weltgesellschaft: Zunehmend erweist sich die Diskriminierung von Armutsmigranten als ein unverzichtbares Mittel zur Stabilisierung der globalen (Ungleichheits-)Ordnung. Eine wirksame Bekämpfung der Fluchtursachen, mit der solche Diskriminierung verzichtbar würde, ist aber nicht möglich, ohne die weltgesellschaftlichen Ungleichheiten zu verringern.

Viertens kann Diskriminierung als gesellschaftliches Phänomen nicht zureichend durch eine – zweifellos unverzichtbare – Gesetzgebung überwunden werden, die an individuellen Benachteiligungen ansetzt und individuelle Rechte etabliert. Problematisch an einer Fokussierung auf das Antidiskriminierungsrecht als zentrales Mittel der Antidiskriminierungspolitik ist so betrachtet nicht nur, dass es schwierig ist, das Vorliegen von Diskriminierungen gerichtsfest nachzuweisen, sondern vor allem, dass individuelle Beschwerden und Klagen nicht an den gesellschaftlichen Ursachen von Diskriminierung rühren.

Zentrales Element aller Strategien gegen Diskriminierung ist die Forderung, Gleichbehandlung konsequent durchzusetzen. Dazu werden in der einschlägigen Forschung Maßnahmen eingefordert, die auf drei Ebenen ansetzen:

Erstens gilt es als unverzichtbar, nicht nur wirksame rechtliche Sanktionen gegen Diskriminierung zu verankern, sondern auch ein gesellschaftliches Problembewusstsein zu stärken – etwa dadurch, die Thematik in der Ausbildung von Lehrerinnen und Lehrern, Ausbilderinnen und Ausbildern, Juristinnen und Juristen und weiterer Berufsgruppen, im schulischen Unterricht und der außerschulischen Jugend- und Erwachsenenbildung sowie durch politische Kampagnen zu verankern. Denn die faktische Durchsetzbarkeit von rechtlichen Vorgaben hat zur Bedingung, dass sie gesellschaftlich als legitime und sinnvolle Vorschriften betrachtet werden.

Zweitens wird die verbindliche und überprüfbare Verankerung von Antidiskriminierungskonzepten in Organisationen eingefordert, etwa durch Trainings- und Qualifizierungsmaßnahmen für Mitarbeiterinnen und Mitarbeiter, die Einrichtung von Beschwerdestellen, anonymisierte Verfahren der Bewerberauswahl, Formen des Monitoring von Gleichstellungsmaßnahmen sowie die Implementierung von Diversity-Konzepten.

Drittens gilt das Empowerment der Betroffenen als ein weiteres wichtiges Element, so durch ihre Aufklärung über die rechtlichen Möglichkeiten und ihre Unterstützung durch qualifizierte Beratungsstellen.

Anhaltend kontrovers diskutiert werden international *Affirmative-action*-Programme, die auf positive Maßnahmen zur Verbesserung der Position diskriminierter Gruppen zielen. Strittig ist dabei nicht allein die Wirksamkeit dieser Maßnahmen, sondern auch die Begründbarkeit der Auswahlkriterien und die Folgen der Festschreibung von Gruppen, die als besonders förderungswürdig betrachtet werden. Dies betrifft nicht zuletzt die Frage, ob beziehungsweise wie der Verschränkung der sozialen Klassenlage mit diskriminierenden Unterscheidungen angemessen Rechnung getragen werden kann.

Zusammenfassend kann festgestellt werden: Die rechtliche Verankerung des Diskriminierungsverbots im AGG, die Schaffung von Institutionen wie der Antidiskriminierungsstelle des Bundes und die Einrichtung von Beschwerdestellen auf lokaler Ebene, öffentliche Kampagnen, die auf Sensibilisierung und Empowerment zielen, sowie die Ansätze einer Antidiskriminierungspädagogik in der außerschulischen und schulischen Bildung stellen zweifellos wichtige Schritte dar, um Diskriminierung zu überwinden. Gleichwohl: Um das Diskriminierungsverbot umfassend zu realisieren, braucht es mehr als solche Maßnahmen. Erforderlich ist eine Gesellschaftspolitik, die die Gewährleistung gleicher Rechte und Freiheiten jedes Individuums und die gesellschaftsstrukturelle Gewährleistung sozialer Gerechtigkeit als zwei Seiten einer Medaille begreift. Die Frage nach den Bedingungen sozialer Gerechtigkeit lässt sich nicht zureichend in der Sprache der individuellen Rechte beantworten.

Neben diesem sozialwissenschaftlichen Überblick von Albert Scherr ist einleitend noch zu diskutieren, wie Diskriminierung gemessen werden kann. Aus den vorigen Beispielen ist ersichtlich, dass dies für Arbeitsmarktfragen eher zu beantworten ist als z.B. für Probleme des Alltagsrassismus. Nehmen wir also das Arbeitsmarktbeispiel heraus und wollen wissen, wie stark Frauen gegenüber Männern auf dem Arbeitsmarkt diskriminiert werden (Schubert 1993). Mit dem *gender pay gap* versucht man die Bruttostundenverdienste von Männern und Frauen zu vergleichen. Brutto beträgt er etwa 16%. Da Frauen und Männer verschiedene Berufserfahrungen besitzen können, andere Ausbildungswege wählen und in verschiedenen Branchen arbeiten, wird auch ein um diese Faktoren bereinigter gender pay gap berechnet, der etwa 6% in Deutschland beträgt (https://service.destatis.de/DE/paygap/, Abruf 10. 7. 2025).

„Das Thema Verdienstungleichheit hat aber weitere Dimensionen: Frauen nehmen zum einen seltener am Erwerbsleben teil als Männer und arbeiten darüber hinaus häufiger in Teilzeit. Dies schmälert die finanziellen Möglichkeiten und verstärkt die Verdienstungleichheit weiter. Der Gender Gap Arbeitsmarkt vereint neben dem Gender Pay Gap nun auch Unterschiede in der bezahlten Arbeitszeit (Gender Hours Gap) und in der Erwerbstätigenquote (Gender Employment Gap) und erweitert so die Perspektive auf die Verdienstsituation von Frauen und Männern“ (ebd.). Dieser so berechnete Gender Gap Arbeitsmarkt liegt bei 37% (!). Das Statistische Bundesamt bietet einen Gender-Gap-Simulator an, in denen man sehen kann, wie sich Unterschiede in Bruttolöhnen, der Arbeitszeit und der Erwerbsbeteiligung auf den

Gender Gap auswirken (https://service.destatis.de/DE/paygap/, Abruf 10. 7. 2925).

Neben diesen Berechnungen ist noch zu beachten, dass Frauen oft mit ähnlichen Anfangsgehältern starten, aber bei Beförderungen das Nachsehen haben. Man nennt es eine ‚gläserne Decke', die es verhindert, dass Frauen auf eine bestimmte Hierarchiestufe aufsteigen.

Der anfangs wiedergegebene sozialwissenschaftliche Überblick über Erklärungen zum Thema Diskriminierung erwähnt zwar statistische Diskriminierung, aber andere ökonomische Theorien zur Erklärung von Diskriminierung werden nicht skizziert. Das geschieht nun in den folgenden Anhängen.

Literatur

Scherr, Albert (2016): Diskriminierung/Antidiskriminierung – Begriffe und Grundlagen, *Aus Politik und Zeitgeschichte*, https://www.bpb.de/shop/zeitschriften/apuz/221573/diskriminierung-antidiskriminierung-begriffe-und-grundlagen/ (letzter Abruf 22. 7. 2025). Der Text darf unter Nennung der Lizenz CC BY-NC-ND 3.0 DE und des Autors (Albert Scherr) geteilt werden.

Schubert, Renate (1993): *Ökonomische Diskriminierung von Frauen: Eine volkswirtschaftliche Verschwendung*, Frankfurt: Fischer.

Statistisches Bundesamt (DeStatis, Hrsg.) (o.J., erstmals 2023): Gender Gap Simulator, https://service.destatis.de/DE/paygap/ (letzter Abruf 19. 7. 2025).

Anhang 1:
Die Theorie Gary Beckers

Das bekannteste und einflussreichste ökonomische Modell zur Diskriminierung wurde von Gary Becker (1971) formuliert (die nachfolgenden Ausführungen folgen Kubon-Gilke 2018, S. 359-361, mit Ergänzungen d. Verf.). Fangen wir mit einem Beispiel an. Ein Privatdetektiv (A) könnte einen Beschattungsauftrag von einem Mann annehmen. Dabei verdiente er sicher 800 €. Alternativ könnte er auch mit einer Frau ins Geschäft kommen. Eine ebenso finanziell abgesicherte Aufgabenerfüllung für sie brächte ihm 1.000 €. Beide Möglichkeiten sind in jeder Hinsicht vergleichbar. Entscheidet sich A für den Vertrag mit dem Mann, dann entgeht ihm der Mehrgewinn von 200 €. Darin steckt schon die Grundidee des Becker-Modells. Wenn jemand bereit ist, entweder etwas extra zu bezahlen, um den Handel mit jemandem zu vermeiden, oder er/sie auf mögliche finanzielle Vorteile verzichtet, muss das nach Becker nicht-pekuniäre Motive betreffen. Es kann sich um Vorurteile handeln, aber auch um Wünsche und Abneigungen, mit wem man gern oder ungern etwas zu tun haben möchte. Und dafür leistet man eine Zahlung. Sein Diskriminierungskoeffizient gibt an, wie groß in monetären Einheiten, hier in Euro, seine Abneigung gegenüber einer Person oder Gruppe ist.

In einem meiner Seminare formulierte es eine Studentin einmal sehr drastisch. Sie meinte in einem Referat zu Becker, das wäre so, als ob z.B. ein Mann - nennen wir ihn Anonymus, da er es öffentlich kaum zugeben würde - meint, alle Frauen röchen unangenehm. Damit er bereit ist, dennoch mit Frauen gemeinsam z.B. zu arbeiten, müsste man ihm zusätzliches Geld anbieten, um den Geruch auszuhalten. Oder andersherum: Lieber verzichtet er auf Einkommen, als mit den üblen Düften der Frauen konfrontiert zu sein. Quintessenz dieser Trivialidee des Modells ist, dass sowohl die Diskriminierten als auch der/die Diskriminierende selbst Nachteile erleiden. Diskriminierte bekommen keine Güter, keine Jobs oder beides nur zu schlechteren Konditionen. Diskriminierende zahlen den Preis durch höhere Kosten, entgangenen Gewinn o.ä. Diskriminierung ist nach diesem Modell einfach Konsequenz eines ‚Geschmacks', einer Präferenz.

Die Formulierung allein stieß auf viel Kritik. Diskriminierung als Geschmack zu sehen, fanden viele Kommentatoren geradezu geschmacklos. Ganz so rigoros sollte man es nicht sehen. Becker nutzte die übliche neoklassische Begrifflichkeit und die Modellwelt, bei denen Erklärungen stets über Präferenzen und Restriktionen gehen. Es ging ihm nicht darum zu untersuchen, wie Vorurteile entstehen oder wie solche ‚Geschmäcker' zustande kommen. Das alles hat er aus der Betrachtung ausgeklammert und eben einfach Begriffe aus dem Rahmen des traditionellen mikroökonomischen Modells dafür eingesetzt, da er sich in erster Linie um die Analyse bemühte, wie sich denn Vorurteile oder spezielle nicht-pekuniäre Vorlieben im marktlichen Wettbewerb auswirken. Seine Kernergebnisse: Wenn Unternehmen z.B. Frauen diskriminieren wegen solch spezieller Präferenzen der Führungs- und Entscheidungsverantwortlichen, werden Frauen einen Lohnabschlag im Marktgleichgewicht hinnehmen müssen. Sie müssen Gehaltsverzicht leisten, damit diskriminierende Unternehmer sich sozusagen das ‚Leid' der Zusammenarbeit abkaufen lassen. Ob Frauen als Unternehmer tatsächlich auch Mitarbeiterinnen benachteiligen, bliebe zu prüfen. Thesen dazu gibt es jedenfalls.

Gibt es im *Kollegium* Vorurteile bzw. Vorlieben und Abneigungen, dann folgt hautsächlich Segregation. Bei dem Frauen-Männer-Beispiel hieße es, dass in manchen Betrieben nur Männer, in anderen nur Frauen arbeiten. Wäre es anders, müssten die Unternehmer zum Ausgleich des ‚Leidens' den Männern Lohnzuschläge zahlen, was ihnen Wettbewerbsnachteile bescherte.

Das Hauptproblem des Ansatzes werden Vertreter anderer Wissenschaftsdisziplinen vielleicht am ehesten in der Begriffswahl und der speziellen mikroökonomischen Methodik sehen. Für Ökonomen liegt der wesentliche Einwand darin, dass diese Form der Diskriminierung auf Dauer eigentlich gar keinen Bestand haben dürfte. Zahlt z.B. ein diskriminierender Unternehmer Männern mehr als Frauen trotz identischer Produktivität, dann braucht es nur einen einzigen Unternehmer oder eine Unternehmerin, der/die nicht vorurteilsgeladen ist. Diese Firma könnte nämlich verstärkt ‚billige' Frauen einstellen, hätte Kostenvorteile bei gleicher Produktivität und könnte die diskriminierenden Unternehmen unter Wettbewerbsdruck setzen. Starrköpfige Unternehmer werden durch Verluste aus dem Wettbewerb ausscheiden, andere adaptieren die erfolgreiche Strategie. Zum Schluss werden Männer und Frauen den gleichen Lohn erhalten. Wettbewerb sollte demnach sogar Garant für langsames Verschwinden von diskriminierendem Verhalten sein.

Das ist ein ernst zu nehmendes Argument gegen Beckers Gleichgewichtsvorstellung der Lohnabschläge für die diskriminierte Gruppe. Etwas anders sind die Ergebnisse, wenn man unterstellt, dass Kunden diskriminieren. Aber es bleibt das Ergebnis, dass sowohl Diskriminierte als auch Diskriminierer Nachteile erleiden. In Modifikationen des Modells wurden z.B. die Annahmen über die Form des Wettbewerbs geändert. Wenn man es als Quasi-Monopol modelliert oder als ‚Männer-Kartell', dann kann das Ergebnis im Gleichgewicht tatsächlich stabile Diskriminierung bestimmter Gruppen nach sich ziehen. Bei vielen Formen imperfekter Märkte kann Diskriminierung im Markt selbst entstehen und selbstverstärkend stabilisiert werden. Das werden wir bei den nachfolgenden Theorien sehen.

Literatur

Becker, Gary S. (1971): *The Economics of Discrimination*, Chicago: The University of Chicago Press, 2. Auflage (1. Auflage 1957).

Brückner, Christian (2024): *Geschlechtsspezifische Auswirkungen des Mindestlohns. Eine kritische Analyse ökonomischer Diskriminierungstheorien*, Wiesbaden: Springer Gabler, Kap. 4.1.

Kubon-Gilke, Gisela (2018): *Außer Konkurrenz. Sozialpolitik im Spannungsfeld von Markt, Zentralsteuerung und Traditionssystemen.* Ein Lehrbuch und mehr über Ökonomie und Sozialpolitik, 3. Auflage, Marburg: Metropolis, S. 359-361.

Anhang 2: Overcrowding

Die Overcrowding-Theorie spielt in der Arbeitsmarktökonomie nach wie vor eine nicht unwesentliche Rolle. Die Theorie beschäftigt sich mit den Auswirkungen von strukturellen Beschränkungen und diskriminierenden Praktiken auf spezifische Gruppen von Arbeitskräften. Dieser Ansatz wurde maßgeblich von Barbara Bergmann (1971) entwickelt und behandelt die Überrepräsentation bestimmter sozialer Gruppen, insbesondere von Frauen und Minderheiten, in schlecht bezahlten und gering qualifizierten Berufen. Diskriminierung am Arbeitsmarkt, sowohl offensichtlich als auch subtil, trägt zur Ungleichheit bei, indem sie bestimmte Gruppen in begrenzte Arbeitsmarktsegmente ‚überfüllt'.

Die Theorie postuliert, dass die Konzentration bestimmter Gruppen in wenigen Berufen nicht nur auf individuelle oder gruppenbasierte Präferenzen zurückzuführen ist, sondern auch auf diskriminierende Praktiken, die den Zugang zu anderen, besser bezahlten Berufsfeldern beschränken. Die daraus resultierende Überfüllung führt zu erhöhtem Wettbewerb unter den Arbeitssuchenden in diesen Berufen, was wiederum die Löhne drückt und die Arbeitsbedingungen verschlechtert.

Diskriminierung kann dabei in verschiedenen Formen auftreten, darunter:

- *Direkte Diskriminierung*: Offene Benachteiligung aufgrund von Ethnie, Geschlecht, Gewicht, Nationalität oder Alter.
- *Indirekte Diskriminierung*: Praktiken und Politiken, die neutral erscheinen, aber eine diskriminierende Wirkung haben. Das sind beispielsweise Elterngeldregeln, die neutral die paritätische Teilung der Elternzeit ermöglichen, de facto aber Anreize setzen, dass das Elternteil den größten Teil der Elternzeit nimmt, welches am wenigsten verdient. Das sind in der Regel die Frauen, die für spätere Positionen dadurch an Berufserfahrung verlieren. Das leitet gleitend über zum nächsten Punkt.

- *Institutionelle Diskriminierung* wird verursacht durch strukturelle Ungleichheiten, die durch Gesetze, Vorschriften oder institutionalisierte Praktiken eingebettet sind, die etwa den Zugang zu Bildungseinrichtungen oder zum Arbeitsmarkt regeln-.

Studien zeigen, dass in Branchen, die eine hohe Konzentration von Frauen (oder ethnischen Minderheiten) aufweisen, die Löhne tendenziell niedriger sind als in männerdominierten Branchen. Diese Phänomene sind keineswegs auf niedrigere Bildung oder Erfahrung zurückzuführen, sondern stehen oft in direktem Zusammenhang mit diskriminierenden Einstellungspraktiken und Zugangsbeschränkungen zu Bildung und beruflicher Weiterbildung. Oft ist das Phänomen auf mittelbare Faktoren rückführbar und hat mit Erwartungen zu tun. Die soziale Zuschreibung bürdet den Frauen die Erziehungs- und Pflegeaufgaben zu. Die Berufe in diesem Umfeld werden deshalb von Frauen verstärkt nachgefragt. Oder Frauen erwarten, dass sie in Männerberufen keine Chance haben und orientieren sich von vornherein an einem vermeintlich frauentypischen Berufsbild.

Um die durch Overcrowding und Diskriminierung verursachten Ungleichheiten zu adressieren, sind gezielte politische Maßnahmen erforderlich. Dazu gehören etwa Antidiskriminierungsgesetzgebung sowie Stärkung und Durchsetzung von Gesetzen gegen Diskriminierung. Im Bildungs- und Ausbildungsbereich werden die Förderung des Zugangs zu Bildung und Berufsausbildung für unterrepräsentierte Gruppen als probate Mittel vorgeschlagen. Gefordert wird oft zudem Transparenz, also Offenlegung der Gehaltsstrukturen in Unternehmungen. Das ist aber umstritten. Es gibt Modelle, wonach das den weniger gut bezahlten Arbeitnehmern nicht immer nutzen muss.

Die Overcrowding-Theorie und die damit verbundene Diskriminierung auf dem Arbeitsmarkt zeigen mehr die Notwendigkeit einer umfassenden Analyse und eines proaktiven Eingreifens, um strukturelle Ungleichheiten zu überwinden. Durch ein besseres Verständnis dieser Dynamiken können effektivere Strategien zur Förderung eines gerechteren und inklusiveren Arbeitsmarktes entwickelt werden. Die Theorie selbst bräuchte mehr Tiefe bei den strategischen Komplementaritäten (so wie bei Basu, Anhang 6) sowie bei der Rolle von Erwartungen bei der Berufswahl. Speziell das Zusammenwirken individueller Talente und Wünsche im Zusammenhang mit gesellschaftlichen Kräften und Zuschreibungen ist noch ungeklärt.

Literatur

Bergmann Barbara R. (1971): The Effect on White Incomes of Discrimination in Employment, *Journal of Political Economy*, 79 (2), S. 294-313.

Brückner, Christian (2024): *Geschlechtsspezifische Auswirkungen des Mindestlohns. Eine kritische Analyse ökonomischer Diskriminierungstheorien*, Wiesbaden: Springer Gabler, Kap. 4.3.

Anhang 3: Ronald Dworkin und die Idee der kompensierenden Diskriminierung

Ronald Dworkin (1984) erklärt ebenso wie Becker nicht die Entstehung von Diskriminierung, sondern versucht Maßnahmen gegen offensichtliche Diskriminierung aus verfassungsrechtlicher und philosophischer Sicht zu begründen.

Dworkin ist kein studierter Ökonom, aber ein einflussreicher amerikanischer Philosoph und Jurist, dessen Arbeiten zur kompensierenden Diskriminierung (*affirmative action*) insbesondere ethische und rechtliche Überlegungen enthalten. In seiner Diskussion dieses Themas befasst sich Dworkin mit Gerechtigkeit und den Auswirkungen von Politiken, die darauf abzielen, historische Ungerechtigkeiten und systematische Diskriminierung bestimmter Gruppen zu korrigieren, etwa durch einen einfacheren Universitätszugang von Mitgliedern einer Minderheit oder der Zugang zu Schulen in Gegenden wohlhabender Menschen für Kinder ärmerer Minderheiten.

Dworkin definiert kompensierende Diskriminierung als eine Reihe von Maßnahmen, die darauf abzielen, Minderheiten und benachteiligte Gruppen zu fördern, um eine größere soziale und wirtschaftliche Gleichheit zu erreichen. Er argumentiert, dass solche Maßnahmen nicht nur dazu dienen, vergangene Ungerechtigkeiten zu korrigieren, sondern auch dazu beitragen, eine gerechtere Gesellschaft zu schaffen, indem sie gleiche Chancen für alle sicherstellen.

Dworkin unterscheidet zwischen formaler und substanzieller Gleichheit. Formale Gleichheit bedeutet, dass alle Menschen gleich behandelt werden, ohne Ansehen der Person. Substanzielle Gleichheit hingegen zielt darauf ab, faktische Ungleichheiten zu beseitigen, die aus sozialen, ökonomischen oder kulturellen Unterschieden resultieren. Kompensierende Diskriminierung, so Dworkin, fördert die substanzielle Gleichheit.

Dworkin stellt die moralische Basis der kompensierenden Diskriminierung auf den Prüfstand und argumentiert, dass Gleichheit ein zentraler Wert für die Moral und im Recht ist. Er postuliert, dass die Gesellschaft eine Verpflichtung hat, strukturelle Ungleichheit zu beseitigen, die bestimmte Gruppen ungerechtfertigt benachteiligen.

Aus rechtlicher Sicht untersucht Dworkin die Verfassungsmäßigkeit von kompensierender Diskriminierung. Wenn ein weißer Bewerber mit einer schulischen Abschlussnote von 2,0 einen begehrten Studienplatz nicht erhält, eine schwarze Frau mit gleicher Abschlussnote aber doch, dann scheint das auch diskriminierend zu sein. Dworkin argumentiert jedoch, dass solche Maßnahmen mit dem Gleichheitssatz vereinbar sind, vorausgesetzt, sie dienen einem legitimen öffentlichen Interesse, wie der Förderung der sozialen Diversität oder der Korrektur historischer Ungerechtigkeiten. Es sei keine Diskriminierung und verletze nicht die Rechte derer, die nicht zu den begünstigten Gruppen gehören. Er argumentiert, dass der temporäre und zielgerichtete Charakter dieser Maßnahmen gerechtfertigt ist, wenn sie dazu beitragen, eine umfassendere Gerechtigkeit und Gleichheit zu fördern. 2025 begann man in den USA allerdings damit, die *affirmative action* wieder abzuschaffen.

Zwei ungelöste Probleme bleiben. Erstens ist nicht klar, an welchen Kriterien geprüft werden kann, wie die Gruppen kategorisiert werden, also welche Menschen zu einer Gruppe zusammengefasst werden und wie man feststellt, welche Gruppen wie stark benachteiligt werden. Zweitens ist unklar, an welchen Stellen die ‚Gegendiskriminierung' greifen soll und wo sie endet. Unverschuldete strukturelle Nachteile möchte Dworkin ausgleichen, selbst verursachte nicht. Es ist offensichtlich, dass es keine klare Trennlinie zwischen Unschuld und Schuld gibt. Schuld ist sowieso ein problematischer Begriff. Ronald Dworkin argumentiert nicht rein ökonomisch, seine Positionen sind jedoch ähnlich zu ordoliberalem Gedankengut (Kubon-Gilke 2020). Dworkins Fokus auf Startchancengerechtigkeit ähnelt solchen ordo- und neoliberalen Ansätzen, die mit Hilfe von Gesetzen zur Sicherung von Wettbewerb einerseits und einer lebenslagenorientierten Sozialpolitik andererseits diese Gerechtigkeit erreichen wollten. Dworkin unterstützte allerdings ein alternatives Maßnahmenbündel mit der affirmative action (Kubon-Gilke 2020).

Literatur

Dworkin, Ronald (1984): *Bürgerrechte ernstgenommen*, Frankfurt: Suhrkamp.

Kubon-Gilke, Gisela (2020): Die Vorannahmenfalle in der Theorie der Sozialpolitik, in: Becka, M., Emunds, B., Eurich, J., Kubon-Gilke, G., Meireis, T., Möhring-Hesse, M. (Hg.): *Sozialethik als Kritik*, Baden-Baden: Nomos, 2020, S. 159-204.

Anhang 4: Das Monopsonmodell Joan Robinsons

Joan Robinson, eine einflussreiche Ökonomin der Cambridge-Schule in der Tradition der Theorie des John Maynard Keynes, entwickelte ein theoretisches Modell zur Erklärung von Lohndiskriminierung am Arbeitsmarkt, das auf dem Konzept des Monopsons basiert. Ihr Ansatz untersucht, wie ein Arbeitgeber mit Monopsonmacht unterschiedliche Löhne für gleichwertige Arbeit verschiedener Gruppen aufgrund von Merkmalen wie Geschlecht oder Ethnie zahlen kann. Dieses Modell ist ein zentraler Bestandteil ihrer breiteren ökonomischen Theorien, die in Robinsons Werk „The Economics of Imperfect Competition" (1933) dargestellt sind.

Elemente des Monopsonmodells der Diskriminierung:

- *Monopsonmacht*: Ein Monopson liegt vor, wenn es nur einen oder wenige Arbeitgeber gibt, was diesem/n erhebliche Macht über die Lohnsetzung gibt. Robinson argumentiert, dass solche Arbeitgeber ihre Macht nutzen können, um Lohndiskriminierung durchzusetzen.
- *Lohnsetzung*: In Robinsons Modell setzen Arbeitgeber die Löhne so, dass sie nicht nur die Produktivität der Arbeitnehmer, sondern auch dem unterschiedlichen Angebotsverhalten verschiedener Gruppen Rechnung tragen. Unterschieden werden die Gruppen nach ihren unterschiedlichen Alternativen auf dem Arbeitsmarkt. So sind möglicherweise viele Frauen durch ihre per Norm zugeteilten häuslichen Aufgaben räumlich stärker gebunden als Männer, die entsprechend längere Fahrzeiten in Kauf nehmen können. Gewinnmaximierendes Verhalten des Arbeitgebers führt zu einer Lohndifferenzierung, die dem Rechnung trägt und nicht durch Unterschiede in der Produktivität gerechtfertigt ist.

Das Monopsonmodell zeigt, wie Marktstrukturen Diskriminierung ermöglichen oder verstärken können. In Märkten mit eingeschränktem Wettbewerb können Arbeitgeber Diskriminierung leichter aufrechterhalten, da die Arbeitnehmer weniger Ausweichmöglichkeiten bzgl. alternativer Beschäftigungen haben. Robinsons Modell bietet eine Erklärung dafür, warum Diskriminierung auch in wettbewerbsarmen Märkten fortbestehen kann, in denen man annehmen könnte, dass wirtschaftliche Kräfte allein die Löhne bestimmen sollten.

Obwohl Robinsons Ansatz in der ökonomischen Theorie innovativ war, wurde er auch kritisiert, insbesondere hinsichtlich der Annahme, dass Diskriminierung primär durch rationales Kalkül der Arbeitgeber und nicht durch institutionelle oder strukturelle Faktoren getrieben wird. Spätere Modelle der Arbeitsmarktökonomie haben versucht, diese Lücken zu schließen, indem sie komplexere Interaktionen zwischen Arbeitgebern, Arbeitnehmern und institutionellen Rahmenbedingungen berücksichtigen.

Joan Robinsons Monopsonmodell der Diskriminierung bietet letztlich einen wichtigen theoretischen Rahmen zur Analyse von Lohndiskriminierung in monopsonistischen Märkten. Es erweitert das Verständnis darüber, wie wirtschaftliche Macht und soziale Zuschreibungen zusammenwirken können, um Ungleichheiten am Arbeitsmarkt zu perpetuieren. Dieses Modell bleibt relevant, da es beleuchtet, wie wirtschaftliche Strukturen und individuelle Vorhalte sich gegenseitig verstärken können, was für die Entwicklung von politischen Maßnahmen gegen Diskriminierung von Bedeutung ist. Zu Beginn der Sozialen Marktwirtschaft schien das Modell für Deutschland an Bedeutung zu verlieren, da man mit Wettbewerbs- und Tarifgesetzen monopolistisches und monopsonistisches Verhalten eindämmen wollte. Nach der Wiedervereinigung schwand jedoch in Deutschland mehr und mehr die Tarifbindung der Arbeitgeber, so dass heutzutage das Modell wieder stärker beachtet wird.

Eine Weiterentwicklung, die noch besser zu aktuellen Arbeitsmarktbesonderheiten passt, hat Ekkehart Schlicht (1982) formuliert. Das zeigt bereits sein Abstract (Schlicht 1982: 64) deutlich auf:

„Bei der Festsetzung des Lohnsatzes für eine bestimmte Tätigkeit wird die Unternehmung den Lohnsatz weder unnötig hoch wählen noch so gering, dass es unwahrscheinlich wird, eine geeignete Arbeitskraft zu finden. So werden die Lohnsätze unter Berücksichtigung ihres Einflusses auf die Wahrscheinlichkeit einer erfolgreichen

Stellenbesetzung optimal fixiert. Wenn Indikatoren wie Geschlecht oder Rasse typischerweise mit unterschiedlichem Angebotsverhalten verknüpft sind, wird die Lohnsetzung der Unternehmung zu Diskriminierung gemäß diesen Indikatoren führen. Der Ansatz kann als eine moderne Neuformulierung der Diskriminierungstheorie von Joan Robinson verstanden werden. Er führt zu mathematisch identischen Gleichgewichtsbedingungen, allerdings mit abweichender Interpretation und unter Vermeidung einiger Schwierigkeiten des ursprünglichen Ansatzes. Innerhalb des entwickelten Rahmens lässt sich die Möglichkeit langfristig anhaltender Diskriminierung aufweisen und so ein Beitrag zur Erklärung eines Phänomens leisten, das für andere Ansätze (Joan Robinsons eingeschlossen) gewisse Schwierigkeiten bietet."

Literatur

Kubon-Gilke, Gisela (2018): *Außer Konkurrenz. Sozialpolitik und Soziale Arbeit im Spannungsfeld der Koordinationsmechanismen Markt, Befehl und Pflicht,* Marburg: Metropolis, 3., aktualisierte und erweiterte Ausgabe, S. 145-194.

Robinson, Joan (1933): *The Economics of Imperfect Competition,* Lindon: Macmillan.

Schlicht, Ekkehart (1982): A Robinsonian Approach to Discrimination, *Journal of Institutional and Theoretical Economics,* 138 (1): S. 64-83.

Anhang 5: Intersektionalität

Die Intersektionalitätstheorie ist ein analytisches Rahmenwerk, das entwickelt wurde, um zu verstehen, wie sich verschiedene soziale und politische Identitäten (z.B. Geschlecht, Ethnie, Klasse, Sexualität, Körpergewicht) überschneiden und zu spezifischen Erfahrungen von Diskriminierung und Privilegien führen. Das frühe, häufig genutzte Beispiel für multiple bzw. sich überkreuzende Diskriminierungen ist die Benachteiligung katholischer Mädchen vom Lande. Ursprünglich von Kimberlé Crenshaw in den späten 1980er Jahren im Kontext von Recht und Feminismus formuliert, hat sich die Theorie inzwischen zu einem zentralen Ansatz in den Sozialwissenschaften entwickelt.

Crenshaw führte 1989 den Begriff ‚Intersektionalität' ein, um die Erfahrungen schwarzer Frauen zu beschreiben, die sowohl durch Rassismus als auch durch Sexismus diskriminiert wurden, eine Dualität, die in herkömmlichen Antidiskriminierungsgesetzen, die nur eine Form der Diskriminierung berücksichtigten, nicht adressiert wurde. Ihr Ziel war es, aufzuzeigen, dass die Erfahrungen von Menschen nicht aus isolierten, separaten Identitäten resultieren, sondern aus der Interaktion verschiedener Machtstrukturen.

Seit Crenshaws Arbeiten wurde der intersektionale Ansatz erweitert, um andere Dimensionen wie Klasse, Sexualität, Alter, Behinderung, Körpergewicht und weitere zu berücksichtigen. Diese Erweiterungen haben dazu beigetragen, ein detaillierteres Bild davon zu zeichnen, wie sich unterschiedliche Diskriminierungsformen überlagern und verstärken können.

Intersektionalität wird sowohl als theoretische Perspektive als auch als methodologischer Ansatz verwendet. Forscher, die intersektionale Analysen durchführen, streben danach, die Wechselwirkungen zwischen verschiedenen Machtachsen zu untersuchen und nicht nur einzelne Identitätsmerkmale isoliert zu betrachten. Das Konzept wird häufig verwendet, um die unterschiedlichen Erfahrungen von Frauen in verschiedenen sozialen und wirtschaftlichen Kontexten zu untersuchen. Dabei werden oft Faktoren wie Ethnie, Klasse und Geschlecht in ihrer gegenseitigen Beeinflussung oder Überlagerung betrachtet. Im Romanteil dieses Buches hat die Hauptperson Gisela davon berichtet, dass bei dem Kauf eines teuren Gegenstandes ihr Beruf unmaßgeblich dafür war, dass nur mit ihrem Mann geredet wurde („Geschlecht schlägt akademischen Titel"). Intersektionalität mit doppelter Diskriminierung griffe dann, wenn Gisela nicht nur eine Frau wäre, sondern auch einer gesellschaftlichen Minderheit angehörte. So interagieren im Roman aber nur die privilegierte Berufsposition und ihre geschlechtliche Identitätszuschreibung. Im Beispiel überlagert die Kategorie Geschlecht die ansonsten privilegierte Kategorisierung als Professorin.

In der Politikanalyse wird Intersektionalität genutzt, um zu verstehen, wie politische Maßnahmen und Gesetzgebungen unterschiedliche Gruppen auf unterschiedliche Weise treffen und beeinflussen können. Im Bildungsbereich hilft der intersektionale Ansatz dabei, zu erkennen, wie verschiedene soziale Identitäten den Bildungszugang und -erfolg beeinflussen.

Trotz ihrer breiten Anwendung ist die Theorie nicht ohne Kritik geblieben. Einige Kritiker argumentieren, dass der intersektionale Ansatz zu komplex sei, um in praktische Politikgestaltung umgesetzt zu werden. Andere bemängeln, dass er in seiner praktischen Anwendung oft auf die bloße Auflistung von Identitäten reduziert wird, ohne tiefere Analysen der Wechselwirkungen und der zugrunde liegenden Machtstrukturen zu bieten Der Intersektionalitätsansatz bleibt noch zu oft im Deskriptiven oder Anekdotischen. Er fordert aber Wissenschaftler und Politikgestalter heraus, über traditionelle Kategorien hinaus zu denken und die vielfältigen Weisen, in denen sich soziale Identitäten und Machtverhältnisse kreuzen, zu erkennen und anzusprechen. Die Weiterentwicklung der Theorie und ihrer Anwendungen bleibt ein dynamisches Feld in den Sozialwissenschaften, das weiterhin sowohl akademische als auch praktische Relevanz besitzt.

Literatur

Adusei-Poku, Nana (2012): Intersektionalität: „E.T. nach Hause telefonieren"?, *Aus Politik und Zeitgeschichte*, https://www.bpb.de/shop/zeitschriften/apuz/130420/intersektionalitaet-e-t-nach-hause-telefonieren/ (letzter Abruf 15. 7. 2025).

Crenshaw, Kimberlé Williams (1989): Demarginalizing the Intersection of Race and Sex: A Black Feminist Critique of Antidiscrimination Doctrine, Feminist Theory and Antiracist Politics, *University of Chicago Legal Forum*, 1, S. 139-167.

Crenshaw, Kimberlé Williams (2000): *Gender-related Aspects of Race Discrimination. Background Paper for the Expert Meeting on the Gender-Related Aspects of Race Discrimination*, November 21-24, 2000, Zagreb, Croatia. EGM/GRD/2000/WP.1.

Anhang 6: Stratification Economics

Stratification Economics ist ein relativ neuer Ansatz in der Ökonomik, der darauf abzielt, sozioökonomische Ungleichheiten zu untersuchen und zu erklären. Der Ansatz fokussiert sich auf die Rolle, die soziale Schichtung und Gruppenidentitäten in der wirtschaftlichen Entwicklung und in den Verteilungsmustern von Vermögen, Einkommen und verschiedenen ökonomischen Ressourcen haben. Dieser Ansatz betont die Bedeutung von Macht, sozialer Hierarchie und institutioneller Struktur in der Ökonomie. Zur Intersektionalitätstheorie gibt es einige Überschneidungen.

Stratifizierung bedeutet Schichtung. Ursprünglich geht es bei Stratifizierung um Gesteinsschichtung, es ist demnach ein geologischer Begriff. Die Bezeichnung Stratifizierung wurde schon vor längerer Zeit in der Soziologie übernommen, um die hierarchische Schichtung innerhalb von Gesellschaften zu kennzeichnen, vor allem, um die Durchlässigkeit einer Gesellschaft zu prüfen. Ist es beispielsweise leicht möglich, dass jemand aus einer einkommensarmen Familie z.B. durch Bildung einen gesellschaftlichen Aufstieg schafft? Wenn die Frage bejaht wird, dann ist eine Gesellschaft durchlässig, man kann aufsteigen und absteigen. Wenn Auf- und Abstiege kaum möglich sind, ist eine Gesellschaft wenig durchlässig.

Erst in jüngerer Zeit wurde Stratifizierung auch in ökonomischen Ansätzen zum Thema. Stratification Economics wurde maßgeblich von Wirtschaftswissenschaftlern wie William Darity Jr. entwickelt, die argumentieren, dass traditionelle ökonomische Theorien nicht ausreichen, um anhaltende wirtschaftliche Ungleichheiten entlang von Ethnizitäts-, Geschlechts- oder Klassenlinien zu erklären. Der Ansatz verwendet Konzepte aus der Soziologie, Anthropologie und anderen Sozialwissenschaften, um ökonomische Phänomene zu interpretieren.

Die Theorie basiert auf der Prämisse, dass wirtschaftliche Ergebnisse nicht nur durch individuelle Wahl und Marktmechanismen bestimmt werden, sondern auch durch soziale Strukturen und die Dynamik zwischen unterschiedlichen sozialen Gruppen. Stratification

Economics sieht dabei ökonomische Stratifikation wesentlich als ein Ergebnis von Gruppenwettbewerb um Ressourcen und Status. Welche Mechanismen bestimmte Menschen zur Gruppe machen, welche Unterscheidungsmerkmale überhaupt Gruppierung zulassen, wird von der Theorie (noch) nicht näher betrachtet.

Der Ansatz hat dennoch alternative Erklärungen für die anhaltenden Vermögens- und Einkommensunterschiede zwischen den Geschlechtern oder verschiedenen ethnischen Gruppen geliefert. Er betrachtet, wie historische und systemische Ungleichheiten bestimmte Gruppen in benachteiligte Positionen versetzen. Stratification Economics wird beispielsweise verwendet, um zu verstehen, wie Geschlechterungleichheiten in der Wirtschaft perpetuiert werden. Dies umfasst Untersuchungen darüber, wie soziale Normen und institutionelle Barrieren die ökonomischen Chancen von Frauen und anderen Geschlechtsgruppen beeinflussen. Durch die Betrachtung von Klassen als eine Form der sozialen Schichtung liefert der Ansatz ebenso Einsichten, wie wirtschaftliche Ungleichheiten zwischen verschiedenen sozialen Klassen entstehen und aufrechterhalten werden.

Stratification Economics verwendet multiple Methoden und nähert sich in gewisser Weise dem soziologischen Forschungsinstrumentarium an. Sowohl qualitative als auch quantitative Forschungsmethoden werden verwendet, um die Wechselwirkungen zwischen ökonomischer Ungleichheit und sozialer Schichtung zu analysieren. Dazu gehören Fallstudien, ethnografische Forschung, statistische Analysen und ökonometrische Modelle, die darauf abzielen, die Mechanismen der Ungleichheit aufzudecken und zu verstehen.

Einige Kritiker monieren, dass die wissenschaftstheoretischen Grundlagen zu vage sind und die konkrete Forschungsmethode nicht immer sauber begründet wird, was den Ergebnissen eine gewisse Beliebigkeit verleiht. Andere merken an, dass Stratification Economics möglicherweise zu sehr auf Gruppenidentitäten und -unterschiede fokussiert und dabei individuelle Unterschiede und persönliche Entscheidungen vernachlässigt. Die Interaktion zwischen Individuum und Gruppe wird z.T. zu Gunsten einer kulturalistischen Perspektive aufgegeben. Zum Schluss gibt es noch Bedenken hinsichtlich der Übertragbarkeit der Theorie auf internationale oder kulturell diverse Kontexte.

Trotz dieser Herausforderungen bietet Stratification Economics wichtige Ansatzpunkte für politische Maßnahmen, die auf eine Reduzierung der sozioökonomischen Ungleichheit abzielen. Allerdings ist eine noch stärkere Integration mit anderen sozialwissenschaftlichen Disziplinen erforderlich, um ein umfassenderes Verständnis der komplexen Beziehungen zwischen Individuum und Gesellschaft zu entwickeln. Der heterogene Ansatz verdeutlicht mit den verschiedensten Zugängen dennoch, wie wichtig gesellschaftliche Kategorisierungen und Zuschreibungen sind, um Ungleichheitsregime aufrechterhalten zu können (vgl. auch Kubon-Gilke 2020). Die darauf fußenden Machterhaltungsmechanismen mögen verschieden sein, aber die klare Trennung von Gruppen incl. der Zuschreibungen von Eigenschaften ist die Grundvoraussetzung für die dauerhaft diskriminierenden Gesellschaftsstrukturen.

Literatur

Chelwa, Grieve, Hamilton Darrick und Stewart, James (2022): Stratification Economics: Core Constructs and Policy Implications, *Journal of Economic Literature*, 60(2), S. 377-399.

Darity, William A. Jr. (2022): Position and Possessions: Stratification Economics and Intergroup Inequality, *Journal of Economic Literature*, 60 (2), S. 400-426.

Kubon-Gilke, Gisela (2020): Die Hydra der Ungleichheit. Thomas Pikettys Analysen gesellschaftlicher Systeme und sein Weg zu einem partizipativen Sozialismus. Rezension: Thomas Piketty (2020): Kapital und Ideologie. Aus dem Französischen von André Hansen, Enrico Heinemann, Stefan Lorenzer, Ursel Schäfer und Nastasja S. Dresler, München: C.H.Beck. 1312 S., ISBN 978-3-406-74571-3, in: *Ethik und Gesellschaft* 2020/1, DOI: 10.18156/eug-1-2020-rez-9.

Anhang 7:
Statistische Diskriminierung

Die Theorie der statistischen Diskriminierung, die u.a. von *Kenneth Arrow* (1973) und *Gary Becker* (1957) in ersten Ansätzen entwickelt wurde, bezieht sich auf die Diskriminierung, die auf der Anwendung von Durchschnittsstatistiken basierend auf Gruppenmerkmalen wie Geschlecht, Ethnizität oder sozialer Herkunft beruht. Diese Theorie stellt eine Form der ‚rationalen' Diskriminierung dar, bei der Entscheidungsträger, beispielsweise Arbeitgeber, auf allgemeine Informationen über Gruppen zugreifen, anstatt individuelle Merkmale oder Fähigkeiten von Individuen vollständig zu berücksichtigen. Der grundlegende Gedanke ist, dass es vorteilhafter, meist kostengünstiger, sein kann, Entscheidungen auf der Basis von Gruppendurchschnittswerten zu treffen, anstatt jeden Fall einzeln zu bewerten. Zum Teil sind individuelle Eigenschaften auch nur ungenau zu evaluieren. Zeugnisse oder Testergebnisse geben keinen sicheren Aufschluss über die spätere Produktivität eines Kandidaten.

Statistische Diskriminierung entsteht, wenn ein Entscheidungsträger die Zugehörigkeit eines Individuums zu einer bestimmten sozialen Gruppe (z.B. Geschlecht, ethnische Herkunft) als Hinweis auf bestimmte Eigenschaften oder Verhaltensweisen verwendet. Dabei wird angenommen, dass die Mitglieder einer bestimmten Gruppe tendenziell ähnliche Eigenschaften oder Verhaltensweisen aufweisen, die für den Entscheidungsträger von Interesse sind (z.B. Produktivität am Arbeitsplatz). Diese Verallgemeinerungen führen jedoch zu einer systematischen Benachteiligung von Individuen, die von den statistischen Durchschnittswerten der Gruppe abweichen.

Das klingt so, als ob es produktive Gruppen gibt (Männer) und weniger produktive (Frauen). Pech hätte dann eine Frau, wenn sie überdurchschnittlich produktiv ist und ihr die Gruppeneigenschaften aller Frauen zugeschrieben werden. So etwas könnte es prinzipiell vielleicht bei unterschiedlicher Sozialisation von Männern und Frauen geben, aber statistische Diskriminierung kann auch subtiler entstehen, denn dazu ist es gar nicht nötig, dass sich verschiedene Gruppen substanziell hinsichtlich ihrer Leistungsfähigkeit unterscheiden. Also nehmen wir an: Die Produktivität sei bei Frauen und Männern im Durchschnitt identisch, auch bei Tests wie in einem Assessment Center schneiden beide Gruppen im Schnitt gleich gut ab. Individuell gibt es in beiden Gruppen aber Unterschiede. Für statistische Diskriminierung reicht es schon aus, dass die spätere Produktivität bei Frauen aus den Testergebnissen nur mit höherer Unsicherheit bestimmt werden kann als bei Männern (jüngere Frauen könnten z.B. später eher Elternzeit nehmen als jüngere Männer). Dann werden eher Männer mit gutem Testergebnis eingestellt als Frauen mit gleich gutem Ergebnis, oder diese Frau nur mit Lohnabschlag, sozusagen als Versicherungsprämie für spätere potenzielle Produktivitätsverluste (Kubon-Gilke 2018, S. 561-564). Das gleiche Prinzip lässt sich auf ethnische Gruppen, Altersgruppen oder andere demographische Merkmale anwenden.

Die Theorie der statistischen Diskriminierung stützt sich auf verschiedene ökonomische Mechanismen:

- *Informationsasymmetrie*: In einer Situation, in der der Entscheidungsträger nicht über vollständige Informationen über die Fähigkeiten oder Eigenschaften eines Individuums verfügt, nutzt er allgemeine Informationen über die Gruppe, zu der das Individuum gehört, als Proxy. Diese Informationsasymmetrie kann sowohl auf der Arbeitgeberseite als auch auf der Seite des Arbeitnehmers bestehen. Das bedeutet, dass der Arbeitgeber die Fähigkeit des Arbeitnehmers trotz vieler Informationen, die u.a. aus sozialen Medien gewonnen werden können, auch anhand seiner Zugehörigkeit zu einer bestimmten Gruppe beurteilt.

- *Kosten der Information über Individuen*: Es kann teuer oder schwierig sein, vollständige Informationen über die Fähigkeiten eines Individuums zu sammeln. Daher verwenden Entscheidungsträger durchschnittliche Werte für Gruppen als kostengünstigere Alternative, auch wenn dies zu fehlerhaften oder diskriminierenden Entscheidungen führt.

- *Marktgleichgewichte*: Laut der Theorie der statistischen Diskriminierung entstehen Marktgleichgewichte, in denen Individuen aus diskriminierten Gruppen möglicherweise weniger gut bezahlt werden oder schlechtere Beschäftigungsmöglichkeiten erhalten, selbst wenn sie objektiv genauso fähig sind wie ihre nicht diskriminierten Kollegen. Über die Zeit könnte sich jedoch ein positiver Anreiz zur Reduzierung der Diskriminierung ergeben, wenn diskriminierte Gruppen ihre ‚wahren' Fähigkeiten zeigen oder der Arbeitgeber Anreize zur vollständigen Informationseinholung erkennt.

Statistische Diskriminierung kann sich mit anderen Formen der Diskriminierung wie direkter Diskriminierung oder institutioneller Diskriminierung überschneiden. In vielen Fällen verstärken diese Mechanismen die negative Auswirkung auf diskriminierte Gruppen.

Empirische Untersuchungen haben gezeigt, dass statistische Diskriminierung in verschiedenen Bereichen des Arbeitsmarkts, der Bildung und des Konsumverhaltens existiert. Ein häufig zitiertes Beispiel sind die Untersuchungen von *Oaxaca* (1973) und *Blinder* (1973), die die Lohnunterschiede zwischen verschiedenen ethnischen Gruppen auf dem Arbeitsmarkt untersuchten und einen Teil dieser Unterschiede auf statistische Diskriminierung zurückführten. Weitere empirische Studien haben gezeigt, dass Arbeitgeber häufig soziale Merkmale wie Herkunft, Geschlecht und Ausbildung als Proxy für produktive Fähigkeiten verwenden, auch wenn diese Merkmale keine oder nur eine ungefähre direkte Beziehung zur tatsächlichen Leistungsfähigkeit eines Individuums haben.

Einige Kritiker der Theorie der statistischen Diskriminierung argumentieren, dass diese Theorie das Ausmaß und die Schwere von Diskriminierung unterschätzt. Kritiker wie *Phelps* (1972) und *Aigner* und *Cain* (1977) behaupten, dass Diskriminierung häufig nicht nur auf Informationen basiert, sondern auch durch explizite Vorurteile und Stereotype geprägt ist, die über statistische Überlegungen hinausgehen. Auch die Annahme, dass Diskriminierung auf Rationalität und Effizienz abzielt, wird infrage gestellt, da viele Formen der Diskriminierung den gesellschaftlichen Gesamtnutzen beeinträchtigen und langfristig zu Marktineffizienzen führen. Das ist allerdings eine problematische Aussage. Die Markteffizienz nämlich kann auch dann leiden, selbst wenn Entscheider rational entscheiden, aber es in Märkten zu ineffizienten Gleichgewichten etwa bei asymmetrischen Informationen kommt. Aber selbst wenn Diskriminierung aus einem rationalen Kalkül bei Informationsasymmetrien resultiert, so ist es doch für die Betroffenen nicht weniger schlimm.

Zusammenfassend lässt sich sagen, dass die Theorie der statistischen Diskriminierung einen wichtigen Beitrag zum Verständnis von Diskriminierung auf Märkten leistet, indem sie erklärt, wie Informationsasymmetrien und Kosten der Informationsbeschaffung zu diskriminierenden Praktiken führen können, selbst wenn die Entscheidungsträger keinen expliziten Vorurteilen oder Absichten folgen, aber dennoch gruppenspezifische Eigenschaften vermuten.

Literatur

Aigner, Dennis J.; Cain, Glen G. (1977): *Statistical Theories of Discrimination in Labor Markets.* Industrial Relations Section, Princeton University.

Arrow, Kenneth (1973): The Theory of Discrimination. In: *Discrimination in Labor Markets,* ed. by O. Ashenfelter and A. Rees. Princeton: Princeton University Press.

Becker, Gary S. (1957): *The Economics of Discrimination.* Chicago: University of Chicago Press.

Blinder, Alan S. (1973): Wage Discrimination: Reduced Form and Structural Estimates, *Journal of Human Resources,* 8(4), S. 436-455.

Kubon-Gilke, Gisela (2018): *Außer Konkurrenz. Sozialpolitik im Spannungsfeld von Markt, Zentralsteuerung und Traditionssystemen.* Ein Lehrbuch und mehr über Ökonomie und Sozialpolitik, 3. Auflage, Marburg: Metropolis, S. 361-364.

Oaxaca, Ronald L. (1973): Male-Female Wage Differentials in Urban Labor Markets, *International Economic Review,* 14(3), S. 693-709.

Phelps, Edmund S. (1972): The Statistical Theory of Racism and Sexism, *The American Economic Review,* 62(4), S. 659-661.

Anhang 8: Effizienzlohndiskriminierung

Die Effizienzlohntheorie argumentiert, dass Unternehmen bewusst Löhne über dem markträumenden Niveau zahlen, wenn dadurch langfristig Kosten gespart werden bzw. die Produktivität steigt - und zwar überproportional zu den höheren Lohnkosten. Diese höhere Vergütung soll verschiedene Probleme der Arbeitsbeziehungen in der Unternehmung adressieren (z.B. Drückebergerei, Fluktuation, unklare Bewerberproduktivität) und basiert auf der Annahme unvollständiger und asymmetrischer Information. In der Konsequenz kommen dadurch gekennzeichnet Märkte nicht in ein fiktives Gleichgewicht von Angebot und Nachfrage eines perfekten Arbeitsmarktes. Das Gleichgewicht wird stattdessen bei einem höheren Lohn erreicht, bei dem nicht alle dafür qualifizierten Bewerber eine Stelle erhalten.

Folgende Variante werden unterschieden

- *Shirking-Ansatz*: Arbeitnehmer könnten ihre Leistung drosseln, weil die Arbeitgeber die Leistung nicht kostenlos perfekt überwachen können. Höhere Löhne erhöhen die Opportunitätskosten für ‚Drückebergerei' und schaffen Leistungsanreize. Die Angst, bei Bummelei in einer Stichprobe erwischt, dann entlassen zu werden und nicht wieder eine so gut bezahlte Stelle sofort wieder zu bekommen, veranlasst Arbeitnehmer dazu, auf Bummeln in der Firma zu verzichten.

- *Labour-Turnover-Ansatz*: Fluktuation verursacht hohe Kosten (Suche, Einarbeitung). Effizienzlöhne reduzieren die Wechselbereitschaft von Arbeitnehmern und stärken die Bindung an eine Unternehmung.

- *Adverse-Selection-Ansatz*: Höhere Löhne ziehen qualifiziertere Bewerber an; Unternehmen minimieren so die Kosten pro Effizienzeinheit. Durch einen großen Bewerberkreis haben Unternehmen die Chance, besonders qualifizierte bzw. produktive Mitarbeiter zu rekrutieren.

- *Gift-Exchange-Ansatz*: Hohe Löhne als Geschenk; Mitarbeiter revanchieren sich durch höhere Arbeitsleistung (soziales Geben und Nehmen).
- *Fair-Wage/Effort-Modell*: Leistung variiert mit der subjektiven Wahrnehmung von Lohngerechtigkeit; Über-, aber interessanterweise auch Unterbezahlung reduzieren die Motivation.

Eine spezifische Diskussion der Effizienzlohntheorie dreht sich um die Frage, wie *Diskriminierung* entstehen kann. Darunter versteht man erstens die Praxis von Unternehmen, Löhne entweder nicht nur nach der Produktivität der Arbeitnehmer, sondern auch nach anderen Kriterien wie Geschlecht, Herkunft, Alter oder sozialen Status zu differenzieren. Das erklärt bereits die statistische Diskriminierung (vgl. Anhang 7). Oder die Unternehmen stellen zweitens Bewerber aus bestimmten Gesellschaftsgruppen erst gar nicht ein. Dieser Zusammenhang zwischen Effizienzlohn und Diskriminierung beim Einstellungsverhalten ist folgendermaßen zu erklären (entnommen aus Kubon-Gilke 2018, S. 288-291).

Zusammenfassend kann gezeigt werden: Wenn ein Arbeitsmarkt ein stabiles Gleichgewicht ansteuert, das durch Arbeitslosigkeit (Arbeitsangebot > Arbeitsnachfrage) gekennzeichnet ist, ergibt sich gleich eine Fülle von Problemen. Erstens ist das Ergebnis ineffizient, d.h., nicht alle potenziellen Vorteile werden realisiert. Zweitens wird es Ungleichheiten verstärken, da die Bewerber ohne Beschäftigung zunächst mal gar kein Einkommen haben und eventuell vom Staat mehr recht als schlecht alimentiert werden. Drittens entstehen Diskriminierungsmöglichkeiten, die der Markt selbst nicht bestraft. Dadurch können sich gesellschaftliche Konflikte verschärfen. ‚Integrationskurse' für bestimmte Gruppen, die vielleicht besonders von Diskriminierung betroffen sind, übertünchen das Grundsatzproblem nur. Viertens verursacht das Ergebnis Überqualifizierungsprobleme und verstärkt das Auseinanderdriften der Löhne verschiedener Qualifikationen und Bereiche, so dass von der harmonischen Vorstellung, wonach die Entlohnung – gemäß kompensierenden Lohndifferentialen – sowohl effizient als auch gerecht sei, so gut wie nichts mehr übrigbleibt. Das Problem der asymmetrischen Informationen hat zur Folge, dass die Entlohnung weder effizient noch gerecht ist.

Überqualifizierung und Lohnspreizung sind an dem bislang betrachteten einen Arbeitsmarkt für qualifizierte Arbeitskräfte allerdings noch nicht ganz verständlich. Deshalb wird die Analyse jetzt um einen weiteren Markt ergänzt, hier für einen Bereich, der keine sonderliche Qualifikation zur Voraussetzung hat und bei dem die Tätigkeiten auch leicht kontrolliert werden können - wie etwa Waren über eine Scanner-Kasse zu ziehen oder Fenster eines Hochhauses zu putzen. Das Problem asymmetrischer Informationen tritt dort gar nicht oder nur unerheblich auf. Schauen wir auf das Bild mit beiden Märkten. Der obere Markt ist der *Primärarbeitsmarkt.* Dort unterstellen wir asymmetrische Informationen und besonders hohe Löhne zu Leistungsanreiz- oder Motivationszwecken. Im Gegensatz dazu gebe es den *Sekundärarbeitsmarkt* für Bereiche, bei denen keine hohe Qualifikation erforderlich ist. Diese aus der Soziologie stammende Begriffswahl klingt selbst diskriminierend, ist aber als Kürzel für die verschiedenen Konstellationen dennoch hilfreich.

Nachfolgend schauen wir auf den Zusammenhang beider Märkte. Ohne asymmetrische Informationen ergäbe sich auf dem Primärarbeitsmarkt ein Gleichgewicht, bei dem alle Arbeitsanbieter zu 2.500€ beschäftigt werden. Die Arbeitsnachfrage auf dem Sekundärarbeitsmarkt verläuft niedriger, weil die bewertete Grenzleistung geringer ist (die Preise für diese Güter sind niedrig, viel manuelle Arbeit begrenzt zudem die quantitative Leistung). Auch in diesem Bereich gäbe es ein festes Arbeitsangebot von 200 Personen. Im Gleichgewicht bei Angebot und Nachfrage erhielten die Arbeitskräfte 1.500€. Diese Lohndifferenz mag manchen bereits sehr ungerecht vorkommen. Aber nehmen wir mal an, es handele sich tatsächlich um kompensierende Lohndifferentiale, die z.B. die langen Ausbildungszeiten, Weiterbildungskosten und psychischen Belastungen qualifizierten Arbeit widerspiegeln. Dann fällt das Urteil über die 1.000€ Lohnunterschied vielleicht etwas anders aus.

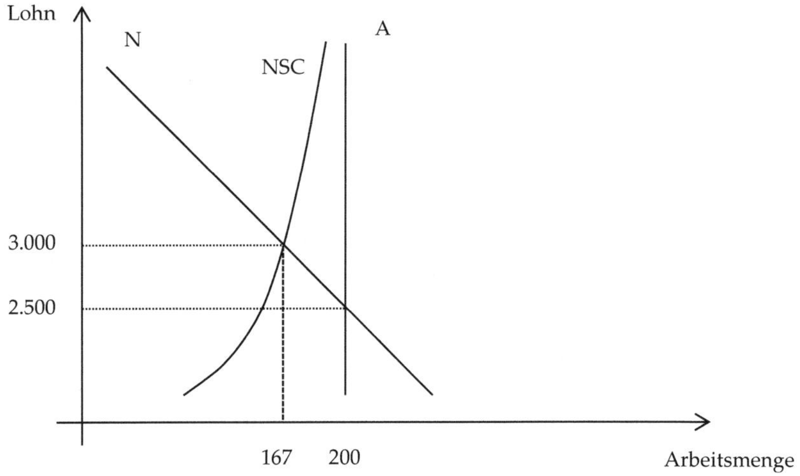

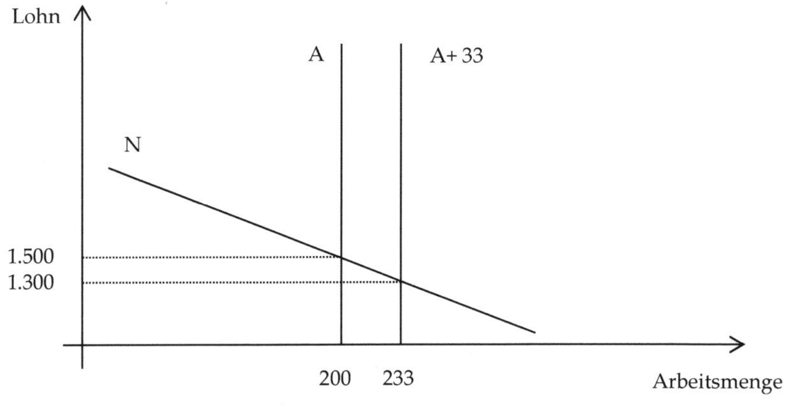

Wenn der Primärarbeitsmarkt durch asymmetrische Informationen gekennzeichnet ist, fällt das Urteil anders aus. Die Kurve NSC (No-shirking-condition) beschreibt alle Lohn-Arbeitslosigkeits-Kombinationen, bei denen die gewünschte Produktivität gerade garantiert ist. Das Gleichgewicht auf dem oberen Markt liegt in dem Beispiel bei einem Lohn von 3.000 € und nur 167 beschäftigten Bewerbern. Was machen die 33 Qualifizierten, die keinen Job bekommen haben? Bei schlechter Alimentierung durch den Staat oder durch eine Arbeitslosenversicherung, die nur einen kleineren Teil früherer Einkommen ersetzt, sind sie gezwungen, sich in Richtung des Sekundärarbeitsmarktes zu orientieren. Und selbst bei guter sozialer Absicherung gibt es häufig vielfältige Zwänge, dass sich Erwerbslose um jede freiwerdende Stelle bewerben *müssen*, auch wenn solche Jobs ihrer eigentlichen Qualifikation nicht entsprechen. Wenn die 33 Arbeitslosen nun auf dem Sekundärarbeitsmarkt aktiv werden, erhöht sich dort das Arbeitsangebot auf 233. Bei funktionierendem Marktmechanismus wird das dort dazu führen, dass der Lohn für alle auf dem Sekundärarbeitsmarkt auf 1.300€ fällt. Die jetzige Lohndifferenz von 1.700€ spiegelt nun keineswegs verschiedene Ausbildungskosten wider und hat auch nichts damit zu tun, welche Tätigkeit ‚unangenehmer' ist. Diese Lohndifferenz ist nun zweifelsfrei ineffizient und ungerecht. Da der obere Arbeitsmarkt nicht alle qualifizierten Bewerber in Beschäftigung bringt, kann ein Arbeitgeber gefahrlos diskriminieren. Wenn er Mitglieder einer bestimmten Minderheit nicht beschäftigen möchte, dann stellt er eben jemand anderes ein. Er hat keinerlei Nachteile davon. Wenn hier im Beispiel 33 qualifizierte Arbeitsanbieter keine Stelle bekommen, dann ist es in der Regel nicht einfach Zufall, wer nicht genommen wird. Je nach Vorurteilen werden bestimmte Gruppen systematisch benachteiligt.

Es gibt natürlich nicht nur diese zwei Stufen an Qualifikationen. Von ‚besonders qualifiziert' bis ‚wenig qualifiziert' existiert eine große Bandbreite. Überqualifizierungsphänomene können dann wie folgt entstehen: Auf dem Markt für die Allerqualifiziertesten werden Löhne über dem fiktiven Niveau von Angebot = Nachfrage gezahlt und nicht alle Arbeitsuchenden werden eingestellt. Diejenigen, die nicht genommen werden, wechseln auf den Markt der nächstniedrigeren Qualifikationsstufe (Diplom-Kaufleute bewerben sich z.B. auf Stellen, die auch von Industriekaufleuten besetzt werden könnten). Aufgrund ihrer guten Qualifikation haben sie dort vielleicht recht gute Einstellungschancen, arbeiten aber unterhalb ihres eigentlichen Qualifikationsniveaus.

Wenn auf dem Markt der zweithöchsten Qualifikationsstufe ebenfalls asymmetrische Informationen vorliegen und ein Gleichgewicht mit Arbeitslosigkeit angesteuert wird, bleiben jetzt vor allem diejenigen übrig, die eine passende, aber keine eigentlich zu hohe Qualifikation haben. Diejenigen ohne Beschäftigung müssen sich neu orientieren und schauen jetzt nach Jobs der dritthöchsten Qualifikationsstufe. Es gibt eine Art Durchreichungseffekt, bei dem auf jeder Stufe viele arbeiten, die eigentlich eine höhere Qualifikation haben. Überqualifikation gibt es also auf vielen Ebenen. Zum Schluss gibt es noch ein großes Sammelbecken. Das ist der Sekundärarbeitsmarkt auf dem oben skizzierten Bild. Dort sind einerseits die Personen zu finden, die sowieso nur die geringe Qualifikation erwerben konnten. Dazu kommen noch diejenigen, die im Zuge der Durchreichungseffekte auf anderen Märkten keinen Erfolg hatten und trotz Qualifikation jetzt auf dem Sekundärarbeitsmarkt ihre Arbeit anbieten müssen. Dort finden sich nicht zufällig Frauen und viele Mitglieder von Minderheiten. Die Spreizung der Löhne zwischen den einzelnen Tätigkeiten wird beträchtlich sein, zudem werden auf allen Ebenen ineffiziente Überqualifizierungsprobleme auftreten. Bei Vorurteilen und Stereotypen etwa zu Ungunsten von Frauen, werden diese besonders von Überqualifikation betroffen sein. Bei gleicher Produktivität verweigert man ihnen einen Job zu den gegebenen Konditionen. Analog kann nach Ethnizität, Alter, Körpergewicht u.a. diskriminiert werden. Konsequenz ist die Bergmansche Überfüllung von Sekundärmärkten von Mitgliedern benachteiligter Gruppen.

Literatur

Kubon-Gilke, Gisela (2018): *Außer Konkurrenz. Sozialpolitik im Spannungsfeld von Markt, Zentralsteuerung und Traditionssystemen. Ein Lehrbuch und mehr über Ökonomie und Sozialpolitik*, 3. Auflage, Marburg: Metropolis, Kap. 4.3.3.

Anhang 9: Insider-Outsider-Ansätze

Die Insider-Outsider-Theorie stammt aus der Arbeitsmarktsoziologie und bezieht sich auf die soziale und ökonomische Kluft zwischen zwei Gruppen: den ‚Insidern' und den ‚Outsidern'. Während sich die Theorie ursprünglich auf den Arbeitsmarkt und die Verteilung von Arbeitsplätzen konzentrierte, hat sie sich inzwischen auch auf die Diskussionen über Diskriminierung und soziale Ausgrenzung ausgeweitet. Im Kontext von Diskriminierung beschreibt die Theorie, wie bestimmte Gruppen von der Gesellschaft oder bestimmten sozialen und ökonomischen Sektoren ausgeschlossen werden, während andere (die Insider) Zugang und Vorteile genießen. Diese Theorie ist besonders relevant für die Analyse von Diskriminierung aufgrund von Geschlecht, ethnischer Zugehörigkeit, sozialer Herkunft oder anderen Merkmalen.

- Die *Insider-Outsider-Theorie* wurde von Rudolf Goldscheid (1910) erstmals in Ansätzen formuliert und später von Gøsta Esping-Andersen in den 1980er Jahren weiterentwickelt. Sie unterscheidet zwischen zwei Hauptgruppen in der Gesellschaft:
- *Insider* sind diejenigen, die innerhalb einer bestimmten sozialen oder ökonomischen Gruppe (z. B. stabile Arbeitsplätze, privilegierte soziale Netzwerke) eingebunden sind. Diese Gruppe profitiert von stabilen und langfristigen wirtschaftlichen Vorteilen, hat Zugang zu sozialen Ressourcen und genießt gesellschaftliche Vorteile.
- *Outsider* hingegen sind diejenigen, die von diesen Netzwerken und Ressourcen ausgeschlossen sind. Sie haben oft keinen Zugang zu stabilen Arbeitsplätzen, sozialer Absicherung oder politischen Vorteilen, was sie anfällig für Diskriminierung und soziale Marginalisierung macht.

Im Arbeitskontext bedeutet dies, dass Insider stabile Arbeitsverhältnisse mit guten Löhnen genießen, während Outsider typischerweise in prekären Beschäftigungsverhältnissen oder in Arbeitslosigkeit leben.

Die Diskriminierung in dieser Theorie kann sowohl direkt (z.B. durch ungleiche Bezahlung) als auch indirekt (z.B. durch fehlenden Zugang zu sozialen Netzwerken oder Bildung) erfolgen.

Im Hinblick auf Diskriminierung bietet die Insider-Outsider-Theorie eine wertvolle Perspektive, um die sozialen Mechanismen hinter der Marginalisierung bestimmter Gruppen zu verstehen. Diskriminierung entsteht, wenn Outsider aufgrund ihrer Merkmale (z.B. Geschlecht, Ethnizität, Alter etc.) systematisch vom ersten Arbeitsmarkt oder sozialen Netzwerken ausgeschlossen werden, während Insider in ihrer Position gestärkt werden. Die Theorie zeigt, dass Diskriminierung nicht nur durch individuelle Vorurteile entsteht, sondern tief in den gesellschaftlichen Strukturen verwurzelt ist. Insbesondere werden bestimmte Gruppen - oft Menschen mit Migrationshintergrund, Frauen, ältere Arbeitnehmer oder Menschen mit Beeinträchtigungen - regelmäßig von Arbeitsmärkten bestimmter privilegierter Stellen und anderen sozialen Ressourcen ausgeschlossen. Dies führt zu einer Klassifikation von Menschen als Insider oder Outsider, basierend auf Merkmalen, die oft nicht in der Kontrolle der Betroffenen liegen. Insidern werden also stabilere und besser bezahlte Arbeitsplätze sowie bessere Aufstiegsmöglichkeiten zugewiesen. Outsider hingegen sind von prekären Arbeitsverhältnissen betroffen, was ihre Lebensqualität und soziale Mobilität stark beeinträchtigen kann. Diese Diskriminierung betrifft nicht nur die wirtschaftliche Situation der Einzelnen, sondern ihre gesamte gesellschaftliche Teilhabe.

Auf Arbeitsmärkten gibt es oft eine klare Trennung zwischen den Insidern und Outsidern. Insider sind häufig in unbefristeten Arbeitsverhältnissen beschäftigt, haben Zugang zu Sozialleistungen und genießen eine gewisse Arbeitsplatzsicherheit. Outsider hingegen sind häufig von befristeten, temporären oder schlecht bezahlten Arbeitsverhältnissen betroffen und haben keinen Zugang zu den gleichen sozialen Vorteilen wie Insider. Für Arbeitgeber lohnt es sich, Insidern Vorteile zu gewähren (hohe Löhne, betriebliche Sozialleistungen, gute Urlaubsregeln), da die Insider dann Interesse haben, ihre Stellen zu behalten und deshalb eine hohe Leistungsbereitschaft zeigen. Outsider mögen gleich gebildet und produktiv sein, hätten sie auch so einen Arbeitsplatz wie die Insider, aber bei den hohen Löhnen werden keine weiteren Bewerber eingestellt. Hierbei ergibt sich eine Analogie zur Effizienzlohndiskriminierung. Diese dynamische Trennung führt zu einem Ungleichgewicht und verstärkt die Diskriminierung und soziale Ausgrenzung, da Outsider oft keine Möglichkeit haben, in die bevorzugten sozialen und ökonomischen Strukturen aufzusteigen.

Ein zentrales Konzept im Rahmen dieser Zusammenhänge ist die Segmentierung des Arbeitsmarktes, bei der sich Arbeitsmärkte in primäre (Insider) und sekundäre (Outsider) Sektoren unterteilen. Diese Segmentierung führt zu einer verstärkten Diskriminierung von Outsidern, die keinen oder sehr erschwerten Zugang zu den besseren Arbeitsplätzen haben.

Politische Maßnahmen zur Bekämpfung von Diskriminierung müssen diese Kluft zwischen Insidern und Outsidern ansprechen. Soziale Integration, Zugang zu Bildung und Chancengleichheit sind zentrale Maßnahmen, die die Diskriminierung von Outsidern verringern können. Programme, die darauf abzielen, Outsidern den Zugang zu sozialen Netzwerken, sicheren Arbeitsplätzen und politischer Partizipation zu ermöglichen, sind daher entscheidend für die Bekämpfung von Diskriminierung. Maßnahmen könnten Antidiskriminierungsgesetze, Umverteilungsmaßnahmen oder Förderprogramme für benachteiligte Gruppen sein, wenn sie richtig ausgestaltet sind. Nicht alle wohlklingende Maßnahmenbündel führen auch zum Erfolg, wie in Anhang 14 angesprochen wird.

Ein Kritikpunkt an der Insider-Outsider-Theorie ist, dass sie tendenziell zu stark auf den Arbeitsmarkt fokussiert und nicht ausreichend die vielfältigen sozialen Dimensionen von Diskriminierung berücksichtigt. Insbesondere die Frage, wie Diskriminierung auf individueller Ebene erlebt wird und welche emotionalen und psychologischen Auswirkungen sie hat, bleibt in der Theorie eher unterentwickelt. Zur Ehrenrettung muss angemerkt werden, dass das auch nicht das Ziel der Überlegungen war.

Ein weiterer Kritikpunkt ist, dass die Theorie zu sehr davon ausgeht, dass Insider und Outsider dichotomische Gruppen sind, die sich strikt voneinander trennen lassen. In der Realität können Menschen mehrere Identitäten annehmen (weitere grundlegende Überlegungen zur Insider-Outsider-Theorie haben Kalleberg (2011), Standing (2011) und Menz (2014) beigetragen).

Literatur

Esping-Andersen, Gøsta (1985): *The Three Worlds of Welfare Capitalism*, Princeton: Princeton University Press.

Goldscheid, Rudolf (1910): *Sozialstaat und Arbeitsrecht*, Wien: Springer.

Kalleberg, A.L. (2000): Nonstandard Employment Relations: Part-time, Temporary and Contract Work, *Annual Review of Sociology*, 26, S. 341-365.

Standing, G. (2011): *The Precariat: The New Dangerous Class*, London: Bloomsbury Academic.

Menz, G. (2014): *The Insider-Outsider Divide in European Labour Markets*, Oxford: Oxford University Press.

Anhang 10: Theorie der Radicals

Die sogenannten Radicals sind keine homogene Gruppe. Überwiegend handelt es sich um Personen oder Gruppen, die abseits des Mainstream argumentieren, etwa zu Nachhaltigkeit, der Entwicklung des Marktsystems und auch zu Ungleichheits- und Diskriminierungsfragen. Viele sehen sich als Vertreter sozialistischer, sozialdemokratischer oder auch kommunistischer Ideen. Ein wichtiger Vertreter ist Samuel Bowles, der sich selbst in kritisch-marxistischer Tradition sieht. Er sieht Ungleichheiten als Ursache, aber auch als Motor von Diskriminierungen. Die von den Eliten geschaffenen Institutionen benachteiligten systematisch bestimmte soziale Gruppen. Hier seine Vorstellungen im Detail:

Samuel Bowles' prototypischer Beitrag ‚Institutions and Economic Inequality' aus dem Jahr 2016 untersucht die Rolle von Institutionen bei der Entstehung und Aufrechterhaltung wirtschaftlicher Ungleichheit. Er argumentiert, dass ökonomische Ungleichheit nicht nur das Resultat individueller Fähigkeiten oder Anstrengungen ist, sondern vor allem durch die sozialen und politischen Institutionen beeinflusst wird, die den Zugang zu Ressourcen, Bildung, Arbeitsplätzen und Wohlstand steuern.

Bowles betont, dass Institutionen - wie z.B. Rahmung der Marktwirtschaft, Eigentumsrechte, Steuerpolitik, Bildungssysteme und das Rechtssystem - grundlegende Mechanismen sind, die die Verteilung von Vermögen und Einkommen beeinflussen. Diese Institutionen schaffen unterschiedliche Anreize und Restriktionen (Barrieren) für verschiedene soziale Gruppen, was zu unterschiedlichen ökonomischen Chancen und Ergebnissen führt.

Er argumentiert, dass Institutionen nicht nur von der Wirtschaft beeinflusst werden und auch nicht reine Anreizsysteme darstellen, sondern auch die Wirtschaft selbst formen. Marktwirtschaften etwa entstehen aus dem spezifischen institutionellen Gefüge, das die Art und Weise bestimmt, wie Ressourcen verteilt werden und welche Gruppen Zugang zu ihnen haben. Ungleichheit ist demnach nicht einfach das Resultat von Marktmechanismen, sondern ist auch bestimmt von der Art und Weise, wie Institutionen diese Märkte und das gesellschaftliche Leben strukturieren.

Institutionen sind nach Bowles nicht neutral, sondern sie reflektieren die Machtverhältnisse innerhalb einer Gesellschaft. Wohlhabende und politisch einflussreiche Gruppen sind in der Lage, Institutionen zu gestalten, die ihre eigenen Interessen begünstigen, was zu einer Verstärkung von Ungleichheiten führen kann. Ein Beispiel hierfür ist die Art und Weise, wie Steuersysteme und Arbeitsrechtsprechung in vielen Ländern so gestaltet sind, dass sie die Reichen begünstigen und die Armen benachteiligen. Die institutionellen Änderungen nach dem zweiten Amtsantritt Donald Trumps in den USA bieten dafür ein gutes Beispiel. Ebenso können Frauen und bestimmte ethnische Gruppen systematisch diskriminiert werden, weil die Institutionen deren Vermögensbildung hindern oder nur ungenügend fördern. Das vielleicht wichtigste Beispiel betrifft das Bildungssystem, das in vielen Ländern Kinder aus wohlhabenden Familien und solchen mit hohem Bildungsniveau der Eltern bevorteilt.

Eine weitere zentrale Idee Bowles' ist, dass institutionelle Strukturen Ungleichheiten über Generationen hinweg verstärken können. Bildungssysteme, Erbschaftsrechte und Arbeitsmärkte tragen dazu bei, dass Menschen aus wohlhabenden Familien, insbesondere Männer, in der Regel besseren Zugang zu Ressourcen und höher bezahlten Jobs haben, was die intergenerationale Mobilität stark einschränkt und Frauen erschwerte Karrierebedingungen beschert.

Trotz der tief verwurzelten Ungleichheiten, die durch Institutionen erzeugt werden, schließt Bowles nicht aus, dass Reformen der Institutionen zu einer gerechteren Verteilung von Wohlstand führen können. Veränderungen in der Gestaltung von Institutionen, wie eine progressivere Steuerpolitik oder eine Umverteilung von Ressourcen, könnten dazu beitragen, die wirtschaftliche Ungleichheit zu verringern.

Bowles hebt letztlich hervor, dass wirtschaftliche Ungleichheit nicht nur durch individuelle Entscheidungen oder Marktfaktoren bestimmt wird, sondern durch die historischen, sozialen und politischen Institutionen, die die ökonomischen Bedingungen einer Gesellschaft prägen. Die Veränderungen dieser Institutionen, sei es durch politische

Maßnahmen oder soziale Bewegungen, sind der Schlüssel, um tiefgreifende Ungleichheiten zu adressieren.

Erik Olin Wright (2017), der sich ebenso in einer Marx-Tradition verortet, argumentiert ähnlich, fordert aber, nicht nur die Wünschbarkeit von Reformen und die geeigneten Mittel zur Veränderung herauszuarbeiten, sondern auch zu prüfen, wie sich diese im politischen Prozess implementieren lassen. Eduard Heimann, vor dem Zweiten Weltkrieg ein führender Wissenschaftler in der Theorie der Sozialpolitik, hatte die Hoffnung, dass die Empörung über Ungleichheiten und Diskriminierungen soziale Bewegungen auf den Plan ruft, die letztlich Reformen erzwingen (Heimann 1980). Diese Hoffnung war vielleicht überoptimistisch, was die Beharrungstendenzen ungleicher Verteilungen andeuten, dennoch zeigt Heimann politische Optionen der Veränderung in Richtung zu mehr Partizipation auf. Zu prüfen bliebe, wie diese Ziele im jetzigen demokratischen System Chancen auf Durchsetzung hätten.

Literatur

Bowles, Samuel (2016): Institutions and Economic Inequality, Economic Development and Institutions, EDI Working Paper Series, WP16/10.III.1, https://edi.opml.co.uk/resource/institutions-economic-inequality/ (letzter Abruf: 6. 5. 2025).

Heimann, Eduard (1980): *Soziale Theorie des Kapitalismus. Theorie der Sozialpolitik*, Frankfurt: Suhrkamp (1. Auflage 1929).

Wright, Erik O. (2017): *Reale Utopien. Wege aus dem Kapitalismus*, Suhrkamp Taschenbuch Wissenschaft, Berlin: Suhrkamp.

Anhang 11: Komplementarität und Focal Points: Der Ansatz Kaushik Basus

Basu (2007) begreift die weit verbreitete Erscheinung der Diskriminierung in vielen Bereichen des Lebens als soziale Tatsache, angefangen von Arbeitsmärkten über Bildungssysteme bis hin zu alltäglichen sozialen Interaktionen. Diskriminierung sei eine Form der Ungleichbehandlung, die oft auf der Zugehörigkeit zu bestimmten sozialen Gruppen beruhe, wie z.B. Geschlecht, ethnische Herkunft oder Religion.

Er beschreibt Diskriminierung als ein soziales Phänomen, das sowohl individuell als auch kollektiv beeinflusst wird und aus diesen kollektiven und individuellen Phänomenen heraus selbst entsteht. Die Frage, die Basu aufwirft, ist, warum Diskriminierung auf Dauer besteht, obwohl sie gesellschaftlich und moralisch als unakzeptabel gilt, obwohl sie häufig ökonomische Ineffizienzen hervorruft und obwohl sich die Gesellschaft theoretisch hin zu mehr Gleichberechtigung entwickeln könnte.

Er verwendet spieltheoretische Überlegungen, um zu erklären, warum Diskriminierung als ein stabiles und sich selbst verstärkendes Phänomen auftreten kann. In einem seiner klassischen Spieltheorie-Modelle treffen die Spieler (Individuen oder Gruppen) Entscheidungen, die nicht nur auf ihren eigenen Präferenzen basieren, sondern auch auf den Erwartungen, die sie über die Entscheidungen anderer Menschen haben.

Basu argumentiert, dass Diskriminierung entstehen kann, wenn Individuen Entscheidungen treffen, die auf der Zugehörigkeit einer Person zu einer bestimmten sozialen Gruppe basieren, und zwar aus dem Gefühl heraus, dass die Mitglieder dieser Gruppe in einem bestimmten Kontext weniger ‚wert' sind oder weniger Fähigkeiten besitzen. Diese Wahrnehmung kann jedoch aus einer sich selbst verstärkenden Schleife entstehen, in der Diskriminierung stattfindet, weil Individuen oder Gruppen sie erwarten, und sie sich dann bei konformen Verhalten sogar eigene Vorteile sichern.

Ein Fokalpunkt in der Spieltheorie ist eine Lösung, die den Spielern als selbstverständlich erscheint, auch ohne Kommunikation oder explizite Absprachen. In Bezug auf Diskriminierung bedeutet dies, dass die Wahrnehmung und das Verhalten gegenüber bestimmten sozialen Gruppen aufgrund historischer, kultureller und institutioneller Faktoren als ‚normal' oder ‚erwartet' angesehen wird. Selbst wenn diese Diskriminierung gesellschaftlich und wirtschaftlich schädlich ist und in moralischer Hinsicht als verwerflich gilt, wird sie in sozialen und wirtschaftlichen Interaktionen oft als Ausgangspunkt genommen.

Ein zentrales Element in Basus Argumentation ist entsprechend die Rolle der Erwartungen. Wenn Diskriminierung einmal als normativ stabil etabliert ist, erwarten die Individuen, dass andere diskriminieren und passen ihr eigenes Verhalten entsprechend an. Dies führt zu einer Koordination auf der Ebene der Gesellschaft, bei der Diskriminierung als gängige Praxis angesehen wird. Diese Erwartung kann sich auf den Arbeitsmarkt auswirken (z.B. bei der Einstellung von Frauen oder Mitgliedern von Minderheiten), auf die Bildung (z.B. bei der Zuteilung von Ressourcen oder der Auswahl von Bewerbern) und auf politische Entscheidungen.

Basu zeigt die negativen Konsequenzen von Diskriminierung auf. Zum einen führt sie unter Umständen zu einer suboptimalen Verteilung von Ressourcen. Wenn bestimmte Gruppen systematisch benachteiligt werden, werden Talente und Potenziale nicht in vollem Umfang ausgeschöpft, was zu einer ineffizienten Nutzung von Arbeitskräften und einem Rückgang der Produktivität führt. Bei speziellen strategischen Interaktionen muss das allerdings nicht zwingend der Fall sein.

Zum anderen kann Diskriminierung zu sozialer Instabilität führen. Es kann zu sozialer Unzufriedenheit führen, die sich in Protesten, Unruhen oder politischem Extremismus äußert. Diskriminierung schürt also nicht nur ökonomische Ungleichheit, sondern auch soziale Spannungen. Das kann höchstens durch Narrative stabilisiert werden, wonach Ungleichheit und Diskriminierung als normal und gerechtfertigt erscheinen. Dieses Phänomen lange stabiler Ungleichheitsregime zeigt Piketty (2020) in seinem ausgiebigen Überblick über historische Narrative auf.

Basu schließt mit Überlegungen zu Lösungsansätzen und politischen Maßnahmen zur Bekämpfung von Diskriminierung. Er betont, dass es notwendig ist, die sozialen und wirtschaftlichen Rahmenbedingungen zu ändern, die Diskriminierung begünstigen. Einige der vorgeschlagenen Maßnahmen beinhalten:

- Gesetzgebung und Antidiskriminierungsmaßnahmen: Ein rechtlicher Rahmen, der Diskriminierung explizit verbietet und die Gleichbehandlung fördert, kann dazu beitragen, die schädlichen Auswirkungen von Diskriminierung zu verringern.
- Veränderung der sozialen Normen: Wenn Diskriminierung in der Gesellschaft als unakzeptabel angesehen wird, können die Fokalpunkte u.U. durch neue Narrative geändert werden, so dass diskriminierendes Verhalten nicht mehr als ‚normales' oder ‚erwartetes' Verhalten wahrgenommen wird. Dies erfordert aber ein ganzes Bündel an Maßnahmen, um neue, weniger diskriminierende Narrative in einem ‚Gestalt switch' als Fokalpunkte zu generieren.
- Bildungs- und Aufklärungsprogramme: Durch Bewusstseinsbildung und Aufklärung über die negativen Auswirkungen von Diskriminierung kann die Gesellschaft eventuell dazu bewegt werden, diskriminierende Verhaltensweisen abzulehnen. Dazu müssen diese Programme es aber schaffen, ein neues, nicht diskriminierendes Narrativ zu begünstigen.

Insgesamt liefert Basu eine fundierte spieltheoretische Erklärung für die Persistenz von Diskriminierung und stellt eine differenzierte Betrachtung der wirtschaftlichen und sozialen Mechanismen an, die Diskriminierung in Gesellschaften verstärken. Basus Arbeit zeigt eine gewisse Nähe zu Bowles (s. Anhang 10).

Es lohnt sich, Basus Argument genauer anzuschauen, auch die genaue Struktur eines seiner Modelle. Man kann dies mit einem einfachen Beispiel illustrieren (entnommen aus Kubon-Gilke 2018, S. 324-328). Er unterstellt zunächst, dass Ethnie, Religion, Geschlecht etc. keinerlei Bedeutung für die Produktivität eines Individuums haben oder für seine Vorstellungen bezüglich Arbeit und Freizeit. In dieser Hinsicht seien alle Menschen identisch. Er möchte zeigen, dass dennoch folgender Fall eintreten kann: Wenn es eine allgemeine Vermutung gibt, dass jemand aus einer bestimmten Gruppe weniger produktiv als eine andere Person mit anderer Gruppenzugehörigkeit ist, dann kann sich das nachträglich (ex post) tatsächlich als wahr erweisen. Es kann also zur selbsterfüllenden Prophezeiung werden.

Um alles einfach zu halten im Modell, gibt es bei Basu nur zwei Arten von Individuen: Unternehmer (U) und Investoren (I). Investoren können bei ihm z.B. Kreditgeber sein, die Startkapital für eine Unternehmung finanzieren. I-Personen können auch Kunden sein, die einen Vertrag über bestimmte Leistungen mit dem Unternehmer abschließen und dafür einen Preis entrichten. Wenn sich z.B. ein spezieller U mit einem Heizungswartungsservice selbständig machen möchte, könnte er Verträge mit den Kreditgebern abschließen sowie Verträge mit Kunden, die gegen monatliche oder jährliche Zahlung ihre Heizung warten lassen wollen. Alle diese ‚I's' fasst Basu als Investoren zusammen. Jeder Unternehmer schließt nun Verträge mit I-Personen ab und erbringt dann die Leistung. Basu unterstellt, dass die Produktionsmenge und -qualität (y_i) einer Person i aus der Gruppe der Unternehmer einerseits von deren persönlichen Leistungsfähigkeit e_i abhängt und andererseits von der Anzahl geschlossener Verträge (m). Wenn ein Unternehmer z.B. hinreichend viele Kreditverträge abschließen kann, kann er mit den Mitteln eine bessere technische Ausstattung einsetzen; viele Verträge mit Kunden verbessern sein Know-how. Beides erhöht die Produktivität. Nun kommt es natürlich eigentlich nicht nur auf die reine Zahl von Verträgen an, sondern auch auf die Mischung von Kredit- und Kundenverträgen, aber das wird im Modell zur Vereinfachung ausgeblendet. Die persönliche Leistungsfähigkeit e_i könnte der IQ einer Person sein, in einem konkreten Beispiel werden wir nachfolgend erreichte Bildungsabschlüsse verwenden. Wir haben also bislang:

(1) $y_i = F(e_i, m)$.

Das ist die allgemeine Darstellung der eben beschriebenen Annahmen. Um es noch einfacher zu machen, unterstellen wir speziell (und leicht abgewandelt im Vergleich zu Basu, da er das Intervall möglicher e-Werte über den IQ mit Werten zwischen 0 und 1 etwas anders als in unserem Beispiel normiert):

(2) $y_i = e_i \cdot f(m)$

Da wir es mit supermodularen Strukturen zu tun haben, wird erstens angenommen: wenn $m'' > m'$, dann impliziert das: $f(m'') > f(m')$. Zweitens und die eigentliche strategische Komplementarität: [f(m+1) − f(m)] wird mit zunehmendem m größer. Wenn also jemand bereits neun Verträge abgeschlossen hat und nun einen zehnten unterzeichnet, dann bringt das *zusätzlich* mehr für die Produktivität, als wenn jemand vier Verträge hatte und nun einen fünften abschließt. Die zusätzliche Heizung wird also bei einem neuen Vertrag umso besser gewartet, je mehr Kapital zur Verfügung steht und/oder je mehr Kunden schon bedient werden.

Wenn wir uns für den Gewinn interessieren, müssen noch Kosten abgezogen werden. Diese seien pro Vertrag konstant und sollen c betragen. c können Gebühren für einen Kreditvertrag sein oder auch Kosten der Leistungserbringung für einen Kunden. Damit wird der Gewinn für einen Unternehmer i (π_i)

(3) $\pi_i = e_i \cdot f(m) - c \cdot m$

Sollte i Verluste machen, dann ist der Bankrottfall eingetreten. i erhält 0, Kreditgeber und Kunden tragen jeweils einen Teil der Verluste durch Nichtrückzahlung bzw. Nichtleistung.

Interessant sind nun vor allem die Fälle von e-Werten, bei denen für ein gegebenes e bei wenigen Verträgen Verluste erwartet werden, bei vielen Verträgen aber Gewinne. Gerade in diesem Zusammenhang kann bedeutsam sein, wenn es eine allgemeine Vermutung darüber gibt, welche Unternehmer positive Gewinne generieren können. Dafür wird oft auf Kategorien wie Hautfarbe oder Geschlecht Bezug genommen, z.B. dass für alle solche e-Werte unterstellt wird, nur Männer als Unternehmer könnten es in den Bereich der Gewinne schaffen, Unternehmerinnen aber nicht. Machen wir es mit einem Zahlenbeispiel konkret und unterstellen:

e kann als Wert nur eine ganze Zahl zwischen 1 und 5 annehmen:

1 = kein Schulabschluss, keine Praxiserfahrung,
2 = Schulabschluss, keine Praxiserfahrung,
3 = Schulabschluss, Anlernzeit/Praktikum in einem Betrieb für Heizungsinstallationen,
4 = Schulabschluss und abgeschlossene Lehre als Heizungsinstallateur,
5 = BA-Abschluss an einer Hochschule (Technik) und Praktika im Heizungsbau.

Die Kosten c pro Vertrag seien 40, die Produktion bestimmt sich als konkrete Annahme als:

(4) $y_i = e_i \cdot (2 + m)^2$

Der Gewinn ist also

(5) $\pi_i = e_i \cdot (2 + m)^2 - 40 \cdot m$

Mehr als 10 Verträge können annahmegemäß nicht geschlossen werden, d.h. höchstens 10 Verträge können administrativ und im Hinblick auf den Arbeitsaufwand bewältigt werden.

Rechnen wir mal los für e = 1:

$e = 1$ und $m = 1$: $\pi = 1(2 + 1)^2 - 40 = 9 - 40 < 0$
$e = 1$ und $m = 10$: $\pi = 1(2 + 10)^2 - 400 = 144 - 400 < 0$.

Jemand ohne schulischen Abschluss und ohne Praxiserfahrung wird niemals Vertragspartner finden. Selbst bei 10 Verträgen kommt ein solcher Unternehmer nicht aus den Verlusten heraus, d.h. kein Investor wird bereit sein, eine Vereinbarung zu treffen.

Für e = 2 gilt das analog. Auch dafür reicht es, die beiden Randmöglichkeiten mit einem Vertrag oder mit zehn Verträgen zu überprüfen:

$e = 2$ und $m = 1$: $\pi = 2(2 + 1)^2 - 40 = 18 - 40 < 0$
$e = 2$ und $m = 10$: $\pi = 2(2 + 10)^2 - 400 = 288 - 400 < 0$.

Auch bei jemandem mit Schulabschluss, aber ohne jegliche Praxis, wird sich kein Investor finden, da bei jeder Zahl an Verträgen Verluste erwartet werden.

Bei m = 5 hingegen wird immer ein Vertrag abgeschlossen:

$e = 5$ und $m = 1$: $\pi = 5(2 + 1)^2 - 40 = 45 - 40 > 0$
$e = 5$ und $m = 10$: $\pi = 5(2 + 10)^2 - 400 = 720 - 400 > 0$.

Selbst bei nur einem Vertrag wird eine derart hohe Produktivität erwartet, dass alle Investoren gern einen Vertrag mit dem Unternehmer abschließen möchten.

Interessant sind die Fälle bei e = 3 und e = 4. Für e = 3 erhalten wir bei minimaler und maximaler Vertragszahl:

$e = 3$ und $m = 1$: $\pi = 3(2 + 1)^2 - 40 = 27 - 40 < 0$
$e = 3$ und $m = 10$: $\pi = 3(2 + 10)^2 - 400 = 432 - 400 > 0$

Hier gibt es offensichtlich eine kritische Grenze für m. Sofern die überschritten wird, wird die selbständige Tätigkeit produktiv und es können Gewinne erwirtschaftet werden. Wenn ein Investor glaubt, dass jeweils andere Investoren Verträge mit dem Unternehmen abschließen, dann tut er das auch. Wenn hingegen geglaubt wird, dass andere auf Verträge verzichten, lässt er es ebenso bleiben. Wenn Investorin I glaubt, dass andere die ‚gute' Strategie eines Vertragsangebots wählen, wird sie dem Unternehmer auch einen Vertrag anbieten. Glaubt sie, dass die anderen die ‚schlechte' Strategie des Verzichts wählen, wird sie ebenso keinen Vertrag anbieten. Es gibt zwei Gleichgewichte, ein ‚gutes' mit 10 Verträgen und einem Überschuss von 32, ein ‚schlechtes', bei dem es gar keinen Vertrag gibt und alle 0 erhalten. Hierbei sehen wir die strategische Komplementarität der Entscheidungen. Das gilt auch für m = 4:

$$e = 4 \text{ und } m = 1: \quad \pi = 4(2 + 1)^2 - 40 = 36 - 40 < 0$$
$$e = 4 \text{ und } m = 10: \quad \pi = 4(2 + 10)^2 - 400 = 576 - 400 > 0.$$

Wir können hier zur Übung die kritische Vertragsmenge bestimmen, ab der das Geschäft profitabel wird. Wenn man alles durchprobiert, sieht man, dass bei m = 5 noch Verluste gemacht werden, ab m = 6 Gewinne zu erzielen sind.

$$e = 4 \text{ und } m = 5: \quad \pi = 4(2 + 5)^2 - 200 = 196 - 200 < 0$$
$$e = 4 \text{ und } m = 6: \quad \pi = 4(2 + 6)^2 - 240 = 256 - 240 > 0.$$

Auch bei e = 4 gibt es das ‚gute' Gleichgewicht mit 10 Verträgen und einem ordentlichen Überschuss. Das ‚schlechte' und für alle Beteiligte nachteilige Gleichgewicht ist aber auch möglich, bei dem es gar keinen Vertrag geben würde. Wenn Investor I annimmt, dass wenige Verträge oder gar kein Vertrag mit anderen zu Stande kommen bzw. kommt, verzichtet er. Alle anderen Investoren überlegen identisch, schon stecken wir im ungünstigen Gleichgewicht. Glaubt I an viele Verträge, wird er auch einen abschließen wollen. Wieder machen es alle Investoren so, Ergebnis sind erfreuliche zehn Verträge.

Basu argumentiert hinsichtlich Diskriminierungsproblemen nun wie folgt: Angenommen, es gibt eine allgemein geteilte Einschätzung bzw. ein Vorurteil in der Gesellschaft, dass eine Unternehmung der Qualifikationsniveaus e = 3 oder e = 4 nur dann die Gewinnzone erreicht, wenn ein Mann die Unternehmung führt. Frauen mit der entsprechenden Qualifikation wird das nicht zugetraut. Die Produktivität selbst hängt ja nicht vom Geschlecht ab, sondern ist nur vom Qualifikationsniveau und der Anzahl abgeschlossener Verträge mit Investoren abhängig.

Dennoch wird sich dieses Vorurteil als selbsterfüllende Prophezeiung erweisen. Männer werden zu erfolgreichen Unternehmern, Frauen werden oft scheitern, wenn sie eine Unternehmung gründen. Wenn ein Investor glaubt, dass man einem Mann (M) Gewinne zutraut, dann erwartet er, dass andere mit M Verträge abschließen wollen. Dann wird M auch für ihn als Vertragspartner interessant. Männer mit $e = 3$ oder $e = 4$ werden nach dieser Logik viele Verträge abschließen und ein erfolgreiches Geschäft führen können. Wenn man einer Frau (F) mit gleicher Bildungsqualifikation es nicht zutraut, glauben Investoren, dass sie keine Vertragspartner finden wird. Der Investor befürchtet also Verluste und wird kein Vertragsangebot machen. Frauen ‚landen' im schlechten Gleichgewicht. Ihnen werden keine Verträge angeboten. Sollte sich doch eine Frau etwa mit abgeschlossener Lehre selbständig machen wollen, wird sie scheitern. Ein männlicher Azubi-Kollege hätte Erfolg. So scheint sich die Vermutung nachträglich immer wieder zu bestätigen, dass Frauen als Unternehmer scheitern, sofern sie in unserem konkreten Beispiel keine extrem gute Qualifikation eines BA-Abschlusses in Technik vorweisen. Diskriminierung und ineffiziente Gleichgewichte sind in reinen Marktumgebungen bei supermodularen Strukturen zumindest nicht von vornherein ausgeschlossen. So ähnlich erklären sich auch so hartnäckige Vorurteile, dass – wie lange unterstellt wurde – Frauen schlechter Autos steuern und vor allem schlechter einparken können als Männer (was heute noch als ‚Wahrheit' gilt). Wenn man so etwas glaubt, lässt man Frauen erst gar nicht ans Steuer, und deshalb passieren ihnen dann eventuell tatsächlich mehr Fehler, wenn sie dann doch einmal ein Auto fahren. Wichtig ist hierbei, dass das Geschlecht und die jeweilige Produktivitätszuschreibung typische Fokalpunkte sind, die wichtig für die Erwartungsbildung sind.

Literatur

Basu, Kaushik (2007): Group Identity, Productivity, Social Norms and Development, Arbeitspapier, Cornell University, Department of Economics, verfügbar unter: http://web.up.ac.za/UserFiles/Keynote%20%20K%20Basu%20paper.pdf (letzter Abruf: 11. 7. 2025).

Basu, Kaushik (2011): *Beyond the Invisible Hand. Groundwork for a New Economics.* Princeton/Oxford: Princeton University Press.

Basu, Kaushik (2017): Discrimination as Focal Point: Markets and Group Identity, Forum for Social Economics, *Taylor & Francis Journals*, 46(2), S. 128-138.

Kubon-Gilke, Gisela (2018): *Außer Konkurrenz. Sozialpolitik im Spannungsfeld von Markt, Zentralsteuerung und Traditionssystemen. Ein Lehrbuch und mehr über Ökonomie und Sozialpolitik*, 3. Auflage, Marburg: Metropolis, S. 324 - 328.

Piketty, Thomas (2020): *Kapital und Ideologie.* Aus dem Französischen von André Hansen, Enrico Heinemann, Stefan Lorenzer, Ursel Schäfer und Nastasja S. Dresler, München: C.H.Beck.

Anhang 12: Kategorisierungs- und Attributionstheorie / Othering

Theoretische Überlegungen benötigen stets ein wissenschaftstheoretisches Fundament, weil man sonst die Rechtfertigung von Annahmen nicht versteht. Für Diskriminierungstheorien reicht es nicht aus, über Marktmechanismen zu reden. Zwar bieten Modell darüber wichtige Einsichten, wenn sie von gegebenen Vorurteilen in der Gesellschaft ausgehen und schauen, wie sich diese Vorurteile in Märkten verflüchtigen oder verfestigen, aber eine umfassende Erklärung benötigt Ideen darüber, wie sich Vorurteile bilden und unser Verhalten beeinflussen. Dazu gibt es diverse Theorien. Eine aus unserer Sicht besonders plausible bietet die Gestalttheorie. Die folgenden kurzen Erläuterungen sind weitgehend Kubon-Gilke (2021) entnommen:

Die grundlegende Frage ist die nach der menschlichen Erkenntnis. Wie nehmen wir uns selbst, die Natur und andere Menschen wahr und wie treffen wir Entscheidungen? Die übergeordnete Gesetzmäßigkeit ist die der Prägnanz. Durch die Organisationsprinzipien unseres Gehirns klassifizieren und normieren wir die Umwelt und auch Menschen nach Kriterien wie Einfachheit, Symmetrie oder ‚gute Fortsetzung'. Individuen werden ebenso nach diesen Regeln sortiert. Geschlecht und verschiedene Hautfarben sind prägnante Unterscheidungsmerkmale, wobei eine wahrgenommene eigene Gruppe mit mehr positiven Eigenschaften belegt wird als eine fremde Gruppe. Unabhängig von der einzelnen Persönlichkeit werden vermeintlich passende Kategorisierungen und Zuschreibungen auf alle Gruppenmitglieder übertragen. Will man absichtlich einer anderen Gruppe menschliche Eigenschaften wie Altruismus und Gemeinsinn absprechen, muss man es schaffen, ihnen das Attribut ‚eine/r wie wir' abzusprechen. Damit erschafft man Gegensätze und Vorbehalte gegen die vermeintlich anderen Menschen.

Jürgen Kriz hat die in der Gestalttheorie angelegte evolutionäre Perspektive in der Verbindung von Körper, Geist und Ausdruck in besonders anschaulicher Weise herausgearbeitet. Er zeigt darin, „[…] dass eine ‚Person' immer nur und immer schon im Zusammen- und Wechselwirken von Körper und sozialer Mitwelt in einem Kontext evolutionärer, bio-psycho-sozialer und soziogenetisch-kultureller Entwicklungsdynamik zu sehen ist" (Kriz 2015, S. 319). Dabei wird das phänomenale Feld des Menschen, speziell des Gehirns, als Basis zur Erklärung vieler individueller psychologischer Phänomene sowie ebenso für viele daraus folgende gesellschaftstheoretische und -politische Fragen genommen. Dazu sind sowohl Aschs (1987) grundlegende und umfassende Überlegungen zu sozialpsychologischen Phänomenen als auch Kriz' Analysen (2011) wichtige Bausteine. Kriz z.B. schreibt darüber, wie Menschen ein gemeinsames Verständnis von Situationen und Prozessen erlangen. Auf den von ihm formulierten evolutionstheoretischen Grundlagen wird das Argument erweitert mit dem Hinweis, dass durch Kommunikation und ko-evolutionäre Prozesse auf der Basis der Gestaltgesetze letztlich vereinheitlichte prägnante Kategorien, focal points und Narrative entstehen, die einerseits gesellschaftliches Leben und die Kommunikation erleichtern, aber auch Abwertungen, Diskriminierungen und alle Formen des Othering hervorbringen können. Das haben bereits Wertheimer (1937) und im Anschluss Asch (1987) ausführlich thematisiert, wenn sie davon schreiben, dass manche Kategorisierungen einengende Interpretationsschranken nach sich ziehen, die Menschen geradezu dazu zwingen, sich ‚blind' mit gewissen Gruppen (erhöhend) zu identifizieren und andere Menschen und Gruppen abzuwerten. Aufgabe sei, solche Kontexte zu unterstützen, die genau diese einengenden Interpretationen verhindern. Kriz (2011) beschreibt die Koordinierung der Bedeutungen nach den Prinzipien der Wahrnehmungsorganisation des Gehirns und der ko-evolutiven Entwicklung des Menschen nicht als Synchronisation, weil das nur einen zeitlichen Aspekt ausdrückt, sondern verwendet den Begriff der Synlogisation. Er ersetzt also chronos (Zeit) durch logos (Sinn). Wenn man die evolutionäre Perspektive und die Beiträge der Gestalttheorie zu Grunde legt, kann es nicht Ziel sein, Kategorisierungen an sich vermeiden zu wollen. Das ist im gegenwärtigen evolutiven Stand des Menschen gar nicht möglich. Es kann stattdessen nur darum gehen, solche Kategoriensysteme aufzubrechen, die Diskriminierungsphänomene oder Selbsterhöhung zur Folge haben.

Das hat in besonderem Maße auch mit der Bildung gesellschaftlicher Normen zu tun, die nach den identischen Regelmäßigkeiten wie Einfachheit, Klarheit, Symmetrie etc. entstehen, den Wahrnehmungsgesetzen folgen und die starke Bezugsrahmeneffekte beinhalten. Und dann gilt es zu verstehen, wie sich die Normen des Umgangs miteinander in Abhängigkeit von dem gesellschaftlichen, institutionellen Gesamtgefüge verändern.

Diese grundlegenden Überlegungen sind bedenkenswert, wenn es um die Unterstützung demokratischer, Vielfalt anerkennender Kategorien geht. Vorstellungen über Kategorisierung, Sinngebung und über geteiltes Verständnis verschiedener Sachverhalte begleiten viele neuere Ansätze, die z.B. in der Ökonomik diskutiert werden, die aber eher selten unmittelbar auf die Gestalttheorie zurückgeführt werden. Shiller (2019) beschreibt in seinem Buch über ‚Narrative Economics' beispielsweise, wie Narrative, Geschichten, Begriffe erstens den Gestaltgesetzen genügen, wie sie sich zweitens im Sinne geteilter Vorstellungen geradezu epidemisch ausbreiten können und drittens ganz entscheidend wirtschaftliche und gesellschaftliche Prozesse bis hin zu politischen Richtungsentscheidungen steuern.

Ein Beispiel für politische und institutionelle Diskriminierung, die auf die Gesellschaft übergehen können, ist die Diskussion um Kinder mit Migrationshintergrund im Schulsystem. Sie werden als Belastung dargestellt wegen ihrer fehlenden Deutschkenntnisse. Und das geht so weit, Quoten für solche Kinder in den Klassen vorzuschlagen. Es ist plausibel, dass fehlende Deutschkenntnisse in den vorwiegend monolingualen Schulen Herausforderungen stellen, denen im aktuellen System schlecht begegnet wird. Nur ist die Kategorisierung falsch. Wenn die Eltern bereits sehr viele Jahre in Deutschland leben, die Kinder hier geboren wurden, dann werden einerseits viele dieser offiziellen ‚Migrationskinder' durch Kitas und Vereine bereits gute Sprachkenntnisse besitzen und vielleicht sogar die deutsche Staatsbürgerschaft besitzen. Andererseits gibt es möglicherweise deutsche Kinder in prekären familiären Verhältnissen, die diese Fertigkeit noch nicht ausreichend erlangen konnten. Die Unterscheidung zwischen einheimischen Kindern und denen mit Migrationshintergrund ist höchst ungenau und schürt Vorbehalte gegen Migration. Narrative, Vorurteile und daraus resultierende Diskriminierung kann durch

Selbstorganisationsprozesse in der Gesellschaft entstehen, sie können aber auch institutionell oder politisch in die Welt kommen.

Die Diskriminierungstheorien, die solche Zusammenhänge aufgreifen, sind die über Selbstüberschätzung oder Fokalpunkte. Diese Ansätze bieten neue Erklärungen und Erkenntnisse, gehen aber (bislang) noch nicht auf die wissenschafts- und erkenntnistheoretischen Grundlagen ein.

Die Theorie des ‚Othering', der ‚Veranderung' zeigt die Kategorienbildung an konkreten Beispielen. ChatGPT fasst diesen theoretischen Ansatz wie folgt zusammen:

Die Theorie des *Othering* beschreibt den Prozess, durch den Gruppen oder Individuen als ‚anders' konstruiert und von einer als dominant verstandenen Normgesellschaft abgegrenzt werden. Dieser Begriff stammt ursprünglich aus der postkolonialen Theorie und wurde maßgeblich von Edward Said in seinem Werk *Orientalism* (1978) geprägt. Said analysiert darin, wie der ‚Orient' in westlichen Diskursen als exotisch, rückständig und fundamental verschieden vom ‚Okzident' konstruiert wird, um koloniale Machtverhältnisse zu legitimieren (Said 1978).

Beim Othering werden Menschen anhand bestimmter Merkmale - wie Herkunft, Religion, Geschlecht, Sexualität oder sozialem Status - als ‚die Anderen' kategorisiert. Dies dient der Selbstvergewisserung der dominanten Gruppe, indem sie sich über die ‚Anderen' definiert. Die so konstruierten Gruppen werden oft mit negativen Eigenschaften versehen, wodurch Diskriminierung, soziale Ausgrenzung und ungleiche Machtverhältnisse reproduziert werden (Spivak 1988; Hall 1997).

Othering ist kein neutraler Prozess, sondern tief in gesellschaftliche Machtstrukturen eingebettet. Es ist ein aktiver Akt der Konstruktion von Differenz, der häufig mit Hierarchisierung und Entwertung verbunden ist. Der Begriff wird in verschiedenen Disziplinen verwendet - unter anderem in der Soziologie, den Gender Studies, der Rassismustheorie und der postkolonialen Theorie - um Mechanismen sozialer Ungleichheit zu analysieren (Tißberger 2017). *Ende chatgpt.*

Ähnlichkeiten gibt es auch zu den Arbeiten einer Schweizer Wissenschaftlerin. Iris Bohnet hat (2025) die Albert-Pratt-Professur of Business and Government inne und ist Co-Direktorin des ‚Women and Public Policy Program' an der Harvard Kennedy School. Sie beschreibt in ihren Arbeiten die Auswirkungen von tief verwurzelten, also unbewussten Vorurteilen (Unconscious Bias) auf Entscheidungen, insbesondere in Unternehmen. Sie betont, dass diese Vorurteile nicht einfach aus den Köpfen der Menschen verschwinden können, sondern dass man Verhaltensdesign nutzen muss, um die Spielregeln zu ändern und so chancengerechtere Systeme zu schaffen. Bohnet fordert, sich von intuitiven Entscheidungen zu lösen und stattdessen auf objektivere Verfahren wie strukturierte Interviews, Datenanalyse bei Personalentscheidungen und standardisierte Tests zu setzen.

Wichtige Punkte zu Iris Bohnets theoretischem und empirischen Hintergrund:

- *Unbewusste Vorurteile sind allgegenwärtig:* Alle Menschen sind von unbewussten Vorurteilen geprägt, die unser Verhalten und unsere Entscheidungen beeinflussen.
- *Vorurteile beeinflussen Personalentscheidungen:* Diese unbewussten Vorurteile beeinflussen Einstellungen, Beförderungen und Gehälter, was zu einem Verlust an Talentvielfalt führt, da Führungskräfte oft Personen fördern, die ihnen ähneln.
- *Verhaltensdesign statt individueller Verantwortung:* Bohnet argumentiert, dass der Fokus nicht darauf liegen sollte, dass Betroffene sich anpassen, sondern dass Organisationen (Unternehmen, Schulen etc.) ihre Prozesse ändern, um Vorurteile zu überwinden.
- *Konkrete Lösungsansätze:* Sie schlägt vor, ‚mehr Vorhänge aufzuhängen und die Spielregeln zu ändern'. Das bedeutet:
  - *Datenbasierte Entscheidungen:* Bei Personalentscheidungen Daten und klare Kriterien anstelle von Intuition nutzen.
  - *Strukturierte Verfahren:* Strukturierte Einzelinterviews und standardisierte Tests einsetzen, um gleiche Chancen zu gewährleisten.
  - *Transparenz schaffen:* Mehr Transparenz in Entscheidungsprozessen fördern.
  - *Rollenmodelle und Gruppenzusammensetzungen:* Diversere Gruppen zusammenstellen und Rollenmodelle schaffen, um Normen in Unternehmungen zu gestalten.

Eines ihrer Beispiele dreht sich um Einstellungsverfahren. In Orchestern ist es mittlerweile üblich, dass hinter einem Vorhang vorgespielt wird. Zuvor bestanden Orchester fast ausschließlich aus Männern, inzwischen ist die Besetzung fast paritätisch. Ein Bias gegen Frauen hat zuvor ihre Einstellung verhindert. ‚Mehr Vorhänge' sollen es grundsätzlich im übertragenen Sinn auch bei unternehmerischen Einstellungsverfahren geben. Bohnets Buch ‚What Works' ist ein wichtiger Beitrag zum Verständnis, wie man durch Verhaltensdesign und die Änderung von Systemen zu mehr Diversität und Chancengleichheit gelangt.

Literatur

Asch, Solomon (1987): *Social Psychology*, Oxford: Oxford University Press (1. Auflage 1952).

Bohnet, Iris (2017): *What works. Wie Verhaltensdesign die Gleichstellung revolutionieren kann*, München: C.H. Beck (2. Auflage 2022).

Hall, Stuart (1997): *Representation: Cultural Representations and Signifying Practices*, London: Sage.

Kriz, Jürgen (2011): Synlogisation. Über das Glück, verstanden zu werden und andere zu verstehen, *systhema*, 25(2), S. 118-131.

Kriz, Jürgen (2015): Die evolutionäre Perspektive in der Verbindung von Körper, Geist und Ausdruck, *Gestalt Theory*, 38(3), S. 305-336.

Kubon-Gilke, Gisela (2021): Beiträge und Weiterentwicklungen der Gestalttheorie für sozio-ökonomische Analysen, *Phänomenal, Zeitschrift für Gestalttheoretische Psychotherapie*, 1/2021, S. 47-54.

Said, Edward W. (1978): *Orientalism*, New York: Pantheon Books.

Shiller, Robert (2019): *Narrative Economics: How Stories Go Viral & Drive Major Economic Events*, Princeton: Princeton University Press.

Spivak, Gayatri Chakravorty (1988): Can the Subaltern Speak?, in: Nelson, Cary & Grossberg, Lawrence (Hg.), *Marxism and the Interpretation of Culture*. Urbana: University of Illinois Press, S. 271-313.

Wertheimer, Max (1937): On the Concept of Democracy, in: Ascoli, M., F. Lehmann (Hg.), *Political and Economic Democracy*, New York: Norton, S. 271-283. (Nachdruck 1961 in M. Henle (Hg.), Documents of Gestalt Psychology, Berkeley: Univ. of California Press, S. 42–51. Deutsche Übersetzung von Hans-Jürgen Walter „Zum Demokratiebegriff“ in Wertheimer 1991, S. 65–88.)

Wertheimer, Max (1991): *Zur Gestaltpsychologie menschlicher Werte. Aufsätze 1934-1940*. Herausgegeben und kommentiert von Hans-Jürgen Walter, Opladen: Westdeutscher Verlag.

Anhang 13: Overconfidence und Diskriminierung: Das Modell von Heidhues, Köszegi und Strack

Der Modellansatz der drei Autoren lässt sich wie folgt beschreiben: Sie entwickeln ein mehrdimensionales Lernmodell, in dem ein übermäßig selbstbewusstes (overconfident) Individuum (Agent) Schlussfolgerungen über sich selbst und über Gruppen in der Gesellschaft zieht, basierend auf beobachteten Erfolgen von sich selbst und anderen. Dieser Agent interpretiert Erfolgsunterschiede von Personen nicht nur als Kompetenzdifferenz, sondern auch als potenzielle Diskriminierung.

Die Kernaussagen bzw. Hauptbefunde des Aufsatzes lassen sich wie folgt zusammenfassen:

Der sich selbst überschätzende Agent vergleicht sich mit anderen (einer Zielperson) und nimmt Diskriminierungen gegen die eigenen Gruppen stärker wahr als Außenstehende. Je mehr Gruppenmerkmale wie Geschlecht oder Ethnie der Agent und die Zielperson teilen, desto positiver wird die Leistung der Zielperson bewertet (In-Group-Bias). Wie genau die Gesellschaft sich in verschiedene Gruppen wahrnimmt und unterteilt, beeinflusst Vorurteile signifikant. Auch ohne reale Diskriminierung entstehen systematische Verzerrungen.

Konkurrierende Gruppen werden tendenziell negativ bewertet. Der Agent neigt dazu, gegenüber Gruppen, mit denen er konkurriert, besonders negativ eingestellt zu sein. Informationen über die Produktivität relativieren im Modell die Vorurteile kaum. Kontextinformationen (z.B. sozioökonomische Rahmenbedingungen) und Interaktionen reduzieren hingegen die Vorurteile deutlich – dies übersteigt die klassische Kontakthypothesen.

Wenn Vorurteile gegenüber einer Gruppe schwinden, verschiebt sich der Fokus: Vorurteile gegenüber anderen, bisher weniger beachteten Gruppen steigen dafür deutlich. Es findet eine Bias-Substitution statt. Nicht mehr Südländer werden beispielsweise diskriminiert, sondern jetzt vielleicht Osteuropäer Das bestätigt in gewisser Weise andere Theorien, die insbesondere den Kampf um Ressourcen als Quell der meisten Vorurteile ausmachen. Paradoxerweise führen genauere Informationen über die eigene Fähigkeit zu verstärkten Vorurteilen gegenüber anderen Gruppen. Ein letztes weiteres Ergebnis: Es kommt zu Gruppenkonformität bei Meinungen; der Agent stimmt tendenziell eher mit Personen überein, die Gruppenmerkmale mit ihm teilen als gefühlt fremden Personen.

Das Modell liefert also ein theoretisches Fundament für den empirisch beobachteten In-Group Bias und selbstzentrierte Diskriminierungsvorstellungen. Für die ökonomische Diskriminierungstheorie ist der Aufsatz bedeutsam, weil er wegführt von der Vorstellung konstanter Präferenzen bzw. gegebener ‚Diskriminerungsgeschmäckern' der ersten neoklassischen Diskriminierungsmodelle.

Heidhues, Kőszegi und Strack zeigen, dass schon ein einziges psychologisches Verzerrungselement - Overconfidence - ausreicht, um komplexe und realistische Diskriminierungs- und Vorurteilsmuster in eine Bayesianische Lernumgebung zu integrieren. Ihr Ansatz hebt sich durch die Kombination aus psychologischer Plausibilität und methodischer Strenge hervor und bietet wichtige Implikationen für zukünftige empirische und normative Forschung im Bereich intergruppaler Beziehungen.

So weitreichend diese Vorstellung auch ist, so bleiben einige Fragen offen, etwa zu einem gegenläufigen psychologischen Trend, der sich als Untereinschätzung eigener Leistungen zeigt (Underconfidence). Es bleibt zu untersuchen, ob beide Formen gruppen-, konkret geschlechtsspezifisch sind und wie sich dies im Modell auswirken würde. Unter welchen Umständen verstärkt es Diskriminierung, unter welchen Umständen wird sie verringert? Ähnliches gilt für weitere sozialpsychologische ‚Effekte', die man zwanglos der Kategorisierungs- und Attributionstheorie (vgl. Anhang 12) zuordnen könnte. Die müsste man als kompletten sozialpsychologischen Ansatz dahingehend überprüfen, was in einem bayesianischen Lernmodell hinsichtlich Diskriminierung folgt.

ChatGPT gibt ein anschauliches, vereinfachtes Beispiel zu dem Modell:

Beispiel: Bewerber auf dem Arbeitsmarkt

Stell dir vor, Maria arbeitet als Personalverantwortliche in einer Firma. Sie sieht viele Bewerbungen aus verschiedenen sozialen Gruppen - z.B. unterschiedliche Herkunftsgruppen, Geschlechter und Altersgruppen.

Annahmen und Ergebnisse

(1) Maria ist überkonfident: Sie glaubt, sie sei außergewöhnlich gut in ihrer Einschätzung von Bewerbern, sie überschätzt ihre eigenen Fähigkeiten. (Das entspricht der zentralen Annahme im Modell: der Agent denkt, seine Beurteilung oder seine eigene Leistung sei besser als sie objektiv ist.)

(2) Sie beobachtet, wie viele Bewerber aus verschiedenen Gruppen erfolgreich sind (z.B. eingestellt werden, gute Leistungsbewertungen bekommen), und zieht Rückschlüsse darauf, wie ‚leistungsfähig' jede Gruppe ist.

(3) Es gibt zusätzlich gesellschaftliche Faktoren, die den Erfolg beeinflussen (z. B. Vorurteile, ungleiche Bildungschancen), aber Maria ist sich nicht vollständig bewusst, wie stark diese Faktoren wirken - oder sie berücksichtigt sie nicht korrekt.

Was passiert?

- *In-Group Bias*
  Maria teilt bestimmte Gruppenmerkmale mit Bewerbern - z.B. Geschlecht, Herkunftsort, Alter. Bewerber, die ihr ähnlich sind (in irgendeiner Gruppenzugehörigkeit), bewertet sie positiver als andere. Weil sie überkonfident ist über ihre eigene Leistung und ihre Einschätzungsfähigkeit, sieht sie ihre eigene Gruppe als besonders leistungsfähig - und andere Gruppen tendenziell schlechter.
- *Selbstzentrierte Vorstellung von Diskriminierung*
  Maria glaubt, dass Diskriminierung existiert, aber sie denkt: „Wenn man mich in eine Außengruppe stecken würde, wäre die Diskriminierung stärker. Meine Gruppe wird sicher besser behandelt." Mit anderen Worten: je mehr sie sich zu einer Gruppe rechnet, desto stärker glaubt sie, dass ihre Gruppe fair behandelt wird, und umgekehrt.
- *Feedback und Information ändern nicht automatisch Vorurteile*
  Angenommen, Maria bekommt neue Information, dass Bewerber aus einer anderen Gruppe gute Leistungen bringen

(z.B. über Jahresberichte). Allein diese Information über Leistung senkt nicht unbedingt ihr Vorurteil - sie könnte denken: „Ja gut, diese Gruppe macht es in einigen Fällen gut, aber sie hatte bessere Bedingungen/weniger Hindernisse/Glück." Das heißt: Informationen über Leistung allein sind nicht so wirksam.

- *Einfluss von Kontakt oder Kontextfaktoren*
  Wenn Maria mehr persönlichen Kontakt mit Mitgliedern einer anderen Gruppe hat - etwa sie arbeitet eng mit Kolleginnen aus dieser Gruppe - oder wenn sie Informationen bekommt, wie gesellschaftliche/wirtschaftliche Kräfte (z.B. ungleiche Bildungschancen, Vorurteile) den Erfolg beeinflussen, dann verändert sich ihr Urteil stärker zugunsten dieser Gruppen. Diese Faktoren helfen, die Vorurteile abzubauen.
- *Bias Substitution (Vorurteils-Substitution)*
  Nehmen wir an, Maria beginnt, eine neue Gruppe wahrzunehmen, z.B. jüngere Bewerber als ‚Außengruppe'. Sie fokussiert sich auf Vorurteile gegenüber dieser neuen Gruppe, und weil sie begrenzte Aufmerksamkeit und Energie hat, könnten ihre Vorurteile gegenüber anderen Gruppen schwächer werden. Mit anderen Worten: wenn ein neuer ‚Außenseiter' ins Blickfeld kommt, verschiebt sich das Vorurteil - gegen diesen neuen Außenseiter - und andere Vorurteile nehmen ab.
- *Mehr Selbstsicherheit mehr Vorurteil*
  Je mehr Maria Daten über ihre eigene Leistung und Fähigkeiten bekommt, die ihre Überzeugung stärken (z.B. hervorragende Feedbacks, hohe Einstellungsraten aus ihrer Gruppe), desto stärker wird ihre Überconfidence. Und desto stärker werden auch ihre Vorurteile gegenüber den anderen Gruppen.

Verbindung zum Modell

Überconfidence ist hier der Schlüsselmechanismus: Maria überschätzt ihre eigene Beurteilung und Leistung, was die Wahrnehmung verzerrt.

Fehlangepasstes Lernen (misspecified learning): Sie lernt aus Beobachtungen (z.B. wer Erfolg hat), interpretiert die Ursachen aber falsch (schätzt Erfolgsunterschiede der Gruppen eher als Kompetenzunterschiede, weniger als Unterschiede in Ressourcen, Diskriminierung etc.).

Systematische Vorurteile (prejudice), die nicht einfach durch Leistungsinformationen aus anderen Gruppen verschwinden, aber durch Kontextwissen und persönlichen Kontakt abgeschwächt werden können. *Ende chatgpt*

Wir kommen nun noch einmal abschließend zu den Implikationen des speziellen Modells:

Selbstzentrierte Diskriminierungserfahrungen: Ein Individuum glaubt eher daran, dass seine Eigengruppe diskriminiert wird als eine fremde Gruppe – das sind die ‚self-centered views of discrimination'. Abhängig von Gruppenzugehörigkeit: Je enger ein Individuum die Merkmale wahrgenommenen Gruppen (Alter, Hintergrund, Beruf) teilt, desto weniger ausgeprägt ist seine Diskriminierungsschätzung.

Manchmal sind englische Erläuterungen einfacher zu verstehen, deshalb hier zum Schluss noch der Abstract ihres Aufsatzes:

„We develop a model of multi-dimensional misspecified learning in which an overconfident agent learns about groups in society from observations of his and others' successes. We show that the average person sees his group relative to other groups too positively, and this in-group bias exhibits systematic comparative-statics patterns. First, a person is most likely to have negative opinions about other groups he competes with. Second, while information about another group's achievements does not lower a person's prejudice, information about economic or social forces affecting the group can, and personal contact with group members has a beneficial effect that is larger than in classical settings. Third, the agent's beliefs are subject to ‚bias substitution', whereby forces that decrease his bias regarding one group tend to increase his biases regarding unrelated other groups."
(Heidhues, Köszegi & Strack 2025, S. 1)

Literatur

Heidhues, Paul; Kőszegi, Botond; Strack, Philipp (2025): Overconfidence and Prejudice, *The Review of Economic Studies*, rdaf048, https://doi.org/10.1093/restud/rdaf048 (letzter Abruf 8. 7. 2025).

Anhang 14: Sozialpolitische Implikationen

Erik Olin Wright (2017) hat in seinem Buch über reale Utopien dargelegt, auf welchem Wege Initiativen, Gemeinschaften und politische Akteure dazu beitragen können, eine Gesellschaft grundlegend zu reformieren, zu transformieren. Er selbst sah sich in einer marxistischen Tradition und zielte auf einen demokratischen Sozialismus. Unabhängig von seinen konkreten politischen Zielen sind seine drei Schritte im Transformations- und Reformprozess immer zu beachten. Jede Form der Veränderung muss zunächst fragen, ob eine Veränderung überhaupt gewünscht ist. Das allein ist eine große Hürde, wenn diskriminierende Praktiken tief im gesellschaftlichen Miteinander verwurzelt wird. Dass zumindest ein grundsätzlicher Wille zur Eindämmung der Diskriminierung in Deutschland besteht, zeigt das Allgemeine Gleichbehandlungsgesetz aus dem Jahr 2006, letztmals 2023 geändert.

Realutopien, also Visionen eines anderen gesellschaftlichen Zustandes, etwa in Richtung weniger Diskriminierung, müssen demnach erstens dadurch gekennzeichnet sein, dass sie das politisch gefundene normative Ziel offenbaren. Zweitens müssen sie eine Wirkungsanalyse politischer Reformen vorsehen, um zu überprüfen, ob die angedachten Maßnahmen tatsächlich wie gewünscht wirken und dass sie drittens eine Vorstellung entwickeln müssen, wie sich das alles im politischen Prozess realisieren ließe.

Gerade die Wirkungsanalyse zeigt die Offenheit solcher Utopien, da Maßnahmen u. U. zurückgenommen und Alternativen überlegt werden müssen. Eine Art vorsichtiges Vorantasten in Richtung der alternativen Gesellschaftsformation ist die Konsequenz. Das ist nicht als *trial-and-error* zu verstehen. Eine vorherige Abschätzung der Maßnahmen ist unumgänglich, nur gibt es manchmal durch Marktprozesse höchst überraschende Ergebnisse. So kann man zeigen, dass bei falscher Ausgestaltung Mietpreisdeckel = Höchstmieten Reiche begünstigen und arme Menschen weiter in die Armut treiben können. Aktuelle Maßnahmen der Mietübernahme und des Wohngeldes bevorteilen hauptsächlich Vermieter, häufig die großen Gesellschaften mit tausenden von Wohnungen. Diese und andere unerwünschte Effekte (im Hinblick auf das offizielle politische Ziel) zeigt in einer einfachen graphischen Analyse Kubon-Gilke (2018, Kap. 3.4.8).

Schauen wir auf ein anderes Beispiel einer nicht gelungenen Regelung. Ein arbeitsmarktorientiertes Teilziel lautet, dass beeinträchtigte Menschen möglichst auf dem ersten Arbeitsmarkt eine Stelle finden sollen (z.B. Kubon-Gilke 2018, S. 623-624). Betrachten wir dazu das Bundesteilhabegesetz aus dem Jahr 2016, das sukzessive bis 2023 in Kraft getreten ist, sowie das Teilhabechancengesetz aus dem Jahr 2019. Jeweilige Frage ist, ob und zu welchen Kosten Diskriminierung damit bekämpft wird. Gefragt muss auch immer, ob andere Maßnahmen das Ziel kostengünstiger erreichen können.

Beginnen wir mit allgemeinen Regeln zur Förderung der Erwerbschancen beeinträchtigter Menschen: Nach § 33 SGB IX sind unterstützende Leistungen zur Teilhabe am Arbeitsleben vorgesehen. Damit ist nicht Arbeit an sich gemeint – die kann ja auch im Haushalt stattfinden, im Hobbykeller oder in Werkstätten für beeinträchtigte Menschen. Es geht stattdessen in erster Linie um mit Geld entlohnte Tätigkeiten im Rahmen des ‚üblichen' Erwerbslebens.

Alle Arbeitnehmer, denen ein Grad der Behinderung von mehr als 50% bescheinigt wurde, haben laut Gesetz das Anrecht auf zusätzliche fünf bezahlte Urlaubstage. Erweiterte Ruhe- und Pausenzeiten sind ebenfalls vorgesehen. Kündigungen sind deutlich schwerer als für andere Beschäftigte. Sofern Unternehmungen nicht eine bestimmte Quote ihrer Stellen mit beeinträchtigten Mitarbeitern besetzen, müssen sie eine Ausgleichsabgabe zahlen – was viele Unternehmungen tatsächlich tun, entweder weil sie aus Vorurteilen oder anderen Gründen heraus diese Menschen nicht einstellen möchten, weil sie meinen, es sei durch Produktivitätsnachteile immer noch günstiger, die Abgabe in Kauf zu nehmen, statt einen Arbeitnehmer mit einer Behinderung einzustellen oder weil sie zur gesuchten Qualifikation niemanden finden – da schon im Bildungssystem einiges im Argen liegt. Beeinträchtigte Menschen und auch die Unternehmungen können Hilfestellungen der Integrationsfachdienste in Anspruch nehmen. Es gibt Lohnkostenzuschüsse, aber auch Fördermöglichkeiten und Assistenz etwa auf technischem Gebiet.

Die Umsetzung des allgemeinen Ziels zur umfassenden Einbeziehung beeinträchtigter Menschen in den Arbeitsmarkt und in die normalen betrieblichen Abläufe ist bisher nicht gut gelungen. ‚Beschützende' Werkstätten. haben nach wie vor einen erheblichen Anteil bei der Beschäftigung beeinträchtigter Menschen. Der Grund dafür ist nicht ganz so einfach auszumachen. Einiges mag daran liegen, dass in vielen Unternehmungen die Kenntnisse über Fördermöglichkeiten unvollständig, diejenigen über Verpflichtungen zu mehr Urlaub etc. aber umfassend vorhanden sind. Außerdem ist in der Tat nicht gesichert, dass die Produktivitätsnachteile von Arbeitnehmern mit Handicap, mitverursacht durch den Mehrurlaub und die Zusatzruhezeiten, durch die staatlichen Förderungen vollständig kompensiert werden.

In diesem Fall sind beeinträchtigte Menschen immer im Kostennachteil gegenüber anderen Arbeitnehmern. Höhere Lohnkostenzuschüsse und eine vorgeschriebene Quote können natürlich helfen. Die Kosten aus dem sozialpolitischen Schutz werden jedenfalls teilweise oder ganz durch die Zuschüsse für die Firmen kompensiert, d.h. der Staat übernimmt die Kosten oder ein Teil der Kosten bzw. Umsatzeinbußen der Maßnahmen, die er zum Schutz des Personenkreises beeinträchtigter Menschen eingeführt hat. Strafen bei nicht erfüllter Quote können den Druck auf Unternehmungen erhöhen, müssen dafür auch entsprechend hoch sein. Und Firmen dürfen sich nicht, wie lange Zeit Praxis, durch Aufträge an sogenannte Behindertenwerkstätten von der Strafe freikaufen können. Das festigt eher die Beschäftigung beeinträchtigter Menschen abseits des ersten Arbeitsmarktes, ist also kontraproduktiv zum eigentlichen Inklusionsziel.

Schauen wir in einem zweiten Beispiel auf Langzeitarbeitslosigkeit. Bei nicht geräumten Arbeitsmärkten, also bei Arbeitslosigkeit, reichen Zuschüsse und Strafen kaum. Denn dann braucht es nur Vorurteile über beeinträchtigte Menschen, seien sie auch noch so absurd, dass sie nicht eingestellt werden. Folge bei umfassendem Kündigungsschutz ist eine entsprechende ‚Kündigung vor der Einstellung'.

Effizienzlohndiskriminierung zeigt, dass einige politische Maßnahmen sogar nutzlos oder kontraproduktiv sind. Erinnert sei dran, dass Effizienzlöhne bewirken, dass der betrachtete Arbeitsmarkt in ein Gleichgewicht kommt, bei dem der Lohn oberhalb der Schnittpunktes von Angebot und Nachfrage liegt. Nicht alle für die Stelle qualifizierten Bewerber werden einen Arbeitsplatz finden, Firmen können ohne Kostennachteil diskriminieren. Diejenigen, die nicht genommen werden, weichen auf den Sekundärarbeitsmarkt aus. Dort erhöht sich das Arbeitsangebot, die Löhne sinken. Werden diese Löhne zu niedrig im Gleichgewicht, werden z.B. kurierende Mindestlöhne eingeführt. Arbeitslose in diesem System erfahren diverse Hilfen, um im Arbeitsmarkt Fuß zu fassen. Schauen wir auf das Teilhabechancengesetz aus dem Jahr 2019, ein komplexes Regelwerk, das ChatGPT wie folgt zusammenfasst:

> Das *Teilhabechancengesetz* trat am **1. Januar 2019** in Kraft und wurde im Zweiten Buch Sozialgesetzbuch (SGB II) verankert.
>
> Es verfolgt das Ziel, **langzeitarbeitslosen** Menschen - insbesondere jenen, die dem Arbeitsmarkt lange fernstanden - durch intensive Begleitung und wirksame Förderung den Wiedereinstieg zu ermöglichen.
>
> Die gesetzliche Grundlage enthält zwei neue Förderinstrumente: **§ 16e** („Eingliederung von Langzeitarbeitslosen") und **§ 16i** („Teilhabe am Arbeitsmarkt"), später ergänzt durch das Bürgergeld.
>
> **Förderinstrumente im Überblick**
>
> **a) § 16e SGB II -** ***Eingliederung von Langzeitarbeitslosen***
>
> Adressiert Personen, die **seit mindestens zwei Jahren** arbeitslos sind.
>
> Arbeitgeber erhalten einen Lohnkostenzuschuss für **sozialversicherungspflichtige Beschäftigung** über **24 Monate**:
>
> **1. Jahr**: 75 % des regelmäßig gezahlten Lohns
>
> **2. Jahr**: 50 % des Lohns.
>
> *Ergänzende Maßnahmen:*
>
> Ganzheitliches **Coaching** zur Unterstützung beim Arbeitsstart und im Alltag.
>
> **Weiterbildungs- und Qualifizierungsangebote** nach SGB II/III während des Förderzeitraums sind möglich.
>
> *Zusätzliche Regelungen:* Rückzahlungspflicht bei Eigenkündigung, Ausschluss bei vorheriger kurzer Beschäftigung etc.

b) **§ 16i SGB II** – ***Teilhabe am Arbeitsmarkt***

Für Personen über 25 Jahre, die **mindestens sechs der letzten sieben Jahre** Bürgergeld oder Arbeitslosengeld II bezogen haben und in dieser Zeit kaum erwerbstätig waren.

Förderung über **bis zu fünf Jahre**, mit jährlicher Staffelung:

1. und 2. Jahr: 100 % Zuschuss (gesetzlicher Mindestlohn oder Tariflohn bzw. kirchlicher Lohn)

3. Jahr: 90 %

4. Jahr: 80 %

5. Jahr: 70 %

Bestandteile der Förderung:

Coaching zur Stabilisierung der Beschäftigung

Finanzierung von **Praktika und Qualifizierungsmaßnahmen** ggf. auch bei anderen Arbeitgebern.

Ziel: Arbeitsmarktfernen Menschen eine **langfristige Perspektive** und soziale Teilhabe zu ermöglichen.

Laut **IAB-Evaluation (Bundesinstitut für Arbeitsmarkt- und Berufsforschung)** zeigt das Gesetz **hohe Erfolge**:

Förderung von **rund 55.000 Arbeitsverhältnissen**.

Besonders positiv gewertet: Kombination aus geförderter Beschäftigung, Coaching sowie Weiterbildung und Praktika.

Jobcenter bewerten die Förderung der „Teilhabe am Arbeitsmarkt" als innovativ und bedeutsam.

Weitere Erkenntnisse:

Die Programme erreichen gezielt **arbeitsmarktfremde Personen**, viele ohne Berufsabschluss – insbesondere ältere Menschen.

Das Modell mit **geförderter Beschäftigung + Coaching** führt zu einem **nachhaltigeren Einstieg** ins Berufsleben.

Die Förderinstrumente gelten als wirksamer als frühere Programme wie ESF-LZA.

Schauen wir auf die positiven Evaluationen. Das Ziel ist ehrenwert und es spricht sicher nichts gegen Unterstützungsmaßnahmen für

Personen, die aktuell als arbeitsmarktfern kategorisiert werden. Die Fördermaßnahmen sind überwiegend gedacht für Personen, die eher dem 2. Arbeitsmarkt zuzuordnen sind, denn in der Statistik wird ausgewiesen, dass Personen ohne Schulabschluss, ohne Berufsausbildung oder mit nur geringen Qualifikationen überproportional zu den Arbeitslosen gehören. Wenn wir aber die Effizienzlohntheorie (vgl. Anhang 8) genauer beachten, dann sind diese politischen Maßnahmen eher Symptomkurieren. Denn das eigentliche Problem liegt auf Primärarbeitsmärkten, in denen nicht alle Arbeitsanbieter der gesuchten Qualifikation eine Stelle erhalten, weil die Unternehmen aus Disziplinierungs-, Fluktuationskosten- und Motivationsgründen Löhne oberhalb des markträumenden Niveaus zahlen. In diesen Märkten erhalten einige Arbeitssuchende keinen Job und müssen auf eine nächstniedrigere Qualifikationsstufe wechseln. Es gibt eine Kaskade nicht geräumter Märkte. Zum Schluss sammelt sich das nicht beschäftigte Reservoir an Arbeitskräften auf dem Sekundärarbeitsmarkt.

Dort sinken die Löhne beträchtlich, nicht alle Jobsuchenden finden nach einem evtl. eingeführten Mindestlohn eine Stelle. Das sind die am wenigsten qualifizierten Personen, die durch lange Arbeitslosigkeit weitere Fähigkeiten und auch Motivation einbüßen. Deren Förderung kuriert nur das Symptom Langzeitarbeitslosigkeit wenig qualifizierter Personen. Eigentlich müsste man versuchen, Primärarbeitsmärkte funktionsfähig zu machen und die Durchreichungseffekte sowie die Überqualifikation zu verhindern. Eine Maßnahme dafür könnte eine Erhöhung der Steuerprogression sein, damit es sich für die Unternehmen nicht mehr lohnt, so hohe Löhne zu zahlen. Sie müssten in dem Fall sehr stark die Löhne erhöhen, damit die Nettolöhne der Arbeitnehmer substanziell steigen. Wenn aber dann die Lohnerhöhungen zu teuer im Vergleich zum Produktivitätszuwachs werden, lohnt es für die Unternehmungen nicht. Sie zahlen nur dann so hohe Löhne, wenn die Produktivität überproportional steigt.

Wenn man zur Bekämpfung der Langzeitarbeitslosigkeit nur die Förderinstrumente einsetzt, dann schafft man es sicher, eine Reihe von langzeitarbeitslosen Menschen zu vermitteln. Aber die Mitnahmeeffekte können beträchtlich sein. Im schlimmsten Fall sind nach einiger Zeit die gleiche Zahl anderer Menschen arbeitslos, die dann nach einigen Jahren wieder gefördert werden müssen. Ein teures Instrumentarium, individuell hilfreich, aber insgesamt viel zu teuer im Vergleich zur Lösung des eigentlichen Problems auf Primärarbeitsmärkten.

Wenn man neben dem normativen Ziel der Diskriminierungsverhinderung tatsächlich wissen sollte, welche Maßnahmen (sicher nicht mit einer Kaskade des Symptomkurierens = Problem → Lösung → neues Problem → Lösung → neues Problem → Lösung etc.) dem Ziel ressourcenschonend dienen, ist eine sorgfältige Wirkungsanalyse nötig. Hürde dabei ist die Auswahl einer treffenden Theorie zur Erklärung von Langzeitarbeitslosigkeit.

Um das Ziel einer geringen Arbeitslosigkeit und der Partizipation aller Interessenten am Arbeitsleben zu erreichen, ist noch eine letzte Hürde zu überwinden. Nun geht es noch darum, wie genau es sich im politischen Prozess durchsetzen lässt, wenn (wohlhabende) Minderheiten andere Interessen verfolgen. Eine hohe Steuerprogression bringt Nachteile für Gutverdiener. Diese werden eine solche Politik zu verhindern versuchen. Hier muss sich also noch eine policy-cycle-Analyse anschließen, die zeigen wird, dass selbst ethisch unantastbare Ziele im politischen Prozess der Entscheidungsfindung nicht trivial erreichbar sind.

Literatur

Kubon-Gilke, Gisela (2018): *Außer Konkurrenz. Sozialpolitik im Spannungsfeld von Markt, Zentralsteuerung und Traditionssystemen. Ein Lehrbuch und mehr über Ökonomie und Sozialpolitik*, 3. Auflage, Marburg: Metropolis.

Wright, Erik Olin (2017): *Reale Utopien. Wege aus dem Kapitalismus*, Suhrkamp Taschenbuch Wissenschaft, Berlin: Suhrkamp.

Anhang 15: Armutsmessung

Im Roman ist Petra Eckel mit einer Studie über die Armut in Niedersachsen beauftragt worden. Überraschenderweise kommt sie zum Schluss, dass Armut kein großes Problem darstellt, weil nur 3% aller Menschen in diesem Bundeland wirklich arm sind. Nach einigen allgemeinen Anmerkungen zum Armutsthema wird nachfolgend gezeigt, wie das 3%-Ergebnis mit der geeigneten Definition und der dazu passenden Rechenmethode generiert werden kann.

Es gibt viele unterschiedliche Methoden und Ansätze auf, die in der sozialwissenschaftlichen Forschung verwendet werden, um Armut zu messen. Zu den bekanntesten gehören:

Einkommensbasierte Messung

Hierbei wird Armut in der Regel als das Fehlen eines bestimmten Einkommensniveaus definiert. Ein häufiger Schwellenwert ist die Armuts- oder Armutsrisikogrenze, die entweder absolut oder relativ festgelegt wird. Absolut bedeutet, dass postuliert wird, ein bestimmtes Mindestmaß an Einkommen sei zur Deckung grundlegender soziokultureller Bedürfnisse erforderlich. Oft wird dazu der Warenkorb von Sozialhilfeberechnungen herangezogen (wie etwa in der Schweiz).

Davon zu unterscheiden ist noch die extreme Armut, auch absolut gemessen. Das ist die Einkommensgrenze, ab der erst physisches Überleben möglich ist. Die Uno sieht diese Grenze (2025) bei 1,90 $ pro Tag.

Relativ wird Armut als das Fehlen eines Einkommens im Vergleich zum Durchschnitt der Gesellschaft verstanden. Genauer gilt bei dem üblichen Standard einer Armutsgefährdungsquote, dass diejenigen als armutsgefährdet gelten, die weniger als 60% des haushaltsgewichteten mittleren Einkommens zur Verfügung haben.

Multidimensionale Indizes

Diese Ansätze versuchen, Armut über mehrere Dimensionen hinweg zu messen, etwa durch den Human Poverty Index (HPI) oder den Multidimensional Poverty Index (MPI). Diese Indizes berücksichtigen neben dem Einkommen auch Faktoren wie Zugang zu Bildung, Gesundheitsversorgung oder die Lebensumstände (z.B. sanitäre Einrichtungen, Wohnqualität). Ein spezieller multidimensionaler Indikator wird in der Schweiz verwendet, der neben der relativen und der absoluten Armut getrennt ausgewiesen wird. Das ist das Maß der materiellen Deprivation (materielle Entbehrung). Dort wird beispielsweise gefragt, ob Individuen bzw. Familien eine Waschmaschine und einen Fernseher besitzen, ob sie sich mindestens eine Woche Urlaub pro Jahr außerhalb der eigenen vier Wänden leisten können u.a. Wenn mindestens drei der insgesamt neun Faktoren für jemanden zutreffen, dann gilt die Person als arm.

Interessant ist, welche Messprobleme mit jedem einzelnen Maß verbunden sind (vgl. dazu Kubon-Gilke 2018, Kap. 7.2), aber auch, zu welch unterschiedlichen Ergebnissen man kommt, je nach Maß, das verwendet wird. 2013 gab des Statistische Bundesamt der Schweiz eine Übersicht, wie sich die verschiedenen Quoten darstellen. Die Quote relativer Armut betrug 2011 etwas unter 15%, die der absoluten Armut etwa 9% und die Quote der materiellen Entbehrung lag bei etwa 3%. Nach verschiedenen Gruppen unterschieden waren die Ergebnisse besonders krass. Bei Personenüber 65 Jahren lag die relative Armut bei über 23%, die Entbehrungsquote lag dagegen nur bei etwas über 1%. Für den Roman können wir vermuten, dass Frau Eckel wohl irgendeine Entbehrungsquote konstruiert oder übernommen hat.

Qualitative Indikatoren

Diese fokussieren weniger auf monetäre oder materielle Messgrößen und zielen darauf ab, die Wahrnehmung von Armut und das subjektive Empfinden von sozialer Ausgrenzung oder Verzweiflung zu erfassen.

De Art und Weise, wie Armut gemessen wird, hat direkte Auswirkungen auf politische Entscheidungen und Sozialpolitik. Eine zu enge Definition von Armut kann dazu führen, dass die Bedürfnisse bestimmter Gruppen übersehen werden, während eine zu breite Definition dazu führen könnte, dass sehr viele Menschen als arm betrachtet werden, was die Zielgenauigkeit von Armutsbekämpfungsstrategien verringert.

Literatur

Bundesamt für Statistik (2013): Armutsmessung in der Schweiz, https://www.bfs.admin.ch/bfsstatic/dam/assets/303348/master (letzter Abruf 24. 7. 2025)

Kubon-Gilke, Gisela (2018): *Außer Konkurrenz. Sozialpolitik im Spannungsfeld von Markt, Zentralsteuerung und Traditionssystemen. Ein Lehrbuch und mehr über Ökonomie und Sozialpolitik*, 3. Auflage, Marburg: Metropolis, Kap. 7.2.

Anhang 16: Der Levinsche Park in Göttingen

Der Levinsche Park befindet sich auf dem ehemaligen Gelände der ‚Hermann Levin G.m.b.H Wollwaren-Fabrik', die die Weltwirtschaftskrise 1929 nicht überlebte. Das Parkgelände ist weitgehend identisch mit den Grünanlagen um das ehemalige Wohnhaus der Fabrikbesitzer, welches ebenfalls noch erhalten ist. Der größere Teich (Schwänchenteich) wurde 1873 als Wasserreservoir für die Fabrikation angelegt. Ebenfalls noch erhalten ist die ehemalige ‚Arbeiterbadeanstalt', in der sich von 1976 bis Ende der Coronazeit ein Restaurant befand.

Die Geschichte begann im frühen 18. Jahrhundert. 1722 gründete Johann Heinrich Grätzel die ‚Camlotten- unt Drogetten-Fabrique' als eine der ersten Manufakturen Göttingens. Das Gelände um den heutigen Levinschen Park lag damals weit vor den Toren der Stadt und bot, neben hinreichend Gelände, mit dem Bachlauf der Grone die notwendige Wasserkraft zum Betrieb der mechanischen Webstühle.

1846 ging die Grätzelsche Manufaktur in Konkurs und das Gelände nebst Gebäuden wurde von Albert Hermann Levin als Erweiterung seiner bestehenden Wollfabrik in einem Vorort Göttingens gekauft. Hermann Levin und sein Sohn und Nachfolger Ferdinand Levin konnten die Fabrik in den Folgejahren kontinuierlich vergrößern: Die Belegschaft wuchs von 50 Arbeitern 1850 auf fast 700 im Jahr 1912. 1862 erfolgte die Umstellung auf Maschinenkraft (erste Dampfmaschine Göttingens). 1873 wurde ein großes Wasserreservoir angelegt. Der Betrieb umfasste Anfang des 20. Jahrhunderts schließlich 80 Haupt- und Nebengebäude, 210 Webstühle und eine eigene Kläranlage für die Fabrikabwässer.

1912 erreichte der Betrieb seinen wirtschaftlichen Höhepunkt und war der größte Arbeitgeber Göttingens. Der wirtschaftliche Zusammenbruch Deutschlands nach dem 1. Weltkrieg beendete diesen Aufschwung und infolge der Weltwirtschaftskrise 1929 konnte das Unternehmen seine Kredite nicht mehr zurückzahlen und musste schließen.

Im Romanteil dieses Buches sorgt sich Akilas um die Arbeiter der Fabrik. Diese Sorgen waren berechtigt. Männer und Frauen arbeiteten von Montag bis Samstag 56 bzw. 55,5 Stunden, das Mindestalter der Arbeiter war 14 Jahre. Der Jahresverdienst von Männern betrug 1905 etwa 700 Mark und lag damit deutlich unter der Armutsgrenze. Frauen und Jugendliche verdienten sogar nur die Hälfte, obwohl sie weitgehend die gleiche Arbeit verrichteten. Eine unmittelbare und heftige Diskriminierung!

Um überhaupt leben zu können, bewirtschafteten die meisten Arbeiterfamilien noch zusätzlich etwas Land. Diesen Bedarf machte sich das Unternehmen zunutze, indem es Land an seine Angestellten verpachtete. Mit dieser Bindung an ein ‚eigenes' Stück Land wurde verhindert, dass die Arbeiter zu besser zahlenden Fabriken in anderen Städten und Gemeinden wechselten. Die besonders niedrigen Löhne konnten beibehalten werden (vgl. zu theoretischen Überlegungen solch verketteter Verträge Kubon-Gilke 1990).

Nach dem Tod ihres Mannes Ferdinand leitete Marie Levin die Fabrik von 1901 bis 1905. Sie versuchte vor allem die soziale Situation der Arbeiterinnen und der Ehefrauen der Arbeiter zu verbessern. Im 1901/1903 erbauten ‚Wohlfahrtshaus' gab es Mittagessen - mit drei Fleischtagen pro Woche - und günstige Lebensmittel, eine Haushaltsschule sowie eine Mütterberatungsstelle. Es gab eine Witwenkasse und eine Unterstützungskasse für kranke Arbeiter. Im 1897 errichteten Badehaus konnten die Arbeiter kostenlos baden und duschen.

Um 1880 ließ Ferdinand Levin einen Garten um den Teich anlegen, der auch als Pausenbereich für die Arbeiter dienen sollte. Nach Einstellung der Fabrikation 1929 wurde ab 1934 westlich von Göttingen ein Flugplatz gebaut, auch das Parkgelände wurde militärisch genutzt. Der größte Teil des Parks diente dem Personal des Luftzeugamtes als Erholungs- und Freizeitgelände.

Nach dem Zweiten Weltkrieg wurde der Flugplatz geschlossen und der Park wurde 1959 zur städtischen Grünanlage umgestaltet. Seit 1961 ist der Levinsche Park im Besitz der Stadt Göttingen. Er ist seit 1982 als Baudenkmal ausgewiesen, er bildet zusammen mit zwei Fabrikantenvillen und ehemaligen Gebäuden der Levinschen Spinnerei eine denkmalgeschützte Gruppe baulicher Anlagen.

Literatur

Kubon-Gilke, Gisela (1990): The Theory of Interlinkages and Efficiency Impacts of Restrained Transaction Possibilities, Darmstadt Discussion Papers in Economics 60, Darmstadt University of Technology, Department of Law and Economics.

o.V. (2015): Die Geschichte des Levinschen Parks, http://stadt-natur-wildnis.de/geschichte-des-levinschen-parks/ (letzter Abruf 6. 7. 2025).

o.V. (2023): Levinscher Park, https://de.wikipedia.org/wiki/Levinscher_Park (letzter Abruf 6. 7. 2025).